HIOBS SPIEL

Zweites Buch—Traumtänzer

Tobias O. Meißner

1 2 3 07 06

Umschlaggestaltung Christiane Hahn
unter Verwendung einer Illustration von Reinhard Kleist
Gestaltung & Satz blotto Design, Berlin – Ian Warner
Herstellung Cosima Schneider
Druck und Bindung FVA, Fulda

Eichborn Berlin

ISBN 10: 3-8218-5789-7
ISBN 13: 978-3-8218-5789-3

Verlagsverzeichnis schickt gern:
Eichborn Verlag, Kaiserstraße 66
60329 Frankfurt am Main

www.eichborn-berlin.de

HIOBS SPIEL

Zweites Buch—Traumtänzer

Tobias O. Meißner

VORSPIEL

VORSPIEL

Berolina, die Göttin der Dämmerung.
Die Bürgersteige sind mit Kot gepflastert. Gäbe es nicht Lebewesen in den heraufbeschworenen Slums, die sich von diesem Schmutz ernähren, man könnte ohne Stelzen gar nicht gehen.
Einer geht auf Stelzen, schwankt im stärker gewordenen Wind.
Es ist ein Karneval der Kulturen.
Halbnackte Brasilianerinnen tanzen schlotternd im Graupelregen. Das Getrommel übertönt noch das Geschnarre aus Lautsprechern. Der Berliner trinkt Caipirinha statt Futschi an diesem einen Tag, um sich exotischer zu fühlen. In selbstgehäkelten Kostümen hüpfen die Arbeitskreise verbissen zur Lebensfreude entschlossener Mittvierzigerinnen vorüber.
Das Mädchen steht unter einer Ampel, alle Lichter außer Kraft gesetzt.
Sie wendet sich uns langsam zu.
«Sieben zu Null steht es in Hiob Montags ungeheuerlichem Spiel. Sieben Punkte erst hat er errungen für all die Überrestgeschöpfe, Elektrokutierten, Kriegsversehrten, Blutdürstenden und auch Selbstmörderinnen, deren Schicksale unter seiner mitleidlosen Hand zur Neige gingen. Achtundsiebzig Punkte benötigt er, um das Spiel zu gewinnen, und sich zum strahlend neuen König des Wiedenfließes ausrufen zu lassen. Siebzehn Punkte sind der bisherige Weltrekord, gehalten von einem in allen Historien vergessenen chinesischen Bauernmädchen. Neun neue Fälle umfaßt dies zweite Buch. Der Weltrekord ist also in Reichweite. Ein Punkt

bringt ein Prognosticon, drei Punkte eine Manifestation. Aber wird Hiob immer zu Null spielen können? Ist es nicht auch denkbar, daß das Wiedenfließ Punkte macht und den Abstand verringert, näherkommt wie ein heranrasender Güterzug, um mit jedem einzelnen von Hiobs Punkten die Menschheit zu strafen für ihre niemals überwundene Unduldsamkeit? Ist es nicht auch denkbar, daß der jugendliche Hiob Montag keinen Gedanken an dergleichen verschwendet, berauscht vom Zu-Null-Erfolg des bisherigen ersten Buches?»
Sie streicht sich die langen Haare aus dem Gesicht und sieht sich um.
«Er ist hier irgendwo, der Spieler. Streicht herum an den Rändern der Vergnüglichkeit, verborgen in den Drogenhändlergestrüppen des Volksparks Hasenheide. Er ist immer dort, wo Menschen guter Dinge sind. Er ist der Moment, wo das Gute aufhört, zum Lächeln zu bringen, und in Besorgtheit und Beklemmung übergeht.
Ach, Hiob.
Schon bald wirst du ein Bild von mir sehen, in einem deiner Träume, schon bald. Doch wirst du dich an mich erinnern, wenn auch dieses Buch zur Neige geht?»
Kinder rempeln gegen das Mädchen.
Sie löst sich zögernd von der toten Ampel, geht ein und läßt sich treiben in den grauen alltäglichen Umzug der müllübersäten Trottoirs.

PROGNOSTICON 5
MUSS NOCH RUNTER

Dornige Wildnis umgürtet die Stadt.
Von blutenden Stufen jagt der Mond
die erschrockenen Frauen.
Wilde Wölfe brachen durchs Tor.

Georg Trakl

Zwischen den ausgebombten Ruinen brannten wild lodernde Feuer. Davon abgesehen war es Nacht.

Arvec kehrte zurück aus dem Niemandsland und zog an einem ausgefransten Seil einen Käfig ohne Rollen hinter sich her. In dem Käfig war ein Hund, ein ziemlich großer mit dichtem schwarzen Fell, der sich in dem engen Metallkasten kaum bewegen konnte.

Janko warf Arvec eine Bierdose zu, der fing sie grinsend mit der Linken, entschnappte sie einhändig wie eine Handgranate und bog sich beim Saufen weit nach hinten zurück. Joran und Zivorad konnten den Gestank von Arvecs schwerem Khakimantel riechen.

«Wie sieht's aus da hinten?» fragte Joran, um den Gestank zu übertönen.

Arvec rülpste brüllend. «Schön. Es ist schön da draußen. Das Paradies. Hier, ich hab euch was mitgebracht, Jungs. Ich will euch was zeigen. Hilf mir mal, Janko, faß mit an. Aber komm nicht auf die Idee, den Käfig anzufassen, hörst du? Sonst hast du keine Hände mehr.» Janko half Arvec mißmutig, den Käfig mit dem knurrenden Rüden über ein paar überlappende Trümmer zu schleifen. Es war eine beschissene, unnötige Arbeit. Janko schürfte sich einen Handballen auf und fluchte. Arvec lachte.

«Wo hast du den her? Wo hast du den aufgetrieben?» fragte Joran, dem jetzt so mulmig wurde, daß er tatsächlich aufstand und vor Arvec und dem Käfig zurückwich.

«Den haben sie zurückgelassen», grinste Arvec. «Ist zu groß, das Vieh, zum Mitnehmen. Frißt mindestens zwei Kilo Fleisch am Tag, wer kann sich so was schon leisten. Gib mir mal dein Scheiß-Gewehr rüber, Zivorad.»

«Seh ich behindert aus?»

«Ja, natürlich siehst du behindert aus. Hast du dich noch nie im Spiegel gesehen?» Arvec lachte in die Runde, und Janko und Joran fielen mit ein. «Aber davon abgesehen: gibst du mir jetzt dein Scheiß-Gewehr.»

«Warum denn? Warum denn ich?»

«Einfach darum. Her damit jetzt.»

«Was willsten damit machen?» fragte Joran von weiter hinten her. «Ist doch Blödsinn, gute Kugeln für so 'nen Köter zu verschwenden.»

«Hab ich denn gesagt, daß ich damit schießen will?» entgegnete Arvec, machte einen schnellen Schritt auf Zivorad zu und riß an seinem Gewehr. Zivorad war nicht schwächlich, er hielt fest und greinte und ließ sich von Arvec mehrere Meter über den splittrigen Boden ziehen. Erst dann ließ er los. Arvec tat so, als würde er ihn erst treten, dann mit dem Gewehr erschießen. Janko lachte jetzt aus vollem Hals, bis seine Augen gar nicht mehr zu sehen waren. Dazwischen saugte er an seinem wunden Handballen.

« Achtung Jungs, jetzt kriegt ihr was zu sehen», machte Arvec und stellte sich breitbeinig hin wie ein Zirkusdirektor. «Joran, du Feigratte, komm ran, sonst verpaßt du wieder das beste.» Joran wollte nicht, ihm stand nackte Angst im Gesicht, aber den Befehlen Arvecs konnte er sich nicht widersetzen. Mit zögernden Schritten kam er näher, und als er im Flackerschein der Flammen stand, trat Arvec mit seinen aufgerauhten Stiefeln mehrmals hart und präzise gegen den Käfig und benutzte das Gewehr als Hebel, bis der Käfig mitsamt dem Hund in einem der Feuer lag. Die Flammen griffen sofort mit vielfingrigen Händen in das ergiebige Hundefell und wühlten sich sengend hindurch. Der Rüde fing an zu toben und zu zittern und veranstaltete einen Höllenradau. Da der Käfig so klein war, bogen sich die Metallstreben nach draußen. Vorne am Maul nahm der Hund sogar ein paar von ihnen zwischen die Zähne und riß und biß daran herum, bis mit jedem seiner schnaufenden, japsenden Atemzüge Blut durch die Brandmulde sprühte.

« Seht euch das an», sagte Arvec fast andächtig. «Ist das nicht wunderbar?»

J anko war so nah wie möglich an den hüpfenden und rasselnden Käfig rangegangen und schaute vornübergebeugt rein. «Gibt nicht auf, der Kläffer. Toller Bursche. Enorme Kraft. Hätte nen klasse Kampfhund abgegeben, Arvec.»

« Bist du sicher, daß der Käfig halten wird, Arvec?» fragte Joran zitternd.

« Alles allererste Qualität. Da, kuckt mal, könnt ihr das sehen? Jetzt fängt das Fell richtig an zu brennen. Achtet auf die Augen, ich sag euch, die schmelzen weg wie Ölfarben, das sieht irre aus.»

« Du hast recht», meinte Zivorad fasziniert. «Junge, hat der ne Kraft.»

D er Hund schnellte seinen gemarterten, unrettbaren Leib jetzt auf und nieder, preßte, wo es nur ging, blutendes Fleisch durch den Käfigrost, um den heißen Teufeln zu entgehen. Er bellte oder jaulte nicht, nur hechelnde, pfeifende Atemzüge und ein tiefes grimmiges Grollen, das nicht aus der Kehle, sondern aus der Tiefe der Eingeweide zu kommen schien. Sein Körper, obwohl naß vor Schweiß, stand jetzt in hellen, beißend rauchenden Flammen, die sich immer tiefer Nahrung suchten. Das schwarze Fell versengte und verklumpte zu stinkenden Fetzen und fiel brockig ab.

« Achtet auf dieses Grollen, Jungs. Hört euch das genau an: So hört sich Haß an. Das ist der Klang von Haß!»

« Erschieß ihn doch», flehte Joran. «Bitte erschieß ihn. Das ist ja schlimm.»

« Hast selbst mal nen Hund gehabt, stimmt's, Joran, mein Junge?»

« Ja, ja», schluchzte Joran. Er haßte sich für seine Mädchentränen.

« Weiß ich doch», grinste Arvec. «Atme tief ein, hörst du?» Er legte einem Arm um Jorans Hals und zog Jorans flennend verzerrtes Gesicht ganz nah an seins. «Kannst du das riechen, in dem Rauch, mein Junge? Der Gestank des Schmerzes, die ganzen Ausdünstungen der Todespein. Mein Mantel riecht auch danach, hier komm, riech, das hier ist von Weibern, und das hier ist für dich, ja, laß dich gehen, mein Junge, komm nur her, ja, so ist gut. Und weißt du, wißt ihr denn alle überhaupt, was das beste dran ist? Das Beste? Ihr habt ja keine Ahnung!»

« Bitte hör auf», winselte Joran. Der Hund rasselte Rauch aus den Lungen, am Bauch riß seine grindiggebrannte Haut auf.

« Mann, stinkt das, pfui Deibel», machte jetzt auch Zivorad angewidert und wedelte mit der Hand vor seiner Nase herum. In seiner Stimme war der typische würgende Ton von jemandem, der gleich kotzen muß.

« Der stirbt und stirbt nicht!» jubelte Janko anerkennend. «Hat die Kraft von zehn, der alte Kläffer. Und wird immer noch stärker!»

« Jaaaaahhaaaaahh!» machte Arvec und wirbelte den hilflosen Joran herum in einem ungleichgewichtigen Pas-de-deux. Joran rutschte aus und schlitterte auf allen vieren neben die Feuerstelle. «Und das beste dran», schrie Arvec heiser, «das beste dran ist, wenn ich das Vieh jetzt aus dem Käfig lasse!» Mit zwei Schritten stand er mitten in den Flammen, und während der untere Saum seines Mantels Feuer fing, hieb er mit dem Kolben von Zivos Gewehr ein paar Zapfen aus ihren Verankerungen und schoß mit zwei Kugeln eine Stacheldrahtumwicklung mürbe. Der brennende Hund, riesig und rasend, barst sofort aus dem Käfig, war blind über und in Joran und weiter am nächsten, bevor Zivorad und Janko auch nur – viel zu spät – die Arme vor die Gesichter reißen konnten.

A rvec brannte bis hoch zu den erhobenen Armen und lachte mit diesem tiefen Grollen, das nicht aus der Kehle, sondern aus der Tiefe der Eingeweide zu kommen schien.

Die Nacht begann mit einem Vorspiel.

Hiob war gerade mit dem ihm eigenen Mißmut in einem selbst zusammengestellten Workout begriffen (Widder hatte ihm neulich mal ganz beiläufig besagt, daß sie es eigentlich nicht so sexy fand, wenn sie während gemeinsamer körperlicher Betätigungen seine Rippen zählen konnte), als er an seiner Wohnungstür ein Rascheln und Kratzen hörte.

Ohnehin schlapp schon vom zweiten Dutzend hochgestellter Liegestütze, rollte Hiob über den billigen Teppichboden ab und wetzte zur Tür, aber außer einem quadratischen weißen Umschlag in Notizblockgröße war da nichts mehr. Der Umschlag roch an den Klebenähten ein wenig nach Essig, das war typisches Wiedenfließaroma. Wahrscheinlich hatte ihn irgendein haariger kleiner Homunculus geliefert, der jetzt irgendwo im Treppenschatten kauerte und hinter vorgehaltener Hand über den Klingelstreich kicherte.

Hiob schloß die Tür wieder, fetzte den Umschlag auf, entnahm das Kärtchen, las GENIESSE DIESE NACHT /A., hob die runtergefallene Eintrittskarte für eine erstklassige Travestieshow auf, schüttelte den Kopf, verglich stirnrunzelnd seinen X-Men-Wecker mit der auf der Karte angegebenen Anfangszeit, ging ins winzige Badezimmer, wusch sich, holte sich das zerknitterte schwarze Second-Hand-Jackett aus dem Schrank, welches er bei feierlicheren Anlässen immer zu tragen pflegte, zog es an, gefiel sich im Spiegel und machte sich auf den Weg zum Veranstaltungsort, mustergültig den Tatbestand der Beförderungserschleichung erfüllend.

Er haßte Travestieshows.

Hiob war aufgeschlossen – oder desinteressiert am menschlichen Elend – genug, um nichts gegen Homosexuelle zu haben, aber warum Männer sich wie Frauen anzogen und mit scheußlichen Stimmen glücklicherweise früh verstorbene Showdiven imitierten, und warum irgend jemand auf diesem Planeten auch noch dafür bezahlte, dabei zusehen zu dürfen, war ihm schon immer schleierhaft gewesen. Zu allem Überfluß tauchte auch noch Widder nicht auf, so daß es wohl geplant war, daß er alleine hineingehen mußte. Innerlich auf das *Prognosticon der ganzkörperbehaarten Wer-Marianne-Rosenberg* vorbereitet, durchsaß er anderthalb Stunden lang an einem schummrig beleuchteten Tisch – und von den aufmunternden Blicken langwimpriger Galane befummelt – eine zotige Hölle aus ausladenden Kleidern, schwingenden Hüften, eindimensionalen Witzen, fluffigen Tü-Tüs, peinlichen Anzüglichkeiten, marodem Pianogeklimper und einem knarrenden Chansongesang, der so niederschmetternd war, daß er sich einmal sogar beide Handflächen auf die Ohren preßte und das Gesicht verzerrte, als würde er in einer Zentrifuge sitzen.

Die Leute ringsumher – das Haus war ausverkauft – amüsierten sich königlich. Es waren fast nur Heteros, Pärchen zumeist, bei denen die Weibchen mit vornehmer Anerzogenheit lachten, ohne die gelben Zähne dabei zu entblößen, während die Männchen in ihren Rollkragenpullovern sich die glänzenden Stirnen mit violetten Servietten abtupften. Champagner prickelte in den Gläsern, Federboas wischten durch Hiobs Gesicht, mit Rinderhormonen aufgepumpte Busen glänzten hochgezurrt im Halblicht, Lippgloss schimmerte feucht über ausgeprägten Adamsäpfeln, das unvermeidliche *I am what I am* mündete in einen tosend trommelnden Applaus.

Als es vorbei war und Hiob an die erfrischend herbstlich durchnieselte Abendluft zurückwankte, war er der Meinung, sich seinen Spielpunkt ehrlich verdient zu haben.

Ein Stück weit mitgetragen von der heiter beschwingten Menge, wies er grob die unverfängliche Uhrzeitfrage eines dunkeläugigen Tim-Fischer-Verschnitts zurück und trottete allein zurück Richtung Untergrundbahn, durch den *Glam Slum* der nordschöneberger Lebensart, und wurde mit jedem Schritt mißmutiger und wütender.

Was sollte dieser ganze Scheiß-Abend? Warum war Widder nicht aufgekreuzt? Warum hatte er sich in dieses lächerliche Bohemien-Jackett gezwängt (das er jetzt nur deshalb nicht einfach über eine Hecke schmiß, weil es ein Geschenk seines Mäzens Feininger war)? Und warum zum Jakob waren Transvestiten nur immer so einfallslos und bieder, so auf Konformität bedacht, so schleimig und beifallheischend? Warum imitierten sie nicht mal seine Louise oder Clara Bow oder Pola Negri oder Ella Raines oder andere wirklich coole und interessante Frauen? Nein, sie scharwenzelten immer nur als Marlene herum, oder Marilyn, oder Madonna, und gaben dem ganzen eigentlich vielschichtigen Frau-Sein damit einen schalen und oberflächlichen Namen. Die traurige Zurschaustellung der Phantasielosigkeit von Imponiergehabe-Möchtegerns. Ein Dressurzirkus aufgedonnerter Abnormitäten im Dienste des bourgeoisen Amüsements. Zum Kotzen.

Z ufälligerweise (oder auch nicht) kam es gerade in dem Moment, als Hiobs Groll und Frustration den Zenit ihres makellosen Steigfluges erreicht hatten, zu einer unterdimensionalen Vibration. Eine Art Ruck lief durch das zweiflügelige Weltgebäude, klein genug, um die anderen Passanten der Nacht, die Hiob auf den Gehsteigen schlendernd Gesellschaft leisteten, völlig unbehelligt zu lassen, ausreichend aber, um einem einen halben Globus entfernt dösenden namenlosen Schamanen vom Stamm der Sacree für immer jeglichen Tastsinn zu rauben und Hiob selbst straucheln zu lassen, und zwar so weit, daß seine rechte Hand sozusagen über den Bürgersteig hinausglitt und erst auf dem feuchtkalten Grund des Straßenbelags wieder Halt fand. Hiob schüttelte den Kopf, als hätte man ihm einen Handkantenschlag in den Nacken versetzt, und rappelte sich ächzend wieder auf. Niemand sonst hatte etwas bemerkt, hatte seine Laufrichtung geändert oder auch nur zu Hiob herübergeblickt.

D er jedoch wußte, daß er seinen Sinnen trauen konnte. Etwas hatte gerade begonnen, diskret, aber unmißverständlich.

(In Buckow biß etwas die Hand, die fütterte, und zwar so fest, daß Fingerglieder rissen. In Tegel sprang spuckend der große zottige Schatten auf sein Frauchen und machte ihr ein unangenehmes Kind. Durch die Zwinger des Tierheims Lankwitz rollten Wogen des lärmendsten Irrwitzes. Ein schwarzer P u d e l preßte sich in rohen Klumpen durch die rautenförmigen Maschen. Ein Tierpfleger setzte sich lächelnd eine Einschläferspritze in die Zunge und drückte ab. Durch den fast völlig lichtlosen Humboldthain hetzte geifernd eine größer werdende Meute.)

H ochschauend zum wie ausgelaufen platten und eingedellten Mond spürte Hiob ein lykanthrophisches Jucken ringsum in Gürtelhöhe, aber es war nicht das, nicht er selber.

V on irgendwo weit die Straße runter, dort, wo die Laternen von links und rechts schon eins wurden, erklang das schrille Heulen eines mondsüchtigen Köters, das langsam tiefer und kehliger wurde, als würde es akustisch verlangsamt oder sonstwie manipuliert.

B erlin war für jemanden, den Hunde haßten, ohnehin schon immer ein heißes Pflaster gewesen. Im allgemeinen besaßen aber die vierbeinigen Kunstscheißer nicht die Zielgerichtetheit und die intelligente Ausdauer, um wirklich massiert und wirkungsvoll gegen Hiob
vorzugehen.

Aber jetzt beeilte er sich doch mehr, als es sein Selbstbewußtsein eigentlich zulassen wollte, die U-Bahn-Station zu erreichen, und als sich zu dem einen mittlerweile tief und großtönend röhrenden Geheul noch drei oder vier weitere gesellten, war er heilfroh, die Abwärtstreppe erreicht zu haben und gleich darauf den schon abfahrbereiten gelben Zug mit einem kurzen Sprint zu erwischen.

D ie sogenannte Untergrundbahn fuhr auf oberirdischen Gußeisenbrücken Schlangenlinien durch Dogshit City.

H inunterblickend auf die kühle Stadt mit ihren vielfarbigen Laternen, den leuchtenden Kreuzworträtselmustern der Hochhausfassaden, den sanft regenbesprühten Asphaltnarben und dem schimmernd unbewegten Wasser eines brackigen Kanals vermeinte Hiob das Hecheln und Grollen der fellbewehrten Meuten hören zu können, die sich dort unten zusammenrotteten und als flinke, von Zwielichtern gevierteilte Schemen durch die harten Gassen hetzten. Aber das konnte ja wohl kaum sein. Das konnte unmöglich so groß sein wie eine Manifestation. Es war ein Prognosticon, allerhöchstens, Hitchcocks *Die Vögel* in einer kleiner budgetierten Neufassung als *Die Köter,* keine wirklich stadtbedrohende Gefährlichkeit, geschweige denn das infernalische Gewimmel einer standesgemäßen *Inundation.*

D as grau uniformierte Pärchen eines privaten Sicherheitsdienstes stieg in den Waggon ein, sie führten eine Art Rottweiler samt Maulkorb mit sich, wie meistens. Wenn sie die Fahrausweise kontrollieren wollten, müßte Hiob halt wieder auf den zweitältesten Trick der Welt zurückgreifen, aber das hatten sie offensichtlich nicht mal vor, also konnte Hiob ganz unauffällig bleiben. Der Hund jedoch zerrte an der Leine und knurrte und schäumte sogar durch sein Maulgitter hindurch in Hiobs Richtung. Als der männliche Uniformierte gegenhielt und den Vierbeiner zurechtwies, begann der, fiepend im Kreis zu tapsen und dem Uniformierten gegen die Uniformbeine zu pissen. Heiterkeit im gesamten Waggon, nur eine alte Frau empörte sich. Hiob stieg aus, wartete in einem der Hochbahnhöfe lieber auf den nächsten Zug. Das enervierend piepsige Gebelle eines kleinen Pinschers hallte hier von irgendwoher durch die hundehüttenartige Bahnhofskonstruktion. Ein Notarztwagen, blaßweiß in der Nacht, kojakte unten vorüber. Der nächste Zug kam erst nach viel zu langen zehn Minuten – auf Mitternacht zugehend erschlaffte der Bahnverkehr dieser sogenannten Hauptstadt immer bis zur völligen

Stasis – und Hiob stieg wieder ein. Keine Hunde diesmal, überzeugte ihn ein flüchtiger Blick durch den Waggon. Dafür lag ein Penner mit blutender Kopfwunde auf der dunkelgrün zerfransten und mit unleserlichen *Tags* übersäten Sitzbank. Eine kleine Bierflasche rollte bei jedem Stop in der Wagenlänge hin und her. Als Hiob die Tür des Bahnhofs aufzog, auf den er aussteigen mußte, heulte von weither ein Wolf. Oder ein Schäferhund, sich seiner Ahnen besinnend.

Hiob stieg um in die deutlich besser beleuchtete und auch wirklich unterirdische Linie 6. Der große Bahnhofsraum hallte wieder vom wütenden Keifen zweier halbgroßer Hunde, die von ihren halbstarken Besitzern nur halbherzig zurückgehalten wurden. Es waren überhaupt viel zuviele Hunde zu dieser späten Stunde noch unterwegs. So als wären sie alle zusammen unruhig geworden und hätten ihre Besitzer dazu gezwungen, nochmal mit ihnen runterzugehen. Es war nicht Vollmond draußen. Es war nicht Frühling. Es lag kein Gewitter in der Luft, und auch kein Erdbeben.

Die Fahrt die paar Stationen in der 6 war ruhig und bieder, erfüllt nur vom Rattern des Zuges und dem Rascheln derer, die schon die Zeitungen von morgen lasen. Einem inneren Instinkt folgend, nicht dort auszusteigen, wo man ihn vielleicht erwarten konnte, fuhr Hiob über die Paradestraße drüber bis nach Tempelhof, und lugte dort erst vorsichtig in die kühle Nachtluft, bevor er die gekachelte Unterwelt zugunsten des offenen Geländes aufgab. Auf dem Boulevard des Roten Barons konnte er in zwei- bis dreihundert Metern Entfernung die Silhouetten dreier Dobermänner stehen sehen, die wohl in seine Richtungen schauten. Da wußte er, daß der Kampf eröffnet war und seine Wohnung viel zu weit weg war, fast so weit wie das letztendliche Gewinnen seines Spiels.

Keine Chance, ein Auto anzuhalten, um sich bis zu seiner Haustür chauffieren zu lassen. Nur ein Lebensmüder ließ einen jungen Mann mit langen Haaren zu sich ins Auto steigen, und die Lebensmüden waren heute nacht alle von unseren vierbeinigen Freunden aus ihrer Lethargie geweckt worden.

(In Spandau zwängte sich ein glatter Dackel zwischen sein Herrchen und sein Frauchen, die gerade Liebe machten, und biß sich dort fest. Ebenfalls in Spandau trottete eine riesige dänische Dogge mit schlackernden Lefzen und Bauch durch das Kinderzimmer, stellte sich mit den Vorderpfoten auf die Babykrippe, bis das Käfiggestell umkippte und das eingewickelte Baby benommen und stumm über den Boden rollte, faßte nach und lief mit treuem Blick und einem seitlich aus dem Maul heraushängenden Kinderärmchen zur telefonierenden Mutter zurück. In Schmargendorf fraß ein Labrador den scharfkantigen Deckel einer Hundefutterdose gleich mit. In Lichtenberg und dem angrenzenden Hohenschönhausen zog ein Irish Setter auf der verzweifelten Suche nach erlegtem Wild seine unsteten Bahnen.)

Hiob schritt schnell aus, mit der Zackigkeit des Böses-Ahnenden, aber dennoch holte das Übel ihn ein, denn es hatte doppelt soviele Beine wie er. Es war ein prototypisch breitschädeliger Pitbull, der da vorne ungelenk und kraftvoll um eine Ecke geschliddert kam und wie der fleischgewordene Alptraum jedes Hämophilen mit schlabbernder Zunge auf Hiob zugewetzt kam.

Eines hatte Hiob im Laufe der Jahre über Hunde gelernt: Sie waren durch menschliche Verzüchtung so weit entfernt von dem, was sie ursprünglich einmal gewesen waren, daß es nichts mehr half, sich in einer Unterwerfungsgeste auf den Bauch zu legen, zu winseln oder sonstwas. Das würde den Pitbull von gar nichts abhalten. Er würde einfach denken «Au prima, Hals und Weichteile sind ja nach oben gekehrt, da kann ich mir die ganze umständliche Vorarbeit sparen und gleich voll in den Mann gehen und losfleischern.» Also nahm Hiob seinen ganzen Mumm zusammen und rannte auf den anstürmenden Hund zu, dabei mit der vorgestreckten Linken ein arkanisches Abwehrsymbol zeichnend, was aber Unfug war, da ein Pitbull weder etwas besaß, daß die Bezeichnung Großhirn lohnte, noch über den kampfhinderlichen Luxus einer wie auch immer gearteten Spiritualität verfügte.

Hiobs Körper war schwerer als der des Hundes, aber der Pit war kompakter, massiger, wie eine Kanonenkugel. Außerdem neigte ein Menschenkörper wegen seiner schlecht ausbalancierten Länge eher zum Brechen. Der Aufprall war dementsprechend mörderisch, und bei dem, was der Pit anschließend mit seinen Kiefern vor Hiobs Gesicht veranstaltete, fühlte sich Hiob unwillkürlich an einen Hai oder den angeketteten Spike aus den guten alten Warner-Brothers-Cartoons erinnert. Während also sein Körper rücklings über den Straßenbelag schleuderte und von einem ganzen Silvesterfeuerwerk verschiedenster Schmerzmeldungen kaputtdefiniert wurde, schaffte es Hiob, mit beiden Händen die Kehle des fuhrwerkenden Monsters einigermaßen zurückzuhalten. Es war eine Frage der Wut, von Tier gegen

Tier, und da der Hund mehr Tier war als Hiob, mußte Hiob verlieren. Also vergaß er sein Menschsein und bäumte sich auf. Das hier war NuNdUuNs gottverdammte Welt, hier schwang NuNdUuN sein beschissenes Zepter. Das Spiel nach seinen Regeln. Der Hund mit dem stinkenden Atem des Fließes. Brüllend brachte Hiob die kratzende und beißende Töle auf den Rücken, unterlief mit dem eigenen Kopf die scharfkantige Deckung des Unterkiefers und biß mit den eigenen zurückentwickelten Fängen durch widerliches Kurzfell und bitteres Fleisch, bis Sehnen rissen und Blut so stark spritzte, daß der Strahl regelrecht schmerzhaft war. Der zweite Hund war ein kurzhaariger Schäferhund-Collie-Bastard, er sprang Hiob ins Genick, als dieser taumelig hochkam, und riß ihn auf dem blutschlüpfrigen Asphalt seitlich mit weg. Unglaubliche Fänge gruben sich wie industrielle Hochleistungszahnbacken seitlich in Hiobs Nacken, und er kratzte und stach gurgelnd mit beiden Händen hinter sich über filziges Fell, bis er mit einem Zeigefinger in einer zäh freiplatzenden Augenhöhle festhakte und sich von dort in ein Hundehirn vorbohren konnte. Hiob gelangte auf die Beine, während der Mischling noch immer fiepte und biß, weil er nichts anderes mehr tun konnte. Einer von diesen häßlichen kastenschnauzigen Airedale-Terriern kam von vorne angesprintet, und Hiob tat das, was er eigentlich schon immer mal mit einem Hund hatte machen wollen: er gab dem fliegenden Vierbeiner einen solchen Fußkick in Gegenrichtung, daß Rippen wie Zündholzer brachen. Der Airedale flog meterweit durch die Luft und Hiob verstärkte sogar noch seine eigene Fallwucht, um knirschend auf dem immer noch an seinem Rücken hängenden Mischling zu landen. Dessen Kiefer gaben nun endlich Hiobs Hals frei, und Hiob zog auch seinen Finger aus dem klebrigen Hirn. Der Schäferhund-Collie-Nachkomme lebte noch und jaunerte fast wie ein kleines Kätzchen, doch Hiob hatte keine Zeit für so was. Er spuckte fremdartige Halssehnen aus und schaute grimmig die Straße runter. Es waren sechs oder sieben, angeführt von einem unglaublichen Neufundländer, der vielleicht sogar schwerer war als Hiob selbst. Diese sechs oder sieben waren der einhundertundeinprozentige Tod.

Hiob änderte realistisch die Taktik und rannte mit weit ausgestellten Schritten vor der Meute weg, dem Sprühregen entgegen, der jetzt durch die Straßenschluchten hinwehte und den Teer schlüpfrig machte und trügerisch. Die verdammte Häuserfront war viel zu lang, viel zu weit, nicht einmal bis zur nächsten Kreuzung würde er lebend kommen, dahinten kamen schon die sieben heran, der schwarze Neufundländer mit unglaublichen Sätzen vorneweg. Japsend, die eine Hand in den blutenden Nacken gepreßt, warf Hiob sich seitlich gegen die Klingelleiste eines sechsstöckigen Gebäudes. Irgend jemand mußte doch da sein, mußte aufmachen, mußte einfach. Die Hunde kamen näher. In Panik hämmerte und trommelte Hiob auf sämtliche Klingeln gleichzeitig, gellte dann völlig außerhalb jeder Zurechnungsfähigkeit irgend etwas in den zögerlichen Knisterchoral, der zu wissen begehrte, wer da um Einlaß störte. Die Hunde kamen näher, hatten die drei auf der Straße liegenden passiert. Jammernd warf sich Hiob immer wieder gegen die schwere Tür, die nur ganz oben riefelig verglast war. Endlich drückte irgendeine vertrauende Seele den Knopf. Die Tür schnappte auf, Hiob strauchelte hindurch, warf sich von innen dagegen und hielt die Tür zu gegen den selbstmörderischen Anderthalb-Zentner-Ansturm des Neufundländers, der die gesamte obere Türverglasung bersten ließ und sie wie Schrapnellgeschosse der Länge nach durch den Durchgangsflur feuerte. Ein knirschender Riß bildete sich in der Tür, und Hiob – den Kopf eingezogen, aber die Haare jetzt dennoch voller Glas – wunderte sich über seine eigene Körperkraft in Augenblicken der Not, denn die ihm das Leben gerettet habende vertrauende Seele drückte immer noch vertrauend den Löseknopf. Jetzt erst hörte sie auf, die Türarretierung hakte richtig ein und die übrigen sechs Teufel sprangen jenseits daran hoch und kratzten und kläfften und markierten mit gelblichem Speichel. Dann kam auch der Neufundländer – weit davon entfernt, tot oder benommen zu sein – dazu, und der Riß in der Tür fing obszön an zu klaffen.

H iob sah sich im Briefkastendurchgang um. Nicht nach oben. Nicht in eine der Wohnungen, das war eine Sackgasse. Aber auch nicht hier warten, die Tür würde nicht mehr lange halten. Ein Hinterhof versprach Rettung. Wenn er mit anderen Hinterhöfen verbunden war, konnte Hiob an anderer Stelle wieder im Straßenlabyrinth auftauchen, ohne daß die Meute seine Spur direkt verfolgen konnte. Er rannte los, durch die hintere Durchgangstür auf einen Hof, heftiger gewordener Regen klatschte auf ihn herab. Ihm fiel diese alte *Rain-Dogs*-Legende ein, somit hoffte er, daß der Regen gut für ihn war, daß er die Hunde verwirren würde. Links war eine ruppige Ziegelmauer. Hiob sprang auf eine Gelbe Tonne und von dort aus auf die Mauer. Dahinter standen keine Mülltonnen in unmittelbarer Nähe, also biß er in den sauren Apfel und sprang, mit einer Hand aufgestützt. Es gelang, ohne daß seine Fußknöchel aus den Schalen sprangen. Süßer Vogel Jugend, ein wirkungsvolleres Workout als das zu Hause.

Er war jetzt in einem anderen Innenhof und gönnte sich erst mal ein paar Minuten, um sein saublödes Dinnerjackett zu zerreißen, sich das Gros des Rückenstoffes um den schmerzenden und immer noch blutenden Hals zu wickeln und sich aus den Ärmeln so was wie zusammengeballte Fäustlinge zu improvisieren, die allein schon wegen der Zähigkeit des Stoffes gar nicht gut für die Zähne waren. Während er sich so wie ein antiker Gladiator bandagierte und wieder zu Atem fand, dachte er nach.

Die ganze Sache sah doch ziemlich böse aus, weitreichend, mindestens bezirksübergreifend, wahrscheinlich aber sogar wie ein fetter Alp über der ganzen Stadt liegend. Trotzdem konnte es einfach unmöglich eine Manifestation oder etwas noch schlimmeres sein, davon hätte man ihn unterrichten müssen. Wenn es also nur ein Prognosticon war, die Ausprägungen dieses Prognosticons sich aber in Brisanz und Flächenwirkung kaum noch von einer Manifestation unterschieden, mußte das, was dieses Prognosticon von einer Manifestation unterschied, in der Behebbarkeit des Problems zu finden sein. Mit anderen Worten: Im Gegensatz zu einer Manifestation mußte das hier ganz einfach zu regeln sein. Aber wie? Mußte er den Hunden nur einmal herrisch *«Platz!»* zurufen und alles wurde gut? Ein Versuch würde nicht viel mehr kosten als wahrscheinlich sein Leben.

In zwei der den Innenhof umrankenden Wohnungen gleichzeitig fingen Köter an zu keifen. Lichter gingen an.

Hiob mußte nach Hause. Er war ja sowieso nicht mehr sehr weit von seiner Wohnung entfernt. Er mußte nach Hause und hoffen, daß er dort in irgendeinem Buch oder einem seiner etlichen magischen Krimskramse irgend etwas fand, das man dazu benutzen konnte, tollwütige Hunde zu heilen. Mit Anlauf klimmte und stemmte er sich noch über eine zweite Querhofmauer und probierte dann auf der Seite, die der, durch den er den Häuserblock betreten hatte, genau gegenüberlag, den Ausgang. Die Straße lag ruhig und still im Regen da, nicht einmal Autos fuhren um diese Zeit.

Eng an die Häuserwände seiner Straßenseite gedrückt, wetzte Hiob los, orientierte sich am nächsten Straßenschild neu und schlug die Richtung seines Wohnhauses ein.

(Ein stubenreiner Rauhhaardackel pißte und schiß in einer

Dahlemer Villa mehr als das dreifache von dem, was so ein kleiner Körper eigentlich hergeben konnte. Eine Windspielhündin in Mitte wurde von ihrer eigenen Hitze so übermannt, daß sie Teile ihrer Gebärmutter als Fehlgeburt ausschied. Ein Steglitzer Foxterrier bekam einen Bellkrampf von unerträglicher Lautstärke und Heftigkeit, bis ihm Herz und Lunge gleichzeitig versagten und aus den feinkupierten Ohren gelb-wässrige Flüssigkeit troff. Einem Boxerhund in Charlottenburg, dessen Hinterbeine in einem Generationen dauernden Prozeß zu human-ästhetischer Schräge verzüchtet worden waren, brach einfach plötzlich die Wirbelsäule in der Mitte durch, er plumpste auf den Boden und verreckte vier Stunden lang. Zwei Köpenicker Cockerspaniel fanden eine verwirrte Katze und rammelten sie blutig. Einem Bobtail in Wittenau zerbröselten plötzlich die Zähne im Maul. Fast gleichzeitig verpufften in einer raschen Serie von staubigen Implosionen seine inneren Organe und Gedärme und traten als übelriechende, rotsprenkelige Fürze durch Rachen und After aus. Zurück blieb eine Art Flokati mit klappernden Knochen drin, einem Sacree-Medizinbeutel nicht unähnlich.)

Mehrmals war ihm, als würde der Schatten des riesigen Neufundländers hinter ihm quer über die Straße huschen. Der Regenhimmel war wieder aufgerissen, verweht, vergessen. Schatten überall irritierten den armen Hiob, der fast nur noch vom Stechen seiner Lunge und dem Puckern seiner wahrscheinlich infizierten Bißwunde definiert wurde. Er fragte sich grimmig, was so eine Blutvergiftung wohl mit seinem mutierten Metabolismus für Späße treiben würde, was für eine Art von Hiob dabei entstehen würde. Die rettende Wohnung war jetzt nur noch drei Querstraßen entfernt, und Hiob sah sich so oft um, um sicherzugehen, daß keine Meute hinter ihm aufholte, daß er beinahe in die Gruppe von etwa dreißig Hunden hineingerannt wäre, die plötzlich unter einer Wolkenlichtung vor ihm auftauchte, die Straße in ihrer gesamten Breite versperrend.

Sie atmeten, knurrten, warfen die Köpfe hin und her, tappten unruhig und fixierten ihn mit fahlsilbernen Augenpaaren. Dreißig oder sogar vierzig vierbeinige Nachfahren von Wildhunden, die in ihren völlig unterschiedlichen Silhouetten, Größen, Farben und Ausprägungen mehr wie dreißig oder vierzig völlig unterschiedliche Dämonen wirkten, domestizierte Spielgefährten. Sie haßten ihn, das konnte Hiob deutlich riechen, hätten ihn auch in einer normalen

Nacht schon genug gehaßt, denn Hunde gehörten NuNdUuN, und er war NuNdUuNs härtester Gegner – aber in dieser besonderen Nacht quoll ihnen ihr Haß förmlich aus den Mäulern und tropfte zischend auf den Asphalt. Da drüben, rechts, war auch der Neufundländer. Seine Augen waren noch heller als die der anderen, blendeten fast.

Hiob war stehengeblieben, versuchte erst, sich gar nicht mehr zu bewegen, nicht einmal zu atmen, den Puls anzuhalten, aber das war natürlich keine Lösung. Er ging rückwärts, gaaaaaaanz langsam, und als er den sechsten wackligen Schritt gemacht hatte, fingen die vierzig an zu bellen.

Drohgebärde. Einschüchterungsversuch. Völlig unnötig bei Hiob, dessen Haare schon seit einer halben Stunde darüber diskutierten, ob es nicht eine gute Idee wäre, eine weiße Fahne zu werden. Aber dennoch wirkungsvoll. Weil laut. Wütendes, ungebremstes Gebell, das sich zwischen achtzig Killerzahnreihen Bahn bricht. Man mußte nicht die mythische Sprache der Tiere sprechen, um das «Wir zerfetzen dich gleich, und du wirst es hassen!» deutlich herauszuhören.

Rückwärts gehend versuchte Hiob, während ihm Schweiß und Wasser vom Kinn liefen, mit weit ausgebreiteten Armen irgendeine Beschwichtigungsformel, irgendeine Sonde abzuschießen in die kleinen, harten Hirne der Hundeartigen, einen Zugang zu finden, Kommunikation. Der Mensch, das überlegene Säugetier auf diesem Planeten, und die niederen Wirbler. So etwas in der Art. Klappte aber nicht. Mit Latein buchstäblich am Ende. In der Kabbala gab's auch nichts Passendes. Es gab ein paar Codizes zur Manipulation von Vierbeinigen beim Magicking und den verwandten Lehren der Inuit, aber das machte keinen Sinn angesichts einer Übermacht von vierzig zu eins. Hiob wich weiter zurück, beide Hände beruhigend kreisen lassend und mit tiefer und möglichst ruhiger Stimme Gemeinplätze murmelnd wie «Braaaav! Brave liebe Hundchen! So ist's gut, laßt den Onkel Hiob einfach in Frieden, dann segnet er euch auch.» Tatsächlich bewegten sich die Hunde auch nicht vorwärts. Einige von ihnen bellten immer noch, andere fletschten die Zähne, aber sie schienen den Rückzug des Magiers einigermaßen nachzuvollziehen und als Eingeständnis von völliger Impotenz zu akzeptieren. Sie waren eine Straßensperre, sie blockierten nur, verwehrten Hiob den Weg nach vorne, den Schritt zum achten Punkt, und so, wie er sich jetzt im Augenblick fühlte, war er überzeugt davon, mit nur sieben Punkten sehr gut leben zu können. Wie hatte Widder ganz richtig gesagt? Sieben ist eine Glückszahl.

So hätte es dann also so gemütlich werden können, wenn nicht just in diesem Moment die Bullen aufgetaucht wären. Sie rollten von rechts hinten ins Bild, in ihrem schnieken grünweißen Volkswagenkleinbus auf Routinestreife, sahen aufmerksamerweise den zurückweichenden Mann und die anfeindende Meute, erinnerten sich geistesgegenwärtig sofort an ähnlich lautende Funksprüche über entfesselte Vierbeiner in dieser Nacht und die damit in Zusammenhang zu bringende erhöhte Alarmbereitschaft, von der schon seit Stunden im P-Funk dauernd die Rede war, und zogen den Sicherungsbolzen aus der Handgranate, indem sie mit blechernem Türenscheppern links und rechts aus ihrer Wanne sprangen und trampelnd herumsprangen und -rannten, um die hilflose Person mit aufgeschnappten Hüftholstern in die behagliche Sicherheit des Wagens zu eskortieren.

Die Hunde setzten sich augenblicklich in Bewegung. Der Neufundländer zögerte noch, aber die anderen formierten sich zu einer Brandungswelle aus Krallen und Zähnen.

«Ihr seid ja echt die Kavallerie, Jungs», meinte Hiob. «Ich hoffe nur, ihr habt auch 'ne Maschinenpistole oder so was im Wagen.»

«Machen Sie sich keine Sorgen», sagte der Ranghöhere der beiden, «kommen Sie einfach langsam zurück zum Wagen, wir sind hinter ihnen.» Um die Bedeutsamkeit seiner Worte zu unterstreichen, gab er zwei Warnschüsse in die Luft ab, die Hiob fast das Herz stoppten.

Die Hunde wurden unruhig, wild, kamen näher, spürten Gier.

«Ich glaube, ich hole besser wirklich die MP raus, Hauptwachtmeister!» salutierte der Unerfahrenere der beiden exakt und wetzte zum Wagen zurück, um dort die schwere Ausrüstung für Notfälle aus der Armaturenklemme zu brechen. «Kommen Sie, laufen Sie ruhig, ich gebe Ihnen Deckung», meinte der Hauptwachtmeister jetzt und zielte mit linker Stützhand genau auf Hiobs Rücken. «Kommen Sie rüber, Mann, das hat jetzt keinen Sinn mehr mit dem Langsamgehen.»

«Was Sie nicht sagen», meinte Hiob, der jetzt plötzlich in der Gegenwart zweier noch Blöderer wieder Oberwasser bekam. Er wandte den Hunden den Rücken zu und ging zu dem neu wirkenden Polizeiwagen, während hinter ihm die nassen Zahnreihen sich aufbäumten und zum Dreisprung ansetzten. Der Unterwachtmeister kam jetzt mit einer UZI-ähnlichen Leichtschnellfeuerwaffenkonstruktion um die platte Nase des Busses herumgesprintet, blieb aber angesichts der manischen Raubtierfront so angewurzelt stehen, daß aufgrund der Massenträgheit seine Mütze nach vorne durch die Luft flog. Der HWM feuerte jetzt gezielt mit seiner jungfräulichen Dienstwaffe auf die vorderste Angriffswelle und brüllte dabei irgendwas, was wie Russisch klang, aber auch gut auf massive Verdauungsstörungen zurückzuführen sein konnte. Hiob rupfte sich rauh die unpraktischen Stoffumwicklungen von den Händen, nahm dem schlackernden UWM das UZI-Teil aus den totenstarren Fingern, machte zwei Schritte nach vorne, um auf gleicher Höhe mit dem HWM zu stehen, schwenkte die Waffe vor sich her im Kreissegment und zog den Abzug durch. Es gab fast gar keinen mechanischen Widerstand, im Gegenteil: die Maschinenpistole schien aus dem Lauf heraus einen solchen Unterdruck zu erzeugen, daß Hiobs Abzugsfinger am Griff wie angenagelt wurde. Die Nacht vor den dreien wurde erhellt wie ein amerikanischer Filmstar im Blitzlichtflimmern von Cannes. Der Klang der Waffe war viel subtiler und angenehmer als das kunstvollste chinesische Feuerwerk. Eher wie das satte Schnurren eines gut geölten Motors.

Hiob streute mit herablassendem *Film-Noir*-Gesichtsausdruck eine einzige endlose Salve aus dem ausgestreckten rechten Arm nach vorne, dabei den Strahl schwenkend wie ein Gärtner seinen Gartenschlauch. Die Hunde hatten keine Chance, und das gefiel ihm. Sie rissen auf, platzten, spritzten umher, überschlugen sich, schleuderten, sprangen meterhoch ohne Beine, meterweit ohne Kopf, warfen Eingeweide wie bunte Luftschlangen durch die Gegend und bepulverten ein stattliches Kreissegment mit einem grobkörnigen Popcorn aus Knochen, Fell und Fleisch.

Als die letzte Projektilhülse an Hiobs Kopf vorbei elegant ins Dunkel katapultiert worden war und das mechanische Rattern des Munitions-Treibers mit einem enttäuschenden KLICK endete, senkte Hiob die Mündung und sagte: «Ich mag *Katzen*.» Tatsächlich war dies einer von jenen raren Momenten, an denen er das Spiel richtig liebte.

Neben ihm kniete der Unterwachtmeister am Boden und kotzte, ohne den Kopf vorzubeugen. Der Hauptwachtmeister jedoch schleuderte wutentbrannt seine leergeschossene Pistole zwischen die Kadaver und griff Hiob mit beiden Händen tätlich an. «Sind Sie verrückt geworden, Sie? Das ist eine Dienstwaffe, Sie können damit nicht einfach so ...»

Hiob schleuderte ihn herum und drängte ihn hart mit dem Rücken gegen die Seitenwand des Busses. «Du halt mal bloß die Schnauze!»

schrie er zurück. «Du hast hier nichts als Scheiße gebaut. Wenn ich nicht ...« Der Polizist wischte ihm mit der Linken rauh über den Mund und keifte mit schriller Feldwebelstimme dazwischen: «Sie lassen jetzt die Dienstwaffe fallen und lehnen sich hier mit erhobenen Händen gegen den Wagen, sonst trete ich Ihnen in den Arsch, daß es raucht!» Hiob hatte genug. Die Lichter in den Fenstern der umliegenden Häuser waren bereits angegangen und machten eine Art Las Vegas aus dieser beschaulichen Nebenstraße, und es war nur noch eine Frage von Sekunden, bis die Silhouetten von Schaulustigen in den Fenstern auftauchen würden wie Figuren in einem Setzkasten und mit spitzen Fingern auf ihn zeigen würden. Er hatte ja immer noch die leere Maschinenpistole in der Hand. Er brachte sie jetzt durch das aggressive Gewische des Bullen nach oben durch und haute dem Beamten den Metallrücken der Waffe hart auf die Lippen. Es gab ein häßliches, knirschendes Geräusch, aber anders als im Film brach der Polizist jetzt nicht etwa bewußtlos zusammen, sondern erstarrte am ganzen Leib und versteifte, während seine kurzzeitig außer Reichweite getriebenen Augäpfel wieder auf Hiob fokussierten, und sein geborstenes Zahnfleisch Blut und Speichel durch die geplatzten Lippen zu sprühen begann. Hiob bekam regelrechte Angst davor, daß der Mann den Mund öffnen konnte, um etwas zu sagen, deshalb brachte er die Waffe noch höher und schlug diesmal mit dem Griff von der Seite her möglichst heftig gegen die linke Schläfe seines Gegenübers. Wieder war das Geräusch trocken und unheimlich leise, der Kopf des Oberwachtmeisters ruckte zur Seite, die Augen schlossen sich tränend, dann fing er sich wieder und nestelte immer noch mit beiden Händen an Hiobs Brust herum. Hiob schlug noch zweimal zu, genauso hart, auf dieselbe Schläfe, beim zweiten Schlag knickten die Knie des Mannes schon seitlich weg und er schlug völlig unabgefangen und dumpf platschend mit einem rasselnden Grunzen auf der Straße auf. So richtig bewußtlos war er immer noch nicht, es war ein völlig unnötiger Horror, wie er sich da wand und sein eigenes Blut in die Luftröhre kriegte, aber Hiob wollte nicht mehr weiter gehen, noch ein Schlag konnte ihn umbringen. Er schaute sich zu dem anderen Bullen hin um. Der kniete immer noch da, starrte auf die dampfenden Hundegekröse voraus und überzog sein dunkelgelbes Uniformhemd schön gleichmäßig mit einem zähen Schleim in fast demselben Farbton. Das war ein braver Staatsdiener, der kriegte nichts mit.

Hiob warf die leere, blutige Maschinenpistole irgendwo hin und machte sich aus dem Staub. Während er die nasse Asphaltbahn hinunterhetzte – gezwungenermaßen wieder in die falsche Richtung, von seiner Wohnung weg, denn zwischen ihm und seiner Wohnung lagen jetzt das Hundemassaker und die Schaulustigen – begleitete ihn noch eine ganze Weile lang das stetige Aufflackern von Licht hinter den Fenstern der Anwohnerhäuser. Dann ließ das nach und er wurde wieder einsam.

Doch das Spiel war noch nicht vorüber. Als Hiob mit zwei rechtwinkligen Richtungsänderungen begann, sich in die Richtung seiner Wohnung zurückzupirschen und dabei wachsame Blicke in sämtliche Seitenstraßen warf, konnte er in einer von ihnen den Neufundländer stehen sehen. Im stroboskopischen Mündungsfeuer der Maschinenpistole hatte Hiob nicht besonders gut darauf achten können, ob er den Neufundländer auch wirklich erwischt hatte, aber eigentlich hatte es da nichts zwischen ihm und dem Horizont gegeben, was dem Metall-Ansturm entgangen war. Als er die Augen jetzt zusammenkniff, um den unheimlich schweigenden Hund besser sehen zu können, hätte er beschwören können, daß dessen Fell in Flammen stand. Hellhound on my Trail.

(In Zehlendorf explodierte ein C h i h u a h u a. Die sieben unterschiedlichen Hunde einer ansonsten alleinlebenden wohlbetuchten Dame in Lichtenrade entwickelten kannibalische Verhaltensweisen und stellten äußerst unappetitliche Dinge miteinander an. Ein in Treptow nach Hause torkelnder Spätheimkehrer wurde von einem hochbeschleunigten P e k i n e s e n getroffen, der oben aus einem zehnten Stock gesprungen war. Ein geistig zurückgebliebener Junge in Heiligensee hob das Gesicht zur Zimmerdecke und heulte jaulend wie ein Wolf. Mehrere zumeist alte, erfahrene Hunde in ganz Berlin und auch dem unmittelbaren Umland legten sich in der Unterwerfungsgeste auf den Rücken und boten einem unsichtbaren, titanischen Schatten, der über das Land hinzog, ihre weichen verwundbaren Kehlen dar. Der Schatten war langsam und träge und brummte leise vor sich hin, wie eine Gewitterwolke oder ein Luftschiff von unnennbaren Ausmaßen. Ein tiefes Grollen, das nicht aus der Kehle kam.)

Das Konzept des Magiers, der mit einer Maschinenpistole in der Hand – oder besser noch: mit je einer in jeder Hand – zwischen die Armeen der Finsternis fuhr wie ein hünenhafter Schnitter mit der Blutsense, hallte in Hiobs Gemüt nach wie ein Echo besserer Zeiten. Vielleicht sollte er, wenn er das hier überlebte, mal darüber nachdenken, sich einen Waffenpark zuzulegen. Vampire? Okay, hier ist mein abgesägter doppelläufiger Bolzenwerfer und der Patronengurt mit geweihten Schrapnell-Cruci-7-7-Pflöcken. Was? Ein Werwolf? Kein Problem. Zwei 45mm-Silverbullet-Magnums in zwei Schulterhalftern und eine Teleskop-Katana aus sechsundsechzigfach gefaltetem Sterling. Zombie-Alarm auf dem Opernball in Wien? Ha! Eine schulterbare Boden-Luft-Fernlenk-Kanone mit Zerebraldetektor und eintrittsverzögerten Explosivmantelgeschossen, und die Welt hat ein paar Ärgernisse weniger. Auf diese Art konnte sogar Groschenhefthampelmann John Sinclair zu so einer Art Vorbild werden.

Der flackernde und rußige Schmauchspuren hinter sich herziehende Neufundländer blieb beharrlich hinter Hiob, holte aber viel langsamer auf, als ihm wahrscheinlich möglich gewesen wäre. So konnte Hiob die Außentür des Wohnhauses, in dem er lebte, tatsächlich erreichen, aber als es nun endlich so weit war, war er gar nicht mehr so froh darüber. Ihm machte zu schaffen, daß er der Lösung des Problems immer noch nicht näher gekommen war. Sicher konnte er in irgendeinem seiner magischen Ramschwerke auf seiner Bude – die wirklich macht- und wertvollen lagerten alle in «seiner» Gruft – irgendeinen gegen unartige Hundeartige gerichteten Schutz- oder Schockzauber finden und auch anwenden, aber das war alles irgendwie lau und auch zu unpersönlich, um den besonderen Gegebenheiten dieses Problems Rechnung zu tragen. Die Lösung mußte einfacher sein, viel naheliegender. Das war nur ein Prognosticon, ein Vorzeichen, ein Symbol für irgend etwas anderes, größeres, eine verballhornte Kurzbeschreibung viel weitreichenderer Dinge. Hiob stand da, die Hände links und rechts vor sich gegen die Holztür des Wohnhauses gestemmt, und dachte nach. Wenn er jetzt einfach so in seine Wohnung ging, die Abgeschiedenheit und Sicherheit versprach, entfernte er sich gleichzeitig vom Schauplatz des Geschehens, von den Straßen der Stadt und dem Hundeleben zwischen den Mülltonnen. Er wußte um den Hausschlüssel in seiner Hosentasche, aber er weigerte sich, ihn zu benutzen. Jetzt, wo es ihm endlich gelungen war, dort hinzukommen, wo er die ganze Zeit hatte sein wollen, weil er das Gefühl hatte, dorthin zu gehören, verweigerte er sich der Einfachheit.

Dem Schlüssel.

Weigerte sich, den Schlüssel zu benutzen.
Den er die ganze Zeit bei sich gehabt hatte.
Der die ganze Zeit bei ihm geblieben war.
Weigerte sich
ihn zu benutzen
weil er ihn haßte.

D en Schlüssel haßte. Den Schlüssel verabscheute. Weil der Schlüssel ein Hund war.

W eil Hiob Hunde haßte. Und NuNdUuN das wußte.

U nd NuNdUuN Hiob somit dazu bringen konnte, den Schlüssel nicht zu benutzen.

D en Schlüssel, der sich die ganze Zeit über redliche Mühe gegeben hatte, von ihm nicht abgeschüttelt zu werden.

D er große schwarze Hund in Flammen.

W enn Hiob dieses Spiel gewinnen wollte, mußte es ihm gelingen, Dinge zu tun, die NuNdUuN nie von ihm erwarten würde.

W enn ihm das nicht gelang, würde er immer nur eine Marionette in den eleganten Fingern des größten Spielers aller Zeiten bleiben.

U nd indem er das erkannte, wurde es ganz einfach, es zu tun.

S o einfach wie ein Prognosticon sein mußte.

H iob löste sich von der Haustür, und ging langsam auf den Asphalt der Straße zurück.

D er Neufundländer war nur noch zwanzig Meter entfernt und stehengeblieben. Seine Flanken zitterten vor Schmerzen, während kalt schillernde, grausame Flammen mit widerhakenden Fingern sein Fell liebkosten. Die geschwollene Zunge hing seitlich aus seinem Maul und ließ wundroten Speichel blasig auf der Oberfläche kochen. Es war, je näher Hiob heranging, ein immer erbärmlicher werdender Anblick. Der mächtige Hund war nur ein Schatten seiner selbst und blinzelte irritiert ölige Flüssigkeit aus seinen geweiteten Augen, so daß es aussah, als würde er weinen. Aber es war nicht das vermenschlichte Weinen aus einem niedlichen Zeichentrickfilm. Es war wohl nur ein Reflex der Bindehaut auf den ätzenden Qualm des eigenen, geschmolzenen Felles. Der Neufundländer zuckte zurück, als Hiob sich ihm bis auf zehn Meter genähert hatte, blieb aber seitlich stehen und blinzelte in die Gegend. Die Nacht war kalt, jetzt aber ohne Regen. Wind fuhr in herbstlicher Ahnung zwischen alles, brachte jedes Ding ein klein wenig in Unordnung und Auflösung. Hiob blieb stehen, und sie sahen sich an. Auch der Mensch fing jetzt an zu zittern. Es war völlig unklar, was passieren würde, aber es mußte leicht sein, ein Kinderspiel.

Ein Kinderspiel.

Es fiel Hiob naturgemäß schwer, sich auf den Hund einzulassen. Er bezweifelte, daß er in der Lage sein würde, kindergleich mit ihm herumzutollen, ihn zu zausen und zu liebkosen. Dafür war erstens dieser Hund zu entstellt und unnatürlich, und zweitens waren für Hiob Hunde schon immer saudumme, triefnasige Kläffer gewesen, die die Straßen und Parks mit stinkender Scheiße überzogen und idiotisch sabbernd hinter jedem Stock herrannten, den man durch die Gegend warf. Hiob hatte den eigentümlich erotischen Eigensinn von Katzen der hechelnden Geradlinigkeit von Hunden schon vorgezogen, bevor die schlauen Bücher aus der Gruft ihn darüber informiert hatten, daß die Streitwagen des Fließes von Hunden gezogen wurden, und in der chimärenhaften Artenvielfalt der Canidae NuNdUuN so manch ergebenen Agenten fand.

Aber irgendwie war dies hier tatsächlich leichter. Das da vor ihm war nichts weiter – aber auch nichts Geringeres – als eine geschundene Kreatur. Mehr war nicht wichtig, und das machte es in der Tat einfach.

Hiob ging in die Hocke und begann, mit beruhigender Stimme auf das Tier einzureden, die üblichen Floskeln entlang «Braver Hund, guter Hund, du bist ein guter Kerl, du brauchst doch keine Angst zu haben» etc. Der Neufundländer wich winselnd und mit einer für ein Tier dieser Größe erstaunlich hohen Stimmlage fiepend ein Stück weit zurück und schwenkte den Kopf hin und her, weil ihn die pure Agonie des Daseins in einen Hospitalismus trieb.

Hiob versuchte, das Zittern seiner eigenen Bauchmuskeln zu unterdrücken und wiederholte noch einmal mit möglichst ruhiger Stimme: «Es wird alles gut, Alter. Hab keine Angst.» Er schloß die Augen, weil er den Anblick des entstellten Tieres, das jetzt langsam, mit verdorrter Nase schnuppernd, auf ihn zukam, nicht mehr ertragen konnte. «Bringen wir es hinter uns. Gib mir her, was du gefunden hast. Bist ein braver Hund.» Der Neufundländer kam sämtlicher Sinne beraubt, wackelig, röchelnd bei Hiob an. Hiob lehnte sich in der Hocke nach vorne, stützte sich mit der Rechten am Boden ab und streckte die Linke nach vorne aus. Der Neufundländer bleckte die Zähne und grollte ein Grollen, das nicht aus der Kehle, sondern aus viel tieferer Tiefe kam. Hiob behielt seine Geste bei, er wußte jetzt plötzlich, was passieren mußte, und es war tatsächlich einfach. Es passierte.

Der Hund biß zu.

Das Erschreckendste daran war nicht, dass die Hand zermalmt wurde, sondern war die Tatsache, daß die Zähne des Hundes glühend heiß waren, weil sein ganzer Körper im Fieber kochte. Vielleicht waren sogar die Flammen nur Ausdruck der inneren Hitze, des tiefen Grollens von gestautem Magma, von Wut und Haß und Furcht und Schmerz und Verwirrung und Unverständnis. Hiob erfuhr ins bräunliche Farbspektrum verzerrte, aber unglaublich geruchsintensive Wahrnehmungsfetzen von Lärm und Flammen, platzenden Granatentrichtern, heiser bellenden Schnellfeuergewehren, er hatte Ahnungen von Schlägen und heißen Eisen, von Hunger jenseits jeglicher Erträglichkeit, von Einsamkeit, Kälte, dem rußig-salzigen Geschmack von sich in einer Mulde angesammelt habendem Regenwasser, von in Trümmern hochragenden Nägeln und verrosteten Metallstreben, von der Bedrohung durch gleichgeartet Stärkere und aufgepeitschter, unerfüllter Läufigkeit, von einem Blutmond ohne Ende wie ein Fluß und den aufgerissenen Leibern noch lebender Kinder. Es waren nur Fluchten, Seitenblicke, winzigklein gebohrte Gucklöcher in eine wahrhaftige Realität, aber sie reichten Hiob voll und ganz. Das merkwürdige Tauziehen um Hiobs Hand ging verloren. Der Neufundländer zerrte Hiobs hart aufschlagenden Körper mit sich, die begütigende Geste zwischen Segen und Absolution in den schlackernden Bruch-Arm eines von einer Lawine Verschütteten verwandelnd.

Dann war es vorbei. Das genügte schon. Die wahren Bedingungen von Herrschaft und Demut, Stärke und Zurückgebliebenheit waren diktiert und festgehalten. Jegliche Dressur als Lüge enttarnt. Der Hund kehrte ein in sein Reich, das hundertprozentig keins des Himmels war.

Hiob blieb zurück und versuchte sich stöhnend zu sammeln. Rotz lief unkontrolliert aus seiner Nase, und seine Blase hatte dem plötzlichen Überdruck auch nicht standgehalten, aber die Hand war weniger kaputt, als er befürchtet hatte. Fleisch war zerrissen und blutete stark, einige Sehnen und Knochensegmente waren in Unordnung gebracht worden und sandten schmerzhafte Notsignale an Übersee, aber es war nichts, was bei einem Magier nicht wieder heilen würde. Der Hund hatte nicht vorgehabt, die Hand durchzubeißen. Es war nur um einen echten, aufrichtigen Kontakt gegangen, einen Kontakt auf gleicher Ebene. Die Verständigung von Fleisch. Denn alle sind wir Tiere, und jeder Versuch, so zu tun, als wäre es anders, mündet ins Gelächter derjenigen, die es besser wissen.

Als Hiob oben in seinem Zimmer – gewaschen, autodidaktisch verbunden und mit etwas Sauberem an – auf der Matratze lag, gegen die mondlichtbeschienene Decke starrte und dem leisen Wandern beider Blutvergiftungslinien von seiner Hand und seinem Hals aus zum Herzen nachspürte, hörte er wieder ein Kratzen und Rascheln an seiner Tür.

Er ging hin, öffnete, es war wieder niemand da, auf dem Boden vor der Tür lag aber wieder ein quadratischer weißer Umschlag. Er schloß die Tür, schnupperte das Essighafte, öffnete den Umschlag, und es war ein weißes Kärtchen drin, auf dem mit rauhem Graphit ein großer schwarzer Punkt gekrakelt war.

Hiob ging zurück in sein Zimmer, warf sich quiekend auf die Matratze und starrte grinsend hoch zur Decke.

Allmählich erreichten die Linien sein Herz.

Jetzt genoß er tatsächlich die Nacht.

DAS GROSSE ARKANUM

Oktoberfest in Berlin. Eine bunte Menschenmenge ließ sich schleudern, kreiseln und auf Hochtouren bringen, schoß rotgesichtig auf drahtige Wachszapfen, warf enttäuscht mit papiernen Nieten um sich, soff sich den argen Alltag aus dem Bewußtsein, hatte bunte Zuckerwatte vor den lachenden Jacketkronen kleben und bekleckerte sich fettigst mit Ketchup, Senf und Mayo. Von überallher hämmerten assimilierte Hip-Hop- und Techno-Beats auf die Trommelfelle ein, tiefe volltönende Sprecherstimmen kündigten technische Späße an, und Lichter blinkten, strahlten, bunter als die Sterne.

Hiob haßte diesen ganzen Scheiß, aber Kamber – den die artifizielle Las-Vegashaftigkeit der angestrengten Vergnügungssucht faszinierte – hatte ihm erzählt, daß es hier eine kleine Einrichtung mit dem wenig originellen Namen *Das Kartenhaus* gab, in der man sich von einer Wahrsagerin namens Madame Oradour das Tarot legen lassen konnte.
Das Kartenhaus war ein nicht allzu großes, billiges Zelt, das mit der glosenden Leuchtreklame ringsum mühelos konkurrieren konnte, da es eine gewisse verbotene Sideshow-Atmosphäre verstrahlte. Es war schon nach Sonnenuntergang, der Lärm und die Lichter ringsum also auf Hochpegel, und vor dem *Kartenhaus* warteten außer Hiob nur noch zwei übergewich-

tige Hausfrauen auf Einlaß, die nach der Handlesung oder Kartenlegung dann auch beide einigermaßen zufrieden und belustigt wieder zu ihren draußen wartenden ebenfalls übergewichtigen Familien zurückkehrten. Die Madame verstand ihr Handwerk. Sie erzählte der zahlenden Kundschaft, wofür die Kundschaft zahlte.

Hiob ignorierte den Zigeuner- und Voodoo-Requisitenzirkus im Inneren des Zeltes. Es war die Madame, die ihn interessierte. Sie war etwa vierzig, attraktiv und sehr weiblich und entsprach mit ihren langen dunkelroten Haaren ziemlich genau dem Idealbild einer feministisch-selbstbewußten 90er-Jahre-Hexe. Die unvermeidliche Kristallkugel auf dem Tisch schimmerte hellblau, und die aufgedeckten Karten zeigten Figuren des Großen Arkanums.

«Madame Oradour», stellte Hiob, im Eingang stehenbleibend, fest. «Ein ziemlich morbider Name für eine Rummelplatzattraktion.»

«Jeder von uns bekommt den Namen, den er verdient, Monsieur ... Montecchi?»

Hiob lächelte. Der Kampf war eröffnet. Er trat näher. «Die eingedeutschte Form von Montecchi ist korrekter, Madame. Montag. Mein Name ist Hiob Montag. Ich spiele das Spiel.»

«Ich habe von Ihnen gehört. Kommen Sie doch, setzen Sie sich. Für jemanden wie Sie ist die Zukunft selbstverständlich kostenlos.»

Als Hiob sich ihr gegenüber auf den dort stehenden, absichtlich unbequemen Schemel setzte, deutete sie mit rasselnden Armreifen auf den jodverfärbten Verband um seiner linken Hand.

«Ich hoffe, das ist nicht beim Handlesen passiert.»

Ihre Blicke trafen sich über dem himmelblauen Globus. «Nein. Handlesen aus der Linken würde Unglück bringen, ich weiß das. Ich bin auch nicht hier wegen meiner Hände, sondern wegen Ihrer Karten. Ich wollte Sie fragen, ob es ein Spiel gibt mit neun Karten.»

«Es gibt so viele Spiele, wie es Karten gibt, Monsieur Montag. Achtundsiebzig. Und noch ein paar mehr, die geheim sind und sehr gefährlich.»

«Ich weiß, daß man mit drei Karten spielen kann oder mit fünf, mit sieben oder mit zehn, aber mir geht es um neun. Acht aus der Vergangenheit und die neunte aus der Zukunft.»

«Ist das Wissen um die neunte Karte lebenswichtig für Sie?»

Hiob dachte einen Augenblick nach. «Nein. Es ist eigentlich nur Neugier. Ich möchte ... alle Möglichkeiten ausschöpfen, um das Spiel so gut wie möglich zu spielen, verstehen Sie? Ich bin mir nicht einmal sicher, daß es überhaupt funktionieren wird.»

Mme. Oradour lächelte. «Es ist gut, daß Ihr Leben nicht von einer Karte abhängt, Monsieur Montag. Ich möchte nämlich nicht riskieren, diejenige gewesen zu sein, die Sie zu Fall gebracht hat, wenn Sie wissen, was ich meine.»

«Das ist sehr rücksichtsvoll von Ihnen.»
«Sie selbst werden die Karten legen, ich werde sie Ihnen nur lesen. Da Sie ein großer Spieler sind, werde ich das Große und das Kleine Arkanum und die Hofkarten ineinandermischen, sehen Sie: so.» Ihre Hände bewegten sich mit der Grazie seltener Schmuckvögel, und die großen, stabilen Karten, deren Motive in etwa den standardisierten Bildern für das Rider-Waite-Deck des *Golden-Dawn-Ordens* entsprachen, aber noch ein wenig mittelalterlicher wirkten, glitten und flossen durch diese Hände wie ein in Puzzleteile zerschnittenes Origami. Abschließend strich sie die Karten in einer Mondsichelform, deren Öffnung auf Hiob zeigte, auf dem runden Tischchen aus.
«Nehmen Sie die erste Karte, Monsieur *Mond*-Tag. Haben Sie keine Furcht, etwas Falsches zu tun oder etwas in Unordnung zu bringen. Die Karten kennen ihre Ordnung und verlassen sie niemals.»
«Also gut.» Hiob schluckte. Er setzte sich anders hin, starrte auf die mit neutralen Rosenmustern verzierten Kartenrücken, strich dann mit dem Zeigefinger der Rechten die Krümmung der Mondsichel entlang, zog eine Karte von halbrechts und deckte sie auf. Sie zeigte eine Art Tor aus vier Stäben, auf dem oben Früchte geflochten waren wie eine Girlande oder ein hängender Torbogen. Feiernde, bekränzte Menschen waren zu sehen und im Hintergrund eine Burgfestung.
Mme. Oradour lehnte sich gleichfalls nach vorne. Ihre Stimme wurde tiefer, geheimnisvoller. Sie begann, ihre Rolle zu spielen. «Die Vier der Stäbe. Das Spiel beginnt. Wir sehen eine ausgelassene Feier, die durchschritten werden muß, um zu der dunklen Feste im Hintergrund zu gelangen. Diese Feste birgt ein furchtbares Geheimnis, ihre Dächer sind rot glänzend. Es ist dort Blut geflossen.»
Hiob nickte. *Barranquilla. Der Karneval. Die Irrenanstalt.* Perfekt. Die Madame war so gut, wie er gehofft hatte. Er nahm die zweite Karte und deckte sie auf, diesmal von ganz links.
«König der Stäbe», benannte die Madame. «Wir sehen einen ernsten Mann auf einem Thron sitzen. Sein Schaffenszyklus ist vollendet, die Salamanderornamente auf der Lehne des Throns beißen sich in den Schwanz. Aber er trägt einen grünenden Stab in der Hand, ist also noch nicht bereit, sich zur Ruhe zu setzen. Der lebendige Salamander hier unten rechts verstärkt das Feuer, das noch in ihm lodert.»
Charles Otts auf dem elektrischen Stuhl, der Stab seine Verbindung zu dem Dämon. «Ist es möglich», fragte Hiob, «daß der Salamander nicht in direktem Zusammenhang mit dem König zu sehen ist?»
«Dann würde der Salamander ein Feuer bedeuten, das man leicht übersehen kann, das man aber besser nicht unterschätzen sollte.»
Das paßte. Der Salamander war dieser verfluchte Ausbrecher, John Balti-

more Ingless. Ihn hatte Hiob unterschätzt, und wie eine glitschige Echse war er ihm durch die Finger geglitten. Der Gedanke daran reichte schon, um Hiobs Brust schmerzen zu lassen.

«Dieser Salamander – ist es möglich, eine Karte zu lesen, die mehr über ihn aussagt? Ich wüßte gerne, ob es hier noch Versäumtes nachzuholen gibt oder ob man den Salamander auf sich selbst beruhen lassen kann.»

«Das wäre eine zweite Karte aus der Zukunft und würde unser augenblickliches Spiel durchbrechen. Möchten Sie das Spiel abbrechen?»

«Nein.» *Nicht jetzt. Nicht seinetwegen.* «Machen wir erst mal weiter mit den neun Karten. Bis jetzt läuft es sehr gut. Die nächsten drei Karten müßten allerdings zusammengehören.»

«Dann ziehen Sie drei gleichzeitig. Das ist kein Problem.»

«Gut.» Er nahm drei ohnehin nebeneinanderliegende Karten, ebenfalls aus der linken Seite. Es waren Die Liebenden, Stäbe 9 und Schwerter 3.

«Die Liebenden», lächelte Mme Oradour. «Das ist eine meiner Lieblingskarten und die erste des Großen Arkanums in diesem Spiel. Ein besonderer Spielzug also ?»

«Das kann man wohl sagen.»

«Nun, wir sehen ein unbekleidetes Liebespaar, beide durch einen Berg, also Entfernung, getrennt. Die Frau ist von der Schlange der Sünde bedroht, der Mann steht vor einem brennenden Baum, befindet sich also in gefährlicher Umgebung. Auf sie beide Einfluß nimmt ein gigantischer Engel, der der Sonne gleicht, aber er hat blutrote Schwingen, und ich würde ihm nicht trauen.»

Hiob sah sich den Engel genauer an. So also sah NuNdUuN aus im Spiegel des Tarot. Er hatte ein schönes, weiblich-männliches Gesicht und grün und rot flammende Haare, und seine Flügel waren weiter als die Sonne selbst, die wie ein Heiligenschein über seinem Kopf strahlte. Es war ein ehrfurchtgebietendes, für Hiob geradezu markerschütterndes Bild. Wie konnte man als einfacher Magus gegen so etwas angehen?

«Die anderen beiden Karten zeigen einen im Kampf verwundeten Krieger, der zwischen sich und dem Rest der Welt eine Art Palisade errichtet hat, und ein von drei Schwertern durchbohrtes Herz. Die Liebe der Liebenden wird also durch zweierlei Gewalt zerstört: Die Gewalt, die der Krieg dem Söldner antut, und die noch furchtbarere Gewalt der verratenen, ermordeten Gefühle.»

Die drei Schwerter. Die Gliedmaßen dreier Blutsverwandter, die sich in Magdaleens rotes Fleisch rammen. Die Einsamkeit des Anton Krantz. Und darüber das unerträglich gleichmütige Antlitz NuNdUuNs, der der zertrümmerten Liebe seinen Segen erteilt. Der graue Himmel und der Regen hinter dem getöteten Herzen waren die Teilnahmslosigkeit des Dorfes. Niemand hatte etwas gesehen.

Die Karte mit dem schrecklich zerstochenen Herzens verstärkte noch das ohnehin schon unangenehme Ziehen in Hiobs Brust. Er konnte es auf Dauer nicht ertragen, zu deutlich an das Blei in seiner Pumpe erinnert zu werden. «Weiter», keuchte er, Übelkeit niederhaltend. «Die sechste Karte.»

Die sechste Karte war erstaunlich. Ein einziges, ruhiges Bild symbolisierte den ganzen komplexen Horror, den Bernadettes Rudel für ihn bedeutet hatte.

«Die Fünf der Kelche», erläuterte Mme Oradour. «Ein trauriger, in Schwarz gehüllter Mann betrachtet drei umgestoßene und ausgelaufene Kelche, während in seinem Rücken noch zwei weitere Kelche darauf warten, durch eine innere Brücke erreicht zu werden.»

Die drei gestürzten Kelche. Aus zweien von ihnen floß Wein oder Blut, aus dem dritten jedoch etwas Grünes, vielleicht Galle oder einfach nur Leid. Tatsächlich war bei Sonja Zimmermanns Verbrennung kein Blut geflossen. Tatsächlich waren die beiden letzten Kelche etwas Besonderes gewesen, da schon nicht mehr richtig menschlich.

«Die beiden letzten Kelche werden auch noch fallen», sagte Hiob tonlos. Er räusperte sich. «Der Mann wird sich umdrehen und sein Werk vollenden.»

Die Festung im Hintergrund konnte die Schwerstverbranntenzentrale sein, von der Bernadette ihm erzählt hatte. Das Aussehen des Dunkelgekleideten deprimierte ihn. Welch Kontrast diese dünne, jammernde Gestalt doch darstellte zu der Herrlichkeit des Sonnenengels. Hiob mußte sich noch einmal räuspern.

«Die verschütteten Kelche lasten schwer auf der Seele des Mannes», dozierte die Kartenlegerin weiter, noch immer in das Bild vertieft. «Er täte gut daran, die letzten beiden Kelche nicht ebenfalls umzustoßen, sondern sie aufzuheben, zu bewahren und ihren Inhalt wertzuschätzen.»

«Ja», meinte Hiob bitter, «nur kriegt man für so was keinen Punkt. Der Typ trägt einen schwarzen Umhang, das heißt, er ist ein Assassine oder so was. Ein Ninja. Die Kelche leuchten golden. Harmonie ist bei diesen Unterschieden nicht möglich. Außerdem» – jetzt grinste er etwas bemüht – «ist es müßig, über verschüttete Kelche zu diskutieren. Es ist geschehen. Es ist vorbei. Karte Sieben bitte, die Glückszahl.» Mit einiger Konzentration brachte er es fertig, so etwas wie vorfreudige Neugier zu empfinden für die Art und Weise, die das Tarot finden würde, um Nicole Mellentin darzustellen.

Die Art und Weise war überzeugend und zwingend: Schwerter 8.

«Wir sehen eine gefesselte junge Frau mit verbundenen Augen, die von entblößten Schwertern umzingelt ist und aufpassen muß, daß sie sich nicht schneidet oder sogar tötet. Nur der Weg nach vorne sieht frei aus, führt aber durch schlüpfriges, feuchtes Gelände. Im Hintergrund ist die

Burg der Väter, die verlassen wurde, und in die eine Rückkehr unmöglich ist.»
«Die Dächer auch dieser Burg leuchten blutrot ...»
«Ein Zeichen dafür, daß die Ehe der Eltern wahrscheinlich mehr Schrecknisse birgt, als es nach außen hin den Anschein hat.»
Schwerter von derselben Art, die auch Magdaleen Diffringers Herz aufgespießt hat, verwunden Nicole und haben sie in diese ausweglose Situation gebracht. Hiob empfand große Zuneigung zu dieser Karte, dem bedauernswerten Mädchen darauf und ganz besonders für Nicole selbst. Für seine Herzschmerzen war das allerdings gar nicht gut. Mit angespanntem Gesicht faßte er sich an die linke Brustseite und massierte sich selbst. Anschließend, peinlich berührt vom besorgten Blick der Kartenlegerin, deckte er die achte Karte auf. Er nahm sie genau aus der Mitte.
Es war Der Mond.
«Hier stimmt etwas nicht», murmelte Hiob. «Das dürfte jetzt eigentlich keine Karte aus dem Großen Arkanum sein, so wie bei den Liebenden. Das war eine ganz normale Aufgabe, ganz einfach im Grunde. Kleines Arkanum.»
Mme. Oradour lächelte nachsichtig. «Wir sehen einen Hund und einen Wolf, die zwischen den Türmen einer großen Stadt den Mond anheulen, Monsieur *Mond*-Tag. Der rote Hummer, der im Vordergrund aus dem Wasser steigt, bedeutet Schmerz. Diese Karte leuchtet deshalb, ist deshalb vom Großen Arkanum, weil die Schmerzen dieser Karte noch nicht ausgestanden sind. Sie sind unter Kontrolle, wie das ruhige, fast schlummernde Gesicht des Mondes zeigt, aber sie winden sich noch auf einem langen goldenen Pfad zum unbekannten Horizont.»
Die Wahrsagerin hatte recht. Seine Hand schmerzte noch immer, obwohl die Nacht des Neufundländers jetzt über hundert Stunden her war. Er behandelte die Wunde auch immer noch mit gestohlenem Jod, weil sie eitrig näßte und er ungern seine Linke an den Wundbrand abtreten wollte.
So weit, so gut. Bisher hatte alles makellos gepaßt, und Hiob war von den Fähigkeiten der Karten – oder der Frau – vollkommen überzeugt. Mit der Spannung desjenigen, der jetzt gleich seine unmittelbare Zukunft zu sehen bekommt, zog er die neunte und letzte verabredete Karte aus der rechten Flanke des Bogens hervor. Vor dem Umdrehen zögerte er. Was, wenn es Der Tod war oder eine der häßlicheren Karten des Kleinen Arkanums? In jedem sauber konstruierten Film würde es jetzt auf so etwas hinauslaufen. Aber er winkte innerlich ab. Das Leben war kein sauber konstruierter Film. Das Leben war ein *C-Picture* mit Darstellern, die keine Ahnung hatten, und einem Regisseur, der wollte, daß es so blieb.
Keine Macht der Welt hätte ihn auf die Überraschung vorbereiten kön-

nen, die die neunte Karte barg.
Sie war leer, weiß, völlig blank.
«Was soll das sein?» lachte Hiob verwirrt. «Eine Wildcard?»
«Es tut mir leid», erklärte Mme. Oradour ruhig. «Das ist eine der Deckkarten, die dem Schutz der anderen in der Ablage dienen. Ich mußte sie dazumischen, damit wir mit 78 Karten spielen konnten. Natürlich habe ich gehofft, daß sie nicht gezogen wird.»
«Was soll das heißen: Sie mußten sie dazumischen? Dann haben wir ja mit 79 Karten gespielt und das ganze Spiel ist hinfällig!»
«Nein. Ich sagte es doch schon, wir haben mit 78 Karten gespielt, weil ich die leere Karte dazugenommen habe. Ich mußte ganz zu Anfang eine Karte aus dem Spiel nehmen, weil ihre Anziehungskraft mir das ganze Deck für alle Zeiten durcheinandergebracht hätte.»
«Welche Karte war das?»
«Ihre.»
«Meine?»
«Ja. Die Karte, die Sie zeigt. Eine des Großen Arkanums. Ich wußte, worauf ich mich einließ, als ich Sie zu mir an den Tisch bat, glauben Sie mir. Manchmal liebe ich es, gefährlich zu leben, genauso wie Sie es lieben. Aber tun Sie mir bitte den Gefallen» – mit behender Geste schob sie die noch unaufgedeckt ausgebreiteten Karten auf dem Tisch zusammen und nahm sie an sich – «und fragen Sie mich nicht, welche Karte die Ihre ist. Daß ich die Gefahr liebe, bedeutet noch nicht, daß ich Gefallen daran finde, zu sterben.»
Hiob grinste. «Ich weiß ohnehin, welches meine Karte ist. Die Eins. Der Magier. Das ist doch sonnenklar.»
«Oh, es ist mitnichten die Eins, soviel kann ich Ihnen verraten. Und es ist auch nicht die Null – Der Narr – und auch nicht die Neunzehn – Die Sonne–, wenn wir schon beim Thema sind. Aber weiter dürfen Sie nun wirklich nicht in mich dringen. Wir werden uns sicherlich eines Tages wiedersehen, dann kann ich Ihnen Ihre Karte zeigen und auch die des Salamanders. Aber die Zeit ist dafür noch nicht reif.»
«Sie wissen, wer der Salamander ist? Ich meine, welche Karte?»
«Ich habe eine begründete Vermutung, ja. Aber jetzt bitte ich Sie zu gehen. Wie versprochen werde ich Ihnen nichts für meine Dienste berechnen, und mehr noch: Ich möchte mich bei Ihnen aufrichtig für Ihr Kommen bedanken, denn ich habe viel gelernt während dieser Sitzung. Ich wünsche Ihnen alles verfügbar Gute.»
Hiob erhob sich, die Brust noch immer schmerzend, im Schädel ein Gefühl, als hätte man ihm einen Weinkrug drübergehauen, den ex auszutrinken man ihn vorher gezwungen hatte.
«Ich habe noch zwei unverfängliche Fragen an Sie, Madame. Ich verspre-

che Ihnen, daß ich danach gehen werde.»
Sie seufzte und wich seinem Blick aus, als würde sie sich fürchten. «Zwei Fragen», gestand sie leise zu.
«Erstens: Was bedeutet es nun für meine Zukunft, daß die Karte meines neunten Punktes leer war?»
«Soweit kann ich Sie beruhigen: Es bedeutet nicht, daß Sie keinen neunten Punkt erringen können. Es bedeutet lediglich, daß es eine Veränderung geben wird, einen Bruch im bisher geradlinigen System. Welcher Art dieser Bruch ist, vermag ich nicht zu sagen. Die Farbe Weiß bedeutet außerdem, daß die Zukunft eines Spielers – im Gegensatz zur Zukunft der meisten anderen Menschen – noch nicht festgeschrieben ist, weil sie in der Hand des Spielers selbst liegt. Ich könnte Ihnen aber wahrscheinlich auch aus Ihrer Hand nicht die Zukunft vorhersagen. Sie sind kein gewöhnlicher Mensch.»
«Was nahtlos an meine zweite Frage anknüpft, da mir solche Sprüche doch sehr bekannt vorkommen: Sind Sie eine Agentin des Wiedenfließes?»
«Sind wir das nicht alle, die Magie praktizieren?»

Shiiiit.
Fünf aufeinanderfolgende Fahrten auf einer Doppellooping-Achterbahn reichten nicht annähernd aus, um diese Antwort aus Hiobs Stoffwechsel zu kriegen.

Prog nos ticon 6 Aussetzer

Was wieder beweist, ¶ daß die Menschen vor allem Angst haben, ¶ man könnte sie zwingen, ¶ irgend etwas zu fühlen. ¶ [...] Was ist der Mühe wert? ¶ Nur das, was man selber fühlt.

(Virginia Woolf)

a) Das Kleinste Pandaemonium

«Aaaaaaaaaaaaaaaaahhhhhhhhhhhhh hhhhhhhhhhhhhhhhhhhhhh!»

Ja.

Erlöst. Geflossen. Geliebt.

Die silberne Ruhe, das mahlende Herz sinken ein, geben wieder dem alten Argwohn Raum und Spiel. Hat mich jemand gehört? Gesehen? Habe ich zu laut geschrien?

Nein, ich bin einzig. Erfüllt und so ruhig. Das Antlitz des Knaben nur wenig entgleist, sein Genick ist gebrochen, meine Liebe wie immer zu stark, doch schön noch, auch jetzt, und für immer. Wird niemals verzerren zu bärtiger Fratze. Erinnern ist ewig.

Keiner ahnt. Was keiner wissen kann. Was niemand außer mir versteht.

Ich ziehe mich raus aus dem kindlichen Leib, die süßeste Pforte schließt sich erkaltend. Mein Herz noch so schnell, fast schneller als deins war, mein Liebling, als ich dich zu mir nahm, doch ruhiger werdend langsam. In dieser Erfüllung liegt so viel Schönheit – wäre ich nur Dichter! Könnte ich fassen anders als fühlen – machte so viel ertragenswerter Leben und Los. Selbst diese Sträucher hier, wuchernder Park, Scherben von Kleintrünken, andernleuts Kot: viel klarer nun vor mir, viel gerader die Winkel. Niemand hastet mehr häßlich vorbei. Nur du, mein Schatz, und ich, nur dein glänzendes Eines und mein ragendes Ich. Ich bin. Kaum kleiner jetzt. Lustig. Ein Spielzeug. Ein Glück.

Ich werfe dich weg, dummer Knabe. Mit jeder Sekunde veracht' ich dich mehr. Ich bin ganz allein in meiner Vollendung. Ich liebte dich einst, jetzt nicht mehr, nur erinnern ist ewig, in meinen Gedanken allein lebst du fort, wie du aufschaust so freundlich, so voller Vertrauen, die Mahnung der Mutter vergessend, gelockt von der kindlichen Gier auf ein Abenteuer, auf das, was ich versprach, China und ein weißer Bär wie im Zoo, des Zauberkünstlers Maskerade, dann dein Zappeln, dein zahniges Schnaufen in meiner Hand, meine Liebe, meine Liebe für dich.

Es ist – eigentlich – ganz eigen.

Es ist wie immer.

Es endet, entgleitet, zerfurcht sich, durchwattet, birgt Poren, durchläßt mich, hinaust mich, vollends ich, ich taumele aufwärts durch Gärten aus Federn, durch moosiges Graben von nachtklammem Tal, hetze umgarnend dem Ticken entgegen, lege mich um, und noch mal, die Stimme eines Mannes sagt mit türkischem Akzent: «Mein Sohn hat im Schlaf seine Seele verloren», das stille Licht des Morgens füllt brausend den Raum hinter meinen Lidern, ich schlage auf Augen und Bett in einem.

Es ist wie immer.

Doch es ist – eigentlich – ganz eigen.

Ich habe schon mehrmals gelesen – denn ich beschäftige mich gut mit meinem Fall und meinem dunklen Pläsier – daß normalerweise Männer, die einen erotischen Traum haben, immer im Augenblick der Ejakulation erwachen. Bei mir ist das anders. Ich habe zwar – wie immer – kaltes Sperma zwischen meinen Beinen und muß mich sputen, meine Schlafanzughose auszuwaschen, aber eigentlich jedesmal geht mein Traum noch weiter, häuft schon wieder Lust an in der Erinnerung an die Tat, und ich erwache immer mit einer neuen Erektion. Fasse ich ihn an dann – jetzt –, tut er weh, ist gereizt, aber ich reagiere den ganzen Tag lang sensibel und erregt. Das Lachen eines kleinen Jungen auf dem Schulweg treibt mich zum Reiben ins Gebüsch.

Es ist eigen, wie es ist.

Ich bin fest davon überzeugt, daß es eigentlich nur noch eine Frage von Tagen oder Wochen ist, bis ich es *wirklich* tue.

Bis ich mir einen greife und ihn beschlafe, immer wieder, bis jenseits allen Traumglücks echte Freude mich umfängt.

Wir sind alle Jungfrauen, ich und die Kinder – wir haben's noch nie getan. Aber wenn es soweit ist – wird unser ansteigendes Schreien den Himmel durchleuchten.

Taumel nicht, erschieß dich lieber. Es gibt Schlimmeres.

Es gibt wirklich Schlimmeres, als von einem kurzgeschorenen Schlachter, der dir im Leben nicht das Wasser reichen könnte, herumkommandiert, geschunden und gedemütigt zu werden, lächerlich gemacht vor allen, degradiert zum flennenden Fleisch, weitergeschickt selbst wenn Atem fehlt, verhöhnt und entmannt.

Ich habe ihnen gesagt, ihnen allen gesagt, ich halt das nicht durch.

Sie wollten's ja so.

Ich will das Gesicht meines Vaters sehen, wenn mein Hirn ihn bespritzt.

Ich will, daß sie sagen: «Hätten wir ihn bloß nicht gezwungen.»

Ich will, daß sie den Wert von Geist erkennen.

Mich beweinen. Leidet, ihr Schweine.

Krepiert.

Warum nehm ich sie nicht alle mit, wenn ich ohnehin abtrete?

Warum spreng ich ihre blöden Fressen nicht alle mit mir in die Luft?

Auf, laßt uns gehen.

Laßt uns marschieren.

Laßt uns *Stech*schritt exerzieren.

Man kann sich seines Lebens nicht mehr sicher sein.

Ohne Schüsse in den Straßen eine neue Form von Krieg.

Wir sind alt, wir sind schwach. Wir waren mal wer. Wir waren mal die Beherrscher der Welt, alle anderen Völker haben vor uns gezittert. Jetzt trauen wir uns kaum noch vor die Haustür, finden uns in den Supermärkten nicht mehr zurecht, leiden Schmerzen bei jeder Bewegung, werden vom Staat um jede Mark betrogen und müssen uns anpöbeln lassen von stinkenden Ausländerkindern.

Oh, wir stinken auch. Wir stinken nach der Pisse, die wir nicht mehr halten können, und wir hassen uns dafür. Wir hassen, was aus uns geworden ist. Wir waren so ein schönes Paar.

Hol die Fotos heraus, die braunvergilbten.

Schau mich an mit deinem Haß und gib mir deine Runzelhand.

Es ist dieser Haß, der uns vereint, fester noch als Ringe.

Wir haben alles überlebt.

Selbst unsere Kinder.

Schmerz ist unser täglich Brot , doch wir vergessen nie.

Ich habe keinen einzigen Gedanken.

Mein ganzer Körper schreit nur: Mehr.

Willst du , daß ich vor dich krieche? Ich tu's.

Mißbrauch mich , wenn es dir gefällt. Wenn es dir nichts ausmacht. Mir macht es nichts aus.

Nur gib mir was , ja? , gib mir was.

Den Traum , der aus Amerika kam.

Ihr. Seht. Mich. An. Und denkt: die Arme dort verreckt.

Ich kann nur lächeln.

Zwar dehnen sich die Stunden harter Tage zu einer Höllenkluft.

Doch kenne ich das Paradies. War dort. Hab es gesehn.

Und wenn du mir was gibst , komm ich ganz sicher wieder hin.

Ich mach mich kaputt , ich weiß , ich weiß , ja doch , ja.

Ein frühes Ende , Herztod , der Statistik entsprechend.

Weißt du was? Meinen ersten Infarkt hatte ich mit 27! Was sagst du dazu? Nichts mehr , stimmt's? Scheiß auf die Statistik , ich bin viel schlimmer dran.

Ich bin kein Durchschnitt , ich bin besser.

Ich arbeite hundertzehn Stunden in der Woche mindestens und habe nur Verachtung für die richtungslosen Verlierer , die für fünfunddreißig oder so was streiken. Ich bin der beste Mann in meiner Abteilung , ich verdiene zwölftausend im Monat netto , mein Chef und ich duzen uns , wir gehen zusammen in den Club und ficken nacheinander die selbe , ich trage eine Rolex mit Diamanten und maßgefertigte Schuhe , ich fahre einen Porsche sportlich , mein Handicap beim Golf ist vierzehn und ich arbeite daran.

Aber unterschätz mich nicht.

Ich bin kein dummer Yuppie , der sich verkauft hat. Ich bin nicht tot , kein Zombie , ich mach das alles nicht für Geld.

Ich bin ein Visionär , ein Neuerer.

Ich habe einen Traum.

Nichts hat mehr einen Sinn.

Ich muß denken an all die blöden Geschichten über Priester , die ihren Glauben verloren haben. Das ist alles so lächerlich. Wie kann man seinen Glauben verlieren? Entweder man hat nie richtig geglaubt , oder aber doch , und dann verliert man das auch nicht.

Bei mir ist das anders.

Was ich tue , hat nichts mit Glauben zu tun.

So etwas wie Glauben habe ich nie gehabt. Ich bin ein praktischer Mensch.

Ich bin kein Träumer , kein Schwätzer , kein Wortverdreher und Verkäufer.

Ich bin Lehrer , ich unterrichte Kinder.

Und niemals , niemals hat jemand mir gesagt , daß es *so* sein würde.

Ich verstehe nicht einmal mehr ihre Sprache. Ich bin nur zehn Jahre älter als sie und verstehe nicht einmal mehr ihre Sprache.

Ihr Nihilismus bringt mich zum Zittern. Ihre Gewaltbereitschaft macht mir Angst. Ihre naive Begeisterung für geklonte Idole läßt mich den Kopf schütteln. Ihr vorgezeichneter Weg in die Arbeitslosigkeit und den sozialen Alptraum läßt mich mitleiden. Die familiären Infernos , denen sie entstammen , bringen mich zum Kotzen. Ihr Drogenkonsum stößt mich ab. Die heftige Unbelehrbarkeit ihrer sexuellen Triebe verwirrt mich. Ihre Verweigerungshaltung meinem Lehrstoff gegenüber bringt mich zur Verzweiflung. Ihr Mangel an Respekt und Angst lehren mich das Fürchten. Die virtuellen Kult-Welten , in denen sie leben und über die sie sich austauschen , bleiben mir verschlossen. Die rückhaltlose Radikalität ihrer verschiedenen politischen Ansichten macht mir Sorgen. Ich denke nach über ihrer aller Nähe zum Tod und wälze mich nachts schwitzend im Schlaf.

Gestern erst habe ich vor dem Betreten des Klassenzimmers in den Gang gekotzt. Ich habe einfach dem Druck nicht mehr standgehalten , dem Wirbelsturm von Ängsten , der hinter der Tür auf mich lauerte.

Im staubigen Kreischen der Kreide habe ich begriffen , Lektionen gelernt.

Man bezahlt mich dafür ,
daß ich Eltern und Politikern und Direktoren
das Gefühl gebe ,
es gäbe noch Hoffnung ,
da wäre noch Zukunft.

Lessing ist mir lieb.

Goethe ist fast göttlich , mir gefällt aber der Klassiker mehr als der Stürmer und Dränger , obschon auch mit jenem ich vertraut.

Schiller ist schön , mein Urteil über *Wallenstein* schließt sich dem von Tieck an («Der Deutsche vernahm wieder , was seine herrliche Sprache vermöge»).

Hölderlin ist mir zu heikel , mich dünkt hier Homophiles.

Kleists *Krug* ist köstlich , unzweifelhaft , eins meiner liebsten.

Die Romantiker , obzwar ich alle ihre Namen kenne , sind stets verschlossen mir geblieben , sind mir zu rastlos in ihren quellenden Begehren.

Heine ist zu herzlos , zu ironisch und zu zynisch. Ich mag ihn nicht leiden. Obgleich ich gar nichts gegen Juden habe , trotz ihrer großen Nasen.

Stifter und Storm sind stärker mir verbunden , auch Fontanes Fabulierkunst und Mörikes maßvolles Land Orplid.

Fremd , heikel , traurig , böse und migränig blieben Fallada , Hauptmann , Tucholsky , Benn , Musil stets meinen Sinnen , wiewohl ich jedem seinen Teil zugestand von meiner Lebenszeit , mit andren Worten: von jedem eine Auswahl hab' gelesen. Keiner kann mir nachsagen , daß ich von etwas rede , wovon ich nichts verstehe.

Die Manns sind beide meine Meister , meine Favoriten , nie zuvor noch nachher habe jemals ich reicheren Erfahrungsschatz genossen. Stört mich doch sehr das homophile Element in beider Leben , muß ich doch meinen Respekt ihnen bezeugen , daß wenig davon Niederschlag findet in ihren Werken , so daß man ohne Ekel alles lesen kann (mit Ausnahme natürlich des *Tod in Venedig* , welcher degoutant ist , wenngleich dem Aufgeschlossnen nicht schockierend).

Hesse war mehr Heiliger denn Literat , mir stets zu esoterisch , seltsam , unvertraut. Welchen Wert ein Schreiben hat , das unverständlich bleibt dem Bürger , ist stets ein Rätsel mir geblieben.

Rilke , Döblin , Böll sind ebenfalls recht dunkel bisweilen für den Blick des Lesers. Ich liebe ja nicht alles , was die Kritik so hätschelt. Bild' einiges mir ein auf meinen eignen Sachverstand , wiezwar ich niemals Doktor wurde , niemals hochbezahlt – hab dafür niemals Zeit gehabt , mußt immer arbeiten – doch kann wohl mithalten und Kontra geben , wenn ein eitler Schwätzer jenen andren – Böll – mir zu sehr lobt.

Von den Modernen sind Grass , Kempowski und der Buchheim mir die nächsten , das sind recht gute , kluge Burschen mit dem rechten Sinn für Historizität und ohne allzu jugendliches Schwärmen. Hab auch mit Jünger mich beschäftigt aus gegebnem Anlaß – lese ja auch immer das Stück , bevor ich ins Theater geh' , das selten mich nur als Besucher findet , da man ja wohl kaum von mir verlangen kann , daß ich einen Eintritt zahle dafür , daß die Bühne zum Abtritt wird – , fand ihn aber – Jünger – zu jäh springend zwischen Wehrgängers Jubel und Waldgängers Jaulen , um mich so richtig für den Jubilar zu erwärmen.

Ich bin zwar nur ein kleiner Mann , nie fand sich eine Frau bereit , ohne vorher Geld von mir zu nehmen , mir zu sagen , daß sie mich liebe.

Doch ich trage alle großen Werke Deutschlands in mir , ich bin Wallenstein und Egmont , Nathan , Adrian Leverkühn und ganz besonders Torquato Tasso , der Leidende. Ich tue jeden Tag des Lebens meine Pflicht aufs Neue , vertiefe mich vollauf in das , was mein Arbeitgeber mir aufträgt , gab niemals Widerworte , bin so grau , daß viele in der Firma mich noch nie bemerkt haben , aber wer zu mir freundlich ist , hat auch von mir ein freundlich Wort stets zu erwarten.

Niemand hat sich je über mich beklagt. Niemals war ich krank , nicht einen Tag.

Wenn das Tagessoll vollbracht ist , gehe ich nach Hause in mein kaltes Zimmer und wärme meine Hände an einem guten Buch.

Daß an meinem Grabe niemand stehen wird , schmerzt mich nicht sehr , denn ich habe meinen Stolz.

Ich habe immer meine Pflicht erfüllt , wer kann das schon von sich sagen?

Alle sollten ins KZ.

Alle , wie sie da sind. Die ganzen alten Idioten , die fetten Politiker mit ihren Lügen , meine Eltern mit ihrem Scheißvertrauen , meine Großeltern , die alles alte rote Socken sind , zum Kotzen , zurückgeblieben , nie dazugelernt. Alles wird immer schlimmer für uns , alles nehmen sie uns weg und geben es den Wessis. Ich hasse die Wessis , die mit ihren sauberen Audis zu uns in die Plattensiedlung rollen und Fotos von uns machen , als wären wir im Zoo , und sagen: «Gottchen , so zu leben!» Ich hasse die Pfaffen , die uns Scheiße erzählen vom Leben nach dem Tod, das noch langweiliger sein wird als das Leben jetzt. Ich hasse die pißgelben Zwerge aus Vietnam, die uns die Wohnungen wegnehmen, und die Neger, die so schwarz wie Scheiße sind, die sich den Bauch vollschlagen von dem Geld, das eigentlich uns zusteht, das der verfickte Staat uns wegnimmt und den grinsenden Asylbetrügern vorne und hinten reinschiebt. «Politisch verfolgt» – daß ich nicht lache! Wir werden auch politisch verfolgt, aber wir kommen nirgendwo angekrochen und betteln um irgendwas. Wir schlagen zu. Wir klatschen alle Dreckschweine auf, holzen ihre Fressen zu Brei und spucken drauf. Wir kämpfen gegen den Staat, gegen die Kanacken, gegen die Kommis, die Ratten, die Bullen, und manchmal auch gegen uns selbst.

Wir sind Skins.

Wir haben Krieg mit den Autonomen mit ihren fiesen fettigen Rastalocken und den stinkenden Lederjacken. Weißer Müll, den man verbrennen muß.

Wir brennen alles runter. Der Führer hat schon recht gehabt. In den Ofen mit den Juden und den Türken. Das sind doch alles keine Menschen, die sind wie Ratten, nur häßlicher und dreckiger. Der Furz eines echten Deutschen riecht besser als das Parfüm von Türken.

Sprich mich auf der Straße an, du Pottsau, und ich kotz dir mitten ins Gesicht. Faß mich an, und ich polier dir die Schnauze. Zeig mit dem Finger auf mich, und ich beiß ihn dir ab und schluck ihn runter.

Ich bin Skin.

Ich bin rechts.

Ich bin deutsch. Das allein haben sie mir gelassen.

Es gibt ein paar Leute, die uns sagen, was wir tun sollen. Rechte, in Anzügen und guten Mänteln. Sie denken, sie können uns lenken, aber in Wirklichkeit hassen wir auch sie. Wir tun ihnen ihren Willen, denn sie bescheißen uns wenigstens nicht andauernd. Sie sagen immer, daß wir bereit sein müssen, für's Vaterland zu sterben. Das Sterben ist das Gute dran, das Wort Deutschland find ich auch gut, das Wort Vaterland hab ich nie so richtig kapiert. Was soll das überhaupt sein – Vaterland? Mein Vater ist eine geile alte Sau.

Ich bin Skin.

Ich bin ein Mädchen.

Ich bin zwölf Jahre alt.

Guten Abend entschuldigen Sie bitte die Störung mein Name ist Kerstin ich bin zur Zeit obdachlos und normalerweise verkaufe ich die Obdachlosenzeitung damit ich mich finanziell über Wasser halten kann aber die Obdachlosenzeitung ist auch für uns Obdachlose nicht kostenlos wir müssen eine Mark pro Stück bezahlen damit wir sie für zwei Mark verkaufen können wobei wir dann eine Mark behalten dürfen und zur Zeit habe ich kein Geld um die Zeitungen anzukaufen deshalb wäre es sehr nett wenn der eine oder andere von Ihnen mir vielleicht mit ein bißchen Kleingeld aushelfen könnte damit ich wieder anfangen kann die Zeitung zu verkaufen und auf eigenen Beinen stehen kann denn ich weiß sonst wirklich nicht mehr wie ich über die Runden kommen soll ich wäre Ihnen sehr dankbar für jede Unterstützung wirklich für jede auch wenn es nur ein paar Pfennige sind ich bitte Sie hat denn wirklich nicht ein einziger von Ihnen ein bißchen Kleingeld übrig das kann doch gar nicht sein hören Sie ich hätte Ihnen ja auch eine Lüge erzählen können und sagen können daß ich seit zwei Tagen nichts mehr gegessen habe aber das ist nicht wahr ich habe heute Morgen eine Schrippe gehabt mit Käse drauf und ich nehme wirklich keine Drogen ich schwöre es mein Gesicht ist nur deshalb so verquollen weil ich geschlagen worden bin von dem Mann bei dem ich letzte Nacht pennen durfte weil ich nicht alles machen konnte was er von mir gewollt hat es tut mir leid wenn ich Ihnen den wohlverdienten Feierabend verderbe ich versuche doch nur von der Straße wegzukommen es wird doch Winter und ich steh das alles nicht mehr länger durch ich entschuldige mich ja bitte haben Sie doch nein gar nichts ich weiß nicht mehr weiter trotzdem vielen Dank daß Sie mir überhaupt zugehört haben und mich nicht aus dem fahrenden Zug geworfen haben ich wünsche Ihnen noch einen schönen Abend und wenn es dann in ein paar Monaten soweit ist frohe Weihnachten mit Ihren Familien denn Weihnachten kommt trotzdem

Ich bin jetzt siebenundvierzig ¶ Mein Gott - wie verbraucht das klingt ¶ Ich habe immer noch ein hübsches Gesicht ¶ Aber es ist nicht mehr meins ¶ Mit den Falten da das bin ich nicht ¶ Das ist ungerecht ¶ Mein ganzes Leben bin ich immer hübsch gewesen ¶ Die Männer haben sich nach mir umgedreht mir nachgepfiffen ¶ Ich habe leichtes Spiel gehabt eine beachtliche Auswahl ¶ Ich habe Selbstvertrauen gehabt weil ich hübsch war ¶ Sie haben mir Türen aufgehalten in vielerlei Hinsicht ¶ Ich habe eine Tochter sie ist sechzehn und ich liebe sie sehr ¶ Sie hängt an ihrer Mutter ¶ Wenn wir zusammen irgendwo hingehen ¶ drehen sich die Männer nach ihr um ¶ und pfeifen hinter ihr her ¶ und beachten mich nicht. ¶ Ich bin fest entschlossen ¶ Ich lasse mein Gesicht chirurgisch verjüngen ¶ Ich werde wieder sechzehn ¶ Ich werde hübscher sein als sie b) Für Alle?

Hätte man Hiob gefragt, welches die beste Idee gewesen ist, die die BVG in den letzten Jahrzehnten gehabt hatte, hätte er nicht lange nachzudenken brauchen. Seit man jetzt nämlich in den Bussen die Fahrausweise nicht mehr vorzuzeigen brauchte, entdeckten alle eingefleischten Schwarzfahrer diese nützlichen Verkehrsmittel neu, und Hiob war unter ihnen.

So konnte man ihn mit staunenden Kinderaugen ganz vorne im Obergeschoß eines werbetragenden Doppeldeckers durch die City rollen sehen, wie auf einer teuren Stadtrundfahrt, nur unter seinesgleichen. Im Sommer konnte man den Frauen von dort oben in die wippenden Ausschnitte lugen, im Winter konnte man die merkwürdige Entdeckung machen, daß der Atembeschlag der Fenster nach Fisch roch. Man konnte hinten einsteigen und vorne einsteigen, vorne aussteigen und hinten wieder einsteigen, die Treppe hinunterhangeln, ohne die Füße zu benutzen, man konnte sich hitzige Wortgefechte mit marodierenden Schülergruppen liefern, zuschauen, wie selbstbewußte Bürger im Obergeschoß laufend bei Vollbremsung die Kontrolle verloren und Rentner von den automatischen Türen drangsaliert wurden, man konnte Müttern grinsend helfen, die sich mit einem Kinderwagen abmühten – oder es bleiben lassen – und unter Brückenkonstruktionen kreischend den Kopf einziehen. Mit weniger Worten: Hiob, über den mal jemand gesagt hatte, daß bei ihm beim Erreichen seiner Volljährigkeit jegliche sittliche Reife über Bord gegangen sein mußte, hatte einen buchstäblichen Heidenspaß und kutschierte kostenfrei durch seine Stadt wie einer, der eben erst nach langer Haft aus der Irrenanstalt entlassen worden war.

Des Nachts war man natürlich weiterhin größtenteils auf seine Füße, ein rasch gestohlenes Fahrrad oder sporadische Taxis angewiesen, denn das öffentliche Verkehrssystem erkannte bekanntermaßen die Nacht nicht so richtig als vollwertigen Wirtschaftsfaktor an, aber immerhin gab es doch ein paar unheimliche und meistens leere Nachtbuslinien, die sich weit abseits der U-Bahn-Fahrzeiten durchs bleich beleuchtete nocturne Dickicht schlugen, um Studenten, Getriebene oder Verlorene von hier nach da und immer weiter nach unten zu bringen. So begab es sich denn also, daß Hiob Montag, in einer herbstlichen Mittwochnacht gegen 2.30 Uhr morgens in den Mantel geschlagen, den ihm ein junger Heimkehrer aus dem ersten Weltkrieg mitgebracht hatte, irgendwo in der zerzausten Gegend um die Yorckstraßenbahnhöfe herum auf die leuchtende Ankunft eines Busses wartete, der ihn ein Stückchen weit nach Hause bringen sollte. Ihm war kalt, der Wind rüttelte an ihm, als ließe sich Energie aus ihm schlagen, und jeder noch so rüttelige und von Alkoholikerrülpsen durchblähte Bus wäre ihm jetzt wie ein goldenes Schiff vorgekommen, das warm und sicher das abenteuerliche Schwarzmeer durchschnitt.

Als nicht weit entfernt ein urzeitlicher Motor angeworfen wurde, achtete Hiob zuerst nicht darauf, denn er ließ gerade die bassigen Verwerfungen von Bobby Sichrans Soul Runners! gegen die Kälte in den Zerebralien umherspülen, bis aus dem schnodderigen Weißbrot Sichran eine üppige Salsa-Senorita mit knappem Latex-BH geworden war. Dann aber schälte sich aus einer gegenüberliegenden Seitenstraße, die viel zu unbedeutend für eine reguläre Nahverkehrslinie war, der ungeheuerliche Umriß eines veralteten Doppeldeckerbusses, der ohne Licht fuhr und auch im Innenraum keine Lichter anhatte, und die Sichranita rasierte sich an der Limbostange den lächelnden Kopf vom Hals.

Es war einer von diesen Bussen aus den frühen Siebzigern, deren blaßpißgelbe Kühlerfront noch abgerundet war, mit einem fast oldtimerhaften Kühlergrill, einem zweiten Bedienstetensitz für den Kartenlöser und mit nur einer Stiege nach oben antatt der heute üblichen zwei. Das Ungetüm war über und über mit Ruß verdreckt, wie es in manchen andauernd granulatverhagelten Wintern tatsächlich der Fall sein kann, aber es lag ja noch kein Schnee. Nicht mal im nördlichsten Stadtteil Berlins war schon Winter. Das konnte es also nicht sein. Dennoch waren selbst die Fenster blind von aschener Schwärze, und als das schnaufende Ding auf die Yorckstraße einbog und tosend auf Hiobs Haltestelle zuhielt, konnte er das essigartige Aroma erriechen, das den ganzen Wagen wie eine Aureole umhüllte.

Das Linienbezeichnungsschild zeigte – kaum zu erkennen – ein ausgeblichenes E. E für Einsetzer, ein Bus, der die Lücke zwischen zwei anderen auffüllte. Das Destinationsschild über der Frontscheibe war beim besten Willen nicht zu entziffern, es konnte Heiligensee heißen oder auch St.-Petri-Schnee oder Waterloo. Vielleicht auch einfach nur Betriebsfahrt. Ansonsten war auch die Frontscheibe fast völlig von dunkelgrauem Staub verdreckt, ein Wunder, daß der Fahrer, der nur im beunruhigenden Leuchten einiger grüner und roter Kontrollämpchen an seinem Steuerrad als verzogener Umriß zu erahnen war, überhaupt sehen konnte, wohin er fuhr.

Der erste Instinkt trieb Hiob dazu, erst einmal ein paar Schritte von der Bordsteinkante zurückzuweichen, als der monolithische Doppeldecker vor ihm anhielt. Aber dann siegte sein naturgegebener Fatalismus. Das Aroma des Busses war unschwer zu identifizieren, er selbst war der einzige zusteigewillige Gast an dieser Haltestelle, und dies hier war garantiert kein Bus, der in irgendwelchen Dienstplänen der BVG verzeichnet war.

Mit dem pneumatischen Zischen einer Hochdruckschleuse öffnete sich die Fahrertür, indem sich auf altmodische Weise beide Hälften ziehharmonikamäßig zur Seite falteten.

Der Fahrer sah nicht gerade wie der typische Berliner Buskutscher aus. Er war höchstens dreißig, hatte eine konservative dunkelblonde Igelfrisur, ein hanseatisches Gesicht mit breiter Himmelfahrtsnase und noch breiterem Grinsen, er war lang und schlaksig und trug einen ziemlich langweiligen graugrünen Anzug und eine dunkelgraue Krawatte über einem weißen Hemd, das zwei Nummern zu groß für ihn war. Er sah aus wie der typische Banklehrling oder der typische jung in die Führungsriege aufgestiegene Ex-BWL-Student-Jetzt-Macher-Wessi , was im Grunde genommen ja ein und dasselbe war. Aber er hielt das Lenkrad des Höllenbusses mit beiden Händen und griente in der von unten kommenden Funzelbeleuchtung dämonisch zu Hiob hinaus: «Na , wie sieht's aus , Spieler Montag? Kleine Kreuzfahrt gefällig? Wenn du einsteigst , gilt es als Prognosticon , wenn du keine Traute hast , verschwinde ich wieder.»

«Was bist denn du für einer? Ein Busfahrerdämon?»

«Tut doch gar nichts zur Sache. Also was ist nun? Einsteigen oder nicht? Zeitschinden bringt mich nicht weiter , ich habe einen strikten Fahrplan einzuhalten.»

«Na gut , warte. Aber keine Fisimatenten , während ich einsteige.»

«Heeh» , wies der Fahrer den Verdacht mit gegrinster Entrüstung von sich , «seh ich etwa aus , als wäre ich nicht vertrauenswürdig?»

Als Hiob die Stufe aufenterte , berührte er kurz die rußige Außenwand: sie war warm wie lebendiges Fleisch , aber rostig und rissig unter dem Dreck. Hinter ihm knitterten sich mit überlautem Ächzen und Zischen die Türseiten wieder auseinander und schlossen hermetisch ab. Gleichzeitig rollte eine Neonröhren-Sequenz durch das Untergeschoß und leuchtete es flackernd und merkwürdig gelblich bis nach hinten hin aus , und der Fahrer gab Gas. Schnaufend und mit dem Zittern eines muskelverkrampften Leibes setzte sich das Bus-Ungetüm in Bewegung. Die dunkelgrünen Kunststoffsitze des Untergeschosses waren ausnahmslos leer , sie beide waren allein hier unten.

«Einen Moment noch , dann bin ich für dich da» , meinte der Fahrer mit zwischen die Zähne geklemmter Zungenspitze. «Setz dich solange ruhig auf einen der Behindertensitzplätze hier.» Er lenkte an dem schweren Rad herum und wechselte mehrmals die Fußstellung , bis er den Bus wahrscheinlich in der Straßenmitte auf Kurs gebracht hatte. Da man aber aufgrund der Fensterverkrustung keinen Deut nach draußen sehen konnte , war das schwer zu bestätigen.

Hiob blieb stehen , sich an einer Plastikschlaufe festhaltend , bis der Fahrer fertig war. «So.» Der Fahrer nahm die Hände vom Lenkrad , erhob sich mit knackenden Kniegelenken von seinem Sitz , wandte sich Hiob zu und streckte ihm grinsend die Rechte hin: «Mogens Remmert mein Name , sehr erfreut.»

«Es ist nicht zufällig nötig , diesen Bus zu lenken?»

«Wozu denn? Es geht immer geradeaus. Keine Probleme.»

Hiob , der versuchte , sich vor Augen zu führen , daß die Yorckstraße schnurgerade war – was sie garantiert nicht war – grinste jetzt ebenfalls , etwas gezwungen , zugegeben. Er schlug Remmert wie bei einer verunglückten Mischung aus Hi- und Lo-Five mit seiner Rechten patschend gegen die Hand und sagte: «Straight to Hell , hab' schon begriffen. Die einzige Route , für die ich eine Jahreskarte habe.»

Mogens Remmert grinste ein unterhalb der Augen ersterbendes Grinsen. Ansonsten war er mit seinem unreinen Teint und seinem zwar teuren , aber überdosierten Rasierwasser Hiob ein bißchen zu nahe , um diesem keinen Widerwillen zu verursachen. «Hey, man hat mir schon gesagt, daß du ein witziges Kerlchen bist. Das wird unsere Zusammenarbeit beträchtlich fördern, ich habe nämlich auch eine ganze Menge übrig für einen guten Scherz.»

«Unsere Zusammenarbeit. Was ist denn aus Widder geworden?»

«Widder? Der kleinen Nutte geht's prächtig, wieso? Ach so, nein, nein. Ich bin kein Bote oder so was. Ich bin sozusagen der Conferencier dieses Prognosticons. Wenn ich die Sache gut mache, kriegen wir vielleicht noch öfter miteinander zu tun.»

«Ich drück' uns die Daumen. Welches Prognosticon?»

«Es trägt den wunderschönen Namen ‹E›. Das steht natürlich für Einsetzer, und es bezeichnet sowohl diesen kleinen, netten außerplanmäßigen Bus hier, als auch dich. Du bist der Mann, der sich für etwas einsetzt, verstehst du? Ein Wortspiel mit zwei Bedeutungen.»

«Das haben Wortspiele meistens so an sich. Was soll ich tun? Bist du vielleicht nicht nur der Conferencier, sondern auch der Gegner, gegen den ich hier antreten soll?»

«Oh, nein, nein, du darfst dich da nicht verschätzen. Du kannst von Glück reden, daß nicht ich dein Gegner bin. Das wäre dann wohl schon eine Manifestation.»

Hiob guckte kurz verblüfft, dann brach er in prustendes Gelächter aus. Remmert machte gute Miene und lächelte höflich. «Vielleicht bekommen wir ja irgendwann noch die Gelegenheit.»

«Oh ja, das wäre nur zu hoffen. Was für ein unglaublicher Kampf: Du versuchst mir eine reinzuhauen, ich tauche weg, klau dir deine Kreditkarte aus der Jackettinnentasche, und du brichst völlig hilflos zusammen. Einschaltquoten wie bei Alexander Kluge.» Er schüttelte den Kopf, seine Miene wurde ernst. «Komm schon, du Pflaume, was soll das ganze Gefloskel: Sag' mir einfach, was ich hier drin veranstalten soll, dann mach ich's, hol' mir meinen Punkt und bin hier raus. Worum geht es denn: Soll ich 'ne Bombe entschärfen, die hochgeht, wenn der Bus schneller als 20 fährt? Warum kommst du nicht in die Gänge, wirst du nach Stunden bezahlt?»

Das Lächeln in Remmerts Gesicht war verschwunden, als hätte man es mit einem trockenen Schwamm weggeschabt. Er zuckte die Schultern und drängte sich an Hiob vorbei weiter nach hinten Richtung Treppe. «Ich war davon ausgegangen, daß keinerlei Notwendigkeit besteht für unnötige Feindseligkeiten zwischen Conferencier und Spieler, aber es kann natürlich sein, daß ich mich da getäuscht habe. Von mir aus können wir auch ruhig mit genagelten Bandagen spielen, Spieler. Wenn es dir so lieber ist.»

«Ich kann kaum in Worte fassen, wie egal mir das ist.»

«Na schön, dann gehen wir nach oben auf das Oberdeck. Wir haben dort eine wunderschöne kleine Abendmahlsgesellschaft für dich vorbereitet, mit genau zwölf Personen. Es fehlt nur noch die Nummer Dreizehn – derjenige, der sich entweder für die da oben ans Kreuz zimmern läßt oder sie verrät und sich dann an seiner eignen Reue selbst erdrosselt: du, Spieler.»

«Ich versteh kein Wort. Soll ich gegen die zwölf da oben kämpfen?»

«Nein, nein», lachte Remmert, jetzt wieder im Oberwasser mit seiner eigenen Selbstgefälligkeit synchronschwimmend, «du sollst sie retten.»

«Retten.»

«Sie sind alle auf dem Weg in die Hölle, und sie sind alle selber schuld dran. Ihre Seelen gehören NuNdUuN, und du sollst sie ihm entwinden.»

«Klingt gut. Gehen wir.»

Die Wendelstiege zum Oberdeck war schmal und steil und war in der Drehrichtung genau andersrum als die heutigen Bustreppen, aber da der Bus verhältnismäßig ruhig fuhr – und tatsächlich keine Kurven machte – konnte Hiob Remmert trotz seiner verbundenen linken Hand problemlos nach oben folgen. Das Oberdeck, das erstaunlich niedrig war, weshalb sich Hiob auch prompt den Scheitel anschlug, war zuerst ein lichtloses Nichts, in dem nur ganz vage die Atemschleier verängstigter Personas hingen, dann flackerte auch hier wie unten mostrichhaftes Neon auf, und Hiob – zum Buckligen gekrümmt neben Remmert stehend – konnte die zwölf Gestalten hier und dort sitzen sehen. Sie alle guckten desinteressiert nach vorne oder in Richtung der undurchsichtigen Scheiben und beachteten weder ihn noch Remmert. Sie fuhren einfach Bus. Nur zwei von ihnen – ein hutzeliges Rentnerpaar, das sich normalerweise wohl nie ins Obergeschoß eines Busses quälen würde – saßen zusammen auf einer Bank, die anderen waren alle ohne erkennbares System auf den Sitzbänken verteilt. Ein Schwarzer saß ganz vorne, der fiel sofort auf, eine junge Frau sah verdammt nach einem sehr sehr kalten Turkey aus, aber ansonsten waren es alles normale Bürger, wie man sie in jedem anderen öffentlichen Verkehrsmittel auch hätte sitzen sehen können. Wahrscheinlich die unglücklichen Opfer eines Verkehrsunfalls, erklärte sich Hiob die Situation. Wahrscheinlich hatte irgendein Lastwagen ein paar Stahlrohre verloren, die waren durch die Scheiben des dahinterfahrendes Busses geplatzt und hatten zwölf Unglücksraben durchspießt. So kam man halt auch in die Hölle: profanes Pech. Und er mußte jetzt den Seelentröster spielen oder sonstwie dafür sorgen, daß die Toten einfach tot blieben und nicht im Afterlife auf weißglühende Räder geflochten wurden, um endlos von säuretriefenden Kakerlakenschwärmen vergewaltigt zu werden.

«Na schön. Wo fang ich an?»

Remmert sah ihn begeistert an und rieb sich die klammen Hände. «Du hast genau den Ansatz, von dem man mir erzählt hat: Ein echter Working Class Hero.» Remmert lachte sich halbtot über diesen Einfall, leider nur halb. «Also, gehen wir am besten erst mal nach hinten durch, und dann fange ich von hinten her an, dir die einzelnen Protagonisten vorzustellen, damit du weißt, mit wem du es zu tun hast, und für wessen Rettung du verantwortlich zeichnen darfst. Die Sitzordnung hat im übrigen nichts zu bedeuten, von hinten nach vorne durchzugehen bedeutet also auch keine Steigerung oder so was, aber irgendwo müssen wir ja anfangen.»

«Wird das jetzt ein längerer Monolog?» fragte Hiob, Remmert durch den leicht schwankenden Mittelgang folgend.

«Nicht länger als nötig. Im Gegensatz zu deiner Theorie werde ich nämlich nicht nach Stunden bezahlt, sondern nach Leistung.»

«Dann hat man dich ja schön übers Ohr gehauen. Kriegen die eigentlich nichts mit?» Hiob wischte mit der Hand vorm Gesicht eines jungen Langhaarigen herum, der aber nur weiter emotionslos aus dem Fenster stierte.

«Gute Frage. Sagen wir's mal so: Sie sind nicht wirklich hier. Sie leben irgendwo in dieser Stadt schlafend ihre kleinen Leben und machen währenddessen, ohne daß sie es so richtig mitbekommen, die Fahrt zum Wiedenfließ mit.»

«Die Fahrt zum Wiedenfließ ist also nur eine metaphorische Visualisierung ihrer gesamten Lebensumstände.»

«Genau richtig.»

«Und das hier sind nur...»

«...Projektionen, könnte man sagen», half Remmert eifrig aus. «Deswegen reagieren sie natürlich auch nicht auf uns.»

«Logisch. Die Leute sind also nicht gestorben, sie leben noch, leben aber Richtung Hölle, und ich muß sie retten. Ist das nicht ein bißchen viel? Soll ich für einen einzigen Prognosticonspunkt in zwölf Lebensläufe eingreifen und sie zum Besseren hinleiten? Das ist ja fast eine Lebensaufgabe. Ich bin nicht Mutter Theresa.»

«Nein, du verstehst's nicht, du denkst nicht richtig mit. Wir bieten dir hiermit die einmalige Chance, alle zwölf gleichzeitig zu retten, mit wenig Einsatz, wenig Mühe, sozusagen en passant. Die Gnade NuNdUuNs ist unerschöpflich, er bemüht sich stets, sich so weit wie möglich zu dir hinabzubeugen.»

«Ho-ho-ho.»

Sie standen jetzt vor der hintersten Sitzbank. Ein unscheinbarer Mittvierziger mit Kinn- und Oberlippenbart war Fokus ihrer Aufmerksamkeit. Er sah nicht durch die Rußscheiben, sondern blickte fast traumverloren vor sich hin.

«Also bist du bereit jetzt, Spieler Montag? Dann fange ich nämlich mit ihm hier an. Ich mache dich mit ihm vertraut, damit du wertschätzen kannst, welche Aufgabe du hier hast.»

«Er ist bestimmt Finanzbeamter und muß deshalb ins Fließ.»

«Gar nicht so weit ab vom Schuß. Dieser sympathische Herr in den besten Jahren geht tatsächlich einem geregelten Beruf nach. Kein Grund zur Klage. Seine Nachbarn würden, über ihn befragt, äußern: Er war immer freundlich, immer still. Nur des Nachts hat er manchmal aufgeschrien, aber das müssen wohl Alpträume gewesen sein, der arme Mann, so gepeinigt in seiner wohlverdienten Ruhe. Aber es sind nicht Alpträume, die diesen Herrn hier nachts schreien lassen, Spieler Montag: Es sind Wunschträume! Kuck ihn dir genau an. Dieses ehrenwerte Mitglied der menschlichen Gesellschaft träumt nämlich von nichts anderem mehr, als sein hartes Ding in die jungfräulich engen Ärsche von kleinen Jungs zu rammen und solange zu rammeln, bis es ihm kommt. Und weil er das träumt, geht ihm einer ab dabei, und deshalb schreit er auf, in höchster Ekstase. Nacht für Nacht für

Nacht. Sieh ihn dir an. Sieh die Melancholie, die die plastische Hellsicht seiner Traumvisionen bereits um seine Augen gelegt hat. Kannst du dir vorstellen, daß dieser Mann, wenn er durch die Straßen Berlins geht und kleine Buben irgendwo herumrennen oder -gehen sieht, sie natürlich schon längst nicht mehr als fühlende, eigenständige Wesen betrachtet? Fleisch sind sie für ihn, wehrloses Fleisch mit der einen Öffnung drin als Nadir, die ihm das Paradies bedeutet. Du solltest ihn mal sehen, wie er um Kinderspielplätze herumschleicht, die Hände tief in die Manteltaschen gerammt, der ganze Körper ein einziger schmerzhafter Krampf, und wie er sich dabei die Lippen zerbeißt, weil er seine eigene Feigheit so verachtet, die ihn davon abhält, es endlich wirklich zu tun. Seit Jahren geht das nun schon so, die Träume werden immer heftiger, die nächtlichen Pollutionen immer schmerzhafter, und immer deutlicher wird die Lösung: Es endlich wirklich tun, sich endlich wirklich einen von den kleinen Schreihälsen zu schnappen und ihn sich herzunehmen, gerade so. Es ist nur noch eine Frage der Zeit, Spieler Montag, da wird er sich einen schnappen, irgendeinen schulberanzten Unglückswurm, und die anerzogene Vorsicht und wiederkehrende Feigheit werden ihn nach dem Erguß zwingen, den Jungen umzubringen, damit kein Zeuge bleibt. Den Kopf wird er ihm verdrehen, im wahrsten Sinne des Wortes, bis noch weiche Knorpel sich losreißen und Blutzufuhren abgeklemmt werden. Und dann steckt unser lieber Freund hier mit dem gepflegten Bart erst wirklich in der Klemme. Nicht, weil die Polizei hinter ihm her sein wird, nein, nein, das ist von minderem Belang. So schnell wird ihm da keiner auf die Schliche kommen können, sein Sperma ist ja nirgendwo registriert. Aber er wird es nun getan haben, und kein Traum wird jemals wieder so schön sein können wie die Tat in echt. Und da er sich nicht selbst zur ewigen Unbefriedigtheit verdammen wollen wird, haben wir es dann mit einem mustergültigen Serientäter zu tun, der Lust und Trieb und Freude mit großer Intelligenz zu paaren weiß. Wie viele kleine Jungen werden dran glauben müssen, Spieler? Es könnten hunderte sein, in verschiedenen Städten. Es gibt solche Täter, sie wurden nie gefaßt. Einer von ihnen sitzt vor uns, das Ungeheuer schläft so deutlich in ihm wie der David im Marmorblock des Michelangelo. Ich sehe dein Gesicht, Spieler Montag, und aus dem Zug um deinen Mund herum lese ich die Abscheu, aber verurteile ihn nicht zu streng und nicht zu schnell, denn er ist nur einer von vielen, von vielen in dieser Stadt, und da ja nicht jeder so ein hehres, ausgezeichnetes Geschöpf sein kann wie du als Spieler es bist, müssen die von Gnaden Vergessenen eben sehen, wie sie ganz alleine sich das Leben lebenswert gestalten können. Du siehst nur einen ganz normalen Bürger. Nichts an ihm ist unverständlich. Sieh diesen hier.» Remmert ging zum nächsten vor, dem langhaarigen Spät-Teenager, Hiob folgte ihm zögerlich. «Er war völlig frei vom Sehnen nach Gewalt. Seine Träume waren friedfertiger Natur, ein bißchen Tolkien, ein bißchen Robert Anton Wilson, Budenrevolution, Flower Power, ein paar hübsche Mädchen, ein wenig Drogen und sehr viel Liebe. Aber sie haben ihn erfaßt, gezählt, ausgerechnet, für tauglich befunden und eingemustert. Dienst an der Waffe. Sein Vater hat ihm verboten, als Ersatzdienstleistender Rentnerscheiße aufzuwischen oder im Krankenhaus die Spastiker zu füttern. Nein, ein Mann soll aus ihm werden, ab die langen Haare, weg der alberne Ziegenbart, Schluß mit lustig. Sein Vater ist begeistert, er war früher selbst beim Bund, ihm hat es auch nicht gefallen, aber warum sollte es seinem altklugen und hochnäsigen Sohn besser gehen als ihm selbst? Ein bißchen Drill hat noch keinem geschadet, findet der Vater mittlerweile. Man wird älter und die Einstellungen ändern sich, und je älter man wird, desto mehr genießt man es, Jüngere leiden zu sehen. Unser junger Freund hier kann sich nicht abfinden. Er wird nicht zum Bund gehen, definitiv nicht. Wird sich nicht von brüllenden Schwachköpfen um fünf Uhr morgens aus dem Bett reißen lassen, wird sich keine Strafdienste aufbrummen lassen, wenn sein auf DIN-A 4-Format zusammengefaltetes Hemd eine Falte zeigt, und er wird sich auch keinen politisch indoktrinierten Unterrichtsunfug über die Unverzichtbarkeit der Armee anhören. Vieles kommt hier zusammen, die Träume von einem blumigen Utopia und die vergiftete Unmöglichkeit der konservativ regierten Realität. Das ist Amokläufer-Material, was wir hier vor uns sitzen haben, Spieler Montag. Jung und kräftig, voller Energie, voller Visionen, enttäuscht und verwundet von den Wahrheiten und Ungerechtigkeiten des Daseins. Er hat den Entschluß gefaßt, der Welt einen Gefallen zu tun, und so viele wie möglich mitzunehmen in den Tod. Ein Zeichen setzen, ein Fanal, wie Selbstverbrenner immer so schön sagen. Aufrütteln. Flagge zeigen. Etwas bewegen. Erst noch mit einem Messer in der Hand ein paar Leute umlegen, die ihn schon immer schikaniert haben, den Vater zum Beispiel und ein paar Lehrer. Der Welt somit einen echten Gefallen erweisen. Dann aber mit Sprengstoff – an den zu kommen für einen alerten jungen Mann in einer Stadt wie dieser wirklich kein Problem mehr ist – eine Autobahnbrücke sprengen, mitten in der Rush-Hour. Stoppt den schadstofferzeugenden Massenverkehr! Buuummmm! Fleisch und Metall ineinanderdetoniert, moderne Kunst, eine einmalige Performance. Und wenn man ihn dann immer noch nicht geschnappt hat, was durchaus möglich ist, was kommt dann? Giftgas vielleicht? Kein Problem für ein cleveres, entschlossenes Kerlchen, ein paar Fluoride miteinander zu kombinieren. Das Trinkwasser? Viren? Ein explodierendes Flugzeug mitten über der City? Unbegrenzte Möglichkeiten! Und all das völlig ohne politisches Manifest oder zellengenössisches Backing. Es stimmt beinahe, was man sagt: Das gefährlichste Wesen auf diesem Planeten ist ein Mann, der nichts mehr zu verlieren hat. Es stimmt deshalb nur beinahe, weil du und ich natürlich wissen, daß du und ich noch viel gefährlicher sind als so einer. Aber unter uns: Wir müssen doch zugeben, daß so einer schon ganz schön nahe rankommt an uns, oder etwa nicht?»

Remmert lächelte gemein, wartete aber nicht auf irgendeine Reaktion Hiobs, sondern ging weiter zur nächsten Sitzbank. Das Rentnerpärchen.

«Schau hier. Die typischen Opfer des Giftgasanschlags unseres Kumpels von eben. So meint man. Aber die beiden hier haben natürlich auch was auf dem Kasten. Ja, du vermutest richtig: Da haben wir es, dieses typisch deutsche Problem. Vor fünfzig Jahren haben sie beide «Heil Hitler!» gebrüllt, er hatte dabei nicht nur einen erigierten rechten Arm, und sie war feucht wie ein Granatentrichter nach einem Platzregen. Besonders die marschierenden, hohen Lederstiefel der dickhalsigen Soldaten haben ihr gefallen. Hinterher haben sie natürlich von nichts gewußt, haben sich mit Adenauer abgefunden, denn so schlecht war das ja nun auch nicht, und ein bißchen Opportunismus kann ja nicht schaden. Das Wirtschaftswunder kam und verging wie der Sommer das tut. Jetzt sind sie alt und häßlich, haben keine Angehörigen mehr, jeder ihrer Bewegungen stinkt zum Himmel, und nichts ist ihnen mehr geblieben als der Haß auf alles, was nicht so weit heruntergekommen ist wie sie. Wenn man den Haß dieser beiden körperlichen Schrumpfzwerge hier wie einen Bodenschatz gewinnen könnte, würde man ein ganzes Talsperrenreservoir mit der galligen Brühe füllen können. Alles ist in ihren Augen schiefgelaufen: Kanaken haben jetzt in ihrer Wohngegend das Sagen, daß man sich im eigenen Land nicht mehr heimisch fühlen kann und sich für die eigene Sprache schier entschuldigen muß, die Rente ist so knapp bemessen, daß die Kartoffelschalen wieder ausgekocht werden müssen, genauso wie im Krieg, und überall, auch in den Fernsehserien, hört man als Untermalung nur noch diese fiese Popmusik im englischen Kauderwelsch. So hadern und schimpfen und ächzen sie sich durch Tag auf Tag, sie wählen – natürlich – die Republikaner, denn die sprechen wenigstens offen aus, was schief läuft und was Not tut. Die beiden hier werden zwar niemanden mehr töten, aber ihren Teil haben sie schon geleistet. Ein paar Juden haben sie denunziert, damals, die die SS sonst vielleicht nicht erfaßt hätte. Die konnten doch nicht einfach davonkommen, wo wäre man denn da hingekommen? Und da waren diese Frauen, in dem dreistökigen Haus hinter der Ostfront, die hat der Mann mit dem Lauf seiner Maschinenpistole gevögelt und dann dabei abgedrückt, das war für den Führer, das war heißes Bolschewikenblut. Das ist alles so lang her, ach ja, als wär's gestern gewesen.»

Die Schilderungen waren zu plastisch für Hiob, sein genetischer Empathiedefekt machte sich wieder bemerkbar und sein Magen begann zu rebellieren. In diesem Augenblick ärgerte er sich übrigens zum ersten Mal in seinem Leben darüber, daß ihm immer nur schlecht wurde, wenn andere Böses taten, nicht aber, wenn er selbst jemanden umbrachte. Da ersteres nachweislich viel öfter vorkam als letzteres, war das einfach nicht fair. Remmert hakte ihn kumpelhaft unter und nahm ihn mit zur nächsten Station.

«Die nächste Attraktion in unserer Freakshow des Alltäglichen: Eine junge Frau in der Blüte ihrer Jahre, höchstens dreiundzwanzig Lenze alt. Natürlich nur auf dem Geburtsschein, denn in Wirklichkeit hat das ganze Gift, das sie andauernd zu sich nimmt, ihre inneren Organe und ihr gesamtes zelluläres System schon dermaßen verkorkst, daß es nur noch eine Frage der Zeit ist, bis sie änfangt, zu einer lebenden Biomülltonne zu mutieren.» Remmert lachte über diesen anschaulichen Vergleich. «Im Sprachgebrauch unseres geschätzten Rentnerpärchens von eben würde man dieses Weibchen hier als Unwertes Leben bezeichnen. Dabei hatte alles so harmlos angefangen. Rauchen auf dem Schulhof, Saufen auf der Party, Klebstoffschnüffeln unter der Bettdecke, Koksen vor dem Bumsen, ein phatter Joint mal hier und da, ein bißchen H' für's bißchen mehr, dann die Designerspäße. Witzigkeiten wie Ecstasy kicken schon gar nicht mehr ein, Crack, obwohl noch schwer zu beschaffen, bringt ersehnte Erleichterung, am besten zusammen mit Tabletten. Diese Frau schluckt einfach alles. Drück ihr ein paar Fieberzäpfchen in die Hand und sie wird sie verschlingen, denn irgendwas chemisches muß da ja auch drin sein. Zuletzt hat sie sich Kombi unter die Zunge gespritzt. Du weißt, was Kombi ist? Eine Art Speedball aus Kokain und Heroin, in der Berliner Szene ziemlich verbreitet. Unter der Zunge, ins Bauchfell oder direkt in die gut durchblutete Klitoris injiziert bringt das Zeug selbst Tote zum Brüllen. Die Pointe bei dem gaga-ganzen ist natürlich, daß das so weiterläuft. Es gibt überhaupt keine Perspektive mehr. Sie kommt da nie mehr raus. Es ist mittlerweile zwar schon ziemlich schwer geworden, ihren Hartes gewöhnten Körper mal so richtig totzukriegen, aber irgendwann wird sie durch besinnungslose Snuff-Hurerei mal genügend Geld zusammengebracht haben, um sich statt der andauernden Katzengoldschüsse mal einen aus richtigem Gold zu setzen und das war's dann, Vorhang, Klappe. Wirklich nicht weiter bedauerlich, oder findest du doch? Unser nächster Kandidat hier» – jungdynamisch wirkend, gut gekleidet, wohl frisiert – «paßt insofern gleich ins Bild, als daß es für ihn auch keine Möglichkeit mehr gibt, aus seinem selbstgewählten System zu entkommen. Dabei ist genau das sein großer Traum. Dieser Bursche hier schuftet sich tot, rackert sich ab, achtzehn bis neunzehn Stunden am Tag, und das noch dazu in einer so belanglosen und vergänglichen Branche wie einer kleinen Werbeagentur, die er noch nicht mal selbst gegründet hat. Er ist noch keine fünfunddreißig, er hat schon seit vier Jahren keinen Urlaub und kein echtes Wochenende mehr gehabt, seine Frau ist ihm mit seiner kleinen Tochter abgehauen, und er hat nicht mal richtig Zeit gefunden, gerichtlich dagegen Einspruch einzulegen, stattdessen macht sein Herz schon nicht mehr richtig mit, satte Tachykardien machen ihm zu schaffen, sein Magen fabriziert Geschwüre wie seine Ideen Mehrwert, der ganze nitrat- und kohlehydrathaltige Einwegfraß bringt seine Innereien zum Glühen, fehlt eigentlich nur noch, daß er anfängt, inkontinent Blut zu pissen, aber auch das würde ihn wohl nicht stoppen können. Dieser Mann hat nämlich einen Traum, oh ja, da ist er genau wie Martin Luther King. Ist zwar nicht ganz derselbe Traum, ist aber doch jedenfalls erstmal richtig und wichtig, überhaupt zu träumen, oder? Macht ihn doch grundsympathisch, unseren kleinen Geldscheffler hier. Und was ist nun der Traum, fragst du mich, Spieler Montag?

Was läßt diesen Kerl hier ticken? Jetzt kommt's , halt dich fest: Aussteigen will er! Er macht das alles , um da rauszukommen! Das ist doch wirklich göttlich , das mußt du zugeben , das hätte sich Molière nicht besser ausdenken können. Dieser Junge hier ist der Spaßvogel unter unseren Gästen. Er hat eine ganz klare , deutliche , lineare Vision vor seinem inneren Auge , wie viele Jahre er noch in dieser Tretmühle sich abrackern muß , bis er endlich genügend Knete auf seinen diversen Konten zusammenhat , um aus dem Laden rauszuspazieren , niemals wiederzukehren und einzutauchen in die wunderschöne Dschungellandschaft der Werbespots von Sumatra Rain. Das Aussteigerdasein darf natürlich nicht mit zuviel Anstrengungen verbunden sein , für so etwas wie elementaren Komfort muß schon gesorgt werden , aber andererseits muß es auch nach Männlichkeit und Abenteuer duften und muß schon ein paar solide bewältigbare Strapazen bereithalten. Mit einem Wort: Eine endlose Marlboro Adventure Tour oder Camel Trophy wäre genau das! Sauber durchorganisierte Freiheitlichkeit. Die Annehmlichkeiten der Wildnis , kunstvoll kombiniert mit den Vorzügen der Neuzeit. Herrlich. So ein richtiger Aussteiger ist er also wohl doch nicht. Wahrscheinlich nur der bescheuertste Idiot unter der Sonne. Aber da tue ich ihm natürlich unrecht. Er ist ja nicht der einzige , der so ist. Allein in Deutschland denken wahrscheinlich mittlerweile schon über eine Million Männer so. Wie heißt es so schön: Leistung , die sich lohnt? Für wen eigentlich? Für was?» Der Conferencier , der mittlerweile so in seine Performance hineingewachsen war , daß er zwischen den vorzuführenden Personen schon zu schlendern begann wie Joel Grey , ließ die womöglich philosophisch gemeinten Fragen unbeantwortet verhallen und führte den benommenen Hiob zwei Sitzbänke weiter nach vorne zu einem Mann um die Vierzig , dessen große Nase und alkoholikerischen Tränensäcke ihn ziemlich melancholisch aussehen ließen. «Der hier ist jetzt weniger lustig , der hier ist eher traurig zu nennen. Eigentlich ein guter Mensch , sogar nach deinen verquasten Maßstäben , Spieler Montag. Er hat gewisse intellektuelle Fähigkeiten , die ihn durchaus für eine gesellschaftliche Vorbildfunktion prädestinieren , er hat die praktikableren Ideale des antiautoritären Zeitalters in die rüden Neunziger hinübergerettet , er könnte sogar eines Tages – von seiner genetischen Disposition her betrachtet – ein guter und liebender Vater werden. Nur praktisch ist das leider völlig unmöglich. Nicht etwa weil er impotent ist , nein , nein , das Problem liegt nicht so offen. Es geht viel tiefer. Dieser Mann haßt Kinder. Nicht , wie die beiden Alten vorhin , weil er sie um ihre Jugend beneidet. Auch nicht , wie unser erster Kandidat , weil er sie irgendwie begehrt und doch nicht haben darf , nein , nein. Er haßt sie , weil er in ihnen die Zukunft sieht und diese Zukunft die Hölle ist. Er hat täglich mit ihnen zu tun. Er ist Hauptschullehrer. Seine Aufgabe ist es , zu versuchen , einen chaotischen Haufen aus destruktiven Selbstzündern noch irgendwie gesellschaftlich zu formen , bevor er sie in das realisierte Alptraumszenario des sogenannten Sozialstaatgefüges entläßt. Er soll ihnen so etwas wie Kultur und Historizität vermitteln, bevor sie in einer matschigen Soße aus Benachteiligung und Demütigungen, Geschlechtskrankheiten, Suff und Sadismus ausgleiten, darin festkleben und selbst zu schreienden Strudeln ihres persönlichen Leidensweg-Terrors werden. Dieser Mann hat tagtäglich die Zukunft des Landes gesehen. Sie ist rot wie Blut, zäh wie Kotze und riecht nach abgestandener Scheiße. Natürlich kann er nirgendwo am Horizont eine Errettung durch einen Meisterspieler namens Hiob Montag erahnen, aber ich will jetzt nicht abschweifen, nicht polemisch werden. Ich bin und bleibe völlig sachlich. Dieser Mann hier könnte – rein theoretisch wohlgemerkt – jedem einzelnen seiner Schutzbefohlenen die Augäpfel ins Hirn zurückdrücken und würde dabei noch das Gefühl haben, ein Gnadenbringer zu sein. Er könnte sich selbst mit Benzin übergießen und verbrennen und wüßte, daß auch dies keinen Unterschied mehr machen würde. Für die Welt nicht und auch nicht für ihn. Er wird bereits von Flammen verzehrt, innerlich. Und davor gibt es kein Entkommen. Die Hölle kommt. Er weiß es, du weißt es, wir vom Fließ wissen es. Tja, wer hat's denn eigentlich noch nicht kapiert?» Remmert ließ spielerisch die Schultern rollen wie ein Boxer vor dem Kampf. Er sah Hiob an, als erwarte er eine Antwort auf eine diesmal definitiv rhetorische Frage, aber der schwieg nur düster.

«Na gut, gehen wir eine Bank weiter, schauen wir uns mal einen von den Millionen an, die so relativ zufrieden sind mit der Welt, in der sie leben, daß diese Welt einen Stellvertreterkämpfer wie dich überhaupt nötig hat. Da sitzt er, klein, gebeugt, schütteres Haar, ein fast karikaturhaft großer Kopf mit großen Augen. Ein Arbeitnehmer, langweilig wie nur sonstwas. Dieser Mann enttäuscht uns, sonst aber niemanden. Seit fünfunddreißig Jahren arbeitet er Tag für Tag in ein und demselben belanglosen Betrieb, war niemals krank, war niemals Grund zur Klage. Nein, nein, er ist kein besessener Workaholic wie unser Aussteiger-Freund von der Werbeagentur. Das hier ist einer, der sich morgens einstempelt, und auf die Minute genau, wenn die acht Stunden um sind, stempelt er sich wieder aus und geht nach Hause. Und tagsüber in seinem Büro in seinem schwer einsehbaren Eck hinter den ganzen hohen Topfpflanzen geht er schweigsam und duldsam seiner Arbeit nach, im der Drögheit der Arbeit angemessenen gemächlichen Tempo, fehlerfrei, sorgsam und korrekt, er trinkt ein paar Tassen Kaffee, packt sich zwei belegte Brote aus, ißt mittags das wasserbaderhitzte Catering-Frikassee aus der Plastikschüssel mit traditionell schwer abziehbarem Aluminiumdeckel und telefoniert zweimal am Tag mit seiner über neunzigjährigen Mutter, mit der er zusammenlebt und die er liebhat, obwohl sie dauernd an ihm rumnörgelt, wenn er sie mal ein paar Minuten länger alleineläßt, weil eine U-Bahn ausgefallen ist oder ähnliche höhere Gewalt ihn zur Verspätung zwingt. Was erwartest du zu hören? Daß dieser Mann eine kriminelle Energie in sich nährt, die ihn eines Tages zum exzessiven Mord an seiner Mutter zwingt? Ach wo. Nichts dergleichen. Da ist nichts. Ein Steckenpferd hat er in seiner Freizeit: Er liest klassische deutsche Literatur, deutsch muß sie sein, und klassisch , das heißt: bewährt und anerkannt. Keine Experimente. Kein Gottfried Keller , denn der war Schweizer. Das ist alles , mehr ist da nicht. Für niemanden eine Enttäuschung , am wenigsten für sich selbst. Ja , er gönnt sich sogar ein klein wenig Stolz auf die Verläßlichkeit seines Lebens. Was sein Problem ist? Sag's du mir.»

«Er lebt nicht.»

«Er lebt gar nicht , genau richtig. Er ist ein Zombie im klassischen Sinne des Wortes: Ein wandelnder Toter , zur billigen Arbeitskraft in einem Idiotenjob mißbraucht. Und er ist auch noch stolz darauf , ein Zombie zu sein , kann man's fassen? Rüttel ihn und schüttel ihn und schrei ihn an 'Wach auf , Mann , du farbloses Arschloch , tu einmal in deinem Leben etwas außerhalb des Trotts!' und er wird blinzeln und sich ducken und winseln 'Warum? Warum sollte ich? Lassen Sie mich doch in Ruhe , bitte , ich habe doch nie jemandem was zuleide getan , lassen Sie mich doch bitte einfach weiterleben , das hab ich mir doch verdient.' Und so ist es auch. Genau das hat er sich verdient. In Ewigkeit so weiter. Bin gespannt , wie lange NuNdUuN ihn erträgt. Ich hörte , auch des Grenzenlosen Geduld ist nicht unendlich.»

«Ja , vielleicht wird dieser kleine Kerl hier NuNdUuN fertigmachen.»

«Hey» , lachte Remmert , «das wirst du ja zu verhindern wissen , oder? Erinnere dich: Deine Aufgabe ist , dafür zu sorgen , daß Mister Fantastic hier nicht ins Fließ kommt.»

«Ich hab's nicht vergessen. Ich hab's nicht vergessen.»

«Gut. Gut.»

Weiter ging's. Ein zwölfjähriges Mädchen mit wulstigem , verschlossenen Gesicht und blondgefärbten kurzen Haaren. Häßliches , zu kurz gekommenes Ding mit dem Charisma einer Kartoffel.

«Sie ist eigentlich brünett , aber braune Haare sind undeutsch , sind jüdisch , obwohl braun' eigentlich die Farbe der Nazis und Eva Braun der Name der teutonischen Urmöse war. Aber was soll man machen , es geht nicht immer logisch zu im Leben. Aufgewachsen ist das gute Kind im real existierenden Sozialismus , der nichts anderes war als eine Diktatur alter Männer. Unzufriedenheit machte sich breit , weil man nicht dahin gehen konnte , wohin man gehen wollte. Selbst ins Wiedenfließ gab es ein Ausreiseverbot , aber das kann auch nur ein Gerücht sein. Jedenfalls haben wir seltener von dort Besuch bekommen als von euch. So dröge war es dort. Dann brach die Mauer weg , und die Mauer war sowas wie der Fußboden für alle Schiefgewickelten. Chaos schäumt hoch und zerbirst über der Skyline , durch die Helmut Kohl schwankt wie King Kong , mit ein paar totgeschüttelten Händen in der Hand. Arbeitslosigkeit. Gegenseitige Bespitzelung wie früher: Warst du bei der Stasi? Sympathisierst du immer noch mit Rot ? Sozialverelendung. Bruchlandung. Ächtung. Selbst der Dialekt ist plötzlich häßlich. Henry Maske schlägt sich ganz nach oben durch , doch alle anderen bleiben auf der Strecke. Hört auf zu jammern. Seht , wir schicken euch ein paar Asylanten , damit ihr welche zum Spielen habt , denen's noch viel schlechter geht als euch. Sieh mal , Pappi , die gelben

Menschen brennen auch. Mit dem plötzlichen Tod aller reglementierenden Bevormundung spritzen die Eigenhirne seeigelförmig in alle denkbaren Richtungen auseinander: Fronten tun sich auf. Wo die Sprache versagt , wird die Waffe zum Bruder. Sieh in ihr Gesicht , Spieler Montag. Von ihrem Vater gefingert , von einfach zu merkenden politischen Kampfparolen unter Dampf gehalten , von Skinheadfreunden Klammer auf für Klammer zu voll genommen. Für weibliche Skinheads gibt es viele Bezeichnungen , sie nennt sich einfach Skin. Es ist nicht einmal nötig , sich dafür die Haare zu scheren. Sie ist Skin , hohle Haut mit Reizgas drin. Sie kämpft mit Blut für Boden , sie wird eine deutsche Mutter werden. Wenn es keine Mädchen gäbe wie sie , die den männlichen Skinheads das Gefühl geben , tolle Kerle zu sein , dann gäbe es auch keine Skinheads mehr , so einfach ist das alles. Sie ist die treibende Kraft. Das deutsche bißchen Weib , das gegen räuberische Aggressoren verteidigt werden will. Und wie bekämpft man räuberische Aggressoren? Am besten , indem man sie angreift , während sie noch defensiv sind und sich sammeln. Das ist alles nur ein Spiel , Montag , du und ich , wir wissen das zu schätzen.»

Remmert lächelte ein Lächeln , das ihn ein wenig wie Christian Slater aussehen ließ , vorausgesetzt , Slater würde einmal Batteriesäure als Rasierwasser verwenden. Auch Hiob hatte mittlerweile Ähnlichkeit mit einem beliebten Schauspieler: Christopher Lee in den Schlußsequenzen von Dracula. Elend auf dem Weg zum Häufchen.

Auf der anderen Seite in selber Höhe saß eine junge Frau um die fünfundzwanzig auf der Bank. Ihre Kleider waren schäbig und ranzig , ihre Haare aber ein reicher Schatz , fast so schön wie bei O. Henry.

«Diese hier ist eine Asylantin , nur im eigenen Land sagt man wohl nicht so dazu. Sie hat kein Zuhause mehr , du kennst den ganzen Sermon. Vom Begatter wegen Schwangerschaft verlassen , von der Familie wegen der beabsichtigten Abtreibung verstoßen , von der Arbeitsstelle während der hinderlichen Schwangerschaft gefeuert , heutzutage geht das dann schnell mit den Mietrückständen. Langweilig. Sie ist halt nicht besonders helle , ist immer beschützt worden , war nie richtig eigenständig. Jetzt hat sie wechselnde Beschützer , fast jede Nacht einen Neuen , damit sie hinterher im Warmen pennengelassen wird , aber nicht mal das klappt immer , einige schmeißen sie nach dem Erguß auch sofort angewidert wieder raus. Sie versucht , immer wieder auf die Füße zu fallen , aber sie ist halt keine Katze. Sie versucht wirklich , von Drogen fernzubleiben , aber wie soll man den Hunger und die Kälte sonst ertragen können? Und vor allem das entblößende Starren der sogenannt Normalen. Das Desinteresse der sich so bezeichnenden Christenmenschen. Den Geiz und den Abscheu der vorüberhetzend sich Abwendenden. Die Nächsten wollen immer nur die Fernsten sein. Nur einer will ihr Liebster werden: Sein Name ist Winter. Er kommt ganz langsam heran , mit der aufreizenden , geschmeidigen Lässigkeit des sicheren Siegers. Er weiß , er wird sie im Sturm nehmen. Es gibt kein Entkommen , wenn die ganze Welt zu Eis gerinnt. Dann wird sie mit

Beschützern gehen, die Nieversuchtes an ihr ausprobieren werden, sie wird sich im Eingangsbereich großer Warenhäuser schlafend zusammenrollen, dösen in der U-Bahn. Wenn sie bis dahin nicht zu abstoßend geworden ist, wird sie sich in den Pausen neuer Stücke in die dann eingangs nicht mehr kontrollierten Theater schleichen, um dort in zweiten Hälften beheizte Heimat noch zu finden. Sie wird auf den Entlüftungsrosten von Bäckereien liegen, wenn dort am ganz, ganz frühen Morgen das süßlichschwere Tagwerk beginnt. Sie wird selbst die Motorhauben gerade eingeparkter Autos schätzen lernen. Die Freundschaft bleicher Tiere. Den warmen Atem prügelnder Polizisten. Weihnachtliche Fensterscheiben in den wohlhabenderen Vororten. Die Kleidung von Gestorbenen. Das eigene Blut. Sie ist diejenige von allen hier, die am langsamsten zu uns kommt, Ballett tanzend in fast statischer Zeitlupe, aber unerbittlich gezogen vom Magnetismus des Infernos. Ewigwährendes Leid ist ihr gewiß. Aber laß sich nicht täuschen. Ich sehe die Tränen in deinen Augen.»

«Das ... sind ... nur ... die Schmerzen.»

«Ewigwährendes Leid. Sie ist deines Mitleids nicht würdig. Sie ist nur eine von Tausenden und wohl nur zufällig recht ansehnlich. Aber sie ist keine unschuldig Gestrauchelte. Dir ist der merkwürdige Holper in ihrer Schwangerschaftsgeschichte doch sicherlich aufgefallen, natürlich, du bist ja ein mitdenkender Zuhörer. Sie wollte eine Abtreibung. Sie hat sich dann aber nicht getraut, weil ihre Eltern und Schwestern ihr die Qualen dieser Sünde in den drastischsten Farben geschildert hatten. Also wurde sie dick und rund und unbeweglich, also verlor sie ihren Job, also trug sie das Kindlein aus. Und als der kleine blutverschmierte Balg geboren war, erdrosselte sie ihn mit der noch zwischen ihnen bestehenden Nabelschnur. Sie legte die Leiche in einen Römertopf, schob sie in den Herd, briet das Ganze dann fast zwei Stunden lang gut durch, zerteilte den knusprigen Körper säuberlich mit einer Geflügelschere und aß soviel davon wie möglich mit guten Beilagen, denn aus ihr war es gekommen, in sie hinein mußte es auch wieder gehen, damit es keine Spuren gab. Die Reste kamen in den Müll, der Schädel gesondert in einer alten Plastiktüte eingepackt zwischen die Fischabfälle vom Vortag. Ganz schon ausgefuchst für eine kleine Schlampe, die die Beine nie zusammenhalten konnte, findest du nicht auch?»

Hiob wurde so schwindelig und übel, daß er sich einen Moment neben die obdachlose Kinds-Esserin setzen mußte. Remmert scharwenzelte vor ihm auf und ab, ein ungeduldiger, hochgezüchteter Hahn, ein sicherer Aufsteiger. Um sich keine noch größere Blöße zu geben, hyperventilierte Hiob ein paarmal heftig durch und stand dann wieder auf. «Bringen wir's hinter uns. Die letzten zwei.»

«Bist du sicher, daß du das durchstehst? Ich meine, das ist ja alles nur ein Service von uns, damit du die Delinquenten richtig schätzen lernen kannst. Du kannst natürlich jederzeit die Hand heben und dich geschlagen geben.»

«Die letzten zwei noch. Ich entscheide dann.»

«Wie du willst.»

Die zweitvorderste Sitzbank. Eine blonde Frau über Vierzig, sorgfältig frisiert, ausgesucht gekleidet. Eine attraktive, kleine Frau in den allerbesten Jahren.

«Harmlos im Vergleich zu den anderen, hat dieses kleine Barbiepüppchen hier nur ein Problem: Barbie altert, Barbie kriegt Falten, ihre Euter fangen an zu hängen, Zellulitis frißt sich über Hüften und Schenkel vor. Aber diese alte Zitrone hat noch viel Saft, wie man so schön sagt. Sie ist noch nicht bereit, das Feld zu räumen und die jungen breitbeinigen Hengste mit den ausgewaschenen Jeans über den knackigen Ärschen ganz allein ihrer attraktiven sechzehnjährigen Tochter zu überlassen. Das wäre wie ein Abstellgleis, das wäre wie ein Grab. Die Aufmerksamkeiten von Männern waren ihr ganzes Leben lang ihr größtes Vergnügen, und damit soll jetzt Schluß sein? Nicht doch! Wozu gibt es plastische Chirurgie! Ein wenig Straffen hier, ein bißchen Absaugen dort, heftiges Schälen hier untenherum, Massieren und Cremen da und dort. Dann setzen wir das hier noch ein bißchen um, füllen die Lippen auf, bis sie vor sinnlicher Prallheit fast platzen - du weißt schon, dieses vulgäre Cocksuckergesicht, das sich Dolly Buster und Jennifer Rush haben machen lassen -, färben hier nach, stopfen hier sexy Kunststoffpolster hinein, bis die Brüste wie Fußbälle aussehen, nur glänzender, und das Gekräusel hier wird abrasiert, der jungfräulichen Scham wegen. Radikal. Die eigene Tochter wird sie nicht mehr wiedererkennen. Und sie wird sich ins Zeug legen. Mit dem Mundgeruch und dem bitteren Schweiß einer Fünfzigjährigen wird sie sich von zwanzigjährigen Galanen zureiten lassen, die es einfach klasse finden. Dann wird hier etwas verrutschen, das eine oder andere Silikonkissen wird beginnen, unter der Haut zu wandern, Narben werden anfangen zu eitern und dann zu faulen. Kunstgewebe heilt nie wirklich. Die Rückenschmerzen vom Gewicht der Brüste. Osteoporose beschleunigt, bis in normaler Körperhaltung ihr entstelltes Gesicht auf den Knien aufliegt. Verschiedene Hautfarbenflächen bei einer einzigen Frau, welch Wunder des Antirassismus. Ich denke, du begreifst schon das Gesamtbild. Nicht direkt Frankenstein, aber schon so Richtung Hildegard Knef. Und stell dir die inneren Qualen vor. Sie wird alles verloren haben, was ihr jemals wichtig gewesen ist, nein, nicht nur verloren: Sie wird wissen, daß sie das alles selbst verdorben hat. Sie hätte eine nette ältere Dame mit Enkeln und Konsorten werden können, aber stattdessen wird sie eine Schaubudenattraktion sein für Schreinemakers live. Der natürliche Verfall ihrer Zellen, gepaart mit der bodenlosen Dummheit einer 'Sei schön und halt den Mund'-Gesellschaft, diktieren ihr schon jetzt den geraden Weg zur Hölle. Das Antlitz der geliebten Tochter ist ein Spiegel, der beim Betrachten schneidet. Und weil das so ist, und die ja erst spät geborene Tochter bislang der sonnenstrahlende Mittelpunkt ihres Lebens war, wird nun alles Schmerz, und das eigene gelebte Leben ein quälendes Nichts. Spieler Montag, ich kann dir nur sagen: Wie Menschen, denen es eigentlich an nichts mangelt, sich selbst so zerfleischen können, wird uns im Fließ immer ein Rätsel bleiben. Aber wir leben davon, wir lernen daraus, und gäbe es uns nicht, hätte das meiste von dem, was ihr auf Erden so treibt, nicht den geringsten Nutzen.»

«Und gäbe es uns nicht, gäbe es euch nicht, das weiß ich schon lange.» Hiob hielt sich jetzt mit beiden Armen an Deckenstangen fest, eine Haltung, die der eines quer zur Fahrtrichtung gespannten Gekreuzigten nicht unähnlich war. «Trotzdem», begann er mühsam, «trotzdem kein Grund, den status quo zu erhalten. Im Gegenteil. Jetzt sind wir fast durch. Wir haben es fast geschafft, und bis hierhin kann ich nur sagen: Alle Achtung, das habt ihr wirklich tadellos hingekriegt. Ihr habt's wirklich geschafft, elf Menschen hier drinnen zu versammeln, an deren Rettung mir kein bißchen liegt. Ich wette, die Zwölf ist der Höhepunkt, der Judas, der mir den Rest geben soll.»

«Unser trauriger schwarzer Freund hier? Wer weiß?»

«Spuck's schon aus.»

«Was denkst du? Was meinst du? Sieh ihn dir an: Schmale, gebeugte Schultern, melancholischer Blick, ärmliche Kleidung. Wofür hälst du ihn?»

«Ich habe keine Ahnung. Vielleicht ist er so eine Art Bokassa im Exil oder der Sohn von Idi Amin. Ich weiß es nicht.»

«Tsts, jetzt klingst du wie ein x-beliebiger Rassist, für den alle Neger gleich aussehen.»

«Mach dich nicht noch lächerlicher, als du in deinem Internatszöglingsanzug ohnehin schon bist, Remmert.» Hiob begann unwillkürlich, an den hängenden Armen ungeduldig vor- und zurückzuschaukeln. «Was ist denn? Worauf wartest du? Warum grinst du? Findest du mich so komisch?»

Remmert entgegnete mit zwei Gegenfragen. «Elf Menschen, an deren Rettung dir kein bißchen liegt? Soll das heißen, du wärst bereit, auf den Punkt zu verzichten?»

«Ich hab dir schon einmal gesagt: Ich entscheide, wenn ich alle zwölf kenne.»

«Du lügst. Du hast schon entschieden.»

Hiob brach lauwarmer Schweiß aus. «Halt die Schnauze und rede endlich.» Ein Paradoxon, er widersprach sich plappernd selbst, ihm wurde wieder schwindelig.

Remmert feixte böse. «Du willst dir wirklich anmaßen, Richter zu spielen, nicht wahr? Du hältst die ersten Elf für der Rettung nicht wert. Um deines Stolzes willen denkst du dir: Laß das Fließ doch von mir aus diesen einen beschissenen Punkt haben. Ich werde nicht die Ärmel hochkrempeln, um elfmal Dreck zu absolutieren. Ich habe recht, nicht wahr? Ich habe recht!» Hiob schloß die Augen. «Und? Und? Und? Und? Und? Und? Und?»

«Nichts und. Gar nichts und. Der Schwarze hier ist unschuldig, das ist alles. Er ist ein guter Mensch. Ein politisch verfolgter Anwalt aus Surinam.»

Hinter Hiobs Augenlidern gab es ein wisperndes Erdbeben. Sein Mund verschob sich, als wären seine Zähne gewachsen.

Er ließ verschwommen die Stangen los, packte mit einer Hand Remmerts Unterkiefer und drückte ihn mit der anderen gegen eine Fensterwand. Seine Stimme war entsetzlich ruhig. «Erzähl mir keine Scheiße, du Rookie. Ich hab verstanden, worum's hier geht, ich spiel das Spiel nicht erst seit gestern, verstehst du? Ihr lockt mich an Bord mit der Verheißung, daß ich hier zwölf Menschen das Leben retten kann, weil ihr genau wißt, daß ich so was normalerweise gerne tun würde. Aber ihr habt euch die zwölf Leute gut ausgesucht. Sie sind der Abschaum, genau das Menschenmaterial, das meiner Meinung nach ohnehin ins Fließ gehört. Ihr tut mir einen Gefallen damit, wenn ihr sie mitnehmt. Also erzähl mir keinen Dreck von irgendwelchen verfolgten armen Schwarzen. Wahrscheinlich ist der Typ hier ein Tutsi, der mit einer hirntriefenden Machete in der Hand bis zu den Knien in zerhackten Hutuleichen gewatet ist und dabei lachend weitergemordet hat. Ihr könnt mir nichts vormachen. Eure Scheiß-Strategien sind so durchsichtig wie Glas.»

«Nein, nein, das sind sie nicht! Du hast recht, wir haben die ersten elf Leute so ausgesucht, daß du einfach kotzen mußt, wenn ich sie dir vorstelle. Meisterwerke des Stumpfsinns und der Hoffungslosigkeit. Und das geniale daran ist: Keine hohen Tiere. Keine Politiker oder Tierexperimentatoren oder Nuklearforscher oder Automobillobbyisten oder Fleischbarone oder so was in der Richtung. Da wäre der Haß dann nun doch zu simpel gewesen. Nein, ganz einfaches Material von den Straßen dieser Stadt. Elf von allen. Elf wie alle. Aber es wäre viel zu billig gewesen, dir nach elfmal Mist die Ablehnung so leicht zu machen. Der zwölfte, der Schwarze, ist tatsächlich ein guter Mensch, er erfüllt alle Klischees der politisch Korrekten: er ist schwarz, jetzt arm, verfolgt, man hat ihn gefoltert, und er ist fleißig und ohne Haß. Nur so kann das ‹nein› dich wirklich schmerzen, Spieler Montag.»

«Ihr Dreckschweine.»

«Oh, niemand hat dir versprochen, daß das Spiel eine lustige Sache werden wird. Du hast dich doch freiwillig dafür entschieden. Du bist vielleicht sogar ein Masochist, und wir tun dir sogar Gefallen, oder? Gib's doch zu!»

Hiob fing an, Remmert zu schlagen, der aber biß die blutigen Zähne zusammen und wehrte sich nach Kräften. Es wurde kein macho-mäßiger Faustkampf draus, eher eine peinliche Balgerei mit Patschen und Ächzen und dem beiderseitigen Versuch, dem anderen möglichst oft das Knie in die Eier zu rammen. Jango Edwards gegen Jerry Lewis – so in etwa.

Der Bus fing an zu schlingern. Die Passagiere reagierten nicht, auch dann nicht, wenn sie von einer verirrten Faust getroffen wurden.

Der Kampf wogte hin und her, wurde mal gegen die rechte, dann wieder gegen die linke Innenwand des Busses geworfen. Hiob und Mogens Remmert rollten schließlich, ineinander verkeilt, die steile Treppe runter. Jeder litt dabei ziemlich starke Schmerzen, jeder hatte aber das gute Gefühl, den anderen die Treppe runtergeschmissen zu haben. Unten blieben sie schwer atmend liegen. Ihre Kräfte waren gegeneinander erschöpft.

«Du kannst mich nicht besiegen, Montag», stöhnte Remmert. «Ich arbeite für's Wiedenfließ. Ich bin stärker als du.»

«Du bist ein … Nichts , eine … Null , eine völlige … Niete.»

«Ich bin wenigstens nicht blöd genug , mir allen Ernstes einzubilden , …mich nach oben arbeiten zu können , indem ich … NuNdUuNs Gegner bin. Wir wollen beide dasselbe , Montag , aber nur ich werde es schaffen.»

«Glaubst du denn wirklich» , höhnte Hiob schwer atmend , «daß es dir möglich sein wird , dich in der Rangfolge des Fließes bis auf NuNdUuNs Thron vorzuarbeiten? Das wird er niemals zulassen , dazu ist er viel zu gerissen. Allzu aufstrebende und ehrgeizige Untertanen werden vorsichtshalber einen Kopf kürzer gemacht. Das ist wie in der Mafia , dasselbe System. Nein , es gibt nur einen einzigen Weg , auf den Thron zu kommen: Man muß sich die Privilegien des Spielers zunutze machen.»

«Welche Scheiß-Privilegien sollen das denn sein?»

«Er darf mich nicht direkt angreifen , zum Beispiel. Er muß mir sogar Energie bereitstellen , zum Beispiel. Ich kriege Informationen aus bester Quelle , zum Beispiel. Ich bin auf herkömmliche Weise nicht mehr umzubringen , zum Beispiel. Ich altere langsamer als andere Menschen , zum Beispiel. Ich habe prima Gelegenheiten , dem ganzen Wiedenfließ-Abschaum solide gegen den Karren zu fahren , zum Beispiel. Und ich werde ernstgenommen , zum Beispiel.» «Das ist doch alles Babykram. Das sind doch nur Pseudo-Vorteile. Das einzig Gute , was du für dich rausgehandelt hast , ist , daß du eine Dämonin zum Bumsen bekommen hast. Aber das hab ich auch. Ich kann sogar fast jede Dämonin bumsen , die mir gefällt. Außerdem lebe ich wie Gott in Frankreich. Ich habe alle Privilegien , kann tun und lassen , was mir gefällt , während du jeden einzelnen deiner Tage in der kochenden Scheiße verbringst.»

Hiob wandte den Kopf und kriegte ein zynisches Grinsen hin. «Tolle Privilegien , die du da hast. Du bist NuNdUuNs Busfahrer. Toll!»

«Das mache ich nur nebenbei. Weil's Spaß bringt.»

«Ach , mach dir doch nichts vor.» Hiob rappelte sich mit Hilfe einer senkrechten Haltestange wieder auf. «Du bist nicht viel mehr für ihn als ein Stempelkissen für einen Postbeamten. Yuppies wie dich , denen's hier auf der Erde zu langsam voranging , und die sich deshalb dem Wiedenfließ verschrieben haben , gibt's doch wie Sand am Meer. Irgendwann endest du damit , ihm täglich viermal den Arsch sauberzulecken , und du wirst es sogar lieben. Alles andere , was dich jemals betraf , wird in Vergessenheit geraten. Aber kein Spieler ist jemals vergessen worden , zumindest nicht von Leuten , die was drauf haben. Und erst recht kein Spieler , der schon acht Punkte beinander hat.»

«Acht zu Eins , vergiß das nicht. Wenn du hier jetzt kneifst , dann steht es Acht zu Eins.»

«Na und? Wen schert's. Der Vorsprung ist doch wohl groß genug. Ihr kriegt keinen Katastrophenbonus für so was.»

«Daß du dich da mal bloß nicht täuschst. Ob es Acht zu Null steht oder Acht zu Eins , ist ein viel gewaltigerer Unterschied , als ob du nun achtzehn Punkte hast oder fünfzig. Der erste Punkt für uns ist wie das Brechen eines Dammes, das Eröffnen einer neuen Zählweise, ein neues Zeitalter im Spiel. Und als kleinen Bonus bedeutet dieser erste Punkt auch noch, daß die zwölf bedauernswerten Seelen da oben mit deiner Segnung ins Fließ einfahren. Das heißt, wir werden besonders viel Spaß an ihnen haben. Und all das war meine Idee. Ich hab dieses Prognosticon ganz alleine entwickelt und eingefädelt. Vielen Dank also auch, Spieler Montag. Eine Beförderung ist mir so gut wie sicher.» Remmert kicherte selbstgefällig, aalte sich liegend in seinem Triumph.

Hiob ließ sich auf der Behindertensitzbank nieder. So, wie er den Oberkörper vorgebeugt und den Kopf gesenkt hatte, verhüllten die Haare sein Gesicht.

Ruhe kehrte ein, nur das harzige Brummen des Motors, die fast unmerklichen Vibrationen des Getriebes.

«Was hätte ich denn eigentlich tun müssen, um die da oben zu retten?»

«Och, das wäre ganz leicht gewesen. Jedem von ihnen einen Kuß auf den Mund geben, den finalen Rettungskuß, und dann vor mir auf die Knie sinken und mich darum bitten, sie dir zu überlassen.»

«Dich auf Knien darum bitten? Das hätte ich doch eh nie getan, egal, wer da oben sitzt.»

«Jetzt lügst du. Jetzt machst du dir die Sache zu einfach. Nehmen wir mal an, ich hätte deine besten Freunde da oben, dann wärst du ganz bestimmt vor mir im Staub gekrochen. Oder nehmen wir auch nur an, das da oben wären halbwegs liebenswerte Gestalten gewesen. Dann wäre dir der Gewinn eines Punktes auch die kurze Schmach wert gewesen. Du bist viel zu sehr Spieler, um nicht auch mal jemanden vom Nachbartisch um einen Kredit anzubetteln. Nein, nein, das war genau und präzise von mir berechnet. Elf Pisser, die dir den Verzicht auf den einen Punkt leicht erscheinen lassen, und ein unschuldiges Negerlein, damit's richtig wehtut. Nur zu, Spieler Montag, deine Option ist noch nicht verstrichen. Geh nochmal nach oben und küß die dummen Säue. Beug dich so weit herab, bis du speien mußt. Du wirst die Schande dieses einen Punktes niemals mehr vergessen.» Remmert kicherte aufgeregt. Es hörte sich an, als würde er onanieren. «Ach so», lallte er, «eines hätte ich ja fast noch vergessen, um die Inszenierung perfekt zu machen.» Er hob langsam eine Hand und schnippte mit den Fingern. Durch die brackigen Neonröhren lief ein wimmriges Zittern. Gleichzeitig begann der Durchsagenlautsprecher zu knacken und zu rauschen. Zwei Stimmen wurden überall an Bord hörbar, schlecht ausgesteuert, aber deutlich genug:

Diana Frahm: «Was bist du eigentlich für einer. Was für ein Spiel spielst du.»

Hiob Montag: «Ich töte, ich rette Leben. Ich rette mein Leben, meistens.»

Das war alles. Das Rauschen und Knacken versandete. Stille im Bus. Wieder nur das unirdisch tiefe Motorengeräusch.

Remmert lachte lautlos. «Was für ein Heuchler!» Er mußte sich mit dem Ärmel Tränen vom Gesicht wischen. «Was für ein unglaublicher Heuchler. Ich töte , ich rette Leben. Ich rette mein Leben. Er tötet nicht , er rettet nicht , und am allerwenigsten rettet er sich selbst. Stattdessen verstrickt er sich immer mehr in das absurde Spiel , das kein Mensch je gewinnen kann , und geht kaputt und kaputter. Ein Lügner. Ein Betrüger. Ein Scharlatan. Verführer gutgläubiger Mädchen. Bist...du ...am Ende... gar... der Teufel,... Montag?»

Hiob stand auf und ging nach vorne zum verwaisten Fahrersitz durch. «Es geht immer geradeaus , hast du gesagt? Na , dann wollen wir mal sehen , was passiert , wenn sich das ändert.» Mit beiden Händen griff er ins Lenkrad , überwand den Widerstand einer vermutlich psychokinetischen Arretierung und wirbelte das große schwarze Rad bis zum Anschlag gegen den Uhrzeigersinn durch. Der Bus begann sofort zu rumpeln , ächzte auf wie ein angeschossener Elefant , beschrieb aber – an der Fliehkraft ersichtlich – die Linkskurve in vollem Umfang mit.

Remmert versuchte auf die Beine zu kommen , wurde aber vom Andruck haltlos gegen das Türgestänge geworfen. «Bist du verrückt?» kreischte er. «Du steuerst uns in unbekanntes Land! Wir können beide draufgehen!»

«Ach ja? Wird interessant sein , das mal mitzumachen.» Hiob kurbelte das Lenkrad wieder zurück , überriß es in eine Rechtskurve und stabilisierte dann ein unerbittliches Geradeaus. Der Kurs war jetzt nicht mehr straight to Hell , sondern in einem ziemlich genauen rechten Winkel zwischen Erde und Wiedenfließ dahin ins unkartographierte Nirgendwo.

Der neuerliche Richtungswechsel hatte Remmert wieder quer durch den Innenraum geschleudert. Er fluchte , schrie und hustete , und Hiob war über ihm , bevor er sich orientieren konnte. Grob riß Hiob den Aufsteiger am Revers hoch.

«Eines wollte ich dir noch mitgeben , du Konfirmand: Niemand , niemand nennt Widder eine kleine Nutte , ohne dafür zu leiden.»

Ansatzlos , aber mit voller Wucht , schlug er Remmert seine Faust auf den Kehlkopf. Würgend und sehnige Knorpelsplitter aushustend kroch Remmert über den krustigen Boden und versuchte , seine zitternden Hände ruhigzukriegen. Währenddessen fing der Unterboden an zu bocken wie ein Rodeostier. Irgendwas auf der unheiligen Fahrbahn war alles andere als eben , und irgendwas anderes – entweder knorrige Bäume oder verkohlte Yeti-Körper – kam jetzt durch die Frontfassade rein. Das Glas der Windschutzscheiben wurde als luminiszente Schrotladung ganz nach hinten durchgefeuert , ein paar Metallstreben kamen kreischend und Funken reißend gleich mit. Hiob , zwischen zwei engen Sitzen auf der linken Seite in Deckung , bekam mit , wie der Bus mit genau dieser Seite gegen irgendein hauswandähnliches Hindernis aus Stahldornen schrammte und mit ungeheurem Getöse daran entlangrieb , bis die ganze Backbordfassade weggefetzt war. Gleichzeitig wurde das Oberdeck abgerissen , eine tiefhängende Brücke oder ein Ast oder wer will das wissen erledigten das mit der ruckartigen Wucht einer Explosion. Falls da oben noch irgendwas gelebt hatte, war es jetzt zu spät, sich darum Sorgen zu machen. Hiob robbte auf Ellenbogen und Knien – die Arme hatte er über dem Kopf verschränkt – durch Splitter und Trümmer nach Steuerbord rüber, denn der heiße Luftsog und die ihm trotzenden lavaartigen Spritzfladen links gefielen ihm nicht besonders. Der Wagenboden bekam rostig aufbrechende Längsrisse, wahrscheinlich rasten sie jetzt durch ein Stalagmitenfeld oder etwas entsprechend Unbehagliches. Mehrere donnernde Stöße erschütterten nacheinander den ganzen Rumpf und knautschten eine grobe Ziehharmonikastruktur in die noch verbliebene Seitenwand. Zu allem Überfluß entzündete sich jetzt auch noch der Treibstoff – oder es war ein Flammenfeld, durch das sie dahinbrausten. Jedenfalls stürmte eine napalmähnliche Wolke der Länge nach durchs Wrack und verzerrte in schauerlichster Weise den aufgerichteten Körper von Mogens Remmert, der – «Mit solchen Kinkerlitzchen wirst du mich noch lange nicht los» röchelnd – breitbeinig auf Hiob zugeschliefert kam. Hiob kickte gerade nach ihm aus, als der Bus frontal auf den spitzen Winkel eines spitzwinkligen Massivs auffuhr und wie ein von einer Axt gespaltener Holzscheit auseinanderbrach. Damit war's endgültig vorbei: Die allegorische Projektion des Richtung Hölle fahrenden Einsetzerbusses konnte von niemandes Macht mehr aufrechterhalten werden, und Hiob und Remmert schlugen auf dem harten Asphalt der Yorckstraße auf und wurden von der eigenen Massenträgheit noch mehrere schmerzhafte Umdrehungen nach vorne gerissen. Hiob, der nach seiner Kur in Hinterkaifeck schon mal auf ähnliche Weise eine böse Überraschung erlebt hatte, reagierte schnell genug, um sich vor dem verhältnismäßig taghell erleuchteten irdischen Doppeldeckerbus, der da von hinten heranraste, Richtung Bordstein in Deckung zu werfen. Remmert jedoch war viel zu langsam. Er hob noch in pathetischer Abwehr beide Arme, dann aber gab es ein ausgesprochen häßliches Geräusch, und der Nachtbus, auf den Hiob so lange gewartet hatte, und dessen Fahrer gerade noch ein bißchen beschleunigt hatte, um die kommende Ampel sicher vor Rot zu schaffen, riß ihn zwischen Reifen, Asphalt, Achsgestänge und Unterbodenstruktur mit sich fort. «Wir sehen uns wieeeeeedaaaaaaaahhhhhhhhhhhh …» gellte Remmert noch, dann war der Bus vorbei und die Ampel schloß hinter ihm die Schranke.

«Sicher», meinte Hiob, sich den Weltkriegsmantel ausklopfend, «vielleicht bist du ja in der nächsten Dose Tomatenmark drin, die ich mir kaufe.»

c) A Walk of Fame

Wenn die Nacht nicht so kalt und windig gewesen wäre, daß man beim Einatmen das Gefühl hatte, alte Eiszapfen zu inhalieren, wäre Hiob nie auf die Idee gekommen, auf einen Bus zu warten, schließlich war es nicht weit von der Yorckstraße bis zu ihm nach Hause. Aber jetzt, wo er sich entschieden hatte, zu laufen, und wo er das neckische Brummen plötzlich auftauchender und an ihm vorbeischarwenzelnder Busse ignorierte, kam ihm der Weg doch weit vor, das Pflaster hart, die Bordsteine gelenkunfreundlich hoch, die Ampeln grell in ihren nervösen Farbwechseln, das kalte Glas der unbeleuchteten Fenster wie krustige Melasse in den Rechtwinkelwaben unfaßbarer Insektenkreaturen. Die Verlorenheit nächtlich sich unter der Vorahnung von Winter verkrampfender Straßenzüge abseits der ewigwachen Boulevards und das träge, dem Kriechen fetter Fliegen ähnelnde Herumbummeln zielloser Taxis deprimierten ihn noch mehr. Berlin war eine mitleidlose Stadt, sie konnte einen mit Hysterie zu Tode prügeln oder einen mit dem starrenden Gähnhauch hoffnungsloser Langeweile ersticken, je nachdem, welche von beiden Stimmungen man gerade am wenigsten gebrauchen konnte.

Hiob blieb – vielleicht glücklicherweise – nicht lange allein bei seiner trübsinnigen Nachtschlenderei. Aus einem Hauseingang löste ER sich, ER höchstpersönlich, in hellem Cashmeremantel und dunklem, langen Künstlerschal ein eleganter Herzensbrecher seiner eigenen Schwarzen Serie.

Sie gingen eine zeitlang schweigend nebeneinander her, der Mensch und der König aller Unterwelten, dann eröffnete NuNdUuN lächelnd das Parlando.

«Wie wirst du damit fertig?»

«Womit?»

«Mit dem Acht zu Eins. Mit dem Verlieren.»

«Ich habe verloren? Ist mir gar nicht so aufgefallen.»

NuNdUuNs Lächeln wurde breiter. «Zugegeben: Dein Abgang hatte Stil, aber es ist nun einmal nicht deine Aufgabe gewesen, die zwölf Seelen zu töten, sondern sie zu retten. « Er seufzte. «Du hast Glück, wenn man morgen nicht von einer neuen Koma-Epidemie sprechen wird. Die zwölf lagen glücklicherweise alle im Bett und werden nie wieder erwachen. Da sie fast alle in verschiedenen Stadtteilen wohnten und somit in verschiedene Zuständigkeiten fallen, wird vielleicht niemand je die Verbindung feststellen.»

«Tja. Vielleicht das beste, was aus einer weißen Karte rauszuholen war. Nur zwölf Tote. Es hätte ja auch die Auslöschung des gesamten Planeten bedeuten können, wenn man so bedenkt. Weiß ist wie ein großes Nichts.»

«Hm. Deine ungelenken Versuche, deiner eigenen Zukunft ein wenig Herr zu werden, sind mir nicht entgangen. Das nächste Mal wende dich doch vielleicht gleich besser an mich. Ich kann dir mehr zeigen und dir mehr beibringen als bunte Bildchen auf billiger Pappe.»

«Meine Zukunft steht nicht fest, hat man mir gesagt.»

«Oh, das kommt auf den Betrachter an. Wenn man derjenige ist, der deine Zukunft lenkt, dann kennt man sie natürlich.»

«Natürlich. Und du würdest mir Einblicke gewähren.»

«Unter Umständen. Das käme darauf an, was du zu investieren bereit wärst.»

«Vergiß es einfach. Ich habe kein Interesse mehr. Das sind sowieso alles nur self-fulfilling prophecies. Die machen einen kirre und sonst nichts. Ich brauch den ganzen Scheiß nicht mehr. Ich laß das Schicksal auf mich zukommen.»

«Das Schicksal.» Der Fürst schien über diesen Begriff zu reflektieren. «Das ist einer meiner schöneren Namen. Wir geben heute noch ein kleines Fest im Fließ. Wir haben dir zu danken.»

«Freut mich, wenn ich jemandem eine Freude bereiten kann. Wie geht es Widder, ich hoffe, sie ist auch eingeladen?»

«Ihr kleines Herz wird höher schlagen, wenn ich ihr berichte, wie ritterlich du heute ihre Ehre verteidigt hast. Leider ist sie zur Zeit damit beschäftigt, sich um Mogens Remmert zu kümmern. Der Arme hat zwar gute Arbeit geleistet, wird aber auch eine Menge gute Arbeit von Widder brauchen, um wieder so schnell wie möglich ... wie soll ich es ausdrücken ... seinen Mann stehen zu können.»

«Das war natürlich deine Idee. Widder für Remmert als Belohnung?»

«Ich habe das vorgeschlagen, ja. Du hattest ja kulanterweise vergessen, dir ihre Exklusivrechte zu sichern. Die Ausschließlichkeit ist nur einseitig fixiert.»

Hiob bleckte die Zähne. «Manchmal denke ich, es würde mir leichter fallen, dich zu vernichten, wenn ich dich nicht so sehr hassen würde.»

«Oh, sag das nicht. Ich will dir etwas verraten: Es gibt bei uns im Fließ mittlerweile ein paar Einzelexistenzen, die der Meinung sind, du könntest als Spieler vielleicht sogar bis an den Weltrekord herankommen, und warum? Weil dir eine Eigenschaft fehlt, die allen anderen Spieler bislang immer geschadet hat: Respekt. Du respektierst mich nicht, du respektierst das Fließ nicht, du respektierst nicht die Leben deiner Mitmenschen und am allerwenigsten dein eigenes Seelen- und Leibesheil. Du nimmst alles persönlich. Selbstverständlich wird dich das über kurz oder lang nachhaltiger zerschmettern als alle anderen Spieler zuvor – aber wer weiß: Vielleicht wird es dir ja wirklich gelingen, als Weltrekordler zu scheitern?»

Hiob deutete eine ironische Verbeugung an. «Zuviel der Ehre.»

«Nein, wirklich, ich meine das ganz ehrlich. Du hast es schon weit gebracht, weiter als ich es von einem Montag erwartet hatte, die mir bisher immer eine Blutlinie aus alten und weisen Männern zu sein schien, selbst wenn sie jung an Jahren waren. Es imponiert mir auch, daß du das Verlieren, mit dem du heute begonnen hast, so tapfer erträgst. Ich verspreche dir, Hiob, dich von jetzt an nicht mehr zu unterschätzen. Ich kann dir zwar nicht versprechen, daß ich auf Empfängen keine Witze mehr über dich reißen werde, aber zumindest was die Intensität des Leidens angeht, das ich in Zukunft über dich ausschütten werde, muß ich dein gestiegenes Niveau in Zukunft wohl stärker berücksichtigen.» NuNdUuN lächelte liebenswürdig. «Ich ganz persönlich kann natürlich die Theorie von einem deutschen Weltrekordler nicht teilen. Das erinnert mich doch alles wieder zu sehr an die typische teutonische Großmannssucht. Zugegeben, es hat noch nie vor dir einen Deutschen gegeben, der sich so wenig für sein eigenes Vorankommen ins Zeug gelegt hat, aber wir wissen ja alle, was aus dem Tausendjährigen Reich geworden ist. Zwölf Jahre und ein paar Zerquetschte. Zwölf Tote, sozusagen.»

«Hey, du willst mich doch wohl nicht mit den Nazis in einen Topf werfen! Ich hab's mir nicht ausgesucht, als Deutscher geboren zu werden. Ich weiß, daß das eine Scheiß-Bürde ist.»

«Die Gnade der späten Geburt, nennt man das jetzt nicht so? Wenn es nichts anderes gäbe, das dich aufhalten würde, so wäre da immer noch deine heimatliche Erblast, die dir den Sieg verwehren würde. Du kommst da nicht drum herum, gleichgültig, ob du selbst dabeiwarst oder nicht. Aber das ist ja alles gar nicht der springende Punkt. Ich bin nicht gekommen, um mit dir über Blutschande oder so etwas zu sprechen. Ich bin gekommen, um dir eine Wette vorzuschlagen.»

«Eine Wette!»

«Ja. Wir sind beide Spieler, und das große Spiel, das wir spielen, ist ja nicht wirklich spannend, ist von seinem Ausgang her zu festgelegt, um einen wirklichen Nervenkitzel zu bedeuten. Wie wäre es daher mit einer kleineren, überschaubareren Runde? In ein paar Monaten hätten wir die Angelegenheit entschieden.»

Hiob überlegte ein paar Momente. «Na, laß mal hören.»

«Ich wette, daß du die nächsten fünf Prognostica nicht in Folge wirst gewinnen können. Es wird kein Dreizehn zu Eins geben, sondern ein Zwölf zu Zwei oder ein Elf zu Drei oder ein Zehn zu Vier oder ein Neun zu Fünf oder sogar ein Acht zu Sechs. Eines von diesen fünfen. Kein Dreizehn zu Eins. Und dabei verspreche ich dir sogar – denn sonst wäre eine solche Wette natürlich eines Gentlemans nicht würdig – daß die folgenden fünf Prognostica relativ einfach sein werden, relativ überschaubar, verhältnismäßig gut zu lösen. Dennoch wirst du sie nicht schaffen, nicht alle fünf. Dessen bin ich mir sicher.»

«Und was soll der Einsatz sein?»

«Widder.»

«Shit.»

«Nein, nicht Shit. Sondern ein großzügiges Angebot meinerseits. Falls du die Wette gewinnst, gebe ich sie dir exklusiv. Kein Herumreichen mehr im Wiedenfließ. Auch ich selbst werde die Finger von ihr lassen. Sie wird dann nur noch dir gehören.»

«Du selbst? Du hast auch mit ihr geschlafen?»

NuNdUuNs verblüffte Entrüstung war verletzend. «Selbstverständlich. Oftmals. Ahntest du das denn nicht?»

«Ich … hab nie drüber nachgedacht.»

«Liebe macht blind, hm? Du solltest aufpassen damit. Ich habe dir einmal gesagt, daß die Kugel in deinem Herzen wehtun wird, wenn du Liebe empfindest.»

«Mach dir keine Sorgen um mein beschissenes Herz. Was passiert, wenn ich die Wette verliere? Du kannst mir Widder nicht wegnehmen. Wir haben einen Vertrag.»

«Nein, nicht wegnehmen. Aber ich kann sie zwingen, mit anderen Menschen zu schlafen, bevor sie zu dir kommt. Stell dir vor, du dringst in sie ein und tunkst dabei dein Glied in das Sperma deines Vorgängers – sagen wir einmal: eures munteren Bundesfinanzministers?»

Uach! Hiob übergab sich beinahe. «Teufel, hast du abartige Ideen.»

«Oder die öligen Absonderungen dieses Formel-1-Weltmeisters, den ihr da gerade habt.»

«Büäh, hör auf, mir kommt's hoch, Mann. Ich hab's kapiert. Eine nette kleine Wette, nicht ganz so jugendfrei wie bei *Wetten, dass ...*, aber dafür mit todsicherer Unterhaltungsgarantie. Du bist ein kranker Bastard, NuNdUuN.»

«Man tut, was man kann.»

Mittlerweile hatten sie fast Hiobs Heimstraße erreicht. Er bemerkte es beim Überqueren einer abgeschalteten Ampelkreuzung. «Fünf Prognostica in Folge? Das hab ich schon geschafft.»

«Niemals wieder.»

Dann gerade, dachte sich Hiob grimmig. «Gut. Schlag ein.»

Sie blieben stehen und gaben sich die Hände. Der Händedruck mit Satan war erstaunlich angenehm, fest, aber trocken.

Der Fürst schmunzelte wieder. «Wie bereits gesagt: Widder wird begeistert sein, wie du dich für sie einsetzt.»

«Das glaube ich zwar nicht, aber es wäre mir recht.»

«Sie ist das Beste an dir, weißt du das eigentlich?»

«Schon möglich. Wenn du mit ihr geschlafen hast, war sie auch das Beste an dir.»

Die beiden maßen sich mit Blicken. «Wenn du innerhalb der nächsten fünf Prognostica das Gesamtspiel verlierst, wird unsere Wette natürlich gegenstandslos. Dann hast du nicht nur Widder verloren, sondern alles andere auch.»

«Das ist schon klar.»

«Gut. Gut. Dann sehen wir uns wieder, wenn die Wette entschieden ist.»

«Was ist mit Widder? Kann ich sie unterdessen weiterhin sehen?»

«Ja aber natürlich. So lautet doch der Vertrag. Wegnehmen kann ich sie dir erst, wenn du das Spiel verloren hast.»

«Das ist besser als Bis daß der Tod euch scheidet. Das bedeutet wirklich ewige Treue.»

NuNdUuN lachte, während er in aromatisierten Schatten zerfloß. «Du bist ein Traumtänzer, Hiob Montag. Ein Traumtänzer.»

Als Hiob die Tür seiner Wohnung hinter sich geschlossen hatte und das heimisch riechende Dunkel ihn mit klammen Fächern umtoste, überlegte er ein paar Momente, ob er sich vielleicht verbieten sollte, das Licht anzuschalten, die Heizung anzuwerfen, warmes Wasser zu benutzen, ob er vielleicht sämtliche Stecker aus sämtlichen Steckdosen ziehen und auf die Annehmlichkeiten des niemals versiegenden Stroms verzichten sollte, um sich irgendwie zu kasteien, irgendwie zu bestrafen, denn schließlich hatte er verloren.

Aber er ließ es. Er war kein Masochist. Einen Punkt verloren zu haben war eine üble Sache, aber er glaubte nicht daran, daß er zusätzliche Motivation nötig haben würde, um zu verhindern, daß sich so ein Malheur noch mal wiederholte. Das ärgerlichste dabei war ja nicht, daß das Fließ sich jetzt mit einem Punkt brüsten konnte, sondern daß er sich ziemlich viel Mühe gegeben hatte, um letzten Endes nur ein Eigentor zu schießen.

Er durchwühlte sein Mobiliar nach allem Geld, das irgendwo zusammengeknüllt zu finden war, klingelte telefonisch den kleinen Kreis seiner besten Freunde aus den Betten – Kamber, den Esoterica-Sammler Wagsal, den Computer-Raver Backspace Blunt und die Malerin Astrid Rittner – und lud sie für den kommenden Abend zum Eisessen ein, zum Eisessen im Frühwinter.

Sie sagten alle zu und erlebten einen ungewöhnlich gut aufgelegten und entspannten Hiob. Als Kamber ihn fragte, warum Hiob heute denn nicht so zynisch und aggressiv sei wie sonst, antwortete dieser nur, heute sei nicht der Tag, um Fragen zu stellen, heute sei ein Tag zum Feiern.

Astrid kniff die Augen zusammen, setzte sich forsch über das Gebot der Stunde hinweg und fragte: «Was feiern wir denn?»

«Einen Abschied», antwortete Hiob und hob grinsend sein Glas. «Wir nehmen heute in angemessener Feierlichkeit Abschied von einem Mann, der die zweifelhafte Fähigkeit besaß, wichtige Dinge zu verlieren.»

«Und sie auch wiederzufinden?» hakte Astrid nach.

«Nein», lachte Hiob. «Wirklich verlorene Dinge findet man niemals wieder. Würde man das tun, wäre man enttäuscht, wie wertlos sie doch waren. Der Mann läßt die abgefuckte Vergangenheit ruhen und konzentriert sich darauf, in Zukunft niemals wieder irgend etwas zu verlieren. Er hat diese Erfahrung gemacht, fand sie beschissen, lernt daraus und lehnt eine Wiederholung von jetzt an einfach ab. Auf den Spieler!»

Die vier anderen sahen sich ratlos an, weil keiner von ihnen auch nur die geringste Ahnung hatte, wovon Hiob da eigentlich redete, aber sie waren Rätselhaftigkeit von ihm gewohnt. Sie hatten nicht das Rüstzeug, sich Hiobs manischem Grinsen weit genug zu widersetzen, um nicht eine Stimme im Chor abzugeben.

«Auf den Spieler!»

PROGNOSTICON 7

VEIDTs TANZ

WER
DEN MENSCHLICHEN
KÖRPER STUDIERT, FÜR DEN IST DIE
BEHARRLICHKEIT DER GESUNDHEIT EIN STETIGES
WUNDER:

WAS
SOLLEN WIR DA VON
UNSEREM GEHIRNAPPARAT HALTEN,
DER ALLE VIERUNDZWANZIG STUNDEN
DEN SCHLAGSCHATTEN SEINES VERDUNKELTEN
VERSTANDES BETRITT?

IST
ES NICHT WUNDERVOLL,
DASS JEDEN MORGEN BEIM GESUNDEN
HEILIGEN LICHT DER SONNE AUCH DIE INTELLIGENZ
UNVERSEHRT AUS IHREN NÄCHTLICHEN FINSTERNISSEN
UND GESPENSTERN AUFTAUCHT?

PAUL GROUSSAC:
EL VIAJE INTELECTUAL

ERWACHEN

Hiob
hatte einen
merkwürdigen Traum.

Er sah einen Mann sitzen auf einem schwarzsteinernen Thron, gekleidet in wallende, noble Gewänder von der Farbe angelaufenen Silbers. Der Mann saß breitbeinig da, lässig, lächelnd, auf seinem Schoß lag quer ein schwarzes Metall- oder Steinzepter, das unregelmäßige Verzierungen und Verzweigungen aufwies. Das Haar des Mannes war lang bis mindestens zur Brust, dunkel, aber durchzogen von silbernen Strähnen. In seinem linken Auge trug er ein gelbes Monokel, und obwohl dadurch dieses Auge einen Gelbstich hätte bekommen müssen, leuchteten beiden Pupillen in derselben Farbe: Türkis. In diesem Moment erkannte Hiob sein etwa zwanzig Jahre älteres Selbst. Während er, gebannt von seinem eigenen Charisma, sich selbst anstarrte, glitt die Sichtperspektive in rasender Fahrt zurück durch die Thronhalle, die nicht eigentlich eine Halle in einem großen Palast war, sondern vielmehr ein Raum in einem hölzernen Haus, dessen düsteren Winkel und Fußböden wimmelten von unnennbaren machtvollen Kreaturen, die alle nur einem einzigen Willen gehorchten. Das Haus kam Hiob vage bekannt vor, aber bevor die Kamerafahrt zurück weit genug gediehen war, daß er die Fassade sehen und den Eindruck, in dem Haus schon mal gewesen zu sein, bestätigen konnte, wurde er dadurch aus dem Traum gerissen, daß eine Hand sich mit fünf gespreizten Fingern auf seine Brust legte und dreimal sachten Druck ausübte.

Das war nicht möglich. Hiob wohnte allein, und aufgrund seines Vertrages mit Widder nahm er niemals Frauen mit nach Hause.

Er schlug die schlafverklebten Augen auf und sah einen im graublauen Zwielicht des Morgens verschwommenen Schemen über sich gebeugt. Links und rechts seines Bettes standen fremde Männer in Mänteln, die Hände in den Manteltaschen.

Er schlug die Unterarme über dem Gesicht zusammen, um sein Nasenbein zu schützen und nuschelte schlaftrunken: «Es ist nicht nötig, mich zu schlagen, Mister. Ich komme freiwillig mit. Geben sie mir nur noch eine Minute, wieder zu mir zu kommen.»

Er war gerade dabei, sich fieberhaft einen magischen Trick zu überlegen, mit dem er die Bullen blenden und entkommen konnte, als eine vertraute Stimme sagte: «Ich dachte immer, *ich* wäre derjenige von uns beiden, der auf der Flucht ist.»

«Kamber?»

«Ja, na klar. Was ist denn los mit dir? Du hast auf unser Klingeln nicht reagiert, auf unser Klopfen auch nicht, und jetzt erkennst du mich nicht mehr? Hast du wieder irgendwas eingeschmissen, was selbst bei der *Love Parade* auf dem Index steht?»

Hiob nahm die Arme vom Gesicht und begann langsam, klarer zu sehen. Kamber stand über ihm, sehr hellblaue Jeans und ein dicker schwarzer Pullover. Die anderen drei Männer jedoch, Türken in teuren, konservativen Mänteln, waren Fremde. Hiob versuchte sich daran zu erinnern, was er letzte Nacht getrieben hatte. Er hatte verdammt nochmal weder Drogen noch Gift genommen. Widder war auch nicht dagewesen. Wahrscheinlich war er beim *Channel-crossing* aus Versehen in eine deutsche Beziehungskistenkomödie a là ‹Abgeschminkt› geraten und der geballte Stumpfsinn hatte ihm umgehauen.

«Heizt du eigentlich nie?» fragte Kamber. «Hier drin ist es fast noch kälter als draußen.»

Hiob, dem die Kälte nichts ausmachte, setzte sich auf der Matratze auf, indem er die rauhe Zimmerwand als Rückenlehne benutzte. Da er nichts anhatte, achtete er darauf, die Grenzen der muslimischen Schicklichkeit nicht zu verletzen, und schlug die Decke nur bis zur Hüfte zurück.

«Ich wußte gar nicht, daß du einen Schlüssel zu meiner Wohnung hast.»

«Hab ich nicht. Ich hab das Schloß so aufgemacht. Keine Sorge, nichts kaputt. Es gibt noch andere Arten von Magie als deine.»

Hiob runzelte die Stirn und betrachtete die drei gutgekleideten Fremden.

«Freunde von dir?»

«Mach dir keine Sorgen. Sie werden niemandem erzählen, daß du ein Magier bist. Ich hab es ihnen erzählt, weil sie ein Problem haben, bei dem ihnen nur ein Magier helfen kann. Wir sind also offiziell nicht hier, die Schweigepflicht ist gegenseitig.»

«Verstehe. Geschäftsleute.»

«Richtig, Herr Montag», sagte der älteste der drei, ein eleganter Fünfziger mit graumelierten Haaren und ebensolchem Schnurrbart, «und aus diesem Grund soll es auch nicht zu Ihrem Schaden sein, wenn Sie mir einen Dienst erweisen.» Sein türkischer Akzent war ziemlich stark, wenngleich seine Wortwahl einwandfrei und auf hochgestochene Art gebildet war. Er hatte wahrscheinlich schon vor Jahrzehnten bei exquisiten Privatlehrern Deutsch gelernt, sich aber später auf eine Geschäftsebene hochgearbeitet, die es ihm erlaubte, sich im allgemeinen dolmetschen zu lassen. «Mein Name ist Ince, Neriman Ince. Ich handle mit Autozubehör und bin deshalb ein Geschäftspartner von Kambers Vater, ein Freund der Familie, genau wie Sie, Herr Montag. Normalerweise wäre ich alleine zu Ihnen gekommen, um

Ihnen mein Anliegen vorzutragen, aber nachdem Kamber mir nicht genau verraten wollte, mit welcher Art von unnatürlichen Kräften Sie umgehen, hielt ich es für eine gute Idee, zwei Freunde zu meiner Sicherheit mitzubringen.»

«Das verstehe ich gut», grinste Hiob.

«Wenn ich mich hier allerdings so umsehe, kann ich nichts erkennen, was sonderlich magisch wirkt. Eventuell hat mein junger Freund Kamber sich zu Übertreibungen hinreißen lassen und ich bin umsonst gekommen.»

«Herr Ince», beschwichtigte Hiob mit ausgebreiteten Armen, «hat Reinhold Messner etwa die Spitze des Mount Everest in seiner Wohnung an der Wand hängen, nur um zu beweisen, daß er dort war? Wirklich gute Leute haben keine Statussymbole nötig.»

Neriman Ince lächelte und deutete eine Verbeugung an. Hiob gefiel die Situation zunehmend besser. Er saß nackend im Bett wie ein indischer Ganges-Guru und hörte sich die Nöte von Leuten an, die um Hilfe ersuchend zu ihm gepilgert waren, obwohl ihr Monatseinkommen sicherlich jegliche montägliche Vorstellbarkeit überstieg und sie sich die teuersten Experten der Welt hätten leisten können. Wie hätte er soviel Respekt abweisen können?

Mit einer Armbewegung, die eines Siddharta würdig gewesen wäre, lud er die Türken ein. «Bitte, erzählen Sie mir von Ihrem Problem, Herr Ince.»

Neriman Ince sah seine beiden Begleiter an. Beide nickten. Der Geschäftsmann räusperte sich und sagte mit klarer Stimme: «Mein Sohn hat im Schlaf seine Seele verloren.»

Hiob machte ulkige Bewegungen mit seinen Augenbrauen. «Und wofür soll das 'ne blumige Umschreibung sein? Hat er mit einer PKK-Aktivistin gerödelt?»

Kamber zuckte leicht zusammen und schoß einen verweisenden Blick auf seinen Kumpel ab, der aber an dessen frechem Grinsen schlaff abprallte. Die beiden Begleiter Inces versteiften sich ebenfalls merklich, Ince selbst blieb jedoch ruhig. Er sah in diesen Momenten aus, als trüge er zuviel Kummer in sich, um jeweils wieder Beleidigungen zu empfinden.

«Es ist genau so, wie ich sage, Herr Montag. Keine blumige Umschreibung. Mein einziger Sohn Aydin hat im Schlaf seine Seele verloren.»

Hiob dimmte sein Grinsen herunter. «Was genau ist passiert?»

«Niemand weiß es. An einem ganz normalen Abend vor einer Woche ging Aydin zu Bett und kam am Morgen nicht mehr zu sich. Er ist in eine Art Koma gefallen, das die besten Ärzte sich lediglich als ‹Hirnschlag› erklären konnten, aber das kann nicht sein. Ich weigere mich, das zu akzeptieren. Aydin ist erst achtundzwanzig Jahre alt, er nimmt niemals Drogen. Er ist ein konzentrierter, fähiger Mann. Er sollte als mein Erbe unsere ... geschäftlichen Arrangements fortführen. Er ist nicht vergiftet worden, soviel konnten die Mediziner ausschließen. Einer unserer Heiler sagte ...»

«Ja?»

«Er sagte, Aydin sei zwischen Träumen verlorengegangen.»

Hiob nickte. «Das Meer der Nachtgesichte ist gefahrvolles Terrain, Herr Ince, das haben schon andere feststellen müssen. Es ist nicht unmöglich, daß ich Ihnen helfen kann. Haben Sie sich schon darüber Gedanken gemacht, wieviel Ihnen meine Dienste wert sind?»

«Wenn es Ihnen gelingt, meinen Sohn zurückzubringen, gebe ich Ihnen einhunderttausend Mark.»

Hiob schüttelte vorsichtig den Kopf. «Normalerweise bekomme ich meine Aufträge von höherer Instanz und werde deshalb nicht dafür bezahlt. Das ist also eine einmalige Chance für mich, ein für allemal aus den Miesen herauszukommen. Ich denke also nicht, daß es Sie überlasten würde, mir eine Viertelmillion zu zahlen.»

Ince lachte völlig unbelustigt. «Soll ich jetzt geschmeichelt sein, weil Sie mich so sehr überschätzen?»

«Ihr einziger Sohn, Herr Ince. Denken Sie drüber nach. Eine Viertelmillion ist keine unrealistische Forderung.»

«Ich könnte Sie auch zwingen, mir zu helfen, wissen Sie?»

«Das bezweifle ich doch sehr.»

Sie maßen sich mit Blicken. Es war Kamber deutlich anzusehen, daß er sich innerlich selbst in den Hintern trat, diese Situation herbeigeführt zu haben.

Neriman Ince tupfte sich mit einem seidenen Tuch Schweiß von der Stirn. «Es gibt da noch eine Sache, über die ich Klarheit brauche.» Er gab dem linkerhand stehenden Begleiter einen vorher vereinbarten Wink. Der machte zwei Schritte auf Hiobs Bett zu, bückte sich und zog Hiob die Decke weg. Der verblüffte Hiob, der jetzt mit allem möglichen gerechnet hatte, aber nicht mit so einer kindischen Aktion, bedeckte seine Blöße, aber nicht schnell genug. Für einen Moment war sein Penis zu sehen. Der Moment genügte.

Ince sah dem jetzt etwas dämlich dasitzenden Hiob ernst in die Augen. «Da mir mein Freund Kamber sicherlich erzählt hätte, wenn es sich bei Ihnen um einen konvertierten Moslem handeln würde, muß ich davon ausgehen, daß Sie Jude sind, Herr Montag.»

«Mein Großvater ist Jude», sagte Hiob ärgerlich. «Er hat dafür gesorgt, daß ich beschnitten wurde, damit mir der Zugang zur Kabbala ermöglicht wird. Aber ich bin nicht als orthodoxer Jude erzogen worden. Mein Hebräisch ist ziemlich miserabel, wenn Sie das beruhigt.» Er angelte sich die Decke wieder zurück. Jetzt war es an den türkischen Begleitern, unverschämt zu grinsen. Hiob, ärgerlich, feilschte weiter. «Außerdem können alle Beschneidungen der Welt nicht ändern, daß ich für die Juden ein *Mamser*, ein Bastard, bin. Meine Mutter ist eine mustergültige *Schickse* aus Frankreich.»

Ince hob die Augenbrauen. «Trotzdem. Sie werden sicherlich verstehen, daß es für meinen guten Ruf alles andere als förderlich ist, wenn ich das Leben meines Sohnes einem Itzig anvertraue. Sie mögen nicht orthodox sein, wir sind es. Fünfzigtausend ist das allerhöchste Angebot, das ich Ihnen unter diesen Umständen machen kann. Das verstehen Sie sicher, und wenn ich mich des weiteren umschaue, gewinne ich den Eindruck, daß auch dies für

Sie ein Angebot ist, das abzuschlagen Sie nicht in der wirtschaftlichen Position sind.»

Hiob versuchte noch einen letzten Spurt, um die aus Geld bestehende Zielgerade doch noch zu erreichen. «Was ist das denn eigentlich zwischen den Juden und euch? Die Juden haben doch Krieg mit den Palästinensern, die im Grunde genommen verkappte Araber sind, und wie ich aus *Lawrence von Arabien* weiß, haben auch die Türken früher Krieg mit den Arabern geführt. Sind Juden und Türken dann nicht eigentlich Verbündete?»

Ince setzte ein feines, fast süffisantes Lächeln auf. «Wie sollte das möglich sein, wo sich die Juden doch erstens vermessen als das auserwählte Volk betrachten, sie zweitens keine Moslems sind und sie drittens, wo immer sie auch auftauchen, todsicheren Ärger bedeuten?»

Hiob senkte den Kopf und gab sich geschlagen. «Scheiße. Geben Sie mir bitte ein paar Minuten, um mir etwas überzuziehen und einen ungestörten Telefonanruf zu machen. Dann bringen Sie mich zu Ihrem Sohn und ich werde ihn mir mal ansehen.»

«Wie ungestört soll der Anruf sein?»

«Hundertprozentig ungestört.»

«Dann gehen wir schon zum Wagen vor. Wir warten unten.»

«Ich bleibe noch kurz hier», meinte Kamber grimmig. Während Hiob in seine Jeans, Socken, Schuhe, *X-Files*-T-Shirt und grauen Schlabberpullover schlüpfte, verließ Ince mit seinen beiden Begleitern die Wohnung.

Kamber konnte nicht mehr an sich halten. «Tolle Idee mit dem PKK-Spruch!» platzte er heraus. «Ich liebe es, meine Eier am Grillspieß rösten zu sehen.»

«Selber schuld. Ich hab dir gesagt, du sollst nicht rumerzählen, wer ich bin.»

«Was sollte ich denn machen? Shit, Ince gehört so gut wie zur Familie. Und er hat echt magischen Bullshit am Hals mit seinem Sohn. Wenn man mich fragt, erwartest du da, daß ich sage, ich wüßte niemanden, der helfen kann?»

«Springt für dich denn was bei raus?»

Kamber zuckte die Achseln. «Respekt vielleicht. Der Ruf von jemandem, den man fragen kann, wenn man Probleme hat.»

«Sieh mal einer an. Ich hab immer gedacht, der ganze türkische Mafiaklüngel geht dir am Arsch vorbei. Kein Mitglied mehr der *Black Community?*»

«Doch. Na klar. Aber manchmal muß ich auch an meine Familie denken. Ich habe Verantwortung, weißt du. Es kann ja nicht jeder so ein hedonistischer *Drifter* sein wie du. Eine *Viertelmillion!* Bist du bekloppt, Mann.»

«Ich hab's immerhin versucht. Wenn meine beschissene Vorhaut nicht zweihunderttausend Mark wert gewesen wäre, hätte es geklappt.»

«Träum weiter. Fünfzigtausend sind verdammt viel mehr, als du jemals für irgendeinen Job bekommen hast.»

«Stimmt. Mir ist auch schon ganz zitterig.»

Hiob ging mit Kamber rüber in das halbe Zimmer, das sozusagen als Atelier fungierte und in dem auch die Bilder des Malers Irazoqui herumstanden. Während Hiob ein [illegible] Blatt Papier auf den Boden legte und mit einem in einem [illegible] gerührten Pinsel einen farblos-schmutzigen W[illegible] aus dunkelblauen sich überschne[illegible] trachtete es inte[illegible] wieder [illegible]

«Feininger gibt sich Mühe. Aber es geht nur selten [illegible] trendy genug.»

«Dein Fehler ist, daß du dich nicht oft genug in der entsprech[illegible] zeigst. Man muß sich regelmäßig auf Vernissagen oder so[illegible] als Maler was zu werden.»

[illegible]chon möglich. Ist mir ziemlich egal, ehrlich ge[illegible] [illegible]enbei. Damn, ich hasse diese Schnellverbin[illegible] [illegible]e Hiob sich alle fünf Fingerbeeren den [illegible] [illegible]ckte die fünf wachsenden Blutflecke [illegible]apierkre[illegible] [illegible]rbindung kam knisternd zwischen [illegible] linken zustande.

«Ja?», sagte Hiob laut [illegible] Hand anstar[illegible] dort Gevicius? Ja, nicht [illegible] Sie sehr schlecht [illegible] Kamber [illegible]

[illegible]ge vor «A-Y-[illegible] [illegible]nen Sinne. Ich möch[illegible] [illegible]ch jetzt tun ... gut ... ja, nur ob[illegible] [illegible]ut, ja, in einer [illegible]tunde oder [illegible]

[illegible] Finger vom Pa[illegible] [illegible]schon [illegible]liche Fingerspiel[illegible] [illegible] bei der Telekom ang[illegible] wetten?» [illegible] Kamber.

[illegible]cht. Aber die Gebü[illegible]einzu[illegible] sowas verant-[illegible]t noch eine Spur [illegible]er zimp[illegible]nigen Zahlern.» [illegible] das Blut von den [illegible]ern und de[illegible] mit der anderen Hand [illegible] Kamber immer [illegible]n in Händen [illegible] Gefällt's dir? Dann [illegible] heißt Baudela[illegible] Gast.»

[illegible]nd s[illegible] zu Hause hängen [illegible]

Auf dem Weg na[illegible]nten erzä[illegible] Kamber seinem Kump[illegible]drucks-vollen Worten von [illegible]nageln [illegible] Chris-Whitley-Album Di[illegible]sy und der Unverfrorenh[illegible] mit der [illegible]gerechnet ein Bleichgesicht of[illegible]lich den Blues in den N[illegible]ger[illegible] sich alleine beansprucht. Ein psyche[illegible]lisches Blues-Album fü[illegible], ein einziger Starkstromexzeß etc etc. Hiob konnte den Whitle[illegible] einigermaßen leiden, Kambers Emphase ging ihm aber denn doch ab.

Auf der Straße zwängte sich die versammelte Beschnittenenbrigade in einen einzigen Wagen, der aber zugegebenermaßen sehr ausladend war. Nachdem sie etwa zehn Minuten unterwegs gewesen waren, erhielt Hiob den schmerzhaften Rückruf von Eidry Gevicius und verspritzte ein bißchen Fingerblut auf Autopolster und teure Mäntel. Die Türken nah[redacted] Junior als Progno[redacted] gewonnen hatte, also war Hiob während der Fahrt in Gedanken eher bei NuNdUuN und der kürzlich abgeschlossenen Wette als bei ein paar miesepetrigen fundamentalistischen Drogenhändlern.

[redacted] mehr zu sehen im Vororthaus von Neriman Ince. Ein bißchen [redacted]materialisten Hiob aber reichlich wenig zu beeindrucken [redacted]Gespielinnen, die schon eher was fürs Auge waren, aber [redacted]n Widder gebundenen Hiob ebenfalls amtlich kalt [redacted] Alter der Gespielinnen befindliche weniger [redacted]che Töchter, und [redacted]s seiner Junggesellenwohnung heimgehol- [redacted] der mit weit aufger[redacted]en Augen in einer kleinen Bettkammer im [redacted]und dabei fortwähren[redacted]

[redacted]Familie – würde de[redacted]gier Montag[redacted]befreien und zurückholen. Dafür [redacted]de er aber mind[redacted]s ein paar Ta[redacted]t brauchen, vielleicht sogar eine [redacted]oche.

[redacted]eriman In[redacted]arte sich einve[redacted]den. Der Vertrag mit den 50.000 DM [redacted]e be[redacted]klebrigsüßem G[redacted]ack aufgesetzt. Die Gespielinnen lä

Hiob ging mit Kamber rüber in das halbe Zimmer, das sozusagen als Atelier fungierte und in dem auch die Bilder des Malers Irazoqui herumstanden. Während Hiob ein leeres DIN-A2-Blatt Papier auf den Boden legte und mit einem in einem schmutzigen Pinselglas ausgerührten Pinsel einen farblosschmutzigen Wasserkreis zog, nahm Kamber eines der aus dunkelblauen, sich überschneidenden Dreieckflächen bestehenden Bilder auf und betrachtete es interessiert. «Mal wieder was verkauft?»

«Feininger gibt sich Mühe. Aber es geht nur selten was weg. Ich bin nicht trendy genug.»

«Dein Fehler ist, daß du dich nicht oft genug in der entsprechenden Society zeigst. Man muß sich regelmäßig auf Vernissagen oder so was sehen lassen, um als Maler was zu werden.»

«Schon möglich. Ist mir ziemlich egal, ehrlich gesagt. Ich mach das ja nur nebenbei. Damn, ich hasse diese Schnellverbindungen.» Mit einer Nadel hatte Hiob sich alle fünf Fingerbeeren der linken Hand aufgestochen und drückte die fünf wachsenden Blutflecken in den Wasser-Papierkreis. Die Verbindung kam knisternd zwischen Elle und Speiche seines linken Armes zustande.

«Ja?», sagte Hiob laut, seine eigene schmerzende Hand anstarrend. «Ist dort Gevicius? Ja, richtig, Montag. Hören Sie ... was? ... hören Sie, ich kann Sie sehr schlecht verstehen ...ich habe hier einen gewissen Aydin Ince ... Kamber, wie buchstabiert man das denn?»

Kamber gab die Buchstabenfolge vor. «A-Y-D-I-N-I-N-C-E, hier in Berlin. Ein Schlafwandler im internen Sinne. Ich möchte gerne ... ja, genau ... nein, nein ... das werde ich jetzt tun ... gut ... ja, nur ob das geht als Prognosticon ... wie bitte? ... gut, ja, in einer Viertelstunde oder so, ich achte darauf. Vielen Dank, Richterin.»

Als er die fünf Finger vom Papier losriß, brach der schon gebildete Schorf wieder auf. Solche Fingerspiele waren der Alptraum jedes Pianisten.

«Ist nicht bei der Telekom angemeldet, dieses Telefon, möchte ich wetten?» fragte Kamber.

«Sicher nicht. Aber die Gebühreneinzugszentrale, die für so was verantwortlich ist, ist noch eine Spur weniger zimperlich mit säumigen Zahlern.» Er lutschte sich das Blut von den Fingern und deutete mit der anderen Hand auf das Bild, das Kamber immer noch in Händen hielt. «Gefällt's dir? Dann schenk ich's dir. Es heißt *Baudelaires Gast*.»

Kamber lächelte und stellte das Bild wieder ab. «Ich hab mehr Bilder von dir zu Hause hängen als Bootlegs von Bootsy-Collins-Gigs.»

Auf dem Weg nach unten erzählte Kamber seinem Kumpel in eindrucksvollen Worten von dem nagelneuen Chris-Whitley-Album *Din of Ecstasy* und der Unverfrorenheit, mit der ausgerechnet ein Bleichgesicht offensichtlich den Blues in den Neunzigern für sich alleine beansprucht. Ein psychedelisches Blues-Album für die Ewigkeit, ein einziger Starkstromexzeß etc etc. Hiob konnte den Whitley zwar auch einigermaßen leiden, Kambers Emphase ging ihm aber denn doch ab.

Auf der Straße zwängte sich die versammelte Beschnittenenbrigade in einen einzigen Wagen, der aber zugegebenermaßen sehr ausladend war. Nachdem sie etwa zehn Minuten unterwegs gewesen waren, erhielt Hiob den schmerzhaften Rückruf von Eidry Gevicius und verspritzte ein bißchen Fingerblut auf Autopolster und teure Mäntel. Die Türken nahmen es mit abendländischer Gelassenheit hin, was Hiob das Gefühl geben sollte, daß sie ihn beim nächsten Affront kurzerhand häuten würden. Aber die Schiedsrichterin hatte ihm eben über das Bluthandy ihr Okay gegeben, daß Ince Junior als Prognosticon Sieben Gültigkeit gewonnen hatte, also war Hiob während der Fahrt in Gedanken eher bei NuNdUuN und der kürzlich abgeschlossenen Wette als bei ein paar miesepetrigen fundamentalistischen Drogenhändlern.

Viel gab es nicht mehr zu sehen im Vororthaus von Nerimân Ince. Ein bißchen Luxus, der den Postmaterialisten Hiob aber reichlich wenig zu beeindrucken vermochte, zwei Gespielinnen, die schon eher was fürs Auge waren, aber den mit Treuegelöbnis an Widder gebundenen Hiob ebenfalls amtlich kalt lassen mußten, zwei etwa im Alter der Gespielinnen befindliche weniger ansehnliche Töchter und ein aus seiner Junggesellenwohnung heimgeholter Sohn, der mit weit aufgerissenen Augen in einer kleinen Bettkammer im Koma lag und dabei fortwährend aus den Mundwinkeln sabberte. Senderpirat Kamber segelte in gefährlichen Wassern, als er einer der Gespielinnen Komplimente machte und sein blendendes Aussehen ein wenig ausspielte. Hiob dagegen ließ ein bißchen den großen Voodoo-Heiler raushängen und doktorte mit großer Geste an dem Sabbernden rum. Dabei – und nach ein paar fachlichen Fragen zum Ernährungs-, sonstigen Gesundheits- und allgemeinem Lebensstil des Patienten in den Tagen vor und ganz besonders dem *Tag* vor der verhängnisvollen Nacht – erhielt er immerhin einen ausreichenden Eindruck von Aydins Situation, um seine ursprüngliche Theorie bestätigt zu sehen: Der junge Erbe eines etablierten, interkulturellen Schmugglerimperiums hatte tief genug geschlafen, um irgendwo in den unerforschlichen Schründen des Unterbewußtseins entweder nachhaltig verlorenzugehen oder aber sogar zu zerschellen. In letzterem Fall gab es keine Rettung mehr, und Vater Ince mußte sich wohl mit dem Gedanken vertraut machen, seinem Sohn barmherzig die Kugel geben zu müssen, denn sicherlich wollte er keinen hoffnungslosen Pflegefall auf Lebenszeit irgendwo in einer Anstalt herumliegen haben. Falls aber die Seele Aydins noch irgendwo im Traumgestrüpp zu finden war, so – und das gelobte Hiob jetzt feierlich vor versammelter Familie – würde der Magier Montag sie befreien und zurückholen. Dafür würde er aber mindestens ein paar Tage Zeit brauchen, vielleicht sogar eine Woche.

Neriman Ince erklärte sich einverstanden. Der Vertrag mit den 50.000 DM wurde bei Tee und klebrigsüßem Gebäck aufgesetzt. Die Gespielinnen lächelten dazu.

Nachdem Hiob seine klebrigen Finger an den teuren Sesselbezügen abgewischt hatte und vorausgegangen war, entschuldigte sich Kamber noch einmal lächelnd für seinen Freund: «Er ist ein Ungläubiger, er ist verrückt und er kennt keinen Respekt. Aber er ist wenigstens kein Rassist: Egal, was für eine Hautfarbe, Kultur oder Religion jemand hat – Hiob behandelt ihn mies.»

Ince nickte betrübt.

Hiob und Kamber gingen das in Aussicht stehende Geld begießen.

SAMMLUNG

Als erstes brauchte Hiob einen Schlüssel, der ihm den Eintritt in Aydins Traumreich eröffnen konnte. Eine ausgedehnte Materialrecherche in der Familienbibliothek unter dem Dreifaltigkeitsfriedhof förderte zutage, daß es verschiedene Möglichkeiten gab, sich in die Traumzeit eines anderen einzuklinken. Verschiedene Arten von Drogen konnten einen dazu bringen, daß man auf der Inneren Frequenz der anvisierten Person zu schwingen begann. Monotone Didjeridoo-Musik war ziemlich hilfreich für eine Versenkungs-Trance. Man konnte auch versuchen, den Träumenden so zu hypnotisieren, daß er seine Erlebnisse quasi live zu kommentieren begann, und anhand der so gewonnenen Informationen ihn zu dirigieren versuchen. Man konnte Sex mit dem Schlafenden haben und das eigene Sperma als Sonde durch seinen Körper und dann durch seine Träume schicken. Es war möglich, sich selbst durch multiple Traumebenen zu zappen, um zu versuchen, auf gut Glück irgendwann die richtige zu treffen und dort hängenzubleiben. Es wurde auch vorgeschlagen, über eine Séance Kontakt mit dem alttestamentarischen Traumdeuter Mordechai aufzunehmen. Eine Quelle behauptete, in einer gelben Kirche in der Nähe von Manila gäbe es einen Gegenstand – nämlich die Nabelschnur des Christuskindes -, der es einem ermöglichen sollte, eins mit einem oder einer anderen zu werden. Andere Quellen wiederum behaupteten, daß es speziell für Traumreisende in den Tempelruinen von Pachacamac einen Gang gebe, von dem insgesamt vierhundertundzwei Türen abzweigten: Eine für jeden Traum, der gerade geträumt wird. Das Durchschreiten der gesuchten Tür, die wärmer sei als die anderen, bringe einen in den gewünschten Traum. Wieder andere Quellen verwiesen auf einen alten Mann, der unter dem Namen Paavik in einem kleinen finnischen Dorf lebe. Wenn man ihn fände und ihn mit seinem richtigen Namen – welcher da lautet: Caedmon – anspräche, würde dieser Mann sich in ein Fenster verwandeln, und man könnte durch es hindurch in den Traum seiner Wahl steigen. Die absurdesten Quellen schlugen sogar vor, man sollte sich neben den Träumenden legen und schlafen und selber träumen und alles andere werde sich schon finden.

So richtig klickte das alles für Hiob nicht ein. Am meisten überzeugte ihn noch, daß es bestimmte Gegenstände gäbe, die durch irgendeine Art und Weise mit traumatischer Energie geladen seien und einem dadurch einen Einstieg in einen Radikalträumer ermöglichen könnten. Von solchen Gegenständen – unter anderem Kopfkissen und Nachtgewänder, bei denen die Verbindung zum Träumen naheliegend und einleuchtend war – gab es eine Liste in einem Buch mit dem Titel *Traum & Tod & Troja*. Mit diesem Buch unter dem Arm suchte Hiob seinen Freund Moritz Wagsal auf.

Wagsal besaß einen geheimnisvollen Laden voller Antiquitäten und okkulter Paraphernalia in der von solchen Läden geradezu wimmelnden Flughafenstraße. Darüberhinaus war er ein auch international anerkannter Sammler des Esoterischen und Versponnenen, stets im Grenzland zwischen ironischem Spaßmachertum und ernsthafter magischer Auseinandersetzung schwebend. Dabei war Wagsal schon selber mittlerweile so was wie eine Antiquität: Er war fünfundsiebzig Jahre alt, hatte aber den Elan und den Lebensstil eines Mittvierzigers. Wie aus seinem Alter zu schließen war, war er ein guter Freund von Hiobs Großvater Tharah. Die beiden hatten als junge Adepten weiland eine Menge Unheil zusammen angestiftet und für so manchen Aufruhr in den magischen Gefilden gesorgt. Aus dieser Zeit rührten auch die Spitznamen der beiden alten Kämpen: der Heilige, das war Wagsal mit seinem Witz und seiner ausgeprägten Unfähigkeit, andere Menschen zu übervorteilen, und der Unheilige, das war Tharah Montag mit seiner Grimmigkeit und seiner Entschlossenheit, wenn schon nicht sich selbst, dann doch wenigstens seinen Enkel auf den Thron der Weltmagie zu setzen.

Wagsal, der trotz seines vorgerückten Alters auf jegliche Ladenhilfe verzichtete, war gerade dabei, eine Ladung ritueller Holzfiguren aus dem Senegal einzusortieren, als Hiob bei ihm aufkreuzte.

«Heiliger? Ich hab ein kniffliges Problem.»

«Das sind die einzig wahren. Worum geht's, mein Junge?»

«Ich brauch einen Schlüssel oder einen Trichter oder eine Wendeltreppe, um den Traum von jemandem zu betreten, den das *Mare Tenebrosum* verschluckt hat.»

«Das *Mare Tenebrosum?* Dann solltest du deine Schwimmweste nicht vergessen.»

«Wir werden sehen. Sieh mal, ich hab hier eine Liste von Gegenständen gefunden, die eventuell geeignet wären. Hast du was davon auf Lager oder weißt, wo ich's auftreiben könnte?»

Wagsal nahm das Buch, wog es in Händen, drehte es um und um, schnupperte daran und blätterte darin herum. Immer wieder vertiefte er sich auch in die Liste von Traumschlüsseln, aber sein runzliges Gesicht wurde zusehends runzliger dabei. Schließlich blinzelte er Hiob ins gespannte Gesicht. «Weißt du, das Buch ist ziemliche Scheiße, muß ich dir leider sagen.»

Hiob machte dicke Backen. «Was besseres hab ich nicht gefunden.»

«Das ist Mumpitz für Tele-Evangelisten, wenn du mich fragst. Mit so einem Schlüssel kriegst du vielleicht *das Gefühl*, in einen fremden Traum einzusteigen, in Wirklichkeit jedoch projizierst du nur dein eigenes Unterbewußtsein auf den Träumenden. Was da mit einem, der im Traumwasser festhängt, passieren kann, brauch ich dir ja wohl gar nicht erst auseinanderzusetzen.»

«Er ertrinkt oder wird von einem Mahlstrom zerrissen.»

«Ja, oder ein paar kleine Hiob-Piranhas machen sich über ihn her. Nein, was du brauchst, ist kein Schlüssel, sondern ein Gewicht.»

«Ein Gewicht.»

«Um einzutauchen in das Meer.»

«Ahhh. So wie ein Tiefseetaucher.»

«Richtig. Du brauchst einen Gegenstand, der selbst bis zum Platzen gefüllt ist mit Träumen. Am besten mit bösen Träumen. Nur dann kriegst du die nötige Bettschwere.»

«Verstehe. Gute Idee. Hast du so was da?»

Wagsal kratzte sich am Kopf, den anderen Arm in die Hüfte gestemmt. Er sah sich in seinem eigenen mit den merkwürdigsten Artefakten vollgepfropften Laden um, als wüßte er nicht auswendig, wo alles steht. «Kostbarkeiten voller Alpträume kursieren leider nicht so auf den vielfarbigen Märkten. Ich habe einen Spiegel da, der dir das Gesicht zeigt, das du haben wirst, wenn du drei Tage tot bist. Das ist schon ganz schön unheimlich. Und ich könnte dir mit einer Zeichenfeder dienen, die dir die Figuren deiner sexuellen Wunschträume zeichnen hilft. Das ist ein formidables Spielzeug. Aber einen Alptraumanker? Von so was habe ich schon sehr lange nicht mehr ... es müßte ja nicht unbedingt ... Moment einmal, das wäre natürlich ... Einen Augenblick, mein Junge!»

O-beinig wetzte der Alte nach hinten in sein Lager, kramte dort vor sich hinmurmelnd in Stapeln von Katalogen und kam schließlich mit einem ziemlich neu aussehenden Prospekt zurück.

«Das wäre natürlich eine tolle Sache», griente er, «du könntest mir gleichzeitig einen Gefallen tun. In London versammeln sich übermorgen die Arctophilen, ich kann schon seit Tagen an nichts anderes mehr denken, und jetzt weht dich der gute Wind zu mir!»

«Ich kann dir jetzt im Moment geistig nicht folgen. Was zum Henker sind denn Arctophile für Perverse?»

«Ganz schlimme Burschen: Teddybärensammler!»

«Sowas gibt's auch?»

«Na klar. Hier, sieh dir den an.» Er schlug den Katalog auf einer Seite mit Lesezeichen auf. Mehrere alt aussehende Teddybären waren auf der Seite abgebildet. Wagsal zeigte auf den zerrupftesten von ihnen. «Auktionsnummer 151: Steiff, Jahrgang 1932. 6000 bis 8000 Pfund. Ein Prachtkerl, was? 63 Jahre hat der Bursche auf dem Buckel, das Kind, das ihn aufgeladen hat, ist jetzt fast so ein Knistergreis wie ich.»

«Du meinst ... dieser Bär ist mit Alpträumen aufgeladen?»

«Na, aber sicher. Kuck ihn dir doch mal an, wie abgewetzt und zergriffen er ist. Was meinst du, wozu solch ein süßer Bär sonst da ist, wenn nicht, die Furchten und Schrecknisse der Nacht von einem kleinen Menschenwesen abzuleiten und allen Angstschweiß in sich aufzusaugen?»

«Ein Teddybär. Das ist natürlich groovy.» Hiob besah sich das Titelbild des Katalogs und machte ein skeptisches Gesicht. «*Christie's* in der Old Brompton Road. Himmel, Moritz, da würden sie so einen wie mich nicht mal reinlassen, wenn ich 8000 Pfund *hätte*.»

«Du hast was besseres als 8000 Pfund: Du hast mich.» Wagsal hoppelte wieder davon in die unzugänglicheren Winkel seiner kleinen Katakombe. Mit einer ausgesprochen häßlichen, uralten und nur noch einen Arm besitzenden Mädchenpuppe in den Händen kam er zurück. Er setzte das Ding, dessen wächsernes Gesicht ganz abgeplatzt war, vorsichtig auf einer Kommode ab. «So, und jetzt hör mir mal ganz genau zu. Die Versteigerung der Teddybären soll übermorgen steigen, also hast du genügend Zeit, dir einen Flieger zu suchen. Morgen bist du in London. Dann gehst du in die Old Brompton Street und wendest dich dort an eine Frau namens Sheyla Maldiera. Kannst du dir den Namen merken?»

«Sheyla Maldiera.»

«Gut. Sie ist die Teddy-Expertin bei *Christie's* und auch sonst für alte Puppen und Automaten zu haben. Du sagst ihr, Moritz Wagsal aus Berlin schickt dich. Du gibst ihr diese Puppe hier und sagst, du möchtest sie gerne unter der Hand gegen die anstehende Katalognummer 151 tauschen. Ich prophezeie dir, sie wird dir nicht nur den Bären aushändigen, sondern auch ihre Wohnungsschlüssel.»

«Oha. Ist diese Puppe hier so kostbar?»

«Vor ...laß mich nachrechnen ...achtundzwanzig Jahren wollte Sheyla sie unbedingt von mir kaufen. Aber ich habe *Nein* gesagt.»

Hiob lachte. «Na, wenn das so ist, kann sie ihre Wohnungsschlüssel gerne behalten. Gut, soweit alles klar. Wenn ich den Träumer gerettet habe, bringe ich dir den Bären.»

«So hatte ich mir das gedacht.»

Wagsal packte die Puppe in eine Hutschachtel und schnürte gut zu. «Wichtig ist vor allem, mein Junge, daß du vorsichtig mit dem Bären umgehst.»

«Ich werd ihn schon nicht der Gepäckaufbewahrung anvertrauen.»

«Das natürlich nicht, er darf nicht in dritte Hände gelangen. Aber das meinte ich eigentlich nicht, das hatte ich stillschweigend vorausgesetzt. Was ich wirklich meinte, ist: Du mußt vorsichtig mit dem Bären umgehen.»

«Mit dem Teddybären?»

«Mit dem Teddybären.»

«Vorsichtig umgehen.»

«Vorsichtig umgehen.»

«Klar, mach ich.»

«Gut.»

Moritz Wagsal begleitete den etwas irritierten Hiob mit freundlichem Rückenklopfen bis zur Tür, Hiob lavierte mit der Hutschachtel in seinen Händen hindurch und wurde eins mit dem patinierten Oktoberlicht.

Zwei Telefonate von einem öffentlichen Kartentelefon waren der nächste Schritt. Im ersten erreichte Hiob Kambers maniakalischen Anrufbeantworter und wies ihn an, dafür zu sorgen, daß übermorgen abend das Vororthaus von Neriman Ince von jeglichen Gespielinnen und ähnlichen die Konzentration störenden Elementen freizuhalten sei, weil dann der große Exorzist Montag den großen Exorzismus durchführen wolle. Der zweite Anruf galt einem preiswerten Reisebüro, das ein Hin- und Rückflugticket nach London organisierte, hin schon heute abend, zurück übermorgen vormittag.

Hiob beschloß, überhaupt kein zusätzliches Gepäck mitzunehmen. Das würde es ihm erleichtern, die Hutschachtel als Handgepäck zu deklarieren. Außerdem mußte er sich innerhalb von nicht mal 40 Stunden nicht unbedingt umziehen.

Die Stunden des Tages, die ihm bis zum Abflug noch blieben, nutzte er dafür, sich durch eine verschrobene Schräge-Ebenen-Balancemeditation auf dem Energieleiter-Bogen vor der Urania auf den sicherlich nicht ausbleibenden Traumzeit-Jetlag vorzubereiten.

Fliegen ist teuer und macht so eine Art Gaskammer aus dem Globus, aber wenn Hiob dem ganzen ökologischen Aberwitz eines Tages ein Ende setzen wollte, durfte er bis dahin nicht in Birkenstock-Schlappen durch die Gegend latschen. Der Zweck heiligt selbst die Brechmittel. Außerdem traute er dem Kanaltunnel nur eines zu, nämlich ein erstklassiges Hochdruck-Aquarium abzugeben.

So schwebte er also vom Himmel her über Heathrow ein. Der Flug hatte kaum länger als eine Stunde gedauert, die Warteschleife wegen Nebels dann noch mal halb so lang.

Weltstädte und ihre Klischees sind so eine Sache. Wenn du in New York angetan mit einem Business-Suit und mit einer Champagnerflöte in der Hand nachts allein und angesäuselt durch den Central Park torkelst, kannst du mit ziemlicher Sicherheit das Klischee von der New Yorker Gewaltkriminalität live erleben. Wenn du in Paris einem arbeitslosen Musiker recht viele Francs in die Hand drückst, kriegst du sogar Musette-Musik unterm Eiffelturm zu hören. Aber wenn du im Oktober nach London fliegst, kriegst du den ganzen Edgar-Wallace-Scheiß völlig umsonst.

Die Luft war eine gleichberechtigte Mischung aus Regen, Staub und Dampf und hatte in etwa die Konsistenz von Reispapier. Im Ersten Weltkrieg hatte man so was wie Regenimprägnierung noch nicht so hinbekommen, deshalb hing Hiobs Mantel bald an ihm wie drei Ertrunkene, aber er kämpfte sich trotzdem trotzig durch die etwas unübersichtliche ÖPNV-Situation und die von angriffslustigen Pakistanibanden beherrschten Suburbias von Hounslow und Richmond. In einem Hotel im Eastend, das ein wenig wie eine optische Täuschung aussah, checkte er ein, deponierte die wertvolle Hutschachtel unter dem Bett und stürzte sich in seine Vorstellung von Nachtleben, die aus zwei Programmpunkten bestand. Er kaufte einem indischen Straßenverkäufer eine schwarze Rose ab und suchte den ehemaligen Miller's Court Nummer 13 auf, das heißt, die Adresse im mittlerweile weit gehobenen Büro- und Versicherungsviertel Commercial/Crispin Street, die in etwa dort lag, wo die Miller's Court 13 vor hundert Jahren gewesen war. An der historischen Stelle legte er die schwarze Rose nieder in stillem und respektvollen Gedenken an Marie Kelly, die hier im Jahre 1888 von einem Individualisten dem Wiedenfließ in einer Art zum Opfer gebracht worden war, die Joseph Mengele fünfzig Jahre später vergeblich zu reproduzieren versuchen würde.

Danach begab sich Hiob in die Kellergewölbe eines Clubs namens *Zweat*, wo Jungle, Intelligent Techno und TripHop sich zu einer trübsüßen Melasse verbanden, und wo er in einem Hinterzimmer einen Mann kontaktierte, der manchmal auf den Namen *Element* hörte und mit seinen großen Zähnen, kleingebluntеten Augen und den zu einem gewaltigen amphorenförmigen Dutt verflochtenen Dreadlocks fast wie etwas von Giger aussah. *Element* war ein Experte im Überschreiten von Grenzen. Von ihm ließ Hiob sich erklären, wie man die eigene Kleidung, die eigenen Fingernägel und zusätzlich einen magisch induzierten Gegenstand von der Größe eines gewöhnlichen Teelöffels ins Traumreich mit rübernehmen konnte. Als Gegenleistung rechnete Hiob *Element* seine noch verbleibende Lebensspanne aus, aber da er auf das Ergebnis «236 Jahre» kam, mußte er sich wohl irgendwie verrechnet haben und verließ das Hinterzimmer wieder, um vorne zu den neuesten und phattesten Beats ordentlich abzutanzen. Weit hinter der Mitternacht tastete er sich durch den Nebel zum Hotel durch und schlief bis in den späten Vormittag hinein richtig aus.

Nach den widerlichen Sausages-und-Fettwaffel-Folterungen der britischen Frühstücksküche machte er sich mit der Hutschachtel unterm Arm auf zu Christie's.

Dort wollte man ihn wegen seines nicht allzu kapitalversprechenden Outfits erst gar nicht mit Sheyla Maldiera sprechen lassen, zumal die Lady alle Hände voll zu tun hatte, die morgige Auktion vorzubereiten, aber Hiobs Beharrlichkeit brach schließlich durch. Er hatte Erfolg damit, sich den Nimbus eines geheimnisvollen ausländischen Sammlungsstückanbieters zu geben. Miss Maldiera ließ ihn bitten. Sie war eine fast mädchenhafte, mit einer Aura von frischem Gras parfümierte Frau in den Fünfzigern, die Hiob sofort gefiel, weil sie diesen merkwürdigen Traum von der Wiedererlangung der Kindheit mittels Teddybären verschwenderisch durch ihre Augen nach außen strahlen ließ. Als Hiob ihr die Puppe zeigte, fing sie wirklich an zu weinen, und zwar vor Glück und Erstaunen und Unglauben. Wie in Trance brachte sie dem behutsam argumentierenden Hiob die Katalognummer 151 und erwähnte mit keiner Silbe, daß sie eventuell Schwierigkeiten dadurch bekommen würde. Sie bot Hiob nicht ihre Wohnungschlüssel an, hatte vielmehr keine Augen mehr für ihn, starrte nur noch die Puppe an. Als Hiob, von einem butlerhaften Bediensteten begleitet, das vornehme Gebäude wieder verließ, dachte er noch über die merkwürdige Ähnlichkeit zwischen Miss Maldiera und dem, was vom Gesicht der Puppe noch erhalten gewesen war, nach. Aber der uralte Bär in seiner Schachtel war erstaunlich schwer und verlagerte mehrmals sein Gewicht, und Hiob ging mit ihm so schnell wie möglich durch die Waschküchenstraßen zum Hotel zurück. Er ließ den Bären in der Schachtel und suchte sich dann im Eastend einen Spezialistenladen, der ihm eine Stimmgabel aus ziemlich altem ungehärteten Schmiedestahl verkaufte. Hiob reichte dafür seine letzten alten Fünfzigmarkscheine rüber, die sowieso wegen der Einführung neuer Banknotenserien bald ungültig werden würden.

Den Abend verbrachte er auf dem Bett sitzend, den aus der Schachtel geholten Teddybär sich gegenüber gegen das Fußbrett gelehnt. Sie maßen sich mit Blicken, der Magier und der Kindertrost, und als Hiob schließlich über dem Anblick der treuen, offenen, braunen Glassteinaugen mit den schwarzen Pupillen über der handgestickten Nase aus braunem Garn einnickte, erfuhr er das Geheimnis.

Er träumte wieder, aber diesmal war es keine filmisch aufbereitete Vision von einem Goldenen Zeitalter der Macht, das noch in einigen Jahren Entfernung lag, sondern es war eine Rückkehr in die düstersten Schründe der Kindheit. Hiob war wieder allein zu Hause, er war wieder etwa fünf oder sechs Jahre alt, seine Eltern waren wieder ausgegangen und hatten wieder versprochen, spätestens bis Mitternacht zurück zu sein. In dem sicheren Glauben, ihr Sohn würde fest schlafen und deshalb ohnehin nichts mitbekommen, vergnügten sie sich irgendwo zwischen den tanzenden Lichtern der Innenstadt, aber das konnte Klein-Hiob ja nicht wissen. Es war Stunden nach Mitternacht, Klein-Hiob lag im Bett wach und versuchte, sich damit abzufinden, daß seine Eltern nie mehr wiederkommen würden, daß sie irgendeinem schrecklichen Unfall zum Opfer gefallen waren und morgen fremde Polizeimänner in seinem Zimmer auftauchen würden, um die schreckliche Nachricht zu überbringen. Klein-Hiob hatte die Verfilmung von *Oliver Twist* gesehen, die mit Oliver Reed, und er sah sich schon in einem Waisenhaus dreckigen Haferschleim löffeln, aber von dieser Vorstellung einmal abgesehen war eigentlich ganz und gar nichts lustig an seinen Gedanken. Er war ganz alleine auf der Welt, noch zu klein, um für sich selbst zu sorgen, und dennoch einer, der nirgendwo mehr richtig dazugehörte. Der labberige pinkfarbene Stoffbär in seinen Armen hatte zwar nur noch ein Auge, aber es war groß und treu und dunkelblau, und es war alles, was er besaß.

Er hatte diese Ängste mehrmals durchgestanden, obwohl seine Eltern nur selten ausgegangen waren, vielleicht aber auch gerade deshalb. Und irgendwie half ihm diese Vorbereitung auf das Verlassensein, sich später mit dem Ernstfall auseinanderzusetzen. Da war er vierzehn Jahre alt – das entscheidenste Jahr seines Lebens – und sein Vater stürzte im Suff aus dem Fenster und verwandelte sich auf dem Asphalt in eine aufgeplatzte Pizza Calzone. Hiob geriet vollends unter den Einfluß seiner Mutter, und nachdem er aus reiner Pflichterfüllung noch das Abitur bestanden hatte und sich für die zweijährige Klausur in der Gruft entschied, schwang seine Mutter sich auf den Sozius einer Harley und brauste auf Nimmerwiedersehen in die Freiheit davon. Die Mission der Hexe war erfüllt. Und der Sohn der Hexe, der jetzt Hexer werden würde, empfand überhaupt nichts mehr über den Verlust beider Elternteile.

Hiob der Erwachsene kam zu sich und wischte sich mit einem Zipfel der Bettdecke den Schweiß von Gesicht und Brust. Die Sonne steckte schon hoch im Nebel, er mußte sich beeilen, um noch rechtzeitig zum Flughafen zu kommen. Das Geheimnis des Bären jedoch hatte er gelüftet: Der Bär hatte nicht nur die Alpträume der Kinder in sich aufgesogen, die ihn zitternd in den Ärmchen gehalten hatten, sondern er hatte die Macht, jeden Menschen zu den Ängsten seiner Kindheit zurückzuführen. Da Alpträume niemals schrecklicher sind, als wenn man selbst noch Kind und in den Erfahrungsbereichen des Unbewußten verankert ist, war die Nummer 151 somit eine furchtbare Waffe. In den Händen unvorbereiterer Gemüter konnte sie wahrscheinlich sogar tödlich sein.

Er stopfte den Bären in die Hutschachtel, beglich seine Rechnung und ließ sich im Taxi nach Heathrow kutschieren. Dort kam er zwar rechtzeitig an, verpaßte aber dennoch seinen Flug, weil eine Kette widriger Umstände ihm das Passieren der Sicherheitskontrollen unmöglich machte.

Zum ersten war ein Langhaariger mit einem Teddybären als einzigem Gepäckstück dermaßen verdächtig, daß einer der Flughafenbeamten das vermeintliche Spielzeug partout aufschneiden wollte, um die darin geschmuggelten Drogen ans Tageslicht zu fördern. Hiob schaffte es nur mit größter Überredungsgewalt, die Beamten vom Wert der Antiquität zu überzeugen, die borniert kaputtzumachen sie da gerade im Begriff waren, und sie ließen sich schließlich darauf ein, einen erfahrenen Drogenhund mit der Nase drüberzulassen. Der Hund, der zwar schon vieles im Leben gerochen hatte, aber noch niemals den mehr als fünfzig Jahre alten Geruch von kindlicher Urangst, machte ein verdutztes Gesicht, schlug aber beim Bären nicht an.

Dafür ließ er seine für Hunde typische Animosität Hiob gegenüber deutlich spüren und kläffte ihn zähnefletschend an. Die eifrigen Beamten, die jetzt ja regelrecht gezwungen waren zu vermuten, daß Hiob ein paar mit Drogen gefüllte Kondome in seinem Inneren spazierentrug, ließen ihn wieder und wieder durch die Abtastungsreihe tanzen. Ärgerlicherweise schlug jetzt natürlich der Metalldetektor dauernd an, und zwar selbst dann noch, als Hiob völlig nackt war.

Hiob, der sich schon auf einen Vivisektionstisch geschnallt oder mindestens Brad-Davis-mäßig im Gefängnis verkümmern sah, wurde mitsamt dem Bären in einen Verhörraum abgeführt. Während dann «sein» Flugzeug sich scheinbar schwerelos in den grauen Himmel schwang, gelang es den Beamten nicht, die von Hiob als Entlastungszeugin angeführte Sheyla Maldiera ans Telefon zu bekommen. Im Gegenteil: Wie man bei *Christie's* nur zu bereit war zu erzählen, war Miss Maldiera seit gestern spurlos verschwunden, und das noch dazu am Vorabend einer sehr sehr wichtigen Veranstaltung, und überhaupt: Niemals würde sie einen Auktionsbären freiwillig herausgerückt und einem fremden Deutschen übergeben haben, völlig undenkbar sowas! Der schafstreu dreinblickende Hiob wurde von den Flughafenpolizisten mit mehreren «Wenn du da man bloß nich noch nen Mord aufm Kerbholz hast Freundchen»-Blicken bedacht, und als man gerade im Begriff war, mit dem Yard Verbindung aufzunehmen, mußte er halt zum letzten Mittel greifen: Er fing an zu schreien.

Und zwar schrie er die Beamten an, stauchte sie regelrecht zusammen, bis er selbst ganz rot war im Gesicht, haderte und fluchte wie ein alter Kap-Umsegler, was sie sich denn eigentlich einbildeten, und daß er wohl das Konsulat bemühen müßte, wenn man hier weiterhin so faschistisch mit harmlosen Touristen umspringe. Überhaupt hätte er gutes Geld für den Teddy geblecht und damit die marode Wirtschaft des verkommenen Königshauses wohl mehr als genug angekurbelt. Als er dann merkte, daß er sich bezüglich des Königshauses wohl etwas im Ton vergriffen hatte, strahlte er noch ein bißchen mehr magische Duftstoffe in den Raum. Als er merkte, daß das ganz knapp immer noch nicht reichen würde, schnitt er halt selbst mit einem Paketschnurmesser den Bärenbauch auf und forderte die Beamten aggressiv auf, ihm doch die Drogen zu zeigen, die da drin seien, und derentwegen der ganze Ärger für ihn hier nur angefangen hätte. Derart dröselte er das Verdächtigungsgeflecht – mit einem gehörigen Anteil arkanischer Suggestion – vom Anfang her auf, bis die klobigen Verbrecherjäger ganz liebenswürdig und leise wurden, ihm beim Zunähen des Teddys assistierten und ihm sogar das Flugticket auf die nächste startende Maschine umbuchten.

Als Hiob also endlich im Flieger saß, war er wieder schweißgebadet und völlig erschöpft, weil er so viel Energie verbraucht hatte. Der Bär war sogar noch schlimmer dran: Er hatte eine häßliche Narbe längs über Bauch und Brust. Wagsal würde toben, der Antiquitätenwert war ziemlich geschädigt. Hiob konnte nur hoffen, daß der magische Wert unbeeinträchtigt geblieben war.

Da der Rückflug nach Deutschland aus unerklärlichen, aber stets planmäßigen Gründen dreimal so lange dauert wie der Hinflug, schlummerte Hiob ein bißchen ein und träumte wieder verdammt schlecht. Er träumte diesen Traum, den er als Achtjähriger geträumt hatte, nachdem sein Vater ihm erlaubt hatte, früh zu Bett zu gehen und dann in der Nacht wieder aufzustehen, um zusammen mit ihm *Tarantula* im Fernsehen zu sehen. In diesem Traum kam der Professor mit dem völlig verschobenen Gesicht vor, tauchte mehrmals wieder auf, kam jedesmal ein bißchen näher und sah jedesmal entsetzlicher aus. Dann war da noch diese spiralförmige Freitreppe, die in die Tiefe führte, und dieser lächelnde Mann, der plötzlich aufhörte zu lächeln, weil seine Knie nach vorne durchknickten.

Hiob schreckte hoch, er war immer noch viel zu hoch in der Luft. Er nahm den verfluchten Bären aus der Schachtel, setzte ihn sich in einer Art Schwitzkasten-Würgegriff auf den Schoß, und erntete dafür wenigstens das ehrliche Lächeln einer hübschen Stewardess.

AKTION

Die
Dinge gerieten
langsam in Schräglage.

Hiobs erster Besuch in Berlin hätte eigentlich Moritz Wagsal gelten müssen, aber er getraute sich gar nicht, mit dem verstümmelten Bären beim Heiligen aufzukreuzen. Zumindest nicht, bevor der Bär seine Schuldigkeit getan hatte.

Als er sich mit Kamber in Verbindung setzte, um sich die verabredete sturmfreie Bude bei Träumerle Aydin bestätigen zu lassen, mußte ihm Kamber mehr oder minder schonend beibringen, daß Vater Ince – offensichtlich noch nicht ganz überzeugt von Hiobs Kompetenz – für heute abend und nacht noch die Dienste eines orientalischen Quacksalbers hinzugezogen hatte, damit der seinem Sohn mit Waage, Pendel und Akupunktur zu Leibe rücken konnte. Hiob regte sich furchtbar darüber auf, redete von Vertragsbruch und dergleichen und hatte doch keine andere Wahl, als sich Ince zu fügen. Schließlich hatte er den verfluchten Teddy bereits am Hals.

Also machte Kamber die entscheidende Sitzung für morgen vormittag klar.

Für Hiob bedeutete das eine durchwachte Nacht, denn nachdem er jetzt zweimal dem Bären aufgesessen war, traute er sich nicht mehr, schlafen zu gehen.

In existentialistisch angehauchter Stimmung streifte er schließlich durch das der Jahreszeit entsprechend farblose Berlin, schmiß alle zwei Stunden – was sonst nicht zu seinen Lastern zählte – eine runde Amphetaminpille ein, legte abwechselnd die jeweils neusten Tapes von *Oomph!* und der *Rollins Band* in seinen Walkman ein, drehte voll auf und sah gutgestellten Nichtsnutzen beim chillen zu. Chillen *wovon*, ihr weißen Zombies? Ich bin derjenige, den Vater Stress am Arsch hat.

Kalt geduscht, aber zerzaust und ein bißchen fahrig tauchte Hiob am nächsten Vormittag gegen zehn Uhr mit seinem Weltkriegsmantel, der Stimmgabel in einer der Manteltaschen und dem unverpackten Bären unterm Arm vor Neriman Inces allerliebstem Einzelhäuschen auf. Er hatte ausdrücklich und mehrmals Anweisung gegeben, daß niemand zugegen sein durfte, deshalb mußte er jetzt wie ein Einbrecher über das hochtechnisch verriegelte Tor klettern. War aber kein Problem.

Den Haustürschlüssel fand er an der abgemachten Stelle. Er ließ sich selbst ein. Durchstromerte erst mal das Haus. Studierte die CD-Sammlung (Klassik und heimatliche Folklore), griff sich hier 'nen Apfel, lümmelte sich ein paar Minuten auf der Ledercouch, probierte geistesabwesend die etlichen Satellitenkanäle des Dolby-Surround-Fernsehers durch, holte sich ein Bier aus dem Kühlschrank und ging zu Aydin rein. Dessen Zustand hatte sich nicht verändert, er lag noch immer in seinem eigenen Sabber. Aydins Augen sahen übel aus, man hätte wohl mal auf die Idee kommen sollen, ihm Augentropfen reinzuträufeln, wenn er doch nie blinzelte. Außerdem wies der Körper mehrere rußig verschmutzte Nadel-Einstiche auf, das einzige echte Resultat des gestrigen Schamanismus.

Hiob legte seinen Mantel ab, trank das Bier und wog den Bären in der Hand. Der rundliche Stoffbursche vibrierte leicht, die Traum-Emanationen hier im Raum machten ihn regelrecht läufig.

Hiob schob Aydins schlafschweren Leib im Bett etwas zur Seite, so daß für ihn selbst auch noch Platz war. Das Kissen allerdings zog er dem Träumer weg und legte es so aufs Laken, daß er selbst nicht mit der Speichelpfütze in Berührung kommen mußte. Dann legte er sich neben ihn und den Bären zwischen sie beide. Die Stimmgabel hielt er fest in der linken Faust. Er schloß die Augen.

«Okay, Teddy Bear», wisperte er, «zieh mich runter.»

Hiob hatte nicht den Hauch einer Ahnung, was ihn konkret erwarten würde. Irgendwas Übles – soviel war klar. Irgendwas, was stark und malevolent genug war, die Seele eines jungen Mannes zu kidnappen. Aber was genau – darauf gab es von außen leider keinerlei Hinweise.

Das machte die ganze Sache natürlich ein bißchen nervenaufreibend.

Teuflisch war auch, daß gar nichts passierte.

Hiob lag weiterhin neben dem speichelnden Türken und wartete mit einer Stimmgabel in der Hand darauf, daß der Teddybär irgendein Tiefseetauchergewicht entfaltete. Es stand fast zu befürchten, daß gleich ein *Versteckte Kamera*-Team unterm Bett hervorkriechen und sich halb kaputtlachen würde über den doofen jungen Magus.

Da Hiob allerdings beim besten Willen nichts anderes mehr einfiel, blieb er eben liegen und wartete. Vielleicht war Geduld der Schlüssel.

Okay.

Vielleicht war Geduld der Schlüssel.

Wie lange konnte man sich das einreden? Eine Viertelstunde vielleicht, dann war ziemlich klar, daß Geduld nicht der Schlüssel war.

Okay. Scheiße. Vielen Dank, Bär. Abgesehen von einer Beinahe-Verhaftung in Heathrow hast du mir wenig gebracht.

Hiob erhob sich und griff nach dem Bären, gelangte dabei mit der Hand aber wohl irgendwie zwischen die Zähne von Aydin, und der biß kräftig zu! Hiob schrie und zappelte, da kam Aydin wie schlenkernd hoch und warf sich auf ihn, das Gesicht nur noch Zähne, Spucke und Blut. Die Bettbeine brachen unter der Wucht des plötzlichen Kampfes weg, Hiob und Aydin überschlugen sich ineinander verzahnt und rollten schniefend über den Boden. Aus den Augenwinkeln konnte Hiob den Teddy sehen, dessen verdammte Bauchwunde aufgerissen war und wie Würmer wimmelnde Miniatureingeweide sichtbar werden ließ. Das war zuviel. In diesem Moment, obwohl der rasende Aydin ihm mit den Zehennägeln in der Lendengegend herumscharrte, hatte Hiob einen seiner seltenen Augenblicke von vollkommener geistiger Klarheit. Er kannte diese Szene. Zwar nicht genauso, aber das Gesamtkonzept war ihm vertraut. Als Kind, wenn er sich von einem Alptraum erschöpft Einlaß ins Bett seiner genervten Eltern erbettelt hatte, hatte er oft die Alp-Vision gehabt, daß sich die neben ihm liegenden riesigen Silhouetten der Eltern eben nicht als schützende Kuschelkörper erweisen würden, sondern sich plötzlich in genau die grauenerregend verzerrten Monstrositäten verwandelten, die auch in seinem Traum hinter ihm her gewesen waren. Die ganze Welt wurde dadurch zu einer Falle, aus der es kein Entrinnen gab.

Dies war ein weiterer Alptraum aus seiner schönen Kindheit. Das bedeutete, daß er beim Geduldigsein eingeschlafen war. Er träumte bereits. Aber es war *sein* Traum, nicht der Aydins. Er mußte jetzt weitergehen. Das beste draus machen.

Er hatte bereits eine Hand in Aydins Mund. Statt nun weiter zu rütteln und zu reißen und zu versuchen, sie da rauszuziehen, fing er jetzt an zu schieben. Er schob seine ganze Hand und dann den Unterarm in Aydins Rachen. Der Rachen schwoll zu fast saurierhaften Proportionen an und gab somit Laut, daß er bereit war, genommen zu werden. Das war der richtige Eingang.

Hiob zwang das Maul mit Hilfe der anderen Hand so weit wie möglich auseinander und tauchte mit Kopf und Schultern hinein wie ein angetrunkener

Dompteur. Da drin war nicht das rote Fleisch, nicht die Zunge und nicht die Speichelliter, die eigentlich zu erwarten waren. Da drin war vielmehr ein Gestrüpp aus Ranken, die teilweise wie Holzscheite, teilweise aber auch nur wie Glasnudeln waren. Hiob wühlte sich mit den Händen durch und schaufelte und strampelte sich langsam mit dem ganzen Körper in den Traum-Aydin rein. Mehrere Meter kroch er durch eine derart zugewachsene Röhre, daß er seinen störend manifesten Körper wie ein Schlangenmensch verbiegen mußte, um überhaupt da durchzukommen. Am Ende der Röhre erreichte er eine haarige Wand, die von einer schlecht vernähten, mannshohen Längsnarbe verunstaltet war. Unschwer war das als die vergrößerte Brustseite des Bären zu erkennen. Hiob war fast dankbar dafür, daß er, um hierher zu gelangen, nicht vorher noch durch ein Meer aus Spucke hatte kraulen müssen. Mit beiden Händen versuchte er, die Wandnarbe auseinanderzureißen, und als das nicht so richtig funktionierte, knabberte und biß er mit den Zähnen so lange auf den Nähten herum, bis sie endlich nachgaben. Es war alles in allem eine ziemlich mühselige und demütigende Art, in jemandes Traumwelt einzusteigen.

Hiob zwang die Narbe weit genug auseinander, daß er sich hindurchquetschen konnte. Dahinter war erst mal überhaupt nichts, dann setzte ein eigenartiges Gefühl ein, eine Art Abwärts-Fahrstuhl mit ruckartigen Zwischenstopps. Hiob konnte sich des Eindrucks nicht erwehren, daß er in einer Art Speiseröhre langsam runtergewürgt wurde, und er umklammerte die Stimmgabel jetzt mit beiden Händen, wie der Protagonist in einem Vampirfilm ein Kruzifix umklammert hätte. Schließlich hatte auch diese brechreizende Phase ein Ende. Hiob spürte, daß er angekommen war.

Die Landschaft, in der er sich jetzt befand, war seltsam, die Farben so ausgebleicht, daß sie fast schwarzweiß wirkten. Spitzgiebelige Fachwerkhäuser waren so in sich verkrümmt, daß ihre Wetterhähne schon wieder den Boden berührten. Straßen, die absurd spitz zuliefen oder aber gegen hinten hin breiter wurden, irritierten mit Beleuchtungseffekten, die als unregelmäßige Sterne unter Laternen einfach nur aufgemalt waren. Kein einziger rechter Winkel war irgendwo zu sehen. Bäume waren totempfahlähnliche Stümpfe. Türen und Fenster saßen wie ausgefranste Schrotschußwunden in den Fassaden. Im Hintergrund floß eine desolate Hügellandschaft in die Szenerie wie eine von Dalis geschmolzenen Uhren. Kein einziger Mensch war zu sehen.

Dies war Haarmanns Alt-Heidelberg. Rothenburg für Schizophrene. Die XXX-Version von Disneyland.

Dies war Holstenwall.

Hiob erkannte es wieder. Nicht eins zu eins das Holstenwall aus dem Film, den er schon so oft gesehen hatte, aber doch eine ziemlich konsequente Ausdeutung und Fortführung davon. Dies hier war größer, nicht nur auf ein paar wenige Ansichten beschränkt, faszinierend anzuschauen und zu durchschreiten.

Da Aydin hier irgendwo stecken mußte, vielleicht verirrt in den labyrinthischen Gäßchen, über denen die Dachfirste gegeneinanderschlugen wie Wellen aus Eis, vielleicht auch nur sabbernd zu Boden gegangen angesichts einer Hausfront, die sich wie ein verzerrter Sittenstrolch zu ihm nach vorne beugte, streifte Hiob kreuz und quer durch die Gegend. Was bedeutete es, daß das hier eine Stadt aus *seiner eigenen* Erinnerungswelt war? War das hier immer noch *sein* Traum? War er irgendwo falsch abgebogen?

Hiob zwängte sich durch eine Allee, die wie ein V geformt war, so daß der spitze Winkel an seinen Füßen ihm fast die Knöchel brach. Mit eingeknickten X-Beinen schaffte er es schließlich, sich auf den beiden schräg zulaufenden Seitenwänden vorwärtszuschieben. Danach überquerte er einen holperigen Platz und lief gegen eine Mauer, die mit einer Straßeneinmündung bemalt war. Für eine Weile konnte er nicht einmal die Gasse mehr finden, durch die er gekommen war, dann gelangte er durch eine rautenförmige Tür und eine stufenlose Aufwärtsrampe in ein Stoppelfeld, das mit krummen Gartenzaunsegmenten bewachsen war. Hier schließlich fand er Aydin Ince. Der junge Mann hing, wie Wotan mit seinen eigenen Haaren an einen Quer-Ast gebunden, unter einem furchtbar verzerrten Baum aus reinstem Schwarz und blutete helles Rot aus mehr Wunden, als man zählen konnte. Es war fast ein Regen, der unter ihm den Boden netzte. Aydin lebte noch. Er zappelte schwach in einem nicht vorhandenen Wind.

Die Anhöhe zu dem Baum hatte mehr als vierzig Prozent Steigung. Hiob mußte die Hände zwischen die Wackersteine zu Hilfe nehmen. Die Stimmgabel hatte er dabei hinten in den Hosenbund gesteckt. Keuchend und etwas schwindelig kam er oben an, rutschte in Aydins Blut aus und fiel auf den Bauch. Er stemmte sich wieder hoch.

Aydins Haare waren in Wirklichkeit nicht so lang wie hier, wo sie sich mehrmals um den Ast wickelten. Aber vielleicht sollte das ja nur die Dauer der Zeit symbolisieren, die der Türke schon hier gefangen war. Die Wunden an seinem nackten Körper sahen aus, als hätten zweihundert Scherenschleifer ihre Scheren an ihm geschliffen. Hiob wollte gerade die Stimmgabel ansetzen, um Aydin mit der fremdartigen Schwingung aus dem Traum herauszurütteln, als ein Mann hinter dem Baum hervortrat.

Der Mann war sehr groß und sehr mager. Seine schwarze Stoffkleidung war so enganliegend, daß man die Beckenknochen wie Tassenhenkel hervorstehen sehen konnte. Die schwarz geschminkten riesigen Augen in dem eigentlich schönen Gesicht waren weit aufgerissen, die ebenfalls schwarz bemalten Lippen fest aufeinandergepreßt. Die Arme leicht vom Körper abgewinkelt, kam der Mann mit merkwürdigen, einen Fuß exakt vor den anderen gesetzten Schritten auf Hiob zu.

Hiob kannte diesen Mann, genauso wie er die Stadt gekannt hatte. Das war Cesare, der Somnambule, gespielt von Conrad Veidt. Der schauerlichste Killer der gesamten Filmgeschichte, trotz Michael Myers, trotz Jason Vorhees und Leatherface. Weder Cesare noch die Stadt hatte er jemals vorher so echt und so greifbar vor sich gesehen, aber dennoch war es, als träfe er gefürchtete Bekannte aus seiner eigenen Vergangenheit hier an. Und gerade *weil* er Cesare erkannte, beschleunigte sich Hiobs Herzschlag. Panik wallte in ihm auf. Er mußte jetzt ruhig bleiben. Er schlug die Stimmgabel am Pflasterboden an und wollte sich gerade in die Höhe recken, um Aydins rotüberlaufene Füße damit zu berühren, als Cesare plötzlich dieses lange Messer in der Hand hielt. Es gab eine verwischte Bewegung, Blut sprühte aus Hiobs Pulsschlagader, und die Stimmgabel flog in hohem Bogen davon und ging irgendwo jenseits des Abhangs verloren.

Hiob wurde fast ohnmächtig, so stark war der plötzliche Schmerz. Er klammerte sich selbst mit der Linken die durchtrennten Sehnen und Blutgefäße der Rechten zusammen und starrte zitternd den Stummfilmalptraum an, der jetzt in voller Ausprägung vor ihm stand. Cesare hatte neues Blut gefunden, seine schlafwandlerische Contenance war dahin. Seine Mundwinkel waren nach hinten verzerrt, die Zunge halb gerollt zwischen den Reißzähnen sichtbar, die Augen flackerten in diesem irren expressionistischen Feuer, und beide Hände waren wütend zappelig erhoben, obwohl nur in einer die blutige Klinge winkte. Wenn Hiob jemals in seinem Leben von einer Manifestation gehört hatte, dann war das hier eine. Er hatte sich unter Wert verkauft.

Die Wut gab ihm die Kraft anzugreifen. Er schlug seinen Oberkörper wie eine Keule gegen den nur aus Haut und Knochen bestehenden Massenmörder. Lautlos taumelte Cesare einen Schritt zurück, lautlos kam er wieder nach vorne und stach zweimal den scharfen Stahl in Hiobs gekrümmte linke Schulter. Mit dem reinen Klang der Stimmgabel hätte Hiob Cesare, dem kein Ton gegeben war, wahrscheinlich töten können, aber das war jetzt vorbei, diese Möglichkeit war weit außer Reichweite.

Das ist nur ein Traum, schrie Hiob sich selbst zu, *das ist nur ein Traum*. Aber es war eben doch nicht *sein* Traum, und dieser Traum lief weiter. Er spürte Cesares kalkweiße Hand in seinem verschwitzten Gesicht, als der ausgemergelte Nachtmahr ihn mit unverfälschter Gewalt nach hinten umbog.

«Wach auf!» flehte Hiob sowohl sich selbst als auch Cesare als auch vielleicht den viel zu weit entfernten Aydin an. «Bitte ... wach doch auf!» Es war wie ein Kitzeln, als Cesare ihm die Klinge unterhalb des Bauchnabels ansetzte, eindrückte und mit einem klaffenden Schnitt bis unters Brustbein hochzog. Hiob fiel auf den Rücken, sonst wäre er vielleicht noch vor dem Stillstand seines Herzens in seinem eigenen Blut ertrunken. Die Pein nahm ihm die Kraft zum Schreien.

Das war es dann also. Kein gewöhnlicher Tod, fürwahr. In einem fremden Traum. Von einem schlafenden Mann. Aufgetrennt.

Mit einer Distanz zum eigenen Sterben, die selbst schon wieder etwas Schlafwandlerisches an sich hatte, bog sich Hiob ein letztes Mal auf die Füße. Er hörte seine schlüpfrigen Eingeweide aus der Bauchtasche gleiten und divers aufs Wegpflaster klatschen. Cesare starrte ihn an und grinste lauernd, ein schwachsinniges Instrument seines Herrn und Meisters. Hiob tanzte wacklig in seinen eigenen Schmerzen herum, und dann, als der Tod ihn schon fast im vollen Galopp auf seine Turnierlanze gespießt hatte, sprang Hiob hoch, umklammerte die verschmierten Beine Aydins und schrie:

«Spring!

SPR
IIIIIIIIIIII
NNNNNNNNNN
GGGGGGG!»

Es war wie in einem eigenen Traum. Wenn man fällt, kurz bevor man aufschlägt, kommt das Erwachen. Immer eine Hundertstelsekunde dem Tod voraus.

Hiob übertrug die Energie dieser Hundertstelsekunde auf den vielfach geöffneten Leib des gefolterten Türken. Der zuckte und wand sich – und schraubte sich so aus seinem eigenen Traum heraus. Hiob ließ sich einfach mitziehen. Es funktionierte.

Während Aydin Ince – durch den Schock des jähen Erwachens aus jeglicher Verankerung gerissen – in einem schaumsprühenden epileptischen Anfall das Bett jetzt auch in Wirklichkeit zum Zusammenbruch brachte, rollte Hiob schreiend und beide Hände ins Bauchfell gekrallt von der Matratze bis gegen eine Wand und kotzte dort wirre Muster gegen die Tapete. So fand man die beiden und den Teddybären Stunden später in der kleinen Bettkammer liegen. Die Kammer wurde danach zwei Tage lang gereinigt und desinfiziert.

Da keiner der beiden jungen Männer letzten Endes ernsthafte Verletzungen davongetragen hatte, konnte Hiob am folgenden Tag von Neriman Ince ausbezahlt werden. Der Vater war von den Methoden des Vierteljuden immer noch nicht begeistert, aber Kamber war gegenwärtig und sorgte für zwischenmenschliches Schönwetter.

Hiob, der den ziemlich in Mitleidenschaft gezogenen Teddy schon beim ziemlich erbosten Wagsal abgeliefert hatte, fühlte sich zu abgeschlafft, um sich bei irgendwem darüber zu beschweren, daß er bei der Beseitigung eines Prognosticons um ein Haar von einer leibhaftigen Manifestation umgebracht worden war. Immerhin hatte er den Spielpunkt gewonnen, denn es war nie um die Beseitigung Cesares gegangen, nur um die Befreiung Aydin Inces. Und dann waren da noch die süßen fünfzigtausend Mark, eine Summe, mit der sich selbst ein Postmaterialist eine ganze Menge Scheiße leisten konnte.

Hiob hatte keine Lust, darüber nachzudenken, wie es überhaupt dazu hatte kommen können, daß ein junger Türke vom Geist des deutschen Expressionismus ins Trauma getrieben wurde. Es gab eine gewisse Folgerichtigkeit in diesem Phänomen, eine Verbindung, die auch schon Siegfried Kracauer zwischen Caligari und Hitler postuliert hatte, und die eine Weiterführung in unsere neubraune Gegenwart erlebte, aber all diese Gedanken waren abstrakt und entgingen Hiobs lauen Versuchen, sie vollends zu erhaschen.

Letzten Endes, dachte sich Hiob grimmig, spielt es ja eh keine Rolle, warum irgend etwas so passiert, wie es passiert. Wichtig ist nur, daß man dafür bezahlt wird, etwas dagegen zu tun.

Der Gipfel menschlicher
Erkenntnis ist es,
die Nichtigkeit des
Irdischen zu erkennen.

Lord George Gordon Noel Byron

PROGNOSTICON 8

Am Ende mit Weisheit

Langsam und deshalb unbemerkt von jenen, die davor hätten warnen müssen, war das Wetter verrückt geworden. ♃

Nachdem der Oktober so kalt gewesen war, daß man schon die dicksten Winterpullover hatte anziehen müssen, um nicht dem Erfrierungstod nahe zu kommen, brachte der November eine Hitze mit sich, die an ein Siechenhaus gemahnte. Die Sonne klebte matt am Himmel wie ein Brandloch, aber über dem Boden herrschte eine bedrückende Schwüle. Laub faulte auf den Wiesen und in den Rinnsteinen. Die Exkremente der Hunde und Betrunkenen in den Straßen bildeten ein vielstimmiges und lautes Orchester des Gestanks. Das Licht war meistens schief, schien irgendwie von unten zu kommen, und machte Schatten lang oder verbog sie zu schrecklichen Zerrbildern. Die Menschen lagen fiebernd in ihren Betten oder schleppten sich, Rotz versprühend, zur Arbeit. Ein schneereicher Dezember war prophezeit worden. Aber genauso war ein frostiger November prophezeit worden. Einige Zeitungen dachten laut darüber nach, die Prügelstrafe für Meteorologen wieder einzuführen.

Hiob streifte im T-Shirt, ohne eine Jacke drüber, durch die wabernde Stadt. Ab und zu regnete es, dann floß zäher, dunkelbrauner Schleim über die Bürgersteige und triefte schmatzend in die Gulliroste hinab. Kopfschmerzen waren noch das alltäglichste, was Hiob plagte in diesen Tagen. Er hatte einen sehr unangenehmen Stirnhöhlenkatarrh, der wie eine Kröte hinter seiner Nasenwurzel im Schädel festsaß, die Stimme unangenehm schmal und scharfkantig machte, und der irgendwie auch mit Zahnschmerzen im hinteren Backenzahnbereich zu tun hatte. Mehrmals geriet Hiob beim Kauen das innere Wangenfleisch zwischen die Zähne. Er hatte so eigentlich andauernd Schmerzen, aber er hatte seine kleinen Helferlein, denen er jetzt wieder vermehrt zusprach. Psilocybine. Ein Paracetamolcocktail auf Morphinbasis. Ätherisch durchsetztes Peyote, das gut gegen die Zahngeschichte war.

Widder ließ sich nicht sehen in dieser Zeit. Vielleicht hatte das was mit der Wette zu tun, vielleicht aber auch nicht. Er hatte eigentlich schon Lust auf guten Sex, die unnatürlich feuchtheiße Luft verursachte andauernd Spannung zwischen den Beinen, aber er war irgendwie zu schlaff und zu träge, um sich darum zu kümmern, Widder von sich aus herbeizurufen. Allein der Gedanke an ihre Spitzfindigkeiten überforderte ihn. Hiob verbrachte ziemlich viel Zeit damit, in der Körperhaltung einer migräneleidenden Dame auf dem Bett zu liegen.

Mitten hinein in diese Stimmung des *fin de siècle* wehte dieser Brief aus dem Wiedenfließ. Er wehte tatsächlich, wurde nicht vor der Tür abgelegt. Zusammen mit ein paar welken Blättern und der Feder eines Vogels, den es auf der Erde garantiert nicht gab, trudelte er ganz früh an einem Sonntagmorgen, direkt nach einer feuchtwarm durchschwitzten Nacht durchs offene Fenster herein und blieb auf der mittlerweile Wellen werfenden Auslegware liegen.

Der Text war kurz und kryptisch.

Ein Mann jenes Namens trat von jener des Lebens ab.

Hiob ließ sich ächzend aufs Bett zurückfallen und studierte den essigduftenden Zettel, indem er ihn auf Armeslänge von sich in Richtung Zimmerdecke hielt.

Ein Mann jenes Namens trat von jener des Lebens ab.

Ein Mann jenes Namens trat von jener des Lebens ab.

Von jener des Lebens. Abtreten von irgendeiner des Lebens konnte man eigentlich nur von der Bühne des Lebens. Wenn die beiden «jener»s auf den selben Begriff gemünzt waren, mußte der Name des Mannes also «Bühne» sein.

‹Bühne›? Hiob kannte niemanden, der ‹Bühne› hieß, noch hatte er je von … Byhn!

Gemeint war nicht «Bühne», sondern «Byhn». Wilhelm Byhn. Großmeister.

Der Großmeister war tot.

Zantes Vater war nicht mehr.

Hiob setzte sich langsam auf, wie um den jetzt einsetzenden Gedankenfluß nicht zu unterbrechen. Alles tauchte wieder vor ihm auf. Ein beträchtlicher Teil seines eigenen Lebens. Und sie, die

Königin des Mondlichts.

Zante Byhn war das hübscheste Mädchen in seiner Schulklasse gewesen, als Hiob 15 Jahre alt war. Nach dem Tod seines Vaters war seine Mutter mit ihm in eine vornehmere Wohngegend umgezogen. Sie war der Meinung gewesen, dem Versacken eines vaterlosen Rumtreibers in der Kleinkriminalität durch eine bessere Umgebung Einhalt gebieten zu können. Auch wollte sie Hiob von der Straße weghaben und ihn mehr für elsässische Kräutermagie und derlei naturverbundenen Hokuspokus interessieren. Aber der neuerliche Schulwechsel hatte außer einem weiteren Absinken von Hiobs schulischen Leistungen auch eine gewisse Isolation zur Folge. In der neuen Klasse gab es keine Typen mehr vom Kaliber Kambers, mit denen man ordentlich was losmachen konnte, ohne daß das Wort Furcht im Raum stand. So hielt Hiob lieber weiterhin Kontakt mit den jetzt ein paar Bezirke entfernten Seferis und fügte sich in seinen Abitur-Jahrgang kaum noch ein. Er hatte einen gewissen Ruf als jemand, der indizierte Horrorvideos besorgen konnte, aber als er mal eines davon unter der Hand verlieh und das Tape einem schusseligen Angeber verlorenging, war auch damit Schluß. Hiob gab es auf, irgend jemandes Freund zu sein und konzentrierte sich darauf, seinen Lehrern das Leben schwerzumachen. Den übrigen Klassenmitgliedern, denen die kurzhaarigen Karrieren als Geldzähler und Kauffrauen schon in Gesichter und Körperhaltungen eingeschrieben waren, brachte er nichts als Verachtung entgegen. Mit einer Ausnahme.

Zante saß immer in der letzten Reihe, egal in welchem Kurs welche Sitzordnung auch immer herrschte. Selbst wenn man im Kreis zusammensaß, konnte sie sich den Anschein geben, eine

Reihe hinter den anderen zu sitzen. Sie blühte da hinten wie eine seltene Blume mit blaßweißer Blüte und war eines jener seltsamen Gewächse, die eigentlich nur in etwas wohlhabenderer Umgebung entstehen können, und nur dann, wenn poetische Bildung und idealistische Rebellion zusammen schwelten.

Sie war eine Gothic.

Damals nannte man das noch abschätzig *Gruftie*. Ihre Augen und Lippen waren schwarz geschminkt, die Haare in der Farbe von Neumondnächten gefärbt. Ihre Haut war bleich wie Porzellan, und wenn sie sich bewegte, wurden ihre Glieder mit der Last von Jahrhunderten beschwert. In den großen Pausen ging sie nie raus. Sie konnte die Sonne nicht vertragen.

Es gab einen Punk in der Klasse – kurze Zeit, er wurde bald wegen fortwährenden Bierkonsums im Unterricht von der Schule geschmissen –, es gab zwei, die wie Popper rumliefen, einen verhinderten Elitezögling mit Aktentasche, ein füreinander bestimmtes Körnerfresser-und-Räucherstäbchen-Pärchen und sogar einen Skinhead, der aber kein richtiger Skinhead war, sondern eigentlich nur wie ein Arsch herumlief, weil er auf Ska stand. Aber keiner von denen konnte es an Originalität auch nur annähernd mit Zante aufnehmen. Sie verkörperte entrückte Exotik. Sie hatte keine Freunde, niemanden, mit dem sie jemals zusammen war. Hiob konnte das anfangs gar nicht glauben, da sie so ausgesprochen attraktiv war. Es dauerte eine Zeit, bis er dahinterkam, daß die bemitleidenswerten Mitschüler ihr Outfit häßlich fanden. Das war für ihn schwer nachzuvollziehen, denn er war schon längst verliebt.

Zante – was für ein unglaublicher Vorname das allein schon

war: der Name einer ionischen Insel – war froh darüber, endlich jemanden gefunden zu haben, mit dem sie ihren pubertierenden Existenzialismus teilen konnte. Sie traf sich nachts mit Hiob, und beide streiften sie im Mondlicht umher, tanzten auf verwitterten Friedhöfen und versteckten sich vor der atomkriegsgefährdeten Welt in Parks und Wäldern. Sie schliefen miteinander, waren Freund und Freundin, Boy- und Girlfriend und wie man das noch alles nennen kann. Hiob Montag, Zante Byhn. Natürlich niemals in Baumrinden geritzt, denn Bäume waren heilig.

Man tuschelte über die beiden merkwürdigen Jugendlichen, aber was machte das schon aus? Wen brauchten sie schon? Die jeweiligen Eltern immerhin waren begeistert, daß ihre Kummer verursachenden Sprößlinge endlich auch mal beim Lächeln erwischt werden konnten.

Zantes Vater war ein interessanter Mann, Großmeister im Deutschen Druiden-Orden V.A.O.D., genauer gesagt der Tetema-Loge, die dann später als erste mit Brandenburg fusionierte. Tagsüber ging er einem ordinären Job als mittlerer Verwaltungsangestellter nach, aber nach Feierabend konnte er sich in einen robenbewehrten Hierophanten verwandeln, der durchaus die Macht hatte, wirtschaftliche Verbindungen zu knüpfen, die das Vorstellungsvermögen seiner bürgerlichen Arbeitgeber überstiegen. Er hätte leicht einen viel einflußreicheren Brotberuf haben können, aber das wollte er nicht. Er wollte sich nicht auffressen lassen von irgendeiner anspruchsvolleren Tätigkeit, er wollte auch tagsüber im großen und ganzen den Kopf freihalten können für das, was er abends in die Wege leitete. Leider war er mit dieser Lebenseinstellung natürlich ein ziemlich lausiger Vater, und Zantes verkniffene Mutter alleine war mit ihrer Tochter auch überfordert. Vielleicht interessierte sich Wilhelm Byhn aber auch deshalb für seine Tochter so wenig, weil sie ein Mädchen war. Mädchen und Frauen haben im Druidismus – wie in den meisten anderen orthodoxen Glaubensgemeinschaften auch – keinen großen Stellenwert.

Umso mehr war Byhn natürlich von Hiob begeistert, der dank seiner Addams-ähnlichen Familie ja auch schon arkanische Vorbildung vorzuweisen hatte und damit so was wie den idealen Schwiegersohn abgab. Der junge Hiob konnte einiges von dem Druiden lernen, zum Beispiel wie man anderen Menschen Schmerzen suggerieren konnte, indem man sie *wissen ließ*, daß man sie verhext hatte. Und noch andere nützliche Kleinigkeiten. Byhn war ein wenig eigen in biblischer Hinsicht, das heißt, für ihn waren die Worte der Heiligen Schrift in Stein gemeißelte Wahrheiten, aber Hiob, der im Eklektizismus seiner Mutter erzogen worden war und deshalb von allem etwas wußte, aber an nichts wirklich glaubte, konnte damit ganz gut umgehen, manchmal unter Zuhilfenahme von Ironie.

Auf die Art hatte Hiob in einem Alter, in dem andere Jungs sich für Motorräder und – noch unerreichbare – Autos interessieren, drei verschiedene Lehrer der mystischen Künste: seinen Großvater, der sich seit dem Tod von Hiobs Vater mehr und mehr in Hiobs Leben bemerkbar machte, seine Mutter, und eben den freundlichen Druiden Byhn. Für Jung-Hiobs Sozialisierungsprozeß waren drei Lehrer drei zuviel. Es dauerte nicht lange, da begann er, die Oberflächlichkeit von Zantes Mystizismen lächerlich zu machen und in den Dreck zu ziehen. Letzten Endes, so wurde ihm klar, lief dieses Mädchen nur deshalb so spitzenmäßig aufgemacht herum, weil sie eine bestimmte Art von Musik liebte, die Kühle von nächtlichen Grabsteinen unter ihrem nackten Hintern, und altkluge surrealistische Poesie. Aber das dahinter, das Fließ, das Große, das wollte sie gar nicht wahrhaben, das erschreckte sie, das war zu kolossal für ihr kleines Herz. Vielleicht ging es ihr auch im Grunde genommen einfach zu gut, um Hunger entwickeln zu können. Ihr hatte es niemals im Leben wirklich an etwas gemangelt, ihr ausdrucksvoller Protest gegen die Bürgerlichkeit war von eben jener behütet. Hiob jedoch, der von klein auf unter Schmerzen litt, wenn er Fotos von Selbstverbrennungen sah, oder dem schwindlig wurde, wenn irgendwo auf der Welt ein unterirdischer Atombombentest das tektonische Gefüge erschütterte, wußte, was es bedeutete, gegen etwas anzukämpfen, was alles um einen herum bestimmte, auch das eigene Selbst. Die nach den bewährten Regeln jeglicher Jugendliebe funktionierende Beziehung zwischen ihm und Zante war beendet, als er sich dazu entschloß, sich für zwei Jahre in einer Gruft einmauern zu lassen.

Dann, anfangs dort unten, allein im Dunkel und im Gestank bereits achtfach geatmeter Luft, hatte er oft an Zante gedacht, hatte ihren hell leuchtenden Leib herbeigeschrien, den feinen schimmernden Schweiß ihrer Achselhöhlen. Die sexuelle Enthaltsamkeit jedoch hatte seine Gier darüber hinwegschnappen lassen. Nur noch ein Sukkubus aus dem Fließ vermochte seine Lust zu stillen. Anfangs hatte er Widder noch gebeten, Zantes Gestalt anzunehmen, damit er diese Gestalt schänden konnte, widernatürlicher als er es mit der echten Zante je hätte wagen oder auch nur vorschlagen dürfen. Aber auch das war schnell vorbeigegangen. Widders Möglichkeiten überstiegen selbst die Vorstellungskraft eines jungen Mannes, der aus dem Kerker aufsteigt. Zante war vergangen, verweht. Verhältnismäßig verhaltenes Verhältnis, altbacken, antiquiert wie ein alter Kupferstich von anno Tobak.

Nur eines hatte sich nicht geändert, war nicht verlorengegangen und konnte auch nie verlorengehen, und jetzt, in der Stickigkeit seiner junggesellenhaft heruntergekommenen Wohnung, stieß ihm das mit rauher Härte schmerzhaft auf: Zante Byhn war das einzige Mädchen aus Fleisch und Blut, das er je geliebt hatte. Angehimmelt mehrere, sogar geküßt einige, bei

Spielchen schon im Grundschulalter. Aber geliebt, wahrhaft und körperlich geliebt nur diese eine. Und so würde es bleiben, so sah der Vertrag es vor. Auf ewig einzig – Zante Byhn.

Jetzt war ihr Vater gestorben, der sicherlich unwissendste und machtloseste, mit ebenso großer Sicherheit jedoch auch väterlichste seiner Lehrer. Hiob mußte dem nachgehen. Da hing ein Prognosticon mit dran wie scheppernde Blechdosen an einem Frischvermähltenwagen.

Da es Sonntag war, mußte Hiob bis zur nächsten U-Bahnstation laufen, um einen Kiosk zu finden, der offen hatte. Als er dort ankam, waren seine Haut und seine Kleidung ganz feucht und schmierig. Es mußte eine Art von Regen oder Niesel in der Luft sein, die nicht fiel, sondern schwebte.

Er kaufte sich die Zeitung mit dem größten Anzeigenteil und studierte sie aufblätternd und weitraschelnd auf dem Rückweg. Unter dem ganzen schwarz umrandeten Der Herr über Leben und Tod erlöste ... und Seit Christus ist klar, daß alle Rettung eine Rettung durch den Tod hindurch ist und Wenn Gott Liebe ist, dann kennt er den besten Augenblick zum Sterben im Leben eines Menschen fand er dann auch die Anzeige, die ihn anging. Sie war unterzeichnet von Wilhelms trauernder Witwe, seiner trauernder Tochter und ihrem trauernden Ehemann sowie ein paar trauernden Verwandten und besagte auf formelhaft lieblose Weise nicht mehr als daß unser gütiger Ehemann, Vater, Schwiegervater, Schwager etc. nach längerer Krankheit vom gütigen Herrn zu sich berufen worden war, und zwar am Freitagabend (vielleicht während Derrick). Die Hinterbliebenenfeierlichkeit sollte schon heute, um dreizehn Uhr auf dem und dem Kirchhof, stattfinden. Die Mühe, sich noch irgendeinen tröstenden Bibelspruch rauszusuchen, hatte man sich erspart.

Hiob schürzte die Lippen. Da hatte es ja jemand mächtig eilig. Freitagabend hatte der Alte den Löffel abgegeben, Sonntag war die Anzeige schon im Blatt, und ebenfalls Sonntag sollte der Leichnam schon eingelocht werden. Das war mindestens ungewöhnlich. Nicht direkt prognostical, aber immerhin ungewöhnlich. Und Zante war verheiratet. Na ja, das war nicht mal ungewöhnlich.

Als Hiob die großformatige Zeitung schon zusammenklappen wollte, glitt sein Blick zufällig auf noch eine zweite Todesanzeige zum Thema Byhn. Sie war ganz unten auf der Seite, nicht einmal annähernd in der Nähe der Familienanzeige, wo sie doch eigentlich der Ordnung halber hätte sein müssen. Ein siebenzakkiger Stern mit quasi dreidimensionaler Licht-Schatten-Faltung schmückte dieses schwarz umrandete Rechteck für Großmeister WILHELM BYHN. Die Unterschrift lautete Deutscher Druiden-Orden V.A.O.D. Tetema-Loge Gross-Loge Berlin-Brandenburg. Keine Erwähnung der Trauerfeierlichkeiten. Überhaupt fehlte beinahe jeglicher Begleittext. Kein ‹Am soundsovielten entschlief unser lieber Bruder›, kein ‹Er gehörte unserem Orden soundsoviele Jahre an› , kein ‹Wir danken für seine Treue und werden ihm ein ehrendes Angedenken bewahren›. Stattdessen nur ein einziges Wort mit Ausrufezeichen fettgedruckt über dem Namen:

Endlich!

Endlich? Was hatte ein befriedigter Ausruf wie ‹Endlich!› in einer Traueranzeige zu suchen? War der Todeskampf des Großmeisters so langwierig und schrecklich gewesen, daß auch seine Glaubensbrüder nicht anders konnten, als Erleichterung zu empfinden? Hatte es vielleicht aus anderen Gründen Mitglieder in seinem Orden gegeben, die ihm den Tod wünschten und jetzt vor Freude auf den Altären tanzten, daß der gestrenge Willy nicht mehr unter ihnen weilte?

Sehr rätselhaft, das Ganze.

Es wirkte nicht besonders gut durchdacht – und das war es ja auch nicht –, aber nachdem Hiob zu Hause angekommen war und die Zeitung geistesabwesend in die Biotonne im Innenhof geworfen hatte, marschierte er wieder los, und zwar genau denselben Weg zurück zur U-Bahn. An einem Kreuzungsbahnhof besorgte er sich dann einen symbolischen Strauß Blumen und fuhr zum Haus der Byhns, um Mutter Byhn zu kondolieren. Er wußte noch gut, wo die Familie wohnte, und hoffte eigentlich, daß Zante mittlerweile ausgezogen war und er sie nicht unbedingt dort antreffen würde, aber das ging natürlich schief. Zwar war Zante mittlerweile ausgezogen, aber jetzt war sie wieder im Elternhaus und half ihrer Mutter bei der Bewältigung der neu errungenen Witwenschaft. Und Zante war nicht alleine da. Sie hatte ihren Ehemann gleich mitgebracht.

Obwohl es noch nicht einmal neun Uhr morgens war, waren im Hause Byhn schon alle auf den Beinen. Man machte sich sozusagen schon ausgehfertig für den letzten Gang des Hausherrn. Mutter Byhn erkannte Hiob gar nicht wieder. Er hatte sich zwar nicht groß verändert seit der Zeit, als er mit ihrer Tochter rumgemacht hatte, aber besonders viel Kontakt hatte er sowieso nie mit der Mutter gehabt. Hiob wiederum erkannte Zante nicht wieder. Die Königin des Mondlichts hatte sich in eine Kreditkarteninhaberin mit Lebensversicherung verwandelt. Ihr Haar war jetzt blond – das war echt, ihr Schamhaar war schon damals blond gewesen –, kurz und keck und karrierebewußt, sie war geschmackvoll geschminkt, wohlduftend parfümiert und trug ein schickes schwarzes Kostüm, das sie zehn Jahre älter machte. Ihr Mann – sein Name war Hardy – sah aus wie ein Fotomodell aus einem *Peek & Cloppenburg*-Prospekt und arbeitete bei einem privaten Gute-Laune-Radiosender mit den größten Hits der letzten dreißig Jahre. Zante selbst hatte ein kleines Kosmetikstudio eröffnet, das immerhin war konsequent – geschminkt hatte sie sich auch als kleines Mädchen schon gerne.

Hiob wurde im Haus der Byhns so depressiv, daß er sich beinahe mit einem Messer, das neben den Käsehäppchen für Trauergäste lag, die Kehle durchgeschnitten hätte.

Als er Zante verlassen hatte, um nach Höherem zu streben, war sie ein feenhaftes Geschöpf gewesen, Seele und Körper von dunkler Wucht und Tiefe, wenn auch nicht vollkommen, so doch schön. Nachdem er sie so schnöde im Stich gelassen hatte, hatte sie wahrscheinlich einen Haß gekriegt auf alles, was so war wie er. Also auch auf ihren Vater und seine redlichen Bemühungen um arkanische Kontrolle. Sie war eine 08/15-Tussi mit Wonderbra geworden, hatte all das, was groß an ihr gewesen war, abgetan, um sich im Mittelmaß häuslich einzurichten. Die Welt hatte ein faszinierendes Mädchen unwiederbringlich verloren, und das war wahrscheinlich seine Schuld. Natürlich vermißte sie ihn jetzt kein bißchen. Sie behandelte ihn mit ausgesuchter Höflichkeit, wie einen Fremden, der irgend etwas verborgen Widerwärtiges an sich hat. Hardy dagegen hatte alles, was eine gute Frau brauchte. Intelligent war er auch. Beim Reichen von Plätzchen und Tee und dem gemeinsamen Plempern in wohlfeilen Erinnerungen an den Großmeister nervte er Hiob durch immenses Fachwissen aus Tagespolitik und geschichtlichen Zusammenhängen. Er konnte sämtliche ineinander verknäulten Fäden des Bosnienkrieges aufdröseln, während Hiob immer wieder nur Unsinn redete, weil er die Serben und die Kroaten ohnehin nicht auseinanderhalten konnte. Jede aktuelle Gesetzesänderung des Bundestags wurde von Hardy kommentiert. Hiob hatte von den meisten noch nichts gehört, geschweige denn gemerkt. Sein Stirnhöhlenkatarrh wurde schlimmer und machte sich durch eine plombierte Nase mit ulkiger Stimmentwicklung bemerkbar. Zante lachte sogar einmal über ihn. Das war wohl das erste Mal, daß sie lachte seit des Großmeisters Tod.

Das Schlimmste aber war, daß Hiob sich selber irgendwie schrumpfen und häßlicher werden spürte. Sein berühmtes Charisma, das mysteriöse Glitzern in seinen Edelsteinaugen verpufften hier in dieser steißlastigen Atmosphäre zu deplaziertem Blendwerk. Er kam sich selbst vor wie einer, aus dem nichts geworden war, einer, der sich immer noch als *Street Fighting Man* den Schädel blutig schrammen ließ, während die anderen sich schon längst arrangiert hatten und es ihnen so schlecht gar nicht ging. Alles an ihnen war geistreich und nach der Standardnorm auch attraktiv. Hiob saß in seiner ausgesucht scheußlichen und ihm durchweicht am Körper klebenden Kluft krumm herum, näselte ungelenke Ausflüchte und schämte sich seiner fettigen Haare. Normalerweise konnte er sich in solchen Situationen – zum Beispiel wenn Feininger mal wieder eine Vernissage organisiert hatte und Hiob vor den Delektanten schöntun mußte – auf seine Einzigartigkeit zurückziehen, sich eine Aura von Unnahbarkeit und Mysterium geben, die niemals ihre Wirkung verfehlte. Hier jedoch, in der Familie seiner alten Liebe, konnte er mit keiner seiner Eigenschaften mehr irgendwas gewinnen. Der Großmeister war tot und mit ihm jede Ader für das Über-Sinnliche versiegt. Wenn Zante Hiob in die Augen sah, war das zwar immer nur kurz, aber in diesen Blicken schwang viel Ungesagtes mit. «Dir habe ich mich einst hingegeben?» war da zu sehen. «Was für ein Kind ich damals doch gewesen bin. Dich losgeworden zu sein, hat sich im Nachhinein als größter Glücksfall meines Lebens erwiesen.» Auf seinen Beruf befragt, antwortete Hiob: «Maler. Nicht Anstreicher. Eher Kunstmaler.» «Kann man denn davon leben?» fragte Zante wie eine nur entfernt um seinen Geisteszustand besorgte Smalltalkerin. «Nein», antwortete er wahrheitsgemäß. Was anderes als die Wahrheit fiel ihm nicht mehr ein.

Immerhin bekam er ein paar Dinge heraus über Wilhelm Byhns Sterben. Krebs war es gewesen, ein gräßlich unappetitlicher Magenkrebs im fortgeschrittenen Endstadium, der den Großmeister kleingekriegt hatte, ihn ausgehöhlt hatte wie ein Löffel eine Kiwifrucht und nur noch eine behaarte, knittrige Hülle zurückgelassen hatte. «Es war das beste für ihn, für uns alle» war noch das tröstlichste, was Witwe Byhn über den Heimgang zu vermelden wußte. Hardy pflichtete ihr bei mit den Worten: «Am Ende erkannte er uns schon gar nicht mehr.» *Das geht mir genauso, Zante*, dachte Hiob deprimiert. Fünf Jahre lang hatte sich das Sterben wohl angekündigt, sagte Zante. Vor fünf Jahren hätte ihr Vater von seiner Krankheit erfahren. *Vor fünf Jahren haben sich unsere Wege getrennt*, wußte Hiob. *Ich ging nach unten und er tat's mir nach.*
Hiob hakte nach bei den näheren Umständen des Todes. Besser gegangen war es dem Großmeister in den Monaten vor seinem Tod. Er hatte nicht mehr so oft über die Schmerzen geklagt, wahrscheinlich weil er wie ein

Besessener daran gearbeitet hatte, oben in seinem Studierzimmer mit Stößeln, Tiegeln, chemischen Aufbauten und ein paar importierten Substanzen sich selbst aus der Kombination ärztlich verordneter Placebos eigene Schmerz- und Betäubungsmittel herzustellen. Umso furchtbarer hatte ihn dann aber der schon in die Defensive gedrängte Schnitter niedergeworfen: Freitag abend, wieder allein in seinem kleinen Laboratorium, hatte der Krebs den Kämpfer ganz umfangen. Gurgelnd und röchelnd vor Schmerzen, Blut aus seinen Hosenbeinen triefend, war Byhn unter den schockierten Blicken seiner bereits benachthemdeten Frau aus seinem Studierzimmer gewankt, noch ein paar Meter bis zur Flurtreppe getorkelt und war dort niedergestürzt, sich abwärts über die Stufen wieder und wieder überschlagend, bis gar kein Leben mehr in ihm war. Der Großmeister hatte seinen Meister gefunden, die zur Witwe gewordene Gattin gellte allein mit ihrem Schreikrampf schon die Polizei und die Feuerwehr herbei.

Es hatte wohl gestern noch eine Untersuchung des Korpus gegeben, weil ja nicht ganz auszuschließen war, daß Byhn sich vielleicht bei seinen chemischen Experimenten aus Versehen selbst vergiftet hatte, aber da war nichts gefunden worden. Nichts in seinem Innern außer Blut, Galle und gräßlichen Tumoren, die selbst im toten Leib nicht aufhören wollten zu wuchern.

Obwohl ihm hundeelend war, bestand Hiob noch auf einer

Führung zu den Schauplätzen des Sterbens. Der blutbesudelte Treppenläufer war von den Stufen gelöst worden, die deshalb aufwärts nur umso kantiger und feindseliger wirkten. Das Studierzimmer oben war abgeschlossen, aber Hardy – als einziger der Familie noch willens, sich hier aufzuhalten – ebnete Hiob mit einem Schlüssel den Weg. Im Zimmer selbst war wenig verändert worden, nur die stinkenden Spritzer aus Blut und zersetzten Eingeweiden waren vom Teppich gekratzt worden.

Hiob fand – wie beschrieben – einen Tisch voller chemischer Versuchsanordnungen vor, deren Sinn einem diesbezüglichen Laien verschlossen bleiben mußte. Darüber hinaus lagen überall Bücher herum, die meisten irgendwo aufgeschlagen. Chemisches Zeugs, Fachliteratur über schamanische Gifte und alternative Heiltechniken des vorderen Orients, drei Bibeln in verschiedenen Sprachen

(

die alle an derselben Stelle im Lukasevangelium aufgeschlagen waren, die in der deutschsprachigen Ausgabe folgendermaßen lautete:

Und es werden Zeichen eintreten an Sonne und Mond und Sternen und auf Erden Angst der Völker, so daß sie sich nicht zu raten wissen vor dem Tosen und Wogen des Meeres; Menschen werden den Geist aufgeben vor Furcht und Erwartung der Dinge, die über den Erdkreis kommen

werden; denn die Kräfte der Himmel werden erschüttert werden. Und dann wird man den Sohn des Menschen auf einer Wolke kommen sehen mit großer Macht und Herrlichkeit. Wenn aber dies zu geschehen anfängt, so richtet euch auf und hebet eure Häupter empor; denn eure Erlösung naht.
),

aber auch ein paar echte Knüller: eine Ausgabe von Teophilus Wenns *True Magick*, ein paar Fotokopien der *Pnakotic Manuscripts*, sowie eine in griechischer Schrift – aber nicht in griechischer Sprache – verfaßte, von Hiob aber anhand der Abbildungen erkennbare Abschrift der *Revelations of Glaaki*. Ein Jammer, daß all diese wertvollen Exemplare jetzt den Händen Unkundiger überantwortet waren, aber Hiob fühlte sich im Augenblick wirklich nicht fit genug, um mit Hilfe von ein paar Suggestionszaubern hier so einiges abzustauben. Als er den Raum wieder verlassen wollte, fiel ihm an der Rückseite der Tür noch eine angeheftete Reispapier-Tusche-Kalligraphie auf, die aus chinesischen Schriftzeichen bestand. Eine Übersetzung war nirgendwo zu sehen. Hiob versuchte sich zu konzentrieren, irgend etwas zu sagen wie «Ach, da ist ja die Kalligraphie, die ich Wilhelm mal geliehen habe. Die gehört mir, kann ich die mitnehmen?», aber er brachte es nicht fertig. Das Papier schien dort, wo es hing, auf einer Tür nach draußen, auf die richtige Weise im Gefüge des Gesamtzimmers verankert. Das war eine merkwürdige Assoziation, fand Hiob. Und noch etwas irritierte ihn in diesem Moment, etwas, was die ganze Zeit über schon dagewesen war, aber vielleicht erst jetzt so richtig den Durchbruch zu seinen Sinnesrezeptoren geschafft hatte. Es hing ein Geruch in dem Raum, der noch anders war als der des Innereienblutes und der der chemischen Pülverchen und Flüssigkeiten. Es roch ein bißchen, wie wenn man einen staubbedeckten Heizkörper auf Hochtouren anheizt und der Staub darauf erhitzt wird und leicht verschmort. Als Hiob sich in dem Raum noch einmal umsah, war nirgendwo ein Heizkörper zu entdecken. Wie jedes Studierzimmer, das etwas auf sich hielt, verfügte auch dieses stattdessen über einen Kaminofen.

In der magischen Lehre kannte man diesen Geruch unter dem Namen *Maurisches Echo* – ein nur olfaktorisch wahrnehmbarer Kometenschweif astral-energetischer Entladung.

Hiob hatte genug Lovecraft-Geschichten gelesen, um sich dem einzigen Fenster des Raumes zuzuwenden. Vielleicht war von dort in der unseligen Freitagnacht irgendein tiefenmagischer Zaungast erschienen und hatte den Großmeister mit einem Fingerzeig von unirdischer Gewalt innerlich zerbersten lassen. Aber das Fenster war «sauber», der Geruch hier eher am schwächsten. Dort, wo die meisten Schatten von Blutpfützen waren, dort, wo Byhn also gestanden haben mußte, als es ihn endgültig erwischte – dort war das *Maurische Echo* am deutlichsten. Vielleicht hatte der Druide in sich selbst eine magische Implosion ausgelöst. Allein dieser Gedanke war widerlich. Hiob dankte Hardy matt. Alle waren wieder unten versammelt.

Es war einfach schlimm da mit den leeren Gesichtern der Zurückgebliebenen, auch Hiobs Zahnschmerzen wurden wieder stärker. Er hatte das Gefühl, daß ganz hinten im Rachen, wo das Zahnfleisch eigentlich schon auf die Kiefersehnen stieß, sich noch tollwütige Backenzähne durchs rote Fleisch preßten, bis oben und unten nicht mehr zusammenpaßten und er vielleicht den Mund nie mehr richtig würde schließen können. Er erkundigte sich unkonzentriert, warum die Beerdigung so schnell anberaumt worden war, und bekam nur wischi-waschi zu hören, daß dies wohl den letzten Wünschen des ja schon seit langem Sterbenskranken entspräche. Hiob verabschiedete sich, bekam von Hardys Händedruck beinahe sämtliche Fingerglieder gebrochen, verfing sich beim Zum-Gartentor-Schlingern mit dem Hemdsaum in einem wilden Rosenbusch und mußte sich da erst mühsam grinsend wieder rausnesteln, dann war er fort. Es regnete jetzt stärker, das Regenwasser war ganz weich, wischte einem nur müde übers Gesicht. Wenn Hiob ausspuckte, hinterließ er rote Schlieren in den Pfützen.

Der Tag schritt fort, aber Hiob mühte sich, Schritt zu halten. Es war jetzt kurz nach elf Uhr vormittags, und er war beim Logenbüro des

Druidenordens angekommen. Die Fensterfront – nicht gerade in einem verwunschenen Hexenhäuschen oder in einem magischen Turm, sondern in einem ganz normalen, hellen Geschäftsgebäude in Alt-Moabit – kannte er noch von früher, und ebenfalls von damals her wußte er noch, daß am heiligen Sonntag hier immer volles Haus war.

So auch heute. Der Hauptraum war voller kurzhaariger Ordensbrüder in ziviler Beerdigungskluft. Hiob suchte ein bekanntes Gesicht und fand schließlich eins.

Gerhard Hellberger war damals zuständig gewesen für Logistik, Kalenderführung und interstädtische Veranstaltungen, und das war heute auch noch so. Ein fast verschwindend kleiner Mann, war Hellberger doch eine einprägsame Erscheinung: Er hatte kühne, fast theatralische Gesichtszüge und einen durchbohrenden Blick von eisblauer Farbe. Wäre ihm die Gabe gegeben worden, ein geschickter Redner zu sein, hätte er es bestimmt weit bringen können im Orden. So aber bekleidete er nur einen dubiosen Rang – irgendwas wie Unter-Ober-Seitenmeister – und seine Stimme war darüber noch rauher und fisteliger geworden als noch vor ein paar Jahren.

«Junker Montag? Seh ich denn recht? Wir haben uns ja schon mindestens …»

«Fünf Jahre.»

«… fünf Jahre nicht mehr gesehen.» Händeschütteln, ehrliche Freude, aber auch ein wenig Besorgnis in Hellbergers Augen wegen Hiobs etwas derangiertem Äußeren. «Ich habe mir schon fast gedacht, daß ich Sie heute wieder zu Gesicht bekommen würde, aber ich dachte eher, später …» Auch Hellberger war bereits beerdigungsfein gekleidet.

«So nach dreizehn Uhr, ich weiß», lächelte Hiob. «Ich konnte nicht warten.»

«Ihr so unerwartetes Auftauchen steht aber dennoch in Zusammenhang mit dem Übertritt unseres Bruders Byhn?»

«Mit dem Übertritt, ja.»

«Das ist eine sehr traurige und für alle Beteiligten schmerzhafte Angelegenheit gewesen.»

«Das möchte ich wetten. Sagen Sie, gibt es hier irgendwo eine Kammer, wo wir für ein paar Minuten ungestört reden können?»

«Selbstverständlich. Kommen Sie in mein Büro, Junker Montag. Wie ist es Ihnen denn so ergangen in den letzten Jahren.»

«Och, ich habe hier und dort ein paar Dinge zurechtgerückt.»

«Das klingt hochnobel. Immer noch als Adept der arkanischen Wissenschaften?»

«Vielleicht nicht mehr nur Adept.»

«Sieh an. Ich bin begierig, mehr zu erfahren.»

Sie waren in Hellbergers Buchhalterbüro angekommen, eine kleine, annähernd fünfeckige Kemenate, deren Einrichtungsgegenstände ein Stuhl, ein Schreibtisch, Regale voller Aktenordner und ein kleiner Kaktus waren. Hellberger schaffte einen zweiten Stuhl aus einem Nebenzimmer heran und huschte dann nochmal davon, um zwei Tassen Tee zu organisieren. Hiob stöberte mittlerweile ungeniert in ein paar Akten und erfuhr so unter anderem, daß ein Druiden-Betriebsausflug in die Eifel eine aufwendige Sache war, was den Kostenpunkt der Spirituosenverpflegung betraf. Als Hellberger mit dem Tee zurückkam, saß Hiob bequem auf dem zweiten Stuhl und bemerkte wie beiläufig:

«Von Beileidsbezeugungen am Grabe bitten wir Abstand zu nehmen.»

«Bitte?»

«Das ist eine gebräuchliche Floskel am unteren Rand von Todesanzeigen. Wird immer dann angewendet, wenn die Hinterbliebenen keine Leichenbittermienen mehr ertragen können, sondern lieber ungehemmt zum Leichenschmaus übergehen wollen.»

«Ahhhh, Sie haben unsere Todesanzeige gesehen?»

«Hm-hm.»

«Sie haben sich über das *Endlich* gewundert.»

«Kann man so sagen. Hat sich die Anzeigentante der Mottenpost eigentlich nicht gewundert?»

«Ich habe selbst mit ihr telefoniert. Ich gewann den Eindruck, daß ‹sich wundern› schon längst aus ihrem emotionellen Repertoire gestrichen ist. Nehmen Sie Zucker?»

Allein die Erwähnung von Zucker knirschte schon in Hiobs wundem Gebiß. Er lehnte winkend ab. «Was hat das *Endlich* zu bedeuten?»

Hellberger nahm sich seine Tasse Tee und lehnte sich seufzend nach hinten. «Das ist ein komplizierter Sachverhalt, Junker Montag.»

«Das ganze Leben ist ein komplizierter Sachverhalt, und dennoch üben wir es tagtäglich aus, ohne uns allzusehr den Kopf darüber zu zerbrechen.»

«Darf ich denn davon ausgehen, daß Sie nicht mittlerweile Anstellung bei einer Zeitung oder einem entsprechenden Medium gefunden haben?»

Hiob zeigte die Handflächen vor. «Alles, was wir hier bereden, bleibt völlig unter uns. Ich bin aus persönlichen Gründen an Byhns Tod interessiert. Ich hatte seit fünf Jahren keinen Kontakt mehr mit ihm, und Sie verstehen sicher, daß ... eine Todesanzeige zu lesen eine ziemlich ... bestürzende Art und Weise ist, von jemandem zu hören, den man früher mal gut kannte.»

«Das ist natürlich sehr nachvollziehbar. Haben Sie schon mit der Familie gesprochen?»

«Da komm ich gerade her.»

«Ist Ihnen aufgefallen, daß die Familie relativ kühl und unbeteiligt dem Hingang ihres Hauptes gegenübersteht?»

«Na ja. Ich habe das ehrlich gesagt auf die ziemlich reservierte Stimmung mir gegenüber geschoben.»

«Es ist sicherlich noch mehr als das. Es ist sicherlich vielmehr dasselbe, was wir hier im Orden empfanden, als die Nachricht uns erreichte.»

«Und das wäre gewesen ...?»

«*Erleichterung* wäre ein geeignetes Wort.»

«Also daher das *Endlich*. Ein Stoßseufzer.»

«Ganz genau.»

Hiob nippte an dem fast unirdisch heißen Darjeeling. «Sie werden mir aber doch sicher nicht erzählen wollen, daß der schmerzhafte und langgezogene Krebstod allein für diese Erleichterung verantwortlich war.»

«Selbstverständlich nicht. Wir Druiden kennen den Tod in all seinen mannigfachen Facetten. Wir fürchten ihn nicht, sondern sehen ihn als unabdingbaren Teil des kosmischen Gesamtwerkes. Dennoch sind wir im allgemeinen nicht erbaut darüber, wenn ein Mitbruder vor Vollendung seines Lebenswerkes abberufen wird. Das bedeutet jedesmal einen Verlust für uns. Nicht für den Verstorbenen. Für uns, die wir nach Vollendung streben.»

«In Byhns Fall war das anders. Hat er sein eigenes Lebenswerk überlebt?»

«Nein, es ist ihm gottlob nicht gelungen, es zu vollenden. Aber die letzten Jahre waren auch so erschrekkend genug.»

«Erzählen Sie.»

«Wissen Sie ... Großmeister Byhn hat den gesamten Orden in mehr als einer Weise in Gefahr gebracht. Mehrmals mußten wir aufgrund seiner Experimente fürchten, als Organisation vielleicht verboten zu werden oder sonstwie in den Augen der Öffentlichkeit in Ungnade und Verachtung zu fallen.»

«Schwer zu glauben. Byhn war ein verantwortungsvoller Mann. Er liebte den Orden und seine Loge mehr als seine eigene Tochter.» Hiob schlürfte.

«Der Krebs verändert die Menschen, Junker Montag. Oder lassen Sie mich diese Aussage präzisieren: Der Krebs verstärkt die Eigenschaften, die einem Menschen innewohnen, auf geradezu unheimliche Weise. Ein Feigling wird vor dem Krebs in die Knie gehen, heulen und winseln und wie ein Feigling sterben. Ein mutiger Mensch wird dem Krebs den Kampf erklären und vielleicht sogar siegreich aus diesem Konflikt hervorgehen. Ein haßerfüllter Mensch wird hassen wie noch nie, ein liebender Mensch durch seine Güte alle um ihn herum beschämen. Einem suchenden Menschen jedoch – und ein solcher war Wilhelm Byhn, ein Forscher und Dränger wie wir alle im Orden – einem suchenden Menschen wird die Suche zur Besessenheit werden, und er wird alle Schranken fällen, die sich ihm bei der Findung der Lösung in den Weg stellen mögen. Das allerschlimmste, was jemandem passieren kann, der einen goldenen Pfad zu erkennen glaubt, ist, daß man ihm die Lebenszeit verwehrt, diesen Pfad bis zum Ende zu beschreiten. Der alte, der eigentliche Wilhelm Byhn, war ein großherziger Wohltäter und Erforscher. Der neue Byhn, Wilhelm Krebs-Byhn, wie ich ihn nennen möchte, war ein Wahnsinniger, ein Rasender, und er riß uns fast alle mit sich in den Abgrund.»

«Was genau hat er denn getan?»

Hellberger trank seine Tasse leer und stellte sie ab. Er schien darüber nachzudenken, ob er noch eine Kanne besorgen sollte. «Experimente, wie ich schon sagte. Wilhelm ... war besessen von der Idee, gegen den Tod anzukämpfen, die Unsterblichkeit zu erlangen, das ewige Leben zu finden, was weiß ich. Er sprach mit niemandem im Detail darüber, machte auch keine Aufzeichnungen, sagte immer ‹Erst muß alles hieb- und stichfest sein, ich will keine Halbwahrheiten verbreiten›.»

«Was für Experimente?»

«Ungesetzliche Vorgänge. Er experimentierte mit Voodoo-Druidismus herum, hier in diesen Räumen. Holte sich dafür Leute von der Straße, denen er Geld gab. Zweimal kam es zu Zwischenfällen, beide Male mußten wir alles vertuschen.»

«Todesfälle?»

«Nein, nein, gottlob keine Todesfälle. Aber Verletzungen, ernsthafte Blutungen. Wir kümmerten uns um Wilhelms Versuchspersonen, trugen Sorge, daß sie in kein Krankenhaus gingen oder etwas entsprechendes. Die Polizei durfte nicht erfahren, daß im Logenhaus Menschenversuche durchgeführt wurden. Nein, das ist nicht präzise formuliert: Es durften im Logenhaus keine Menschenversuche durchgeführt werden. Wir sind keine Schwarzmagier-Organisation, Junker Montag, Sie wissen das. Wilhelm mißbrauchte dieses Haus. Er war Großmeister, deshalb hatte er den Einfluß, ungefragte Dinge tun zu können. Es war schrecklich.»

«Bei ihm in der Wohnung sind nur chemische Experimente. Keine Spuren von irgend etwas Großem.»

«Natürlich nicht. Würden Sie denn im Familienhaus dem letzten aller Geheimnisse nachspüren? Nein, er nistete sich hier ein. In seinem Raum und unten im Keller. Die Tierversuche machte er unten im Keller. Er ließ sich von irgendwelchen dubiosen Tiertransporten Rinder und Schweine kommen und vivisezierte sie dann. Furchtbare Dinge spielten sich da ab.»

«Das ist ja wirklich kaum zu glauben.»

«Sehen Sie, er hatte ja schon vorher, vor seiner Krankheit – Sie wissen das ja vielleicht – schon dieses Faible für das Ewige Leben und seine Ausprägungen gehabt. Er stellte da die abenteuerlichsten Theorien auf. Aber als dann der Krebs kam ... erschien ihm diese Krankheit wie ein Fingerzeig des Schöpfers, verstehen Sie? Wie eine Bestätigung dafür, daß er auf dem richtigen Weg war. Nur daß er jetzt nicht mehr allgemein und abstrakt forschen mußte, sondern ganz konkret und zielgerichtet an sich selbst, auf die Überwindung seines eigenen allgegenwärtigen Sterbens hinarbeitend. Er steigerte sich in eine Art Rausch hinein, der durch die vielfältigen Medikamente, die er gegen die Schmerzen einnehmen mußte, natürlich noch gesteigert wurde. Einige unserer Ordensbrüder erzählen sich gräßliche Gerüchte von Wilhelms letzten Monaten. Daß er sich auf den Intensivstationen von Krankenhäusern herumgetrieben habe, um anderen beim Sterben zuzusehen. Daß er in einem pathologischen Institut gegen Bezahlung Obduktionen beigewohnt und sogar selbst welche durchgeführt haben soll. Er soll sogar ... aber nein, das ist nun doch zu widerwärtig.»

«Erzählen Sie bitte. Vielleicht ist es von Bedeutung.»

Hellberger blickte sich wie hilfesuchend im ganzen Zimmer um. «Ein ... ein jüngerer Ordensbruder mußte ihn einmal zu einem Altenheim fahren, wo sich Wilhelm mehrmals die Woche aufhielt. Dort wurde der junge Bruder Zeuge, wie Wilhelm einem alten Mann, der gerade eben verstorben war ...den Hoden aufschnitt, um das Sperma herauszuschlürfen.»

Hiob grinste. «Da dürfte nicht allzuviel dringewesen sein, bei einem alten Mann.»

«Sie finden das komisch, Junker Montag?»

«Nein, natürlich nicht. Ich würde mir die Versuchsanordnungen hier im Keller gerne mal anschauen.»

«Zwecklos. Als wir ihm auf die Schliche gekommen waren, haben wir alle diesbezüglichen Spuren hier im Hause getilgt. Das ist schon über einen Monat her. Seitdem hat er seine Forschung, wie schon erwähnt, wohl auswärts betrieben.»

«Hmmm.» Hiob dachte angestrengt nach. «Warum haben Sie ihn eigentlich nicht aus dem Orden gefeuert?»

«Er war ein sterbender Mann, Junker Montag. Früher war er

unser aller Freund gewesen, der benevolenteste Druide, den man sich nur denken kann. Umso schauerlicher war dann seine Inkarnation als Krebs-Byhn. Es steckt eine Balance in allen Verhältnissen des Daseins. Darauf gründet unser Glaube.»

«Ich weiß. Und Byhn hatte das vergessen. Er griff die Balance selber an. Indem er den Tod attackierte, versündigte er sich gegen Gott und die Prinzipien des Druidismus.»

«Das kann man so sagen, ja.»

«Sie *konnten* ihn nicht mehr in Unehren aus dem Orden ausstoßen, weil Sie selbst schon viel zu tief drinsteckten. Wer konnte wissen, was der verrückte Großmeister alles der Polizei erzählen würde, wenn Sie ihn erst verstießen? Also mußte er drinbleiben im Orden, und mit jedem weiteren Tag seiner Existenz wuchs Ihre Angst, daß Byhn irgend etwas so Schreckliches anstellen würde, daß die gesamte Organisation verboten und verfemt werden würde.»

«Ich muß zugeben, daß wir tatsächlich sehr besorgt waren.»

«Deshalb das *Endlich*.»

«Deshalb das *Endlich*. Ein Ausdruck unserer Redlichkeit, daß wir unsere wahren Gefühle Byhns Ableben gegenüber nicht verheimlichten.»

«Bullshit! Jeder Dreikäsebulle, der so wie ich über dieses *Endlich* stolpert und anschließend hierherkommt, um ein paar Fragen zu stellen, würde eins und eins zusammenzählen und zu dem Schluß kommen, daß Sie Byhn ermordet haben!»

«Was?! Das ist doch absurd!»

«Absurd daran wäre nur, *wie* Sie es getan haben sollten. Aber ein Dreikäsebulle wäre eben nicht so wie ich in der Lage, ein *Maurisches Echo* zu identifizieren, das am Tatort noch immer in der Luft hängt, n'est-ce pas?»

«Ein Maurisches Echo?»

«Kommen Sie, Hellberger, keine Spielchen jetzt. Wir sind bis jetzt so gut miteinander klargekommen. Eine gewisse magische Energieentladung bringt auch ein Komikerverein wie Ihr Druidenorden zustande, sowas kriegt eigentlich jeder hin, der im Nachlaß seiner Oma ein magisches Kochbuch findet. Oder wollen Sie mir etwa erzählen, daß Byhn, der sein ganzes Leben lang gegen den Tod gekämpft hat, sich selbst magisch in die Luft sprengen wollte? *Spontaneous Human Conscience?* Da lachen ja die Hühner.»

«Als ich Sie zu diesem Gespräch einlud, konnte ich nicht wissen, daß Sie die Unverfrorenheit besitzen würden, mir mitten ins Gesicht einen Mord ...»

«Hören Sie, Hellberger, eins möchte ich hier mal klarstellen, damit da keine Mißverständnisse aufkommen. Ich arbeite nicht für die Polizei. Im großen und ganzen halte ich Sie für einen recht glaubhaften Mann. Wenn Ihr Orden also zu dem Schluß gekommen ist, daß es das Beste gewesen ist, Wilhelm Byhn ins Jenseits zu befördern, dann vertraue ich darauf, daß der Orden diese Entscheidung nicht leichtfertig getroffen hat und daß es vielleicht für alle Beteiligten – auch und gerade für Byhn selber – tatsächlich das Beste gewesen ist. Außerdem ist die Sache damit vorbei und gegessen, ich bin kein Anhänger des rechtsstaatlichen Vergeltungsprinzips. Man kann einen Mord nicht wieder ungeschehen machen, indem man die Mörder bestraft. Mich interessiert in diesem Zusammenhang etwas ganz anderes: Das *Endlich* ist viel zu riskant, viel zu auffällig, um einfach nur – wie haben Sie das so schön formuliert – ein ‹Ausdruck von Redlichkeit› zu sein.

Wie gesagt könnte jeder, der sich nach dem *Endlich* erkundigen kommt, dem schweinischen Hobbykeller auf die Schliche kommen. Also frage ich mich die ganze Zeit über: Was bedeutet *Endlich* eigentlich? Und mein Kleinhirn rotiert und rotiert und rotiert und spuckt seit neuestem dauernd aus: *Endlich* bedeutet nicht nur einen Ausruf der Erleichterung, sondern auch das Gegenteil von Unendlich. Verbunden mit einem Ausrufezeichen wird es dann ein Befehl, eine Anordnung, Anweisung. *Endlich!* Darunter der Name des Adressaten, darunter der Absender. Mehr Text ist da nicht. Du hast gefälligst *endlich* zu sein, Wilhelm Byhn. Absender: Deine alten Kumpels von der Loge. Und dann prangt neben diesem Befehl noch der schöne, siebenzackige Druidenstern – und siehe da: dem Junker Montag geht ein Licht auf. Glücklicherweise – oder unglücklicherweise, je nachdem, aus welcher Perspektive man das betrachtet – hat Junker Hiob früher vom seligen Großmeister Byhn genügend Einsicht in druidische Praxis erhalten, um diese Todesanzeige als das identifizieren zu können, was sie wirklich ist: Ein Bannzauber. Welche Auflage hat die Morgenpost? Ich kenne die Größenordnung da nicht. Hunderttausend?»

«244.000 werktags, 388.000 am Sonntag.»

«Dreihundertachtundachtzigtausendmal wird dieser kleine Bann gedruckt und verteilt sich wie von Zauberhand, durch emsige Zeitungszusteller nämlich, dreihundertachtundachtzigtausendmal in der ganzen Stadt. Dadurch soll ein dichtes, astrales Netz gewoben werden, das den zu Bannenden garantiert in Schach hält. Niemand startet eine solche Aktion ohne Grund. Sie fürchten, daß Wilhelm Byhn in seinen Forschungen weit genug vorgedrungen ist, um von den Toten wieder aufzuerstehen. Stimmt's oder hab' ich nur gewonnen?»

«Sie sind ein erstaunlich überspannter Mann, Junker Montag. Wirklich erstaunlich.»

«Im Gegenteil.» Hiob erhob sich mit breitem Grinsen. «Ich hab mich schon lange nicht mehr so gut gefühlt. Wenn jemand mir vorher erzählt hätte, daß soviel reden gut gegen Zahnschmerzen ist, hätte ich ihn ausgelacht.»

«Das war der Tee.»

«Hm?»

«Der Tee, den ich Ihnen kredenzt habe, ist gut gegen Zahnschmerzen.»

«Dann vielen Dank, Hellberger. Ich werd mich revanchieren. Wenn Ihnen in den nächsten Tagen kein Wiedergänger nach dem Leben trachtet, dann haben Sie das einzig und allein mir zu verdanken. Wir sehen uns nachher noch.»

Hiob deutete eine Verbeugung an und verließ die Räumlichkeiten der Großloge. Draußen rieb er sich tatendurstig die Hände. (Irgendwas war tatsächlich in dem Tee dringewesen, aber es fühlte sich gut an.) Er wußte jetzt, was gespielt wurde und womit er es zu tun hatte. Wenn der niedliche Bann-Netz-Zauber der Druiden wirklich ausreichen würde, um den Großmeister tot zu halten, hätte das Wiedenfließ Hiob nicht auf die ganze Sache hier hingewiesen. Was er jetzt noch rausfinden mußte, war, wann der Spuk beginnen würde, wo er beginnen würde, unter welchen Umständen er beginnen würde und was Hiob eigentlich dagegen machen

konnte.

Da es mittlerweile zwölf Uhr mittags war und der Inder zwei Häuser weiter gerade aufmachte, genehmigte Hiob sich einmal *Rogan Josh*. Lammfleisch mit Reis und scharfer Curry-Paprikasoße war sicherlich nicht jedermanns liebste Mahlzeit auf nüchternen Magen, aber Hiob genoß das späte Frühstück und protzte mit einem dicken Trinkgeld herum. Gut essen und mit dicken Trinkgeldern herumprotzen waren bisher die einzigen beiden Methoden, die ihm eingefallen waren, um den Geldsegen aus dem Ince-Deal wieder abzubauen.

Er fuhr wieder nach Hause, denn noch war er ja kein Stück beerdigungskompatibel gekleidet. In der Wohnung angekommen, nahm er sich erstmal seine Referenzbibel vor. Diese Ausgabe der Bibel war auf schön überschauliche Weise in lauter kleine Kapitelchen mit prägsamen Überschriften gegliedert. Die von Wilhelm Byhn so außerordentlich geschätzte Textstelle in Lukas 21 war unter der Überschrift *Die Wiederkunft des Sohnes des Menschen* gefaßt. *Wiederkunft*, aha. Wunderbar. Zwei Querverweise waren neben dieser Überschrift angegeben:

— Mat 24/29–36 *und*
— Mark 13/24–32.

Hiob machte sich ans Blättern.

Matthäus 24/29.

Dieselbe Überschrift:

Die Wiederkunft des Sohnes des Menschen.

29 **Sogleich aber nach der
Drangsal jener Tage wird die
Sonne sich verfinstern und
der Mond wird seinen Schein
nicht geben, und die Sterne werden vom
Himmel fallen, und die Kräfte der Him-
30 mel werden erschüttert werden. / Und
dann wird das Zeichen des Sohns des
Menschen am Himmel erscheinen, und
dann werden alle Geschlechter der Erde
wehklagen und werden den Sohn des
Menschen auf den Wolken des Himmels
kommen sehen mit großer Macht und
31 Herrlichkeit. / Und er wird seine Engel
aussenden mit starkem Posaunenschall,
und sie werden seine Auserwählten ver-
sammeln von den vier Winden her, von
einem Ende des Himmels bis zum an-
dern.**

Seine Auserwählten versammeln von den vier Winden her? Das klang ja fast, als beabsichtigte Krebs-Byhn eine Art Zombie-Invasion. Aber das war völlig ausgeschlossen. Von einer Inundation war hier nie die Rede gewesen. Ein Prognosticon war ein Prognosticon und mußte deshalb *per definitionem* überschaubar bleiben, basta. Außerdem klang das *Zeichen des Sohnes des Menschen wird am Himmel erscheinen* gehörig nach *Batman*, und der ganze Klabauter mit den fallenden Sternen wie eine vergessene Textstelle aus *Starfish Rules.* War doch immer wieder erstaunlich, was man so alles aus der guten alten Bibel rauslesen konnte.

Okay, weiter im Text. Markus 13 (hatte es da nicht mal nen Film gegeben?), Vers 24 abwärts. Dieselbe Überschrift.

24 **Aber in jenen Tagen, nach**
jener Drangsal, wird die
Sonne sich verfinstern, und
der Mond wird seinen Schein
nicht geben, und die Sterne werden vom
Himmel fallen, und die Kräfte in den Him-
25 **meln werden erschüttert werden. / Und**
dann wird man den Sohn des Menschen
auf den Wolken kommen sehen mit gro-
26 **ßer Macht und Herrlichkeit. / Und dann**
wird er die Engel aussenden und die Aus-
erwählten versammeln von den vier Win-
den her, vom Ende der Erde bis zum Ende
des Himmels.

Und dann würden sie alle zusammen im Restaurant am Ende des Universums essen gehen.

Meine Fresse. Klang wirklich, als wäre der gute Byhn in seinen letzten Lebenswochen größenwahnsinnig geworden. Er sah sich wohl selbst als der wiederkehrende Menschensohn, als der wieder auferstandene ... Moment mal, genau, das ist es! Noch mal zurückgeblättert auf die ursprünglich von Byhn bevorzugte Textstelle, Lukasevangelium 21. Wie ging es danach weiter? Die weiteren Kapitelüberschriften: *Jesu Leiden und Sterben, Die Grablegung Jesu, Das leere Grab des Auferstandenen.* Bingo.

Jesus war ebenfalls an einem Freitag gestorben, und ganz früh am Montag morgen fand man sein Grab leer. Grablegung am Todestag wie zu römischen Zeiten gab es heute nicht mehr, aber die Familie hatte ‹den letzten Wünschen des ja schon seit langem Sterbenskranken› so weit wie möglich entsprochen und die Versenkung immerhin noch für den Sabbattag organisiert. Wenn Byhn dann also – seinem gekreuzigten Vorbild entsprechend – am Montag morgen nicht mehr im Grab zu finden sein wollte, mußte er also im Zeitraum zwischen der Grablegung und morgen früh wieder hochkommen. Die ganzen Bibeltextstellen mit der verfinsterten Sonne, dem nicht scheinenden Mond und den fallenden Sternen deuteten auf Nacht hin. Heute nacht also, wahrscheinlich zur Geisterstunde. Hiob blieben also noch etwa elf Stunden Zeit, sich eine Methode zu überlegen.

Es war jetzt dreizehn Uhr, und er saß immer noch zu Hause rum. Im hastig auseinandergenommenen Kleiderschrank fand sich nichts, was auch nur annähernd beerdigungstauglich aussah. (Hiobs einziges schwarzes Jackett war den verrückt gewordenen Hunden zum Opfer gefallen.) Bevor er also lange darüber nachdachte, ob er nun ein schwarzes T-Shirt zu dunkler Hose oder besser ein weißes T-Shirt zu irgendeiner anderen Hose anziehen sollte, und als ihm klar wurde, daß seine früher mal weißen, jetzt grau zerfransten Sneakers sowieso nirgendwozu paßten, ging er eben so, wie er ohnehin schon den ganzen Tag über rumgelaufen

war: durchweicht, zerknittert, und mit einem T-Shirt
von Ministry an. Das immerhin war ja was
Geistliches.

Er kam natürlich fett zu spät, aber das war eigentlich ganz in Ordnung so. Den ganzen salbungsvollen Lebenslaufsermon in der Kirchhofkapelle hatte er damit gut übersprungen. Die Gemeinde drängelte sich schon unter dunkel dahinflitzenden Wolken an der Grube, und der Sarg dröhnte soeben ruckelnd in die Tiefe.

Dem Pfaffen war anzumerken, daß er schon lange kein so volles Haus mehr gehabt hatte. Mindestens siebzig schwarzgekleidete Personen wimmelten um das Erdloch herum, darunter einige von Rang und Namen. Als Großmeister hatte Byhn der Loge einige Jahre lang vorgestanden, und wie zum Beispiel die Freimaurer auch, legten die Druiden großen Wert auf Kontakte und verdeckte Mitgliedschaften in allen relevanten öffentlichen Institutionen. Wahrscheinlich war die Anzahl derer, die Byhn so einiges zu verdanken hatten, aber sich hier nicht sehen lassen wollten, noch größer als die derer, die offiziell dazu stehen konnten.

Hiob fiel schon rein äußerlich etwas raus, deshalb hielt er sich im Hintergrund, dort, wo ein paar Büsche waren. Er konnte von dort aus Zante sehen, die in ihrer jetzt doch echten Trauer fast wieder so blaß und attraktiv aussah wie früher. Einmal blickte sie auf und schien auch ihn zu sehen, aber sie erkannte ihn wohl gar nicht mehr. Oder Tränen vermilchten ihren Blick. Hardy nahm ihre Hand und flüsterte ihr ein paar beruhigende Worte zu. Auf Hardy war Verlaß, Hardy war ein Guter.

Hellberger stand auch da hinten herum, kaum zu sehen zwischen ein paar jüngeren Adepten. Er hatte so eine Art Ornatskette umhängen und starrte finster auf die Grube. Niemand machte Fotos, aber dafür weinten ein oder zwei ältere Frauen, die vielleicht verwandt waren oder sonstwie verbunden.

Der furchtbar nervöse Pfarrer haspelte einen Allgemeinbrei herunter von ewiger Vergebung und Belohnung guter Taten, und Hiob ließ sich in seine eigenen düsteren Gedanken zurücksinken.

Wenn Wilhelm Byhn Selbstmord begangen hätte, hätte er sicherlich nicht nur den Todes-Wochentag, sondern wahrscheinlich auch die genaue Sterbestunde Christi gewählt. Vielleicht sogar genau den nächsten Karfreitag, wenn der Krebs ihm bis dahin noch zu leben erlaubt hätte. Wenn es aber ein Unfall gewesen war oder tatsächlich ein Mordanschlag der Tetema-Loge, dann war es schon ein eigenartiger Zufall, daß Byhn wenigstens an einem Freitag gestorben war.

Am wahrscheinlichsten war eigentlich, daß NuNdUuN seine Finger im Spiel hatte. Nur so war die halb erfüllte Präzision der Todeszeit hinreichend erklärbar. Der große Schattenkhan selbst hatte also dem winzigen Großmeister den tödlichen Schubser versetzt. Machte das nun aber NuNdUuN zu Byhns Mörder? Nein. Denn erstens war Byhn ja sowieso ein Todgeweihter gewesen, und zweitens war er ja noch gar nicht tot, sondern kam wieder. Die ganze Sache hier lief darauf hinaus, daß *Hiob selbst* seinen eigenen Lehrmeister töten mußte. Was für ein gemeines, abgeschmacktes, abgekartetes Spiel.

NuNdUuN lachte sich sicherlich gerade eins, während er das Blut aufopferungsbereiter Seelen aus einem Cocktailglas schlürfte. Hiob wünschte sich in diesem Augenblick, daß irgendein Vasall des Fließes jetzt hinter einem Baum hervorkommen würde, um ihn, den Spieler, mal zu fragen, wie weit er eigentlich zu gehen bereit war. Frage: Wie viele Verbrechen willst du noch begehen, nur um zu gewinnen? Antwort: So viele, wie zum Gewinnen nötig sind.

Als Zante und ihre Mutter anfingen, Händevoll Erde in die Grube zu streuen, flackerte plötzlich die Sonne weg. Die regensatten Wolken waren von ganz erstaunlicher Dunkelheit, dazwischen war der blaue Himmel zu sehen, und so ging es weiter mit dem Tageslicht: an – aus – an – aus. Erstaunliches Wetter fürwahr. Hiob rückte langsam in der Sandkastenreihe auf. Leichter Nieselregen setzte ein, als Hellberger seine Faustvoll Staub pathetisch über das Totenloch hielt, lateinische Phrasen murmelte und langsam den Sand zwischen den Fingern hinabrinnen ließ. Der Wind wurde langsam stärker, nur wenig von Hellbergers rieselndem Sand traf überhaupt noch die Grube, den Großteil nahm die Witwe in den Falten ihres Kleides mit nach Hause. Als Hiob dann als letzter fast an der Reihe war, konnte er gefallene Sterne im dunklen Mantelkragen des vor ihm stehenden Trauergastes erkennen – vereinzelte Schneeflocken, die im Niesel herabgeweht waren, auf teurem Stoff hängenblieben und sich zu Wasser verdunkelten. Etliche besorgte Augenpaare beobachteten jetzt den Himmel, so als würde Doug Trumbull sich gerade da oben zu schaffen machen, und so sah es auch wirklich fast aus. Dem Pfarrer war das Toupet an einer Seite abgerissen und der haltlose Skalp flaggte jetzt kühn im Novemberwind. Zantes Wangen im weißen Antlitz wurden vom kalten Wind ganz rot, wie ein Harlekin sah sie dadurch aus. Hagel setzte ein, die Sterne fielen jetzt massiver. Hiob griff Erde, sagte «Wir sehen uns», warf hinab. Dumpf polterte der Sand auf den noblen Frack aus Holz. Die Trauergemeinde begann sich mit wehenden Kleidungen zu zerstreuen, vom wütender werdenden Hagel auseinandergetrieben wie schwarze Schafe von einem Schwarm Albino-Wespen. Unter allgemeinem Kreischen und Fluchen und dem trommelwirbelnden Patschen von Eis auf Regenschirmstoff verlief man sich. Hiob, der nicht immun war noch versichert gegen Hagel, fand sich unter demselben Baum wieder wie Hellberger und seine zerzauste Schar.

Der Druide lächelte, zum offenen Grab hinübersehend. «*Wer gibt heute noch etwas für einen gut ausgearbeiteten Tod? Niemand. Sogar die Reichen, die es sich doch leisten könnten, ausführlich zu sterben, fangen an, nachlässig und gleichgültig zu werden; der Wunsch, einen eigenen Tod zu haben, wird immer seltener. Eine Weile noch, und er wird ebenso selten sein wie ein eigenes Leben.* Das ist von Rilke. Erstaunlicher Mann, dieser Rilke, aber er hat unseren Großmeister Byhn nicht gekannt. Byhn versteht es immerhin zu gehen.»

Hiob wischte sich Graupel von Brust und Schultern. Er fror jetzt in seinem nassen T-Shirt. «Zufrieden?»

«Ja. Es ist doch alles hervorragend gelaufen. Oder haben Sie etwa Byhn den Sargdeckel zerbrechen sehen?»

«Nein. Sie haben das alles wunderbar hinbekommen, Hellberger. Ich wette, ihre Mutter wäre jetzt stolz auf sie.»

Nach solchen Frechheiten würde sich Hiob beim Druidenorden wohl nicht mehr so schnell sehen lassen können, aber das war ihm im Augenblick ziemlich wurscht. Er ließ die Brüder unterm Baume stehen und strebte der Trauergemeinde voran auf die Ausgänge zu. Zante schoß dabei von weit von der Seite einen Blick auf ihn ab, der ihm die Schuld an dem lausigen Wetter zu geben schien, er brachte es fertig, zurückzugrinsen. Daß er aus einigem Geschnatter heraushören konnte, daß man jetzt mit diversen Wagen zum Leichenbegängnis im Hause Byhn fuhr, paßte ausgezeichnet in seine Pläne.

Er hitchhikte sich nicht in irgendeinem der Trauerautos zu Byhns Haus, sondern begab sich erst mal auf die Suche nach einem Übersetzer. Da am sinologischen Institut der FU am Sonntag sicherlich kein Prof zu finden war, versuchte er es stattdessen einfach in China-Restaurants. Da war die Aussicht auf Hilfsbereitschaft auch ein bißchen höher.

Es gab unnötig langwierige Verhandlungen in mehreren Wirtschaften, weil Hiob sich nicht sicher war, ob die Schriftzeichen im Hause Byhn nun eigentlich kantonesischen oder mandarinischen Ursprungs waren. Die einzige Person, die er fand, die beide Sprachvarianten und auch Deutsch erstklassig beherrschte, war eine junge, unverheiratete Frau namens Ah Yin Lam, deren Vater es aber überhaupt nicht schicklich fand, daß die dahergelaufene Langnase Hiob sie mal so eben für eine oder sogar zwei Stunden mieten wollte. Der Lappenhaufen, den Hiob aus seinen Hosentaschen herausnesteln mußte, bis Väterchen Geschäftsmann zufrieden war, betrug satte fünfhundert deutsche Yuan.

Anschließend sputeten sich Hiob und Ah Hand in Hand durch verschiedene öffentliche Nahverkehrsangebote, um noch rechtzeitig auf dem unübersichtlichen Höhepunkt des Leichenbegängnisses einzutreffen. Mutter Byhn war nicht mehr zugegen, hatte sich mit vorgeblicher Migräne oder Trauerschmerz zurückgezogen, Hardy war aufrichtig erfreut, Hiob zum dritten Mal an diesem Tage zu begegnen, und Zantes Wangen wurden wieder rot, als sie ihren Ehemaligen ungeniert mit einer hübschen Asiatin herumlaufen sah. Es war ziemlich voll im Haus des Großmeisters, auch Hellberger trieb sich in der Küche herum und schenkte sich selbst teuren Rotwein nach. Hiob wollte gar nicht viel Zeit verplempern, er nutzte die allgemeine Unaufmerksamkeit aus, besorgte sich den Schlüssel von dort, wo er ihn Hardy heute morgen hatte hernehmen sehen, pirschte sich mit Ah die Treppe hoch und huschte mit ihr ins Arbeitszimmer.

Alles war immer noch unverändert, es roch sogar immer noch nach Echo.

Ah vertiefte sich mit gerunzelter Stirn in die Rollschrift.

«Das ist eine kleine Episode aus dem Leben und den Lehren des Meisters Dschau-Dschou Tsung-Schen, der im achten und neunten Jahrhundert gelebt hat. Der Text lautet übersetzt: *Ein Mönch fragte: ‹Eines habe ich nicht verstanden. Wenn der Leib zerbricht und vergeht, da bleibt doch noch eines – die Seele. Was wird aus ihr?› Meister Dschau-Dschou antwortete: ‹Heute morgen erhebt sich wieder der Wind.›*»

Hiob sah Ah erwartungsvoll an. Sie schaute zurück. So verging eine Weile.

«Das ist alles, was da steht?» fragte Hiob.

«Ja.» Sie deutete eine Verbeugung an.

«Bist du sicher?»

«Ja.» Sie lächelte. «Sie sind nicht zufrieden?»

«Doch ...schon, ich meine, mit deiner Arbeit schon, aber ... nein, ich hatte eigentlich gehofft ... na ja. Heute morgen erhebt sich wieder der Wind. Das ist doch sehr schön. Hast du 'ne Ahnung, was das bedeuten könnte ?»

«Die Bedeutung von Weisheiten des Zen erschließt sich nicht von außen, sondern in jedem Betrachter selbst. Sie müssen darüber nachdenken, dann finden Sie einen Sinn, und der ist dann nur für Sie. Deshalb hatte der Hausherr sich wohl diesen Text an die Tür gehängt. Er hat ihn sich so täglich vor

Augen gehalten, wie einen Spiegel.»

«Hm. Heute morgen erhebt sich wieder der Wind. Das bedeutet, die Seele ist überall. Sie lebt immer wieder aufs neue und stirbt auch immer wieder und ist dadurch unsterblich. Stimmt's?»

«Weiß ich nicht. Das ist *Ihre* Erklärung.»

«Na schön. Laß uns von hier verschwinden.»

Sie huschten gemeinsam hinaus, ohne sich von jemandem zu verabschieden. Selbst Hardy war diesmal nicht schnell genug. Hiob begleitete Ah wieder ins Restaurant ihres Vaters zurück. Unterwegs fragte er sie: «Was würdest du von jemandem halten, der so einen Sinnspruch in seinem Arbeitszimmer hat?»

«Jemand auf der Suche.»

«So beschreiben ihn alle. Auf der Suche nach Weisheit, Wissen, Macht, Überwindung. So war er. So ist er. So muß ich ihn nehmen.»

Ah betrachtete den seltsamen Berliner, dachte sich selbst einen Sinn in seine Worte. Als er sie ansah, vor der Eingangstür des Restaurants, lächelte sie wieder.

«Ich danke dir, Ah. Eines Tages werde ich es wahrscheinlich mit einem Chinesen namens Shiu-Sen-Tsiao zu tun bekommen. Vielleicht kann ich dann wieder deine Hilfe brauchen.»

«Sie wissen ja, wo Sie mich finden können.» Dabei blieb es für jetzt. Er begleitete sie nicht mehr hinein.

Halb vier, sagte ihm eine freundliche Juwelier-Uhr. Noch etwa achteinhalb Stunden. Immer noch keine echte Idee. Aber mittlerweile doch wenigstens eine Art von Ahnung. Eine Ahnung, wie man diesen Wiedergänger nehmen mußte. In seiner Hosentasche fand Hiob zerstreut den Schlüssel zu Byhns Arbeitszimmer. Mist, aber nicht mehr zu ändern. Hiob überlegte kurz, ob er nicht doch eines Tages noch dort einbrechen sollte, um an die Bücher zu kommen, aber dann führte er den Schlüssel sorgfältig in einen Gullyrost rein. Wozu brauchte ein Magier schon einen Schlüssel, um irgendwo

einzubrechen.

Hiob fuhr nach Hause. Er schrieb sich die Weisheit des Zen-Meisters auf die leere Rückseite einer Erdgasrechnung und vertiefte sich darin. Müde wurde er dabei und regelrecht schläfrig, und alles, was dabei herauskam, war die Erkenntnis, daß er seine Ahnung wohl oder übel zur Marschroute ausbauen mußte, denn außer dieser Ahnung fiel ihm nichts mehr ein. Und die Ahnung wiederum sagte ihm nur eines: Diesem Problem konnte man nicht mit Gewalt begegnen. Es hatte keinen Sinn, mit einer bezauberten Handgranate oder kleinen flammenden Drudenfüßen oder einem Weihwasserwerfer gegen diesen Wiedergänger vorzugehen. Er mußte es ruhig tun, kontemplativ wie ein Zen-Buddhist, sanftmütig wie der Freund und Schüler, der er dem Toten gewesen war. Er mußte Byhn die letzte Ehre erweisen.

Da er sich mit seiner Zeitberechnung ja nicht so hundertprozentig sicher sein konnte, beschloß er, schon bei Einbruch der Dunkelheit aufzubrechen. Er hängte den holzumrahmten Spiegel ab, der bei ihm im Flur hing, stopfte ihn mitsamt einer stabilen Laterne, zwei Schachteln Streichhölzer und einem Winterpullover in eine ausgebeulte alte Trainingstasche, warf sie sich über die Schulter und machte sich auf den Weg. Es kam ihm so vor, als würde er zum hundersten Male an diesem Tag U-Bahn fahren, und jedesmal hatten die Mitfahrer gleich ausgesehen.

Graupeliger Nieselregen summte leise durch die dunkelrote Dämmerung, als Hiob am hohen Friedhofszaun anlangte. Durch den Regen waren die Gitterstäbe rutschig, aber Hiob klimmte, keilte und stemmte sich hoch. Oben blieb er mit dem Taschengurt an einer Zacke hängen, aber es gelang ihm im letzten Moment, ein trauriges Ende als Erhenkter zu umgehen und den Gurt an der Karabiner-Öse zu lösen. Verschwitzt rumpelte Hiob auf der Innenseite des Geländes ins Gras und blieb erst mal liegen. Nichts rührte sich. Weder draußen noch drinnen hatte ihn jemand bemerkt, und die unten konnten nicht mehr lachen. Er nahm die Tasche auf, schloß den Gurthaken wieder und stiefelte in der verfänglicher werdenden Dunkelheit zum frischen Grab des Großmeisters.

Dort begann das Warten. Die Ausdünstungen der aufgeworfenen Erde, der paar frischen Blumengebinde und der alles umgebenden Rasenflächen mischten sich mit denen von modrigen Grabpflanzen und brackigem Wasser in Plastikvasen. Friedhofsgeruch war fast heimatlich geworden für Hiob, nachdem er zwei Jahre in solcher Umgebung gelebt hatte, aber dennoch hatte jedes Gräberfeld seinen ganz eigenen Charakter. Einigermaßen wind- und regengeschützt unter den ausladenden Zweigen einer fast schwarzrindigen Ulme sah Hiob der Sonne beim Verrecken zu, zog sich den Pullover über, drapierte Spiegel und Laterne neben sich in Griffnähe und legte sich die passenden Worte zurecht.

Stunden vergingen. Das Dunkel der Nacht war wie ein chloroformgetränkter Lappen über Mund und Nase der Stadt. Wie die blitzelnden Sterne oben flammten hier und da Lichter in Fenstern auf und verloschen wieder, weil das Leben hinter ihnen nur auf Durchreise war.

Hiob vertrat sich die Beine, pißte dampfend gegen ein protziges Messingkreuz und hielt sich mit Armkreisen und Rumpfbeugen warm und wach. Die letzten beiden von Byhns biblisch verkündeten Special Effects blieben nicht aus, als Mitternacht vorüberwehte: Der Mond konnte seinen Schein nicht mehr geben, weil eine undurchdringliche Wolkenformation unter ihm dahinkeuchte, und schließlich tauchte noch ein Flugzeug auf und zog gemächlich seine zenitäre Bahn, eine wahrscheinlich privat das Nachtflugverbot umschiffende Maschine, deren blinkende Tragflächen- und Rumpflichter die Form eines christlichen Kreuzes ergaben. Das war – tatsächlich – das Zeichen des Menschensohns am Himmel, und Hiob folgte dem Wunder mit seinen Blicken, den Kopf im Nacken und den Mund weit offen. Durch die Fixierung auf das fliegende Metall in großer Höhe verlor er ein wenig den Bezug zur eigenen Bodenhaftung. Er konnte den Kosmos als Kuppel sehen und sich selbst darin auch in Bewegung. Als das Flugzeug nicht mehr auszumachen war, erschien es ihm geradezu enttäuschend profan, daß die Oberfläche von Byhns Grab Risse bekommen hatte und sich in Wehen bewegte.

Diese Geburt fiel Byhn schwerer als die erste. Fast zwei Stunden dauerte es, bis durch die brechende Krume endlich Finger, dann Hände und ein lehmig verschmierter Haarschopf sichtbar wurden. Hiob wartete währenddessen geduldig und zündete erst in den letzten zehn Minuten die Laterne an, um selbst besser sehen zu können.

Byhn wand und mühte sich ins Freie, immer wieder vom Gewicht des nachrutschenden Erdreichs eingeklemmt und behindert, immer wieder auf der festgetretenen Erde und dem eigenen schlüpfrigen Grabstein den Halt verlierend. Hiob half ihm nicht, kein bißchen. Und so sah der ohnehin von Krankheit und Tod gezeichnete Großmeister, als er endlich auf der Oberfläche lag, entsetzlich mitgenommen aus.

Das vor mehr als zwei Tagen gestorbene Fleisch war zwar noch nicht verwest, hatte aber die klebrige und glänzend wächserne Farbe, die toter Mensch so an sich hatte. Byhns Finger waren durch die Grabarbeit, besonders aber durch das unmenschliche Durchscharren des stabilen Sargholzes bis auf die Knochen abgeschabt, leichiges Gewebe baumelte wie zerfetzte Handschuhe von den sehnigen Fingergliedern. Der ganze Körper war mit aufgeweichter Erde verschmiert, das Gesicht hatte den blöden und erschlafften Ausdruck des Hirntods, mit von der Leichenstarre über die Zähne zurückgezogenen Lippen. Die Bewegungen des toten Mannes waren ungelenk, stellenweise mechanisch, ab und zu zuckten aber auch irgendwelche Muskeln völlig unkoordiniert. Es war nicht zu erkennen, woher der Antrieb eigentlich kam, ob von außen, vom Wiedenfließ, oder ob die Seele noch irgendwo festsaß und schwitzend versuchte, den fürchterlich komplizierten Körper zu steuern. Falls die Seele noch in dem nach Erde, Desinfektionsmitteln, Schminkwachs und Darmgas miefenden Kadaver steckte, konnte Hiob jedenfalls nicht ausmachen, in welchem Körperteil.

Obwohl Byhn nicht mehr atmete, schien er in halb zur Seite gekippter Sitzhaltung zu verschnaufen. Hiob rückte samt seiner Ausrüstung näher, plazierte die Laterne, deren Leuchten die Aufmerksamkeit des Toten erregte, und stellte den Spiegel so auf, daß Byhn ihn sehen konnte. Hiob selbst hockte hinter dem schimmernden Glas und hielt es mit beiden Händen aufrecht.

«Sehen Sie sich an, Meister Byhn. Kommen Sie her und sehen Sie sich an.»

Der Leichnam reagierte nur langsam auf die Anrede, aber er reagierte. Es war immerhin Byhns Seelenkraft, die ihn steuerte. Sein Kopf ruckte in Hiobs Richtung. Eine häßliche Schwellung wanderte quer über seine eingefallenen Wangen.

«Kommen Sie ein Stückchen näher. Sehen Sie sich im Spiegel an. Betrachten Sie, was das Wiedenfließ aus Ihnen gemacht hat.»

Byhns trockene Augäpfel bewegten sich ledrig in den Höhlen. Sein Mund öffnete und schloß sich wie der eines

Fisches. Ein paar Organe in seinem Innern fingen an, fauligen Schleim abzustoßen, der übelriechend in Byhns Hals hochgurgelte und aus seinem Mundwinkel troff. Knarrend zuckten Sehnen vorwärts. Wilhelm Byhn, von der Laterne golden beschienen, kam dem Spiegel nahe und betrachtete sich selbst als Leiche. Die zerstörten Hände. Das unkontrollierte Gesicht. Byhns Hosenboden blubberte.

«Es gibt nur eine Art von Magie», wisperte Hiob eindringlich. «Bei allem Schamanismus, Guruismus, Satanismus, Katholizismus oder Druidismus, den man so betreiben kann, gibt es immer nur ein und dieselbe Quelle, die magische Energie bereistellen und dafür sorgen kann, daß ein Magier auch ein Resultat erzielt. Diese Quelle ist das Wiedenfließ. Von ihm kommt jetzt deine Kraft.» Er duzte Byhn jetzt, etwas, was er früher nie getan hatte, aber das hier waren jetzt nicht mehr die Lebzeiten. Ein Ding zu siezen war albern. «Und das Wiedenfließ betrügt jeden, der etwas von ihm will. Die einzige Möglichkeit, vernünftig mit dem Fließ umzugehen, ist, sich in eine herausragende Position zu begeben, einen an uralte Regeln gebundenen Gegnerschaftsvertrag abzuschließen, so, wie ich das getan habe. Aber als Druide kriegt man das nie hin. Als einfacher Magier bleibst du immer nur Spielball der Diener aller Höllen. Und jetzt sieh dich an. Sieh dir diesen stinkenden, verrottenden Körper an. Warte, das ist noch nicht alles.» Mit einer Hand griff Hiob um den Spiegel herum und begann, Byhns Totenanzug und sein Totenhemd aufzunesteln. Der Leichnam war zu träge, zu sehr in Bann geschlagen von der Verarbeitung seines Spiegelbildes, um sich zu wehren. Was unter dem Hemd zum Vorschein kam, war so ekelerregend, daß Hiob Brechreiz in sich aufwallen spürte. «Sie haben dich seziert, um deine Todesursache rauszufinden», sprach Hiob weiter, mit von verengter Speiseröhre belegter Stimme. «Siehst du, wo sie dich aufgeschnitten haben und nur provisorisch wieder vernäht? Das fängt schon an zu faulen, hier. Die schwarze Suppe, das ist Verwesung. Die prallen Krebstumore hier, kannst du sie sehen? Sie sind hart geworden und aufgeplatzt. Was meinst du, wie das weitergeht in den nächsten Tagen? Laß erst mal die warme Sonne auf dich scheinen, dann fängst du an aufzuquellen wie eine Wasserleiche. Und dann kommen die Fliegen. Sie legen Eier in dir ab und die Maden fressen dich dann bei lebendigem ... nein, aasigem Leib. Wenn du dich riechen könntest ...kannst du dich riechen?»

Byhn glotzte nur, klaubte mit zerrissenen Fingern an seinem offenen Bauch.

«Ja, das mußt du regelrecht festhalten, damit es beim Gehen nicht alles rausrutscht. Erinnerst du dich noch an die chinesische Weisheit, Meister Byhn? Erinnerst du dich noch? Heute morgen erhebt sich wieder der Wind. Ist das wie der Wind? Bist du wie der Wind? Ist das die Auferstehung des Windes? Schleppt der Wind etwa einen zerfallenen Unrathaufen als Körper mit sich rum? Ist das die Natur des Windes? Und wie ist es mit den Prophezeiungen aus der Bibel? Wo ist die *große Macht und Herrlichkeit*, die du erwartet hattest? Findest du das hier etwa herrlich und machtvoll? Bist du verrückt geworden? Ist *das* dein Problem? Hat der beschissene kleine Krebs dich so fertig gemacht, daß du dich um jeden Preis an diesem Scheißhaufen hier festklammern willst?» Er stieß Byhn mit der Hand grob gegen die Schulter. Der Leichnam kippte ein Stück nach hinten, der sabbernde Kopf blieb gesenkt. «Das ist doch wirklich kaum zu fassen. Ich habe früher Respekt vor dir gehabt, und das weißt du. Aber jetzt, wo du die Möglichkeit hattest, alles hinter dir zu lassen, ganz Seele zu werden, das Nirvana jedes intelligenten Suchers zu erreichen, da machst du dich hier zum Hanswurst, schleppst dich als schleimiges Monster durch die Gegend, bis du ganz in dich zusammenfällst. Und der Fürst des Wiedenfließes, der niemand anderer ist als dein Krebs, lacht Tränen über dich. Noch in Jahrhunderten wird man sich im Fließ Witze erzählen über den alten Druiden Byhn, der stinkend durch die Gegend triefte und dachte, das wäre das Ewige Leben nach dem Tod.»

Der Leichnam hob den Kopf und stierte Hiob mit unpassend müder Miene entgegen. Seine Kehle röchelte wieder kalten Schleim hoch, als würde er sich räuspern. Er wollte etwas sagen, vielleicht den Argumenten seines ehemaligen Schülers mit eigenen Argumenten entgegentreten, Argumenten aus seiner Sicht, der Sicht eines Mannes, der am Magenkrebs krepiert ist. Aber es ging nicht. Das Räuspern nahm kein Ende mehr, ging in eine Art pladderndes Kotzen über. Zu viele Innereien mußten zusammenarbeiten, um Sprache zu erzeugen. Allein die Lunge war schon zu klebrig zusammengefallen, um noch Luft transportieren zu können. Byhn konnte nicht mehr sprechen. Der Großmeister war stumm geworden. Und ja, er konnte sich riechen. Er konnte die schimmlige Gülle riechen, die aus seinem Rektum tröpfelte, unaufhörlich, nur noch dem Gesetz der Schwerkraft gehorchend.

Er ließ sich zurückfallen auf das Grab und begann wieder zu scharren. Kopfüber wollte er sich zurückwinden, dabei fortwährend ein fast schluchzendes Röcheln ausstoßend. Da Hemd und Anzug ihn vorne nicht mehr zusammenhielten, verlor er einige angelaufene Teile.

Es war vorbei, der Bann gebrochen. Der Traum vom Leben endlich ausgeträumt. Hiob blieb nur noch, dem sich mühenden Kadaver die letzte Handreichung zu bieten. Er verließ den Ort des Geschehens für eine Weile, bis er in einem Unterstand neben der Friedhofsgärtnerei einen Spaten gefunden hatte, und kehrte dann zurück, unter dem verschleierten Mond die Silhouette eines alten Leichenräubers gebend. Schippend half er dem

Großmeister, der schon jetzt vor Enttäuschung oder vor Schande kaum noch Kraft hatte, bei der Rückkehr. Durch den zersplitterten Sargdeckel ließ der Leichnam sich ins frische Loch plumpsen, wand sich zitternd da unten wie ein Gefolterter in Fesseln. Hiob harkte ein paar geschwürüberwucherte Innereien hinterher, bemühte sich auch, den Faulschleim und die Exkrementenspur aufzunehmen und hinabzuwerfen, bevor er den ausgehobenen Erdhaufen wieder abtrug, einfach auf den sich noch immer bewegenden Byhn hinabschob und -schaufelte. Zuletzt trat er die Erde fest, um den Ursprungszustand wiederherzustellen, so gut das möglich war, und drapierte auch die bei der Tarnung jetzt ganz nützlichen Blumengebinde wieder wie vorher. Dann brachte er den Spaten zurück.

Da er keine Lust hatte, sich noch mal auf die gefährliche Zaunkletterei einzulassen, beschloß er, auf dem Friedhof zu schlafen, bis das Tor am Montag morgen offiziell wieder eröffnet würde. Er löschte die Laterne, packte sie und den Spiegel wieder in die Tasche und schlich über die dunklen Gräberfelder, bis er weiter hinten im Gelände ein zum Abbruch bestimmtes kleines Mausoleum fand, auf dessen einer noch vorhandener Trauerbank er sich hinlegte.

Er lag noch eine Weile wach. Die Zahnschmerzen waren wieder da, die Katarrhfaust puckerte wieder hinter seiner Stirn.

Er konnte sich noch gut erinnern an den Moment, als er seine zweijährige Klausur angetreten hatte, an den Augenblick, als sich die Tür des Gruftgebäudes für zwei nur durch vollmondliche Nackttänze unterbrochene Jahre geschlossen hatte. Die Gruft war ihm wie ein Refugium erschienen, wie ein strahlensicherer Bunker am Tag vor dem berühmten Tag danach. Draußen war es nicht mehr auszuhalten gewesen, dauernd hatte Hiob Schmerzen gehabt, hatte nachts fiebrige Heulkrämpfe gekriegt, wenn wieder gerade irgendwo im Nahen Osten irgendein sinnloses Massaker stattfand, war speiend zusammengeklappt, als Kontinente entfernt ein vollbesetztes Linienflugzeug zerschellt und detoniert war. Die Druckwelle des Tschernobyl-Späßchens hatte ihn auf offener Straße von den Füßen gerissen, so heftig, daß er dabei einen Schuh verloren hatte. Das Verklappen von Dünnsäure in den Nordmeeren hatte ihm an den Oberschenkeln einen übel juckenden Ausschlag beschert, der immer mit einer stinkenden Creme eingeschmiert werden mußte. In der Gruft, im Grab, war Ruhe. Der brutale Destruktivismus der Welt hatte ihn nicht mehr erreichen können. Es war, als hätte man einen Schutzschild zwischen Hiob und die Scheußlichkeit unserer Welt geschoben. Die Beharrlichkeit, mit der sich Wilhelm Byhn aus seinem Sarg emporgekämpft hatte, um in unsere scheußliche Welt zurückzukehren, ließ Hiob schlußfolgern, daß Byhn, bei allem Intellekt, wohl doch ein paar fundamentale Dinge über den Tod und besonders das Leben gründlich mißverstanden hatte.

Ein solches Mißverständnis war nichts weiter als Schwäche, und nur für Schwäche verdiente eigentlich niemand eine allzu harte Strafe. Hiob konnte zwar hoffen, daß NuNdUuN dem armen Teufel in seinem Grab bald gestatten würde zu sterben, zumindest, bevor die Würmer kamen und der Schimmelpilz, aber Hiob kannte NuNdUuN. Es würde zu dem Fürsten passen, wenn er es Jahre dauern lassen würde.

Das Leben würde weitergehen, für die Witwe, für Hellberger, für Hardy, Zante und Hiob selbst, und sechs Fuß unterhalb dieses Lebens träumte ein Toter vom Sterben.

Es würde auch nichts nützen, ein gutes Wort einzulegen.

Die Zahnschmerzen waren die Hölle.

PROGNOSTICON 9: RUPRECHTSNACHT

Drauß a Baam mit
vierazwanzg
Elektrokerzln
oba drinn
koa oanzigs Läicht

Friedrich Brandl

ON

Ein kurzes, hartes Geräusch mit einem kaum wahrnehmbaren Rascheln dazwischen. Letzteres nur, weil zwischen den Gewehrkolben und die Schläfe ein paar Haare geraten sind.

Stöhnend kippt der Langhaarige mitsamt seinem Stuhl seitlich um, Apfelstücke sprühen zerkaut zwischen seinen Zähnen hervor. Schwer schlägt er auf, poltert über den dunklen Holzboden. Thilo Sarpat reißt das Gewehr in den Anschlag, daß die Mündung auf den am Boden Liegenden zeigt, und schreit:

«Reisig, ja?! REISIG!!!»

Es ist Heiligabend.

Was ist los?

Warum schlägt Thilo Sarpat, 42, Einzelhandelskaufmann aus Kiel, einen unbewaffneten Mann mit einem Gewehr? Warum überlegt Sarpat allen Ernstes, ob er nicht gleich auf diesen Mann schießen sollte? Und warum brüllt er mit sich schier überschlagender Stimme eines der harmlosesten und unverfänglichsten Worte, das die deutsche Sprache hergibt?

Wir müssen die ganze Geschichte erzählen. Keine Angst, ihr werdet nichts verpassen, liebe Kinder. Es ist noch eine ganze Weile lang Heiligabend.

Der vierundzwanzigste Dezember genau diesen Jahres.

Seit vier Jahren, seit Töchterchen Antje alt genug ist, auf eine Reise mitgenommen zu werden, fahren die Sarpats zur Weihnacht ins Mangfallgebirge. Das ist innerhalb Deutschlands so weit weg, wie's weiter kaum mehr geht, aber vielleicht ist das ja gerade der Reiz dran, das Exotische.

Das Mangfallgebirge liegt ganz im Süden Bayerns, an der Grenze zu Österreich, und hat mit der Benediktenwand immerhin einen Eins-Achter zu bieten. In der Nähe der gut siebenhundert Meter hoch gelegenen Ortschaft Sicheln bei Lenggries gibt es ein paar an Touristen vermietbare, abgeschieden und idyllisch liegende Blockhäuserl, deren Klientel im Winter nicht aus Skihaserl und -rammlerl besteht, sondern aus Familien oder schriftstellernden Einsiedlern, die dem Kommerztrubel besonders der Weihnachtstage entfliehen wollen. Vor fünf Jahren war Thilo Sarpat von einem bayrischen Geschäftsfreund (sie waren beide in der Metallwerkzeugbranche tätig) auf ein Wochenende in eine dieser Hütten eingeladen worden, und seitdem schlug das Herz des Schleswig-Holsteiners Sarpat für die Berge. Seine Angetraute Friederike war nicht so begeistert von der Höhenluft und der besonders klirrenden Kälte, und am wenigsten ausstehen konnte sie den lauten und breitmäulig derben Dialekt, den die Leute hier unten sprachen, aber die Kinder liebten den tiefen Schnee und die Tannen, die Felsen und die komischen Leute mit den grünen Gamsbarthüten. Nils war jetzt zwölf, Antje sechs. Dies waren Antjes erste Schul-Weihnachtsferien, sie war deshalb diesmal besonders aufgekratzt.

Den Kofferraum wie jedes Jahr voller Geschenke für die Kinder, waren die Sarpats zwei Tage vor dem Heiligabend planmäßig in Lenggries eingetroffen, und hier hatten die Schwierigkeiten begonnen.

In den letzten drei Tagen hatte es ununterbrochen geschneit, fette, saftige Flocken, die fast für sich schon die Größe von Schneebällen hatten, und die Räumfahrzeuge hatten alle Mühe, den Weg nach Sicheln überhaupt offenzuhalten. Die Sichelner, harte Winter schon aus den mündlichen Überlieferungen gewohnt, hatten Vorräte gehamstert und taten ihrerseits nun nichts mehr, um den Kontakt zu halten. Sicheln hatte sich mit einem von der Umwelt abgeschnittenen Winterschlaf abgefunden.

Zwei Tage warteten die Sarpats nun mit verständlicher Ungeduld auf die Nachricht, daß die Straße nach Sicheln wenigstens teilweise wieder befahrbar sei. Lenggries war zwar ein schönes Städtchen, alle Lichter waren golden und rot, und der Schnee schimmerte in silbrigem Blau, und überall tönten Musikcassetten mit Weihnachtschören und duftete es nach Lebkuchen, Spekulatius und Zimtgebäck, aber es war eben doch nicht dasselbe wie auf der Hütte. Es war nicht abgeschieden, nicht familiär genug. Thilo Sarpat hatte sich mittlerweile daran gewöhnt, jedes Jahr zu Weihnachten die Welt Welt sein lassen zu können, den lachenden Bartmännern in ihren roten Kostümen und dem dauernden Geklingel und Gebimmel zu entgehen. Weihnachten als Fest der familiären Einkehr und Beschaulichkeit – so wollte er es halten. Die Touristenfalle Lenggries war ihm zu laut dafür.

Wie gesagt zwei Tage im Hotel. Hier lernten sie Nick Achtmann kennen.

Achtmann – Typ braver, fleißiger Student mit lustigem Lockenkopf und Brille – hatte außer einer professionellen Fotoausrüstung auch ein Snowboard im Gepäck, kam aus Regensburg und war, wie er sagte, nach Lenggries gekommen, um eine Reportage für die Reiseseite einer Regensburger Zeitung über die touristische Wertigkeit genau jener Blockhäuser zu machen, von denen die Sarpats eins regelmäßig mieteten. Er bot Thilo einen neuen braunen Tausender dafür, daß er die Sarpats begleiten und von ihrem Weihnachtsfest Fotos machen dürfte. Thilo war trotz des Tausenders nicht begeistert von der Idee, einen Fremden am Familienfest teilnehmen zu lassen. Ihn störte auch, daß Friederike den sportiven Schlaks offensichtlich sympathisch fand. (Außerdem: Fotograf – was für ein Beruf sollte das denn sein? Einen Fotoapparat hatte Thilo auch, und er machte auch auf dieser Reise schöne Fotos damit. Deshalb wäre er aber doch noch nie auf die Idee gekommen, sich als *Fotograf* zu bezeichnen.) Aber Achtmann hatte eine glückliche Hand mit Kindern, er zauberte einen kleinen flachen Schoko-Weihnachtsmann aus Antjes Ohr hervor und versetzte die beiden Kleinen damit in unbesinnliche Begeisterung. Thilo blieb keine

Wahl mehr. Sollte es überhaupt noch dazu kommen, daß sie die Blockhütte erreichen könnten, würde der Fotograf mitkommen.

Am Morgen des Heiligen Abends war es so weit. Ein uraltes, rußiges Räumfahrzeug auf Ketten war nach Sicheln durchgebrochen und erst auf dem Rückweg irgendwo steckengeblieben. Man konnte mit Hilfe von guten Schneeketten und gelegentlichem Schieben ein Gutteil des Weges im Wagen zurücklegen. Die Sarpats machten sich zusammen mit Nick Achtmann auf den Weg. Die mehr als zwei Meter aufragenden Schneewälle links und rechts verwandelten die Straße in eine hypertrophe Bobbahn, und Thilo, der trotz teurer Sonnenbrille das Gefühl hatte, im allgegenwärtigen Gleißen blind zu werden, durfte mehrmals auskosten, was es bedeutet, wenn ein Allradantrieb seitlich wegrutscht. Der wiederkehrende Moment des Keine-Kontrolle-mehr-Habens war herzkrampfverdächtig.

Nach drei Vierteln der zurückzulegenden Wegstrecke ging es nicht mehr weiter, zumindest nicht ohne einen Seilzug, und der war hier nirgendwo in Sicht. Friederike und die Kinder quengelten, malten Teufel an die Schneewände derart, daß man den Wagen vielleicht nie mehr wiederfinden würde, wenn man ihn jetzt hier zurückließe und es dann wieder anfange zu schneien. Thilo, der sich mit derselben Grimmigkeit, mit der er über Sammelbestellungsrabatte zu feilschen in der Lage war, jetzt entschlossen hatte, sich nun durch nichts mehr von seiner wohlverdienten Weihnacht in der Hütte abbringen zu lassen, lud die Geschenke und die Lenggrieser Vorratseinkäufe auf einen in Lenggries erstandenen Zugschlitten um und weiter ging's, stapfend durch stellenweise meterhohe Schneeverwehungen. Nick, der ebenfalls dafür gewesen war, nicht umzukehren, vermerkte die Position des Autos auf einer der sehr detaillierten Wander- und Wintersportkarten, setzte sich Nils auf die Schultern wie Thilo Antje, und so bahnten sie sich ihren Weg, der Besinnlichkeit und dem Christfest entgegen. Wenn der Schnee nicht so arschkalt in die Schuhe gemantscht wäre und Friederike nicht dauernd genörgelt hätte, dachte sich Thilo, hätte es eigentlich ein männlich-kerniges Abenteuer sein können.

Der Wind kam meistens von vorne und führte Schnee mit sich, die Flocken fielen von Stunde zu Stunde dichter.

Man stelle sich die Erschöpfung der fünf Weisen vor, als sie nach stundenlangem Marsch, der sich aufgrund einiger Unpassierbarkeiten länger und länger hingezogen hatte, in der schon herabflockenden Heiligen Abenddämmerung die Hütte zu sehen bekamen, und man stelle sich ihre Überraschung vor, als sie gewahrten, daß in der Hütte Licht brannte und Rauch sich munter aus dem Schornstein kräuselte!

«Die falsche Hütte, hm?» grinste Nick unter verschneiten Augenbrauen hervor. «Scheiße, quatsch, die falsche Hütte», schnauzte Thilo, «wir kommen jedes Jahr hierher, da werde ich doch wohl unsere Hütte wiedererkennen! Das ist sie! Und ich habe den einzigen Schlüssel dazu in meiner Tasche, habe ich gestern erst in Lenggries abgeholt. Das bedeutet ...»

«Das bedeutet?»

«Du bist doch hier der Fotograf. Warum schleichst du dich nicht ran und kuckst mal, wer sich's da auf unsere Kosten gemütlich macht?»

«Okay. Wartet hier in der Deckung der Bäume.»

«Ho, Moment», stutzte Thilo, den es wunderte, daß Nick nichts dagegen hatte, den Kundschafter zu mimen. «Das ist meine Hütte, also gehe auch ich nachsehen. Du paßt auf Friederike und die Kinder auf.»

Nick zuckte die Schultern. «Du bist der Boß.»

«Aber beeil dich», schniefte Friederike. «Ich bin bis auf die Knochen durchgefroren, den Kindern» – die gerade mit der Schneeballschlacht fortfuhren, die sie den ganzen Weg über schon, Schnee von den schwer beladenen Baumästen klaubend, vom Rücken ihrer Träger herab ausgefochten hatten – «geht's auch nicht besser. Wir werden über Silvester alle Grippe haben, das kann ich dir schon prophezeien.»

Thilo setzte Antje ab und stapfte los, auch, um dem spitzfindigen Genörgel zu entgehen. Er wünschte, das Jagdgewehr, das sich in der Hütte befand, wäre jetzt hier in seinen Händen, schließlich konnten es ja auch Bankräuber oder Terroristen oder so was sein, die jetzt seine Hütte in Beschlag nahmen. Geduckt hechelte er bis zur Hüttenwand hin, unterwegs nur einmal ausrutschend und in den Schnee tauchend. Vorsichtig schmiegte er sich seitlich an eines der dickglasigen Fenster und konnte innen in der guten Stube einen langhaarigen Gammler in einem uralten Mantel ausmachen, der gerade ohne zusätzliche Beleuchtung in einem miserabel geschichteten Kaminfeuer herumstocherte, mit Thilos Scheitgestänge in Thilos Kamin in Thilos Hütte herumstocherte, und das an Thilos Weihnacht! Heiliger Zorn erfüllte ihn. Die Eingangstür wies keinerlei Beschädigungen auf, der Penner mußte wohl mit einem Dietrich gearbeitet haben. Na warte, Bursche, dachte Thilo, mit dir feg ich die gute Stube. Andererseits hatte der Typ vielleicht eine Waffe, war auf Drogen oder hatte AIDS, man konnte ja nie wissen, woran man bei solchen Leuten war. Besser vorsichtig sein, dachte Thilo kaufmännisch, besser mit Nick zusammen reinstürmen.

Geduckt und sich wieder nur einmal flachlegend bahnte sich Thilo einen geschoßunfreundlichen Zickzackkurs zurück zu seinen Schutzbefohlenen und erstattete Rapport, nachdem er Nils' Eisballtreffer in seinem Gesicht nasenblutend verdaut hatte. Friederike kümmerte sich keinen Deut um ihn, bekam aber wieder dieses mütterliche Ausgesetzte-Hundebaby-Beben in der Stimme, als Thilo von dem Penner erzählte. «Thilo, wie weihnachtlich», strahlte sie, «das ist wahrscheinlich ein Obdachloser, der sich vorm Erfrierungstod in die Hütte gerettet hat. Es ist unsere christliche Nächstenpflicht, ihm in dieser besonderen Nacht eine Obhut zu bieten.» Für einen Moment sah Thilo Sarpat seine Frau in einer Quäkertracht mit Quäkerhäubchen neben Richard Widmark auf einem Western-Planwagen sitzen, dann dachte er wieder kurz an das Jagdgewehr, dann schüttelte er sich und entschied: «Wir gehen jetzt alle zusammen hin und kriegen raus, was Sache ist. Wenn der Typ ein Dieb ist, schmeißen wir ihn raus; wenn er das heulende Elend ist – mal sehen.»

Es dunkelte zusehends, das Feuerlicht in der verschneiten Hütte bekam diesen ganz speziell weihnachtlichen Lockstoffcharakter, der selbst harte Burschen mürbe macht und an Frohe Feste bei Muttern denken läßt. Als sie an der Tür waren, hatte Thilo schon fast keine Lust mehr, den Penner zu vertrimmen. Immerhin hatte er die Bude schon 'mal angeheizt. Trotzdem. Recht mußte Recht bleiben, der Besitzstand mußte geklärt sein. Eine Lektion hatte der Fremde mindestens verdient.

Der Schlachtplan war schnell abgesprochen: Friederike und die Kinder gingen zu einem der Fenster, klopften dort und lockten die Aufmerksamkeit des Einbrechers in diese Richtung, während Thilo und Nick durch die Tür kamen und ihn überrumpelten. Auf ging der Plan aber nicht so richtig. Der Fremde quittierte das Klöpfeln und Kratzen und Wispern von Kinderstimmchen am Fenster mit dem rätselhaften Ausruf «He, seid ihr meschugge? Es ist doch noch gar nicht Nacht!» und bastelte weiter am Kamin herum, während Thilo und Nick die Tür nicht aufkriegten, weil irgendwas Schweres dahinterstand, und als sie es endlich mit vereinten Kräften übereinanderfallend geschafft hatten, den die Tür barrikadierenden Schrank weit genug zu verschieben, starrten sie aus weit aufgerissenen Augen in die Mündung von Thilos eigenem Jagdgewehr. Der so bewaffnete Einbrecher war vorm flackernden Feuer jetzt nur als bemäntelte Silhouette mit langen, zausigen Haaren auszumachen. Eine ziemlich, wie Thilo fand, unweihnachtlich bedrohliche Situation.

Als Friederike und die schneeverkrusteten Kinder auch durch die Tür ins Warme drängten, ließ der Fremde das Gewehr sinken und sagte: «Scheiße, was seid ihr für Leute? Ist euch eigentlich klar, daß ich euch gerade beinahe erschossen hätte?»

«Ob uns klar ist ...?» schnappte Thilo, und der heilige Kaufmannszorn regte sich wieder. «Sie sind der Unbefugte hier! Das ist *unsere* Hütte! Und das ist mein Gewehr!»

«Das Gewehr gehört dir doch gar nicht, Schatz», bemerkte Friederike. «Das gehört zum Inventar.»

«Ist doch scheißegal!» brüllte Thilo so laut, daß die Kinder erschraken. Es fiel ihm leichter, seine Angetraute anzuschreien, als den bewaffneten Fremden.

Der Fremde seufzte. «Hören Sie, ich will ja gar nicht bestreiten, daß dies hier womöglich Ihre Hütte ist, es ist nur ... es ist nur keine gute Idee, heute nacht hierbleiben zu wollen.»

«Was ist denn eine bessere Idee?» mischte sich Nick ein, der jetzt die Tür hinter sich wieder richtig ins Schloß schob. «Draußen ist es schon so gut wie dunkel. Sollen wir etwa mit den Kindern wieder zurückmarschieren? Stundenlang? Bei dem Schneefall? Das ist Mord.»

«Kommt doch sowieso nicht in Frage, daß wir uns vertreiben lassen», hakte Thilo etwas irritiert ein. «Wenn hier einer die Nacht nicht verbringt, dann sind Sie das.» Er deutete auf den Einbrecher. Der ließ sich nicht aus der Ruhe bringen. «Wenn man durch dieses Fenster da schaut», sagte er, «kann man eine andere Blockhütte in einiger Entfernung leuchten sehen. Vielleicht könnten Sie sich bis dahin durchschlagen.»

«Warum sollte ich mich bis dahin durchschlagen? Das hier ist *meine* Hütte und ...»

«Was fürchten Sie denn so, daß Sie sich hier so verbarrikadiert haben?» fiel Nick in Thilos Wort.

Der Fremde überlegte eine Weile. «Wölfe», meinte er. «Es gibt wieder Wölfe in dieser Gegend, seit die Grenzen europamäßig geöffnet wurden.»

«Aha.» Weiterhin Nick. «Und Sie meinen, daß wir sicher wären vor gesamteuropäischen Wölfen, während wir uns zu der anderen Hütte durchkämpfen? Bedenken Sie bitte: Der Weg nach dort sieht von hier aus harmlos aus. Aber was ist, wenn ein Felsspalt dazwischen ist oder sonst eine Unwegsamkeit?»

Der Fremde lächelte, man konnte es an der von hinten beschienenen Wölbung seiner Wangen sehen. «Verstehe. Sie haben sich so weit durchgekämpft, Sie wollen sich Ihr Recht aufs Fest in dieser Hütte nicht mehr nehmen lassen.»

«Genau», nickte der Fotograf, «Verdammt wahr!» polterte auch Thilo. «Und es gibt zum Teufel noch mal auch keine Handhabe, mit der

Sie uns aus unserer eigenen Hütte vertreiben können. Oder wollen Sie etwa anfangen, auf die Kinder zu schießen, Sie... asoziales Element!»

Der Fremde hob das Gewehr ein Stückchen. «‹*Sie* asoziales Element.› Auf Umgangsformen achten Sie also. Warum achten Sie dann eigentlich so wenig auf das Leben Ihrer ...»

«Um Gottes Willen, bitte!» unterbrach Friederike flehentlich. «Es ist Heiligabend! Können wir uns denn nicht einigen? Sind wir denn nicht alle... Christenmenschen?»

Der Einbrecher legte den Kopf schief. «Christenmenschen? *Ilona*-Christen-Menschen? Ich sehe diese Talkshow nie.» Er betrachtete Friederike lange von oben bis unten. Plötzlich warf er das Gewehr auf eine Sitzbank. «Ach scheiße, mir doch egal. Ich bin nicht meines Bruders Hüter. Bleiben Sie halt hier. Vielleicht können Sie sich ja sogar nützlich machen. Hat die Hütte hier irgendeinen Stromanschluß?»

«Das geht Sie ja wohl einen ...» begehrte Thilo auf, wurde aber wieder unterbrochen, diesmal von seiner Frau. «Unter dem Läufer dort ist eine Luke, die in einen Kellerraum führt. Dort gibt es einen Generator.»

Der Fremde machte sich sofort an die Arbeit. Läufer beiseite. Luke auf, hinabgespäht in ungewissen Schwarzfrost. «Kennt jemand sich damit aus?»

«Ich», sagte Nils schüchtern.

«Prima. Kümmer dich drum, Junge.»

Thilo versuchte es noch mal. «Geben Sie hier bitte keine Befehle», betonte er überdeutlich, «Sie sind vollkommen unbefugt hier eingedrungen.»

Nick schlug ihm freundschaftlich auf die Schulter. «Vergiß es, Thilo. Friederike hat recht. Es ist Weihnachten. Fröhliche Weihnachten.»

In den nun folgenden Minuten lief alles ein bißchen an Thilo vorbei. Alle kümmerten sich um irgendwas und machten sich nützlich, nur er nicht. Er starrte das Jagdgewehr an, das verwaist auf der Sitzbank lag. Der Generator fing an zu brummen, Zimmerbeleuchtung flackerte auf und rang den Kaminschein nieder. Draußen vor der Hütte erwachten vierundzwanzig Elektrokerzen zur milchigen Aura eines niedrigen Tannbaums. Auch in der Hütte stand ein schon rustikal mit Holzäpfeln und Schnitzengeln geschmückter Baum, der nur noch verkabelt werden mußte. Der Vermieter hatte wie jedes Jahr rechtzeitig an alles gedacht. Friederike kümmerte sich um den Kamin, der Fremde war offensichtlich ein Stadtmensch und hatte keine Ahnung davon, wie man ein richtiges Feuer macht. Nick und Antje verstauten die Vorräte in dem Drei-Sterne-Kühlschrank. Nils verdrahtete, nachdem der Läufer wieder über der Kellerluke lag, den Zimmerbaum. Pläne wurden gemacht und Rituale besprochen für einen ganz normal gemütlichen Weihnachtsfeierabend. Keinem außer Thilo schien so richtig aufzufallen, daß sich außer einem familienfremden Fotografen jetzt auch noch ein langhaariger Verbrecher in einem dicknahtigen Segeltuchmantel in ihrer Mitte breitmachte. Jener schob übrigens ungerührt den Geschirrschrank wieder vor die Außentür und grinste Thilo dabei aus einem Gesicht heraus an, das viel zu jung und gutaussehend war, um die Besorgnis des Ehemannes abflauen zu lassen. Thilo Sarpat überlegte sich allen Ernstes, welches Gericht auf dieser Welt ihn eigentlich verurteilen würde, wenn er jetzt einfach das Gewehr nahm und dem Einbrecher den Kopf wegschoß. Notwehr angesichts von Hausfriedensbruch, so konnte man das doch nennen.

Trotzdem. Nachdem Nils erst mal die Weihnachtsmusik im Radio angemacht hatte und der Zimmerbaum anfing, Lamettaschein zu verbreiten, und nichts so richtig zu eskalieren schien, stattdessen Friederike und Antje in der winzigen Küchenzelle anfingen, Bratäpfel vorzubereiten, und der Duft von Zimt und Vanille durch die Hütte wehte, nachdem das Kaminfeuer und die vom Generator gespeiste Elektroheizung anfingen, wohlige Wärme zu verbreiten, und Thilo selbst aus den klitschigen, kalten Sachen rauskam, brachte auch er es nicht mehr fertig, pausenlos zu hassen. Er haßte dreihundertvierundsechzig Tage im Jahr, seine Konkurrenten, die Mistsäcke, mit denen zusammenzuarbeiten ihn die Wirtschaftslage zwang, seine Kunden, öfters seine Frau und – wenn sie lärmten – auch seine Kinder. An diesem einen Tag im Jahr in der Sichelner Hütte wollte er den Haß hinter sich lassen, einen goldenen Abend lang, und so ging es ihm auch jetzt. Er fand sich zu Gesprächen bereit.

So einiges über den Fremden klärte sich dabei auf. Sein Name war George. George Bailey. Ein in Deutschland aufgewachsener Sohn englischsprachiger Eltern. Er war hier in der Gegend rund um Sicheln mit einem alten klapprigen Volkswagen unterwegs gewesen, bis der kleine Klepper in einer Schneewehe versackte. Ohne Karten und Orientierung hatte George sich dann hoffnungslos verlaufen, bis er «durch pures Glück» die leerstehende Blockhütte gefunden hatte. Warum er nicht zu der anderen Hütte gegangen war, die doch erleuchtet war, wo also offensichtlich Menschen waren? Nun, er hatte zuerst diese hier gefunden und gedacht, wenn sie ohnehin leersteht, merkt's ja keiner und macht's ja auch nichts, wenn er sich für eine Nacht hier einquartiert. Die Tür? Ja, «so'ne Art Dietrich, aber er ist mir draußen im Schnee runtergefallen. Ich hab ihn verloren.» Das Gewehr? Nun, das war ihm aus einem Schrank «entgegengefallen», als er «die Ressourcen inspizierte». Entwendet hatte er aber natürlich nichts. Die Angst vor den Wölfen? Naja, gab er zu, er hätte «vorhin mal so'n komisches Geräusch draußen» gehört. Als es dann an den Fenstern kratzte und maunzte und die Tür mit Wucht aufgeschoben wurde, hatte er halt zum Gewehr gegriffen, denn daß es rechtmäßige Mieter sein könnten, damit habe er in seinem angespannten Nervenzustand nicht mehr gerechnet. Jeder konnte ja sehen, in welcher Notlage er sich befand. Sein einziges Gepäck waren zwei ineinandergestülpte Greenpeace-Seesäcke, in denen «ein bißchen was zu futtern und ein paar Reisigruten» drin waren. Reisigruten ? Na ja, «für die bösen Kinder». Er hatte vorgehabt, Sichelner Kinder damit zu beschenken, war ja aber in Sicheln heute gar nicht mehr angekommen.

Komische Geschichte. Thilo schaute immer wieder zu den Seesäcken hinüber, die in der Ecke lehnten. Beide hatten den grün mit einem Regenbogen unterlegten Schriftzug dieser mediengeilen Umweltschützertruppe drauf, und der eine war von unten und der zweite von oben über etwas drübergestülpt, so daß das Ganze aussah wie die gelben Plastikteilhälften in einem Überraschungsei. Reisig. Komische Idee. Und Greenpeace. Das paßte zu dem Langhaarigen. Ein Öko-Weltverbesserer. Wenn Thilo die Greenpeace-Weiber mit ihren filzigen Haaren und den ungewaschenen Pullovern im Fernsehen sah, wurde ihm immer ganz anders. George hier hatte auch zwei dicke, ranzige Pullover unter seinem Mantel getragen. Mittlerweile hatte er jedoch Mantel und einen der Pulis abgelegt. Es wurde mollig.

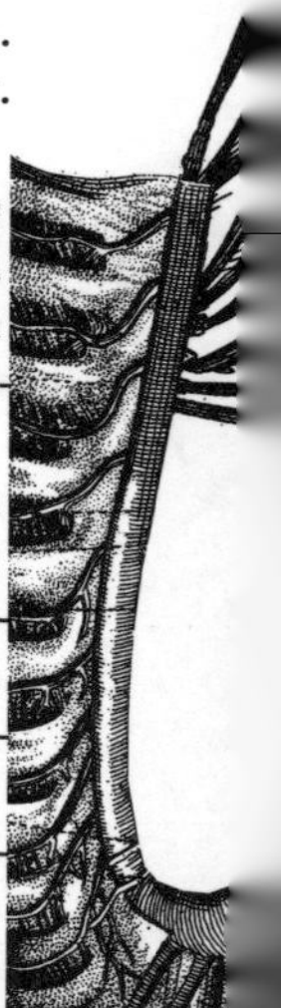

Da nichts Schlimmes passiert war, kein Schuß gefallen und keine Handgreiflichkeiten, tat man gemeinsam so, als hätte man sich halt zum Feiern hier getroffen. Konfliktverdrängung. Schließlich war Weihnachten. Die Kinder sollten ihren Spaß haben. Thilo wollte nicht hassen.

Thilo machte mit seiner eigenen Canon ein paar Fotos. Nick – den man dazu erst überreden mußte (was für eine schlendrianische Arbeitsauffassung) – machte auch ein paar Fotos mit seinem Nikon-Gestrüpp. Friederike und Nick bereiteten die Gans zu. Dabei berührte Nick Friederike öfter, als zum gemeinsamen Kochen unbedingt nötig war. Thilo sang mit den Kindern und ließ sich von ihnen auswendig gelernte Gedichte aufsagen. George saß die meiste Zeit herum oder stand an einem der Fenster, spähte hinaus und zum Himmel hinauf, der schneiend bedeckt war. Antje und Nils nötigten ihn schließlich, ihnen mal eine von seinen Reisigruten zu zeigen. «Ihr seid doch keine bösen Kinder, die sind nur für böse Kinder», wehrte er lachend ab, aber er hatte keine Chance gegen die zwei. Thilo war gespannt, als George zu seinen Säcken ging und sie so aufwurstelte, daß er mit dem Körper den Blick darauf verdeckte. Als die Säcke wieder sichtbar wurden, waren sie wieder fest übereinandergestülpt, und George hatte tatsächlich zwei Reisigruten in der Hand. Beide waren mit roter Farbe besprüht. Sie lachend mit angedeuteten Schlägen versohlend, trieb er die beiden quiekenden Kinder durch die gute Stube. Von da an war Antje davon überzeugt, daß George der Weihnachtsmann war. Für sie paßte da alles zusammen. Er war halt noch ein junger Weihnachtsmann, deshalb waren seine Haare noch nicht weiß und sein Bart noch nicht gewachsen.

Thilo starrte unterdessen die Greenpeace-Säcke an. Irgend etwas stimmte damit nicht. Da war noch etwas anderes drin als nur Reisig. Die rote Farbe der Reisig-Ästchen sah auch seltsam aus.

Die Weihnachtsmusik erreichte maximale Inbrunst. Draußen war es jetzt unheilig finster geworden. Drinnen war Bescherungszeit. Unter Bergen von teurem Verpackungsmüll tauchten die verschwitzt glänzenden Kinder wieder auf, jeder mit anderen, Disney-Filmen und Fernsehserien nachempfundenen Plastikfiguren und Action-Spielsätzen in Händen, Nils zusätzlich noch mit zwei neuen CD-ROMs für seine Sony Playstation, Antje mit zwei neuen Hund-namens-Beethoven-Videokassetten. Die Eltern beschenkten sich gegenseitig mit Schmuck, Seife und Douglas-Duftwasser und lagen sich gerührt in den Armen. Nick, unverfrorener Galan, hatte «lediglich Gelegenheit gehabt, in Lenggries noch schnell eine Kleinigkeit für die Dame des Hauses zu besorgen». Thilo erwartete schon fast, daß Kondome mit Noppen zum Vorschein kamen, aber die Kleinigkeit entpuppte sich lediglich als schäbige Phil-Collins-Musikkassette, wie man sie in jedem Heimwerkermarkt für 7,50 nachgeworfen bekam. Trotzdem bekam Friederike glänzende Augen und freute sich mehr als über das teure neue Lancome-Parfum, das er ihr geschenkt hatte. Thilo wären beinahe die Tränen gekommen, so unfair fand er es, daß die beiden jungen Macker ihm seine Heilignacht-Oase kaputtmachten. Er wollte doch nicht hassen, nicht an diesem Abend, aber was konnte er denn anderes tun?

Selig und von seinem Schmuck leuchtend verschenkte Friederike hastig, aber liebevoll improvisierte Beutelchen voller Kekse und Nüsse an Nick und George. George hatte natürlich für niemanden was. George hatte nicht mal den Anstand, die beiden Ruten an die Kinder zu verschenken. George wollte die beiden Ruten wiederhaben, weil er sie noch brauchte, sagte er. Verdammter George. Was für eine Scheiß-Weihnacht. Der vor der Tür stehende Schrank vermittelte Thilo den Eindruck, in seiner eigenen überfremdeten Oase eingesperrt zu sein. Thilo sprach dem Glühwein zu, dem Glühwein zu.

Friederike servierte die Gans mit Rotkohl und weißen Klößen und alle, alle hielten sich an dem von Thilo verdienten Geflügel schadlos. Auch der geschenklose George, der nicht einen einzigen Text eines einzigen Weihnachtsliedes beherrscht hatte, schlug seine guten Weltverbessererzähne in das zarte Gänsefleisch. Nick machte Fotos von Thilo, wie ihm Rotkohl aus der Fresse hing. Thilo schwitzte. Auch Friederikes Brüste waren ganz naß und schwappten im Ausschnitt aufreizend hin und her. Alle lachten über Nick und seine Fotografiererei. George rülpste und pulte in den Zähnen. Thilo sprach dem Glühwein zu. George verdrückte einen Kloß. Sah aus, als hätte der selbstherrliche Öko-Agitator schon ewig nicht mehr so was Gutes gegessen. Friederike legte Nick etwas nach und zeigte ihm dabei ihre glänzende Tittenspalte. Schiet, Thilo wollte aufspringen und seine Frau zwischen dem ganzen Gänsefleisch auf den Tisch schmeißen und es ihr von hinten besorgen, hier, vor aller Augen, um seine Besitzansprüche klarzustellen. Er bekam einen Ständer. Ihm wurde schlecht. Mußte *Klingglöckchenklingelingeling* so laut sein, so scheppernd ? Als Nils mit seiner *Medieval-Batman*-Actionfigur in der Rotkohlschüssel rumstampfte, wäre Thilo beinahe die Hand ausgerutscht, aber er fürchtete, beim Ausholen kotzen zu müssen. Er stand auf, stieß sich dabei schmerzhaft den Unterleib an der Tischkante, taumelte auf verstreutem Geschenkpapier schlitternd herum und riß schließlich ein Fenster auf. Er streckte den Kopf raus ins Schneetreiben und atmete tief Eis ein.

Von vorne schoß etwas durchs schwarze Gestöber auf ihn zu, eine deformierte Fötusschnauze mit Piranhazähnen. Gleichzeitig packte ihn jemand am Gürtel und riß ihn nach hinten, so daß Thilo hart auf den Arsch fiel und mit dem Kopf gegen seinen eigenen Stuhl rummste. Er war benommen wie von einem Kinnhaken. Der ihn gepackt hatte, war George, und der schlug jetzt auch das Fenster zu. Etwas fleischig Häßliches prallte von außen gegen die Scheibe, klebte kurz vorm Fenster wie ein mißgebildeter Saugnapf-Garfield und war dann weg. Nick lief um den Tisch herum zum Fenster, Friederike lachte, wohl, weil ihr Mann hingefallen war, wie komisch, hahaha-haha.

«War was draußen?» fragte Nick George atemlos.

«Wölfe», meinte George nur. «Oder etwas Ähnliches. Hab ich doch gleich gesagt.»

«Wölfe, eh?» Nick und George maßen sich mit Blicken. Da Nick aber draußen nichts mehr erkennen konnte, trollte er sich wieder zu seinem Stuhl. Auch Thilo rappelte sich wieder auf und rieb sich den Hinterkopf. «Verdammter Scheißpenner», brummte er vor sich hin. Sein Kotzdrang war verflogen. Schwindlig war ihm jetzt. Was fiel diesem George denn ein? Mußte er sich so was bieten lassen? Friederike lachte immer noch. Dumme, fett werdende Sau. Thilo wischte sich mit der Hand übers Gesicht. Was zum Teufel war das da draußen am Fenster gewesen?

Es ist ein Ros' entsprungen und *Vom Himmel hoch da komm' ich her* wechselten sich ab und Thilo wurde wieder heulig-sentimental zumute. Er schöpfte sich noch eine Tasse Glühwein aus dem großen blauen Topf in der Kochzelle und betrachtete voller Liebe seinen kleinen Engel Antje und seinen schon großen Engel Nils. Hübsche Kinder waren das. Seine. Alle bis auf ihn saßen jetzt am Tisch und ließen sich Bratapfel mit Vanillesauce schmecken. Rosinen und heißes Apfelfleisch.

Draußen veränderte sich das Licht, so, als ob gerade ein Teil der Milchstraße verloschen wäre. Thilo ging zum Fenster, spähte raus, konnte aber nichts sehen. Alles dunkel da draußen, bis auf den Schein des Fensters selbst und einen leichten Abglanz ihres im Freien stehenden Tannenbaums. Schließlich realisierte er, was sich verändert hatte. «Komisch», brummte er, «in der anderen Hütte sind die Lichter ausgegangen.» «Was?» fragten George und Nick gleichzeitig und standen schon neben ihm. «Zu Bett gegangen?» fragte der Fotograf. «Dann würde der Baum vor der Hütte aber noch leuchten», behauptete George. «Hm. Vielleicht'n Kurzschluß.» «Vielleicht. Scheiße. Wer wohnt denn da?» «Auch 'ne Gastfamilie», gab Thilo Auskunft. «Hessen, glaube ich. Zwei Hessen mit einem Sohn.» «Scheiße», fluchte George wieder. Sein Atem roch nach Bourbonvanille. «Nils, komm, hilf mir mal bitte.» George und Nils verschwanden zusammen in der Luke zum Kellerraum. Kurz darauf ging auch in dieser Hütte alles Licht aus, dann aber wieder an, wieder aus, wieder an, wieder aus, wieder an, wieder aus und wieder an. Antje lachte und klatschte in die Hände. Der Radiogesang war jedesmal ungerührt wiedergekommen. Ihr Weihnachtsmann machte Wunder.

«Was soll der Schiet?» fragte Thilo, als sein Sohn und der Öko-Einbrecher wieder zum Vorschein kamen und den Läufer wieder rüberrollten.

«Das sind Leuchtzeichen», meinte Nick aufgeregt. «Wir sind verdammt nochmal in der falschen Hütte.»

«Du weißt, was hier abgeht, stimmt's?» fragte George den Fotografen, als er an ihm vorbeiging, wieder Platz nahm und fortfuhr, den erkaltenden Bratapfel zu vertilgen.

«Ich kann's mir denken», gab Nick zu. «Wir sollten jetzt jedenfalls nicht hier rumsitzen und futtern, wir sollten uns wappnen.» Er fing auch gleich damit an. Wappnen bedeutete bei ihm, daß er seine Fotoausrüstung klarmachte und ein Stativ installierte in Richtung auf das Fenster zur Nachbarhütte.

Friederike hatte ihre Kinder umklammert, obwohl diese gar nicht Schutz bei ihr gesucht hatten. Sie hielt sich wohl eher selber an ihnen fest und starrte dem mampfenden George flehentlich ins Gesicht: «Was ist denn los? Was ist denn passiert? Greifen Wölfe an? Sind wir umzingelt?»

«Machen Sie sich keine Sorgen, Ma'm», mampfte George. «Ich bin ja bei Ihnen. Wenn's hart auf hart kommt, gehen Sie eben mit den Kindern runter in den Keller.»

Thilo hatte jetzt genug. Er verstand überhaupt nichts mehr. Irgend etwas ging draußen in der Weihnachtsnacht vor sich, und dieses irgend etwas war offensichtlich gefährlich. Den Hessen hatte es zumindest schon das Licht ausgeblasen. Und die beiden jungen Spunde hier, die seine Familienruhe infiltriert hatten, wußten wohl über die Gefahr Bescheid und machten sogar gemeinsame Sache, oder zumindest so ungefähr, und es war nur ein ulkiges Spiel für sie, was aus ihm und den Kindern wurde.

Er ging unruhig in der Hütte auf und ab, und als er zum vierten Mal an Georges Seesäcken vorbeikam, machte er sich über sie her. Ein Gewehrlauf kam zum Vorschein, zwischen Ästchenbündeln und zerstoßenen Nußschalen. Wie in Zeitlupe zog Thilo das Gewehr aus dem Sack. Niemand beachtete ihn. Nick montierte schwitzend, George aß mit dem Rücken zu Thilo, Friederike und die Kinder rangen miteinander und plapperten durcheinander. Es war eine gottverdammte Pumpgun, eine absolut mörderische Waffe, nicht für die Jagd, sondern eher zum Zerfetzen von Menschen gemacht. Ein Killer. Ein Öko-Terrorist. Mit drei raschen Schritten war Thilo neben ihm.

Stöhnend kippt George mitsamt seinem Stuhl seitlich um, Apfelstücke sprühen zerkaut zwischen seinen Zähnen hervor. Schwer schlägt er auf, poltert über den dunklen Holzboden. Thilo Sarpat reißt das Gewehr in den Anschlag, daß die Mündung auf den am Boden Liegenden zeigt, und schreit: «Reisig, ja?! REISIG!!!»

Da sind wir wieder, liebe Kinder. Von Anfang an habt ihr es natürlich schon geahnt, aufmerksame Zuhörer werden bei dem Wort *Langhaariger* schon hellhörig. Natürlich ist er's, unser Hiob. Das sind seine langen Haare, seine jetzt blutige Schläfe, sein kurioser alter Mantel, der «Dietrich» war in Wirklichkeit Magie und die Pumpgun hat ihm Kamber Seferi über gewisse Kontakte besorgt. Es ist Ruprechtsnacht heute, es gilt, einen Punkt abzustauben. Und ihr solltet jetzt besser ins Bettchen gehen, liebe Kinderchen, denn von nun an ist das hier keine schöne Geschichte mehr für Kinder. Wir sind hier nicht bei Spielberg. Wir werden auch nicht ... subventioniert.

Ach ja: *George Bailey.* Ist James Stewarts Rollenname im schönsten Weihnachtsfilm aller Zeiten: Frank Capras *It's a wonderful Life.*

And it is, indeed, isn't it?

Friederike schreit gellend auf, sie hat Apfelspucke im Gesicht und auf dem Dekolleté. Auch die Kinder sind über die Gewalt entsetzt. Nicks Blitzlicht brandet brausend durch den Raum. Thilo legt zur Abwechslung mal auf ihn an. «Schluß jetzt! Ich will jetzt wissen, was hier gespielt wird. Jetzt ist Schluß hier!!» Das Auge noch hinter dem Sucher, hebt Nick wie eine Geisel beide Hände.

Hiob krümmt sich stöhnend auf dem Boden zusammen. Blut verklebt seine Haare. *Was hier gespielt wird, du Fettbacke?* denkt er sich. *Wenn du das große Spiel kapieren könntest, würdest du kollabieren vor Angst.*

«Okay, okay», versucht Nick zittrig, den Zünder aus der Granate zu ziehen, «nicht schießen, keine Aufregung. Ich kann ja versuchen, das zu erklären, was ich weiß, aber viel ist das nicht. Ich vermute, George weiß mehr als ich über die Sache.»

«Also kennt ihr euch?»

«Nein. Ich schwöre! Wir sind uns noch nie begegnet!»

«Also los, dann rede. Los, erklär mir, warum ihr zwei Arschficker euch ausgerechnet meine Hütte zum Arschficken ausgesucht habt.»

«Hör auf, mit dem Gewehr auf ihn zu zielen, Schatz.»

«Halt du's Maul, Nutte!» Die Lalligkeit seiner Sprache erschreckt Thilo selbst. «Ich warte, Nick.» «Okay, okay, okay.» Der Sonnyboy-Lockenkopf schwitzt wie in der Sauna. «Ich bin wirklich Fotograf. Ich komme auch aus Regensburg, alles wahr, aber ich arbeite nicht für eine Zeitung mit Touristikseite und so. Wir haben ein neues Online-Magazin für Okkultismus und Esoterik gegründet. Nennt sich okKULT. Brandheiße Sache, brisante Stories, die nicht durch die staatliche Zensurmaschinerie laufen, bevor sie auf Sendung gehen. Die Knallköpfe vom Verfassungsschutz sind noch nicht hip genug, um das Internet kontrollieren zu können.» Er versucht, Friederike heldisch zuzulächeln. Obwohl es mißlingt, lächelt sie aufmunternd zurück. Thilos Abzugfinger juckt. Nick schluckt runter, irgendwas Klobiges. «Heute ist Ruprechtsnacht, Thilo. Das heißt, heute nacht gehen da draußen ganz andere Sachen vor als nur ein rotgekleideter lustiger Alter mit Rentieren und Geschenken. Wir haben den Tip bekommen von einem Hellseher aus Nürnberg. Im Mangfallgebirge bei Sicheln ist in dieser Nacht im wahrsten Sinne des Wortes der Teufel los.»

Thilo blinzelt verwirrt. Friederike zieht die jetzt doch jaunernden Kinder an sich.

«Ich kann euch jetzt ganze Bände von Geschichten erzählen über Weihnachten», fährt Nick fort. «Die sogenannte *Heilige Nacht* ist bei weitem nicht so harmlos und lieblich, wie die Medien und die werbetreibende Industrie uns das immer glauben machen wollen. Das fängt schon mit der Gründung des Weihnachtsfestes an. Im zweiten Jahrhundert nach Christus feierten die Frühchristen die Geburt ihres Heilands gar nicht um den 25. Dezember herum, sondern sie feierten Jesu Taufe am 6. Januar und gedachten in der Nacht davor Jesu Geburt. Erst im Jahre 354 hatte der römische Kaiser Konstantin, der das Christentum zur Staatsreligion machen wollte, die glorreiche Idee, Christi Geburt zwei Wochen nach vorne zu verlegen, und zwar auf den 25. Dezember. Und warum ? Weil dies der Haupttag des heidnischen Sonnenfestes war, die Wintersonnenwende, der absolute Tiefstand der Sonne. Die sogenannte Julnacht. Konstantin hoffte – und er hatte ja recht damit – daß man Heiden leichter zum Christentum werde bekehren können, wenn man ihre Festtage nicht ausmerzt, sondern sie einfach okkupiert, indem man christliche Festtage drüberstülpt. Ostern zum Beispiel ist nach der germanischen Frühlingsgöttin Ostara benannt, die zu Ostern heidnische Lust- und Fruchtbarkeitsfeierlichkeiten leitete. So konnten die alten Heiden Jesus einfach wie einen neuen Sonnengott ins Herz schließen, ohne sich allzu groß umstellen zu müssen. Ganz schön clever, was? Weihnachten also, das Fest der Liebe, wie wir es heutzutage feiern, hat im Grunde mit Christus überhaupt nichts zu tun, sondern ist ein altgermanisches heidnisches Fest, welches die Angst vor der Möglichkeit ausdrückt, daß das Licht vielleicht niemals wiederkehrt.»

Die Kinder, zu denen Nick die letzten Worte wie ein Märchenerzähler gesprochen hat, machen große Augen. Thilo grunzt. «Das ist doch

Quatsch.»

«Das ist die Wahrheit», sagt Nick eindringlich. «Ich schwöre! Man geht mittlerweile davon aus, daß Jesus irgendwann zwischen April und November geboren wurde, und zwar im Jahr Sechs oder Sieben nach Christus. Absurd, nicht wahr? Aber so ist es. Seine Zeitrechnung wie auch seine Geburt sind von römischen Kaisern und einem englischen Benediktinermönch namens Beda aus kühler Berechnung festgelegt worden.»

«Na gut, soll sein. Was hat das mit uns zu tun?»

«Na, kannst du dir das nicht denken? Es sind heidnische Dämonen, die heute nacht da draußen umgehen! Wenn ich das richtig mitbekommen habe, hätte dich vorhin beinahe einer erwischt, wenn George dir nicht das Leben gerettet hätte.»

Wieder blinzelt Thilo. *Schieß*, fordert sein Finger, *das ist die einzige Methode, die familiäre Ruhe wiederherzustellen.* George rappelt sich so langsam wieder auf, seine ausgeknockten Gliedmaßen entfalten sich wie die eines Weberknechts. Zur Abwechslung legt Thilo mal wieder auf ihn an. Das stellt den Finger ruhiger und gibt Nick Gelegenheit, freier von der Leber weg zu plaudern.

«Es gibt so verdammt viele heidnische Aberglauben und dämonische Inkarnationen, daß es unmöglich ist, sie alle aufzuzählen. Einige sagen, in der Weihnachtszeit geht der vermummte Hans Ruprich um und schaut, ob die Kinder brav sind. Sind sie es nicht, peitscht er sie zu Tode. In den sogenannten Rauh- und Losnächten geht die Lucia um, eine Art Hexe in zerschlissener Kleidung und mit wirrem Haar. Sie schneidet unfolgsamen Kindern, die so unvorsichtig waren, das Haus zu verlassen, den Bauch auf und singt beim Sichelwetzen: ‹A Schüsserl voll Darm, a Mölterl voll Bluat.' Nur ein Drudenfuß auf der Türschwelle kann den Lucia-Dämon fernhalten. Im Elsaß fürchten sie sich vor dem in ein Bärenfell gehüllten Hans Trapp, dem Geist des hartherzigen Ritters Hans von Dratt, der im 16. Jahrhundert lebte. In Niederösterreich, also nicht weit von hier, ist es Brauch, daß der gabenbringende Sankt Nikolaus einer vermummten Gestalt folgt, dem Krampus, der eine Teufelsmaske, klirrende Ketten und eine ellenlange Rute trägt. In Pommern dagegen treiben der Schimmelreiter und der Bärenführer – zwei Winterdämonen – ihr blutiges Unwesen. Wenn in den winterlichen Klopf- und Lurnächten die Nachtgespenster der Wilden Jagd mit heulenden Wölfen und krächzenden Raben umherstreifen, kann man sie nur mit Lärm abwenden, mit Glockenläuten und Schießen. In der Heiligen Nacht dürfen Bauern nicht den Stall betreten, denn in dieser Nacht erzählen sich die Tiere, welche Menschen im nächsten Jahr sterben werden. Dieselbe Nacht wird im Norden Jul-

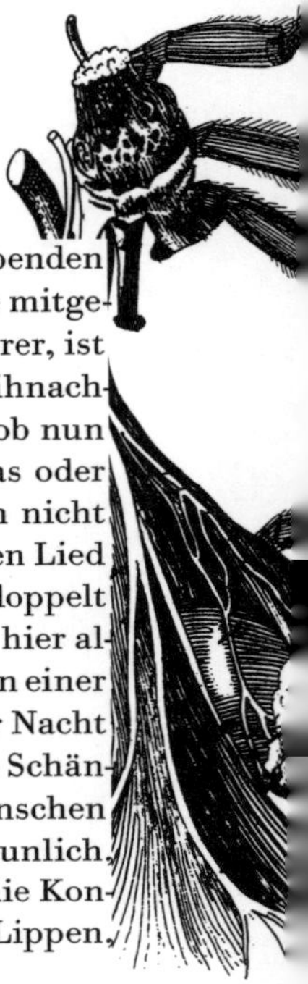

nacht genannt. In ihr gehen die Toten um, und wenn die Lebenden sich nicht in Acht nehmen, werden sie auf die Asgardsreise mitgenommen. Ruprecht, der Ruhmprächtige, der große Wanderer, ist der vorherrschende Dämon der Zwölfnächte, die auch Weihnachten mit umfassen. Für ihn gibt es viele seltsame Namen, ob nun Pelznickel, Bullerklaas, Stapklos, Pelzmärtel, Aschenklaas oder eben einfach nur Nikolaus – wehe sei denen, deren Taten nicht gut waren das ganze Jahr über. Oder, wie es in einem uralten Lied unserer Vorfahren heißt: 'Heilig der Tag, heilig die Nacht, doppelt heilig die Nächte zwischen den Jahren.' Das bedeutet, daß hier alles verdoppelt auf jeden zurückfällt. Wir werden hier Zeugen einer Vergeltung jenseits jeglicher Christlichkeit, Thilo. In einer Nacht wie dieser heute rächt sich die uralte Geisterwelt ...für die Schändung durch das Christentum ...an christlich fixierten Menschen wie uns. Viel Spaß mit deinem niedlichen Gewehr.» Erstaunlich, wie das Reden Nicks Situation verändert hat. Er hat jetzt die Kontrolle, und er weiß es. Familie Sarpat starrt ihm fahl auf die Lippen. Thilo hat kaum noch die Kraft, das Gewehr zu halten.

«Und ... womit ... genau», stammelt er, «haben wir's . . . hier zu tun?»

«Keine Ahnung», gibt Nick zu. «Darüber weiß wahrscheinlich George mehr, denn er ist wohl aus demselben Grund hier wie ich.»

«Nicht ganz», ächzt George, der mit blutverschmierter rechter Gesichtshälfte auf den Tisch gestützt steht und schwer atmet. «Ich bin nicht hier, um den Ruprecht zu fotografieren, sondern um ihn in die ewigen Jagdgründe zurückzuschicken. Tatsache ist jedoch, – so lustig das auch klingt – daß wir alle, die wir uns hier drinnen gegenseitig Gewehrmündungen an den Bauch halten, auf derselben Seite stehen. Die Gegenseite müßte jeden Augenblick hier eintreffen.»

«Weil du sie angelockt hast mit deinen Lichtzeichen, du irrer Scheißer!» schreit Thilo und wackelt wild mit der Pumpgun rum.

George grinst. «Daran ist jetzt nichts mehr zu ändern. Finde dich damit ab. Ich war ja von Anfang an dagegen, daß ihr euch hier aufhaltet, wo ich bin. Jetzt steckt ihr mit drin. Tut mir sehr leid.» Jetzt will Thilo ihm wirklich das Grinsen wegschießen, aber Friederike lenkt ihn ab.

«Was ist mit den Hessen?» fragt sie.

«Vergessen Sie die Hessen, Ma'm. Die leben nicht mehr. Und wahrscheinlich hat einer von Ruprechts Zwingkobolden nach der Blutorgie versucht, den Generator zu vögeln, und dabei ist dann der Strom weggeblieben. Diese Wesen lieben Licht und Wärme und Strom ... und Frauen und Kinder und Familien und so. Ihr Leute habt jetzt nur noch eine Chance: Mich. Und dafür brauch ich mein

Gewehr. Mein Gewehr und meine Reisigruten. Also was ist jetzt, Thilo? Bleiben wir so stehen und sterben, oder verteidigen wir deine Brut und kämpfen?»

Thilo ringt mit sich. «Das Gewehr hilft gegen einen Dämon?»

«Ich brauche ihn nicht zu vernichten, es reicht, wenn ich ihn zurückschicke. Ich hab mir das Gewehr speziell dafür besorgt. Was immer du von mir glaubst – es ist noch ganz jungfräulich.»

Thilo zögert noch immer. Gibt er das Gewehr jetzt aus der Hand, gewinnen die beiden Verrückten die Oberhand, nehmen vielleicht die Kinder als Geiseln, vergehen sich an seiner Friederike und jagen ihn nackt zum Erfrieren in den Schnee. Hat's alles schon gegeben, verdammter Schiet, hat's alles schon gegeben.

In diesem Augenblick ein Chor dreier merkwürdig verzerrter Stimmchen von der Tür her, durch Schrank- und Türholz gedämpft: «Von drauß, vom Walde, komm' wir her, wir müssen euch sagen, es weihnachtet sehr! Nun sprecht, wie wir's hierinnen find'! Sind's gute Kind', sind's böse Kind'?» Mehrere dünne Knöchelchen pochen gegen das Türholz. Es ist nicht Halloween.

Nick rüstet sich jauchzend mit zwei Reporterkameras aus. Die Pumpgun scheint für ihn jetzt keine echte Bedeutung mehr zu besitzen. Thilo starrt seine Frau und Kinder an. Für Momente haben alle Mitglieder der Familie Sarpat denselben, weitaufgerissenen Gesichtsausdruck. «Was ... ist das?» stammelt Thilo und «Ich glaub's nicht, ich glaub's nicht, sie sind tatsächlich gekommen, verdammt, ist das geil!» singt Nick.

Auch George Bailey interessiert sich jetzt nicht mehr für Thilos Waffengewalt. «Schluß jetzt mit dem Komödienstadl. Laßt uns jetzt mal Köpfe mit Nägeln machen.» Er geht zu seinen Säcken und rupft sie endgültig auseinander. Die Reisigruten purzeln durcheinander, außerdem eine blaue Packung Markensalz und eine rot-gelbe Schachtel Pumpgun-Munition. «Keine . . . Bewegung «, brabbelt Thilo halbherzig, aber überhaupt keiner hört ihm mehr zu. Nick wetzt geduckt wie an einem Kriegsschauplatz zu einem der Fenster und linst raus. Die drei Stimmchen von draußen sind wieder zu hören, sie wiederholen noch einmal denselben Vers.

«Von drauß, vom Walde, komm' wir her, wir müssen euch sagen, es weihnachtet sehr! Nun sprecht, wie wir's hierinnen find'! Sind's gute Kind', sind's böse Kind'?»

«Sind gute Kind', die ihr hier find'!» schreit Hiob Richtung Tür, während er die Ruten ordnet. «Doch sag' mir schnell, Ruprechtsgesell: Hast denn das Säcklein auch bei dir?»

«Das Säcklein, Frager, das ist hier; denn Äpfel, Nuß und Mandelkern, essen fromme Kinder gern.»

«Da hab' ich wohl vernommen, und wohl soll es mich frommen!! Doch sag' noch an, du Ruprechtsmann: Hast denn die Rute auch bei dir?!»

«Die Rute, Frager, die ist hier; doch für die Kinder nur, die schlechten, die trifft sie auf den Teil, den rechten.»

«So ist es recht, du treuer Knecht!! Ich öffne ... äh ... weit, mach dich bereit!!!»

«Verrückt geworden?» fragt Thilo nur den schwitzenden Hiob.

«Okay, jetzt hört mir mal alle zu, wir müssen jetzt zusammenarbeiten», kommandiert Hiob statt einer Antwort. «Wenn wir hier drinnen schon zu sechst sind, können wir das auch ruhig ausnutzen. Da draußen vor der Tür stehen drei Kobolde in Kutten, die so eine Art Personalunion der Ruprechtsvorhut darstellen. Thilo und Nick, ihr nehmt jetzt jeweils eine Rute in jede Hand. Auf mein Kommando stürmen wir raus und verprügeln die Wichte mit den Ruten, bis sie genug haben. Klar oder zu kompliziert? Was stierst du mich denn an wie ein Bierzelttester? Leg endlich das Gewehr weg, das nutzt uns jetzt doch gar nichts!»

«Friederike kann Ruten nehmen, ich mach die Fotos.» Nick.

«Nein, wir Männer erledigen das!» Hiob. «Los jetzt, weg mit dem Schrank, schnell jetzt.»

Thilo sieht aus, als würde zwischen seinen Ohren ein Doppeldecker-Luftkampf stattfinden. Doch dann entscheidet er sich endlich für das Männlichste, was hier zu tun ist. Er wirft sich brüllend gegen den Schrank, so daß dieser zur Seite quietscht und dem hüpfenden Nick fast die Zehen abrasiert, reißt in schneeigem Windbausch die Tür auf und stürmt wild um sich ballernd nach draußen. Sofort hängt einer der Kobolde auf seinem Rücken und sägt mehrreihige Piranhabeißer in seinen Nacken. Hiob rammt sich die Munitionsschachtel in eine Hosentasche, grabscht fluchend zwei Ruten und stürmt hinterdrein, verfolgt von Nick und seinem feste feiernden Flashlight.

Thilos Magazin ist ziemlich schnell alle, und außer daß knorrige Gewebebrocken und versengter Sackstoff durch die Gegend fliegen, hat's überhaupt nichts gebracht. Hiob prügelt mit der Rute zwei der Hutzel windelweich, bis von ihnen nur noch die Kutten übrigbleiben. Der dritte ernährt sich weidlich von des kreischenden Kielers Hinterkopf und hat zwischen den Bissen immer noch Gelegenheit, «Mhhhmmm, Lebkuchen, Leeeeeeeeebkuchen!» zu fiepen. Als Thilo schließlich zusammenbricht und fast sein ganzer – zermalmter – Schädel im Rachen des kleinen Gourmets verschwindet, erwischt Hiob schließlich auch diesen und drischt ihn ordentlich durch. Hier, beim dritten, kann er dann feststellen, daß der

Zusammensack-und-nur-die-Kutte-bleibt-übrig-Effekt nicht auf seine Körperkraft, sondern eher darauf zurückzuführen ist, daß die kleinen Wiedenfließer sich beim etwa sechsten Rutenkontakt in ihre Heimat zurückverflüchtigen.

Nick macht ein Spitzenfoto von George Bailey, wie er über Thilos häßlicher Leiche steht. Bis hierher läuft für den Fotografen alles klasse.

«Der bringt's nicht mehr», konstatiert Hiob über den Familienvater. «Wir können nur hoffen, daß der Schnee die Leiche zugedeckt hat, wenn Frau und Kinder morgen die Hütte verlassen.»

Nick geht rum und knipst die zerknautschten Gnomkutten aus allen möglichen Perspektiven. Würde der Weihnachtsbaum hier draußen nicht leuchten, wäre jeder seiner Blitze ein kleiner Schock. «Ich würde dich gerne interviewen, George. Du weißt schon – exklusiv, mit Fotos. Das hier macht uns beide berühmt.»

«Ja, das geht hier richtig ab, ne?»

«Was waren denn das für Dinger?»

«Zwingkobolde. So 'ne Art Vorhut. Sagte ich doch schon. Wenn du interviewen willst, mußt du besser zuhören lernen.»

«Vorhut für Ruprecht? Kommt Ruprecht auch noch?»

«Keine Ahnung, ich hoffe nicht. Mir reicht schon dieses Pelzmärtelding hinter dir.»

«Wie – hinter miaaaaaaaaaaaahhhhhhhhh-aiiiiii-rrrrr-oooooo-rrrrr-ghhh!»

Das Ding ist ziemlich plötzlich aus gekauerter Haltung hinter dem Weihnachtsbaum hervorgesprungen und sieht ein bißchen aus wie ein zottiger, aufrecht gehender Wolf mit einem behaarten Kaimanschädel. Es ist größer als Nick. Hiob nutzt die Zeit, die das Vieh braucht, um sich durch Nicks Oberkörper zu schreddern. Er rennt zu seinem Gewehr, das Thilo da hinten in den tiefen Schnee fallengelassen hat, und beginnt mit der verzwickten und ganz sicher nicht für vor Nervosität und brutaler Kälte zitternde Hände gedachten Aufgabe, die Munitionsröhre wieder aufzustocken. Triefend vor Blut und mit Menschenhaut und Innereienfetzen wie mit Lametta behangen, kommt das Ding schaukelnd auf Hiob zu. Der hiebt ihm aus der Hüfte drei Großkalibergeschosse in den Pelz. Der Rückstoß bricht Hiob fast die Rippen, aber das Monster ist ebenfalls fertig. In einer stinkenden Fontäne merkwürdiger Flüssigkeiten bricht es zusammen. Hiob geht zu ihm hin und setzt ihm noch einen Schuß von oben in den Schädel. Reife Melone. Dieser letzte Schuß hallt lange durchs Mangfallgebirge. Ungerührt fällt reiner Schnee.

Auch für den Fotografen kommt jede Hilfe zu spät. Da sein Unterkiefer fehlt, sieht seine Zunge irgendwie obszön aus. «Scheiße», sagt

Hiob, «ihr wolltet ja nicht auf mich hören.» Er sucht im zerwühlten Schnee nach den Kameras, rollt mit frierenden Fingern aus beiden die Filme aus und hält sie gegen die lieblichen Weihnachtsbaumkerzen, um sie zu belichten. «Das hier wird niemanden berühmt machen.»

Als er gerade anfängt, mit seinen klobigen Winterstiefeln Schnee über die beiden Toten zu schippen, sieht er in der weißlichen Finsternis der umstehenden Tannen eine Bewegung. Etwas Großes. Dann noch eine Bewegung, weiter links. Scheiße, die Party ist noch lange nicht vorbei.

Links hinten bricht ein Pelzmärtel durchs Gehölz und kommt mit wahnsinniger Geschwindigkeit und rudernd hechelnden Körperbewegungen auf Hiob zu. Der hat in diesem Moment nicht die Nervenstärke, dem Ansturm des Ungeheuers mit kalter Schützenpräzision zu begegnen. Danebenschießen bedeutet Tod. Hiob spurtet los, vor dem Monster weg, Richtung Hütte. Wenn er reinkommt, das Ding gegen die Tür prallt und Hiob dann wieder raustritt, wenn es sich gerade aufrappelt, hat er eine bessere Gelegenheit zum gefahrlosen Zielnehmen als jetzt. Das Monster ist schnell, aber schwerer als Hiob, und sinkt deshalb tiefer im Schnee ein. Japsend hält Hiob auf die wild hin- und herschwankende Hütte zu, versucht, die Tür mit seinem Körper zu treffen, und trifft. Es gibt ein dröhnendes Rummsen, Schrankmaterial knirscht schrammend über Holz, Hiob wird von der Wucht seines eigenen Anlaufs zurückgeschleudert in den Schnee. Genau in diesem Moment ist das Ungeheuer über ihm, springt dorthin, wo er eben noch aufrecht stand, und knallt ebenfalls gegen die schwer verrammelte, ächzende, aber unnachgiebige Tür. Der Krokodilswolf fällt zurück und prallt mit dem Rücken auf Hiobs Bauchseite. Beide, der Mensch und der Dämon, rollen sich jetzt schreiend ineinanderverkeilt im Schnee. Mit dem Gewehrlauf hebelt Hiob ein paar fast fingerlange Zähne aus dem heiß nebelnden Rachen, dann fetzt ihn ein Prankenhieb rückwärts durch die Luft. Noch im Fliegen kriegt Hiob endlich seinen Finger wieder in den Abzugbügel und feuert dem in einer Art Lawine nachsetzenden Monster die Vorderseite der Schnauze vom Schädel. Schwarzes, plörriges Blut schwappt über den Schnee hin. Gleichzeitig dröhnt der vom Rückstoß zusätzlich beschleunigte Hiob mit unfaßbarer Wucht rückwärts gegen die Tür, die immer noch standhält. Aller Atem, auch im Blut gelöster Sauerstoff, wird Hiob in einem dampfenden Sprühregen aus dem Leib getrieben. Ihm wird nicht, wie man immer so schön sagt, schwarz vor Augen, sondern rote und grüne kubistische Formen schieben sich von links und rechts vibrierend in sein Sichtfeld, bis da nur noch ein altes 3-D-Bild ohne Brille ist, und ein röhrendes Keuchen, das doch wohl unmöglich von ihm sein kann, kratzt an den Ohren. Die Kälte des Schnees, die ihn harsch zu ersticken droht, bringt ihn wieder zu sich. Erst als er aufschaut, wird ihm klar, daß ihm mindestens eine Minute seines Lebens fehlt, denn nicht nur ist der Pelzmärtel offensichtlich nicht tot, er ist auch nicht mehr in Sichtweite. Die blutversprühte Spur eines Betrunkenen führt zurück in den Wald.

Hiob richtet sich auf. Falls seine Wirbelsäule gebrochen ist, ist es weniger schlimm als man allgemein behauptet, und alle Querschnittsgelähmten sind Schwächlinge.

Mit dem Gewehrkolben hämmert er gegen die Tür. Keine Reaktion. «Macht endlich auf, ihr Scheißer. Seid ihr denn verrückt geworden? Ich bin's, George!» Keine Reaktion. «Ich hab Thilo hier bei mir. Er ist verwundet. Er erfriert, wenn ihr nicht aufmacht.» Endlich. Mit vereinten Kräften schieben Friederike und die Kinder den Schrank weg. Ihr dreistimmiges Stöhnen und Keuchen ist zu hören. Hiob schlüpft durch, sobald Platz genug ist.

«Wo ist Thilo?» hetzt Friederike, deren Gesicht aussieht wie das ihrer eigenen Schwiegermutter. Die Kinder wirken im Vergleich zu ihr relativ munter und frisch.

«Ich hab keine Ahnung», lügt Hiob. «Irgendwo im Wald verschwunden. Wahrscheinlich schlägt er sich nach Sicheln durch, der feige Hund. Das ist ja übrigens eine ganz besonders hervorragende Taktik: Ihr Mann stürzt sich nach draußen in den Krieg, und Sie verbarrikadieren hinter ihm die Tür, damit er ja nicht wieder lebend zurückkehrt, oder wie war das gedacht?»

«Wir ... wir haben die Schüsse gehört ... und Schreie ... und ... und...»

«Wo ist Nick?» fragt Nils.

Hiob zuckt die Schultern, ein schmerzhafter Fehler. «Auch verschwunden. Wahrscheinlich haben ihn die Gespenster geholt. Er hatte ja nichts mit, womit er sich hätte verteidigen können. Wo ist eigentlich das Jagdgewehr abgeblieben?»

«Weiß nicht», lügt diesmal Friederike. Hiob kann das Gewehr hinter ihr an der Wand lehnen sehen. Sie hatte es wohl an sich genommen und nur abgestellt, um den Schrank zu verschieben. Er will danach greifen, sie verstellt ihm instinktiv den Weg, grob schiebt er sie zur Seite. Sie ergibt sich. Hiob prüft das Gewehr, mit dem er die Touristen empfangen hatte, erneut.

«Gibt es dafür eigentlich noch Ersatzmunition?» Keine Antwort. «Wir haben es mit mindestens noch zwei Dämonen zu tun. Wir werden jede Kugel brauchen.» Friederike geht – mit jedem Schritt kleiner werdend – zu einem der Schränke und holt einen ganzen Karton voller Munition heraus. «Holla», entfährt es Hiob. «Ist wohl ein

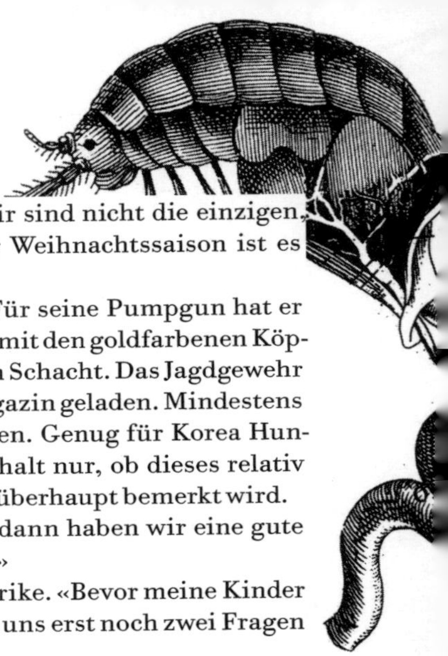

echter Waidmann, der Thilo, was?» «Wir sind nicht die einzigen, die diese Hütte mieten. Außerhalb der Weihnachtssaison ist es eine Jagdhütte.» «Gut für uns.»

Hiob läßt sich jetzt Zeit zum Nachladen. Für seine Pumpgun hat er nur noch vier der großen, roten Zylinder mit den goldfarbenen Köpfen. Sie passen alle hintereinander in den Schacht. Das Jagdgewehr wird mit jeweils einem Zehner-Steckmagazin geladen. Mindestens achtzig solcher Magazine sind vorhanden. Genug für Korea Huntington, oder so ähnlich. Die Frage ist halt nur, ob dieses relativ kleine Kaliber von den Dämonenwesen überhaupt bemerkt wird.

«Okay. Wir arbeiten jetzt alle zusammen, dann haben wir eine gute Chance. Ihr werdet jetzt den Schrank ...»

«Warten Sie, bitte», unterbricht ihn Friederike. «Bevor meine Kinder und ich Ihnen helfen sollen, müssen Sie uns erst noch zwei Fragen beantworten.»

«Ich hab schon gesagt, daß ich nicht weiß, wo Ihr Mann ist.»

«Das meine ich nicht. *Drei* Fragen. Die erste fällt mir gerade ein: Haben Sie auf meinen Mann geschossen?»

«Quatsch. Warum hätte ich das tun sollen?»

«Er hat Sie geschlagen.»

«Ach scheiße.»

«Zweitens: Was ist das eigentlich für rotes Zeug an den Ruten gewesen?»

«An welchen Ruten?»

«Stellen Sie sich doch nicht doof: an Ihren Reisigruten. Die rote Farbe.»

«Na, Blut. Was denken Sie denn? Ketchup?»

«Was für Blut? Menschenblut?»

«Na sicher! Man muß den Zwingkobolden suggerieren, daß ihre Opfer sich bereits selbst bis aufs Blut flagelliert haben. Dadurch werden die Zwingkobolde überflüssig, ihre Anwesenheit ist nutzlos. Sie verschwinden. Klar?»

«Haben Sie Menschen ausgepeitscht, um die Ruten blutig zu kriegen?»

«Sie haben doch überhaupt keinen Durchblick, Ma'm. Warum hören Sie nicht auf, mich zu nerven. Nehmen Sie sich mal ein Beispiel an Ihren Kindern – die bleiben cool. Die sind zu was nutze.»

Friederike Sarpat strauchelt am Rande der Irrsinnsbucht. «Beantworten-Sie-meine-Frage-bitte!!!»

«Ich habe eine Blutkonserve benutzt. Okay?»

«An so was kommt man doch nicht ran.»

«Haben Sie eine Ahnung! Haben Sie eine Ahnung, wie viele vom Praxisteil ihres Studiums völlig überforderte Medizinstudenten heilfroh sind, sich durch den Verkauf von Krankenhausdrogen und -konserven etwas dazuverdienen zu können. Das ist wirklich kein Problem. Die Pumpgun aufzutreiben – das war ein Problem. Aber wenn man Kontakte zur anatolischen Mafia hat, kriegt man auch das geregelt.»

Friederikes Augenlider flattern. «Meine dritte und letzte Frage: *Wer sind Sie?*»

Hiob lacht, obwohl das wehtut. «Zerbrechen Sie sich darüber nicht Ihren Kopf, Ma'm. Wer immer ich auch bin, soviel kann ich Ihnen verraten: Ich bin *nicht* der Weihnachtsmann, und ich bin garantiert auch kein Christkind. So, und jetzt ... nein. Ziehen Sie sich erst mal etwas Warmes an. Den Kinder auch. Keine Ahnung, ob wir nicht vielleicht alle aus der Hütte rausmüssen und fliehen. Wir sollten uns dafür rüsten.»

«Was Warmes anziehen?»

«Ja. Das Zeug, das Sie anhatten, als Sie hier ankamen. Beeilen Sie sich. Haben Sie eigentlich noch einen von Thilos Pullovern übrig, den Sie mir leihen könnten?»

«Die werden zu weit sein für Sie.»

«Ist doch scheißegal. Ich will nicht auf den Laufsteg damit. Danke.» Hiob zieht sich seinen zweiten Pullover wieder drüber, den dritten von Thilo noch obendrauf und abschließend den Weltkriegsmantel. Das erhöht in jedem Fall ein wenig den Rüstungsfaktor gegenüber Krallenpranken. Außerdem ist er jetzt endlich winterfest – das vorhin draußen war kaum auszuhalten. Friederike stülpt ihre Kinderchen in bauschige Skioveralls samt Kapuzen. Wie Geschenke werden die Kleinen zugeschnürt. Sie selbst zieht sich etwas hilflos über der elegant-erotischen Abendrobe eine Goretex-Jacke an, eine ebensolche Hose über das Kleid und zum Abschluß Schneeboots. Anschließend läßt sie sich nicht davon abbringen, Hiob mit einem angefeuchteten Geschirrtuch das Blut von der Schläfe zu rubbeln. «So besser?»

«Großartig. Wie sind nochmal eure Namen?» Nils und Antje antworten eingeschüchtert. «Gut. Ihr helft jetzt eurer Mutter, den Schrank beiseitezuschieben. Ich gebe mir dann selber Feuerschutz. Das ist ein Spitzen-Trick, den kriegt man in keinem Krimi so zu sehen.» Das geladene Jagdgewehr in Händen, fünf Zehner-Magazine in den Manteltaschen, wartet Hiob so geduldig wie möglich darauf, daß die zukünftige Alleinerziehende und ihre Kids den Schrank vor der Tür zur Seite ächzen. Dann reißt er die Tür auf und feuert gegen einen W.-C.-Fields-reifen Schneeflockeneinfall ein ganzes Magazin in die stille Nacht. Die leere Magazinhülle nach innen klappernd und nachladend, springt er breitbeinig ins Freie. Nur

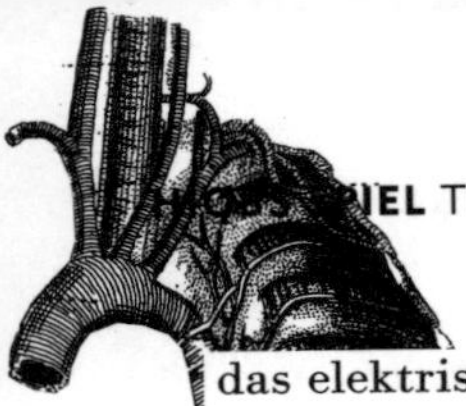

das elektrische Besinnlichkeitsbäumchen steht hier und glimmt vor sich hin, einige der Kerzen sind von der Salve zerschossen worden. Es ist so verdächtig still nach dem Verhallen des Schußgetöses, daß man fast den Eindruck bekommen könnte, Eiszapfen in den Ohren stecken zu haben.

Hiob bewegt sich von der Hütte weg, die Mündung des Gewehrs in Kreissegmenten schwenkend wie einen Gartenschlauch, um möglichst die ganze Welt gleichzeitig im Schußfeld halten zu können. Die Zähne fest aufeinandergebissen, kommt er an dem bucklicht Bäumchen vorbei, scheucht kurz mit der Hand den eigenen Atemdunst vorm Gesicht weg, stiert mit zusammengekniffenen Augen in das trügerische Dunkel, das aus einer schmutzigen Mischung aus Schneeglanz, wolkengedämpftem Mondlicht und Weihe besteht. Das Atmen ein schaukelnder Lärm. Der Schnee ist zäh wie Milchreis. Die Kälte nimmt zu, als würde ein Abgrund gähnen.

Plötzlich bricht vor Hiob der Schnee hoch. Blutüberströmt wächst in nur zehn Metern Entfernung der an der Schnauze verstümmelte Pelzmärtel aus dem Grund und springt vorwärts. Hiob, rückwärts gehend, stalinorgelt ein ganzes Magazin in den brüllenden Alptraum, aber das Ding wird immer schneller, rennt dem jetzt ebenfalls rennenden Hiob wieder hinterher. Die Hütte ist verdammt weit weg, kommt aber glücklicherweise schnell näher, aber, oh nein, ist das Ungeheuer schnell, es holt auf, holt ein, da, die Tür, offen diesmal, golden, warm. In Panik wirft Hiob das leere Gewehr schräg nach hinten ins Nichts und hechtet sich über die rettende Schwelle. Friederike und die Kinder schalten schnell, sie werfen sich von innen polternd gegen die Tür, Hiob, herumgerappelt, unterstützt sie mit beiden Armen, um den unvermeidlichen Aufprall des Monsters abzufangen.

Der Aufprall kommt nicht.

Eine halbe Minute verstreicht, dann hat Hiob wieder Luft.

«Das gibt's doch nicht, die verarschen uns da draußen», hadert er. «Das Jagdgewehr war der reine Pipifax, da lachen die drüber. Aber so nicht, Freunde, so nicht. Ich hab ja noch was anderes Feines für euch, macht nur schön weiter Bittebitte.» Er greift sich die Pumpgun, drei verständnislose Augenpaare starren auf seinen monologisierenden Mund. «Okay, ihr macht jetzt auf und gleich hinter mir wieder zu. Ich bring den Scheiß hier jetzt zu Ende oder geh da draußen drauf, mir langt's jetzt.» «Sind Sie sicher, daß Sie wissen, was Sie tun?» «Na klar. Seh ich etwa aus wie einer, der nicht alle beisammen hat?»

Tür auf. Pumpgun im Anschlag späht Hiob raus. Kein Monster zu sehen, verdammte Scheiße, wie machen die das nur? Wieder im

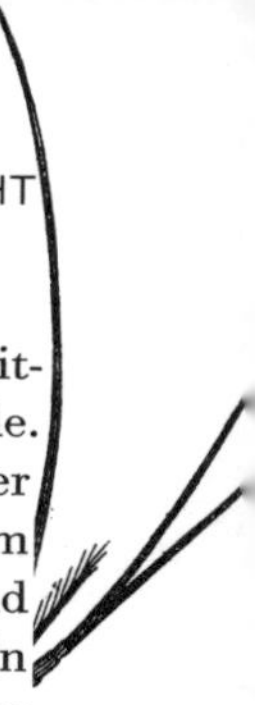

Wald verschwunden? Oder wieder unter dem Schnee? Zwei Schritte raus. Die Tür wird von sechs Geisterhänden zugeworfen. Stille. «Tragen wir's aus wie Männer, Krokofresse! Wo hast du dich wieder verkrochen?» Hiobs Stimme klingt dünn, fast als hätte er Helium geatmet. Er sichtet das zerwühlte Schneebett vor der Tür. Anhand der Spuren müßte doch eigentlich abzulesen sein, wo das Ding hin ist. Tatsächlich kann er nach kurzer gespannter Detektivarbeit ermitteln, welche der tiefen Stampfer seine von gerade eben sind und welche der dazwischen Akzente setzenden, noch größeren Tritt-Trichter von dem Dämon stammen müssen. Letztere hören drei Meter vor der Tür plötzlich auf und gehen nirgendwo mehr weiter. Das gibt's doch nicht! Das ist doch nicht möglich! So ein Vieh kann sich doch nicht von einer Sekunde zur ... anderen ... in ... Luft ... auf ... lö ... in ... Luft ... Luft ... drei Meter ... vor ... der ... Hütte ...

Der Moment ist von kristalliner Klarheit. Hiob steht jetzt selbst fast drei Meter von der Tür entfernt, mit nach vorne gebeugtem Oberkörper den Schnee lesend. Er hat die Pumpgun in beiden Händen. Er hat jetzt kapiert, was passiert ist, er braucht gar nicht erst zu hören, wie das Ungeheuer von der Dachtraufe abspringt. Hiob reißt sich selbst wie ein Hammerwerfer herum, wuchtet das fliehkraftbeladene Gewehr dabei schräg aufwärts in die Höhe und schafft es, dreimal auf die aufgespreizt in den Schneemondenhimmel gestanzte Silhouette zu feuern. Dann fällt das durchschrotete Monster im wahrsten Sinne über ihn her, krallt, kickt, sprüht ihm stinkende Blutsäure über Mantel und Gesicht und stirbt viel zu langsam. Tief in den von den Seiten her nachsackenden Schnee gedrückt, windet und stößt sich Hiob hektisch unter dem Leichnam ins Freie und wälzt sich japsend durch den Schnee, um das widerliche innere Zeug von sich abzuwaschen und zu -reiben. Dabei kann er es dann deutlich hören: ein Pferdeschnauben, Schneeknirschen und Klirren schwerer Ketten, Knarren von steifem Leder hinten im Wald. Ein mächtiges Reittier, gezügelt, voll dampfender Kraft und Ungeduld. Dort hinten im Wald. Ein Reiter.

In diesen Augenblicken ist Hiob auch für großzügige Hiobsmaßstäbe nicht mehr richtig bei sich. Obwohl er nur noch einen einzigen Schuß im Lauf hat, rappelt er sich auf und rennt auf den Wald zu, behindert nur vom stellenweise hoch verwehten Weiß. Die schwer beladenen Tannen kommen auf ihn zu, dringen auf ihn ein und wischen an ihm vorbei wie diese großen Wasserwedel in einer Autowaschanlage. Für einen kurzen Moment kann der rennende, stolpernde, im Stürzen sich abfangende und wieder weiterrennende Hiob den Reiter vor ihm sogar als Kontur ausmachen, eine Art eloxierter Ritter mit hohem Hut oder Helm und einem wohl auch

für Tjosten benutzbaren Stab mit geringelter Spitze. Ein Kampfbischof. Der Ruhmprächtige selbst, Bestrafer und Versehrer der Unreinen, und – da aus dem Fließe kommend – sicher auch gleich ein paar Reiner mit.

Ruprecht reitet vor Hiob her, durch ein Labyrinth nachtweißer Kegel. Er enthält sich wenigstens des überheblichen Gelächters, aber angebracht wäre es schon, denn die wilde Jagd währt nur kurze Zeit. Hiob bleibt in fast hüfthohen Schneemassen stecken, während das Titanenpferd und sein Gigantenherr nicht einmal Spuren hinterlassen und im Heiligtum des Waldes aufgehen. Während Hiob sich freiwindet, stottert sein Hirn langsam wieder in Gang. Das hier bedeutet gar nichts. Ruprecht ist garantiert kein Prognosticon, der sadistische Kreuzritter ist mindestens genauso unbesiegbar wie Veidt von Holstenwall oder wie es Anton Krantz war in verwandtem Winter. Dies hier ist nicht mehr Hiobs Spiel. Hier wird mit ihm gespielt.

Er kämpft sich zurück, Bugwellen zäher Kristallmeisterwerke vor sich herschiebend, wehrt sich dagegen, sich verirrt zu haben. Viel zu weit, viel zu weit weg. Verhängnis. Der sicher geglaubte Punkt reißt sich los, trudelt ins stinkende Dunkel. Die Wette. Widders Schicksal. Sein Mädchen als Hure der High Society.

Er kann die Silhouette eines Pelzmärtels auf dem Dachfirst der Hütte sehen, als er die Hütte selbst noch kaum ausmachen kann. Wie ein buckliger Schlafwandler pirscht sich der rangtiefe Dämon zum qualmenden Schornstein hin und – springt kopfüber hinein. Ho, ho, ho – ich bin eure schöne Bescherung!

Hiob rennt, so schnell er kann, und das ist langsam wie im Alptraum, wegen des Schnees, und weil jeder keuchende Atemzug bei dieser Kälte wie eine gehäufte Handvoll eisgekühlter Stecknadeln in Kehle und Brustkorb reißt. Es ist sonnenklar, was jetzt passiert, Hiob ist nur einfach viel zu weit weg, um rechtzeitig eingreifen zu können. Das Licht in den Fenstern wird doppeldeutig und unruhig. Das Fell des Pelzmärtels hat, in die Kaminflammen stürzend, Feuer gefangen, und rasend und kreischend wütet das Ungeheuer jetzt da drinnen unter den verbliebenen drei Vierteln der Familie Sarpat aus Kiel. Schade, denkt sich Hiob grimmig, war eigentlich ein netter Versuch, zur Abwechslung mal den ritterlichen Helden zu spielen. Fehlen nur noch zwei Ingredienzen: die Ritterlichkeit und die Heldenhaftigkeit.

Als er völlig außer sich, mit frostigem Blutgeschmack im Mund und schrillem Pfeifen in den Ohren, an der Tür ankommt, brennt das Innere der Ferienhütte schon lichterloh. Das Schreien der Kinder ist ohne Beispiel. Wahrscheinlich hatten sie den Schrank wieder vor die Tür geschoben, keiner kommt mehr raus. Jemand wummert wieder und wieder gegen die Wände. Das Jaulen des Krokodilwolfs und schrille Wiehern von Friederike Sarpat verknoten sich ineinander, als wären beide in einer flammendlodernden Vergewaltigung begriffen.

Hin und her und hin und her schaukeln sich Hiobs Gedanken gegenseitig auf. Jetzt noch rein? Noch retten, was zu retten ist? Noch rausholen, was drin ist? Aber ist es nicht schon viel zu spät? Sind die da drinnen nicht schon viel zu verbrannt oder sonstwie verletzt, fürs Leben entstellt, verkrüppelt, zerstört? Ist es nicht viel schlimmer, das, was da jetzt noch lebt, zu retten, als ihm den letzten Schritt der Schmerzen zu ermöglichen? Aber was, wenn eines der Kinder noch völlig unversehrt ist? Was, wenn nur eines noch lebt, und Rettung bedeutet, es den einzigen Überlebenden seiner Familie sein zu lassen? Was, wenn Hiob sie zwar rettet, aber hier draußen im Schnee ohne Möglichkeit, Hilfe zu rufen, keine Chance hat, die Verletzten am Leben zu erhalten? Was, wenn die Mutter lebt, die ihre Kinder brennen sah? Was? Was? Waaaaaaaaaaaaaaaas?

Hiob preßt sich die Handflächen auf die Ohren, um das Brüllen und Prasseln und Aufplatzen von Fett nicht mehr hören zu müssen. Die Seekrankheit seines gewissenhaften Dilemmas zwingt ihn von den Beinen, bis er auf der Türschwelle sitzt, wie ein hospitalistischer Schimpanse vor und zurück schaukelnd, das warme Holz der Tür im Rücken, die Augen, das Licht zu Sternen verzerrt, auf den Weihnachtsbaum gerichtet, der milde höhnt, ein Zyniker, ein Pragmatist. Sieh her, ich brenne. Ist's nicht ein Wunder, wie friedlich mich das kleidet?

Machen wir uns nichts vor, liebe Kinderlein, die ihr entgegen meinen Rat bis hierhin ausgeharrt habt, um die scheußlich wahrhaftige Mär zu hören.

Es ist Selbstmitleid, das Hiob in die Demut zwingt. Der die Kinderzeiten wie eine Aureole mit sich führende Weihnachtsbaum vor seinen Augen zwingt ihm so etwas wie Besinnung auf, eine Reminiszenz der eigenen Geschichte.

Ihm fallen die Zeiten ein, als sein Vater noch lebte, und als es tätsächlich – zumindest ab und zu – noch so etwas gegeben hat wie eine Pastorale familiärer Geborgenheit vor dem Hintergrund des tosenden Kampfplatzes der Drachen da draußen. Die Augen, die Hiob gegeben wurden, um Häßlichkeiten zu erkennen, die Ohren, die ihn zwangen, Lärm bis ganz zur Neige in sich aufzunehmen, die Nase, die den Gestank der Verderbtheit im Übersprung zu schmekken lernte – waren dies nicht die Gaben eines gutgelaunten, flammenrotgekleideten, vollgefressenen Teufels mit weißem Schaum vor Mund und Kinn? War nicht der Rest nur Illusion? Die Seligkeit der geistig Armen? Und warum blieb ihm diese Seligkeit verwehrt, die blöde Blindheit einer Zante, die sich nur um ihr eigenes kleines Geschäft kümmern konnte in einem Schlund des Irrsinns, Kambers rührender Glaube an die Bewältigbarkeit des Armageddons, das harmonistische Naturverbundenheitsgesäusel seiner zugekifften Mutter, die über der verrottenden Leiche des eigenen Mannes mit fremden Mördern Tango tanzte, der Elfenbeinturm des greisen Großvaters, stolzer Elitarismus, der den Höllenwinden trotzt und nichts riskiert, weil unbewegt er steht, fast wie schon tot, das scheuverklappte Vorbeitrotten der Millionen anderen an den funkensprühenden Konzentrationslagern der mit Drähten zum Lächeln maskierten Diktatoren. Warum blieb ihm versagt, sich einfach zu arrangieren mit dem Dunkel und dem Blut, in berauschenden Visionen von überblickbarer Klarheit aufzugehen wie Bernadette Jurow und Sonja Zimmermann? Was ein naheliegender Gedanke ist, denn Sonja brannte auch. Von seiner Hand, wie die hier drin, von seiner Unterlassung.

Hiob denkt zurück an die Eröffnung, damals, den ersten Kontakt mit Widder und NuNdUuN und dem Spiel, und die immer wieder selbe Lektion, die der Fürst ihn seither lehrte: Es ist einfacher, zu zerstören, als zu bewahren, und wer versucht zu bewahren, zerstört am allermeisten.

Doch kein Weg mehr zurück von dieser Position aus. Kein Schleudersitz, kein Notausgang, keine Hoffnung auf Erlösung. Nur immer so weiter bis zur absoluten Unerträglichkeit, und dann noch ein Vielfaches darüber hinaus. Das Spiel. Die sicherste Methode, schon auf Erden im Feuer der Hölle zu brennen. Und dann, ihr Kinder, die ihr glauben wollt und doch des Hoffens müde seid, geschieht wieder das, was bisher noch jedesmal geschah in einer solchen Schwäche: Es rührt sich dieser Stolz. Der Stolz darauf, ein Ausgezeichneter zu sein unter den Menschen, wenngleich «ausgezeichnet» hier «gezeichnet» meint. Stolz darauf, das Heft des Weltenschicksals in die eigenen Hände genommen zu haben und sich wenigstens nicht diktieren lassen zu müssen, was immer da auch komme. Stolz, den Kampf aufgenommen zu haben, ein Krieger zu sein. Aus dem Spiel dann halt den Krieg zu machen. *Hiobs Krieg.*

Um die Seele des Planeten. Um Widder. Und um mich.

Versteht Ihr jetzt, warum er sich George Bailey nannte?

Unter der Wucht der innen tobenden Gewalten blähen sich die Fenstergläser nach außen und platzen aggressiv. Die Gesamtkonstruktion Hütte schüttelt sich in ihrer Statik. Es ist nur noch eine Frage der Zeit, bis das ganze Teil zu einem großen prächtigen Julsfeuer in sich zusammenfällt.

Hiob nimmt die Pumpgun, die neben ihm im Schnee liegt, wieder an sich, erhebt sich und geht ein paar Schritte von der Hütte weg. Schneien tut's jetzt nicht mehr. Der schwarze Himmel hat den Atem angehalten. Auch das Schreien und Wehklagen ist verstummt. Da drinnen rühren sich jetzt nur noch das Feuer und Holzbalken, die sich ineinanderschieben, deren Stärke nachgibt. Hiob geht einmal um die Hütte herum. Unter einem der Fenster liegt ein bis zur Unkenntlichkeit gebratenes Ding von der Größe etwa eines erwachsenen Menschen auf dem Bauch. Glassplitter haben einige der mit noch blubberndem Fleischwasser gefüllten Brandblasen zerschnitten und zum Auslaufen gebracht. Das Ding lebt noch, zittert unkoordiniert und macht mit der Kehle ein klatschend-rasselndes Geräusch. So sehr Hiob auch versucht zu erkennen, ob es sich bei dem geschmolzenen Material, das in Fladen an dem Ding klebt wie schwarzes Kerzenwachs, nun um verschmortes Fell oder aber vielleicht um verbranntes Goretex handelt, es ist nicht möglich. Im Sterben sind alle gleich, wie's scheint.

Hiob nimmt den Gewehrkolben, schlägt damit zweimal zu, bis der ohnehin schon mürbe Hinterkopf nachgibt und das Wackeln und das Schnalzen aufhören. Dann zieht er den Kolben durch den Schnee und schiebt mit dem Fuß gnädiges Weiß über das Was-auch-immer. Gleichzeitig implodiert das Hüttendach. Ein Funkenregen weht singend über Hiob hin, aber der Weltkriegsmantel hat schon Schlimmeres abgehalten.

Die Inspektion der Verhältnisse geht weiter. Die Kadaver der beiden von ihm erschossenen Pelzmärtel sind mittlerweile zerfallen. Nur noch fettiger, nach Essig riechender Staub ist geblieben. Ein bißchen Schnee drüber und fertig. Die Leichen von Thilo und Nick schleift Hiob nacheinander zum Feuer und kantet sie hinein. *Fünf Todesopfer durch in Brand geratenen Weihnachtsbaum* werden die Zeitungen wohl wieder melden. Und weiter hinten, im Haus der Hessen? Wer weiß, wie's dort aussieht? Vielleicht *Familienvater läuft am Heiligen Abend Amok und tötet und verstümmelt Frau und Kind.* Irgendwas Verständliches halt. Etwas, nach dem sich weitermachen läßt mit dem, was sie das wirkliche Leben nennen.

Für Hiob ist die Sache hier erledigt. Sechs mindere Fließwesen sind mehr oder weniger durch seine Hand umgekommen, das müßte doch reichen für einen schäbigen Punkt. Verräterische Spuren sind verwischt. Daß es keine Zeugen gibt, die auf Hiob hindeuten können, ist im Grunde genommen nicht das schlechteste, was passieren konnte.

Hiob wirft noch eine Blutrute, die er im Schnee findet, ins Feuer, legt sich die teure Pumpgun über die Schulter und stapft in der Richtung ins Dunkel, in der er den Fahrer des Lenggries-Sichelner Räumfahrzeuges kaltgestellt hat. Er kommt nicht weit, nicht einmal dreihundert Meter. Denn es ist noch nicht vorbei.

Kein Schneefall mehr im Mangfall, Mond steigt auf über Österreich, reißt Wolken durch wie knirschenden Stoff. Spinnweblichteinfall. Stille, bis auf das Knacken brennender Balken. Im fiebernden Schein der Flammen von hinten tanzt Hiobs Schatten wild vor ihm herum, wirft sich bald hier-, bald dorthin, leicht wie ein Geist, ohne Spuren. Dort hinten, unter den hohen bezuckerten Tannen, steht der Bischofsritter, wie eine Figur von Frank Frazetta, und wartet. Die Flanken des Pferdes erzittern. Ketten klirren. Hiob bleibt stehen, sackt sich fest in kniehoher Gischt.

Analyse: Hiob hat noch eine Patrone in seiner Pump, aber das kann er vergessen, das bringt eh nichts gegen Ruprecht. Das hier ist exakt derselbe Scheiß wie gegen Veidt von Holstenwall. Er hat nicht die Möglichkeit, eine Manifestation zu besiegen, außerdem wäre das eh verschenkt, weil das Ganze hier nur als Prognosticon verbucht ist und nur einen Punkt bringt. Also kann es hier nur darum gehen, Ruprecht entweder zu umgehen oder ihn zu vertreiben. Vergiß das Umgehen, Junge, der Ritter ist – wie das Wort Ritter schon andeutet – beritten und somit in jedem Fall schneller und stärker als du. Also vertreiben. Wie vertreiben? *Ey, Rupe, mach dich vom Acker, sonst sengt's?*

Der Ritter hebt den Bischofsstab. Teile der Helm-Mitra und des Stabkörpers glimmen im Mondlicht auf wie Elmsfeuer. Dampf oder sogar Rauch stößt aus den Nüstern des Pferdes, ein Kaltblüter, Haflinger fast, Kriegsroß. Pferd und Reiter bilden eine Einheit, einen Tank. Eine Ein-Zentaur-Armee.

Vertreiben. Also Vertreiben. Wie? Das gute Markensalz ist irgendwo in der Hütte geschmolzen, sonst hätte Hiob wenigstens einen schützenden Bannkreis um sich ziehen können. Also kein Bannkreis. Vertreiben. David. Goliath. Keine Steinschleuder. Schneebälle? Dreh nicht durch!

Der Stab senkt sich, die Spitze auf Hiob gedeutet. Einleitung des Lanzengangs. Falsch: Nicht Lanzengang. Eher Übungsstechen auf eine Strohpuppe. Ein Ruck am Zügel pflanzt sich fort durch den Körper des Tieres. Muskeln, Sehnen verlagern sich. Der Ruhmprächtige. Heidnisches Relikt voller Haß auf eine brutal christianisierte Zeit. Stonehenge auf vier Beinen. Reitet jetzt an.

Reine Nervensache. Das hier ist ein reines Pokerspiel jetzt. Es ist nicht als Manifestation gemeldet, also kann Ruprecht mir gar nichts wirklich tun. Es geht nur darum, ob ich mich einscheiße vor Angst oder ob ich cool bleibe. NuNdUuN beobachtet mich, uns. Er ist hier irgendwo. Tafelt in Nerz gekleidet auf einem Hochsitz zwischen den Bäumen, ein goldenes Teleskop in samtbefäustlingten Händen. Silberne Reißdolche grinsen vor Vorfreude. Also neue Analyse.

Der Ritter gewinnt an Tempo. Wieder dieses verstörende Phänomen: die wohl tonnenschwere Masse aus Reiter und Hengst durchbricht nicht die fragile Kruste der Schneedecke, sondern stiebt wie ein Trugbild über sie hin. Donnernde Schwerelosigkeit. Aber das ist kein Trugbild. Das ist nur einfach mächtiger als die Gravitation.

Neue Analyse: Dies ist kein Horror, dies ist eine Chance. Chance Komma einmalige. Payback für die brennenden Kinder, für Friederike, für die saublöden Männer. Mach ihm klar, daß du das nicht hinnimmst. Überrasch ihn. Greif ihn an.

Hiob entsinnt sich eines Bischofsspiels, das im 11. Jahrhundert in der Kathedrale von Rouen begründet wurde. Während seiner Vorbereitung auf dieses Prognosticon in der Familiengruft hat er davon gelesen, ist er über diesen und andere Ursprünge der Nikolaus- und Ruprechtverehrung gestoßen.

Hiob handelt. Der Ritter mit gesenkter Stablanze nur noch fünfzig Meter entfernt. Hiob stößt Zeige- und Mittelfinger beider Hände nebeneinander vor sich in den Schnee und zieht langsam eine Furche auseinander. Dann nimmt er die Furche symbolisch an den Enden und zieht sie wie ein Tuch aufwärts. Alles, was an magischem Potential in seinen Arterien pulst, wird in diesem Moment abgerufen. Der Ritter ist fast heran. Hiob brüllt ihm entgegen: *«Deposuit potentes de sede!»* und wirft die hochgezogene Barriere wie eine Sprungschanze über sich. Das Pferd kann nicht anders als aufwärts. Es steigt vor Hiob fast senkrecht in die Höhe und nimmt, immer noch im Tempo des Galopps, eine unsichtbare Schräge Richtung Himmel unter die Hufe. Hiob, der hochspringen will, um dem Ritter den Bischofsstab zu entreißen, bringt das instinktiv nicht fertig, zu schmerzhaft heftig rastet der Selbsterhaltungstrieb ein. Er duckt sich unter allen vier in der Luft astrale Funken schlagenden Hufen weg und purzelt in den Schnee. Dort liegt die Pumpgun, die er zum magischen Wirken fallenlassen mußte. Ruprecht und sein Pferd steigen auf, erst drei, dann fünf, zehn Meter, immer weiter aufwärts Richtung Mond. Hiob liegt im Schnee und zielt, auf dem Rücken liegend, über Kopf, schräg in den Himmel auf den Reiter. Er improvisiert jetzt, kann unmöglich ahnen, was passieren wird. Es gibt keinen Präzedenzfall in der arkanischen Literatur für das, was er jetzt tut. Er beschießt Neuland. Der Schuß schlägt Hiob beinahe die Oberarmknochen aus den Gelenkpfannen. Aber er trifft. Das Elefantenkaliber durchrüttelt Ruprecht, kann ihn nicht ernsthaft verwunden, aber der Ruck, die Überraschung, reichen aus. Der Bischofsstab entgleitet seiner Hand, fällt, trudelt vertikal in die Tiefe. Hiob springt auf, rennt dem Stab sich schier überschlagend entgegen und fängt ihn aus der Luft. Mit einem triumphierenden Aufschrei zerbricht er Ruprechts Stab über dem Knie in zwei Teile und wirft die Trümmer der fliegenden Manifestation hinterher. Es gibt eine Entladung, irgendeine kurzschlußartige Interaktion der Wiedenfließdimension mit der unseren. Weiße Funken sprühen aus dem zerstörten Stab, dann zerreißt es ihn quer in der Luft. Der Schallmauerdurchbruch eines Düsenjägers reißt eine halbe Sekunde später alles im Umkreis von siebenhundert Metern von den Beinen. Hiob schlägt ein vollendetes Rad zwei Meter hoch in der Luft, landet aber weich in tiefem Schnee. Baumwipfel im Umkreis schnellen wieder zurück und spucken fette Schneefladen durch die gesamte Gegend. Ruprecht im Himmel ist aus seinem Sattel gehoben worden, hat sich aber, am Zaumzeug festgekrallt, seitlich am Pferd halten können. Mühsam zieht er sich hoch, gibt dem Reittier die Sporen, und beide entkommen in der Höhe des Mondlichts.

Hiob hustet bellend im Schnee. Dann wieder lacht er und ballt beide Fäuste, reckt sie gegen den Himmel. Er hustet wieder und schreit: «Hast du gesehen, du Angeber? Hast du's gesehen?!» Langsam beruhigen sich seine zitternden Gliedmaßen. Der Adrenalinstoß ist immer lästig hinterher. «Beinahe hätte ich ihn gekriegt! Ich hab um ein Haar eine Manifestation umgelegt.» Schreiend: «Das wird Ärger geben, Rupy! Erklär mal dem herrischen Höllenfürsten den Verlust deines uralten Stabes! Ein einfacher kleiner Hiob hat dir in den Arsch getreten!» Lachen. Husten. Euphorie wird vom Körper nicht allzulang durchgehalten, ist zu anstrengend. «Der Tag wird noch kommen, da blase ich euch Scheiß-Manifestationen weg wie nichts. Wie nichts!» Erschöpfung. Er hat die Familie nicht retten können. Emotionen purzeln durcheinander und kollidieren. Sonja brannte für so gut wie nichts. Das kleine Mädchen hielt ihn für den Weihnachtsmann. Dianas Seele Richtung Hölle. Die zwölf unrettbaren Spielfiguren sitzen für immer in ihrem Matchbox-Bus und vertrauen darauf, daß Hiob den Wagen hält. Aber er hat Ruprecht geschockt. Er hat's dem alten Kinderschreck gegeben.

Der Fahrer des Räumfahrzeuges ist glücklicherweise clever genug gewesen, sich zu bewegen und warmzuhalten in dieser mörderischen Kälte. Er ist heilfroh, als Hiob endlich wieder auftaucht, heißt ihn aufzusteigen und zuckelt sofort los.

Schon auf dem Hinweg, als Hiob noch nicht genau wußte, wo er hinmußte, hatte der Fahrer den Berliner gerne nach Sicheln mitgenommen, froh, auf der undankbaren Heiligabend-Schicht wenigstens einen Anhalter zum Plaudern zu haben. Auf dem Rückweg nach Lenggries, nachdem Hiob in Sicheln die Lage sondiert hatte, hatte der Magier ihm dort, wo er die Straße verlassen und sich zu Fuß zu den Hütten durchschlagen mußte, suggeriert, daß das Vehikel eine irreparable Panne hätte und ohne Hiob auf keinen Fall weiter könnte. Das hatte ganz wunderbar geklappt. Der Fahrer ist kein besonders widerstandsfähiger Mann.

Jetzt sitzt er neben Hiob, der sein Gewehr im Inneren des Mantels verbirgt, im matt beleuchteten Fahrerhäuschen, fegt und bläst mit seinem panzerartigen Kettengefährt Neuschnee über die überkrängenden Straßenränder und klagt vor sich hin. «Omannomann ogottogott oscheiße. Biggi wird mir die Hammelbeine langziehen. Es war klar, daß wenn ich mich für den Nachmittag einteilen lasse, daß ich dann rechtzeitig zur Bescherung zurück bin. Und jetzt? Heiligabend ist rum! Die Gans beim Teufel, keine Geschenke. Der Kleine wird heulen! Omannomann, und noch schlimmer: Sorgen werden sie sich machen. Ich konnte ja nicht mal funken.»

«Mach dir doch nicht so 'nen Kopf, Alter. In einer Stunde sind wir da, solange werden sie noch auf dich warten, und alles ist gut. Es wird bestimmt keiner auf die Idee kommen, daß du hier draußen in der Einöde fremdgegangen bist oder so was.»

«Aber Heiligabend ohne Familie! Mann, das ist nicht gut. Das bringt Unglück für's ganze nächste Jahr!»

«Ach, weißt du, das kann man so und so sehen.» Hiob blickt hinaus durchs lauwarm beschlagene Fenster, auf den weißvermummten Tann, die schweigenden Berge. «Es gibt Situationen, in heiligen Nächten, wenn dich die Geister einholen, da ist es besser, wenn keine Familie dabei ist.»

«Meinst du echt?»

«Mein Wort drauf.»

Unter ihnen, im Tal, leuchtet Lenggries wie ein besonders sorgfältig herausgeputzter Weihnachtsbaum.

Prognosticon 10

BATTLE ARENA TOKYO

Mit welchem Gegner auch immer du auf Tod und Leben kämpfst,
du überlegst nicht, ob du schwach oder stark zuschlägst;
dein einziger Gedanke muß sein, den Gegner zu töten,
und das weder mit einem bewußt starken
noch freilich mit einem schwachen Hieb.
An nichts anderes darfst du denken als an den Tod des Gegners.

Miyamoto Musashi Das Buch der fünf Ringe

1. Antai

Die Darstellung
der friedlichen Ruhe

In der Nacht, wenn die linkischen bunten Horden der Touristen aus den uralten Gärten verbannt waren, lagen die Gebäude des Sengakuji-Tempels still unterm Mond wie eine Ansammlung nur lose miteinander verbundener Inseln. Denjiro Murakami bewegte sich lautlos zwischen den Büschen, dem Geruch der Räucherkerzen entgegen, der ewig vom Friedhof her ausstrahlte. Es war Januar, Winter, aber sehr mild, die Temperaturen lagen bei elf Grad über Null, und Murakami trug außer seinen Schwertern nur ein umgebundenes Lendentuch. Seine nackten Füße knirschten nicht auf dem Kies. Murakami eilte nicht. Er bewegte sich mit der dem Ort angemessenen feierlichen Grazie. Ein paar weiße und eine blaßrote Papierlaterne vorm Haupthaus säumten seinen Pfad mit ineinander verwobenen Schattierungen.

Das Tor zum Friedhof war des Nachts verschlossen, aber die Zaunumfassung niedrig. Murakami flankte nicht einfach hinüber, wie es ein *Gaijin*-Einbrecher vielleicht respektlos getan hätte. Er war ja auch kein Einbrecher. Er war ein *Ronin*, wie die Siebenundvierzig, und er kam, um seine Ehrerbietung zu bekunden.

Mit den Bewegungen einer verlangsamten Katze stieg er erst auf die Umfassung, dann auf der inneren Seite wieder hinab. Sein Fuß blieb ohne Laut, kein einziger Toter wurde durch das Eindringen erschreckt. Jetzt lagen sie vor ihm, die siebenundvierzig Steinstelen, die Gräber jener großen japanischen Helden, deren Treue und Mut bis in den Tod hinein sie unsterblich gemacht hatte.

Wie jedes Mal, wenn er nachts hierherkam, kniete Denjiro Murakami sich vor dem Grabmal des Anführers der Siebenundvierzig Samurai, Oishi Yoshio Kuranosuke, in einer Geste der Demut nieder und verharrte so abwechselnd betend und meditierend für mindestens zwei Stunden. Der Straßenlärm des Bezirks Takanawa und von der großen Daiichi-Keihin-Straße war in diesen Stunden matt und hohl und ganz vereinzelt, selbst der nahe Hafen und die Eisenbahnwucherungen schwiegen mit leise zischendem Atem.

Vor Murakamis innerem Auge zog sie wieder herauf, die heroische Epoche der Tokugawa, als Tokyo noch Edo hieß, als die Männer noch nicht mit Aktenköfferchen und Brille und Anzug und Krawatte herumrannten, sondern noch dem *Bushido* folgten und sich mit der Anmut von Todbewußten bewegten. Als Prinzipien nicht durch Geld und Technizismus verwässert waren, sondern die Konfrontation von Mann gegen Mann noch den Sieg erwies. Nippons Glanzzeit, das Zeitalter einer heroischen Kultur, die auf dem ganzen weiten Erdenrund nie ihresgleichen gekannt hatte, und die jetzt abgeschliffen und verdunkelt worden war, zum Zerrbild, zur Beute von Grabschändern, zur nationalen Schmach.

Murakami wußte, daß sein herausragender *Daimyo* ihn bei sich aufnehmen würde, wenn seine Rüstung erst vollendet war und er sein eigenes Wappen besaß; daß er so von einem Ronin zu einem echten Samurai aufsteigen würde, vielleicht selbst ein General werdend oder ein Großfürst, nicht aufgrund seines Blutes, das von den Untersten der Untersten stammte, sondern wegen seiner weithin gerühmten Tapferkeit und Kampfkraft, die allen Zwang der Herkunft zunichte machte, und daß er die Erfüllung seines Diensts und seiner Treue finden würde, wenn der *Daimyo* ihm gestattete, für ihn zu fallen.

Murakami war ein Burakumin, er stammte aus den Tokyoter Slums, sein Erbe war das von Tierschlächtern und Leichenwäschern und verwucherten Gestalten, die in schleimigen Kellern Unaussprechliches schufteten, und dennoch strebte er nach dem Licht. Seine Seele war groß.

Nachdem er aus dem Areal des Tempelbezirks wieder hinausgeschattet war, machte er sich im langsamen Erwachen des städtischen Infernos zu Fuß auf zum nur etwa einen Kilometer entfernten Universitätsbezirk. Er hatte noch etwa anderthalb Stunden Zeit, sich in dieser Kleidung durch Tokyo zu bewegen und zu jagen, ohne Gefahr zu laufen, deshalb von Schwächlingen verhaftet zu werden.

Bei seiner ursprünglichen Veröffentlichung – der Song war immerhin schon über zwei Jahre alt – war er Hiob irgendwie entwischt, weil er außer den *Reblin*-Trips Kambers eigentlich kein Radio mehr hörte, aber seit er den vietnamesischen Film *Cyclo* gesehen hatte, war *Creep* von *Radiohead* einer seiner zwei Lieblingssongs. Untrennbar verbunden mit einem melancholischen Dichter, der einen weißgekleideten Mann ersticht, der wiederum, unfähig, das Leben aufzugeben, unabbringbar auf einen Abgrund zukriecht, sowie mit einem blaugefärbten Jungen, der, einen sterbenden Goldfisch zwischen den Lippen, sich selbst ins Herz schießt, um zu spüren, wieviel Leben da noch in ihm ist, schepperte Hiob das Lied von Sonnenaufgang bis Sonnenuntergang und in der Nacht erbarmungslos durch die Gegend, bis auch der nervenstärkste seiner Nachbarn weinend gegen die Wände schlug. Der Text *I wish I was special, so fucking special, but I'm a creep, I'm a weirdo, what the hell am I doing here, I don't belong here* war eine zwei Jahre zu spät erhaltene selbsterfüllende Prophezeiung, die sich längst erfüllt hatte.

Wenn er malte, während draußen weniger als minus zehn Grad jedes Dasein zur einwärts gekrümmten Projektion machten, benutzte er noch sein zweites, artverwandtes, ebenfalls spastisch zwischen bittersüßer Melodik und verzerrter Watt-Gewalt hin- und herzuckendes Lieblingslied, *Only in Dreams* von Weezer, unbarmherzig wiederholt, mit enormer Lautstärke, um sich zu bilderstürmerischen Hochleistungen anzuputschen. Die kleine Wohnung war so überheizt, daß Hiob nur mit labberigen Boxershorts bekleidet in ihr herumstorchen konnte, mit verzerrtem Gesicht, die Mähne schüttelnd, Luftgitarre spielend, während eine mit unverschnittenem Heroin gefüllte Injektionsnadel ihm in die linke Armbeuge gesteckt und festgeschnallt war. Er liebte es, den Schuß in lauter kleinere Fraktale zu zersplitten, es immer wieder fast kommen zu lassen, aber dann wieder schweißtropfend abzuchillen. Tagelang konnte er das treiben, während er ein Bild malte, ganz aus dreidimensional tiefem Kobaltblau, ein paar Flecken von schmutzigem Weiß und einer züngelnden hellroten Entladung unweit der Mitte. Er nannte es *Christmett nahe Haiderland*. Von so was abgesehen führte er kein Tagebuch.

2. Ryoko

Die Darstellung
der Fortbewegung

Hamburg, St. Pauli. Das Viertel, wo man *alles* kaufen kann.

Ein Keller in einem der unscheinbareren Hinterhäuser ist in Wirklichkeit die beste Adresse, die Hiob von Kambers Kontakt für diese besondere Art von Geschäften genannt bekam.

Hiob ist für 11:30 Uhr telefonisch unter dem Namen «Drifter» angemeldet.

Es ist 11:37 Uhr.

Der Mann, der ihm die Tür entriegelt, die sich erst von der Rückseite als Hochsicherheitskonstruktion entpuppt, ist sehr dünn und blaß, höchstens vierzig, mit wirr ausgedünnten halblangen Haaren, und spricht mit sehr leiser und brüchiger Stimme.

«Ich bin Drifter.»

«Sie sind spät dran.»

«Tut mir leid.»

«Kommen Sie rein.»

Eine Werkstatt, nur von hinten durch eine hinter einem Vorhang scheinende Neonröhre ganz undeutlich erhellt. Der Mann knipst eine Klemmlampe an, die einen weißen Kegel ins Braun ätzt.

«Zeigen Sie mal her, das Ding.»

Hiob stellt die mitgebrachte Tasche auf einen sägespänbestäubten Tisch. Der Reißverschluß ist laut. Das Objekt in der Tasche ist zwischen Handtüchern und Styropormüll verpackt. Hiob legt es frei. Der Mann pfeift durch die Zähne die fünf Töne von *I did it my way*.

Das Objekt hat die Form einer Zigarre, an einem Ende spitz, am anderen abgeschnitten. Es ist aus silbrigem Metall, offensichtlich sehr schwer, etwa 20 cm lang und 5 cm im Durchmesser.

«Phantastisch», haucht der Mann. Seine Fingerspitzen streicheln zärtlich das blanke Metall. «Ich kann die Radioaktivität prickeln fühlen.»

«Soviel ich weiß, strahlt es nur sehr schwach. Aber ich möchte es trotzdem nicht länger als nötig mit mir rumtragen müssen.»

«Verständlich. Ich habe gehört, daß aus den Forschungslabors der Freien Universität Berlin eins von diesen Schätzchen gestohlen worden ist.»

«Bei uns war davon nichts in den Medien.»

«Nicht Medien. Ich sagte ‹Ich habe gehört ...' Ist dies das Ding aus Berlin?»

«Genau jenes.»

«Wundervoll. Ich hatte bisher noch keine Gelegenheit, ein *Depleted Uranium*-Geschoß aus der Nähe zu sehen, obwohl ich hörte, daß im Grenzgebiet zu Kuwait noch bis zu 300 Tonnen dieser Prinzessinnen im Wüstensand herumliegen.»

«Das habe ich auch gehört. Irak ist nachhaltig verseucht. Die Spätfolgen des Golfkrieges sind noch gar nicht abzusehen. Die Weltöffentlichkeit ist blind und taub und kriegt von ihren politischen Pflegern nur die eigene Kotze zu fressen.»

«So soll es ja auch sein. Ich will keine Details wissen, nur so als grobes Raster: Sind Sie Terrorist?»

«Nein. Eher das Gegenteil. Anti-Terror-Ein-Mann-Armee.»

«Na hübsch. Wo soll das Granätchen denn eingesetzt werden?»

«Japan.»

«Japan! Hah. *Tokyo Drifter*, jetzt verstehe ich den Codenamen. Kenn ich auch, den Streifen. Böses, bonbonbuntes Teil. Japan, das ist gut. Mal wieder ein bißchen gutes altes radioaktives Trauma nach Nippon exportieren, was? Ist schon fünfzig Jahre her seit dem letzten Mal.»

«Freut mich ja sehr, daß Sie in Filmkunde bewandert sind, aber wenn Sie jetzt hauptberuflich als Moralapostel arbeiten sollten, habe ich mich hier wohl in der Adresse geirrt.»

«Nein, schon gut, Freund Tokyo Drifter. Wer wird denn einen kleinen Scherz gleich so übelnehmen? Wir sind doch beide Profis. Schon 'ne Idee, wie das Kaliber durch die Flughafenkontrolle zu bringen ist?»

«Gar nicht. Ich schicke es per Post, genauer gesagt mit *UPS*, postlagernd. Ich kannte mal jemanden, der bei *UPS* als Packer gejobbt hat. Die durchleuchten da überhaupt nichts. Das einzige, was man nie mit *UPS* schicken sollte, ist etwas Zerbrechliches.»

Der Mann kichert. «Das kann ich bestätigen. Ja, das könnte klappen. Was ist das Ziel? Eine Art *Battletech*-Kampfroboter?»

«So komisch das klingt: So was ähnliches. Durchaus vergleichbar.»

«Huii. Na gut. *DU* ist das härteste Metall der Erde. Dagegen sieht das Wolfram der Bundeswehr wie Eßpapier aus. Damit muß man durch jede Panzerplatte kommen.»

«Das ist die Idee dabei. Ich habe keine Lust mehr, mich auf Kleinkaliberpimpereien einzulassen. Das ist mir letztens gründlich ausgetrieben worden. Ich will die Angelegenheit zur Abwechslung mal glatt und sauber und mit einem einzigen Schuß erledigen.»

«Das ist eine gute und professionelle Einstellung. Also: Ein Schuß. Und Sie haben auch nicht vor, sich später weitere dieser Granaten zu besorgen.»

«Dieser radioaktive Scheiß liegt mir normalerweise nicht so.»

«Also gut. Wissen Sie, was ich Ihnen konstruiere? Eine Einweg-Schußvorrichtung, die größtenteils aus Holz besteht.»

«Aus Holz?»

«M-hm. Löst sich beim Schuß in brennende Bestandteile auf, die nach vorne, also vom Schützen weg, davontrudeln. Hat den Vorteil, daß kaum was Beweislastiges übrigbeliebt, erst recht keine Fingerabdrücke, Haare oder Hautschuppen. Die Projektilführung ist aber einwandfrei präzise.»

«Klingt gut. Kann ich mir das Ganze so wie 'ne Panzerfaust vorstellen?»

«Ja, in etwa. Wird wie eine Panzerfaust auf der Schulter gehalten. Ich setz Ihnen einen Zielaufsatz drauf, den Sie sich vor's rechte Auge klappen können. Ich hab schon gesehen, daß Sie Rechtshänder sind. Der Vorteil der Materialen Holz und Plastik ist, daß Sie das Ding zerlegt in Koffern locker durch jeden Flughafen durchkriegen. Es sei denn natürlich, daß Sie lieber *alles* der Post anvertrauen möchten.»

«So wenig wie möglich.»

«Eben. Das geht uns doch allen so. Mein Preis ist fünfundzwanzigtausend. Zehntausend jetzt, fünfzehntausend in drei Tagen um 11:00 Uhr, dann ist der Granatwerfer fertig. Ich zeige Ihnen dann, wie man damit umgeht. Das ist im Preis inbegriffen.»

«Oh, Mann, na toll! Dann ist es ja doch richtig billig! Und ich dachte schon, ich werd hier übers Ohr gehauen.»

«Tja. Der Markt macht die Preise. Probieren Sie doch mal, ob Sie jemanden finden, der mit mir konkurrieren kann. Vielleicht treiben Sie irgendwo in Belgien jemanden auf, der's Ihnen für zehntausend besorgt, aber dafür fliegt Ihnen dann beim Schuß die Granate mit um die Ohren.»

«Jaja, schon gut.»

«Außerdem, was regen Sie sich so auf? Für einen solchen Hit kriegen Sie doch sicherlich das Vierfache von dem, was ich Sie koste.»

«Ja, davon träum ich auch manchmal. In drei Tagen um elf. Das Geschoß nehm ich wieder mit, haben Sie sich die Maße notiert?»

«Im Kopf, Tokyo Drifter, im Kopf. Da ist alles Verbotene sicher aufgehoben. Wiedersehn noch.» «Wiedersehn.»

Zusammen mit den Hin- und Rückflugtickets via London nach Tokio zehrte dieses Scheiß-Prognosticon Hiobs ganzes restliches aus dem Ince-Deal stammendes Vermögen auf. Danach würde er wieder ein mittelloser, abgefuckter Schlucker sein, darauf angewiesen, daß Samariter Feininger ab und zu mal ein mediokres Bild losschlug.

War wirklich keine schlechte Idee, sich das Dämonenkillen wie ein Hitman bezahlen zu lassen. Nur: Wer bezahlte für so was? Wer außer Hiob war heutzutage überhaupt noch ernsthaft daran interessiert, den Teufel zu beseitigen?

Drei Tage hatte er jetzt in Hamburg noch totzuschlagen, und es gab nur zwei Dinge, die man in Hamburg wirklich gut tun konnte. Der Fischmarkt interessierte ihn kein bißchen und das andere war ihm vertraglich untersagt, und so wurden es drei der ödesten kalten Tage seines Lebens.

Murakami bewegte sich zwischen den niedrigen Gitterstäben der Stadt wie Itto Ogami, der Einsame Wolf. Statt seines Sohnes in einem hölzernen Kinderwagen führte er als einziges nennwertes Gut den Stolz und die Erinnerung mit sich. Statt des Yagyu-Clans waren die Jedermänner seine Feinde, die grinsenden Pachinko-Daddler, die sich von Sega und Nintendo buntschießen ließen, die würdelos hektischen Aktienyuppies, die sich nachts in den Glastürmen von Lederdominas peitschen und bepissen ließen, die Eintauscher, die sich wie Tennos aufführten mit ihren mickrig-lächerlichen Direktorenpöstchen irgendwelcher Vergnügungsmüllkonzerne. Eines Abends, als er allein und nackt im Lotussitz auf dem Boden seines spartanischen Apartments gesessen hatte und den Fernseher nur im Hintergrund als Weißrausch hatte laufen lassen wollen, hatte sich eine Dokumentation in den Kanal gezwängt, ein kurzer Film, der ihm gezeigt hatte, wie der Rest der Welt die Japaner sah: Als in fotoknipsenden Rotten auftretende häßlich-gelbe Zwerge, die rohen Fisch fraßen, am liebsten Comics lasen, Wale jagten und Delphine schlachteten, ihre fußverkrüppelten Frauen wie Müll behandelten, während die Männer in speziell dafür eingerichteten «Boutiquen» die gelbfleckigen Unterhöschen von Schulmädchen kauften, um daran zu saugen und zu schnuppern, als hysterische kleinwüchsige Zappler, die mit dicken Lederjacken grauenvolle Rockmusik imitierten, als liebste Beschäftigung sich entweder in begehbaren Wandsafes vor originalen Van Goghs einen runterholten oder aber biederen Karaoke zu westlichen Schlagern sangen und dabei soviel Sake soffen, daß sie speiend zusammenbrachen. Murakami hatte angefangen, vor Haß regelrecht zu zittern. Er hatte gebetet, daß es kommen würde, das große Erdbeben, wie bereits zu der Zeit, als seine Großeltern noch Kinder gewesen waren und das Aufbäumen der planetaren Kruste 140.000 nutzlose Menschen abgeschüttelt hatte. Ja. Komm, du viel größeres Zittern, und mach alles dem Meer gleich, deck zu das verlorene Gesicht meines Volkes mit epileptischer Gnade und gib uns nach Jahrzehnten der Schande endlich unseren Frieden.

Während seines politisch orientierten Studiums war er zu der Überzeugung gekommen, daß alles mit der Kapitulation Japans nach dem Zweiten Weltkrieg angefangen hatte. Hätte der Tenno damals und mit ihm das ganze japanische Volk die Größe besessen, kollektiven Seppuku zu begehen, so, wie es eigentlich beschlossen und versprochen worden war und wie es eigentlich hätte sein müssen, dann wäre das Land der aufgehenden Sonne in allen Geschichtsbüchern der Erde als Heimat der Krieger aufgenommen worden. Stattdessen tanzte man Twist, fettete sich die Haare und verfiel dem Suff und der Hurerei. Eine gewisse Sympathie empfand Murakami für Yukio Mishima mit seiner Privatarmee und seinem Körperdrill- und Geschichtsbewußtsein, aber über eine gewisse Sympathie konnte diese Zuneigung nicht hinausgehen. Letzten Endes war Mishima ja auch nur eine verdammte Schwuchtel gewesen und damit ebenfalls Ausdruck für die Dekadenz, die die Nation zerfraß.

Denjiro Murakami war zweiundzwanzig Jahre alt gewesen, als er, enttäuscht darüber, daß keiner von seinen Freunden ihn verstand, geschweige denn mit ihm gleichziehen wollte, fast sein gesamtes zusammengespartes Geld dafür ausgab, sich einen Katana und einen Wakizashi – die klassische Samurai-Kombination aus Lang- und Kurzschwert – aus erstklassigem und wirklich gebrauchsfähigen Material zuzulegen. In den folgenden vier Jahren hatte er sich zwar von seinen auf ihn stolzen, hart und unwürdig schuftenden *Burakumin*-Eltern weiterhin das Geld für sein Studium zahlen lassen, hatte aber kaum noch Vorlesungen besucht, und wenn, dann nur, um zu stören, sich über die «Geschwätzigkeit der Ehr- und Tatenlosen» lustig zu machen und ein «Sich-Gegenseitig-Auffressen» der politischen Parteien zugunsten eines «neu erstarkenden und notweniger denn je werdenden» Kaisertums zu prophezeien. Unter verschiedenen Lehrmeistern und in verschiedenen Dojos eignete er sich Kenntnisse im Vollkontakt-Karate, im eher tänzerischen Kata, im mit dem Shinai, dem Bambusschwert, geführten Kendo und der daran anschließenden echten Schwertkunst der Niten-ichi-ryu-Schule an. Niten-ichi-ryu ist die Schule der zwei Himmel und lehrt das Kämpfen mit je einem Schwert in den Händen. Nachdem Murakami die Lehren des Schwertkampfs soweit durchdrungen hatte, daß ihm das zen-buddhistische Leere- und Nicht-Wollen-Geschwätz der Lehrmeister eher wie ein Ablenken von der Unmittelbarkeit des rauschhaften Blutvergießens vorkam, erklärte er sich selbst zum Ronin und erlegte sich auf, den Weg des Kriegers makellos inmitten einer feindlich gesonnenen High-Tech-Welt verfolgen zu müssen und einen Herren zu finden, für den zu sterben den Tod wert war.

In seiner Anfangszeit als Ronin – da war er 27 Jahre alt – bemühte er sich, soviel von seinem verhaßten Burakumin-Blut wie möglich in exzessiven Schlachten mit Straßengangs zu verlieren. In seinem Stadtviertel Asakusa wurde er bekannt, weil er sich in der zwar zerschlissenen, aber dennoch authentischen Kluft eines herrenlosen Samurais wirre, ritualisierte Gefechte mit den begeistert drauf einsteigenden, meistens viel besser – oder aber auch gar nicht – bewaffneten Jugendlichen lieferten, die die Ladenstraße Nakamise und das umgebende Rotlichtviertel als ihr Revier betrachteten. Höhepunkt war ein mitternächtliches Duell unter der einhundert Kilo schweren, roten Papierlaterne am Tor des Donners des Senso-ji-Tempels. Vier junge Kerle, die zu einer dieser neumodisch kamikazemäßig aufgedonnerten Motorradgangs gehört hatten, versprühten zischend ihr Blut in dieser Nacht, und Denjiro selbst wurde so schwer angeschossen, daß ihn auch der magische Weihrauch der Gnadengöttin Kannon nicht heilen konnte. Einzig die weissagenden Tempeltauben hielten zu ihm – sie deckten seinen Rückzug mit ihrem Geflatter, und zwei verfeindete Banden verloren seine Spur.

Ihm wurde klar in den Wochen des Fiebers, daß er eine Rüstung brauchte, eine, die nicht nur Schwerthieben standhalten konnte, sondern auch den feigen Geschossen, die die modernen Japaner anstatt der Schwertkunst verwendeten. Und da er ein Ronin war, ein Wie die Wellen Wandernder, und da er begierig war zu töten und dafür zu sterben, trat der Fürst der Acht Banner zu ihm hin, der Kriegsgott Hachiman, und unterbreitete ihm einen goldenen Plan.

Keine normale Rüstung konnte es sein, etwa im Toseigusoku-Stil. Das war zwar ehrwürdig und traditionell, aber Denjiro war eben nicht nur ein Verfechter von Traditionen, er war auch ein Erneuerer und ein Rebell, ein Einsamer, und einzigartig mußte auch seine Rüstung sein. Er trug mit sich die acht Banner der Wut, der Verachtung, der Geringschätzung, des Hasses, des Zorns, des Ekels, des Widerwillens und der Überwindung. Hachiman – so gewaltig, daß er fast aus den Beschränkungen des Zimmers platzte – beschrieb ihm mit der Stimme einer galoppierenden Roßherde eine Rüstung, die so magisch und so kraftvoll war, daß selbst modernste Kugeln sie nicht durchdringen konnten. Das Geheimnis dieser Rüstung war das Material, aus dem sie gefertigt wurde: Menschliche Stirnknochenplatten – der stabilste und abweisendste Knochen, den das menschliche Skelett vorzuweisen hat -, in menschliches Blut getaucht, bis sie die dunkelrote Farbe von Rost angenommen hatten, und dann durch Metallketten und Lederbänder miteinander und am Körper verschnürt. Fünfundzwanzig Stirnplatten waren dazu nötig: eine für die Stirn, sechs für die Brust, drei für den Rücken, eine für die linke Schulter, eine für die rechte Schulter, eine für den linken Oberarm, eine für den rechten Oberarm, eine für den linken Unterarm, eine für den rechten Unterarm, eine für die Genitalien, zwei für den linken Oberschenkel, zwei für den rechten Oberschenkel, eine für das linke Knie, eine für das rechte Knie, eine für das linke Schienbein und eine für das rechte Schienbein. Der finstere Gott zeigte ihm Planungsskizzen der Rüstung, wunderbar schwarze Tusche auf blendend weißem Pergament. Zum Abschied dröhnte ihm Hachiman noch so etwas wie «Erweise dich der Götterwelt würdig, dann wird die Götterwelt dich lieben» mitten in die Seele hinein und lachte ein Lachen wie das Losbrechen des Sommermonsus. Denjiro Murakami weinte vor Glück. Stundenlang. Er hatte seinen Daimyo gefunden, und dieser Daimyo war ein Gott.

Als er wieder so weit gesundet war, daß er aufrecht gehen konnte, machte er sich an die Erfüllung der göttlichen Weisung. Er veränderte seine Taktik, war jetzt nicht mehr darauf bedacht, sich in möglichst ausschweifenden Farben einen Ruf als Krieger und Gegner der verwestlichten Yakuza aufzubauen, sondern wurde zum Schattenkämpfer, zum Ninja. Im Schutz der zwölf Zwielichter ging er seinen Tätigkeiten nach. Er nährte sich von den Schatten der Achtlosen. Er verlegte seine Operationsbasis in eine ungenutzt an einen Tiefgaragenkomplex angrenzende Kammer im Wolkenkratzerviertel Shinjuku. Im Vergnügungsviertel Kabuki-cho konnte er auf die Jagd gehen. Er tötete nur junge, kräftige Männer, deren Stirnplatten am stabilsten waren. Manchmal schlug er ihnen zwischen Mülltonnen den Kopf ab, nahm diesen dann mit nach Hause und verarbeitete ihn dort in aller Ruhe. Manchmal hieb, sägte, stemmte und brach er aber auch schon an Ort und Stelle den das Gehirn schützenden Knochen aus der Leiche. Ihn kümmerte es nicht, was die Polizei dachte oder was die Zeitungen für blumige Namen für ihn erfanden. Er war auf dem Weg zu einer ganz neuen Form des Bushido, er wußte, daß an dem Tag, an dem er die fünfundzwanzigste Platte mit den anderen verband, magisch-göttliche Energie ihn und die Rüstung durchströmen und erfüllen und einen Samurai aus ihm machen würde, der selbst einen Vergleich mit dem legendären Miyamoto Musashi nicht zu scheuen brauchte.

Nicht alle seiner Opfer wurden überhaupt gefunden. Zwei versenkte Denjiro selbst in einem Teich des Shinjuku-Gyoen-Gartens, drei weitere vermoderten unvermißt auf dem weitläufigen Bahnhofsgelände, und mindestens zwei wurden gegessen, bevor sie gefunden werden konnten. Ob von Tieren gegessen – und wenn ja, von welchen –, erfuhr auch Denjiro nie.

Tokyo ist eine 12-Millionen-Menschen-Stadt. Das Sterben von achtundzwanzig Personen über einen Zeitraum von sieben Monaten hinweg schlägt Wellen, die vergessen sind, bevor sie noch das Ufer erreichen. Achtundzwanzig Opfer waren es deshalb, weil einer von Denjiros Auserwählten eine von außen nicht erkennbare Stirnknochenprothese aus Kunststoff gehabt hatte, und weil Denjiro ein anderes Mal von den drei angetrunkenen Kumpeln eines Opfers erwischt wurde, als er gerade dabei war, die zäh schmatzende Stirn des Toten abzuziehen. Einmal mehr zahlten sich seine Schwertfertigkeiten hier aus: Er trennte den dreien die Rümpfe auf, bevor sie ihn auch nur richtig sehen konnten, und während ihnen schreiend sämtliche Innereien entglitten und sich miteinander zu einem stinkenden, unentwirrbaren Unrat vermengten, und während die Ratten herbeischwärmten, um den Festschmaus zu beginnen, beendete er sein Sammlerwerk in aller Ruhe. Die Stirnen der drei Überflüssigen interessierten ihn nicht. Er suchte und wählte aus nach strengen Kriterien und in einem ernsthaften Ritual. Ein Samurai hebt nicht auf, was er am Wegesrand findet, ja, er nimmt solches nicht einmal wahr.

So hatte er bei achtundzwanzig Opfern vierundzwanzig verwendbare Stirnplatten erbeutet, die bereits derart kunstvoll angebohrt und miteinander verknüpft in seiner mönchischen Katakombe lagen, daß er sie jederzeit hätte anlegen können. Aber eine fehlte noch, die abschließende, diejenige, mit der er seine eigene Stirn schützen wollte, die tatsächliche Verdopplung von Schutz und Mannhaftigkeit also, und solange diese eine noch fehlte, solange trug er auch die anderen nicht, denn es würden nur Knochen sein von altblutiger Farbe, noch keine magische Rüstung.

Gestern, einen Tag nachdem er wieder im Sengakuji-Tempel meditiert hatte und sich anschließend in dem Viertel, in dem er früher studierte, die vierundzwanzigste Stirn erbeutet hatte, war Hachiman ihm wieder erschienen. Gleißend und laut, so daß er ihn kaum hatte erkennen, geschweige denn verstehen können, hatte er ihm von einem Fremden aus dem Westen, einem Gaijin, erzählt, der kommen würde, um ihn zu vernichten. Lächelnd hatte Denjiro genickt.

Ein echter Gegner. Endlich.

Wenn ein Gaijin die Stirn hatte, ihm die Stirn zu bieten, würde er die Stirn dankend annehmen. Ein würdevoller Schlußstein würde es sein. Danach würde die Rüstung sich um ihn schließen wie Amidas heiliges Licht, und das Jodo, das Reine Land, würde sich dem Samurai Murakami mit der verführerischen Zögerlichkeit einer jungfräulichen Geliebten erschließen.

3. Tatakai

Die Darstellung
der Konfrontation

Jeder, der bis heute geglaubt hat, William Gibsons Erzählung *New Rose Hotel* sei eine freie Erfindung, sollte endlich aufwachen und erwachsen werden.

Das erste, was Hiob sah, nachdem er in Narita gelandet und mit der Bahn in den Moloch Tokyo hineingefahren war, waren die in den verzweigten Bahnhofshallen aufgebauten *New Rose Hotels*, übereinandergetürmt aufeinandergesteckte Containerzimmer von 2,20 Meter Länge und etwas über einem Meter Breite und Höhe. Es gab Licht, eine Klimaanlage, ein Telefon und einen kleinen Fernsehmonitor in den Dingern, man hatte ein kleines numeriertes Schränkchen vor der Faltwand nach draußen, bezahlte durch Münzeinwurf und mußte über eine Leiter in die oberen Lagen aufentern. Da das alles Hiobs Vorstellungen von einer unterhaltsamen Nacht ziemlich nahekam, quartierte er sich gleich im dritten «Stockwerk» eines solchen Kapselhotels ein.

Anschließend – es war zwar schon abends, aber mit dem Ladenschluß hat's ja nur Deutschland so richtig vermasselt – suchte er die örtliche *UPS*-Dependance auf und förderte aus seinem teuren Postfach die Granate zutage, die er so stoßsicher wie möglich in einem dieser neuen, für den Granatenversand geradezu idealen *Buddel*-Paket-Sets der gelben Post verpackt hatte. Auf dem Weg zu Fuß zurück zur Kapselhotelhalle wunderte sich Hiob angesichts des irrwitzigen städtebaulichen Chaos` aus neonübertünchten Legostein-Kalamitäten, dreifach übereinandergestapelten Hochstraßen, Bahnbrücken und steilen, abrupten Kanaleinschnitten, warum Katsuhiro Otomo in seinem Epos Akira Tokyo eigentlich am Anfang von einer Megabombe zerstören läßt, um seine Vision von Neo-Tokyo hochzuziehen. Wenn Hiob versuchte, Tokyo fünfunddreißig Jahre in die Zukunft hochzurechnen, kam das mit Otomos Neo-Tokyo auch ohne vorherige Bombe tadellos hin. Aber vielleicht hatte Otomo ja auch, wie der Hamburger Waffenschmied es genannt hatte, «ein bißchen gutes, altes, radioaktives Trauma» aufarbeiten wollen. Zwölf Millionen Menschen lebten – Vororte zugerechnet – in dieser Metropole, das machte Berlin zu einem besseren Dorf. Irgendwo in diesem brodelnden, von immerwährendem Smog durchätzten Cyberpunk-Babylon trieb ein ausgeklinkter Killer, der schon annähernd dreißig Opfer auf dem Gewissen hatte, sein Unwesen, und war in unmittelbarem Begriff, sich von einem häßlichen, blutverschmierten Prognosticon in eine unbesiegbare, vielleicht auch unsterbliche Manifestations-Kampfmaschine zu verwandeln. Als Hiob während seines Spaziergangs feststellte, daß es so etwas wie Hausnummern gar nicht gab und er die Straßennamen ja sowieso nicht lesen konnte, war er ziemlich froh, daß er auf so etwas wie Adressen nicht angewiesen war, um die Bestie ausfindig zu machen. Mit einem Schmunzeln, als würde er sich über jemand anderen, einen hoffnungslosen Versager, lustig machen, dachte er daran zurück, wie er noch in Barranquilla, damals, ganz zu Anfang seines Spiels, darauf angewiesen war, mit Lady Di ein Blutritual durchzuziehen, um das Blinken des Prognosticons auf dem astralen Stadtplan ausfindig zu machen. Mittlerweile hatte er derartige Taschenspielereien nicht mehr nötig. Er hatte elf Punkte auf seinem Konto, die Energie von zehn davon (leider hatte die Gegenseite ihm einen abgenommen) standen zur wiederaufladbaren Verwendung bereit. Das war ein arkanisches Gewicht, das ihn zwar nicht ganz davor feite, im extremen Ernstfall NuNdUuN um zusätzliche Kapazitäten anbetteln zu müssen, das ihm aber doch schon einen ungleich höheren Spiel-Raum verschaffte als in der demütigenden Eröffnungsphase.

Er kletterte in seine Wabe zurück und schloß die Faltwand nach draußen. Der Lärm der umgebenden Bahnhofshalle wurde kaum abgedämpft, und irgendwo in einer der angrenzenden Kapseln trieben es zwei röhrende Kerle miteinander, aber die nur symbolische Abgeschottetheit reichte Hiob völlig aus. Geduldig und mit akribischer Präzision schraubte und rastete er aus den Einzelteilen in seinem Koffer den Kunststoff-Hartholz-Einweg-Granatwerfer zusammen, eine haselnußfarbene Röhre von etwa eineinhalb Metern Länge und neun Zentimetern Durchmesser, am einen Ende verplombt, am anderen, offenen Ende verstärkt und verdickt, mit einem simplen Abzugshebel, einer Art Schultersattel, der Hiob anatomisch angepaßt worden war, und einem Umklapp-Fadenkreuz, das den optischen Sprung zwischen den eigenen Augen und der Schußmündung vor der Schulter ausglich, so daß man sehen konnte, wo man eigentlich hinzielte. Hiob mußte darauf achten, die Granate schon während des Zusammensetzens der Schußröhre regelrecht mit einzubauen, damit sie fest einsaß und nicht vorne herausrutschen konnte, falls die Mündung mal auf den Boden zeigte. Der Waffenmacher hatte Hiob außerdem erklärt, daß er kurz vorm Abdrücken das Gesicht besser von der Röhre abwenden sollte, da sie ja zerbrach und zu brennen anfing und sich in Schußrichtung hin selbständig machte, was verständlicherweise nicht ganz ungefährlich war.

Eine Dreiviertelstunde hatte die Montage gedauert, dann war der Granatwerfer fertig und geladen und scharf. Das Teil war viel zu lang und vor allem viel zu dick, um es selbst unter dem Mantel irgendwie verbergen zu können, deshalb hatte Hiob im Koffer ordentlich Packpapier eingesteckt, mit dem und etwas Kordel er das Ding umwickelte, bis es wie ein Bündel Bambusstangen oder ein Dildo für einen weiblichen Sumo-Ringer aussah. Jetzt faltete Hiob seine Beine in seine persönliche Lotussitz-Imitation untereinander und versuchte, seine akustischen Wahrnehmungen so weit herunterzuregeln, daß er sich auf das Finden des Ortes konzentrieren konnte. Mit einem Perlmuttdorn der Zirbeldrüse stach er die Astralität wie eine Milchtüte an, und die frühe Milch der Schwärze fing an zu suppen.

Zwölf Millionen Ameisen wimmeln durch ein Labyrinth aus fehlfarbigen Edelgasdrähten, mitten unter ihnen eine anstatt mit Chitin mit verbluteten Menschenknochen gepanzerte Kakerlake.

Das Wimmeln nimmt zu, wird zum Flimmern, zur Desintegration, zum Overkill, zwölf Millionen Ameisen haben zweiundsiebzig Millionen knisternde Beine minus sechs minus sechs minus Hiob sprang ab blöde Idee zu große Stadt Überblick so nicht möglich.

Kein Problem. Neuer Versuch.

Der Gegner versprüht eine Energie, die gegenläufig ist zur Energie der anderen. Sein Einatmen ist Wiedenfließ, sein Ausatmen ist ßeilfnedeiW, blende all den irren facettierten Atem anderweitig Durchgeschnappter aus und laß leuchten, Junge. Uhh, verdammt. Ein dichtes, verheddertes Netz flammt auf, in schönster Wiedenfarbe – alle Wege, die der Killer seit Beginn seiner Tournee zurücklegte. Da mehreres mehrfach überlagert ist, ist es nicht möglich festzustellen, wo die Spur endet, wo er jetzt ist. Himmel, so ziemlich ganz Tokio war des Verrückten Revier.

Kein Problem. Kein Problem. Hiob wischte sich mit dem Handrücken den Schweiß von der Oberlippe. Mindestens zwei Wege fielen ihm noch ein, wie er den Feind ohne Blutopfer orten konnte.

Oookay. Ich konzentriere mich auf .... ritualisierte Gewalttäter. Werde das reine weiße Laken einer Unberührten, Tokio, und spuck ihn für mich aus, blute, wo sein Herz schlägt, blute für mich, Tokio, zeig's mir.

Neeeiiiiinnnn. Soviel Blut. Soviele irre Serienmörder. Entschuldige, Tokio, mein Fehler. Hätte ich mir denken können. Ist in Berlin nicht anders. Ist in jeder Halbwegs-Großstadt so. Einer der Acht-tausender-Gründe für mein Spiel. Nein, Tokio, Baby, tut mir leid, ich kann mich nicht um alle kümmern, ich bin nur hinter dem her mit der Knochenrüstung, tut mir wirklich, aber, hey, Tokio, wenn du ehrlich bist, wenn du ein aufrichtiges Mädchen bist, dann magst du's doch so, hm?, hab ich nicht recht?, das ist es doch, was du bist, was dich ausmacht, na also, hab ich's doch geahnt. Die wilden Kerle sind's, die dich heiß machen. Das versteh' ich. Du bist auch nur ein Sodom. Ihr alle seid Sodoms. Weil wir Sünder in euch sind.

Hiob schlug die Augen wieder auf. Er rieb sich über die Augen, mußte sich neu sammeln. Meine Fresse, was für eine Stadt. Wenn er jemals aus Berlin verschwinden mußte, weil man ihm auf die Schliche kam – Tokio würde so einen wie ihn mit offenen Armen willkommen heißen.

Letzter Versuch, sonst muß ich mir doch wieder was Gemeines einfallen lassen. Streng dich an, Hiob, reiß dich am Riemen. Okay, los: der älteste Weg, der, den die Hunde gehen, glücklicherweise aber nicht nur die bescheuerten Hunde die großen Raubkatzen tun's auch: Geruchstechnik, geh der Nase nach, schnupper dich durch die Stadt, Voraussetzung: belege die Wie-denn-fließt-Aura(?) des Gegners mit einem Duft, olfaktorische Einzigartigkeit Bedingung, nichts Verwechselbares, sonst verläufst du dich verwechsern und tauchst ariadnelos nimmermehr mehr auf.

Alles klar, einen Geruch, den es in ganz Tokio kein zweites Mal, also natürürlicherweise überhaupt nicht, gibt. Hmm, was könnte man da nehmen. Macht mir einen Kopp. *Gebratener Fisch* fehlt ihm ein – das ist lustig, die weil die Japse doch immer Fisch roh essen, hoha – aber so richtich funktinoiert das nicht weil bestimmt es gibt einen McDonalds oder Artverwandtes auch in Tokio und die da haben Fischburger für Frißbürger und solche Dinge gantz bestimmt. Aber die Grundi-dee mit was zu Essen ist schon gut, alo wa gibt es da noch, was die Jappanner niemals äsen, waz gans bestinnmtes, was Privates, jetzt fellt ihm wass Ein und er muß

Raus. Hiob kippte stöhnend nach vorne und schrammte mit Kopf und Brust gegen die Faltwand, die glücklicherweise ausbeulend standhielt, sonst wäre er ein paar Meter stirnüber abwärts auf hartes Bahnhofspflaster geplatzt. «Scheiße», ächzte er, lächelte aber. Seine Beine waren wadenabwärts eingeschlafen, er rieb und schüttelte sie und wartete, daß das Blut in sie zurückkrabbelte. Ziemlich weit hatte er sich vorgewagt, vier verschiedene magische Findungen nacheinander abgeklappert, bei der letzten wurde ihm schon ganz schwummrig, aber jetzt hatte er es, so absurd es auch war: Choucroute. Mutterns gutes altes elsässisches Choucroute, eine Art Schlachtplatte mit Speck, Zwiebeln und Kraut. So etwas kannte in ganz Japan kein Mensch außer ihm, besonders nicht das Familienrezept mit der Kümmelnote. Er mußte zugeben, daß ihm das gefiel. Es hatte zuviel Humor, um einem Erzenen wie NuNdUuN Freude zu bereiten.

Er öffnete die Wand, schwang sich raus und machte sich auf den Weg. Da er nicht wußte, wann der Gegner seine Rüstung vollständig haben und zur Manifestation werden würde, wollte er lieber keine Zeit verlieren, nach Möglichkeit nicht eine einzige Minute.

Die Nacht war zwar nicht sommerlich, aber mindestens fünfzehn Grad wärmer als in Berlin, so konnte er seinen Weltkriegsmantel vorne offen lassen. Der junge unrasierte Gaijin mit den schulterlangen Haaren, dem hellgrauen, abgewetzten Mantel und dem undefinierbaren länglichen Packpapierding unter dem Arm paßte sich ins buntgemischte Straßenbild der Stadt so nahtlos ein wie ein vollständig geschminkter Clown in einen Rummelplatz.

Er sah Mönche mit unheimlichen, die Augen verdeckenden Strohhüten auf an Ecken stehen und mit tiefer, monotoner Stimme für eine milde Gabe singen. Er sah Geishas trippeln zwischen breitschultrigen Yakuza-Typen, denen die Tätowierungen schier aus den Sakkoärmeln trieften. Überall flammten und oszillierten Monitore und Leucht-Laufschriften und ampelten Firmenschriftzüge durch die Gegend oder zeigten polygonisierte Bloodsport-Computeranimationen. Vierzehnjährige Nutten in Schuluniformen lungerten nägelkauend in Spielhöllen. Outlaws mit nächtlichen Ray-Bans kurvten auf aufgemotzten Kawasakis über Bürgersteige und legten sich mit jedem an, der schwächer aussah. Unglaublich viele identisch gekleidete Gutverdiener (dunkle Anzüge, weiße Hemden, dunkle Krawatten) hockten in Sushi-Bars und Bierhallen zusammen und ließen sich ein ganz klein bißchen gehen. Die Schönheit einiger Frauen war aggressiv und verlogen, denn sie hatten nicht vor, die Versprechungen ihres Gangs zu halten. An einer Straßenecke spielten Punks die karottenroten Johnny-Rotten-Posen nach, aber ihre Musik war anders, wuchtiger, eher hämmernder Grunge-Noise à la *Sonic Youth*. Nichts stimmte hier, aber jeder klammerte sich so daran, als müßte morgen schon alles verlöschen.

Das Schnuppern nach der *Choucroute*-Fährte und das damit einhergehende Einsaugen aller erdenklichen exotischen Gewürze und Soya-Variationen machte Hiob hungrig, also kaufte er sich an einem Imbißstand drei Yakitori-Spieße und kippte dabei zwei Schälchen Awamori-Schnaps. Er hatte in Hamburg gerade genug Yen getauscht, um sich ein Zimmer und einmal was zu Essen leisten zu können. Er hatte also noch was übrig, da die Hotelkapsel billig war, und probierte noch drei verschiedene Sushi-Reis-Seetang-Bündelchen, die ihm jeder so gut schmeckten, daß er beschloß, in Berlin auch mal Japanisch essen zu gehen. Jedenfalls war er jetzt satt, fühlte sich wohl und bewegte sich weiterhin in eine Himmelsrichtung, die er nicht hätte benennen können, durch Stadtviertel, deren Namen er nicht kannte. Die Duftfährte war ziemlich geradlinig, was darauf hindeutete, daß der Gegner sich nicht wie wild bewegte. Das war gut so, das vereinfachte die Sache. Eine wilde Verfolgungsjagd wäre in so einer Stadt sicherlich ein Heimspiel des Lokalmatadoren geworden.

Seine Nase führte Hiob jetzt in leisere Gefilde. Die Häuser

waren hier vier- oder fünfstöckig, mit außen umlaufenden Treppenaufgängen und Balkonbalustraden, die auch farblich von der Fassade abgesetzt waren. Papierlaternen spuckten ihr Geisterlicht auf streunende Katzen und parkende Kleinwagen. Flackerne Fernsehprogramme wurden wie Motten von Satellitenschüsseln angezogen, klatschten hindurch und beleuchteten Innenwelten. Die Grenze zwischen den Vergnügungszentren für solvente Herren und den Slums verlief hier wie mit dem Lineal gezogen, und kein Unverzweifelter überschritt normalerweise die unsichtbare Palisade. Ein rundköpfiger Hund knurrte Hiob hinter einem Maschendrahtzaun an und fing dann sabbernd an zu bellen. Dunkler wurden die Straßeneinmündungen. Hiob durchnestelte mit den Fingern das Packpapier über der Abzugskonstruktion, so daß er den Finger schußbereit hatte. Der Geruch nach würzigem Sauerkraut war jetzt stark und schien von überallher gleichzeitig zu kommen. Hier war es also. Hier irgendwo lauerte das Monster, lugte verzerrt hinter irgendwas hervor. Erwartete es ihn? Nicht ausgeschlossen. Nichts Schlimmes war ausgeschlossen in dieser Art von Spiel.

Der beschissene Köter übertönte mit seinem blöden Gekläffe jegliches Geräusch, das Hiob eine Ahnung einer Annäherung hätte vermelden können. Choucroute balgte sich jetzt mit den Gerüchen von ausgelaufenem Motoröl, verwittertem Holz und feuchter Wäsche. Irgend jemand kochte Krabben. Einer oder eine liebte Blumen.

Hiob stand mitten auf der Straße und schwenkte das Rohr auf seiner Schulter wie einen infrarotbereiten Suchscheinwerfer. Er hielt es für besser, die Mündung der Waffe nicht vom Papier freizuzupfen. Erstens war das eh nicht nötig, und zweitens würde es dann jemandem, der zufällig vorbeikam, schwerer fallen, das Ding als Panzerfaust zu erkennen. Der Geruch des Lieblingsessens seiner Kindheit wurde langsam zum Gestank, ging ihm jetzt auf die Nerven, weil er satt war, und weil sein Adrenalin jetzt simmerte.

Dann zeigte sich der Feind. Er kam von oben, ließ sich scheinbar von einem Dach fallen, flicflacte aber in Wirklichkeit vertikal von Balkon zu Balkon nach unten. Er kam auf, rollte seitlich über kurzen Rasen, überhaupt kein Ziel bietend, zog im Aufspringen Langschwert und Kurzschwert wie bei einer Thorax-Autopsie auseinander und setzte wie ein Hürdenläufer über eine Bambuspalisade hinweg. Ein halbnackter Japaner, bekleidet nur mit den braunroten Stirnknochen seiner Feinde. Also hatte er zu Hiobs Ehren seinen ganzen Schmuck angelegt. Wie festgeklebt saßen die ermordeten Knochen auf seiner gebräunten Haut.

Hiob klappte die Zielvorrichtung aus, verfluchte innerlich das schlechte Licht, denn er konnte durch das Fadenkreuz fast gar nichts erkennen. Der Samurai blieb stehen, in etwa dreißig Meter Entfernung, aber doch nicht so ganz. Seine Schwerter tänzelten vor seinem Körper hin und her wie Marionetten, der Leib schwankte wie Gräser im Wind, er bot ein denkbar undankbares Ziel, zischte dabei und formulierte heisere Worte, die Hiob nicht verstehen konnte, die vielleicht aber ein Name waren oder eine Begrüßung oder eine Kampfansage oder sonsteine formelhafte Floskel, die ein Samurai eben so von sich gibt, bevor er sich ans Töten macht.

Als der Krieger dann anlief, nicht gerade, sondern in den kunstvollsten Haken-Sprüngen, die Hiob jemals gesehen hatte, dämmerte dem Spieler Montag sein ganzes Dilemma. Er hatte halt nur einen einzigen Schuß. So, wie der Samurai sich bewegte, war es mehr als wahrscheinlich, daß dieser eine Schuß danebenging und irgendein unschuldiges Haus zerlötete. Hiob konnte den Gegner auch so nahe an sich heranlassen, daß er nicht mehr vorbeischießen konnte (das war der Vorteil daran, daß der Gegner keine Fernwaffe hatte), aber dann würde die Explosion mit Sicherheit auch ihn selbst mit erwischen. Und *hatte* er vorbeigeschossen oder baute er sonst irgendeinen Mist, dann kappte ihm der artistische Kerl mit Sicherheit mit einem einzigen Hieb den Oberkörper vom Becken und posierte sich anschließend in ausgeführter Schlagstellung mitten hinein in den diesjährigen *Photo of the Year*-Award.

Es war zu spät für Panik.

Hiob hatte geglaubt, sich diesmal durch die Wahl der Waffen so gut vorbereitet zu haben, daß nichts mehr schieflaufen konnte, daß alle variierenden Überlegungen vor Ort einfach entfielen. Das war natürlich ein Fehler gewesen, einer seiner üblichen hochtrabenden Die-Vielfältigkeit-der-Realität-außen-vor-laß-Fehler, eine In-der-Theorie-sieht-es-so-gut-aus-also-zwingen-wir-der-Wirklichkeit-einfach-meinen-Plan-auf-Vermessenheit genau wie am Heiligabend, als er für alles gerüstet war, nur nicht für das Aufkreuzen einer Familie.

Scheiße, hatte er damals hinterher mit sich gehadert und sich die Haare gerauft und sich über gute Vorsätze ins neue Jahr gesoffen. Wie er sich mal hingesetzt hatte und sich auseinandergedröselt hatte, wie viele seiner elf sakrosankten Punkte eigentlich auf puren Dusel gegründet waren oder auf das unnennbare Talent, einen umkippenden Eimer Gülle wieder aufzustellen, ohne daß die Flecken auf dem teuren Teppich allzusehr augenfällig wurden. Irgendwie klang ihm noch im Ohr, daß irgend jemand, wahrscheinlich Widder, mal zu ihm gesagt hatte, daß es gerade diese Unberechenbarkeit war, die ihn über seine Vorspieler erhob. Daß es die Fehler waren, mit denen NuNdUuN nicht rechnete.

Und auch nicht ein ritualgestählter, blutrauschamokschwertschneidender Killersamurai.

Hiob schloß die Augen, verwackelte kurz die Schußposition, konnte ein Grinsen nicht mehr unterdrücken, zog den Abzug durch und traf. Es war Zen-Buddhismus pur. Wenn es nicht das Ziel selbst ist, das den Pfeil findet, wird dein Pfeil ohnehin nie treffen. Wer sucht und sich müht, findet nur Suche und Mühe, sonst nichts. Im Nichts liegt der Schlüssel. Hiob Montag, seines Zeichens Rundauge und Langnase, hatte auf einer ganz instinktiven Ebene, innerhalb von Sekundenfragmenten, begriffen, daß es keinen anderen Weg gab.

Zumindest nicht hier, im Land der aufgehenden Sonne.

Denjiro Murakami wurde vors Schlüsselbein getroffen. Die Detonation der Granate verwandelte seine Stirnplattentrophäen in gesprenkelte

Disken, die ausglühend bis zu zweihundert Meter weit über Hausdachlandschaften davonsirrten. Hiob flogen die Mikadosplitter seines ehemaligen Abschußrohrs um die Ohren, während von vorne die unglaubliche Helligkeit der Explosion ein Loch ins Zelluloid des Daseins brannte und die Druckwelle mit einem zweifüßigen Tritt seinen Rippenkasten traf. Eingehüllt in brennende und zerstiebene Fetzen von schmorendem Packpapier rang Hiob halbbetäubt mit mehreren Schwerkräften gleichzeitig. Die Straße selbst begann zu brennen, ein Verkehrsschild neigte sich gravitätisch um sich selbst und hieb weitere Funken hoch. Der robuste Mantel aus den Schützengräben Verduns und auch die langen Haare hielten das meiste von Hiob ab. Er brachte sich hustend und ein bißchen taumelig in Sicherheit und war schon ein paar Blocks entfernt, als die Feuerwehren eintrafen und die Straße hektisch unter Wasser und Löschschaum pumpten und endgültig in den vertrauten Schauplatz eines Godzilla-Films verwandelten.

Ausquartiert und eingecheckt saß er in einem Jumbo wieder via London nach Berlin. Über der kontinentalen Landmasse schwebte das Flugzeug oberhalb von Nebel dahin; Nebel von oben war flach und sah wie eine leicht riefelige Schneelandschaft aus, oder als könnte man als Fallschirmspringer weich und jauchzend darin landen. Aber das konnte man nicht. Als Fallschirmspringer würde man haltlos durch das Weiß hindurchtrudeln, dabei naß und blind werden und schließlich mit unverminderter Härte unten aufschlagen. Hiob machte sich keine Illusionen darüber, was ihn in Berlin erwartete. Er hatte jetzt die ersten vier Punkte seiner fünfpunktigen Wette mit NuNdUuN gewonnen, es stand jetzt Zwölf zu Eins für ihn, und die Worte des Unteren Fürsten klangen ihm noch gut genug in den Ohren: *Es wird kein Dreizehn zu Eins geben.*

Bisher hatte der einzig wirklich existente Gott sogar Wort gehalten – die vier Prognostica seit Vereinbarung der Wette waren relativ leicht und überschaubar gewesen. Die Sache mit dem traumverlorenen Türken war nur gory geworden am Ende, weil Hiob sich von Conrad Veidts Cesare hatte überrumpeln lassen. Die endgültige Absenkung von Meister Byhn war im Grunde genommen nicht gefährlich, sondern nur ein Problem des Schuldgefälles in einer typischen Schüler-Lehrer-Beziehung gewesen. Die Ruprechtsnacht hätte Hiob wunderbar im Griff gehabt, wenn nicht die Touristen ihm im wahrsten Sinne des Wortes dazwischengefunkt hätten. Und auch das Abenteuer in Japan war sehr kulant: Ein einziger Gegner, dessen unbestreitbare Talente man mit dem richtigen Werkzeug ziemlich mühelos aushebeln konnte.

Trotz dieser relativen Bewältigbarkeiten hatte Hiob das Gefühl, schon stolz sein zu können auf sich, denn in den vergangenen vier Punkten hatte er ja auch seine Taktik geändert. Er hatte sich nicht mehr ganz so wild ins Geschehen gestürzt, um dann erst vor Ort rotierend rauszufinden, was eigentlich im Werden war, wie er das zu Beginn seines Spiels und auch noch zum Beispiel bei seinem Doppeldeckerbus-Desaster gemacht hatte. Den letzten vier Punkten war allen gemein gewesen, daß Hiob sich mit penibler Akribie schon im Vorfeld durch gute Recherche und das aufwendige (und kostenintensive) Heranziehen oder Herstellen der geeignetsten Waffen einen letztendlich entscheidenden Vorteil verschafft hatte. Trotzdem war den letzten vier Punkten auch gemein gewesen, daß es in jedem von ihnen einen oder mehrere Momente gegeben hatte, wo Hiob die Kontrolle wieder verloren hatte, zum Spielball seines Geschicks wurde und sich nur mit Mühe und Instinkten wieder emporziehen konnte. Das war sehr ärgerlich. Das mußte noch besser werden. Das würde besser werden mit steigender Erfahrung, da war sich Hiob sicher. Aber auch so schon, ohne große Erfahrung, hatte er jedesmal gewonnen.

Ihm war klar, daß NuNdUuN die Möglichkeit hatte, aus seinem Fundus der eintausendundeinemillionen Unmenschlichkeiten eine zutage zu fördern, die selbst durch gewissenhafte Vorbereitung und vorbildliche Ausrüstung nicht so leicht zu entschärfen war. Wenn Hiob so darüber nachdachte, hatte er ohnehin noch nie davon gehört, daß der Wiedenfließregent jemals eine Wette verloren hätte.

Aber um Präzedenzfälle zu schaffen, war Hiob Montag ja schließlich angetreten, und deshalb grinste er wieder ein bißchen, mit so was wie Zuversicht in den Augen, und das Spiegelbild im kleinen Flugzeugfenster neigte sich den tiefen Nebeln zu.

Hiobs Spiel | Traumtänzer

PROGNOSTICON 11

Abreibung

Warum starb ich nicht bei meiner Geburt,
verschied nicht,
als ich aus dem Mutterschoße kam?

So läge ich nun und wäre stille,
ich schliefe,
da hätte ich Ruhe,
mit Königen und Räten der Erde,
die sich Grabmäler erbauten,
oder mit Fürsten,
reich an Gold,
die ihre Häuser mit Silber füllten,
oder ich wäre verscharrter Fehlgeburt gleich,
wie Kindlein, die niemals das Licht geschaut.

Dort lassen die Frevler ab vom Toben,
dort finden Ruhe,
deren Kraft ermattet.
Dort sind gleich die Kleinen und die Großen,
und frei ist der Knecht von seinem Herrn.

Warum gibt er dem Elenden Licht
und Leben den Seelenbetrübten,
die des Todes harren, und er kommt nicht,
und die nach ihm mehr als nach Schätzen graben,
die sich freuen würden bis zum Jubel,
die frohlockten,
fänden sie das Grab.

Denn Seufzen ist mein täglich Brot,
es strömen gleich dem Wasser meine Klagen.

Denn was ich fürchte,
das kommt über mich,
wovor ich schaudere,
das trifft mich.

(Das Buch Hiob, Kapitel 3, Verse 11, 13–17, 19–22, 24 und 25)

I

DIESER WINTER schien gekommen, um zu bleiben.

Das Knirschen seines kalten Herzens erfüllte die Stadt mit einer fast primitiven Furcht. Brennstoffe, besonders Kohle, wurden knapp. Auf den hart und gläsern gewordenen Wasserwegen saßen die Schiffe fest und zitterten die Betreiber um ihre Existenzen. Feuerwehrmänner machten dumme Gesichter, als sie in den östlichen Bezirken einen Wohnungsbrand löschen wollten, aber kein Wasser kam, weil selbst die Hydranten zugefroren waren. Im gesamten Brandenburger Umland platzten die für einen dermaßen tiefreichenden Bodenfrost nicht unterirdisch genug verlegten Wasserleitungen und machten aus der Stadt wieder eine Insel. Die Trinkwasserversorgung per Lieferwagen wurde von den meisten mit breitschnäuzigem Humor genommen, schließlich war's ja alles kein ganz großes Drama, niemand starb. Aber das stimmte natürlich nicht. Heimlich und verstohlen, wie sie zuletzt auch hatten leben müssen, starben sich die Alten aus ihren Miseren davon. Der unnatürlich trockene Frost, das mit dem neu aufgetauchten Begriff Windchill umschriebene Erleiden waren zuviel für sie. Hiob sorgte sich um seinen Großvater.

Im Seniorenheim am Donnersmarckplatz war es so warm, daß die Schneereste sich als weiße Flecken in Hiobs billige Stiefel eingebrannt hatten, noch bevor er das Zimmer des alten Magiers erreichte. Dort erwartete ihn eine Überraschung. Seine Sorgen waren unbegründet gewesen, Tharah stand nicht allein dem Winter gegenüber. Moritz Wagsal war bei ihm. Der Heilige und der Unheilige spielten sizilianisches Schach.

Seit seiner Kindheit hatte Hiob die beiden nicht mehr zusammen gesehen. Irgendwann vor etwa fünf Jahren hatte es sogar einmal richtig Krach zwischen ihnen gegeben, und die beiden Weißköpfe waren nicht mehr dazu zu bewegen gewesen, sich auch nur zu Weihnachten ein Kärtchen abzuringen. Aber in den letzten zwei, drei Jahren war die uralte Freundschaft so langsam wieder ins Lot gerastet. Jetzt beharkten sie sich nur noch auf braun-gelben Holzfeldern. Wagsal lästerte über Tharahs h-Linie, die «offen» sei «wie eine alte Hure». Tharah konterte damit, daß Wagsals verbliebener Springer blöd rumstehe «als hätte er sich in die Hosen gemacht» und traue sich «aus Peinlichkeit nicht mehr, sich zu bewegen.»

Hiob setzte sich aufs Bett und kiebitzte, ohne sich einzubringen. Die beiden markanten Greisenprofile über dem Schlachtfeld gefielen ihm, und er musterte sie aufmerksam. Knorrige Götter waren sie, ohne Mitleid für die Bauern unten. Manchmal funkelten sie sich unter gesträubten Augenbrauen an, als versuchten sie, die Gedanken des anderen zu lesen. Wahrscheinlich war genau das auch der Fall.

Tharah gewann. Alles schien auf einen sauber vorbereiteten Mattangriff des Antiquars hinzudeuten, als Tharah plötzlich einen zuerst verzweifelt scheinenden Gegenangriff startete, Wagsals König aber mit dauernden Schachs immer genau einen Zug vor dem eigenen Matt vor sich hertrieb. Schließlich verhedderte sich Wagsals König in den eigenen Verteidigungslinien, seine Bewegungsfreiheit war zu sehr eingeschränkt, um Tharahs husarenhaften Vorstößen weiter ausweichen zu können. Es war ein echtes Matt. Hiob staunte über die jugendliche Wildheit der Partie. Er hatte eher mit einem abgeklärten Positionieren auf Punktsieg hin gerechnet.

Auch nach dem Kampf sprach noch keiner der beiden Alten mit ihm. Sie blieben weiter über das Brett gekrümmt und analysierten aus dem Nachhinein heraus Fehler und mögliche Alternativen.

Irgendwann dann murmelte Tharah ganz beiläufig: «Sie hat mir schon wieder die Pfeife weggenommen, Iob.»

Hiob krempelte sich die geistigen Ärmel hoch und trat in Aktion, der Seniorenheim-Schwarzenegger von Frohnau. Er fand seine spezielle Freundin Susanne in der Teeküche an einer Fünf-Minuten-Terrine nippend.

«Hören Sie mal, ich bin's jetzt langsam leid», raspelte er los. «Wenn Sie meinem Großvater noch ein einziges Mal seine Pfeife klauen, nur weil Sie offensichtlich an einem oralen Komplex leiden, dann hole ich ihn hier heraus und zeige Sie wegen ...was weiß ich ...psychischer Grausamkeit gegenüber Schutzbefohlenen an.»

«Ich meine es nur gut mit ihm. Das Rauchen schadet ihm.»

«Der Mann ist fast achtzig Jahre alt – für was in aller Welt soll er sich denn Ihrer Meinung nach noch schonen ? Ich glaube nicht, daß er an der Olympiade teilnehmen will.»

Susanne stellte ihre Suppentasse ab. Ihre Mimik nahm Anlauf. «Herr Montag, ich bemühe mich, ich bemühe mich wirklich, freundlich und zuvorkommend zu den Angehörigen unserer Bewohner zu sein, aber Sie gehen mir langsam zu sehr auf die Nerven!»

«Na, das ist ja toll.»

«Nein, das ist nicht toll. Ich will Sie mal was fragen, Herr Montag: Wo sind Sie eigentlich, wenn Ihr Großvater nachts, nachdem er wieder geraucht hat, blutig verteerte Lungenfetzen aushustet und Harn im ganzen Bett verspritzt, weil der Hustenreiz seinen Körper so schüttelt? Wo sind Sie dann? Wo sind Sie eigentlich, wenn er im Eßraum zusammensinkt, weil er einen kleinen Schlaganfall erlitten hat und Sauerstoff braucht? Wo sind Sie, wenn er gebadet werden muß? Wo treiben Sie sich herum, wenn er Fieber hat und zu schwach ist, sich nach dem Stuhlgang abzuwischen? Reiben Sie dann seinen furunkeligen Hintern sauber? Oh nein, Herr Montag, ich bin überzeugt davon, daß Sie sich ein schönes flottes Leben machen in der Blüte Ihrer Jugend, mit Gleichaltrigen und attraktiven Menschen, während ich und meine Kolleginnen und Kollegen Ihnen die lästige Bürde abgenommen haben und uns um Ihren Großvater kümmern ! Machen Sie doch Ihre Drohung wahr und nehmen Sie ihn mit zu sich nach Hause, das wäre bestimmt für ihn sogar das beste, aber natürlich werden Sie das nicht tun, weil Sie's ja gar nicht wollen, weil Sie das sogar fürchten. Nur weil Sie, wenn Sie sich alle paar Monate mal hierherbequemen, möglichst hundertprozentig auf Harmonie machen wollen und Ihrem Großvater Tabak schenken und ihm beim Rauchen zusehen wollen, werde ich nicht, das schwöre ich Ihnen, sein Leben dadurch aufs Spiel setzen und mir mein Gewissen belasten! Und jetzt verklagen Sie mich von mir aus, tun Sie alles, was Ihnen Ihr oberflächliches Vergnügen bereitet, aber nehmen Sie sich, ich bitte Sie wirklich darum, nicht noch einmal die Freiheit, mir in meine Arbeit hineinzupfuschen.»

Eine peinliche Pause räkelte sich gähnend, bis Susanne wieder einen Schluck aus ihrer himmelblauen What a beautiful Day!-Tasse nahm.

«Hey, wenn ich mal alt bin, laß' ich mir von Ihnen auch den Arsch auswischen, das ist ein Versprechen.» Hiob trollte sich zurück ins Zimmer. Tharah und Wagsal saßen jetzt nebeneinander und guckten aufmerksam zu ihm hoch. Sie sahen aus, als hätten Sie gerade über ihn gesprochen.

Hiob winkte ab und setzte sich wieder aufs Bett. «Vergiß die Scheiß-Pfeife. Moritz kann dir doch 'ne neue schenken. Vielleicht solltest du aber auch wirklich aufhören mit der Raucherei. Rauchen ist für Leute … die mit dem Dunst zufrieden sind. Die den Qualm wollen, nicht das Feuer.»

Tharah schaute finster, Wagsal schmunzelte. «Das hängt doch nur davon ab, was man raucht», meinte Tharah. «Genau», pflichtete Wagsal ihm bei, «Wer sich mit einfachem Tabak zufriedengibt, ist erwiesenermaßen selbst schuld.»

«Was soll's.» Hiob hatte keine Lust mehr, sich noch weitere Slogans auszudenken. Wenn sein Großvater rauchen wollte, würde er es tun, egal, was Hiob sagte. Er lenkte stattdessen über zu einem anderen Thema. «Wie geht's dir denn so? Du siehst gut aus. Die Kälte kommt hier nicht rein, hm? Mir steht's langsam bis hier mit dem Winter, kann ich dir sagen.»

«Es wird nicht mehr lange dauern», meinte Tharah.

«Tja, hoffen wir's. Wir könnten ja vielleicht alle drei mal ein bißchen die Köpfe zusammenstecken und einen kleinen Wetterzauber versuchen, was meint ihr, nur, um den Frühling so'n bißchen anzuschieben ...»

«Dein Großvater meint nicht den Winter», sagte Wagsal ernst.

«Es wird nicht mehr lange dauern», wiederholte Tharah nochmal. «Dein Spiel.»

Hiob spürte ein Ziehen in den Leisten und dahinter, ein Gefühl wie bei plötzlich einsetzender Prüfungsangst früher in der Schule. «Mein Spiel? Was meinst du damit – es wird nicht mehr lange dauern? Bis das nächste Prognosticon kommt?»

«Nein.» Großvater Montags Blick wich nach unten hin aus, was sehr untypisch für ihn war. «Das Spiel als Ganzes. Es wird bald zu Ende sein.»

«Was soll das heißen? Woher willst du das denn wissen? Du hast doch gar keinen Kontakt mehr mit dem Fließ. Habt ihr beide ... irgendwas ausgeheckt? Einen . . . Deal gemacht ... mit NuNdUuN?»

«Ach Quatsch, nun red doch keine Scheiße», brauste Tharah auf. «Du glaubst doch wohl nicht allen Ernstes, daß ich mein eigenes Blut verraten würde. Alle Foltern des Fließes könnten mich dazu nicht bringen, und unseren Moritz hier auch nicht, das weiß der Fürst, und deshalb versucht er es auch gar nicht erst bei uns. Nein, du hast recht, ich habe keinen Kontakt mehr zum Fließ. Wohl aber noch mit anderen Magiern. Manchmal.» Er stockte.

«Nun red' schon! Was weißt du?»

«Was ich weiß? Die Frage ist wohl eher, was du weißt. Hast du schon einmal von dem O.o.O. gehört?»

«O.o.O? Order of One. Eine Splitterpartei des Priorat von Zion, genau wie die Papstkiller von P-2.»

Tharah nickte. «Du hast deine zweijährigen Hausaufgaben gemacht. Du bist mit den Zielen der Merowinger vertraut?»

«Ja, klar, das sind doch diese ... « Jetzt geriet er ins Stocken. Das sind doch diese völlig übergeschnappten Aristokraten, die sich einbilden, in direkter Blutlinie von Jesus Christus abzustammen und deshalb sowas wie ein Monopol auf die Weltherrschaft zu besitzen. «Willst ... willst du etwa andeuten, daß die Merowinger versuchen werden, mich aus dem Verkehr zu ziehen?»

Die beiden Alten nickten. «Du begreifst schnell», lobte Wagsal.

Hiob lachte hilflos. «Ich dachte . . . diese Merowingergeschichte ist nur was für Verschwörungstheorieparanoiker und das Geschlecht ist längst ausgestorben.»

«Alles Tarnung. Es gibt sie noch. Und es gibt das Priorat von Zion, die P-2, und den Order of One.»

«Und … stammen sie denn wirklich von Jesus ab?»

«Das kommt drauf an, von welchem Jesus wir hier sprechen. Vom historischen oder von dem aus der Bibel.» Tarahs Miene war ungerührt.

Hiob hob beide Hände. «Oh, okay, keine weiteren Fragen mehr. Das sprengt mir nur wieder das Stammhirn. Ist ja auch egal. Jedenfalls: Es gibt die Leute.» Die Alten nickten. «Sie haben Magier oder magische Verbündete.» Nicken. «Und sie wollen verhindern, daß ein Nicht-Merowinger das Spiel gewinnt und die Macht über den ganzen Laden namens Terra an sich reißt.»

Nicken.

Sein gefürchtetes manisches Grinsen brach in Hiobs Gesicht auf. «Ha!» machte er. Und nochmal: «Hah!» Dabei zeigte er mit ausgestrecktem Zeigefinger auf seinen Großvater. Der runzelte die ohnehin schon zerfurchte Stirn noch mehr.

«Was – 'Hah'?!»

Hiob grinste weiter. «Kapierst du's nicht? Jetzt ist es amtlich! Ich bin es! Weißt du noch, wie du mir vor ein paar Monaten vorgeworfen hast, daß meine damals fünf Punkte nur Taubendreck wären und gar nichts wert? Und daß ich niemals auch nur eine Aussicht auf Erfolg hätte, auch nur den Weltrekord zu brechen? Und jetzt? Jetzt bin ich schon nur noch fünf lächerliche Taubendreck-Punkte vom Weltrekord entfernt, und schon heften sich die verdammten Freimaurer und Tempelritter und Merowinger und wen es noch so alles gibt unter den Schattenregierungen dieser Welt auf meine Fersen, um ein bißchen was von meiner Farbe abzukratzen. Um mein Gewand zu erhaschen, auf dem Weg vorbei nach oben.»

«Iob, die wollen nicht dein Gewand erhaschen, die wollen dich blutopfern!»

«Das bestätigt doch nur, daß ich es bin.»

Tharah Montag raufte sich die letzten Haare. «Die Tatsache …daß ein Haufen Verrückter dich als Bedrohung interpretiert, beweist noch lange nicht, daß du wirklich allen Ernstes eine Chance hast auf den Sieg des Spieles. Das beweist halt nur … daß die Verschwörer eben verrückt sind. Sie haben genausowenig Ahnung und Überblick wie du, und genau wie du lassen sie sich vom tandhaften Schein einfachst erworbener Almosenpunkte blenden.»

«Einfachst erworbene Almosenpunkte ??? Also entschuldige mal bitte, aber du weißt wohl nicht ganz, wovon du hier redest?!»

«Ach, du fandest das schwer, bislang? Hat's dir zu schaffen gemacht?»

«Naja, es war jedenfalls kein Almosengeklimper. Sogar NuNdUuN selbst ist ins Schwitzen gekommen. Es ist ein harter Kampf, verdammt noch mal! Es ist kein Schachspiel mit anschließendem Händedruck. Menschen sterben, und das nicht zu knapp!» Hiob stand am Fenster, mit dem Rücken zu den beiden. Irgendwann mußte er wohl aufgesprungen sein.

«Menschen sterben jeden Tag, in jeder einzelnen Sekundes unseres Lebens», sagte Tharah mit fester Stimme. «Und das, was du bisher durchlitten hast, ist nichts, NICHTS, im Vergleich zu dem, was noch kommen würde. Wenn hier irgend jemand nicht ganz weiß, wovon er redet, dann bist du das, Iob. Nach zehn Prognostica und einer Manifestation weißt du's noch immer nicht. Die Position des Spielers zu bekleiden heißt, der in den meisten Fadenkreuzen stehende Mensch auf dem gesamten Planeten zu sein, heißt: die am meisten erleidende und das Härteste erduldende Kreatur von allen zu sein. Und die Position des besten Spielers aller Zeiten bekleiden zu wollen, bedeutet, diese Superlative des Schmerzes auch noch mit dem Zusatzattribut 'der jemals existierte' zu versehen. All diese unerträgliche Folter hast du dir selbst, freiwillig, auf deine Schultern geladen, und damit all meine Warnungen und all meine Bemühungen um deine Person in den Wind geschlagen und zunichte gemacht.»

Hiob konnte im Spiegelbild des Fensters sehen, wie Wagsal seinem alten Freund die Hand auf den Arm legte, um ihn zu besänftigen. Wagsal war es auch, der fortfuhr: «Was wir dir nun raten wollen, ist Folgendes. Wenn der Order of One an dich herantritt, und es wird nicht mehr lange hin sein bis zu diesem Moment, dann versuche, einen Pakt mit ihnen herauszuhandeln. Versuche, sie dazu zu bringen, dich auf eine Art und Weise zu töten, die dich aus dem Spiel extrapoliert. Auf diese Weise würde der Welt wenigstens die Katastrophe erspart bleiben, die sonst immer mit dem Tod oder dem Versagenseingeständnis eines Spielers einhergeht. Nutze die Macht der Merowinger, um den Fürsten ein letztes Mal zu narren. Und nutze diese einmalige Chance, aus dem Leben zu scheiden, ohne ein Ewigkeitsspielball des Wiedenfließes zu werden.»

Hiobs Stimme erschreckte ihn selbst. So mußte es klingen, wenn eine Mumie sprach. «Ich kann nicht glauben, was ich hier höre. Ich kann nicht ... glauben, daß ihr mir allen Ernstes zum Selbstmord ratet.» Steif, irgendwie blutleer, wandte er sich zu den beiden hin um. «Ich kann es vielleicht noch begreifen bei meinem Großvater. Der war schon immer gegen das Spiel. Aber du, Wagsal, du hast mir doch erst kürzlich noch geholfen! Der Teddybär, hast du das schon vergessen?»

Wagsal sah so traurig aus, daß jeder andere außer Hiob ihn jetzt wohl am liebsten in die Arme genommen hätte. «Es tut mir wirklich sehr leid, mein Junge. Damals hatte ich noch nicht mit Terach so richtig über die ganze Sache debattiert. Mir fehlten viele Informationen, unter anderem auch die über die Merowinger. Ich hielt es für das beste, erstmal zu helfen, erstmal weiterzumachen, bis sich irgendeine Möglichkeit bietet ... zum

Ausstieg. Ich bin schwach. Wir alle sind es. Wir alle haben Fehler gemacht. Wir müssen jetzt ... die Zukunft planen.»

«Das stimmt.» Hiob schaute wieder aus dem Fenster. Der Garten sah aus, als wäre er von der Kälte ermordet worden. «Scheiße», sagte er leise, «ist das alles lächerlich. Zwei ...« – für einen Moment lag ihm 'demenzgebeutelte Bettnässer' auf der Zunge, aber das hier waren doch nicht seine Feinde, konnten doch nicht seine Feinde sein, er überwand sich zur Mäßigung – «zwei. . . Adepten, deren beste Zeiten ganz weit hinter ihnen liegen, versuchen, sich mit mir über das Konzept Zukunft zu verständigen.» Er riß sich vom Fenster los und ging zur Tür. Im Vorbeigehen sagte er noch zu den beiden alten Männern: «Wenn eure Freunde von den Merowingern sich wieder bei euch melden, richtet ihnen doch bitte aus, daß ich mich schon darauf freue, mir aus ihren heiligen Hodensäcken einen Adventskalender zu basteln.» Mehr Mäßigung war beim besten Willen nicht drin gewesen.

II

TAGE VERGINGEN. Der Winter schlug seine Eiszapfenzähne noch tiefer in die Gemüter der demütig dahinschattenden Menschen. Hiob wartete auf das nächste Prognosticon, auf den Showdownder Wette.

Er versuchte, Widder zu kontaktieren. Während der gesamten mehrmonatig laufenden Wette hatte er sie nicht mehr gesehen oder gesprochen, und er empfand langsam wirklich Sehnsucht nach ihr. Aber hatte er sich anfangs von sich aus nicht an sie gewandt, um sich besser darauf konzentrieren zu können, sie aus NuNdUuNs Fängen herauszuhauen, so kriegte er jetzt keinen Kontakt mehr zustande, weil irgendwas im Wiedenfließ ihn abblockte. Zweifelsohne heckte der malevolente Potentat eine Teufelei aus, die es in sich hatte. Da braute sich geradezu spürbar was zusammen. Was sich nicht gerade förderlich auf Hiobs Verdauung auswirkte.

Außerdem hatte er jetzt schon seit Monaten keinen Sex mehr gehabt und wurde auch deshalb langsam fiebrig. Die theoretische – wenngleich peinliche und wenig männliche – Möglichkeit des Masturbierens kicherte zwar neckisch durch seine Phantasie, aber ihm war klar, daß auch dies keine Lösung war. Einer der Nachteile des Vorteils, es mit einem echten Sukkubus treiben zu können, ist, daß einem nichts anderes mehr Befriedigung verschaffen kann.

Während er eine Flasche Johnny, eine Flasche Jack und eine Flasche Jim durcheinanderleerte und über die eitrigen Implikationen der bernsteinhaft bitteren Geschmeidigkeit sinnierte, plante und verwarf er einen Daytrip an die Müritz, zur Beisitzerin Eidry Gevicius, nur um mal zu sehen, ob seine Kontakte zum Fließ völlig gekappt waren oder ob es noch eine Möglichkeit gab, eventuell zwischen Zeilen herauszuhorchen, was im Unterland so ausgebrütet wurde. Was ihn abhielt, war die Aussicht, bei minus zwölf oder dreizehn Grad am Straßenrand Mecklenburg-Vorpommerns auf die Gnade anhalterfreundlicher Sachsen angewiesen zu sein. Nach Hiobs Überzeugung war es in der Hölle nicht heiß, sondern kalt. Alles andere ergab keinen Sinn.

Feininger war geschäftlich verreist. Das letzte, was Hiob von ihm gesehen hatte, war, wie er mit Christmett nahe Haiderland unterm Arm hinausspaziert war und so was gegrinst und gezwinkert hatte wie «Müßte doch mit dem Teufel zugehen, wenn sich das hier nicht verkaufen läßt». Genau mit dem.

Kamber war damit beschäftigt, seine neueste Staffel der Reblin-Stories von einem tragbar beheizten Bunkergrundstück aus in die Sendefrequenz von Hundert Komma Sechs zu rammen und lachend durch den dadurch ausgelösten Regen von gerichtlichen Verfügungen zu steppen. Spät in der Nacht gabelte Hiob durch Zufall eine dieser Sendungen mit seinem kleinen Ghettoblaster neben der Schlafmatratze auf. Es ging natürlich um die katastrophale und niemals wieder tilgbare Verschuldung des Westernstädtchens Reblin, und wie der von Folge zu Folge immer weiter an der Realität vorbeiredende und -planende Sheriff Deep Ken verzweifelt versuchte, einen Pakt mit den rund um Reblin rumwohnenden Hinterwäldler-Farmern zu schließen, um die Schuldenlast zumindest teilweise abzuwälzen. Kurz vorm obligatorischen Cliffhanger lief alles darauf hinaus, daß dies wohl nichts werden würde und Deep Ken die Seelen seiner Stadtbewohner dem Teufel anbieten würde, um wenigstens ein paar zinsdeckende Dollars rauszuschinden. Hiob hätte gern gewußt, wie das weiterging. Aber die Musik entschädigte und Hiob wippte auf seiner Matratze wie auf einem fetten fliegenden Teppich durch die Nacht. D'Angelo, Mo'Wax, Speech, Mad Professor, The Pharcyde und Cassandra Wilsons neues Zusammenspiel mit – wie hätte man's nicht ahnen können – Chris Whitley. Strange Fruit, ein ur-uralter Song über die Lyrik des Lynchens.

Hiob schaute bei Backspace Blunt vorbei. Der XTC-Hacker sah aus, als hätte er die letzten 76 Stunden schlaflos im WWW verbracht, was genau das war, was er auch wirklich getan hatte. Die Anstrengung, Hiob die mit mehreren Schlössern gesicherte Wohnungstür zu öffnen, ließ ihn fast stürzen, und er lallte nur etwas davon, daß er dicht davor stand herauszufinden, wie viele illegale Zugriffsmöglichkeiten auf private Festplatten tatsächlich in Windows 95 eingearbeitet waren. Hiob ließ ihn ihn Ruhe. Er konnte den langhaarigen Junkie gut leiden, weil Blunt eine sehr ungewöhnliche Lebensperspektive hatte. Mit fünfzigprozentiger Wahrscheinlichkeit würde Blunt die nächsten drei Jahre nicht überleben, weil kein sterblicher Körper auf Dauer mit so wenig lebenserhaltenden Maßnahmen und stattdessen so vielen chemischen Giftstoffen auskommen konnte. Mit darüberhinaus fünfundvierzigprozentiger Wahrscheinlichkeit würde Blunt die nächsten drei Jahre nicht überleben, weil er irgendeinen Informationsmulti, voraussichtlich die amerikanische, aber international operierende National Security Agency, durch eine Machenschaftsveröffentlichung dermaßen ins Wanken brachte, daß er als sogenanntes Selbstmordopfer (sich selbst von hinten aus zehn Metern Entfernung erschießend) enden würde. Die restlichen fünf Prozent aber gehörten der Möglichkeit, daß Blunt, wenn er all das überlebte, eines Tages den Nobelpreis erhalten und die Nachfolge von Bill Gates als technokratischer Eskapismus-Guru eines tödlich gewordenen Planeten antreten würde. Das alles war schon ziemlich klasse und einzigartig, war aber leider auch der Grund dafür, daß Backspace Blunt nicht besonders zugänglich war.

Astrid Rittner war die letzte aus Hiobs Freundeskreis, bei der er die Zeit wenn nicht tot-, so doch zumindest ordentlich zusammenzuschlagen hoffte. Sie gab ihm am Telefon zu verstehen, daß es kein guter Moment sei vorbeizukommen, da sie sich gerade Gewichte eingehängt hatte, und da er sich lebhaft vorstellen konnte, was sie damit meinte, wünschte er ihr viel Spaß für den Abend und verwarf den Besuch. Er sah sich kurz in einer viel zu weißen Backsteinecke kauern und der dominanten Lesbe dabei zusehen, wie sie erstens viel besser malen konnte als er und zweitens mit attraktiven Mädchen spaßige Dinge tat, die ihm verboten waren. Dazu kam noch, daß zwei glückliche Lesben einem Mann immer das Gefühl gaben, daß alle Kerle Schweine und Schlappschwänze sind. Darauf, sich das anzutun, hatte Hiob nun wirklich keinen Bock.

Es war wie jinxed. Alle seine Leute hatten irgendwie alle Hände voll damit zu tun, einfach nur sie selbst zu sein. Wer aber war Hiob, wenn er nicht spielte?

Nichts, nichts, nichts passierte. Kein Homunculus, der einen Zettel vorbeihinkte. Kein Greif mit einem Telegramm im Schnabel. Keine süße, spöttisch die Hüften wiegende Aries, die sich über Hiob lustig machte, während sie ihm die neue Marschrichtung kundtat.

Ihm kam die Idee, daß NuNdUuNs neuestes und gräßlichstes Prognosticon vielleicht darin bestand, daß sich überhaupt kein Prognosticon mehr ereignete, und Hiob beim Warten und Sich-den-Kopf-drüber-zermürben, was denn nun die nächste Aufgabe sein würde, schlichtweg in Wahnsinn und Katatonie verfallen würde. Aber so einfach und so durchschaubar würde es ja wohl kaum sein.

Hiob cocoonte sich ein. In seiner Wohnung war's wenigstens warm, scheiß doch auf die Heizrechnung im Mai. Er hatte keinen Bock mehr drauf, bei dem lebensfeindlichen Wetter draußen unter Menschen herumzulaufen und sich dabei mindestens genauso allein zu fühlen wie zu Hause.

Er kaufte sich – von Kambers Sendung auf den Geschmack gebracht – ein paar CDs mit der tiefen, warmen Stimme von Cassandra Wilson drauf und ein englischsprachiges Buch über Louise Brooks mit vielen schönen Fotos drin. Er kuckte sogar fern, beschissene tägliche amerikanische Fernsehserien wie Deep Space Nine, wo alle Darsteller wie sterile Roboter rumstaksten, langweilige geschwätzige Dinge taten und Dart spielten. Er fing an, darüber Vermutungen anzustellen, warum das deutschvereinigte Fernsehvolk Frauen wie Hannelore Elsner oder Iris Berben als Kriminalkommissarinnen richtig gut fand, obwohl die beiden doch wirkten, als könnten ihnen beim geringsten Schweiß die Gesichter verlaufen wie in einem brennenden Wachsfigurenkabinett. Verfolgungsjagden auf Stöckelabsätzen. Ein Hauch von Chanel in den Amtsstuben der staatlichen Asylantenprügler. Wann bekam endlich das erste lispelnd kichernde Supermodel seinen eigenen Kriminallaufsteg? Vielleicht wollten die Leute ja ein Bild von Kriminalität empfangen, das möglichst wenig mit der dumpfen Wirklichkeit zu tun hatte. Vielleicht wollten sie nicht, daß das Böse und das Gute banal sind. Vielleicht wollten sie ein bißchen Glamour, wenigstens beim Ermordet- und Vergoltenwerden.

Mindestens genauso fasziniert war Hiob vom Sterben von Take That. Was ihn daran fesselte, war nicht der marktstrategische Superschachzug, aus einem erfolgreichen Fünferpack fünf potentiell mega-erfolgreiche Einzelflaschen zu machen, die sich spätestens zwei Jahre später mit großem Medientamtam wiedervereinigen würden. Ihn interessierte das Bedürfnis, das hinter allem steckte. Die Beatles und die Stones hatten die Mädchen damals noch zum Preßweinen gekriegt, weil sie ruppig und brutal in ihre Klangwelten eingeschnitten waren, weil sie (verhältnismäßig) langhaarig und wild gewesen waren, innovativ und dennoch auf coole Weise lächelnd. Take That und die ganzen anderen Boygroups jedoch waren nicht mehr innovativ, besaßen keinerlei Kante mehr. Sie waren hübsch, trugen angenehme Songs vor, sie konnten tanzen und lächelten die ganze Zeit. Sie taten niemals etwas anderes als singen und tanzen und lächeln und lieben – platonisch natürlich, oder zumindest sehr, sehr viel zärtlicher als die großmäuligen Altersgenossen aus den Schulen. Hiob verfolgte gebannt vorm Fernseher jede Sendung zum Thema, die er erwischen konnte. Die weinenden kleinen Mädchen rührten ihn fast selbst zu Tränen. Jede einzelne von ihnen würde eines nicht mehr allzu fernen Tages feststellen müssen, daß alles, was sie im Leben bekommen würde, ein Kerl war, der nicht halb so gut aussah wie ihr Traumboy; der schlechte Laune hatte, wenn etwas nicht nach seiner Pfeife lief; der mehr interessiert war an Fußball und Autos als an Romantik und Musik; der sie ausschloß und runtermachte vor seinen gröhlenden Freunden; der sie zum Blasen hernahm und ihr mit alkoholgeschärftem Atem eine scheuerte, wenn sie sich sträubte; der anderen Mädchen zotig nachstarrte und es genoß, verbale Verletzungen zuzufügen, die wirklich tief blieben. Jede einzelne von ihnen hatte bei der Geburt ein Abonnement abgeschlossen auf Enttäuschung und Verzicht. Und deshalb weinten die kleinen Mädchen, als Take That sie zynisch grinsend allein ließen, und deshalb trauerte auch Hiob um das schlaflos zerknüllte Potential von Träumen, die so intensiv und ehrlich waren, daß sie keine Chance hatten.

Es waren also merkwürdige Tage, Tage der Kälte und der reifbedeckten Nacktheit, in die das elfte Prognosticon sich nahtlos einfügte, als wäre es schon immer irgendwie dagewesen, nur eben noch nicht so richtig.

Dabei begann es ziemlich harmlos. Es war Hiob anfangs unmöglich zu bemerken, daß es überhaupt bereits begonnen hatte.

III

AM ANFANG war da eine ziemlich unruhige Nacht, an die er sich hinterher nur noch insofern erinnern konnte, als daß er mehrmals aufgewacht war, weil seine Stirn und sein Haaransatz juckten und er sich kratzen mußte. Nichts besonderes eigentlich.

Am folgenden Morgen erschrak er, als er in den Spiegel über dem Waschbecken sah. Seine Gesichtshaut war viel zu rot und zeigte bei näherer Betrachtung eine dichte Ansammlung von winzigkleinen Pusteln auf, ähnlich wie bei Windpocken oder Masern. Das mußte eine neue Allergie sein, vielleicht hatte die Hausstaubmilbenpopulation seiner Wohnung in der Nacht endlich die Sechs-Milliarden-Marke überschritten, oder die schon Jahrzehnte alte Matratze war nun endgültig durchgesifft genug, um neuartige Bakterienkulturen hervorzubringen. Vielleicht heizte er auch zu viel und lüftete zu selten. Vielleicht hatte irgendein verrotzter U-Bahn-Mitfahrgast ihm beim sprühenden Anniesen einen saftigen Virus eingeflanscht.

Jedenfalls war es nicht allzu schlimm. Eine Ganzkörperuntersuchung zeigte, daß sich die Pustelrötung aufs Gesicht und die Handrücken konzentrierte, besonders auf die Stirn. Nun ja, es sah peinlich aus, aber was sollte's, Hiob mußte ja nicht unbedingt unter Leute gehen, er hatte noch genügend Tiefkühljunk im Schrank. Der Juckreiz war tagsüber vernachlässigbar, gegen Abend stellte Hiob sogar mit Erleichterung fest, daß die Rötung zurückzugehen schien.

In der Nacht juckte es wieder, lästigerweise zwischen den Schulterblättern fast schmerzhaft stark. Hiob wand sich unbehaglich und schappelte zwischen unerfrischend flachen Schlafphasen an sich herum.

Der morgendliche Blick in den Spiegel – in banger Seitlichkeit exerziert – entlarvte die Hoffnung des gestrigen Abends als Trug. Es war schlimmer geworden. Die Pustelchen hatten sich zu dunkleren Pustelherden zusammengeschlossen, Rücken, Brust, Unterarme und Hals waren jetzt auch befallen. So was wie Fieber verspürte Hiob nicht, also konnte es sich doch eigentlich wohl kaum um eine echte Krankheit handeln, es mußte irgendeine neue Art von Allergie sein. Er erinnerte sich mit Schaudern daran, wie er als Kind immer wund juckende Oberschenkel gehabt hatte, besonders an den Ober- und Innenseiten, die immer dick mit Creme eingeschmiert werden mußten, was ihn wie ein Mädchen riechen ließ. Die Ursache wurde nie festgestellt, es war wahrscheinlich ein Vorläufer seiner späteren, in der Jugend auftretenden Beschwerden wie Nasenbluten, Kopfschmerzen, Sehstörungen, Warzen an den Fingern und Ausschlag auf der Brust, nur daß dieser im Laufe der Zeit verschwand, während die anderen Malaisen Teile seines Lebens wurden und sich als astral-empathisches Erbgut entpuppten.

Hiob hatte noch eine beruhigend dunkelblaue Dose Hautcreme auf der Klo-Ablage stehen, aber als er sie öffnete, mußte er feststellen, daß sie ranzig geworden war, schwarz verfärbt und ölig-sülzig vom jahrelangen Nicht-Gebrauch. Shit. Die konnte er nur noch wegschmeißen. Einen verdammten Tag noch, sagte er sich, einen verdammten Tag, und wenn es morgen schlimmer wurde, mußte er halt zur Apotheke.

Am Abend hoffte er noch, daß sich jetzt nicht das Fließ melden würde, um ihm das wettentscheidende Prognosticon zu übermitteln, er fühlte sich in dem Zustand nicht danach. Manchmal konnte eben auch ein Hiob Montag einfach nur enorm naiv sein.

Das Jucken der Nacht wurde zu einem Puckern. Am Rücken kratzte Hiob sich so lange, bis es wehtat. Es war zu quälend, um ihn schlafen zu lassen, aber er war zu müde und zu übernächtigt, um aufzustehen und die Nacht für beendet zu erklären. Hiob redete sich ein, daß es okay war, sechzehn Stunden im Bett zu verbringen. Draußen war es eh nur kalt, und vielleicht heilte auf die Art sein Infekt ab. Er rollte sich wie ein winterschlafendes Tier unter seiner dicken Winter-Daunendecke zusammen und döste und spielte Fangen mit seiner Selbstbeherrschung, den Juckreiz an einzelnen Körperstellen zu ignorieren.

Irgendwann am späten Abend dann war er munter und stand auf. Er tappte ins sperrige Bad und knipste das Licht an. Er sah okay aus, nicht unbedingt besser, aber auch nicht schlechter. Er hatte halt Windpocken, eine Kinderkrankheit. Einfach nicht zu fassen, verdammte Scheiße.

Er duschte. Da lauwarmes Wasser sehr angenehm war, duschte er anderthalb Stunden lang und kam mit runzligen Greisenfingern wieder zum Vorschein. Er fühlte sich jetzt besser und aß etwas. Morgen würde er trotzdem zur Apotheke gehen und sich eine Salbe kaufen, um den Abheilprozeß zu unterstützen. Nicht, daß noch irgendwelche pockenartigen Narben zurückblieben.

Er zog sich das Fernseh-Nachtprogramm rein. Ein portugiesischer Spielfilm, Lilo Wanders mit dem üblichen Latextitten-Voyeurismus, die Letterman-Show (eine Folge, die mindestens ein halbes Jahr alt sein mußte), ein paar barbusige Nixen und ein bißchen S-Bahn-Surfen für Gichtkranke, das übliche halt. Ärgerlich war, daß er kein einziges Buch besaß, in dem er jetzt gerne schmökern würde. Morgen würde er sich eins kaufen müssen. Zum Malen hatte er nun überhaupt keine Lust. Also spritzte er sich ein bißchen Dihydrocodein, hörte Musik mit Kopfhörern und befühlte die leichten Muskelkrämpfe, die unter seiner Bauchdecke rollten.

Als es draußen peinigend langsam hell wurde und die Müdigkeit wieder wie eine muffige Pferdedecke von hinten über ihn herfiel, schälte er sich in mehrere Lagen kalter Kleidung und ging nach draußen, streunte bis zur Ladenöffnungszeit ziellos durch die eisverkrustete Gegend. So werden Triebtäter gemacht.

Der Mutter in der Apotheke schilderte er seine Symptome, und sie drehte ihm eine teure Tube Linderungssalbe an. Hiob schlurfte heim, rieb sich die verpustelten Partien damit ein, wartete vergeblich auf Linderung, zog sich wieder was über, fuhr in eine Buchhandlung, ließ Das Foucaultsche Pendel in seiner Manteltasche mitgehen und verdrückte sich wieder nach Hause. Die Blicke der Leute waren schlimm gewesen. Sie hatten gesehen, daß mit seinem Gesicht was nicht stimmte. Die Abfolge der Phasen war immer gleich gewesen: Erschrecken, dann Einordnung des Sichtbaren unter a) Pusteln und b) Masern oder Pocken oder so was, damit einhergehend erst Erleichterung, weil einordbar, dann aber Versuch des Abstandgewinnens, denn man weiß ja nie, wenn vielleicht Pocken, dann wie ansteckend, und welche neue resistente Art und so. Die Menschen, die ihn sahen, wünschten sich, er wäre nicht da. Womit hatten sie ihn verdient? Hatten sie nicht schon genug Probleme?

Das war ziemlich schlimm. Hiob knirschte mit den Zähnen, wenn er daran dachte, wie er sich für das Wohl dieser ganzen Arschbackengesichter einsetzte, Tag für Tag, seit das Spiel begonnen hatte. Während die ihren jämmerlichen Sörglein nachhingen, wo man ein paar Penunzen einsparen konnte, um nicht auf den Costa-Brava-Badeurlaub im Sommer verzichten zu müssen, rannte er mit einer radioaktiven Granate über der Schulter durch Tokyo, um einen Serienkiller-Samurai zu sprengen. Während die Ehemänner Liebesnester mit der Kollegin an ihren Familien vorbeibauten und die Frauen ihre Zelluloseärsche am Heimtrainer breitstrampelten und die Kids darüber winselten, daß sie sich die neuesten Markenklamotten von ihrem vierstelligen Monatstaschengeld nicht leisten konnten, katapultierte sich Hiob siebzig Jahre in die Vergangenheit, um der rituellen Abschlachtung einer Landeierfamilie von der ersten Reihe aus beiwohnen zu dürfen. Oder er setzte sich selbst auf einen elektrischen Stuhl und jagte volle Pulle Strom durch, nur um der elektromagnetischen Essenz eines Perverslings nachhecheln zu können. «Ich muß doch wohl bescheuert sein», brummte Hiob in den Spiegel, und der Akne-gesichtige Kerl auf der anderen Seite nickte.

Immerhin hatte er jetzt mit dem Eco was zu lesen, und nicht zu knapp. Bislang an Verschwörungstheorien nur vage interessiert, weil das ganze doch meistens eh nur die Hilflosigkeit derjenigen ausdrückte, die keinerlei Ahnung von der wirklichen Magie der Weltordnung hatten, war Hiob jetzt durch die Sache mit den Merowingern ein bißchen angespitzt worden. Vielleicht hatte der italienische Semiotikprofessor mit seiner Fleißarbeit ja ein paar interessante Fakten und Zusammenhänge aufgetan.

Aber es war mühsam, das Buch. Zu statisch, intellektualistisch distanziert für Hiobs Geschmack, der mehr anfangen konnte mit der Keine-Gefangenen-Literatur von Andrew Vachss, Mickey Spillane, Rimbaud, Baudelaire, Joe Lansdale oder Rex Miller. Am liebsten waren ihm eigentlich Comics. Wenn man einen harten Manga kaufte oder was von Garth Ennis, Grant Morrison, Todd McFarlane, Keith Giffen oder den drei Mills (Pete Milligan, Frank Miller und Mark Millar) bekam man die dreifache Dosis Vollkontakt für sein Geld. Und er hatte sogar Spaß an den etwas differenzierteren Sachen von John Ney Rieber und James Robinson. Rieber deshalb, weil The Books of Magic irgendwie doch eine ganze Menge mit Hiob selbst zu tun hatten, trotz aller Niedlichkeit und dem Fairy-Ultra-Touch, und Robinson, weil Starman – der coolste Superheld aller Zeiten – nun wirklich Ähnlichkeit hatte mit Hiob selbst im echten Leben. Hiob hatte sogar schon mal darüber nachgedacht, sich eins der Starman-Tattoos auf die Schulter machen zu lassen, aber irgendwie war das wohl doch zu weit weg vom Spiel. Heutzutage ließen sich doch alle tätowieren, das war schon wieder richtig spießig. Es wäre vielleicht sinnvoller gewesen, sich den ganzen Körper Kwaidan-mäßig mit mächtigen Bannsprüchen tätowieren zu lassen als mit reinem Kiddie-Zierrat.

Im Augenblick jedenfalls trug er feiste Pusteln auf der Haut. Das war wenigstens was Eigenes. Die Salbe stank nach Chemie, sie war bestimmt hunderttausenden von Kaninchen in die aufgeklemmten Augen geschmiert worden, bevor sie lächelnd über einen Apothekentresen gereicht werden durfte. Das brachte alles überhaupt nichts, Hiob beschloß, sich selbst was zusammenzubrauen. Er war zwar kein Alchimist, aber vielleicht konnte er ein paar Fetzchen Aurenenergie mit irgendeinem guten Bindemittel – zerstoßenen Hühnereierschalen zum Beispiel – erden und was damit anfangen. Morgen, verdammt. Wenn die Salbe nichts brachte.

Die Salbe brachte nichts, außer daß sie am Körper trocknete und Hiobs Nacht-T-Shirt sowie sein Laken mit ätzenden Bröselchen vollkrümelte. Er war extra früh zu Bett gegangen, weil er sich nach der durchwachten Nacht davor zerschlagen und irgendwie aus dem Tag-Nacht-Gefüge getrümmert fühlte, aber dann hatte er wieder stundenlang nicht schlafen können, weil das Jucken immer stärker wurde und er etwa alle halbe Stunde in einen hektisch zappelnden Kratzrausch verfiel. Jetzt hatte er extra viele Salbenkrümel im Bett.

Das Erwachen war besonders übel. Es war schon später Vormittag, vielleicht zwei oder drei Stunden echter Schlaf waren Hiob vergönnt gewesen. Er kratzte sich noch schlafend unbewußt an der Brust und erwachte dann davon, daß seine Fingerspitzen plötzlich naß waren. Ächzend schlug er die Augen auf. Kein Blut. Wundwasser. Die Pusteln auf seiner Haut hatten sich zu nässenden Quaddeln zusammengeschoben, die man aufkratzen konnte, bis man in zerfetzter Haut und eitrigem Naß herumrührte. Es war widerlich. So ähnlich fing Lepra an. Und es gab kein Entkommen. Die Quaddeln juckten wie tausend kleine Teufel, aber wenn man sie aufkratzte, schmerzte das wunde Fleisch darunter, als hätte man sich dort verbrannt.

Der Blick in den Rasierspiegel brachte Hiob fast dazu, ins Waschbecken zu kotzen. Die schleimgefüllten Beulen saßen im ganzen Gesicht verteilt wie fette Käfer mit schillernder Haut, mindestens fünfzehn Stück. Unwillkürlich entfuhr ihm das seltene Wort: «Hilfe!» sagte er leise und schämte sich gleich dafür.

Das konnte doch nicht sein! Immerhin, wenn die Quaddeln aufplatzten, war das ja ein Zeichen von Abheilung. Sie starben ab dadurch. Okay, sagte er sich, dann mußte es also sein, rituelle Selbstheilung. Wenn alle Stricke rissen, konnte er ja noch seinen Großvater zu Hilfe rufen. Wie peinlich, nachdem er ihm gegenüber wieder so brüsk den Harten gegeben hatte. «Nein, ich komm schon alleine klar, ihr werdet ja sehen, fuck you all», murmelte Hiob, als er sich anzog, bis nichts mehr von ihm zu sehen war, mit vors Gesicht gewickeltem Schal, tief in die Stirn gezogenem Grand-Royal-Headsock, Sonnenbrille und Handschuhen. Die geschwollenen Füße paßten kaum mehr ins Schuhwerk. Er sah jetzt aus wie Claude

Rains in The invisible Man. Aber besser als die Hunchback-Nummer ohne Gesichtsmaskierung.

Er ging einkaufen. Besorgte sich Eier, Knoblauch, Hirschhornsalz, Fischwasser aus einem kleinen Aquariumsladen, einen kleinen Bergkristall und eine Dose Ananasringe für den Geschmack. Wieder zu Hause, machte er sich ans unheilige Werk. (Den Schal konnte er wegschmeißen, einige der Gesichtsbeulen waren durch die Reibung gerissen und hatten den Stoff verklebt.) Er zerstieß und zerpreßte alles Feste bis auf den Bergkristall, mit dem er anschließend alles zu einem gelblichen Brei verrührte. Den in den Brei getauchten Kristall als Stift benutzend, klierte er dann ein paar arkanische Schriftzeichen an die Innenseite seiner Wohnungstür und auf den Teppich im winzigen Flur. Da kauerte er sich dann auch hin, meditierte und mantrasierte in einer Sprache, die ein bißchen wie Aztekisch klang, und von der er gerade genug der kompliziert auszusprechenden Worte beherrschte, um den Zauber wirken zu lassen. Das ganze dauerte fast drei Stunden, aber Hiob war ja froh, wenn er Zeit rumbrachte mit etwas, das ihn vom Juckreiz ablenkte. Schließlich kriegte er den Kristall endlich zum Leuchten und benutzte den Brei als Gleit- und Treibmittel, um den sperrigen Stein runterschlucken zu können. Der Effekt war augenblicklich und heftig. Hiobs Magen und Speiseröhre unternahmen gemeinsame Anstrengungen, den heißer werdenden Fremdkörper wieder hochzuwürgen, und bis das ganz gelungen war, hatte Hiob etwa einen halben Liter magisch angereicherter Eigenmagensuppe mit Ananasstückchen in eine rote Plastikschüssel erbrochen. Diese stinkende Soße wiederum nutzte er dazu, sich den gesamten entkleideten Körper damit einzureiben. Echter Schamanismus ist kein Thema fürs Vorabendprogramm. Die Eigenurin-Selbstheiler sind da, obschon noch weit im dunkeln tappend, immerhin in der richtigen Richtung auf dem Weg.

Die ganze Wohnung stank jetzt erbärmlich nach süßlichem Erbrochenen, aber das war Hiob völlig egal. Er fühlte sich deutlich besser. Je unangenehmer ein Heilmittel, desto überzeugender ist natürlich der Placebo-Effekt. Er schnitt mehrere Supermarkt-Plastiktüten auseinander und bereitete sich dadurch eine wasserdichte Lieg-Unterlage. Heizung volle Pulle, er würde sich ja, obwohl nackt, nicht zudecken können. Und so lag er dann da den Rest des Tages, in seiner eigenen Magensäure mariniert, aber das Brennen in den offenen Wundstellen lenkte ihn von dem Jucken der noch geschlossenen ab, und er bildete sich lächelnd ein, es ginge ihm besser. Er schlief sogar ein. Die Heizung bullerte bis fast zum Durchglühen, als ob irgendwo angekettete, kohleschweißige Titanen um ihr Leben schippten. Hiob hatte auf dem nach Bier riechenden Tütenplastik einen Traum von Widder, der so bizarr erregend war, daß sein im Schlaf aufgepumpter Schwanz zu zucken begann, als würde er gleich ejakulieren. Die Hitze war großartig bei etwa 35 Grad. Das ältere Ehepaar, das über Hiob wohnte, sonderte im Schlaf salzige Säure ab und fiel irgendwann geil übereinander her, ohne zu wissen, warum. Der Hiob im Hiob öffnete die Augen. Der Hiob im Hiob im Hiob öffnete die Augen. Der Hiob im Hiob im Hiob im Hiob öffnete die Augen. Erkenntnis.

Was
für ein
Idiot ich
doch
bin.

Mit einem gequälten Schrei sprang Hiob auf. Noch dunkle Nacht. Er kam auf die Beine, die Füße, die Fußsohlen. Das war zuviel. Kreuz und quer platzte das überlastete Fleisch seiner Sohlen auf, die Schmerzen rasten funkend aufwärts wie Sperrfeuer von Fliegerabwehrkanonen. Hiob knallte auf die Knie, der Schmerz wurde noch stärker, sein Oberkörper ruderte haltlos nach vorne, fast brach ihm beim Aufprall der steife Penis ab. Überall zerriss die Haut wie die Oberfläche eines zerschmettert werdenden Puzzlespiels. Nervenenden schrien in hysterischer Agonie. Hiob sank durch die Auslegware in schlachthausfarbene Ohnmacht. Was für ein Idiot ich doch bin. Was für ein Idiot ich doch bin. Was für ein IDIOT ich doch bin.

IV

ER KAM wieder zu sich, natürlich. Tod wäre jetzt eine Gnade gewesen, und der Herr des Wiedenfließes kannte so was wie Gnade nicht.

Er war eine zersprungene Vase, deren Einzelteile nur deshalb nicht zu solchen zerfielen, da sie sich gegenseitig noch zu einer Art Oberflächenspannung stemmten. Er konnte sich kaum noch bewegen. Die ädrigen Risse, die seine Haut und sein Fleisch zerfurchten, waren überall etwa einen Zentimeter tief, also eingreifend genug, um mit krustigem Blut geflutet zu sein. Jede Bewegung ließ an den benötigten Gelenken neue Risse entstehen und alte aufbrechen und bluten. Allein das bewegungslose Liegen auf seiner eigenen zerplatzten Bauchseite tat so weh, als wäre der Teppich ein rotglühendes, mit Salzsäuresenf bestrichenes Fakir-Nagelbrett.

Prognosticon 11 hatte schon längst begonnen, schon an dem Tag, als die ersten Pusteln aufgetreten waren. Der Dreh dabei war diesmal nur gewesen, daß ihm niemand Bescheid gesagt hatte. Er würde (und war ja jetzt auch) schon selbst drauf (ge)kommen. Er selbst war diesmal das Prognosticon. Diesmal kämpfte er gegen sich selbst, die Hinfälligkeit des eigenen Leibes, die Vergänglichkeit allen Fleisches. Und wie geistreich amüsant das war. NuNdUuNs Vasallen prosteten ihrem großen Meister wahrscheinlich gerade anerkennend zu. War das nicht wieder einmal eine ganz exorbitant geschmackvolle Idee gewesen, einen lästigen Burschen namens Hiob dem Beispiel seines biblischen Namenspatrons nachzuschicken? Als Junge schon hatte unser Hiob die entsprechende Stelle in der Bibel wieder und wieder gelesen: Da ging der Satan hinweg vom Angesicht des Herrn und schlug Hiob mit bösem Geschwür von der Fußsohle bis zum Scheitel. Und Hiob nahm eine Scherbe, sich damit zu kratzen, während er mitten in der Asche saß. Welch angemessene Prüfung für einen Spieler, dessen Eltern die bodenlose Blödheit besessen hatten, ihrem kleinen Sohnemann einen so übel besetzten Namen zu geben. Bravo, Wiedenfürst, diesmal kommt der Hochmütige nicht mehr auf die Füße und kann sich wahrlich nicht beklagen, daß Ihr weithin gegangen seid mit Euren Plagen. Ihr nahmt nur seinen Namen und gabt ihm mit, was seins war von Geburt.

Und wie hatte der untersinnliche Satan das fertiggebracht ? Hatte er Hiob irgendwas eingeflößt, irgendeinen Bannzauber über seine Behausung oder sein Bett verhängt? Nein, das wäre zu aufwendig gewesen. NuNdUuN mußte ja aufpassen, daß ihm die Schiedsrichter nicht in den Nacken stiegen, wenn er zuviel Macht gegen den Spieler selbst ins Spiel brachte. Alles mußte tricky sein, durch ein Hintertürchen, eine vergessene Verbindung, einen Gummiparagraphen. Also hatte NuNdUuN nicht Hiob selbst angegriffen, sondern dessen Magie, die, wie alle Magie, aus dem Wiedenfließ stammte. Es gibt keine saubere Magie auf dieser Welt, und alles, was schmutzig ist, untersteht NuNdUuN. Der Feind ging vor wie die Gaswerke früherer Tage, als sie dem geruchsneutralen Stadtgas einen übelriechenden Aromastoff mitgaben, der es den Menschen ermöglichen sollte, gefährlich ausströmendes Gas wenigstens erschnuppern zu können, bevor man sich aus Ahnungslosigkeit mitsamt Küche und Familie in die Luft jagte. Der Geruchsbeistoff hatte keinerlei Auswirkung auf den Brennwert, nur auf die Todesopferstatistik. So war das jetzt auch mit Hiobs Magie. Sie funktionierte genau wie eh und je, nur daß NuNdUuN ihr etwas beigemengt hatte, auf das Hiobs Körper allergisch reagierte.

Im Normalzustand war Hiob nur einem leichten astralen Simmern ausgesetzt. Er war zwar ein magisch entwickeltes Lebewesen, aber seine Aura war nur sehr schwach. Also äußerte sich die Allergie nur mit ein paar Pusteln und unangenehmem Jucken, obwohl die Symptome langsam schlimmer wurden, da sich NuNdUuNs schädlicher Zusatz akkumulativ im Körper anreicherte. Der Herrscher über alles, was nicht natürlich war, wußte, daß Hiob das Naheliegende tun würde, nämlich versuchen, sich selbst mit Magie zu heilen. Und das war der coup de grace. Die Dosis an Gift, die Hiob sich damit selbst versetzte, war, wenn nicht tödlich, so doch hoch genug, eine vorzeitige Entscheidung herbeizuführen. Technischer K.O. in der zwölften Runde. Hiob weinte jetzt – er weinte tatsächlich! – weil alles eigentlich so durchschaubar gewesen war und er dennoch wie ein Blödmann mittenrein getappt war.

Er lag auf dem Teppich, machte Flecken, die nie mehr rausgehen würden, und wartete, daß seine Risse verschorften. Wenn er sich überhaupt nicht mehr bewegte, wenn er selbst das Atmen auf ein Minimum reduzieren könnte, vielleicht hatte er dann eine Chance, weit genug abzuheilen, um irgendwann zum Telefon kriechen zu können und den Notruf zu wählen. Er konnte sich selbst nicht heilen, soviel war jetzt klar. Vielleicht konnte es aber eine einfache hautärztliche Behandlung. Wie bei einem ganz normalen Menschen auch.

Er reduzierte das Atmen. Wenn er das weit genug trieb, würde er wieder ohnmächtig werden, was gut war, denn dann würde er sich wenigstens nicht bewegen und die Schmerzen nicht mehr so spüren. Bewußtlosigkeit als Morphium. Wie bei einem ganz normalen Menschen auch.

Da er mit dem Gesicht auf dem Boden lag, konnte er nicht einmal feststellen, ob draußen mittlerweile die Morgendämmerung oder schon wieder eine neue Abendfinsternis hereinbrach. Es herrschte ein diesiges Zwielicht im Zimmer, das weder täglich war noch nächtlich, noch Winter noch Sommer noch Erde noch All. Er konnte nur hoffen, daß seine überlasteten Heizkörper ihm nicht irgendwann um die Ohren flogen. Und daß (hahaha) nicht irgendwo im Haus (wirklich ein erheiternder Gedanke) ein Feuer ausbrach oder etwas anderes, dem er nicht entkommen konnte.

Er hatte Hunger und mußte dringend pissen. Letzteres war ja nicht so ein unlösbares Problem und wurde erledigt, auch wenn Hiob sich gleich danach wieder verfluchte, weil der Urin, der sich auf dem Teppich ausbreitete, in den Wunden brannte wie Feuer. Salzwasser halt, des Seemanns Percy Herbert grimmster Nachtmahr nach der Auspeitschung.

Weiter runter mit dem Atmen. Bevor er in königsblauen Strudeln abwärts driftete, dachte er nach über den biblischen Hiob, und wie er ihn verachtet hatte schon als Kind. Der angeblich so liebe Gott läßt sich vom Teufel zu einer Wette überreden (Goethe hat das dann später für seinen Faust geklaut), daß Hiobs schon sprichwörtlicher Glauben ein paar kernigen Prüfungen nicht standhalten wird. Also wird dem Hiob alles genommen, seine Tiere, seine Kinder, seine Besitztümer, alles krepiert oder wird vom Sturm weggerissen, nichts bleibt ihm mehr. Dann kommt noch der Ausschlag dazu und drei sogenannte Freunde, die Hiob mit ihren mitleidlosen Sprüchen nerven. Und was macht Hiob? Er greint und winselt zwar ein bißchen, akzeptiert aber weiterhin Gott als den allmächtigen Gutvater.

Statt den alten sadistischen Zausel aus seinem Elfenbeinhimmel zu sich herabzureißen, ihn in die grindige Scheiße zu stuken und ihn anzuschreien mit den Worten: «Was bildest du dir denn eigentlich ein, du verrückter, größenwahnsinniger, herzloser alter Folterknecht! Was hab ich dir getan? WER GIBT DIR DAS RECHT?» hält Hiob ihm weiterhin die Treue und wird dafür am Ende mit Reichtum und neuem Nachwuchs belohnt. Spielt in der Bibel keine Rolle, daß die neuen Söhne und Töchter Hiobs andere sind als die ersten, die alle tot und unbegraben bleiben, wichtiger ist, daß die neuen doppelt so viele wie die alten sind. Das Alte Testament ist ein hartherziges und unmenschliches Buch, verliebt in Zahlen, Listen und Gebote, und diejenigen, die es predigen, sind genauso.

Das einzige, was den biblischen Hiob hätte sympathisch machen können, wäre sein Entschluß gewesen, nach der ganzen überstandenen – und völlig unverdienten und unverschuldeten! – Qual gegen Gott Krieg zu führen, um es dem ungerechten Peiniger heimzuzahlen. Aber dafür war dieser Hiob zu schwach und zu blöde.

Ich habe es da leichter, dachte Hiob der Zeitgenosse, während ihm die Sinne schwanden, ich kämpfe gegen den, der mir das antut, der Gott und Teufel ist in einer Person, und gegen den ich Krieg führe schon seit Jahren und dies auch weiterhin tun werde, falls ich jetzt nicht verloren habe, was ich mich aber weigere zu akzeptieeeeeeeeeerrrrrrrr

Ihn weckte der Hunger. Es war schlimm. Er lag immer noch wie ein Toter am Boden und stank erbärmlich und traute sich nicht, sich zu rühren, weil dann seine alles zusammenhaltende Körperhülle platzen würde wie mürber Keks.

Er fing an, seinen eigenen Speichel aus den färbenden Fasern der billigen Auslegware zu saugen, um etwas gegen Hunger und Durst gleichzeitig tun zu können. Ein einfacher Apfel, auch ganz ohne Eva, wäre ihm jetzt den Verlust des Paradieses wert gewesen. Es war immer noch so verloren graulichtig im Raum. Hiob stöhnte, weil seine Arschbacken juckten wie tausend Mückenstiche. Außerdem rissen sie ein, mit jeder Stunde tiefer, bald bis auf die Knochen. Er fiel auseinander, auch ohne sich zu rühren. Da steckte eine erbarmungslose Logik drin. Seine durch den Spielerstatus veränderte Körperbiologie hinderte ihn so ohne weiteres am Sterben. 9mm-Patrone im Herzmuskel? Gar kein Problem, Sir, das steckt man so weg. Eine Überdosis Drogenspass-tik? Macht gar nichts, Mister. Sie sind doch noch jung und robust. In ein paar Minuten tanzen und lachen Sie schon wieder und können sich den nächsten Goldenen Schuß vielleicht zur Abwechslung mal direkt ins Auge setzen. Je länger also Hiob hier lag und vor sich hinstarb, an Hunger und Durst und Entkräftung zugrunde ging wie ein Gnu in der Trockenzeit, desto mehr wurden seine lebenserhaltenden Körperfunktionen von seiner magischen Essenz übernommen. So stand das im Pakt. Die Magie war das Überbrückungskabel für ansonsten letale Einwirkungen. Und je mehr jetzt die Magie in ihm warmlief, um ihn am Leben zu halten, desto mehr tötete sie ihn, weil NuNdUuN sie manipuliert hatte. Es gab überhaupt kein Entrinnen mehr. Das Überleben würde ihn töten.

Und da war niemand, der ihn finden konnte, der sich um ihn Sorgen machen würde, der ihn vermißte, mit dem er verabredet war zu der und der Zeit und der Mittel und Hebel in Bewegung setzen würde, um Hiob zu finden, ein wackerer junger Leutnant der Freiwilligen Feuerwehr, der die Tür auftrat, weil die Nachbarn sich über den miesen Geruch beklagt hatten, ja, vielleicht war das noch die Lösung, er konnte ja noch Kot rausdrücken, um den Gestank so penetrant werden zu lassen, daß es den übrigen Mietparteien die Haare bleichte, aber um Kacke zu produzieren, mußte man vorher was gegessen haben, und Hiob konnte sich gar nicht mehr dran erinnern, wann er das letzte Mal etwas Kompakteres als Alk und DHC zu sich genommen hatte. Essen war lästig, wenn's denn nicht unbedingt sein mußte. Zum Kochen war Hiob sowieso meist zu faul, und immer hatte man nun auch keinen Appetit auf was Standardgewürztes aus dem Tiefkühlfach. Wie er so an Lasagnen und Billigbarschfilets in Papp- oder Aluschüsselchen dachte, lief ihm das Wasser im Mund zusammen und troff gleich wieder auf den Teppich, und von dort aus saugte er es auf und versuchte sich einzubilden, daß das gesund war.

NuNdUuN war so ein verdammt geschickter Bursche.

Jeder zweitklassige Gegner hätte es sich nicht nehmen lassen, nun hier aufzutauchen und höhnisch um Hiob herumzutänzeln, ihn verspottend und sich köstlich amüsierend. Aber NuNdUuN wußte genau, daß so was Hiobs Trotz heraufbeschwören würde und Kräfte in dem geschlagenen Spieler mobilisieren würde, die vielleicht ja doch noch so was wie eine Überraschung hätten herbeiführen können. Deshalb erschien er nicht auf dem Schauplatz seines Triumphes. Er genoß das Ganze wohlweislich aus der Ferne, ließ das traurige Bild in einem aus Protestantenfleisch, Indianerhaut und Judenknochen gezimmerten Olympiastadion auf megalithische Leinwände projizieren, und achtzigtausend Entstellte jubelten ihm zu, trommelten mit den Füßen und vergossen sich selbst bei La Ola. Der Potentat lächelte und schwieg. So viele Spieler waren schon gewesen vor diesem Montag, so viele würden noch kommen, und das einzige, was ewig blieb in diesem Reigen, war er selbst, der Erzene Feind.

Hiob spürte, wie sein Herz jetzt raste und wie ihn schon wieder diese erbarmunglos entwürdigenden Tränen ankamen, Tränen der frustrierten Wut diesmal. NuNdUuNs Gelassenheit würde keinen Unterschied ausmachen. Allein, wenn Hiob sich schon vorstellte, wie das Erzübel um ihn herumschlich und sich an der Demütigung delektierte, allein diese Vorstellung regte ihn schon so sehr auf, als würde es wirklich passieren. Was sind schon Schmerzen? fragte sich Hiob.

Schmerzen sind kreischende Neuronen, die im Grunde genommen, im großen Spiel der Dinge und Zeiten, nichts zu melden haben. Kein Mitspracherecht. Die Nervenbahnen waren das erste, was den Dienst versagte, wenn man starb, während die Seele noch zuckte und würgte. Die Seele, jenes völlig unreligiös verbrämte Ding, das wie ein schlaffes Mannesglied aus dem Korpus des Menschen in die Weder-Noch-Dimensionen hinüberlappte und auf die alles, was nicht leiblichen, sondern nur psionischen Ursprungs war, so scharf war – die Seele litt keine Schmerzen des Leibes. Die Seele konnte nur leiden an Feigheit und Verrat. Ich-bin-NICHT-feige, schrie Hiob tief drinnen sich selbst an. Ich bin vielleicht ein IDIOT, aber FEIGE bin ich NICHT!

Er, der überhaupt keinen Glauben zu haben glaubte, weil für den wahrhaft Wissenden so etwas wie Glauben keinen Sinn ergab, war in diesen Momenten vielleicht der am inbrünstigst glaubende Mensch auf diesem Planeten. Sein Großvater, der das immer gewollt hatte, wäre jetzt stolz auf ihn gewesen, aber sein Großvater war alt und von dauernden Medikamenten behindert und bekam nichts davon mit.

Hiob glaubte an das Spiel, an den Sinn des Spiels, an die Möglichkeit des Gewinnens des Spiels, an sich selbst, und wenn er nicht nur glaubte, sondern auch klaubte, dann auch an Widder und an Louise Brooks und an seinen Großvater und an Angel Heart und Black Narcissus und an die Musik von Pavement und daran, daß James Robinsons Starman eben der coolste Superheld aller Zeiten war.

Was sind schon Haut und Fleisch?

Das kriegt man schon alles wieder hin. Das ist ja nur die Oberfläche. Wenn dies hier ein Prognosticon war – und NuNdUuN hatte versichert, daß auch der fünfte und letzte Teil der Wette nur ein einfaches Prognosticon sein würde – dann konnte man dies hier auch einfach überstehen. Ein paar Tage vielleicht als zerfetztes, knochenstarrendes Ding aus Clive Barkers hinterstem Oberstübchen, aber dann würde sich schon alles wieder fügen.

Das Schwerste war der Anlauf. Den inneren Willenstrieb zu dem Effekt zu pushen, daß Jetzt der Augenblick war, es zu tun. Wie wenn man ein Heftpflaster herunterreißt und weiß, man muß es schnell tun. Jetzt nein Jetzt nein Jetzt ist der Moment.

Jetztztztztztztztztztztzzzzzzzzzzzzzzzzzt.

Hiob bewegte die peinüberkochenden Arme, bis die wunden Handflächen in Liegestützposition in Höhe der Schultern auf dem Teppich auflagen, und drückte den Oberkörper hoch. Die Oberarme zitterten vor Anstrengung und schwitzten echtes Blut aus tiefen Rissen. Der Tränenfluß kam jetzt ganz unbewußt, Hiob weinte nicht, oh nein, das war nur ein physischer Reflex zur Entlastung, genau wie der eitrige Saft, der ihm aus dem Anus quoll. Hätte er geschrien, wären ihm die Stimmbänder zerrissen, also hatte es keinen Zweck. Als er mit seinem ganzen Gewicht kurz auf seinen wie verfault versehrten Unterschenkeln saß, wurde es schlimmer, aber es war jetzt zu spät. Er katapultierte sich jetzt entweder mit einem achtfachen Salto vorwärts durch die Milchglasfenster des Sterbens in ein Land dahinter, das noch keiner mit Seele vor ihm betreten hatte, oder es gelang ihm jetzt, in seiner eigenen Wohnung ganz einfach aufzustehen.

Die einzelnen Etagen eines Bücherregalschrankes ragten über seinem Kopf auf, wie Leitersprossen boten sich ihm die Querbretter dar. Er griff danach, auch wenn ihn das die Handinnenflächen kostete, und begann, sich hochzuziehen. Plastiktüten seiner Schlafunterlage, die die ganze Zeit über noch an seinem Rücken geklebt hatten, rutschten auf Fleischwassern abwärts. Er versuchte zu rekapitulieren, welche Visionen ihm der Überläufer Charles Otts damals eingespeist hatte. Der hatte ganz ähnliche psoriatische und neurodermitische Symptome von Haut- und Körperzersetzung empfunden. Den hatte ein Dämon vergewaltigt. Hiob schändete sich wenigstens selbst. Empfinde Hochmut, denk wie ein Sieger, denk wie NuNdUuN.

Als sein ganzes Körpergewicht, schon fast aufrecht, nur immer noch ein wenig durchhängend, an einem der Regalbretter hing, wurde es dem für solche Übungen nun wirklich nicht konstruierten Schrank zuviel. Das ohnehin durch viel zu viele gnadenlos übereinandergestapelte Bücher schon fast überlastete Brett brach durch, Hiob knallte mit Kinn und Kiefer auf die darunterstehenden Bücher, während die von oben nachrutschten. Das Brett darunter splitterte ebenfalls. In einer Lawine aus gestohlenen Hardcoverbildbänden und ein paar besonders unverzichtbaren Familiengruftfolianten rutschte Hiob abwärts und dröhnte wieder zu Boden. Wie Ambosse knallten die Schreibwerke auf seinen zuckenden Körper. Der Restschrank neigte sich vor wie ein Betrunkener oder wie jemand, der mal gucken will, ob der, der da liegt, noch lebt, blieb aber stehen. Hiob verlor nicht die Besinnung. Er hatte sich auf die Zunge gebissen, aber wenigstens keine Zähne verloren oder den Kiefer gebrochen. Der Zungenschmerz war gut, weil anders als der des restlichen Körpers. Irgendein Mathelehrer von ihm hatte mal eine merkwürdige Bemerkung gemacht, wie ging die noch gleich? Ach ja: Wenn du jemandem ein Messer reinrammst und du ihn von seinen Schmerzen ablenken willst, halt ihm am besten seinen Arm ins Feuer.

Hustend rappelte sich Hiob wieder auf. Er war jetzt verdammt nochmal schon viel zu weit gegangen in seiner neuen Laufbahn als sich selbst befriedigender Inquisitor, um sich von ein paar Büchern begraben zu lassen.

Also begann er zu kriechen.

Hatte keinen Sinn mehr zu versuchen, sich aufzurichten. Wahrscheinlich würde er sowieso das Gleichgewicht nicht halten können, weil ihm war, als würde jemand die Innenseite seiner Außenhaut mit Stahlwolle abscheuern, in weit ausgreifenden, aber unterschiedlich schräggestellten Ellipsen. Das Telefon war nicht weit. Nur aus dem Raum hier raus und in den Flur. Fünf, sechs Meter nur. Das Telefon war ganz, ganz nahe. Sollten sich die einundzwanzig Mark und neunundreißig Pfennig, die er Monat für Monat an den misanthropischen Multi Telekom abdrückte, endlich mal rentieren. Sollten die Fernsprechkabel die Angelrute sein, mit der er Hilfe einholen konnte. Selbst verfettete Kerle mit Herzinfarkt schafften es oftmals noch, zum Hörer zu robben und die 110 in die Tasten zu hauen. Hiob hatte noch ein altmodischeres Wählscheibentelefon, aber er hatte ja auch keinen Herzinfarkt, er hatte nur eine Kugel im Herzen, und er war kein verfetteter Kerl, im Gegenteil, er war nur Haut und Knochen ohne Haut, er konnte sich Zeit lassen, alles kein Problem.

Auf Ellenbogen, Becken und Knien schob er sich vorwärts und verlor dabei haufenweise Fleisch. Es riß einfach ab, das tat nicht mal besonders weh, dafür war es bereits zu krustig und abgestorben. Weh taten die rohen Stellen, die sich darunter auftaten, wenn er mit ihnen über den Teppich rieb. An manchen Körperteilen lagen schon die Muskelstränge frei. Aber was war schon Schmerz, was waren schon Haut und Fleisch? Kein Mitspracherecht. Erneuerte sich sowieso alles dauernd, konnten die Milben ein Lied von singen beim Fressen. Ob es jetzt Riesenmilben geben würde, wenn Hiobs Hautfetzen in Eßlöffelgröße kamen? Wäre doch ein nettes Prognosticon gewesen, vielleicht sogar eine Inundation, eine Überflutung. Invasion der Monstermilben. Berlin in der Gewalt von dackelgroßen Raubinsekten. Länderfusion von Killerparasiten vereitelt. Hahah-hahah. Eine Anzeige fiel ihm ein für ein Konsolenspiel, bei dem man auf Rollerblades durch die Gegend düste und versuchte, andere Rennteilnehmer durch gezielte Kicks in den Straßenstaub zu schleudern. If you fall while blading at 85 mph, you could grind off 5 pounds of flesh. By the way, the guy next to you thinks you could lose some weight. Früher hatten die Kinder mit Brummkreiseln gespielt. War das nun eigentlich eine gute oder eine schlechte Entwicklung?

Er erreichte das Telefon. Er kam nicht dorthin hoch, wo es stand, also zog er es einfach am Kabel zu sich runter. Schepper. Wurde es nun eigentlich langsam mal Tag oder langsam mal Nacht? Oder war das hier Nacht bei Vollmond oder Tag bei von Schnee verhängtem Himmel? Oder war er schon in einer Art Totenreich, oder in der Twilight Zone, oder hatte er Grauen Star? Was war mit den anderen Menschen im Haus? Warum rührte sich keiner, hörte er niemanden? Er konnte das Telefon scheppern hören, also konnte er ja wohl nicht taub geworden sein.

Egal jetzt. Der Hörer war schon zur Seite geschliddert, das Freizeichen bläkte. Hiob steckte einen schorfigen Finger in die richtigen Löcher und wählte die gnadenbringende Zahl. Es tutete. Jemand hob ab. Es rauschte wie eine sehr ferne Verbindung. Aber niemand meldete sich. Hiob versuchte zu sprechen. Die Zunge tat ihm weh, die Kehle war voller Schleim, und die Lippen waren zu borkig geworden, um bei der Ausbildung von Lauten noch behilflich sein zu können, aber trotzdem schaffte Hiob es irgendwie, seinen Namen und seine Adresse durchzugeben und den Grund seines Anrufs zu nennen: «Ich ... habe einen akuten Ausbruch von ... Hautkrankheit. Die ... Wundauswirkungen sind ... tiefgreifend. Ich ... sterbe ohne Hilfe.»

Das Rauschen am anderen Ende verdichtete sich zur Stimme eines Fliegenschwarms. «Das weiß ich doch», sagte sie nur und hängte ein.

NuNdUuN. Mit all dem süffisanten Lächeln in der Stimme, von dem Hiob schon die ganze Zeit gealpwachträumt hatte. NuNdUuN. Das Ungeheuer hatte entweder die Notrufzentrale Berlins in seine Gewalt gebracht und kauerte jetzt über den Leichen der wackeren TelefonistInnen, oder er hatte einfach Hiobs Telefonleitung ein bißchen tiefergelegt. Oh nein. Oh nein oh nein oh nein. Es gab keine Rettung mehr, keine Verbindung nach draußen.

Gut, wenn es denn bestimmt war, daß Hiob hier verreckte, dann wollte er wenigstens noch die Genugtuung haben, seinem Gegner seinen Haß artikulieren zu können. Er wählte nochmal, dann wieder, und schließlich auch wahllos irgendwelche Nummern, die ihm gerade einfielen oder die er frei erfand. Aber die Leitung blieb jetzt jedesmal tot, da war nicht mal mehr ein Freizeichen für ihn. Sie war tot, er war tot, alles war erledigt.

V

MIT DER Zeit, als er so dalag und vor sich hinstarb wie ein angeschossenes Wild im Halbdunkel dornigen Strauchwerks, konnte er auch das Leben der anderen wieder hören. Mittlerweile war wohl doch irgendwie Tag geworden oder zumindest etwas Vergleichbares. Füße tappten über seine Wohnungszimmerdecke, andere sprangen munter die Treppen im Treppenhaus runter und sangen kinderstimmig vor sich hin. Eine Waschmaschine lief und versetzte alles in weiche Vibrationen. Jemand saugte über ihm schabend Staub. Immer wieder wurden Klospülungen betätigt, Wasser rauschte und Fäkalien klapperten die Rohre hinab. Gegen den wohl so zu bezeichnenden Mittag fing es an, lecker nach Schweinekotelett zu riechen, und Hiob fing wieder an zu flennen. Sein Hunger war so groß. Durst hatte er komischerweise überhaupt nicht mehr.

Er hatte nicht mehr die Kraft, sich zu bewegen. Er hätte versuchen können, zur Wohnungstür zu kriechen und dagegen zu klopfen, weil er die Klinke nicht erreichen konnte. Aber in diesem Haus wurde oft den ganzen Tag lang gehämmert oder gebohrt, niemandem wäre das als Hilferuf aufgefallen. Beim Schreien machte seine völlig dehydrierte Kehle nicht mehr mit. Er wäre jetzt gerne in das kleine Zimmer gekrochen, wo er malte und seine Bilder standen. Er spürte eine schon seit längerer Zeit so nicht mehr empfundene Hingezogenheit zu seiner Kunstmaler-Persönlichkeit. Inmitten seiner unverkäuflichen Schreckensvisionen zu krepieren – das war wenigstens noch ein Tod, der ihm so was wie posthumen Ausstellungserfolg sichern würde. Er hätte sich auch gerne wenigstens auf den Rücken gedreht, um nicht auf dem Gesicht liegend zu verenden, sondern wie einer im Sarg so was wie Würde ausstrahlen zu können, aber das ging nicht mehr. Seine Arme waren mittlerweile so tiefreichend zersetzt, daß sie zu nichts mehr taugten, außer vielleicht, sie zu essen, aber da verhungerte er dann doch lieber. Man hatte ja irgendwo noch einen Rest Stolz.

Ein bißchen wunderte er sich über die Ungeregeltheit des Endes.

Er hatte mehr Tamtam erwartet, mehr offiziellen Zinnober, zumindest so einen visionären Special-Effects-Trip wie damals nach dem Eröffnungszug.

Ganz genau erkundigt hatte er sich zwar nie, wie ein Spiel eigentlich endete, aber er wußte, daß es jedesmal eine große Sache war. Die drei berühmtesten Arten, auf die ein Spieler verlieren konnte, waren erstens wenn er aufgab, zweitens wenn in der Wertung die Punktezahl des Fließes seine eigene überstieg und drittens wenn er von einem Prognosticon, einer Manifestation oder einer Inundation seiner magischen Komplementierung zum Trotz kurzerhand umgebracht wurde, so wie das im Augenblick mit Hiob geschah. Dieser Kampf- oder Spieltod war für die Welt relativ harmlos. Bestraft wurde dann im Grunde genommen nur der Spieler selbst, dessen Seele für alle Ewigkeiten zum Spielball der wiedenfließen Gewalten wurde, meistens zum Hohn dann umgedreht und entgegen der üblichen moralischen Überzeugungen ins Feld geschickt. Schlimmer war es, wenn ein Spieler aufgab, so wie Hiobs direkte Vorgängerin Lagrima Mesanez das getan hatte, oder wenn er mehr Spielrunden verlor als gewann und er damit sozusagen für das Fließ punktete. Der Spieler selbst blieb dann relativ unbehelligt – relativ; Lagrima war von ihrer Familie ins Irrenhaus gesteckt worden –, nur die Magie wurde ihm/ihr natürlich schmerzhaft entrissen. Darüber hinaus war aber das derartige Besiegen eines Spielers für NuNdUuN ein Freibrief für eine Chaos-Transgression größeren Ausmaßes. Lagrima war durch ihr Aufgeben wahrscheinlich für den Tschernobyl-SuperGAU verantwortlich gewesen, einem anderen, früheren Spieler, der punktemäßig verschissen hatte, war anzulasten, daß die Amerikaner sich dazu entschlossen, ihre frisch entwickelten Atombomben nicht nur in der Wüste von Nevada, sondern auch am lebenden japanischen Objekt zu testen. Wie das mit den beiden Weltkriegen gewesen war, wußte Hiob nicht genau, obwohl er ja von Anton Krantz erfahren hatte, daß NuNdUuN mindestens bei Verdun alle Finger tief drin gehabt hatte. Mit ziemlicher Wahrscheinlichkeit war auch die neue Dimension des Grauens, die dann den Namen Auschwitz bekam, NuNdUuN von den Regelverwaltern nur deshalb gestattet worden, weil ein schwacher Spieler ihm durch Handtuchwerfen, Handspiel oder punktuelle Fehlhandlungen die Handhabe dazu in die Hände spielte.

Insofern schnitt Hiob gar nicht allzu übel ab. Zwölf zu Zwei würde der Endstand sein. Eine echte Manifestation war auch dabeigewesen, mindestens mit der hatte er NuNdUuN mal richtig geärgert. Er hatte ein paar wirklich fiese Prognostica zerblasen, dem Ruprechtsritter saftige Kollegenschelte eingehandelt und einem selbstmordgefährdeten Mädchen das Leben gerettet. So alles in allem war es eine lohnende Zeit gewesen, schade eigentlich, daß es schon vorbei war. Immerhin würde er auf die Art das Geheimnis lösen, das alle Spieler beschäftigte, von dem aber noch niemand zu berichten in der Lage gewesen war. Was geschah danach? Was bedeutete es, für immer gefoltert zu werden? Und hatte man aus der Hölle heraus nicht vielleicht doch eine Chance, sich ähnlich wie Mogens Remmert hochzuarbeiten und doch wieder zu so was wie Einfluß zu kommen? Niemand konnte von Hiob verlangen, dem Kampf gegen NuNdUuN abzuschwören, solange auch nur ein Fünkchen seiner Seelenaura noch vorhanden war. Sollten die gehörnten und geflügelten Verhehrer und Versehrer sich nur an ihm zu schaffen machen. Er würde ihnen ebenso trotzig begegnen wie jetzt seinem Schnitter. Was waren schon Schmerzen? Die Seele litt nicht die Qualen des Leibes. Wahrscheinlich würde die ewige Folter im Fließ ganz anders aussehen, als Dante sich das vorgestellt hatte. Wahrscheinlich lief alles auf seelische Pein hinaus. Auch gut, ihr Scheißer. Gebt euer Bestes. Seelenpein ist sowieso mein zweiter Vorname.

Das dreckige Sterben zog sich hin.

Mehr und mehr wurden Hiobs Körperfunktionen von seiner eigentlich als Schutz gedachten Magie übernommen und sein integraler Verfall dadurch vorangepeitscht. Es war, als würde ein Verdurstender immer mehr Wasser aus einem Tümpel trinken, in dem die aufgeblähten Leichen seiner Eltern trieben. Je immobiler und hinfälliger sein Korpus wurde, desto agiler und übersprungsfreudiger schien sein Hirn zu werden. Er phantasierte mit fast schwärmerischer Rührung über das chinesische Bauernmädchen, von dem sein Großvater ihm mal erzählt hatte. Sie hatte den Rekord aufgestellt, den er nicht hatte brechen können. Siebzehn Punkte. Siebzehn Punkte im siebzehnten Jahrhundert mit siebzehn Jahren. Da sie getötet worden war von einem Dämon und nicht aufgegeben hatte, bestand eine Chance, daß er sie vielleicht kennenlernen würde im Fließ. Er besaß leider keine Statistiken darüber, wie viele Punkte Spieler in anderen Jahrhunderten so zusammenbekommen hatten, aber mit zwölf erreichten war er mit ziemlicher Sicherheit der beste Spieler des zwanzigsten Jahrhunderts. Vielleicht würde man die besten Spieler jedes Jahrhunderts besonders behandeln, sie gemeinsam foltern. Das wäre doch schön, da unten noch zu einer Elite zu gehören, wenn man hier oben als armes, unterprivilegiertes Schwein hatte leben müssen, ohne Einkommen, ohne Urlaub, ohne Partner. Verläßliche Partner. Treue Partner.

Oh Widder, dein Honig und dein Salz haben mir die Kraft gegeben. Wird man dir erlauben, mich zu besuchen, dort im Bagno, wo ich hingehe? Wird man dich dafür schikanieren, daß du das Mädchen eines Versagers warst? Nennt man dich Spielerhure dort im Fließ? Widder, ich hätte dich geliebt, wenn ich es gekonnt hätte. Wenn du es gewollt hättest. Wenn uns mehr Zeit geblieben wäre. Weißt du, diese Wette mit NuNdUuN, da ging es nur um dich.

Ich erinnere mich daran, wie du mir mal erzählt hast von weißer Schokolade. Daß weiße Schokolade wirklich gefährlich ist für mich. Sozusagen eine in meinen verbesserten Stoff-und-Nicht-Stoff-Wechsel eingebaute Subroutine, wie in einem Programm von Backspace Blunt. Wenn du jetzt hier wärst bei mir, hätte ich gern, daß du mir einen Riegel weißer Schokolade in den Mund schiebst. Nein – noch besser: Du nimmst den Riegel in den Mund und lutscht ihn warm zwischen deinen roten Lippen und dann gibst du mir diesen roten Kuß und schiebst dabei mit deiner roten Zunge diese weiße Schokolade zwischen meine bleichen Lippen.

Oh Aries, mein Herz fängt an zu schmerzen. Das ist die Patrone da drin. Der Herr der Nächte hat mir prophezeit, daß sie nur schmerzt, wenn ich so was wie Liebe spüre. Ahhhhh, nein, hör auf, ich halte alles aus, nur das jetzt nicht auch noch, bitte, bitte nicht. Ein anderer Gedanke, schnell, gib mir aus all den tausend wirren schnellen wirbelnden Ideen eine, die ja, die hier ist nicht schlecht. Ich erinnere mich wieder. Alles in mir, da ich keine Zukunft mehr habe, wird Erinnerung. Wie war doch gleich ihr Name? Rosenmacher, Ilse Rosenmacher, jetzt fällt's mir wieder ein. Das war ganz am Anfang, ein paar Tage bevor ich meinen allerersten Punkt machte. Sie lag in ihrer Wohnung, dort, wo ich früher gewohnt habe, ein paar Etagen über mir. Sie lag da und starb, genauso wie ich jetzt. Sie lag da und starb, und ich war der letzte Mensch, der sie lebend sah und mit ihr sprach, weil ich gekommen war, sie zu bestehlen. Ich vergaß, sie zu retten. Ich hatte den Kopf so voll mit meiner eigenen Karriere. Jetzt weiß ich, wie Sie sich fühlten, Frau Rosenmacher. Ich bin jetzt genauso alt wie sie. Genauso allein. Genauso wie Sie muß ich jetzt wo hingehen, wo ich eigentlich nicht unbedingt sein müßte. Es tut mir leid, Frau Rosenmacher. Ich hatte nicht das Recht, derjenige zu sein, der die Entscheidung traf, ob Sie leben oder sterben sollten. Ich war eine schlechte Wahl des Schicksals. Ich hatte noch nicht einen einzigen Punkt und kannte noch nicht meinen Weg, und jetzt, wo ich ihn bis ganz zum Ende gegangen bin, komme ich genau dort an, wo Sie schon am Anfang waren. Wird ein Dieb auch zu mir kommen? Wird der Tod wie ein Dieb sein? Wird er so vergeßlich und dumm sein wie ich, als ich der Dieb war?

Und jetzt, als es fast zu Ende war, verstand Hiob Montag plötzlich den Hiob der Bibel. Dieser hatte deshalb gegen Gott nicht aufbegehrt, weil er so sehr, so unglaublich intensiv und stark an Gott glaubte und Gott vertraute und ihn liebte, daß er die ganze Zeit seines unbeschreiblichen Leidens über tatsächlich dachte, daß all dies einen Sinn hätte und daß Gott es letzten Endes gut mit ihm meinte. Wie hätte er denn ahnen können, daß Gott versucht worden war vom Teufel, und, im Gegensatz zu Gottes eigenem Sohn viele Jahrhunderte später, dieser Versuchung nachgegeben hatte. Was Jesus zu einem Update machte, einer neuen, verbesserten, dazugelernt habenden Version von Gott dem Vater selbst, von diesem dann später wieder gelöscht, weil er die Perfektion seiner Schöpfung so beneidete.

Was den biblischen Hiob an den Anfang von allem stellte. An den Anfang der Erkenntnis, daß man sich mit den Menschen alles erlauben konnte. Daß Gott selbst ein Narr war. Und daß der Teufel immer triumphierte. Doch waren all dies ja nur Geschichten. Legenden, von Menschen in mündlichen und schriftlichen Überlieferungen vererbt und verfälscht. Der Gott und der Teufel der Bibel waren ein und dieselbe Person, zum Teufel tendierend, weil die Menschheit sich so entschieden hatte. Jesus war der Sohn des Teufels gewesen, der die Mission gehabt hatte, die zerschossenen Herzen der Menschen durch Liebe zum Leiden zu bringen.

Und der neue Hiob war ein Rebell, der den Teufel so sehr haßte, daß er ihm fast schon wieder vertraute, mehr als allen anderen. Aber aufgegeben habe ich nicht, Fürst, da kannst du sagen, was du willst. Mit diesen meinen letzten bewußten Gedanken schleudere ich dir noch entgegen: Ich habe niemals kapituliert. Du hast mich zerschmettert, zugegeben. Aber wer war ich schon – machtmäßig – im Vergleich zu dir. Du magst triumphierend in Pose dich stellen auf einem zerklüfteten Kap, aber das ändert nichts an der unwiderlegbaren Tatsache, daß du ein blasierter, langweiliger, voraussagbarer, häßlicher, alter Kleinkinderficker bist. Shalom, du Beherrscher all dessen, was niemand, der noch Herr seiner geistigen Gesundheit ist, auch nur geschenkt haben möchte. Du bist damit gestraft, weiterhin du selbst sein zu müssen.

Ich aber hab's wenigstens hinter mir.

VI

SO GAB er sich auf. Er gab nicht das Spiel auf, nur sich selbst.

Es gab hinterher Vasallen des Wiedenfließes, die NuNdUuN gegenüber bekundeten, daß sie es dem kleinen bornierten Scheißer Montag gar nicht zugetraut hatten, daß dieser das Spiel für so viel wichtiger nahm als sein eigenes klägliches Heldenleben. NuNdUuN entgegnete, daß dies keine Überraschung für ihn war. Hiob Montag sei völlig leer, ein von den Ansprüchen seines Großvaters überfordertes Zuchtprodukt, das das Spiel als Krücke benutzen mußte, um sich selbst überhaupt so etwas wie Richtung und Stabilität zu geben.

Zugeben mußte NuNdUuN jedoch, daß eine Überraschung für ihn gewesen war, was als nächstes passierte.

Hiobs Seele drehte und wand sich aus dem verkrusteten, kaputten Leib heraus wie ein Schmetterling aus seinem Raupenkokon. Es war eine merkwürdige Seele, ein mutiertes, ungewöhnlich geformtes Ding, die Seele eines Menschen, der in ein- und derselben Nacht tief im Leibe seiner Mutter zweimal gezeugt worden war, einmal als Mensch und das zweite Mal als Magier.

Mit ihren Faltbeinen und Ausläufern und wechselstromlinienförmigen Widerspenstigkeiten hakte sich die Seele beim Ausschlüpfen fest, verhedderte sich feucht und halb und im Gegensatz zu Pessimistenseelen so ungeübt im feinen Akt des Sterbens, und hing so und verschnaufte und versuchte sich zu sammeln. Konzentration war jetzt wichtig; einer wie Hiob, der so viel durchduldet hatte mit dem Stoizismus eines jungen Ochsen, tat sich furchtbar schwer mit dieser unblutigsten aller Geburten. Gestört wurde er auch noch. Hämmern erfüllte das All, erst gleichmäßig, dann sich aufsplittend und dabei immer lauter werdend. Jemand rief seinen Namen, ganz dünn, ganz leise, zittrig, wie die Stimme des kleinen Fliegenmannes im Spinnennetz. Hiiiiiiiob! Hiiiiiiiiiiiiiiiiiiiiiiiob! Die Seele ruckte und streckte ihre achtzehntausend Kilometer langen Fühler in diese Richtung. Wer ruft mich denn von dort? Ist dort die Richtung meines Endes? Hiiiiiiiob!

Schmiedeeisern
trümmern steine
Schläge niederfallend
gegen Wucht mit
Dröhn und Hall und
brechen durch ein
Splittern überläuft das
kosmische
Gefäß sprudelt nach
unten fängt sich in
aufwärts gebogenen
Wirbeln denn
den steilen Tunnel
durchwanken Gestalten
von eckig Giganten mit
Stimmen
aus Milch und Haaren
wie brennendes Heu an
den Enden mit Knistern
und
Züngeln kalt wird's
und dunkelrot leuchtet
auf von Kammern
durchsetzt wie
ein Granat und warm
werdend der im
Verlassensein begriffene
Körper seelt
sich einwärts
Strudelwurm gleich
oder Tausendfüßler mit
wellenförmig

vorfrequenzten
Beingewaber Bein
Hände Bein Hände
heben mich an und
wälzen den
Gestrandeten Robinson
Bartenwal Krebs krustig
gebrutzelte
Languste auf den
Rücken und zermalmen
dabei beinahe die Seele
welche sich
gerade ungerade noch
schlief in sich ruckend
und weißliche Qual von
Kastaniengold sprühend
hereinzieht heraus aus
dem toten Weg ächzen
und
stöhnen zerscheuern
sein Gehör und das
zischende Hausatmen
von entsetzten
Geblichtern eine Hand
schock eine Hand von
so milder Gewalt faßt
mich an
und mein Name läuft
abwärts noch einmal
mir entgegen bis ich
selbst ihn
nicht mehr erkenne vor

lauter Süße mein Name
so noch nie gesprochen
dieser
Schmerz in meiner
Brust ist wiederkehrt
ist ungewöhnlich stark
und ich
dachte die Zeit der
Schmerzen ist ein
für allemal vorbei
verdammte Scheiße
warum leckt ihr mich
nicht alle einfach mal
am Arsch und laßt mich
dann in
Frieden verrecken
und sogleich das geht
schnell unerwartet
schäme ich mich
wieder für diesen
Gedanken und sogleich
schäme ich mich für
meine Scham
und so weiter und
hinfort reißt mich das
perpetuum mobile
meiner eigenen
selbstzerfleischung

Hiob schlug die Augen auf. Wie wenn man ein Bettuch über den Kopf eines Gestorbenen deckt. Weißüberflut.

Er konnte nichts Richtiges sehen, alles war hell, seine Augen oben und unten begrenzt. Er lag wohl im Licht. Über ihm, wie Amseln, zwei dunkle Augen.

Seine Stimme war ein Haufen Tonscherben am tiefen Grunde eines Brunnenschachtes. Mit nackten, sich dabei überschneidenden Händen schaufelte er die Scherben zusammen und klebte aus ihnen Worte.

«D … dreizeeehn … zu … zu … eins …»

Ein zweites Gesicht schob sich neben das mit den dunklen Augen.

«Zwar nicht schlecht geschätzt, aber eben doch kein Volltreffer: Wir haben fünfzehn nach drei. He, Habib, Alter – wir sind's: Kamber und Myriem. Erinnerst du dich an uns?»

Kamber. Erinnern? Moment, warte, hab Geduld, Fremder mit freundlicher Stimme, ich hab's gleich, es geht schon, warte noch kurz. Kamber Yildirimel Seferi, Buccaneer, und seine Schwester. Hiob hatte wohl schon wieder ihren Geburtstag vergessen. Wie verdammt schnell so ein Jahr doch rum ging.

«Tut … mir leid, Myriem. Herz … lichen nach… träglich.»

«Den hat's völlig erwischt», stellte Kamber fest. «Lassen wir ihn pennen.»

«Hiob?» Das war jetzt ihre Stimme, aus einem seiner ineinanderverschachtelten Träume. «Wie fühlst du dich? Können die Ärzte noch was für dich tun?»

Beug dich noch ein bißchen weiter runter, Mädchen, dachte Hiob, ich möchte deine Augen klarer sehen, wenn ich sterbe. Bist du wirklich Myriem? Oder bist du Widder, in Verkleidung? Habe ich gewonnen? Bin ich noch am Leben? Soll ich die abgeschmackte Klischee-Frage stellen. Na schön, verdammt, ich tu's.

«Wo … bin ich?»

Ihre Stimme: «Wir haben dich ins St. Joseph-Krankenhaus gebracht, Hiob. Die Ärzte sind ein bißchen ratlos, was dir eigentlich fehlt. Kannst du uns helfen? Hast du dich verbrannt? Was ist mit deiner Haut geschehen?»

«He, komm, du siehst doch, daß er nicht kann. Überlaste ihn nicht.»

«So lange die Ärzte nicht wissen, was es ist, können sie nicht viel tun.»

«Wie … « – er mußte schlucken, und es brannte wie Spiritus – «… wie lange bin ich schon hier?»

«Seit gestern. Wir haben dich gefunden und hierher gebracht. Ich hatte Angst, du wärst tot.»

«Myriem?»

«Ja?»

«Mach dir keine … Sorgen. Es ist über … standen. Zeit ist … vergangen und ich … bin noch am Leben. Jetzt … wird alles wieder gut.»

Die Amseln breiteten ihre kleinen Schwingen aus. Myriem lächelte. Dieser Schmerz in Hiobs Brust, jetzt auch ihretwegen. Jetzt nicht vom Regen in die Traufe, Mann. Jetzt nicht anfangen zu heulen. Noch niemals hat dich jemand weinen gesehen, das wäre scheiße für dein Image. Du bist eine sentimentale Heulsuse geworden, das ist schon wirklich nicht mehr schön.

«Ich bin… müde.»

«Wir sind alle müde, Habib.»

«Schlaf jetzt. Ich werde bei dir bleiben. Du kannst ja nach Hause gehen, Kamber, du hast ihn gehört: Er ist übern Berg.»

«Schwester, mach bloß nichts falsch. Soll ich dir noch mal einen Blick unter seine Bandagen gestatten? Esmeralda hatte 'nen Jackpot dagegen mit ihrem Glöckner.»

«Tu dir einen Gefallen, großer Bruder: Halt den Mund und geh einfach.»

«Ich schau morgen wieder vorbei.»

«Gut.»

Er war jetzt allein mit ihr. Der häßlichste Mann der Welt und dieses unglaublich hübsche junge Ding, das ihn wegen seiner Seele liebte. Nur daß Hiobs Seele schwarz und ausgefranst war wie das Feldbanner eines Raubritters. Er war das Biest, das kein Prinz werden konnte, John Merrick, der röhrend über Anne Bancroft herfiel, um sie zu vergewaltigen.

Es ist von unbedingter Notwendigkeit, sagte sich Hiob, daß ich ein besserer Mensch werde.

Innerlich laut und hysterisch über diesen absurden Gedanken lachend, schlief er wieder ein.

Immer, wenn er ein wenig erwachte, wenn er ein paar Sekunden hatte, bevor die ihm verabreichten Medikamente ihn wieder unter Wasser drückten, konnte er spüren, daß sie da war, neben seinem Bett saß.

Er dachte über Widder nach. Das war schon eine seltsame Situation. Da er dies letzte Prognosticon überstanden hatte, hatte er wohl Widder gewonnen, ganz für sich allein. Widder war die fleischgewordene Libido, der femininste aller Träume, theoretische Pornographie in vollendeter Praxis, ohne die allerkleinste Reue, aber es war schwer, sich darüber klarzuwerden, was er eigentlich für ein Lebewesen empfand, das keine richtige Gestalt hatte, sondern sich seine verlockenden Körper immer erst zusammenborgen mußte. Dieses Mädchen hier jedoch, Myriem Seferi, war echt. Er brauchte nur den Arm auszustrecken und konnte ihre kühle Echtheit berühren. Und doch war es ihm verboten, sie zu lieben. So genial ihm sein Kontrakt in den Anfangsmonaten erschienen war, so merkwürdig versetzt fühlte er sich jetzt, wie ein Fußballer, der unter vollem und begeistertsten Körpereinsatz ins Abseits gelaufen ist.

Zwei weitere Tage vergingen. Hiob, der am ganzen Körper bandagiert war wie Rebis von der Doom Patrol, wurde noch viermal von Kopf bis Fuß mit einem lindernden Gel eingesalbt, das eine angenehme Wärme entfaltete und ein bißchen nach Rosmarin roch. Anschließend wurde er immer wieder neu verpackt. Seine alte Haut brach blätternd und borkend nach und nach ab und machte einer neuen, albern rosigen Hautschicht Platz. Die Ärzte schwafelten ihm was vor von Schuppenflechte und einer seltenen Art von allergischer Neurodermitis, die vielleicht nach ihm benannt werden könnte: Morbus Montag. Myriem war immer dabei und erzählte ihm wieder und wieder die Geschichte, wie sie sich um ihn Sorgen gemacht hatte und sie irgendwie das Gefühl – die Ahnung, wie sie es nannte – gehabt hatte, daß ihm etwas Furchtbares zugestoßen sein könnte und sie deshalb ihren widerwilligen Bruder so lange nervte, bis dieser mit ihr zu Hiobs Wohnung fuhr und dort aufgrund des üblen Gestanks die Wohnungstür aufbrach und dann den Notarzt anrief, während sie bei Hiob Erste Hilfe anwandte. Wenn sie nicht bei ihm saß und munter über ihre Schulfreundinnen plapperte oder ihm etwas aus «Aus dem Leben eines Taugenichts» von Joseph von Eichendorff vorlas, schlief sie in einem der Wartezimmer. Eine Krankenschwester zwinkerte Hiob zu und fragte, wann es mit ihm und Myriem denn so weit sei, mit Heiraten und so, und er antwortete, bald, und er freue sich schon so darauf.

Auch Kamber tauchte mal wieder auf und sorgte dafür, daß Hiob nach Hause verlegt werden konnte. Es gab da nämlich dieses kleine Problem, daß Hiob nicht krankenversichert war, und Kamber hatte sich gutherzigerweise bereiterklärt, die Krankenhauskosten zu übernehmen, und jeder weitere Tag im St. Joseph riß eine weitere stark blutende Wunde in Kambers ohnehin fragile Finanzwelt. Da Myriem sich bereiterklärte, die noch nötigen Salbungen vorzunehmen und sich auch ansonsten um Hiob zu kümmern, brachte ihn ein gutgelauntes Notarztwagenteam in seine vollgekotzte und naßgepißte Bude zurück.

Myriem betätigte sich dort, ohne übermäßig die Nase zu rümpfen, als Hausfrau, und brachte die verhunzte Klitsche erst mal wieder einigermaßen auf Vordermann, samt einer neuen Matratze und einem neuen Teppich, die ihr Vater ihr günstig besorgt hatte und kostenlos liefern ließ. Mit der Zeit ging Hiob ihre selbstverständliche Geschäftigkeit langsam auf die Nerven. Er konnte sich des Eindrucks nicht erwehren, daß sie seine momentane Hinfälligkeit ausnützte, um sich im Singlehaushalt Montag eine gefestigte Position einzurichten. Seine Gelenke schmerzten noch wie vom Nachhall einer Arthritis, aber so langsam ging es dann auch physisch wieder mit ihm aufwärts, so daß er sich erfolgreich dagegen wehren konnte, daß Myriem ihn dauernd einsalben wollte. Er machte das jetzt selber und schickte die Uneinsichtige dabei aus dem Zimmer. Auch gelang es ihm, ein paar Klümpchen von neben dem Telefon gefundenen Haut- und Fleischabrieb vor Myriems unbedingtem Hygienewillen zu retten und in einem leeren, kleinen Marmeladeglas zu verstauen. Eine Häutung war schließlich irgendwie ein schamanistisches Ereignis. Hiob war zwar nicht unbedingt ein neuer Mensch dadurch geworden, aber wie wiedergeboren fühlte er sich schon, mit allen unangenehmen Details, die so was mit sich brachte. Er wollte einfach ein paar Stückchen der alten Hiobshaut behalten, zur Erinnerung, zum Gedenken, zur Mahnung, vielleicht auch einfach nur so.

Schließlich war der Tag gekommen, an dem es an der Wohnungstür klopfte und diese mondäne Blondine draußen stand, die schwelende Erotik an sich trug wie andere Frauen vielleicht einen läppischen Nerz tragen würden. Myriem war irritiert, ließ die etwa zehn Jahre ältere Frau dann aber doch ein. Eine Szene aus Gute Zeiten, schlechte Zeiten hätte nicht fahriger sein können.

Hiob kam der Auftritt der Blondine gerade recht. Er rappelte sich hoch, stand in seinem zerknitterten T-Shirt und mit wacklig rosigen Stachelbeerbeinen aufrecht auf seiner Matratze und brummte: «Darf ich dir vorstellen, Myriem? Das ist ... Ashley, meine Lebensgefährtin.»

«Hiob, Darling, wie siehst du denn aus?» flötete «Ashley» affektiert. «Mein Gott, kann ich denn nicht mal für eine Woche in New York sein, ohne daß du in Schwierigkeiten gerätst? Und seit wann hast du eine Putzfrau angestellt?»

«Ich bin keine ...», setzte Myriem an, aber Hiob kam ihr schon zuvor.

«Myriem ist keine Putzfrau, sondern die Schwester meines besten Freundes Kamber. Kein Grund also, ausfallend zu werden oder irgendwelche falschen und völlig an den Haaren herbeigezogenen Schlüsse zu ziehen. Ich bin sehr krank gewesen und Kamber und Myriem haben mir sehr, sehr geholfen und ich bin ihnen sehr, sehr zu Dank verpflichtet.» Er nickte Myriem zu, als wolle er sie segnen. «Aber Myriem, du verstehst doch sicher, daß ich und Ashley jetzt unter uns sein wollen. Nach allem, was ich durchgemacht habe, habe ich ihr viel zu erzählen.»

Das arme Mädchen war schlichtweg überlastet. Sie wußte weder, was gerade in ihr vorging, noch, was sie jetzt tun sollte. «Warum ... warum hast du mir nie ... erzählt . . .?» stammelte sie.

«Myriem, bitte», lächelte Hiob mit leichter Ungeduld in der Stimme. «Ich ruf dich an. Versprochen.»

Mehr war nicht nötig. Myriem packte die paar Dinge zusammen, die sie bereits in Hiobs Wohnung untergebracht hatte, und räumte das Feld. Sie wirkte weder besonders traurig noch besonders wütend. Sie sah nur plötzlich ziemlich alt aus und hatte jetzt die Ringe der ganzen letzten Tage unter den Augen.

Nachdem Myriem die Wohnungstür hinter sich geschlossen hatte, ließ Hiob sich ächzend wieder ins Bett fallen und deckte sich bis zur Brust zu. Die Blondine musterte ihn unter langen, dunkelgoldenen Wimpern.

«Ashley?» fragte sie. «Wieso Ashley?»

«Ashley Judd», grinste er. «Du siehst ihr ein bißchen ähnlich. Weniger kindlich vielleicht.»

«Ashley Judd ist nicht mal eine echte Blondine.»

«Na, und du? Bist du denn eine echte Blondine?»

Sie zeigte es ihm, indem sie dieses enganliegende schwarze Chiffonkleid einfach über die Hüften hochraffte. Ihr dichtes, sandfarbenes Schamhaar war an den Seiten rasiert, so daß es einen geometrisch genau gezeichneten Irokesenstreifen bildete. «An mir ist überhaupt nichts echt», sagte sie herausfordernd.

Hiob versuchte das Grinsen, das ihn früher immer so unschlagbar gemacht hatte. Seine neue Babyhaut spannte noch ein bißchen um die Mundwinkel und seine Augenringmuskeln fühlten sich wie aufgeweichte Seife an, deshalb wurde es wohl nichts, aber er konnte ja noch reden. «Ich habe dich vermißt. Ich habe deine Direktheit vermißt. Deine Obszönität. Dein Gespür für den richtigen Moment. Deine Instinkte. Ich habe die Spannung vermißt, als welche Frau du mir diesmal erscheinen wirst, eine Spannung, die immer so ist, als würde man ein Geschenk auspacken, über das man nur eines weiß: Daß man nicht enttäuscht sein wird. Ich habe deinen Witz vermißt und deinen Scharfsinn, deinen Spott, deine schnelle Auffassungsgabe. Deine mich in den Wahnsinn treibende Überheblichkeit. Deine einhundertundfünfzigprozentige Unmenschlichkeit. Die trügerische Spur unechter Gefühle, die mich manchmal zweifeln läßt, was wirklich in dir vorgeht. Das Geheimnis deiner Existenz. Deinen Stil. Dich.»

«Hiob, Hiob, Hiob, was bist du schwatzhaft geworden – man könnte fast meinen, du machst mir eine Liebeserklärung.»

VII

«ICH HABE all dies deinetwegen durchgestanden.
Um dich aus seinen Armen zu reißen.»

Sie ließ das Kleid wieder an sich hinabrascheln und lachte leise, die Zunge hinter den Zähnen. Sie schüttelte den Kopf, damit die langen Haare ihr nicht ins Gesicht fielen, und setzte sich zu Hiob auf die neue Matratze. Ihre Hand auf seiner war wärmer als seine. «Warum versuchst du immer noch wie ein kleiner störrischer Junge, dir und der Welt etwas vorzumachen? Du hast noch niemals in deinem ganzen Leben irgend etwas für jemand anderen getan. Du hast fünf Prognostica in Folge gewonnen, weil du die fünf

Punkte auf deiner Scorecard haben wolltest. Und die Wette mit NuNdUuN bist du deshalb eingegangen, weil du es nicht ertragen konntest, mich mit anderen teilen zu müssen. Oder hast du mich etwa gefragt, ob ich ganz allein dir gehören will?»

«Na gut. Du willst mich herausfordern? Ich bin großzügig heute, denn ich habe eine Wette gegen Luzifer gewonnen. Wenn du nicht ganz allein mir gehören möchtest, dann ruf ihn her und wir machen es dementsprechend aus.»

«Jetzt bluffst du.» «Probier es aus. Teste, wie weit ich gehe. Ich sage dir, ich bin so dicht dran gewesen, das gesamte Spiel zu verlieren, daß ich keine Kraft mehr habe, dir etwas abzuschlagen.»

Widder runzelte die Stirn. «Was ist los, du bist so ernst. Ich hab doch nur Spaß gemacht.»

«Dein beschissener Boß hat versucht, mich in den Arsch zu ficken.»

«Ich weiß.»

Hiob legte seinen schweren Kopf in ihren Schoß, sie kraulte ihm die Schläfenhaare.

«Er hat meine Magie manipuliert. Darf er sowas überhaupt?»

«Er darf alles, mein armer Schatz. Er ist Gott.»

«Es gibt Schiedsrichter.»

«Nun, er hat es als Prognosticon angemeldet, damit war alles rechtens. Noch mal kann er es nicht tun. Kein Prognosticon darf zweimal vergeben werden. Übrigens ist er verdammt wütend darüber, daß du überlebt hast.»

«Das hoffe ich doch.»

«Na, sicher. Er hatte sich das so einfach vorgestellt: Wenn er dir die Möglichkeit nimmt, dir selbst zu helfen, müßte dir jemand anders helfen. Wer? Ich konnte nicht, ich wurde von ihm zurückgehalten. Unser Herr ist auch im Fließ mehrere Wetten eingegangen, daß niemand etwas für einen arroganten, aufgeblasenen, zynischen, selbstsüchtigen, selbstgerechten, sich selbst bemitleidenden, großkotzigen, dickköpfigen, ungebildeten, unüberlegt handelnden, aggressiven, schwächlichen, mageren, blassen, dauernd kränkelnden, ungepflegten, radikal geistesgestörten Raufbold wie dich geben würde. Doch da hat er sich geirrt. Ein hübsches siebzehnjähriges Türkenmädchen haucht nachts, von dir träumend, kleine süße Seufzer aus ihrem ungeschminkten Mund, und wenn du im Sterben liegst, spürt sie das.»

Widder hauchte einen kleinen süßen Seufzer aus ihrem signalrotbemalten Mund. «Das ist Romantik. Das nennt man Liebe. Mit sowas rechnet NuNdUuN nicht.»

«Das ist keine Liebe, das ist nur eine alberne Jungmädchenschwärmerei.»

«Mit siebzehn?»

«Na klar. Denkst du, Menschenmädchen sind mit siebzehn plötzlich reif und haben den Durchblick? Quatsch. Ich bin einfach nur der älteste Freund ihres älteren Bruders, sie kennt mich von klein auf, und wo ihr Bruder sich manchmal wie ein Hornochse mit Rinderwahn benimmt, stehe ich halt meistens geheimnisvoll und einsam in der Ecke und grinse vor mich hin. Sowas reizt die Neugier und entzündet Phantasien, aber mit Liebe hat das nichts zu tun.»

«Du meinst, das ist genauso wie bei Take That?»

«Hm?»

«Jedenfalls hat sie dir das Leben gerettet. Und das Spiel. Und damit der Welt eine hübsche Katastrophe erspart. Hast du dich bei ihr irgendwie dafür bedankt? Oder zeigst du dich ungerührt erkenntlich, indem du sie mit mir betrügst?»

Jetzt seufzte Hiob. «Keine Ahnung. Was soll ich machen? Ich werd's ihr nie vergessen, okay? Davon abgesehen finde ich's besser, wenn sie nie erfährt, welche Tragweite das ganze hier hatte. Ich hatte halt 'ne üble Hautkrankheit und … war komatös zu Hause weggetreten. Sie und Kamber haben mich gefunden und mich ins Krankenhaus gebracht, und das war nicht verkehrt. So sollte man's lassen, sonst kicken wir nur schlafende Hunde wach. Davon abgesehen, oder nicht davon abgesehen», – Hiob zauderte, das seit langer Zeit zum ersten Mal wieder ungewohnt viele Sprechen schmerzte ihn im Hals – «ich hatte mir Sorgen gemacht um die Leute, die mir was bedeuten. Weißt du, in den Tagen vor diesem letzten Wett-Prognosticon, als nichts und nichts passieren wollte, da hab ich mir den Kopf zerbrochen wie ein Wilder, darüber, was NuNdUuN wohl als Nächstes aushecken wird, um mich kleinzukriegen. Und da hab ich wirklich angefangen, mir Sorgen zu machen um alle Leute, die ich so meine Freunde nennen würde, und um meinen Großvater. Wahrscheinlich hab ich sie deshalb alle instinktiv abgeklappert. Um mich mit eigenen Augen davon zu überzeugen, daß es ihnen gutgeht. Was soll ich machen, wenn NuNdUuN plötzlich die Laune hat, Kamber abzuschlachten? Was könnte ich dagegen tun? Das ist ein ziemliches Scheiß-Gefühl.»

«Ich glaube, da brauchst du dir keine allzugroßen Sorgen drum zu machen. Was würde der Meister gewinnen, wenn er deine Freunde oder deine letzten beiden noch verbliebenen Verwandten töten würde? Könnte er dich damit so aus dem Gleichgewicht bringen, daß dich das aus der Bahn werfen würde?»

«Weiß ich nicht.»

«Ziemlich unwahrscheinlich. Jemand, dem es nichts weiter ausmacht, eine Frau und zwei kleine Kinder in einer Almhütte verbrennen zu lassen oder – noch besser – der es fertigbringt, selbst eine junge Frau mit Benzin zu übergießen und anzuzünden, der kommt auch drüber weg, wenn man ihm Bezugspersonen raubt. Im Gegenteil, das würde dich wahrscheinlich doch nur motivieren, NuNdUuN noch mehr zu hassen, und je mehr du ihn haßt, desto energetischer wird dein Spiel. Es sollte deines Gegenspielers Hauptanliegen sein, dich zu schwächen, nicht, dich immer undurchdringlicher mit Zorn zu rüsten. Ich glaube eher, so, wie's sich tatsächlich abgespielt hat, war es viel eher in NuNdUuNs Sinne. Du suchst alle deine Freunde auf, weil du dir irgendeinen Rat, eine kleine Hilfe oder Unterstützung von ihnen versprichst, und niemand hat Zeit für dich. Niemand kümmert sich um dich. Du bist allein, und selbst dein heldenhaftes Spiel kann das nicht ändern. Im Gegenteil – das Spiel sorgt noch mehr dafür, daß du dich isolieren mußt. So kriegt er dich klein. Darauf will er hinaus. Und so hat er es dann auch versucht. Dich mit deiner Einsamkeit zu töten. Und es hat nicht funktioniert, weil du doch nicht einsam genug bist.»

«Meinst du, er hat improvisiert? Er wußte noch gar nicht vorher, womit er mich schlagen will? Er hat mich beobachtet, wie ich rumgestreunt bin, und dann kam ihm erst die Idee und er setzte sie spontan um?»

«Das ist sehr gut möglich. So spielt er. Ein Unsterblicher liebt das Spontane. Vorausgeplantes tendiert dazu, den Blick des Ewigen zu langweilen.»

Hiob lachte freudlos auf. «Vielleicht erstickt er ja eines Tages an seiner eigenen Blasiertheit. Möchte wissen, ob ihn jemand retten würde, wenn er im Sterben läge.»

«Da kannst du auch drauf wetten. Hunderttausende würden sich drum reißen, ihm die Hand zu reichen, denn ihre anschließende Belohnung würde sein, in den Rängen aufzusteigen, näher zu ihm hin.»

«Hofschranzenpack. Wenn ich erst da unten herrsche, werde ich den Speichelleckern die Zungen abbeißen.»

«Oh ja, das kann ich mir vorstellen. Du würdest mit Kanonen und Nagelpeitschen herrschen. Im Vergleich zu dir wird NuNdUuN in der Geschichte als warmherziger, wohlmeinender und aufgeklärter Fürst gelten.»

Sie balgten ein bißchen auf der Matratze, kichernd und kitzelnd wie alberne Kinder, nur daß Kinder im allgemeinen nicht ihre Zungen immer wieder aneinander spitzen und schlecken. In ihrer beider Atmen, das bald wie ein Reißverschluß ineinander verzahnt war, stand das Frage-und-Antwortspiel nach Sex und wenn ja, dann nach welchem, aber Hiob verneinte. Er fühlte sich insgesamt noch zu roh und unfertig, er traute seiner neuen Haut noch nicht so recht, fürchtete lachend, seine Schwellkörper könnten ihm den noch zartfleischigen Schwanz wegsprengen.

Es war ja nur eine Vertagung, vielleicht auch nur Verstundung, mal sehen.

Die Hauptsache war, daß sie wieder bei ihm war, daß sie jetzt ihm gehörte. Er sagte ihr noch einmal, daß er sie vermißt hatte, und wieder konnte sie nur mit Spott darauf antworten. Er trieb sie in die Enge mit so was, und es beunruhigte sie, daß sie damit nicht halb so gut umgehen konnte, wie ihre Daseinsbestimmung das eigentlich von ihr verlangt hätte.

Sie hörten Musik zusammen, gingen gemeinsam ins Kino wie schüchterne Menschen und zogen sich auf der Berlinale den neuen Tsui-Hark-Film Dao – The Blade begeistert rein; mit Geldmitteln von irgendwoher lud Widder Hiob sogar zum guten Essen ein.

Hiob befragte sie nach ein paar Details aus Umberto Ecos Roman, die ihm als interessant aufgefallen waren, und sie schied ihm Dichtung von – meistens verblüffender – Wahrheit. Sie erklärte ihm auch, warum NuNdUuN so versessen darauf gewesen war, Hiob seinen dreizehnten Punkt nicht zu gönnen, daß er sich sogar zu einer diesbezüglichen Wette hatte hinreißen lassen. Weil 78, die vom Spieler geforderte Endpunktzahl, eine Zahl war, die nur achtmal zu teilen war. Nur durch sich selbst, die 1, die 2, die 3, die 6, die 26, die 39 und eben die 13. 1, 2, 3 und 6 hatte Hiob schon hinter sich gebracht, die 13 war die erste der vier größeren, bedeutenderen Zahlen, gleichzeitig als fünfte der acht Divisoren symbolisch für ein Erreichen einer zweiten Hälfte und somit zahlenmagisch gesehen das Bewältigen eines ersten wichtigen Etappenziels. Die 26 hatte noch niemand je geschafft, da war erst noch der Weltrekord dazwischen, die 17. Und die war jetzt auch nicht mehr allzuweit entfernt. Hiob Montag, das wurde Widder/Aries voller Be(i)sitzerstolz nie müde zu betonen, war mittlerweile tatsächlich ein Spieler geworden, mit dem man rechnen mußte. Die Tatsache, daß NuNdUuN seine Wette verloren hatte und zum ersten Mal seit wirklich längerer Zeit wieder offenen Spott und triefende Häme aus den diversen Hallen und Provinzen seines Kaiserreiches austreiben mußte, unterstrich das in nicht zu unterschätzender Weise.

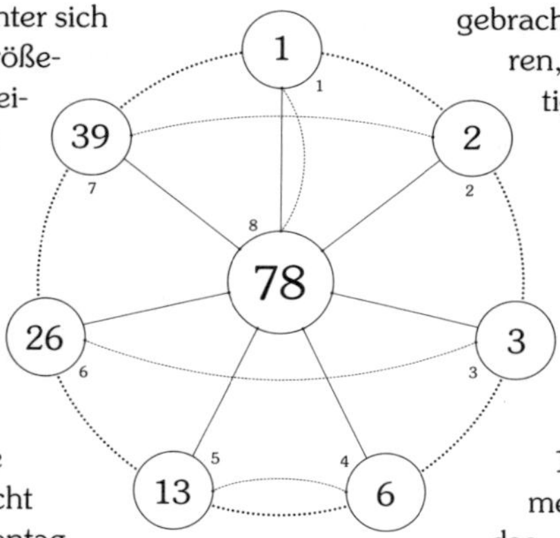

Bevor Spieler Montag nun aber vollends abheben konnte und Widders auf der Seite 259 mit Leichtigkeit improvisiertem Katalog von negativen Attributen einen mindestens ebenso langen mit positivistischen Selbstdarstellungen entgegensetzen konnte, klärte sie ihn noch schnell darüber auf, wie es ihr in der Zwischenzeit eigentlich so ergangen war. Er hatte nämlich wohl einfach vergessen, sie danach zu fragen.

In den letzten Monaten, in denen Hiob eine verwackelte Heldentat an die andere zu einer satt purpurtriefenden Trophäenkette aufgereiht hatte, war sie von NuNdUuN gegen ihren Willen festgehalten und einem widerlichen Freier nach dem anderen zugeführt worden, Menschen wie Unmenschen wie Menschen, die Unmenschen waren. Ein mittelständischer Direktor aus einem der Tigerstaaten hatte ihr in den Mund geschissen, einem chinesischen Politiker war erst einer abgegangen, als er ihr mit einem Rasiermesser die Schamlippen hatte zerschneiden dürfen (was im Fließ dann sehr schmerzhaft wieder geheilt war), ein verwahrloster Trailerpark-Kannibale aus Wisconsin hatte seinen zottigen und stinkenden Bernhardinermischling über sie drübergelassen und eine teilzeitlesbische Karrierefrau aus Hannover hatte ihren ganzen rechten Arm in Widders Arsch gesteckt und sich vorher nicht mal die Mühe gemacht, ihre dicken, scharfkantigen Klunkerringe abzunehmen. Am lustigsten war noch gewesen, daß ein britischer Industriemagnat sie erst mit seinem zusammengefalteten Regenschirm penetriert hatte und sie dann von einer Leiter aus auf den selben, jetzt aufgespannten Schirm hatte urinieren müssen, während der Brite in Strapsen daruntersaß und auf das Kreuzworträtsel der Times onanierte.

Um nur ein paar von über zweihundert Beispielen zu nennen.

NuNdUuN war in dieser Hinsicht also auf alles vorbereitet gewesen. Er hatte Widder schnell das Sukkubus-Fickpensum mehrerer Jahre durchhecheln lassen, um sie kaputtzumachen, um ihr zu zeigen, wer der Herr im Hause ist, um sie anschließend wegzuschmeißen auf eine Müllkippe namens «Hiob Montags Wohnung». Ob Hiob die Wette gewonnen hätte oder nicht – NuNdUuN hätte ihm Widder sowieso exklusiv geschenkt. Im Fließ hatte nämlich nun jeder genug von ihr. Und sie sollte sich dort nicht mehr blicken lassen.

«Warum hast du mir das denn nicht gleich erzählt?» fragte Hiob erschrokken.

Sie hatte es vorgehabt, antwortete sie, aber Myriems Anwesenheit und die Komödie, die sie beim Eintreten hatte spielen müssen, hatten sie ganz aus dem Konzept gebracht. Und dann hätte sie Hiob angesehen, seine hübschen Augen, und wie elend er noch aussah nach seinen durchstandenen Strapazen, und sie hätte beschlossen, erstmal einfach nur Sukkubus zu sein. Und er hätte ihr erzählt, daß er sie vermißt hätte, und so bereute sie nichts, bis jetzt, wo sie bereute, es ihm doch erzählt zu haben, denn sie wollte kein Mitleid. Das Leben im Fließ war so, sie war dort geboren und dazu bestimmt, dort zu erdulden, was es zu erdulden gab, und Hiob hatte keine Schuld daran, daß das Fließ war, wie es eben ist. Aber so lange Hiob lebe und spiele, so lange bräuchte sie jetzt nach der gewonnenen Wette keinem anderen als ihm sexuell mehr zu Willen zu sein, und allein deshalb wünschte sie sich schon, daß sein Spiel und sein Leben noch möglichst lange andauern würden.

Hiob hörte zu, und ihm war, als hörte er nicht sie in wörtlicher Rede sprechen, sondern als hörte er NuNdUuNs summende Stimme im Passiv wiedergeben, was sie ihm erzählte. Und bei den letzten Sätzen wurde NuNdUuNs Stimmklang immer belustigter und hämischer, bis der Regent schließlich in wasserfallartiges Gelächter aufplatzte, weil er dem Druck des Pathos nicht mehr standhalten konnte.

Sie hatten beide ihre Abreibung erhalten, Hiob und NuNdUuN.

Hiob war gestürzt, war tief gefallen in seiner eigenen Wohnung, aber das unerwartete Mädchen namens Myriem hatte ihm ermöglicht, im Fallen den Gegner wenn nicht mit sich mitzureißen, so doch wenigstens zu beschmutzen. Ausgetragen worden war das Duell auf dem schmalen Leib Widders, deren Rückenwirbel bei jedem unerbittlichen und unachtsam geführten Hieb deutlicher zuckend hervorgetreten waren.

Sie hatte recht gehabt mit dem Haß, den er empfand, wenn NuNduUn jemandem etwas antat, den er liebte.

Denn jetzt endlich liebte er sie, auch ohne daß sie sich für ihn in Louise Brooks verwandelte. Sie erfüllte jetzt endlich die Ausgangsvoraussetzung des Gelittenhabens und der Traurigkeit, die Hiob brauchte, um wirklich intensiv für eine Frau empfinden zu können.

VIII

ES WAR noch immer so kalt,
daß Lächeln schmerzte.

Hiob hatte keine Lust, sich ein weiteres Mal mit der unverschämt hochnäsigen Pflegerin anzulegen. Er turnte über den Zaun, knirschte in der Abenddämmerung, die tiefen Spuren eines Einbrechers in den Schnee brennend, zwischen erfrorenen Kiefern und Eiben hindurch um das Gebäude des Altenheims herum und fand das Fenster seines Großvaters. Da war noch Licht, Tharah las. Hiob trommelte gegen die Fensterscheibe, im Takt eines schamanistischen Tanzes, den sein Großvater ihm als Kind beigebracht hatte.

Es dauerte eine Weile, dann schob sich der Vorhang beiseite. Tharah Montag hatte einen zu weiten dunkelblauen Pyjama an und seine Zähne nicht drin und sah deshalb ein bißchen zusammengeknautscht aus.

Er öffnete das Fenster.

«Komm rein, Junge, oder verzieh dich wieder, jedenfalls bleib ich nicht hier am offenen Fenster stehen, ich hol mir nicht deinetwegen den Tod.»

Hiob kletterte rein, schloß das Fenster hinter sich.

Es war heiß im Zimmer, heiß wie bei ihm zu Hause. Magier mögen's heiß.

«Ich will nicht lang bleiben, ich hab nur eine Frage.»

«Schieß los.» Tharah kletterte in sein knorriges Bett, angelte sich die Dritten aus einem Deckelglas und schob seine Kiefer in korrekte Proportionen zurück. Simon Whitechapels The Slaughter King lag aufgeschlagen auf dem Nachttisch.

«Warum Hiob? Soviel ich weiß, sind Vornamen wie Kain, Judas und Luzifer im deutschen Namensrecht verboten, weil man davon auszugeht, daß sie dem so benannten Kind im Leben Nachteile bereiten. Bei Hiob ist das doch genauso. Wieso haben meine Eltern es geschafft, mich so zu nennen?»

Der alte Magier machte ein grimmiges Gesicht. Seine Stimme war nachtfarben. «Das war meine Idee. Und ich war es auch, der dem Standesbeamten klargemacht hat, daß Hiob eine herausragende Heldenfigur war, egal, welche Unglücksfälle mit seinem Namen auch immer verbunden sein mögen.»

«Erklär's mir.»

«Hiob war ein Mann, dessen Glauben so stark war, daß er die Hölle überwinden konnte. Was ihm als Schwäche ausgelegt wird – nämlich sein passives Dulden – war in Wirklichkeit eine phänomenale Stärke. Er hatte seinen Glauben und hielt daran fest. Letztendlich löste sich dieser Glaube von der tatsächlichen Natur Gottes, der ein Einfaltspinsel war. Hiobs Glaube wurde stärker als Gott selbst, wurde Gott, und Gott selbst und auch der Teufel mußten sich dem schließlich beugen und hilflos Hiob ihre Reparationen entrichten.»

«Du meinst … Hiob besiegte Gott?»

«Genau. Indem er Gott ein Eichmaß vorhielt, dem dieser schon lange nicht mehr entsprechen konnte. Hiob war die schwerste Prüfung, die Gott und Satan jemals über sich ergehen lassen mußten, und Gott und Satan bestanden den Test nicht. Hiob dagegen wurde mit biblischem Alter belohnt, mit Wissen, Macht, Nachfahren und einer Immunität gegenüber allem Leid für den Rest seines noch sehr langen Lebens, was die paar Wochen des Duldens doch wohl mehr als aufwog. Hiob war nicht so stümperhaft und unbedacht gewesen wie Jakob, Gott direkt mit den Fäusten anzugreifen. Was sprang für Jakob dabei heraus? Ein Spitzname und eine zerschmetterte Hüfte. Hiob war viel cleverer, er errichtete in sich selbst einen Maßstab, und so wandelte er sich aus eigener Kraft – von Gott und

Teufel verlassen – vom willkürlich gewählten Opfer zum sich selbst bewußten, beständigen Prüfstein.»

«Und das bedeutet für jemanden, der diesen Namen trägt …?»

«Daß er in sich selbst unabhängig wird und aus sich selbst heraus die Kraft schöpft, selbst die Hölle noch in einen Garten zu verwandeln.»

«Und das hat der Standesbeamte kapiert?»

«So genau habe ich ihm das nicht erklärt. Aber ich habe ihm meine Meinung erläutert, daß es Unfug ist, ungewöhnliche Vornamen nicht zuzulassen. Wie sonst sollen ungewöhnliche, aus der Masse herausragende Menschen entstehen, wenn sie nicht von klein auf mit einer ihnen anhaftenden Ungewöhnlichkeit umgehen lernen müssen? Meiner Meinung nach wären auch Kain und Judas großartige Vornamen. Die Männer, die mit diesen Namen heranwachsen, würden so oft mit den damit zusammenhängenden Vorurteilen konfrontiert werden, daß ihnen gar nichts anderes übrig bliebe, als entweder zum Brudermörder und Verräter oder aber zum Bruderretter und treuem Loyalisten zu werden. Beide Extreme wären gesellschaftlich ein Gewinn, denn nur aus Extremen entsteht Fortschritt.»

«Und ich? Bin ich nun ein Hiob geworden oder ein Anti-Hiob?»

Tharah dachte ein paar Moment lang nach. «Du bist beides. Du leidest zwar, aber du tust dies nicht mit Demut. Du glaubst zwar, aber dein Glauben ist nicht nur deine größte Stärke, sondern auch deine größte Schwäche. Ahnungslos, was Verlust wirklich bedeutet, bist du ein Schacherer um Vorteile geworden. Und du spannst andere für dich ein. Den Ruhm willst du für dich behalten, aber dir fehlt die Größe, das Einzigartige auch wirklich einsam zu erreichen. Das ist vielleicht die größte meiner Enttäuschungen. Daß aus dir nie ein wirklicher Adept wurde, kein ehrenwerter Scholastiker, sondern nur ein Scharlatan, ein Pfuscher und Stümper, der Weltenmagie von einem … einem Skateboard herab betreiben will.»

«Langsam hab ich begriffen, daß du nichts mehr von mir hältst, vielen Dank.» Da Hiob es nicht leiden konnte, wenn man ihn einen Pfuscher und Stümper nannte, und er schon wieder merkte, daß nur sein wohl angeborener Respekt vor seinem Großvater ihn davon zurückhielt, mal die Gegenfrage zu stellen, was denn eigentlich Terach Montag in seinem Leben so Großartiges geleistet hätte, daß er sich nun herausnehme, so vom hohen Roß herab zu standpauken, wandte er sich lieber zum Gehen.

Er hatte die Fensterklinke schon in der Hand, als ihm doch noch etwas anderes einfiel. «Da ist eine Sache, die ich nicht begreife. Wenn du mir den Namen Hiob gabst, mit all den Bedeutungen, die du mir jetzt erklärt hast – wie konntest du dann allen Ernstes hoffen, daß kein Spieler aus mir wird?»

«Ich wollte ja, daß du das Spiel spielst. Deshalb habe ich ja einen Magier aus dir gemacht. Ich wollte nur nicht, daß du mit zwanzig Jahren anfängst, es zu spielen, sondern mit vierzig oder fünfzig oder sechzig, jedenfalls dann, wenn du alt genug bist, Verantwortung zu übernehmen, dein Handeln zu überschauen und deine Kräfte wirklich effektiv einzusetzen, anstatt sie prahlerisch zu verpulvern und ziellos verpuffen zu lassen.»

«Also hab ich doch immer recht gehabt: Ich bin zum ultimativen Spieler gezüchtet worden. Ich wurde geboren, um NuNdUuN vom Thron zu stoßen.»

«Ja. Aber du hast's vermasselt, weil du nicht auf mich hören wolltest. Du wolltest nicht weise werden, sondern ein Held. Jetzt wirst du nichts von beidem werden. Und mein Lebenswerk geht mit dir in die Asche.»

So brüchig, splittrig war Tharahs Stimme bei diesen Worten, daß Hiob klar wurde, weshalb sich der Winter so lange halten konnte. «Wir werden ja sehen, alter Mann», sagte er zum Abschied. «Die Geschichte ist noch nicht geschrieben.»

Er flankte hinaus und ließ das Fenster weit offen und zwang seinen Großvater dadurch, sich noch einmal aus dem warmen Bett zu schinden.

Zu Hause kauerte Hiob noch lange neben seiner Schlafstätte und betrachtete im Mondwiderschein des verschneiten Innenhofes die schlafende Aries, noch immer im Körper der betörenden blonden Frau. Sie lag auf dem Bauch und atmete gleichmäßig, und ihr Profil war sanft und unschuldig wie das eines sehr schönen Kindes mit klarer Stirn, und ihre linke Brust schaute ein wenig unter ihren Rippen hervor, eingerollt in einer warmen Mulde wie ein kleines nacktes Tier.

Ich liebe ein Mädchen, sagte Hiob zu sich selbst.
Das ist gut, antwortete er sich.
Ich liebe ein Mädchen aus dem Wiedenfließ, stellte er sich selbst auf die Probe.
Das ist schlecht, mahnte er. Sie werden dich zu sich rüber ziehen.
Möglich, entgegnete er. Wahrscheinlich. Aber nicht weiter schlimm.

Letzten Endes will ich ja sowieso da hin.

PROG NOST ICON 12: DEFEKT

STANISLAUS DEMBA TRAT EIN.
ER BEHIELT DEN HUT AUF DEM KOPF,
ABER DAS FIEL IN DEM MITTEN IM GESCHÄFTSVIERTEL
GELEGENEN KAFFEEHAUS,
IN DAS DIE GÄSTE OFT NUR FÜR EIN PAAR MINUTEN
EINTRATEN,
NICHT WEITER AUF.

LEO PERUTZ
«ZWISCHEN NEUN UND NEUN»

Warte mal.   Schau. Sieh hin.

Da.

Der Typ dort, der sich von der begeisterten Menschenmenge auf Händen tragen läßt … ist das nicht … ist das nicht er?

Du hast recht. Der Spieler.

Wie kommt er dazu, sich so feiern zu lassen? Was sind das für Leute? Das sind ja tausende!

Beruhige dich. Das alles hat gar nichts mit ihm zu tun. Was du da siehst, ist ein Rockkonzert an einem Ort namens Arena. Siehst du die Zeitlupen-Raketenstarts, die da hinten flimmern? Den Glatzkopf davor und die zierliche Blonde? Das sind die Smashing Pumpkins. Und da drüben und hier, da kannst du noch andere junge Männer sehen, die sich lachend über den Köpfen der Menge durchreichen lassen und sich dabei dauernd überschlagen. Man nennt das Headswimming. Das ist zur Zeit angesagt bei jungen Menschen.

Warum tun die das? Warum lassen sie ihn denn nicht fallen? Wissen die denn nicht, wer er ist, wie gefährlich er für sie alle ist?

Wie ich schon sagte. Das alles hat gar nichts mit ihm zu tun. Die Kinder sind so hirngewaschen und unkritisch, die würden auch Iwan den Schrecklichen hier auf Händen tragen.

Aber warum lacht er? Sieh ihn dir an! Es ist noch keine zwei Monate her, daß er beinahe ins Gras gebissen hat, und da ist er und lacht und schwitzt und aalt sich und fühlt sich großartig!

Ich verstehe deine Empörung. Ich verstehe sie voll und ganz. Glaub mir: Wir treten bald in Erscheinung.

A NICHT GERADE EINFACH

Hiob war gerade dabei, seine Wohnungstür abzuschließen – er wollte was einkaufen gehen, Spaghetti und so – als ihn der Fremde mitten im Hausflur anquatschte. Ein nicht besonders großer, aber ziemlich kräftig wirkender Mann zwischen vierzig und fünfzig, mit kurzen, schütteren Haaren und einem markanten, furchigen Gesicht. Er trug einen dunkelgrauen Mantel, der noch abgeschabter und zerlebter aussah als Hiobs Weltkrieg-Eins-Relikt.

«Entschuldigen Sie – sind Sie der Maler, der sich auch Enrique Irazoqui nennt?»

«Äh – ja?»

«Mein Name ist Seelot, ich arbeite bei der Kripo. SoKo RiMa, aber das sagt Ihnen sicherlich nichts, wir halten da auch gut den Deckel drauf.»

«Das ist nie verkehrt. Womit kann ich Ihnen denn helfen?»

«Ich ermittle in der Mordsache Bernadette Jurow.» Seelots Augen waren vielkantig und klar wie geschliffene Diamanten. Dies war der Moment, in dem der Frager erkennen mußte, ob alles, was der Befragte von nun an sagen würde, gelogen war. «Sie erinnern sich doch sicher an sie?»

Auch wenn der Bulle ihn gerade voll auf dem falschen Fuß erwischt hatte, ließ Hiob sich nichts anmerken. «Bernadette ... Jurow? Das sagt mir überhaupt nichts. Vielleicht haben Sie 'nen falschen Tip gekriegt.»

Seelot holte ein Foto von Bernadette heraus. Ein gutes Foto. Sie war bleich und sehr schön, ihre sehr roten Lippen lächelten ein ganz kleines bißchen und ihre herausfordernd halbgeschlossenen Augen streichelten Hiob zwischen den Beinen. Ein Star-Foto. Die Schauspielerin. Die unheilige Bernadette. Von den Toten auferstanden, um ihn zu necken. So, wie sie es sich immer erträumt hatte.

Hiob nahm das Foto und starrte es an wie ein Kurzsichtiger. Sicherlich trug er jetzt ein wenig zu dick auf. «Hmmm ... nnnein, ich kann mich immer noch nicht ...wissen Sie, als Maler begegnet man so vielen gutaussehenden Frauen, vielleicht hatte sie ein anderes Make-up, ein anderes Licht. Vielleicht helfen Sie mir auf die Sprünge?»

«Will Ihnen mal den Gefallen tun. Dachte eigentlich, daß ein Maler – ein Kunstmaler natürlich, kein Anstreicher – über ein ausgeprägtes optisches Gedächtnis verfügen müßte, fast so wie ein ... Inspektor.» Seelot lächelte schief und steckte das Foto wieder in die Brustinnentasche seines Mantels zurück. «Tja, ein gewisser Kunstmaler, der sich Enrique Irazoqui nennt und dessen Beschreibung haargenau auf Sie zutrifft, spielt eine wichtige Rolle auf den letzten fünfzig Seiten von Bernadette Jurows Tagebuch. Haben Sie das nicht gewußt?»

Oh Scheiße, durchzuckte es Hiob. Oh Scheiße oh nein oh nein! Plötzlich stand er mitten auf einem nur dünn zugefrorenen Teich, alle Ufer zu weit entfernt. Die Eisdecke knackte und knirschte bereits, achtundsiebzig Hochleistungsscheinwerfer waren von jenseits der Böschungen auf ihn gerichtet, dazwischen die unbarmherzig beobachtenden Silhouetten von Schaulustigen, die ihn versinken sehen wollten. Von jetzt an mußte er sich jede einzelne Nuance jeder Bewegung genau überlegen.

«Tut mir leid, ich weiß immer noch nicht, worum es geht und worauf Sie hinauswollen. Hat diese ... Bernadette etwas angestellt?»

Seelot lächelte wieder wie ein halbseitig Gelähmter. «Vielleicht lassen Sie mich in Ihre Wohnung, da kann ich Ihnen besser die Details erläutern als hier draußen auf dem Flur.»

«Können wir das nicht verschieben? Ich wollte eigentlich jetzt einkaufen gehen. Die Geschäfte machen in 'ner halben Stunde zu.»

«Die Ladenschlußgesetze werden bald fallen, Herr Montag, aber so lange kann ich nicht mehr warten. Ich bitte Sie sehr freundlich, lassen Sie mich ein.»

«Jungejunge, ich hoffe, die Sache ist das wert.» Hiob schloß umständlich und mißmutig vor sich hinbrummelnd wieder auf. Der Geruch von Seelots billigem Rasierwasser wühlte in seiner Nase. So ähnlich mußte die Gestapo gerochen haben. «Schatz?» rief Hiob in den Flur hinein, «Ziehst du dir was über? Wir haben Besuch, jemand von der Kripo, weiß auch nicht, was das soll, wahrscheinlich 'ne Verwechslung.» Er konnte hören, wie Widder im Wohn-/Schlafzimmer was von Hiobs Sachen aus dem Schrank rupfte.

Seelot drang in die Wohnung ein, wie der Frühling das vor wenigen Tagen schon getan hatte: Er war überall zugleich und füllte jeden Winkel mit veränderter Atmosphäre aus. Er war so fremd hier, daß Hiob das Gefühl hatte, jeder Kubikzentimeter seines Wohnraums, den Seelot berührte, wurde ihm für immer weggenommen. «Ihr Atelier?» Der Bulle sah sich um, betrachtete ein paar wie explodiert aussehende Abstraktionen genauer. «Schön. Bernadette hat ausführlich von Ihren Bildern geschwärmt. Sie sah wohl viel mehr drin als einfach nur verschmierte Farbe.»

«Ja, das tun manche Leute bei van Gogh auch.»

«Oh, van Gogh finde ich auch toll. Der konnte wirklich was.»

Der Inspektor lächelte wieder. Hiob wußte jetzt, an wen ihn dieses Lächeln erinnerte: an Volker Rühe. Hiob hatte plötzlich Lust, den Bullen zu töten.

Widder tauchte aus dem großen Zimmer auf. Sie war heute rothaarig und versprühte diese bewegliche Natürlichkeit, die man immer mit irischen Hügellandschaften in Verbindung brachte. Sie sah keinen Tag älter aus als achtzehn, Hiob hoffte, daß sie auch keinen Tag jünger aussah. Freundlich begrüßte sie den Fremden, der auch ihr gegenüber viel weicher wurde, wie ein Lederlappen, der mit Wasser in Berührung kommt. Hiob machte ihr klar, daß sie wohl besser einkaufen gehen sollte, während er hier das unerfreuliche Mißverständnis bereinigte. Also nahm sie seine paar zerknüllten Geldscheine und seine fleckige Stofftragetasche und hüpfte kleinmädchenhaft los. Irgendwann würde sie nochmal 'nen Oscar bekommen.

Hiob führte Seelot ins große Zimmer, wobei er als erstes die Fenster öffnete. Seelot durchstöberte ein paar Folianten in Hiobs wieder geflicktem Bücherbord. «Magie. Schamanismus. Voodoo. Sie interessieren sich für Esoterik und New Age?»

«Ist daran irgendwas nicht legal?»

«Nein. Über Vampirismus haben Sie nichts da?»

«Über Vampirismus? Nein, kein Buch ganz speziell nur zu diesem Thema, aber in einigen steht was drin über ... Moment mal, ich glaube, mir dämmert's jetzt so langsam. Das Mädchen auf dem Bild ...»

«Ja?»

«Vampiria?»

«Vampiria?»

«Zeigen Sie mir das Foto noch mal.» Seelot tat's. «Natürlich, das ist sie, nur ganz anders geschminkt und viel voller im Gesicht noch, viel schöner. Als ich sie kennenlernte, war sie schon viel hagerer und totenbleich, wie eine AIDS-Kranke sah sie aus. Deshalb habe ich sie gar nicht erkannt auf Ihrem Bild. Und wie, sagten Sie, war ihr Name? Nicolette?»

«Bernadette. Bernadette Jurow. Erzählen Sie mir bloß nicht, daß sie Ihnen nie gesagt hat, wie ihr Name war. Aus ihrem Tagebuch geht hervor, daß Sie beide eine heftige mehrwöchige Affäre hatten.»

«Mehrwöchig? Kann schon sein. Das Ganze muß schon über ein Jahr her sein, und ich habe viele mehrwöchige Affären innerhalb eines Jahres.»

Seelot schnaubte. «Erzählen Sie mir von ihr.»

«Sie wollte, daß ich sie Vampiria nenne. Das törnte sie mächtig an. Wissen Sie, diese Frau hatte nicht mehr alle Kekse in der Dose. Okay, sie war attraktiv, und sie fand meine Bilder toll, das inspirierte mich, und wir hatten guten Sex, verdammt guten Sex sogar, aber sie schwafelte immer nur von Vampiren und Blut und ihrem Rudel und als sie mich eines Nachts beim... na, Sie wissen schon, in den Hals gebissen hat, da hatte ich dann die Schnauze von ihr voll. Ich hab ja nichts gegen kinky, aber irgendwann muß auch mal Schluß sein.»

«Sie hat Ihnen gegenüber ihr Rudel erwähnt?»

«Ja, dauernd. Lauter Vampire und Werwölfe. Sie warf da mit Fachausdrücken nur so um sich. Völlig von der Rolle.»

«Sie haben sich von ihr getrennt? Wann war das?»

«Na, wahrscheinlich so ein oder zwei Wochen, nachdem ich sie kennengelernt habe, mehr weiß ich wirklich nicht mehr. Kann sein, daß es im Frühling war. Oder Herbst?»

«Verstehe. Sie sind ein ganz toller Hecht, was? Don Juan de Marco. Bernadette schrieb in ihrem Tagebuch, sie hätte Sie dem Rest des Rudels vorgestellt.»

«Wem? Den Werwölfen? Kommen Sie, hören Sie auf. Die Frau lebte in ihrer eigenen Traumwelt. Da sie so unberechenbar war und zur Gewalttätigkeit neigte, bin ich überhaupt nirgendwohin öffentlich mit ihr hingegangen, und ich wäre auch bestimmt keiner ihrer Einladungen gefolgt. Was ist denn überhaupt mit ihr passiert, Sie reden von ihr ja nur in der Vergangenheit. Ist sie tot?»

«Ja.»

«Oh. AIDS?»

«Nein.»

«Was dann?»

«Jemand hat ihr die Pulsadern aufgeschnitten und sie verbluten lassen.»

«Jemand hat...? Könnte doch auch Selbstmord gewesen sein.»

«Wir haben ihre Leiche aus dem Landwehrkanal gezogen. Ihr Blut verklebte eine Straßenkreuzung nicht weit davon entfernt. Ein Ritualmord. Der Täter hat ihre Leiche zum Kanal getragen und da reingeworfen.»

«Wüste Geschichte.»

«Sehr wüst. Wir hatten in dieser Zeit eine ganze Reihe von bizarren Todesfällen in Berlin und Umgebung, deshalb ist meine SoKo gegründet worden. RiMa steht für Ritualisierter Massenmord. Anfangs haben wir die Leichen der Jurow und ihrer Spießgesellen mit zu den Opfern gezählt, aber nachdem wir dann das Tagebuch gefunden hatten, wurden uns nicht nur die Identifizierungen möglich, sondern wir konnten auch langsam Licht in die Abfolge der Ereignisse bringen. Hat Ihnen Bernadette jemals was erzählt von dem, was sie so trieb?»

«Wie – beruflich?»

«Nein. In ihrer Freizeit.»

Hiob stieß Luft aus. «Bestimmt. Daß sie sich für Kunst interessiert, was für Musik sie hört …»

«Daß sie und ihr 'Rudel' mindestens ein Dutzend Menschen umgebracht haben innerhalb von nur wenigen Monaten?»

«Was?!»

«So sieht's aus. Sie sind der einzige, der nicht zum Rudel gehörte und lebend davonkam. Komisch, nicht wahr?»

«Wollen Sie mich verscheißern? Okay, das Mädchen war Banane, sie war auf so 'nem irren Drogen-Blut-SM-Trip, aber … Menschen umgebracht? Das kann ich nicht glauben. Und das steht in dem Tagebuch drin?»

«Einigermaßen minuziös und mit großer Begeisterung.»

«Hm.» Den Unbescholtenen zu spielen begann Hiob langsam Spaß zu machen. «Ist Ihnen schon mal der Gedanke gekommen, daß das Tagebuch Fiktion sein könnte ? So wie … das Tagebuch der Laura Palmer?»

«Wir hatten zuerst die Leichen. Dann erst das Buch.»

«Verstehe. Das is' ja'n Ding. Und ich tauch da drin auf, in dem Tagebuch.»

«Nicht zu knapp. Da ist die Rede von einer unterirdischen Gruft, die Sie besitzen, voller wertvoller Bücher.»

Hiob lachte auf. «Na klar. Ich hab' mehrere solcher Grüfte – oder Gruften? – mit abertausenden von wertvollen Antiquitäten drin. Und dann hause ich in so 'ner Wohnung hier. Supereinleuchtend!»

«Und ein Magier sollen Sie sein, ein genetischer Sonderling mit übernatürlichen Kräften.»

«Auch das. Der Zaubertrank von Miraculix zum Beispiel war meine Erfindung. Ich sagte doch schon: Diese Bernadette war nicht ganz dicht, deshalb habe ich ja auch mit ihr Schluß gemacht.»

«Mit ihr Schluß gemacht?»

«Herrje – im Sinne von: Ich habe unsere Beziehung gütlich beendet, okay? In beiderseitigem Einvernehmen.»

«Davon steht nichts im Buch.»

«Eine Sache verstehe ich nicht. Sie erzählen mir hier, daß diese Bernadette wohl eine Ritualmörderin war, also muß sie doch wohl definitiv verrückt gewesen sein! Andererseits behandeln Sie das Tagebuch von ihr, als wär's ein vereidigtes Gesetzbuch. Das paßt doch nicht zusammen. Wenn sie Scheiße gebaut hat, kann sie auch Scheiße geschrieben haben. Also was soll der ganze Zirkus? Was wollen Sie eigentlich von mir? Wollen Sie mir vorwerfen, daß ich sie gekannt habe? Oder denken Sie wirklich, ich hab' sie umgebracht? So ein Quatsch!»

«Wer weiß? Vielleicht haben Sie's ja nicht aus niederen Motiven getan, sondern aus Liebe. Um die Arme von ihrem verfahrenen Dasein zu erlösen.»

«Tsäh, Sie kucken zu viele Daily Soaps.»

«Ja, ich gebe zu, daß das nicht sehr plausibel ist. Unwahrscheinlich, daß Ihnen eine Ihrer Frauen jemals so viel bedeuten könnte.»

Hiob wurde ärgerlich. Was bildete sich dieser Beamte eigentlich ein? «So was muß ich mir doch wohl in meiner eigenen Wohnung nicht anhören.»

«Sie können gerne jederzeit einen Anwalt bemühen.»

«Einen Anwalt? Denken Sie, ich brauch einen Anwalt, um mit Ihnen fertigzuwerden? Mann, Sie überschätzen sich aber.»

Beide standen sich jetzt gegenüber wie Kampfhähne. Aus dem abtastenden Geplauder war unversehens eine Art Hackordnungs-Gebalze geworden.

Seelot schüttelte seinen Zeigefinger in Hiobs Richtung. Das Nagelbett war von Nikotin gelblich unterlegt. «Ich will die Katze mal aus dem Sack lassen. Aus dem Tagebuch geht ziemlich einwandfrei hervor, daß für das Killer-Rudel von Bernadette Jurow alles eitel Sonnenschein war, alles lief bestens und wurde immer noch besser – bis Sie auftauchten! Ein merkwürdiger Zufall, nicht wahr? Bernadette verknallt sich in einen eitlen Möchtegern-Picasso namens Enrique Irazoqui – ein lästerliches Jesus-Pseudonym –, wird von ihm becirct, beschäftigt und verwirrt, und zufällig zur selben Zeit beginnen die Mitglieder ihres Rudels spurlos zu verschwinden, eines nach dem anderen. Und wir, die Kripo, sammeln ihre Leichen auf und können Opfer und Täter nicht auseinanderhalten. Ich leg die Karten auf den Tisch: Die meisten meiner Jungs glauben, das wahnsinnige Rudel hat sich gegenseitig umgebracht. Ich bin nicht dieser Meinung, denn das ergibt nach der ganzen Philosophie Bernadette Jurows überhaupt keinen Sinn. Ich bin der Meinung, wir hatten es hier mit der irrsinnigsten Serienkiller-Bande in der Geschichte der Bundesrepublik zu tun und mit einer mindestens ebenso irrsinnigen Gruppe von Leuten oder vielleicht sogar einer Einzelperson, die Messias spielte und diese Bande Stück für Stück ins Jenseits beförderte.»

«Und diesen Schwachsinn wollen Sie ausgerechnet mir anhängen? Warum ich? Weil ich Maler bin? Hat Ihnen ein Maler mal die Freundin ausgespannt?»

«Das Tagebuch weist Sie als Verdächtigen Nummer Eins auf. Aber Sie irren sich in mir: Das Tagebuch ist kein Gesetzbuch für mich. Die Sache ist ganz einfach: Falls Sie nichts verbrochen haben, haben Sie von mir nichts zu befürchten. Falls Sie sich aber tatsächlich angemaßt haben sollten, das Gesetz in die eigenen Hände zu nehmen und Blut zu vergießen in meiner Stadt, dann versenke ich Sie eigenhändig in einer Lebenslänglich-Einzelzelle und werfe den Schlüssel in den Landwehrkanal. Haben wir uns verstanden?»

Hiob machte eine lässige militärische Grußgeste. «Sir, jawohl, Sir. Was kommt jetzt? Bücherverbrennung?»

«Wir sprechen uns noch, Montag. Ich werd ein Auge auf Sie haben.» Mit ziemlich kraftvoll wirkenden Bewegungen stapfte Seelot zur Tür. Hiobs Gedanken waren ein einziger Vollwaschgang. Was er nun überhaupt nicht brauchen konnte, war ein Bulle, der ihm wie eine Zecke im Genick saß. Der ihn vielleicht sogar wegen rein irdischer Gesetzesübertretung aus dem Verkehr ziehen konnte. Der ihn dazu zwang, aus Berlin zu verschwinden und das Leben eines Geächteten zu führen. Aber was konnte er jetzt tun? Es hatte überhaupt keinen Zweck, einen Suggestionsblock zu versuchen. Spätestens wenn Seelot wieder in seinem Büro anlangte und dort seine Unterlagen studierte, würde er anfangen, sich darüber zu wundern, warum er so gutgelaunt und so voller herzlicher Zuneigung zu dem völlig friedliebenden Bürger Montag dessen Wohnung verlassen hat. Das verdammte Tagebuch. Bernadette hatte nie erwähnt, daß sie eins führte. Vielleicht war es ihr peinlich gewesen, zu kleinmädchenhaft diese Angewohnheit. Jetzt war es zu spät, es verschwinden zu lassen. Die Bullen hatten es eh schon gelesen. Hiob überlegte, ob er irgendwelche Spuren an einem der fünf Tatorte zurückgelassen hatte, die zu ihm hätten führen können. Nein. Die öffentliche Toilette, der Holzstab, das Benzin, der Knoblauch, das nächtliche Zu-Kreuze-Kriechen. Keine Zeugen, keine Spuren. Nur dieses Scheiß-Tagebuch mit seinem Namen drin. Hoffentlich hatte Bernadette die Lage der Gruft nicht genau beschrieben. Offensichtlich nicht, sonst wäre Seelot ja schon dort gewesen. Die Wohnungstür schlug zu. Der Bulle war gegangen. Hiob war Jack the Ripper, über hundert Jahre später und bislang heil davongekommen, doch seit heute wurde er erpreßt.

B SONDERN DOPPELT SCHIEF

Der Winter endete wie ein Witz, den ein Betrunkener erzählt. Plötzlich und ohne Vorwarnung gab es ein paar knallheiße Tage, daß man schon dachte, der Frühling wäre ausgefallen und stattdessen gleich der Sommer in den Winter geschrammt, aber es waren nur wenige Tage, nur Augenwischerei. Danach beliebte die Zeit in einem grauen, lichtlosen, kühlen Nichts zu verenden.

Hiob, ohnehin schon nicht gerade als mental ausbalanciert zu bezeichnen, vermutete seit dem Eindringen des Cops in seine Intimsphäre überall Spione und Überwacher. In Fußgängerzonen - und wenn er ungeschickterweise auf die Boulevards der Etablierten geriet - blieb er manchmal sogar unvermittelt stehen, um wie ein Filmheld der vierziger Jahre in einer getönten Schaufensterscheibe darauf zu achten, ob fünfzehn Schritte hinter ihm ebenfalls jemand ruckartig stehenblieb und einen durchtrainierten Unauffälligkeitsgestus einlegte. Aber nichts. Vielleicht waren die Observierer ja viel diskreter, fuhren in einem Lieferwagen neben ihm her oder saug-zoomten ihn von einem Hubschrauber aus direkt in ihre Pupillen. Vielleicht aber hatte Seelot gar nicht die Ressourcen, eine dermaßen aufwendige Beobachtungsaktion durchzuziehen. Vielleicht war er ja - wie er es, aber vielleicht geschickt die Unwahrheit sagend, angedeutet hatte - tatsächlich ganz allein und verfolgte eine mittlerweile erkaltete Spur, über die seine Kollegen nur die pensionsorientierten Köpfe schüttelten. Vielleicht war er ja isoliert und verwundbar und es machte doch Sinn, ihn irgendwie zu eliminieren. Vielleicht aber auch war er nur ein Barrakuda ohne Zähne, und Hiob machte sich ganz grundlos Sorgen. Das war jedenfalls Widders Meinung, und Hiob konnte ihr wohl trauen, denn wenn Seelot nicht gerade

einen Pakt mit dem Wiedenfließ schloß, war Widder ziemlich vertrauenswürdig.

Apropos. Geldbeschaffung war Hiobs wirkliches Problem in diesen Tagen.

Das Ringen mit Satan ernährte nicht gerade seinen Mann, abgesehen von dem einmaligen Auftrag mit dem traumverlorenen Türken hatte Hiob überhaupt noch nie irgendeine Entlohnung für seine erbrachten Leistungen erhalten, und das war natürlich dann ein Problem, wenn sein eigentlicher Brotberuf auch nur krümelte. Entweder war - ein schlimmer Verdacht, der Hiob aber in den letzten Wochen immer wieder kam - Feininger einfach nur unfähig, oder aber Hiobs Bilder sprachen wirklich nur todessehnsüchtige Vampirladies so richtig an. Jedenfalls hatte Feininger es nicht einmal verstanden, Christmett nahe Haiderland an den Mann zu bringen. Käufer schienen vor Enrique Irazoquis Erzeugnissen zu scheuen wie Springpferde vorm Wassergraben. Und da Hiob den Gedanken indiskutabel fand, außer seiner Weltenretterei und außer seinem Kunstgewerbe zusätzlich noch irgendwo jobben zu gehen, erwies sich allmählich das ganz normale Zahlen der fälligen

Monatsmiete oder das Überweisen der Gas- und Strom- und Telefonrechnungen als äußerst konkrete Schwierigkeit. Der Montag-Haushalt schleppte sich auf Krücken von Woche zu Woche, und juxend machten sich athletische Termiten am Krückenholz zu schaffen.

Widder schlug das Naheliegendste vor: Sie war jetzt ja auch ein Teil von Hiobs Haushalt, sie verursachte ja auch Kosten, also konnte sie auch aushelfen. Sie konnte anschaffen gehen. Hiob fand diesen Gedanken unzumutbar. Er weigerte sich ganz einfach, ein global bedeutender Spieler und angehender Weltrekordhalter zu sein, der sich die Ausübung seiner Tätigkeit durch Zuhälterei finanzierte. Widder betonte zwar immer wieder, daß sie ein Sukkubus sei und als solcher für das Sexbusiness nicht nur wie, sondern tatsächlich geschaffen, aber Hiob ließ da nichts gelten. Sein Argument, um diese Diskussion abzuwürgen, war, daß er gerade erst eine Wette gegen NuNdUuN gewonnen hatte, die ihm die alleinigen Verfügungsrechte an Widders leckeren Körperfunktionen zusicherte, und daß er nicht die Absicht hatte, diesen exquisiten Status schon wieder aufzugeben. Fakt war aber, daß ihnen irgendwas einfallen mußte. Widder konnte zwar, um Kosten einzusparen, außermenschliche Gestalt annehmen und zum Beispiel als pusteliges Schnecken-Ding durch die Wohnung schleimen und sich von Wandpilzen, Haaren, Hautschuppen und Kleinstlebewesen ernähren, aber auch hier erwies Hiob sich wieder als echter Chauvinist und bestand darauf, daß Widder weiblich und attraktiv blieb, während sie bei ihm wohnte. Weiblich und attraktiv aber mußte sie was essen, und sie war die erste, die anfing zu maulen, wenn drei Tage hintereinander Miracoli-Tag war.

Die Lösung kam den beiden schließlich, als Widder Hiob fragte, wo denn beim Thema Geldbeschaffung seine moralischen Grenzen lägen, und sie dann beide darüber staunten, daß sich solche Grenzen bei Hiob eigentlich nur ganz vage überhaupt ausmachen ließen. Also war es ja wohl doch gar kein so riesig großes Problem. Sie einigten sich darauf, daß nach Möglichkeit niemand zu Tode kommen sollte und daß es auch irgendwie Scheiße war, einem Tante-Emma-Laden die kargen Einkünfte abzurauben, aber überhaupt kein Problem gab es mit der Idee, Reichschweine ein bißchen weniger reich zu machen.

Sie nutzten Widders Fähigkeit, das Aussehen jeder beliebigen Frau anzunehmen, baldowerten in den grünen Vororten lohnende Einfamilienhausfamilien aus, Widder schlich sich dann in Gestalt der werten Gattin so lange – im Regelfall nur etwa eine Viertelstunde – ein, bis sie an lohnende Scheckkarten, Schmuck oder – am griffigsten – Bargeld rangekommen war, anschließend wurde entweder der Schmuck in neu improvisierter Frauengestalt verhökert oder die Scheckkarten immer noch im Outfit der kopierten Dame recht ordentlich leergepumpt. Da die beiden einzigen Merkwürdigkeiten, die solcherart entstanden, erstens ein plötzliches Kapitaldefizit und zweitens die ziemlich rätselhafte vorübergehende Verdopplung einer Schicki-Micki-Tante waren, entstanden keine richtig greifbaren Verbrechen. Das meiste wurde wohl als Amnesie, Schlafwandlerei oder eheliche Untreue erklärt und mittels kostspieliger Psychotherapeuten so lange wegsodomisiert, bis der Haussegen wieder gerade hing.

Sechs solche Stunts reichten vollkommen aus, um Hiob und Widder sicher über den Sommer und voraussichtlich auch bis in den Herbst zu bringen, und die beiden konnten sich jetzt öfters sogar mal ‘nen guten Schampus oder ein paar frische Lachsbrötchen zuführen. Sie waren zwei junge Verliebte, auch wenn sie ein paar tausend Jahre älter war als er, aber das sah man ihr nicht an, sie hatte sich sehr gut gehalten.

Das einzige, was jetzt noch fehlte, war ein neues Prognosticon.

Hiob fing sogar schon an, aufmerksam mehrere Zeitungen zu durchstöbern, ob ihm vielleicht eins auffiel, aber der Architekt des Leidens hielt sich nach seiner verlorenen Wette offensichtlich genauso zurück wie vor dem Showdown der Wettphase. Kein Zweifel war möglich, daß NuNdUuN wieder etwas besonders Abgefeimtes ausheckte. Jeden Morgen betrachtete Hiob sein Gesicht aufmerksam im Spiegel. Aber es war ja nicht wahrscheinlich, daß der Gegner zweimal hintereinander auf derselben Flanke vorstoßen würde.

Hiob streunte. Wenn nicht direkt etwas Bekämpfbares anlag, tendierte er zum Slacken. Er war ja kein Sportler, der sich gezielt auf den nächsten Wettkampf vorbereiten und so was wie Muskelmasse und Schnellkraft aufbauen konnte, um beim nächsten Mal besser und sicherer abzuschneiden. Er wußte ja nie genau, was eigentlich auf ihn zukam, und mußte sich eine gewisse improvisatorische Wendigkeit aufrechterhalten. Sicher hätte er sich in die Gruft zurückziehen können, um zu meditieren. Er hätte sich hart und enthaltsam abplacken können, um sein Astralreservoir ein bißchen auszuweiten. Aber was sollte das groß bringen? Bisher war ja alles gut gelaufen, und war nicht jemand ein Verlierer, der in Klausur meditierte, während ein Geschöpf wie Widder auf ihn wartete? Das Leben und die Welt waren definitiv beschissen genug, man mußte sich nicht auch noch selbst geißeln.

Also soff er viel teures und leckeres Zeug, jagte sich ein paar neue exotische Verbindungen durch die Venen, er trieb es heftig und ausufernd mit Widders verschiedenen Erscheinungen, er ergab sich sogar mal ausgelassen dem Trend und ging mit Widder auf zwei Wochenend-Raves. Dort tanzte er, bis seine Substanz so weit runter war, daß sein Schweiß nach Lakritz zu riechen begann, und einmal, im Fokus einer 240bpm-Entfesslung, zuckten sogar grünliche Energieentladungen aus seinen gespreizten Fingerspitzen, was die Ecstasy-bedröhnten Kids ringsum zu «Oohhh!»- und «Aaahhh!»-Rufen veranlaßte, sie aber ansonsten nicht weiter irritierte. Sie alle waren schön, sie waren jung, und sie hatten überhaupt keine Zukunft. Das verband.

Tagsüber streunte er meist durchs ehemalige Ost-Berlin, wo er sich noch nicht so gut auskannte und mangels Straßenschildern auch oft in die Irre lief. An U-Bahn-Ausgängen lauerte ihm jedesmal eine so zahlreiche Horde vietnamesischer Zigarettenschmuggler auf, daß der Rambo-Film-gebildete Mitteleuropäer schon fast versucht war, «Gook Attack!» zu brüllen und mit hartem Gesicht rüttelnd ein paar MG-Laufmagazine zu streuen. Aber im Laufe der Wochen erledigten die Charlies das ja selbst, untereinander. Ansonsten faszinierte ihn der ungeschminkte Kontrast zwischen weithin aufstäubendem Abbruch in ganz großem Stil und den neuen, getönten Glasfassaden der zukünftigen Einkaufsstraßen, die alle irgendwie wie Computersimulationen aussahen: kalt, hart und ohne Menschen. Freigiebig geworden durch das neue gesicherte Einkommen, drückte Hiob den zerpiercten obdachlosen Mädchen, die magerer als ihr Hund irgendwo hockten und mit traurigen, drogenverätzten Augen lallend um Kleingeld bettelten, manchmal Zehnmark-, manchmal sogar Fünfzigmarkscheine in die kleinen Fäuste. Für die Männer hatte er weniger übrig, das war nun mal so bei ihm. Und es war hochinteressant zu bemerken, wie sehr einem die Polizeiwagen überall in der Stadt plötzlich ins Auge stachen, seit man mit der Kripo Schwierigkeiten hatte. Manchmal sah Hiob an einem einzigen Tag so viele von diesen grün-weißen Volkswagenbussen patrouillieren, aus denen junge Beifahrerpolizisten mit schmalen Augen nach Beute Ausschau hielten, daß er sich zu fragen begann, ob der Putsch nicht vielleicht schon längst stattgefunden hatte, ob der Polizeistaat nicht bereits voll etabliert war, und es nur niemand mitgekriegt hatte.

Hiob beschloß, sich eine gesunde Dosis Gesetzlosigkeit zu verabreichen, und verabredete sich für einen dieser Abende mit Kamber in einer Bar im Prenzl'berg-Distrikt. Er wollte zur Abwechslung auch mal wieder nur 'unter Männern' sein; manchmal machte ihm seine ja schon fast eheähnliche Beziehung zu Widder eine Heidenangst. Dann aber sagte er sich wieder, ey Alter, sie is ja schließlich keine gewöhnliche Wippe, she came schließlich voll aus outer space. Und war damit noch weirder als die explodierenden Titten von Anna Nicole Smith.

Dieser äußerst späte Frühlingsabend sah ein bißchen aus wie von einem syphilitischen Impressionisten gepinselt: viel dickfarbiges Blau, das sich fingerhakelnd überlagerte, die Häuser wucherten darin als fahle gräuliche Schatten, Menschen huschten gesichtslos, stöhnend. Laternen zischten Licht aus wie Dotterflecken auf den Fischnetzhäuten der Nacht. Ein Geruch strich dicht über den Bordsteinen dahin, wie von Tuschkästen, jahrzehntelang ungeöffnet vertrocknete Wasserfarben. Hiobs Schatten ging verwachsen, das eine Bein viel länger als das andere, neben ihm her, mürrisch, kurz davor aufzubegehren. Der Adresse nicht mehr sicher – langsam, mit jedem Schritt sich weiter neigend, entglitt sie seinem Gedächtnis und zerschellte lautlos zwischen Kopfsteinpflastermustern, die wie Schatzkarten aussahen – mußte Hiob sich nach ebenjener Bar erkundigen. An etlichen kam er vorbei, mit blinzelnden Neonverheißungen, auch einem Kino begegnete er, in dem er noch nie gewesen war. Als er sich einem Mann zuwandte, um ihn noch mal nach der richtigen Richtung zu fragen, wandte dieser sich ihm zu und fragte ihn etwas oder sagte etwas, das sehr eigenartig klang, dann ging er hinter Hiob in ganz anderer Richtung fort. Verwundert, ja leicht benommen, irrte Hiob sich weiter, gar nicht mehr so sicher, wo er eigentlich hinwollte.

Kamber saß mittlerweile auf einem der hohen Hocker am Tresen und wartete. Er hatte gerade sein zweites Glas eines mango-aromatischen Braindrinks begonnen. Seit er wieder öfter mit seiner Familie zusammen war und sich insbesondere um einige geschäftliche Angelegenheiten der Stadt innerhalb der Stadt kümmerte, bemühte er sich, keinen Alkohol mehr zu trinken, denn er wollte sich des muslimischen Way of Life wieder bewußter werden. Es fiel ihm nicht schwer, es machte sogar Spaß, ernährungstechnisch wieder auf so manches Liebgewonnene zu verzichten. Da lag ein eigener, schwer zu erklärender Kick drin.

Die Bar hatte er wegen der Musik ausgesucht, im Augenblick spielten sie gerade ein achtzehnminütiges Stück von DJ Shadow, eins, das er selbst natürlich schon oft aufgelegt und auch schon bearbeitet hatte. Zur Zeit, wo der Hip-Hop sich entweder zu zuckersüßer Coolio-Abkoche prostituierte oder aber die verschrobene Atonalität der Wu-Tang-School vorherrschte, gefielen ihm die düsteren Soundscapes der hilflos als ‹Trip-Hop› bezeichneten Unbezeichenbarkeiten ziemlich gut, vor allem dann, wenn keine weiße Zicke dazu sang. DJ Shadow zum Beispiel schrieb wirklich einen guten Original Music Score für Leute, die gerade ein Verbrechen planten oder vielleicht ihren Selbstmord, oder jede beliebige Art von Umsturz. Es war keine Musik für kleine Mensche und nichtige Anlässe. Es hatte Kamber ausgezeichnet in den Kram gepaßt, daß sich Habib, der Magier, heute nachmittag bei ihm gemeldet hatte. Es war vielleicht wirklich an der Zeit, ihn über die neuen Entwicklungen in Kenntnis zu setzen.

Natürlich kam Hiob zu spät. Glücklicherweise war das Mädchen, das in Kambers Nähe saß, sehr attraktiv, so daß ihm nicht allzu langweilig geworden war beim Warten. Als Hiob durch die Tür kam, blinzelte er irritiert, schaute sich suchend um und kam dann mit langsamen, fast schlurfenden Schritten zu Kamber an den Tresen. Hiob wirkte desorientiert, ein wenig amnesisch, aber das war eigentlich nichts Besonderes bei ihm. Kamber orderte ihm einen doppelten Malt.

«Freut mich, daß du's doch noch geschafft hast. Dachte schon, du willst mich versetzen.» Seitenblick. «Was los, Alter? Bist du in fremden Hosen zu dir gekommen?»

«Wie? Quatsch. Nein. Ist nur ... mir ist nur vorhin was ganz Blödes eingefallen. Was, was ich vergessen hab. Ich erzähl's dir gleich.» Hiobs Stimme klang ein bißchen, als müßte er gleich kotzen. Vielleicht hatte er schon getankt oder sich 'ne ungesunde Brühe gespritzt. Kamber wartete geduldig, bis sein alter Kumpel seinen Whiskey eingesaugt hatte, das Glas mit beiden Händen umklammert. «Weißt du», begann Hiob, jetzt grinsend, «ich kann's dir ja auch gleich erzählen. Einer der Gründe, weshalb ich dich sehen wollte, war, daß ich Myriems Adresse nicht mehr weiß. Ich meine – klar, ich weiß noch, wo deine Familie wohnt, aber ich bin mir jetzt gar nicht mehr sicher – hast du mir nicht 'mal erzählt, daß Myriem ausgezogen ist oder so was? Daß sie jetzt ihre eigene Wohnung hat?»

«Das hätte ich dir auch am Telefon schon verraten können. Myriem wohnt immer noch zu Hause, sie ist ja noch nicht volljährig, wo kämen wir denn da hin? Außerdem sind wir Muslim, Mann, schon vergessen? Bevor sie nicht ordentlich unter der Haube ist, kriegt sie keine eigene Wohnung.» Hiob wollte was sagen, aber Kamber unterbrach ihn: «Du bist natürlich was Besonderes.»

Hiob zuckte zusammen. «Wieso bin ich was Besonderes?»

«Ich meine, als sie bei dir einziehen wollte, nach deinem Krankenhausgig. Dagegen hatten wir nichts. Erstens ist sie in dich verliebt, und zweitens bist du ein Freund der Familie.»

«Vielen Dank.»

«Heiraten kannst du sie natürlich trotzdem nicht, bevor du nicht deinen ganzen jüdisch-pantheistisch-satanistischen Bullshit gegen den Koran eingetauscht hast.»

«Hab ich gar nicht vor ... sie zu heiraten.»

«Weiß ich doch. Allerdings wollte ich dir mal ein bißchen auf deine weißen Zehen treten, Brother. Wie du sie behandelt hast, nachdem sie dir das Leben gerettet hast ... ich kann's nicht anders ausdrücken: Wenn du jemand anders wärst, hätte ich dir mal mit 'n paar Freunden 'nen Besuch abgestattet. Sie ist meine kleine Schwester, und ich achte darauf, daß niemand ihr wehtut. Verstehst du das? Eines Tages, nachdem sie zu dir gezogen war, um dich zu pflegen, kam sie nach Hause, schloß sich ein und heulte stundenlang auf ihrem Bett. Später hat sie mir erzählt, daß sie förmlich zusehen mußte, wie du's mit einer blonden Nutte getrieben hast. Habib, Habib, Habib, ich kann dir sagen, so wird aus dir nie ein Mann von Ehre.»

Hiob starrte in sein leeres Glas. Sein gedunsenes Spiegelbild im gewölbten Glasboden schien ihn mehr zu interessieren als das, was Kamber erzählte. «Ich weiß nicht, ich habe irgendwie im Hinterkopf, daß du mir mal erzählt hast, sie wäre ausgezogen. Ich weiß auch nicht, wieso.»

«Das war vor einem halben Jahr. Da ist sie für drei Wochen in die Wohnung von Bekannten gezogen, um auf die Katzen aufzupassen.»

«Stimmt!» Hiobs Miene hellte sich auf. «Das war's. Und jetzt ... ist sie in der Wohnung deiner Eltern?»

«Jetzt?» Kamber schaute auf seine Armbanduhr. Spät genug. «Ich hoffe doch. Wenn sie sich nicht wieder rumtreibt. Willst du sie besuchen gehen?»

«Genau darum geht es. Das ist ziemlich schwierig zu erklären. Das ist das, was ich vergessen hatte. Ich will sie besuchen gehen, aber nicht heute, nicht jetzt. Ich hab eine Überraschung für sie vorbereitet, die ich ihr irgendwann in den nächsten Tagen überbringen will, aber was ich völlig vergessen hatte, ist: Ich muß diese Überraschung unbedingt heute noch in die Wege leiten. Verstehst du?»

«Ich bin ja nicht bescheuert.»

«Ich muß mich mit jemandem treffen in genau ... wie spät haben wir's jetzt?»

«Halb elf.»

«In genau einer halben Stunde. Hör zu, Kamber, ich mach

dir ‘nen Vorschlag: hast du’s eilig?» Kamber schüttelte den Kopf. «Dann bleib hier und warte auf mich. Ich zisch schnell ab, treff mich mit dem Typen, mach die Übergabe klar und komm dann wieder hierher. In genau einer Stunde bin ich dann wieder hier. Und du bleibst schön hier und wartest auf mich, okay? Ich will nicht, daß du mir hinterherspionierst. Es soll ‘ne Überraschung werden.»

«Muß ja ‘ne verdammt große Schmuggelwaren-Nachtseiten-deal-Überraschung sein. Du willst meiner kleinen Schwester doch nicht etwa’n Kilo Koks schenken?»

Hiob starrte ihn verständnislos an. «Abgemacht? Geht die Sache klar?»

«Eine Stunde, Bruder. Dann verschwinde ich hier. Ich hab heute nacht nämlich auch noch was vor.» Er zwinkerte dem Mädchen neben sich zu. Sie schürzte die Lippen und tat ganz furchtbar desinteressiert.

Hiob ließ sich vom Hocker rutschen. «Du bist’n echter Kumpel. Du wirst staunen. Für dich fällt auch noch was ab.»

«Ich kann’s gar nicht erwarten. Hey, eigentlich wollte ich dich heute mit ‘was überraschen. Aber das kommt nachher.»

«Yo.»

Hiob rannte regelrecht zur Tür raus und war weg. Kopfschüttelnd bestellte sich Kamber noch einen Braindrink. Gefährlich weit lehnte er sich zu dem Mädchen rüber und sagte ihr freundlich, daß sie zum Alleinetrinken auch hätte zu Hause bleiben können, er aber irgendwie froh war, daß sie’s nicht getan hatte. Es entsponn sich das übliche Gespräch, weshalb er darüber froh sei und wie sie das nicht wissen könne und der ganze übrige peinliche Unfug, den Tiere mittels Kehlkopfaufblasen oder Tanzen mit gespreizten Federn erledigen, bis Hiob wieder die Bar betrat. Er war höchstens fünf Minuten weggewesen. Ein bißchen verloren und desorientiert wirkend schaute er sich suchend um, als wüßte er nicht, wo Kamber saß, dann ächzte er sich zwischen Kamber und dem Mädchen auf Hockerniveau hinauf. «Tut mir leid, daß ich’n bißchen zu spät bin. Hatte Schwierigkeiten, den Schuppen zu finden.»

«Ging doch rasend schnell. Was ist passiert? Ist dir dein geheimnisumwitterter Kontaktmann gleich hier vor der Tür über’n Weg gelaufen?»

Hiob runzelte lächelnd die Stirn, bestellte sich einen Espresso. «Den versteh’ ich jetzt nicht. Wie geht’s dir denn so, Alter?»

Beide schwiegen für ein paar Momente. «Was soll der Quatsch mit dem Espresso?» fragte Kamber dann argwöhnisch.

Hiob verzog sein Gesicht. «Weiß auch nicht. Fühl mich, als ob ich eins über'n Schädel gekriegt hätte, aber von innen. Wahrscheinlich war der Stoff heute morgen doch irgendwie verschnitten. So'n Espresso soll 'ne gute Sache sein, wenn man sich schlapp fühlt. Keine Sorge, ich geh danach schon noch zu was Richtigem über. Was trinkst du denn da für'n Brei? Trink-Joghurt?»

«Das ist genau dasselbe Zeug wie vorhin. Da hat's dich auch nicht gestört.»

Mürrisch nippte Kamber an seinem Drink. Er wußte nicht, worüber er sich am meisten ärgerte: Darüber, daß Hiob so schnell wieder da war, daß er sich zwischen ihn und die Clitte gesetzt hatte, daß er sich wohl jetzt plötzlich entschlossen hatte, sich doch noch über seine neue Trinkgewohnheiten lustig zu machen, oder über diese mißglückte Brüllnummer mit dem Geheimtreffen, das so geheim war, daß jetzt nicht mal mehr drüber gesprochen werden durfte. Wahrscheinlich war die ganze anrührende Geschichte mit der großen Überraschung für Myriem nur eine Ente gewesen, um irgendeinen kindischen Streich zu spielen.

Mit den Fingern auf der Theke trommelnd wartete Hiob auf seinen Espresso. Das Mädchen neben ihm lächelte ihn scheu an, er grinste verwegen zurück. Wieder zu Kamber gewandt, sagte er: «Tut mir wirklich gut, dich zu sehen, Bro. Mir geht's schon gleich viel besser. Du hast dich ja richtig in Schale geworfen, war bestimmt nicht billig, der Zwirn.» Er betatschte Kambers Anzug. Kamber konnte jetzt nachempfinden, warum Frauen auf so was nicht standen. «Dir geht's prächtig, schließ ich mal daraus», plauderte Hiob weiter. «Mir selbst sind im Augenblick auch ein paar Geldmusen zugeflattert, deshalb kann ich dich heute einladen. Damit hast du bestimmt nicht gerechnet, was? Autsch.» Hiob faßte sich an die Stirn, lächelte aber. Der plötzlich sich aufbäumende Schmerz hatte sich wieder hingelegt. Der Espresso wurde vor ihn hingestellt. Er bedankte sich. Plötzlich wurde ihm schwindlig. Er schien in ein Vakuum zu stürzen, Blut rauschte in seinen Ohren. Er fing sich wieder. Komisch, dachte er. Was ist nur mit mir los? Als ob mir jemand Lebensenergie entziehen würde. Als ich von zu Hause losging, ging's mir noch blendend. Eigentlich kann sowas nicht an Drogen liegen, mein Metabolismus hat ganz eigene, magische Arten und Weisen entwickelt, mit psychoaktiven Substanzen umzugehen, und diese Arten und Weisen sind immer angenehm. Ist es denkbar, daß vielleicht Widder mich physisch nach ihr süchtig gemacht hat? Sind das Entzugserscheinungen? Quatsch. Blödsinn. So was würde sie nicht tun.

Obwohl sie's vielleicht könnte. Sie könnte irgendwelche Pheromone produzieren, die ...

Kamber durchhieb Hiobs bunt schillernden Gedankenstrang. «Kannst du dich denn wenigstens noch dran erinnern, daß ich dir vorhin angekündigt habe, dich ebenfalls mit was überraschen zu wollen? Oder ist das jetzt auch tabu und darf nicht mehr erwähnt werden?»

«Hm? Wovon redest du? Vorhin angekündigt? Wann? Am Telefon?»

«Nein, Mensch, hier, vorhin, vor zehn Minuten, als du hier auf meiner anderen Seite gesessen hast und deinen Malt gekippt hast! Nun stell dich doch nicht so kindisch an, ich will mit einem Erwachsenen ernste Dinge besprechen!»

Hiob machte ein verdutztes Gesicht. Sein Grinsen wirkte auf für Kamber ärgerlichste Weise dümmlich. «Willst du mich verarschen?» grinste er dümmlich. «Was geht denn hier ab? Wie – vor zehn Minuten!? Vor zehn Minuten bin ich noch draußen durch die Gegend gestapft und hab mich nach hierher durchgefragt.»

«Meine Fresse, dann waren's halt nicht zehn Minuten, sondern fünfzehn. Mann, ich verpaß' dir gleich eine. Ich bin doch nicht ... dein Mieteintreiber oder ein Musterungsoffizier oder sonstwer, vor dem man den Spastiker mimen muß. Was soll denn diese saublöde Show? Reiß dich doch mal zusammen!»

Hiobs Grinsen schnarrte zusammen, als wären zwei hinter die Ohren gehängte Gummibänder gerissen. «Moment mal. Einen Augenblick mal. Jetzt kapiere ich erst langsam, worauf du hinauswillst. Laß uns die Sache mal ganz langsam analysieren. Du behauptest allen Ernstes, ich wäre 'ne Viertelstunde – oder zehn Minuten, ist ja jetzt scheißegal – zehn Minuten, bevor ich hier reinkam, schon 'mal hiergewesen? Und hätte da drüben neben dir gesessen und Whiskey getrunken?»

«Na ja klar, Mann. So war's doch auch.» Jetzt kamen selbst Kamber Zweifel. Seit er mit Hiob befreundet war, hatte er schon einige unerklärliche Phänomene über sich ergehen lassen müssen. «Oder etwa nicht?»

Hiob dachte angestrengt nach. Dann wandte er sich freundlich an das neben ihm vor sich hinschnorchelnde Mädchen. «Entschuldige – sag mal, bevor ich hier gerade eben zur Tür reinspaziert bin, hast du mich da schon mal vorher irgendwo gesehen?»

«Na klar. Du warst doch vorhin schon hier. Hast mit deinem Kumpel gequatscht und mich keines Blickes gewürdigt.»

«Das kann ich unmöglich gewesen sein.» Plötzlich hatte Hiob das Gefühl, aus einem Hochbett zu fallen. Er sah Kamber ernst an. «Was hab' ich von dir gewollt?»

«Come again?»

«Was hat der andere Hiob, der erste, von dir gewollt? Worüber habt ihr gesprochen?»

«Na, über deine komische Verabredung mit dem Typen, der für die Überraschung zuständig sein soll. Und daß du jetzt plötzlich weg mußt und in 'ner Stunde wieder da bist. Und . . .» – Kamber dachte nach, rekapitulierte – «wo Myriem wohnt, wolltest du wissen. Obwohl ich mich darüber gewundert hatte, denn ich hatte gedacht, du weißt das genau.» Jetzt sahen sich beide an, wie sich nur zwei alte Freunde ansehen können, denen genau gleichzeitig eine schauerliche Wahrheit dämmert. Wie gesagt: Kamber war nicht hundertprozentig unbeleckt, was Unheimlichkeiten anging. Er wußte zumindest in Umrissen, wer Hiob war und was er so trieb.

«Bist du mit dem Auto da?» fragte Hiob.

«Klar.»

«Dann los, Mann, worauf wartest du noch? Wir müssen vor ihm bei Myriem sein! Schnell!»

Kamber nestelte einen Zwanziger aus seiner Brieftasche, warf ihn über den Tresen und folgte dem hinausrennenden Hiob. Natürlich wetzte Hiob erst mal in die falsche Richtung, weil er weder wußte, wo Kambers Wagen stand, noch, was für ein Auto das eigentlich war, aber nach einer kurzen Slapstick-Reise nach Jerusalem saßen sie beide im geräumigen uralten Ford, und Kamber wand sich aus der Parklücke raus. Nicht mal der sonst in Autos so furchtsame Hiob schnallte sich an.

«Kannst du mir vielleicht wenigstens in Ansätzen erklären, was hier eigentlich los ist?» fragte Kamber, während er einen vor ihm fahrenden Mann mit Hut ausdauernd nötigte.

«Ein scheiß Doppelgänger ist hier los. Einer der ältesten und langweiligsten Tricks, die die magisch-alchimistischen Schulen so hergeben, aber wenn man überhaupt nicht damit rechnet, immer noch für eine Überraschung gut. Ich bin mal wieder nicht wachsam genug gewesen. Seit Wochen warte ich darauf, daß irgendwas in der Richtung passiert, und genau mit diesem wochenlangen Warte-Fuck lullt er mich ein. Er weiß genau, daß meine Aufmerksamkeitsspanne nicht die allerbeste ist.»

«Bahnhof hab ich verstanden, das ist wenigstens nicht gar nichts. Was hat meine Schwester mit der Sache zu tun?»

«Das letzte Mal, bei der Sache mit meinem Hautausschlag, da hat mein magischer Hauptgegner mich beinahe am Arsch gehabt. Um ein Haar wäre ich draufgegangen, und er hätte die Partie gewonnen. Und wer hat mich gerettet? Wer hat dafür gesorgt, daß ich immer noch im Land der Lebendigen zu finden bin?»

«Myriem.»

«Exakt. An der will er sich jetzt rächen. Meine Verbündete – das Mädchen, mit dem ich jetzt zusammen bin – hat mir zwar gesagt, daß er sich nicht an meinen Freunden vergreifen würde, weil das meinen Haß auf ihn und damit meine Kraft gegen ihn nur steigern würde, aber wahrscheinlich genau weil er irgendwie mitbekommen hat, wie sie mir das gesagt hat, versucht er es nun doch genau auf diese Tour. Mann, es gibt nichts, es gibt überhaupt nichts Kaputtes, wozu dieser Typ nicht fähig ist.»

«Und was wird er Myriem antun?»

«Der Doppelgänger? Tja. Er wird sie vergewaltigen oder sie foltern oder sie umbringen. Wahrscheinlich aber alles drei zusammen, nacheinander.» Kamber trat das Gaspedal voll durch, so daß die Beschleunigungskräfte Hiobs Zahnfleisch entblößten. Die Neons und Verkehrslichter der Umstadt zerdehnten sich zu Hyperraum-FX. Die mitlaufenden Geschwindigkeitsübertretungsblitzlichter verwandelten die Fahrstrecke in einen Korso unvergänglichen Ruhms.

Sie machten sich nicht die Mühe, ordentlich zu parken. Falls sich ein Bulle dazu entschließen sollte, das Halten in zweiter Reihe zu reklamieren, würde die anatolische Community ihm und seinen Eltern – falls sie noch lebten – Arme und Beine brechen. Kamber und Hiob spurteten aus dem noch nicht einmal ganz zum Stand gekommenen Wagen und rannten auf das nette Gebäude zu, ein vierstöckiges Haus mit zwölf geräumigen Eigentumswohnungen drin, von denen mindestens die Hälfte den Angehörigen der Seferi-Sippe gehörten. Im Treppenhaus war Licht, Hiob konnte durch die Fettglasscheiben eine langhaarige Silhouette herumtorkeln sehen.

«Da ist er!» zischte er und deutete hoch. «Wir haben Glück. Er weiß wohl nicht mehr, in welcher Wohnung sie wohnt.»

«Manche Sachen weiß er, manche Sachen nicht. Zum Beispiel hat er mich erkannt, wußte aber nicht mehr, wo Myriem jetzt ist.»

«Ja, ich vermute, er ist irgendwie defekt. Wahrscheinlich liegt das daran, daß er mich in einem nicht besonders cleanen Zustand rekonstruiert hat. Außerdem ist das nur wieder ein Prognosticon. Wenn wir es hier mit einem Manifestations-Doppelgänger zu tun hätten, könnte ich er sein und würde's nicht mal merken.»

Kamber schaute ratlos drein. «Was machen wir?»

«Wir gehen hoch und fangen ihn ab. Ideal wäre, wenn außer

uns niemand mitkriegt, was hier für ein Spuk im Gange ist. Also: leise sein!»

Gerade als sie den ersten Treppenabsatz erreichten, erlosch das Licht. Von oben war Wimmern zu hören, Tatschen von Händen an den Wänden. Dann hieb der Doppelgänger wohl mehrmals auf den roten Leuchtknopf – das Licht flammte wieder auf. Hiob lag richtig mit seiner Einschätzung: Der Doppelgänger war überfordert. Er hatte zwar von NuNdUuN einen klaren Auftrag erhalten, aber sein/Hiobs Bewußtseinsinhalt und seine/des Wiedenfließes Energie waren lückenhaft und unzureichend. Irgendwie war das greinende, verlorene Wrack da oben Hiobs tödlich komisches Zerrspiegelbild.

Wie Assassinen huschten die beiden Freunde aufwärts, eine Hand immer am sich kurvenreich schlängelnden Geländer. Kamber hatte weniger Giftstoffe in Lunge, Leber und Blutkreislauf als Hiob und war deutlich schneller und dennoch deutlich weniger außer Atem. Kurz bevor sie im dritten Stockwerk den duplizierten Mörder sehen konnten, ging das Licht wieder aus. Kamber brauchte keine Helligkeit mehr, um zu wissen, wo's langging. Im dritten Stock war seine und Myriems Wohnung, konnte ja sein, daß der Doppelgänger sie jetzt schon irgendwie geortet hatte. Die letzten Schritte rannte Kamber, ohne auf den Geräuschpegel zu achten. Er tacklete einen Schatten direkt vor der Wohnungstür, riß die jaulende Gestalt keuchend zu Boden und schlug auf sie ein. Lange Haare wischten immer wieder über seine Faust. Das Ding roch sogar wie Hiob und bewegte sich mit genauso spirligen Verrenkungen. Mit der nackten Faust auf Gesichtsknochen zu schlagen tat verdammt weh, Kamber nahm deshalb wieder und wieder den Handballen und hieb damit nach allem, was irgendwie hervorstand. «Hör ...auf!» gurgelte das Geschöpf unter ihm und strampelte mit Händen und Füßen. «Kamberrrr! Ahhn! Kmbrrr! Ich bin's! Urgh! Du hast den ...uuumpff ...Falschen! Ich bin . . . umpf-umpf ... Hiiioooob! Bruder! Gnaaaaaaadeeehh!»

Die Gegenwehr war wirklich ein bißchen zu schlapp, um von einem Geist oder Gespenst zu kommen. Aber das konnte doch nicht sein? Hiob – der echte Hiob – war doch hinter ihm gewesen! Hatte er sich vor ihn gebeamt oder so was? Kamber hielt ein mit der bösen Prügelei. Der Hiob, auf dem er lag, prustete Speichel oder sonstwas durch die Gegend. «Der ...Doppel ... gängrrr ... Kamber ...er ist da drüüüben!» Kamber sah sich um. Etwa gleichzeitig ging das Licht wieder an. Da drüben stand ein zweiter, schwer atmender Hiob, die Hand noch gegen den Lichtschalter gestützt, noch unversehrt, während der hier schon ziemlich übel zugerichtet war.

Kamber war jetzt irritiert, verwirrt, frustriert, wütend, verängstigt, unsicher und ziemlich mordlüstern – alles gleichzeitig. «Laß dich von ihm nicht verarschen», sagte der unversehrte Hiob und kam langsam näher. «Ich bin die ganze Zeit über der Echte gewesen. Halt ihn gut fest, wir machen ihn fertig.»

«Ach, fuck, Scheiße, fickt euch doch selber!» blaffte Kamber und erhob sich von dem blutenden Hiob. «Mir ist das zu hoch, tragt's doch unter euch aus, ihr zwei Nullen!»

«Was ist denn los? Bleib doch auf ihm sitzen! Du glaubst ihm doch wohl nicht etwa! Ich bin doch der, der die ganze Zeit mit dir zusammen war, der hinter dir die Treppe hochging!»

«Na und? Woher soll ich denn wissen, daß du der Echte bist? Vielleicht war ja der erste der Echte und ich hab dich jetzt zu Myriems Wohnung geführt, ohne daß du dich danach erkundigen mußtest. Alles, was ich mit Sicherheit weiß, ist, daß ihr beide genau gleich ausseht. Und ihr redet auch beide den gleichen Mist.»

Der unversehrte Hiob blickte auf der Verprügelten hinab, der sich langsam aufzurappeln begann. «Wenn du mir nicht hilfst, Kamber, wird das 'ne ziemlich üble Schlägerei. Er und ich sind genau gleich stark.»

«Ist mir doch egal!» behauptete Kamber trotzig. «Tragt es unter euch aus, und ich knöpf mir dann den Sieger vor.»

«Mann, ist das bekloppt!» ächzte der Unversehrte und stürzte sich auf den Blutenden, beide Hände zum Würgen vorgestreckt. Glücklicherweise ging in diesem Moment wieder das Licht aus, so daß Kamber nicht mitansehen mußte, wie die beiden Hiobs sich gegenseitig Saures gaben.

Kamber friemelte sich eine Filterlose aus seiner Sakko-Innentasche, zündete sie sich mit einem altmodisch echten Streichholz an, setzte sich auf die von diesem Absatz aus gesehen obersten zwei Treppenstufen und rauchte mit dem Rücken zum Geschehen. Die Geräusche waren ziemlich böse. Erdrosselungsröcheln war zu hören, Fauchen und Kratzen, Bäumen, das Wummern von Kopfmaterial auf Beton, das Schieben und Scharren und Schnaufen zweier ineinander verkeilter Leiber, immer wieder dumpfe Faustschläge in Stoff- und Hautgewebe, Knacken von Gelenken, Sehnenquietschen, das Knurren eines vollen Mundes, gedämpft verstöhntes Aufschreien, zielloses Gepatsche, Reißen von billiger Kleidung, wildes Gewaltgefuhrwerke ohne jegliche Ortung. Der Kampf schob sich krampfend und rollend nach rechts und nach links, nach vorne und hinten, einmal wurde Kamber sogar von einem kickenden Schuh in den Rücken gestoßen, aber er ließ sich nicht stören. Irgendwann mußte es enden, und damit hatte er recht. Seine Zigarette war fast runtergebrannt, als nach ein paar besonders heftigen Knirsch- und Knacklauten hinter ihm Ruhe einkehrte. Nur ein einzelnes, jetzt plötzlich vereinsamt wirkendes schweres Atmen war noch zu hören. Als aus der Zigarette nichts mehr rauszuholen war und Kamber der zwischen den Treppengeländern in die Tiefe kreiselnden Kippenglut hinterherschaute, kam der Überlebende zu ihm und setzte sich ächzend neben ihn auf die Treppe.

«Na, war's schön?» fragte Kamber.

«Herrlich», nuschelte Hiob. «Genau, was mir jeder Zen-Meister raten würde: Töte dein böses Selbst. Mein Gegenspieler scheint vor kurzem ein Buch über psychologische Philosophie oder so was in die Hände bekommen zu haben. Beim letzten Mal mußte ich mich häuten, heute mußte ich mich meiner selbst entledigen. Theoretisch ... theoretisch müßte ich jetzt der beste und weiseste Mann auf Erden sein.»

«Woher weiß ich, daß du der echte Hiob bist?»

«Dafür gibt es zwei Beweise.»

«Ach ja?»

«Erstens: Der andere Hiob würde jetzt nicht hier neben dir sitzen und plaudern, sondern würde immer noch seinem ursprünglichen Auftrag nachgehen: Myriem oder vielleicht sogar dich zu töten.»

«Auch nachdem sein Original nicht mehr lebt?»

«Auch dann. Außerdem würde es wahrscheinlich 'ne Menge magischen Hokuspokus hier geben, wenn der echte Hiob Montag jetzt ins Gras gebissen hätte. Dann würde hier 'ne Party steigen, ein Walpurgisrave erster Ordnung, darauf kannst du wetten. Aber der eigentliche, der zweite Beweis ist der hier.» Stöhnend wie ein Greis stemmte Hiob sich hoch und taperte gebückt zum Licht zurück. Als er den roten Leuchtknopf drückte, konnte Kamber erst gar nichts sehen, dann schälten sich die Umrisse, dann der Inhalt eines zerrupft und gekrümmt am Lichtschalter lehnenden, blutverschmierten und im Gesicht übel verquollenen Hiob aus der aggressiven Lichtflut heraus. Von dem anderen Hiob war nichts geblieben außer einer flachen Schicht flockigen Staubes auf dem Boden, mit ungefähr menschlicher Kontur.

«Das sind die Überreste seiner Kleidung», erklärte Hiob, wegen seiner aufgeplatzten und angeschwollenen Lippen immer noch lispelnd und rötliche Speichelfäden sabbernd. «Der Körper selbst bestand nur aus verstofflichter Aura und hat sich beim Exitus exekutiert, aber die Kleidung war aus irgendwas gebildet, wahrscheinlich Staubpartikel aus der Luft, und da liegen sie nun. Sieht aus wie in so 'nem Hammer-Vampirfilm, hm?» Mit dem Fuß schlieferte Hiob durch den Staub, bis nichts Menschliches mehr im Umriß zu erkennen war. «Der echte Hiob – ich! – hätte mich wohl kaum so ordentlich aufgelöst. Ich würde vielmehr eine fiese, stinkende, erst starr werdende, dann langsam mumifizierende Leiche abgeben.»

«Denn du bist aus Fleisch und Blut.»

«Yo.» Hiob humpelte wieder neben Kamber zurück. «Im Augenblick allerdings mehr aus Blut als aus Fleisch. Die ganze Sache hätte sehr viel angenehmer und leichter für mich werden können, wenn du mir im Kampf beigestanden hättest.»

«Ich hätte vielleicht den Falschen erwischt.»

«Schon möglich. Jedenfalls – ich bin der, der die ganze Zeit hinter dir war, der mit dir im Auto gefahren ist. Der zweite Hiob, aus deiner Perspektive. Verprügelt hast du den Richtigen, also den Falschen. Und wahrscheinlich hätte ich ihn ohne deine gründliche Vorarbeit nicht so ohne weiteres besiegen können. Ein Kampf zwischen zwei genau gleich starken und genau die selben taktischen Gedanken denkenden Gegnern kann sich ziemlich hinziehen. Insofern ...»

Kamber war aufgestanden und klopfte sich den Hosenboden ab. «Ich verschwinde jetzt hier. Was hast du vor?»

«Was denkst du denn? Ich will hier auch weg. Wäre nett, wenn du mich zu mir nach Hause fahren könntest. So, wie ich aussehe, werde ich in öffentlichen Verkehrsmitteln wohl keine große Zukunft haben.»

«Hm-m. Jetzt weiß ich auch mit Sicherheit, daß du der echte Hiob bist.»

«Wieso?»

«Naja. Der Falsche hatte mir was erzählt von wegen daß er eine Überraschung hat für Myriem und sich bei ihr bedanken will und so'n Zeug. Hätte mir eigentlich sofort spanisch aufstoßen müssen. Der echte Hiob ist der, der selbst vor Myriems Wohnungstür keinen Gedanken an sie verschwendet, der ihr nicht mal die Freude machen würde, sie sein demoliertes Gesicht abtupfen zu lassen. Der echte Hiob, das ist der, der sich über seine eigenen verschrobenen Heldentaten in Begeisterung plappern kann, aber im Nu vergessen hat, wem er so manches zu verdanken hat.»

«Hey, bist du sauer auf mich? Entschuldige mal – ich hab gerade deiner werten Frau Schwester das Leben gerettet!»

Kamber sah auf Hiob herab und schüttelte den Kopf. «Manchmal bist du wirklich ein Arsch. Aber deine Prügel hast du dir ja schon selbst verabreicht. Also komm, stütz dich auf mich. Ich bring dich nach Hause.»

Diesmal saßen sie sich gegenüber, in kniender Sitzhaltung, in einem durch Reispapierwände abtrennbaren Séparée eines vornehmen japanischen Restaurants. Sie aßen beide mit Stäbchen, tauchten erst Sashimi in diverse selbstgerührte Saucen und wurden dann am niedrigen Tisch von einem diskreten Koch mit Sukiyaki versorgt.

Hiob hatte sein Haar in einem Pferdeschwanz gebändigt und sah mit seinen weißen Heftpflastern an Unterlippe und über einer Augenbraue und mit seinem immer noch blaugrün unterlaufenen rechten Auge ein bißchen wie eine Frank-Miller-Figur aus. Er trug einen schlabbrigen schwarzen Pullover und ebenfalls schwarze Jeans. Kamber dagegen war wieder in einem gutgeschnittenen Anzug erschienen, in sehr dunklem, Licht förmlich schluckenden Blau. Zum Essen hatte er das Anzugoberteil ausgezogen und auf seine Schuhe gelegt, so daß Hiob den Seidenstoff des rauchgrauen Hemdes schimmern sehen konnte. Dieser Zug zur kostspieligen Kluft war neu an Kamber. Bei ihrer neuerlichen Verabredung hatte Kamber wieder – genau wie vor ein paar Tagen – nur sehr ausweichend etwas erwähnt von «wichtigen neuen Entwicklungen», über die er mit Hiob sprechen mußte. Hiob riet schon jetzt ein bißchen, während er sich rohe Tintenfischscheibchen schmecken ließ. Entweder hatte Kamber einen Warner-Brothers-Entertainment-Vertrag über seine Reblin-Geschichten unterzeichnet, oder er war jetzt vollständig zur Türkenmafia übergelaufen.

«Die Sache ist die», begann Kamber, nachdem die unter Freunden üblichen Frotzeleien durchgelaufen waren, «daß ich das Gefühl gehabt habe, langsam in ein Alter zu kommen, in dem ich Entscheidungen treffen muß.»

«Wir sind beide noch keine fünfundzwanzig.»

«Aber genau das meine ich. Wir sind keine Kinder mehr und keine Jugendlichen. Mein Vater fragt mich dauernd, ob ich mir schon eine gesucht habe zum Heiraten. Sicher, ich habe schon ein bißchen was erreicht mit meinen Sendungen, im VIDEODROM kann man sich ein Videotape mit mir ausleihen, cool, man, das macht mich zu so was wie einer lokalen Berühmtheit. Aber ich hab's langsam satt, dauernd von den Bullen rumgehetzt zu werden, weil es nicht legal ist, die fucking Frequenz von fucking Hundertkommasechs mit einem Störsender zu überlagern. Ich hab's langsam satt, daß die Leute mittlerweile anfangen, meine Reblin-Stories cute zu finden und unterhaltsam, und daß ich mich beim Schreiben dabei ertappe, auch ja nicht zu provokativ oder brutal zu werden, um diejenigen nicht zu verstören, die sich einfach nur geilen Westernshit mit grooviger Mucke reinziehen wollen. Ich meine, was ist das denn eigentlich, was ich da mache? Satire? Parodie? Kabarett? Kleinkunst? Aw, c'mon, man, geh mir vom Schwanz. Ich hasse diese ganzen Arschlöcher so sehr, ich hasse diese ganzen beschissenen, eitlen, gierigen Selbstbereicher-Politiker so motherfuckin' sehr, daß ich überhaupt keine Lust mehr habe, den Clown zu spielen, der die Regeln einhält. Ich bin mir darüber klargeworden, daß ich kein Interesse mehr daran habe, jemanden zum Lachen zu bringen. Ich will jemanden zum Weinen bringen und zum Schwitzen, und zwar nicht irgendein ...Transmissions-Publikum, sondern die Verantwortlichen selbst. Die Politiker. Die Wirtschaftsbosse. Die feisten christlichen Kleriker. Den ganzen zynischen Abschaum. Ich will sie aus den Angeln heben, Habib. Unsere Welt treibt in einem brüchigen Nachen auf einen Niagarafall aus Scheiße zu, und ich sitz hier rum und bereichere den Äther mit We're gonna have a funky good time.»

Hiob hatte aufmerksam kauend zugehört. «Und was willst du machen? Terrorismus?»

Kamber lächelte. «Das bringt doch nichts. Nein. Geld will ich machen. Über meinen Vater, meine Onkel und die Freunde meiner Onkel komm ich in diese Welt rein. Tatsächlich bin ich schon ein Stück weit drinnen, du hast mir damals gut geholfen, bei der Sache mit Neriman Inces Sohn.»

«Hab's nicht vergessen.»

«Ich dir auch nicht. Ich hab angefangen, mir einen Namen zu machen als jemand, zu dem man kommen kann, wenn man ein Problem hat.»

«Kamber Don Vito Seferi.»

Kamber lachte auf. «Noch bin ich eher wie Michael Corleone im ersten Teil. Aber es geht nicht um Verbrechen, Habib. Es geht nicht um Mord oder um Drogen oder den ganzen Scheiß, du weißt genau, daß ich niemals Drogen an kleine Kinder verkaufen könnte. Es geht um Geld. Um Aktien. Um Wirtschaft. Um Macht. Um Einfluß. Darum dreht sich alles. Es gibt keinen einzigen Politiker heutzutage, den man nicht kaufen kann, nein, noch besser: Es gibt fast keinen einzigen Politiker heutzutage, der nicht längst schon gekauft worden ist. Und wenn ich diese Kerle erst mal auf der Lohnliste meiner Familie habe ... dann lasse ich sie durch einen Feuerreifen in ein Bassin voller brennendem Terpentin springen und dabei bellen.»

«Da wär ich gern dabei.»

«Deshalb erzähl ich dir das alles. Ich weiß, daß du gerne bei so was dabei wärst. Also sei es! Arbeite mit mir zusammen,

Brother. Die Ince-Sache damals hat ganz hervorragend geklappt. Kennst du diesen Comic Mobfire?»

«N-n.»

«Spielt in England, in einem fiktiven London, in dem Magie existiert. Es geht um absolut cool gestylte Gangsterfamilien, um einen harten jungen Typen, der sie alle in die Knie zwingen will – und das Edle daran ist: Jeder dieser Gangsterclans hat seinen eigenen Magier. So wie Camelot Merlin hatte. Das ist es, was diese Gangster da so mächtig macht, was sie in die Lage versetzt, das große Britannien zu beherrschen. Hier bei uns ist die Lage aber anders. Du bist der einzige wirklich zuverlässige Magier, von dem ich je gehört habe. Die anderen könnten sich höchstens mit spinnenden Geistheilern oder irgendwelchen Scharlatan-Tischrückern verbünden. Ich aber hätte dich. Wenn du mein Bocor wärst, dann könnten wir ganz nach oben kommen.»

«Top of the World, Ma.»

«Yo. Was sagst du dazu? Du und ich, Habib. Oder hast du den Eindruck, das hier ist die Szene, wo der Teufel dem Gelehrten die Unsterblichkeit anbietet?»

Jetzt war es Hiob, der breit grinste. «Du willst der Teufel sein? Da muß ich dich leider enttäuschen, Bro. Du und ich – wir sind die good guys.»

«Soll mir auch recht sein. Ich will das tun, was ich tun will, weil ich davon überzeugt bin, daß es das Richtige ist. Und das Gute.»

«Exakt meine Worte, Mann. Weißt du was? Ich bin stolz auf dich. Richtig stolz.»

«Hm, wieso?»

«Weil ich genau dieselben Gedankengänge hatte wie du. Wer bin ich? Was für Arschlöcher sind die anderen? Und was kann ich gegen sie unternehmen? Was muß ich tun, um auf ihre Ebene oder sogar eine Ebene darüber zu kommen, ohne so ein stinkender Schleimbeutel wie sie zu werden? Wie kann ich sie schlagen? Wie kann ich sie richtig fest und mitten in die Fresse schlagen?» Hiob nahm einen Schluck von seinem Awamori. «Nur bei mir ist das schon ein paar Jahre her. Das war schon während meiner frustrierenden Jahre als unfähigen Lehrern untergeordneter Abiturient, umgeben von schwatzenden Hohlköpfen, die sich mit ihrer Konfirmation neue Fahrräder und eigene Stereoanlagen erkauften und später dann für ihr erstes beschissenes Motorrad völlig unkritisch auf den Ferienjob-Strich gingen. Aber es ist nicht mein Verdienst, daß ich früher auf den Trichter gekommen bin als du. Das ist nur eine Folge meiner Erziehung. Mein verrückter Großvater – du kennst ihn ja – hat mich von klein auf darauf vorbereitet, daß ich eines Tages die Möglichkeit haben könnte, die falsch laufenden Dinge geradezubiegen. Ich bin zum Nonkonformisten und Quertreiber erzogen worden. Und ich habe andere Möglichkeiten als du. Ich habe tatsächlich die Magie. Aber ich an deiner Stelle würde vorsichtig sein. Ich glaube nicht, daß die anderen Gangsterclans keine Magier haben. Ich weiß zum Beispiel aus allererster Hand, daß es bestimmte Politiker gibt, die die Möglichkeit haben, sich für ihre privaten Bizarr-Parties weibliche Sexdämonen aus der Hölle zu bestellen. Diese Burschen sind zum Teil bei weitem nicht so unbeleckt und bürgerlich, wie sie sich nach außen hin den Anschein geben. Viele gehören irgendwelchen geheimen Verbindungen an, ob das nun die Freimaurer sind, die Merowinger, die Illuminaten oder der Ordo Templi Orientis, und nicht alle diese Geheimbünde sind so beschränkt und rein der weltlichen Bereicherung nachjagend wie die Scientology, die sich zwar Church nennt, aber nur aus Steuergründen.»

«Umso wichtiger ist deine Mithilfe bei meinem Plan. Fürchtest du, daß ich dich über'n Tisch ziehen will? Daß ich dich finanziell übers Ohr haue? Mann, du weißt, daß es mir in Wirklichkeit nicht ums Geld geht. Das brauche ich nur als Mittel zum Zweck, als fuckin' Werkzeug. Wenn du willst, kriegst du alles von meinem Anteil. Hundert Prozent.»

«Du bist irre. Völlig wahnsinnig.»

«Du doch auch. Also weshalb zögerst du?»

Hiob machte einen tiefen Atemzug. «Weil es nicht geht, Kamber. Tut mir leid. Wie ich schon sagte. Ich habe dieselben Gedanken gehabt wie du jetzt, nur eben schon vor vier, fünf Jahren. Ich habe mich für zwei Jahre in einer unterirdischen Gruft einmauern lassen, um magische Energie aufzubauen. Und jetzt spiele ich das Spiel, das größte Spiel der Erde, mit dem Teufel persönlich, und der Einsatz ist die ganze abgefuckte Welt.» Hiob merkte sehr wohl, wie Kamber in seinen Augen nach Anzeichen von Ironie oder Spott suchte und um Nuancen bleicher wurde, weil er keine fand. «Im Grunde genommen tue ich dasselbe, was du jetzt auch vorhast. Nur eben auf einer höheren Ebene, der magischen, der Ebene, auf der die ganz großen Entscheidungen gefällt werden. Ich kann aus meinem Spiel nicht raus. Es ist zu wichtig. Wenn ich scheitere, wird es eine Katastrophe geben, gegen die der Dreißigjährige Krieg wie ein Fünf-Minuten-Ei aussieht. Ich hätte keine Zeit, mich um deinen Feldzug zu kümmern und dir zur Seite zu stehen. Im Gegenteil: Die Probleme, die ich mit mir rumtrage, würden wahrscheinlich auf dich überspringen und dich zu Fall bringen. Das, was du da vor ein paar Tagen mitbekommen hast, diese Scheiße mit dem Doppelgänger, das war ein Teil davon. Ein winziger, unbedeutender, trivialer, verhältnismäßig kinderleicht zu meisternder Teil. Ich hab eigentlich immer versucht, meine Freunde aus meinen Angelegenheiten rauszuhalten, weil es einfach zu gefährlich ist. Scheint so, als ob mein Gegenspieler mir da jetzt ans Bein pissen will, aber ich werde ihn als nächstes zu einer Unterredung herausfordern, um ein paar Sachen mal ein für allemal klarzustellen. Ich würde dir gerne versprechen können, daß ich in Zukunft keine Gefahr mehr für dich und Myriem sein werde. Das wäre aber nicht möglich, wenn du und ich in Zukunft enger zusammenarbeiten würden.»

«Ich verstehe, was du meinst. Dann würde ich mit drinstekken. Und deine Ziele? Deine Endziele bei deinem Spiel? Sind die mit meinen vergleichbar?»

«Umkehrung bestehender Machtverhältnisse. Umverteilung von Gütern. Ökologischer Notrettungsdienst. Nägelgenopptes Fisting für Kinderschänder. Ja. Dieselben Ziele. Dieselbe Vision.»

«Dann sind wir immer noch Brüder.»

«Sind wir wohl immer gewesen. Das ist mir heute klarer geworden denn je.»

«Es gibt nur keine Möglichkeit für uns, zusammenzuarbeiten.»

«Leider. Unsere ... Spielfelder sind miteinander nicht kompatibel. Du bist im Begriff, Schach zu spielen. Ich spiele schon seit einiger Zeit... Descent.»

«Und wie läuft es? Welches Level?»

«Vierzehn von achtundsiebzig. Achtzehn wäre High Score.»

«Dann bist du ja schon nah dran.»

«Na ja. High Score bedeutet ziemlich wenig in meiner Branche. Wahrscheinlich nur, daß danach alles schwieriger wird.»

«Das», lächelte Kamber, «wird in meiner Branche genauso sein. Also gut. Dann haben wir heute die Karten auf den Tisch gelegt. Jeder von uns weiß jetzt, was der andere treibt. Dann laß uns jetzt nur noch eines tun.» Kamber legte seine Stäbchen weg und füllte beide Trinkschälchen mit neuem Reiswein. Sorgfältig stellte er die Flasche ab und hob sein Schälchen an. «Laß uns darauf anstoßen, daß wir, egal, was immer passiert, niemals gegeneinander arbeiten werden. Egal, wer versuchen wird, uns gegeneinander auszuspielen. Egal, auf welch undurchsichtigen Pfaden sich einer von uns beiden bewegt. Wir haben heute hier festgestellt, daß wir dasselbe wollen. Und selbst wenn wir beide gleichzeitig an die Spitze kommen sollten, wäre dort genug Platz für uns beide.»

«Wir werden nicht an derselben Spitze ankommen, Kamber. Selbst wenn du Kaiser des gesamten Erdballes würdest, wäre ich als Fürst des Wiedenfließes immer noch viel mächtiger als du.»

«Ich bin kein Magier. Ich akzeptiere meine Beschränkungen und nehme, was ich kriegen kann. Also komm, stoß mit mir an.»

Hiob schüttelte langsam den Kopf und sah dabei wirklich ein wenig wie ein Ronin aus. «Das kann ich nicht tun.»

«Warum nicht?»

«Weil ... wenn du dich auf deinem ... weltlichen Weg nach oben irgendwann doch entschließt, Drogen an kleine Kinder zu verkaufen, ich dich dann töten werde. Als Teil meines Spiels.»

«Ich werde niemals Drogen verdealen. Das würde ja heißen, die Ideale zu verraten, derentwegen ich überhaupt aufsteigen will.»

«Im Verraten wärst du nicht der erste. Und noch einen Rat kann ich dir geben: Halte dich von Magie fern. Halte dich vor allen Dingen fern von Agenten des Wiedenfließes, die dir Macht und Einfluß versprechen. So etwas geht niemals gut. Noch nie hat jemand mit dem Teufel paktiert und dabei gewonnen.»

«Ah ja. Bis auf dich, natürlich.»

«Ich paktiere nicht mit ihm. Ich führe Krieg gegen ihn.»

«Ich verstehe. Du paktierst mit niemandem mehr.»

«Exakt. Ich bevorzuge das Improvisieren.»

«Dann soll es so sein.» Kamber goß den Inhalt seines Schälchens über die Reis- und Gemüsereste auf seinem Teller. Hiob tat dasselbe mit seinem Schälchen und seinem Teller. Beide lächelten. Sie erhoben sich, zogen sich Schuhe und Überkleidung wieder an, Kamber bezahlte die Rechnung, vor der Tür des Restaurants gaben sie sich noch einmal fest die Hand. Dann gingen die beiden gefährlichsten Männer Berlins in unterschiedliche Richtungen in die mondlichtverstrahlte Nacht davon.

HIOBS SPIEL ZWEI

TES BUCH TRAUMTÄNZER

PROGNOSTICON DREIZEHN

MUTTERMUND

Wahrlich,
keiner ist weise,
der nicht das Dunkel kennt.
— Hermann Hesse

a) Coriscal

Jemand hatte Hiob, der gar keine Tageszeitung abonniert hatte, die Tageszeitung aus dem Briefkasten gestohlen. Zu nachtschlafender Zeit mußte er deshalb raus, um zwei Ecken, zu einem hellerleuchteten Kiosk, den er vorher noch nie gesehen hatte. Zwischen mehreren dicken Frauen hindurch versuchte er, einen Blick auf die Auslage zu erhaschen, ob seine Zeitung überhaupt dabei war, aber die Sache gestaltete sich als schwierig, denn er wußte ja gar nicht, welche seine Zeitung war. Zufällig traf er zwei Männer, die er von früher her kannte. Das heißt, eigentlich war es nur einer von den beiden, aber einmal mit und einmal ohne Bart. Die beiden unterhielten sich über einen Film, der letzten Mittwoch im Fernsehen gelaufen sein sollte, und in dem jemand geköpft worden sein und ein Motorradfahrer auf dem Körper eines anderen seine Motorradkunststückchen gemacht haben sollte. Ihnen fiel der Titel des Streifens nicht mehr ein. Hiob bot ihnen seine Hilfe an, sagte, er sei gut in Horrorfilmen. Sie kamen nicht darauf zurück. Man trennte sich wieder, ohne Zeitung schlenderte Hiob in Richtung seiner Wohnung zurück. Die Straße war breiter geworden, irgendwas war da los, viele Menschen wimmelten herum, gafften. Polizeiblinklichter und Ambulanzwagen. Hiob erhaschte einen Blick in ein italienisches Restaurant, das vorher nicht dagewesen war. Rote Spuren von Blut auf dem Boden, aber es war ein italienisches Restaurant, es konnte auch Tomatensoße sein. Ein Mädchen fiel ihm auf, zwischen den Schaulustigen. Sie hatte lange braune Haare und ein hübsches Gesicht, war vielleicht fünfzehn, sechzehn Jahre alt, schwer zu schätzen. Offensichtlich ohne Begleitung streunte sie zwischen den Neugierigen herum, tauchte mal hier auf, mal dort. Obwohl es sonst nicht seine Art war, Kinder anzufassen, packte Hiob sie am Arm, hielt sie fest und fragte sie, ob sie wisse, was hier los sei. Sie erzählte ihm, daß Chinesen einen Mord begangen hätten. Hiob erhaschte einen Blick auf ein mit Blut gemaltes Zeichen neben der Ristorante-Eingangstür, das auf den ersten Blick chinesisch aussah, aber auch zwei spiegelverkehrt nebeneinandergestellte ‘R’s sein konnte. Er bot dem Mädchen an, sie nach Hause zu bringen. Sie gingen durch weite Neubaulandschaften. Alles Licht war grau. Sie schmiegte sich gegen seine rechte Seite, und in komplizierter Armhaltung hielt sie ihre linke Hand in seiner Linken. Wie tanzend, nur laufend sich fortbewegend. Er fragte sie nach ihrem Namen. «Coriscal», sagte sie. «Sie hatten ein ‹Cal› übrig, also nannten sie mich Coriscal.» Sie sah Hiob ernst an. Er hatte Mühe, sich diesen Namen zu behalten. Sie kamen an ihrer Haustür an. Neben dem Klingelbord war das doppelte ‹R› in roter Farbe. Verwirrt wachte Hiob auf.

Rücksichtslos weckte er die neben ihm schlafende Widder. Fragte sie, ob der Name Coriscal ihr irgend etwas sage. Sie murmelte verneinend. Er bohrte nach. In magischer Hinsicht. Im Fließ. In Verbindung mit einem Mädchen. Er beschrieb das Mädchen aus seinem Traum. Widder verneinte murmelnd und schlief wieder ein.

Hiob setzte sich auf und dachte angestrengt nach. Coriscal. Was für ein ungewöhnlicher, ihm völlig ungeläufiger Frauenname. Der einzige andere auf -al endende Frauenname, der ihm einfiel, war ‹Chantal'. Ansonsten hätte Coriscal auch ein Firmenname sein können, so ähnlich wie diese Filmfirma namens Carolco. Und was konnte Coriscal bedeuten? Corporation Rising California? So richtig viel Sinn ergab das nicht und war noch dazu beschissenes Englisch.

Na ja. Das war ein ungewöhnlich intensiver Traum, mußte ja aber nicht unbedingt auch etwas bedeuten. In der Nacht davor hatte Hiob geträumt, er stehe vor einem riesigen Süßwarenregal in einem Supermarkt und hätte zwischen den kuriosesten Süßigkeiten auszuwählen, unter anderem einem ganzen Sortiment religiöser Alkoholpralinen mit Namen wie

und

sowie einzeln verschweißtem Popcorn mit der mikroskopisch kleinen Aufschrift

Verschickt über Böhmen nach
reiflicher Überlegung, ob bunt
zu kandieren oder nicht.

Hiob hoffte, daß auch dieser Traum nichts bedeutete, und hatte wahrscheinlich sogar recht.

b) Faith

Tagsüber versuchte Hiob nun schon zum wiederholten Male, eine Verbindung zum Chef zu bekommen, wurde aber immer von unbarmherzigen Vorzimmerdämonen abgeschmettert. Der Chef hatte keine Zeit, war anderweitig beschäftigt, war in einer wichtigen Besprechung. Es war zum Kotzen.

Hiob wollte an NuNdUuN rankommen, solange seine Wut über die Miteinbeziehung Myriems in die Lebensgefahr des Spiels noch weiß glühte. Ihm war klar, daß seine Position nicht gut war: Regeltechnisch war es dem Feind nicht verboten, Hiobs gesamtes soziales Umfeld auszurotten. Irgend etwas mußte man da tun können, damit es nicht dazu kam. Die einzige Möglichkeit, die Hiob eingefallen war, bestand darin, den Fürsten direkt zu konfrontieren, ihn vielleicht zu bluffen, ihm klarzumachen, daß Myriem und die anderen Hiob scheißegal waren; irgendwas in dieser Richtung zu improvisieren. Hiob glaubte mittlerweile nicht mehr an das, was Widder gesagt hatte: Daß NuNdUuN sich davor hüten würde, Hiob unnötig zu reizen. Warum sollte NuNdUuN davor Angst haben? Er war doch definitiv in dieser relativ frühen Phase des Spiels noch der weitaus Stärkere.

Hiob machte sich eine krakelige Notiz auf einem karierten Blatt Papier, das er sich dann an die Wand über seinem Bett pinnte. Die Notiz lautete:

– Wenn NuNdUuN nicht mehr da wäre –
wäre sein Nachfolger dann schlimmer oder besser für mich?

Als Widder die Notiz zum ersten Mal sah, lachte sie. Später dann nannte sie Hiob einen ‹unglaublichen Spinner›.

An einem dieser Tage schnitt sie ihm die Haare. Natürlich nicht kurz, aber ab und zu mußte auch die Montagsmähne mal gestutzt werden, damit Hiob nicht rumlief wie ein Sasquatch. Als Hiob seine Haarspitzen zu Boden trudeln sah, kam ihm eine seiner berüchtigten Ideen.

«Sag mal – du kannst doch die Gestalt jeder Frau annehmen, die jemals auf diesem Planeten gelebt hat, ist doch so?»

«Hm-m.»

«Könntest du dann nicht theoretisch die aller-aller-allerschönste Frau aller Zeiten werden?»

«Schönheit ist relativ. Du meinst die aller-aller-allerschönste Frau *für dich?*»

«Yo. Du hast mal gesagt, du könntest in mir lesen wie in einem offenen Buch. Also könntest du mich doch quer durchgehen und mal scannen, welches Mädchen denn nun das allerphantastischste für mich war.»

«Du hast vor, Louise Brooks zu betrügen?»

«Naja. Louise ist die schönste Frau, von der ich *weiß*. Aber was ist mit all den anderen, die nie in einem Film mitgespielt haben, und deren Schönheit deshalb nicht überliefert wurde? Was, wenn die für mich schönste Frau aller Zeiten eine orientalische Prinzessin war, die vor tausenden von Jahren gelebt hat? Oder eben keine Prinzessin, sondern nur eine einfache Bauernmagd, die niemals in ihrem Leben den Wert ihrer Anmut erfahren hat? Ich wüßte es gern. Ich wüßte gern, wie sie für mich ausgesehen hätte.»

«Die absolute Frau.»

«Die absolute Frau.»

«Das ist eine ziemlich schwierige Aufgabe. Richtig leicht fällt mir nur das Impersonieren von Frauen, denen ich stofflich begegnet bin. Eine Rückwärtsrecherche durch die Jahrhunderte mit gleichzeitiger Ausweitung über den Gesamtglobus wird ziemlich viel Wiedenenergie beanspruchen. Ich weiß gar nicht, ob ich in meinem augenblicklichen Exil auf soviel Energie Zugriff habe.»

«Aber du könntest es versuchen.»

«Ich könnte es versuchen. Hat das was mit deiner bekloppten Notiz zu tun? Willst du NuNdUuN ärgern, indem du Energie verbrauchst? Dann laß dir gleich von mir sagen, daß das nichts bringt. Die Wiedenfließreserven sind letztendlich unerschöpflich, zumindest, solange es Menschen und andere Lebewesen gibt, die zu abstrakten Gedanken fähig sind. Nur halt die Energien jedes einzelnen Wiedenwesens sind beschränkt. Man hat nicht unbegrenzte Erlaubnis. Der Potentat selber ist natürlich die Ausnahme.»

«Es hat nichts mit NuNdUuN zu tun. Nur mit mir. Ich denke halt auch mal über mich selber nach.»

«Sieh mal einer an, das gibt's auch?»

«Na, aber andauernd.» Irgendwie war ihm ihre Ironie entgangen. «Ist dir zum Beispiel klar, daß ich in meinem ganzen Leben erst mit zwei verschiedenen Frauen geschlafen habe? Und von den beiden war nur eine ein Mensch.»

«Aber mit mir zu schlafen ist doch genauso wie mit Hunderten verschiedener Spitzenklassefrauen Dinge zu tun, zu denen diese vielleicht niemals bereit wären.»

«Natürlich, hey, mißversteh mich nicht. Ich weiß das ja zu schätzen. Und ich bereue überhaupt nichts. Aber manchmal denke ich ... daß ich deine Anwesenheit hier eben noch gar nicht richtig ... wie soll man das ausdrücken? Auszuloten verstehe. So, wie ich das sehe, sind wir jetzt so gut wie verheiratet. Vertraglich aneinander gebunden, leben wir in derselben Wohnung, und ich denke, ich habe sehr viel für dich übrig ...»

« ...womit die teuflischen drei Worte wieder mal vermieden wären ...»

«... und du auch für mich ...»

«Hmmmmmmmmnnnnnnjaaahh.»

«... und dennoch ist unsere Beziehung noch merkwürdig platonisch.»

«Nennt man ‹Ficken wie Karnickel› jetzt ‹platonisch›?»

«Ich meine ... – distanziert. Ich weiß zu wenig von Frauen, um das Ewigweibliche an dir voll erfassen zu können.»

«Oh, das hast du jetzt aber schön gesagt.»

Hiob wollte sich nicht beirren lassen. «Es läuft immer so ab: Ich hab heut Lust auf brünett, zack, bist du brünett, ich will dich jetzt von hinten vaginal, und nach ein bißchen Maunzen und Fauchen bietest du sie mir an. Aber vielleicht will ich noch mehr. Und ich selber weiß das nicht, denn ich habe keine Ahnung von ‹mehr›. Ich spiele das verdammte Spiel, und manchmal denke ich, ich weiß noch nicht ansatzweise, was mir möglich sein wird, wenn ich erst mal Weltrekordler bin. Oder wenn ich erst mal die Hälfte aller Punkte zusammenhab'. Und mit der Liebe – und dem Sex – ist das genauso. Ich denke, ich hab' bisher erst die Oberfläche angekratzt. Die flachen Gefilde der einfachen Lust. Aber da ist noch mehr. Da gibt es sicher noch viel mehr.»

«Das stimmt. Aber ich weiß nicht, ob ich dir da helfen kann.»

«Warum nicht?»

«Weil ich ein Sukkubus bin. *Liebe* – also das ‹Mehr›, von dem du sprichst – ist gar nicht mein Metier. Ich bin auf Sex und Geilheit programmiert.»

«Okay. Auf Sex und Geilheit – und auf mich.»

«Ja. Seit dem Vertrag.»

«Und wenn *ich* also lerne, was Liebe ist – kann ich es dir beibringen.»

Sie ließ die Schere sinken. «Jetzt verstehe ich, worauf du hinauswillst. Das ist genial. Ich helfe dir, dich selbst kennenzulernen, und dann hilfst du mir, dazuzulernen.»

«Yo. So knapp konnt' ich's nicht formulieren. Ich bin halt ein bißchen doof.»

Sie gab ihm einen warmen Kuß aufs Ohr. «Du bist ein gefährlicher Bursche. Gefährlich und unberechenbar. Das gefällt mir. Also wonach soll ich genau Ausschau halten? Frau ist nicht gleich Frau. Wenn ich die sexuell anziehendste Frau aller Zeiten für dich rausfinden soll, wird bei deinen Vorlieben wahrscheinlich eine ziemlich vulgäre, verhärmte Schlampe bei rauskommen. Wenn es aber um Ausstrahlung und Schönheit gehen soll – dann ist das Endergebnis bestimmt eine vierzehnjährige Jungfrau mit großen dunklen Augen. Du bist in dieser Beziehung ziemlich verschachtelt. Was also soll ich wählen?»

«Zieh eine Quersumme. Meng alles zusammen und such die raus, die dann am nächsten rankommt. Das müßte reichen, um mich wegzublasen.»

«Und dann? Dann muß ich für den Rest deines Lebens *sie* bleiben?»

«Dieses Risiko müssen wir eingehen.»

«Ich erinnere mich noch daran, wie ich einmal als Louise Brooks zu dir gekommen bin und du mir eine längere Eloge darüber gehalten hast, wie du mich lieben würdest, wenn ich Louise bliebe. Und wir waren uns einig, daß dies nicht gut für uns wäre.»

«Das ist lange her.»

«Ein Jahr oder so.»

«Ja. Sehr lange. Mittlerweile hat man dich mir weggenommen und ich hab' dich wieder zurückerkämpft. Mittlerweile hab' ich meine Stellung als Weltrekordsanwärter etabliert und mir im Fließ einen Namen gemacht. Mittlerweile ... hab' ich Frauen getötet und Frauen gerettet, und ich habe meine erste große Liebe ohne Tränen in den Armen eines anderen gelassen. Mehrmals wär' ich beinahe gestorben. Und Fehler hab' ich auch gemacht. Und gute Schachzüge auch. Und eines hab' ich bei all dem irgendwo verloren. Meine Furcht davor, zu weit zu gehen.»

«Ich werde ein paar Tage brauchen. Ich will es gut machen.»

«Aber ich danke dir schon jetzt.»

c) Stefania

Der Anruf kam früh am nächsten Morgen. Wie aus heiterem Himmel, nur eben aus der Hölle.

Die Stimme war knarzig, dunkel, monströs. «Du wolltest mich sprechen?»

Hiob realisierte erst nach ein paar Sekunden, wer dran war. «Ja.»

«Im Volkspark Friedrichshain gibt es einen schönen Märchenbrunnen. In zwei Stunden.» Und eingehängt.

Hiob ärgerte sich über die Gänsehaut auf seinen Armrücken, als er seinen altmodischen Hörer auflegte.

«Wer war's?» murmelte Widder verschlafen.

«*Er* war's», brummte Hiob. «Der Teufel bittet endlich zum Tanz.»

Das Sonnenlicht war fast sommerlich, kündigte der vom harten Winter geschundenen Stadt Reparationen an. Unter der Woche, noch vormittags, saßen nur ein paar Rentner auf den Bänken im Friedrichshain. Die Wasserspiele sahen merkwürdig aus, irgendwie zusammengefallen, kraftlos. Wahrscheinlich hatte der Senat den Wasserdruck reduziert, um in diesen neuen Zeiten der materiellen Not Kosten einzusparen.

NuNdUuN saß in der Nähe von ein paar schwatzenden alten Frauen auf einer der Bänke und aß ein Schinkensandwich. Er sah aus wie ein dynamischer Jungmanager, der eben mal zwischen zwei wichtigen Geschäftsabschlüssen ein paar ruhige Minuten im Park verbringen will. Das erstaunlich laute Tosen der beschnittenen Springbrunnen übertönte den Lärm der nahen Straße vollständig. Die alten Frauen warfen ab und zu mal neugierige Blicke zu dem gutaussehenen Dressmantypen in seiner teuren, nicht allzu konservativen Kluft hinüber – zumindest bis sich der abgewrackte Langhaarige neben ihn fläzte, der ja wohl nur Bettler, Dealer oder Stricher sein konnte.

«Weißt du», begann Hiob, auf alle denkbaren Begrüßungsfloskeln einfach verzichtend, «was mich am meisten an dir wundert, ist die schäbige Art und Weise, wie du dein Spiel spielst. Man möchte doch meinen, ein jahrtausendealtes, unfaßbar machtvolles Leben müßte im Laufe seines einzigartigen Daseins so was entwickelt haben wie ... Abgeklärtheit, Souveränität, auch vielleicht eine gewisse königliche Attitüde, ein ‹So was-hab'-ich-nicht-nötig›-Bewußtsein. Eine Art Aura des seit langer, langer Zeit Regierenden. Aber nee. Du bolzt rum und spielst schmutzig wie ein rotznäsiger Hinterwäldler, der noch nicht mal seinen eigenen Namen in den Lehm kratzen kann.»

NuNdUuN lächelte kauend. «Manchmal glaube ich, du überschätzt mein Alter. Ich habe die Macht noch gar nicht seit so vielen Jahrtausenden.»

«Ach nein? Seit wann denn etwa?»

«Nachdem ich meinen Vorgänger gestürzt hatte, ließ ich die damals auf der Welt führende Menschenkultur Zeugnis über den Machtwechsel ablegen.»

«Was kam dabei raus?»

«Die heute noch fälschlicherweise so bezeichnete Cheops-Pyramide.»

«Na also, das war etwa 2500 vor Christus. Du hast also den Nazarener miterlebt, da warst du schon zweieinhalb Jahrtausende an der Macht. Mann, und da hast du's nötig, Myriem in mein Spiel mit reinzuziehen? Das sollte dir wirklich peinlich sein. Du solltest viel ... größer sein als das.»

«Ach, Hiob. Du bist so eine Mikrobe für mich, ich verspüre keinerlei Lust, mich von dir provozieren zu lassen. Du hast recht, aber du begreifst selber nicht, wie recht du hast. Dabei hast du die Tatsachen vor Augen. Ich spiele das Spiel seit 4500 Jahren, also bin ich der denkbar Beste auf diesem Gebiet. Absolut niemand kann mich schlagen. Und alle deine Bemühungen sind nichts weiter als Spiegelfechterei. Eine verschroben zappelige Choreographie, die einzig und allein dem Zweck dient, dir das Gefühl zu geben, dein Leben nicht umsonst zu leben. Diese Gefälligkeit erweise ich dir. Das ist mein Beruf.»

Hiob kriegte ein höhnisches Gelächter hin. «NuNdUuN der Schmierenkomödiant. Das gefühllose Charakterschwein, das den selbstlosen Wohltäter mimt, zentimeterdick unter Schminke verspachelt. Ich kotz gleich in den Brunnen. Hey, ich kann dir sagen, was mit dir los ist. Du haßt das Spiel. Du haßt es, weil du durch uralte Regeln und Gesetzmäßigkeiten an es gebunden und zu ihm verpflichtet bist. Du haßt es, weil es eigentlich ein Scheißleben ist, es spielen zu müssen.»

«Oh ja, ich bin müde», schmunzelte NuNdUuN, «ich kann den Augenblick eigentlich kaum erwarten, an dem du mich ablöst, um alles besser zu machen als ich.»

«Ja, du bist müde und schwach und alt geworden, und dir fallen nach so vielen Jahren der ewiggleichen Herausforderungen keine neuen Kombinationen mehr ein. Jetzt ist endlich mal ein Spieler aufgetaucht, der die ganzen verstaubten alten Winkelzüge und Vorhersagbarkeiten vom Tisch gefegt hat und der dem altehrwürdigen Spiel seinen ganz persönlichen Stil aufgeprägt hat: das improvisatorische Chaos. Die Unberechenbarkeit. Die Negation der Sinnfrage, vielleicht sogar. Und du hast keine anderen Möglichkeiten, als darauf mit stupider Kinderwürgergewalt zu kontern. Du erreichst das Ende der Fahnenstange, großer Alter. Schlägst du weiter blindwütig um dich, oder hast du Mumm genug zum großen Sprung?»

«Du hältst dich für einen guten Spieler?»

«Ich *bin* ein guter Spieler. Es steht Vierzehn zu Eins. Ich werde mir den verdammten Weltrekord holen und darauf Skateboard fahren.»

Mißbilligend schüttelte der Fürst des Wiedenfließes den Kopf. «Das ist das Peinlichste an dir: diese Selbstüberschätzung. Dieser vollkommen aus der Luft gegriffene, jeglichen Fundaments entbehrende Narzißmus. Ich habe Spieler gesehen, die bei vier Punkten scheiterten, die besser waren als du.»

«Warum sind sie dann bei vier Punkten gescheitert?»

«Vielleicht weil sie die Größe hatten, meine Überlegenheit rechtzeitig anzuerkennen. Weil ihr Blick weiter reichte als nur bis zum nächsten kläglichen Punkt. Weil sie Kosten und Nutzen voneinander zu unterscheiden lernten. Weil sie erkannten, daß das Spiel mir keine lästige Pflicht ist, die mir von altertümlichen Gesetzesgebern aufgezwungen worden ist, sondern daß das Spiel nur einem einzigen Zweck dient: Den Beherrscher des Fließes wieder und wieder in seinem Amt zu bestätigen, damit es niemals zu so etwas wie einer wirklich verheerenden Rebellion kommen kann.»

Hiobs Kopf begann, sich um sämtliche Achsen gleichzeitig zu drehen. Was erzählte NuNdUuN ihm da? Lockte er ihn honigreich auf falsche Fährten? Sprach er Wahrheiten aus? War er ehrlich zum Spieler? Vertraute er ihm, suchte er Vertrauen? Log er gnadenlos? War diese Verwirrung das Ziel? NuNdUuN konnte lügen und die Wahrheit sagen gleichzeitig, aus irgendeiner seiner vielfältigen Perspektiven war alles immer das eine und das andere im selben Moment. Völlig verfremdet und dennoch immer als bekannt getarnt. Oder umgekehrt. Oder wiederum umgekehrt und immer so fort.

Die Frage, die Hiob sich übers Bett geheftet hatte, beantwortete sich in diesem Moment, in dieser Perspektive.

– Wenn NuNdUuN nicht mehr da wäre –
wäre sein Nachfolger dann schlimmer oder besser für mich?

Zweifelsohne besser.
Denn was für abscheuliche Charaktereigenschaften auch immer der Nachfolger hätte –
er hätte nicht diese um 4500 Jahre veränderte Sichtweise.
Er wäre neu, vielleicht auch verwirrt, überfordert –
er wäre leichter zu verstehen, zu berechnen.

Ein verstohlener Seitenblick versuchte Hiob darüber Aufschluß zu geben, ob der Herrscher seine Gedanken lesen konnte. Es war nichts dergleichen in NuNdUuNs ungerührter Miene zu erkennen. Dann aber wiederum: Falls NuNdUuN Telepath war – brauchte er dann überhaupt physische Nähe, um Hiob lesen zu können? Konnte er das nicht sowieso immer, von überall aus? Brauchte er überhaupt eine Linearität der Zeit? Hatte er diese eben jetzt gedachten Gedanken Hiobs nicht schon immer lesen können, von Anbeginn seines Seins an?

Hiob brach kalter, salzarmer Schweiß aus. Er hatte das Gefühl, gleich einen Beklemmungsanfall zu bekommen, gleich nach Luft ringend wie ein Asthmatiker nach vorne zur Einfassung des Sprudeltümpels zu torkeln und über eine der schneereinen Märchenfiguren gekrümmt zu verröcheln.

Dies war nicht diese Scheiße aus den alten Kindermärchen, wo der Bauer den Teufel mit unterirdischen und überirdischen Gemüsen übertölpeln konnte. Dieser Teufel hier war kein voraussagbarer Pappkamerad. Dieser Teufel hier war der unschlagbare Meister aller Klassen in Sachen Intrige, Lüge, Bosheit und Schläue.

Und er mußte weg. Damit Hiob überhaupt eine Chance hatte, das Spiel wenigstens hochzuspielen, mußte dieser Erzfeind abgeschossen werden. Hiob selbst konnte das nicht bewerkstelligen; um die dafür erforderliche Astralmacht anzuhäufen, hätte er erst das gesamte Spiel gewinnen müssen. Was er brauchte, waren ein unschlagbarer Plan und mächtige Verbündete an den richtigen Positionen. Von jetzt an würde er Tag und Nacht darüber nachgrübeln müssen. ... *eine wirklich verheerende Rebellion* ... Damit ging es schon mal los: Diesen Gedanken, diesen Gedanken ganz konkret mußte er sich aus dem Fleisch drehen wie eine Zecke, denn er war ihm vom Meister selbst diktiert worden. Hiob hatte die Empfindung, aufreizend langsam durchzudrehen, aber es fühlte sich den Umständen entsprechend gut an.

NuNdUuN hatte geduldig gewartet, als hätte er schon im voraus berechnet, wie lange Hiobs Ideen brauchten, um einen Boxenstopp einzulegen. «Du solltest dich von der Illusion befreien, daß das Spiel deine Privatsache ist», sagte er mit tiefer Stimme. «Du bist kein Tennisspieler in einem klar umrissenen Centercourt. Unser Spielfeld ist die Welt, sowohl die materialistische als auch die Ebenen von Wieden. Und genau so, wie Millionen sogenannter Unschuldiger dein Scheitern werden ausbaden müssen, wenn du erst einmal verloren haben wirst, so ergibt es auch überhaupt keinen Sinn, wenn ich künstlich versuchen würde, eine isolierende und schützende Hand über deine paar Lieben zu halten. Eigentlich ist es sogar deine eigene Schuld. Du hättest einen diesbezüglichen Schutzvertrag aushandeln können, gestern, bei deiner Eröffnung, aber du hast es ja stattdessen vorgezogen, dir einen Succubus zu leihen.»

Gestern, bei deiner Eröffnung. Die Arroganz der Ewigkeit. Hiob konterte so gut ihm aus Rücklage möglich. «Wir könnten ja eine neue Wette abschließen zu diesem Thema. Ich hab dich einmal geschlagen, ich kann es jederzeit wieder tun.»

«Du hast mich *geschlagen*», äffte NuNdUuN Hiobs Tonfall nach. «Wenn du wüßtest, wie wenig mir dieses bedeutet, wie wenig Interesse ich daran habe, mit dir zu wetten, gleich, ob ich gewinne oder verliere.»

«Lächerlich. Du bist ein würdelos schlechter Verlierer. Du hast dein Gesicht verloren bei meinem Wettsieg und hast nicht mal die Statur, es einzugestehen.»

«Ich habe mein Gesicht verloren? Du wirst ja immer verwirrter. Du traumtanzt schon seit Jahren, aber mittlerweile scheint mir aus deinen warmen Pirouetten ein masturbatorischer Flamenco geworden zu sein. Was habe ich denn verloren? Widder, indem sie dir nun exklusiv gehört? Oh, Hiob. Wenn du bei der diesbezüglichen Vertragsunterzeichnung nicht vor lauter Geilschaum vorm Mund ganz schneeblind gewesen wärst, hättest du dir dieses Recht ohnehin schon sichern können. Es gab eine ganze Reihe von den bereits erwähnten besseren Spielern, die in dieser Hinsicht viel umsichtiger waren als du. Du hast also etwas gewonnen, was du vorher verloren hattest, und ich habe es dir brüllend vor Lachen hinterhergeschmissen. Soviel zu meinem Wetteinsatz. Deshalb hatte ich kein Interesse zu gewinnen. Einzig deine verzweifelten Anstrengungen amüsierten mich, während ich es noch ein paarmal mit Aries trieb.»

Hiob versuchte, mit knirschenden Zähnen zu lächeln. Es sah eigenartig aus und klang auch seltsam, aber NuNdUuN war wenig beeindruckt. «Deshalb», fuhr der Ältere fort, «kann ich gleich hier feststellen: Ich habe kein Interesse daran, um das Leben deiner Angehörigen und Freunde zu spielen. Ich kann dabei nichts gewinnen. Es ist doch vielmehr so – und so wird es auch geschehen: Wann immer es mir gefällt, einen von ihnen zu zermalmen, werde ich es tun, und du wirst nichts dagegen unternehmen können. So sind nun einmal die Privilegien eines Spielers. Du hast ja schwer dafür gestritten.»

«Ich ... könnte sie alle dazu bringen, mich zu hassen. Dann hätten sie nichts mehr mit mir zu schaffen und du könntest sie genauso gut in Ruhe lassen.»

«Ach, Hiob, weißt du, es bedeutet mir in diesem Zusammenhang eigentlich recht wenig, was sie für dich empfinden. Ich glaube sowieso nicht, daß auch nur einer von ihnen dich wirklich mag. Es wird wohl eher Mitleid sein, was einige von ihnen in deine Richtung treibt. Nein, mir geht es darum, was sie dir bedeuten. Und mithin alles, was dich schmerzt, bereitet mir Vergnügen.»

«Du bist mein ganz persönlicher Verderber.»

«Oh nein. Ich bin für jeden da. Ich mache keine Unterschiede.»

Wie unsagbar naiv und unwissend waren die vieltausend Gläubigen aller Konfessionen, die dieses Monster hier in seinen verschiedenen Inkarnationen als *lieben Gott* anbeteten. Gleichzeitig jedoch haßten ihn wenigstens auch alle als ihre ganz eigene Teufelsausprägung. Vielleicht war dies die einzige Chance, ein Wesen wie NuNdUuN zu kompensieren. Man dividierte ihn in seine unterschiedlichen Facetten, nannte die einen unendlich gut, die anderen unendlich böse, und rieb sich – munter Auswendiggelerntes aufsagend – zwischen ihnen auf.

Hiob stöhnte. Sein Rücken schmerzte. Bevor es dazu kommen konnte, daß er auf die ausgeweideten, vergewaltigten Leichen von Myriem, Kamber und seinem Großvater runterblickte, mußte ihm etwas Unschlagbares einfallen. Er mußte NuNdUuN *zuerst* töten und vergewaltigen – oder er mußte bis dahin so weit isoliert sein von menschlichen Emotionen, daß ihm der Anblick geschändeter Freunde nichts mehr ausmachte. Irgendwie führten beide Möglichkeiten serpentinig aufwärts in den Wahnsinn – immerhin der Weg, der Hiob am vertrautesten war.

NuNdUuN faltete das jetzt leere, bekrümelte Sandwichpapier auf seinem Schoß zusammen und warf es in einen gut fünfundzwanzig Meter entfernt an einer anderen Bank angebrachten Mülleimer. «War das eigentlich alles, weshalb du mich so dringend sprechen wolltest? Um dich darüber zu beschweren, daß du etwas verloren hast, was du nie besaßt – die Kontrolle über das Überleben derer, die dir etwas bedeuten? War es das? Ich sollte darüber nachdenken, es so zu machen wie die Ärzte und Psychiater in deiner Welt. Eigentlich sollte ich dir meine wertvolle Zeit in Rechnung stellen. Ich glaube, dir ist gar nicht klar, welch eine Gnade es ist, mit dem Herrscher des Wiedenfließes persönlich sprechen zu dürfen.»

Hiob gähnte, daß man alle seine Plomben sehen konnte. «Du solltest dann auch unbedingt darüber nachdenken, Autogrammstunden in Kaufhäusern zu geben.»

«Glücklicherweise», fuhr NuNdUuN ungehalten fort, «habe ich mir so etwas Ähnliches ja schon gedacht. Daß nichts Bedeutendes herauskommen würde, bei diesem Gespräch, meine ich.»

«Bedeutendes wie was zum Beispiel?»

«Wie zum Beispiel deine Erklärung, das Spiel als verloren zu betrachten.»

«Oh, Mann.» Hiob konnte nur den Kopf schütteln.

«Tja, das ist schade, da kann man nichts machen. Umso schlimmer wird alles enden. Aber wie gesagt: Ich ahnte das ja schon. Deshalb habe ich dir ein neues Prognosticon mitgebracht. Eines, daß dich endlich einmal wieder aus Berlin rausführt, damit deine neue Haut ein wenig Farbe abbekommt.»

«Wie du für mich sorgst ...»

«Es geht nach Sardinien. Schon einmal dortgewesen?»

«Wozu?»

NuNdUuN lächelte kulant über Hiobs Patzigkeit hinweg. «In Portovesme, an der Südwestküste, ertrinken in diesen Augenblicken sechs Menschen, mehr oder weniger gleichzeitig. Einer von ihnen, der Kräftigste, wehrt sich noch, er kämpft. Das ist sehr imposant. Mit deinen neuen – wie könnte man das nennen – *Geldbeschaffungstaktiken* dürfte es dir kein Problem sein, bis morgen dort zu sein. Das Unglück wird dann Tagesgespräch sein, es ist das erste Mal, daß an einer italienischen Küste sechs Menschen gleichzeitig sterben. Du wirst keinerlei Probleme haben zu erfahren, was sich genau abgespielt hat, und wo. Ah, jetzt ist es zu Ende. Abwärts geht der Leib, die Augen groß, und aufwärts steigen tausend Bläschen, letzter Lebenshauch.»

Die Augen des Wiedenfürsten leuchteten in indirektem Licht. Hiob betrachtete ihn voller Abscheu.

«Was ... was soll ich denn da tun? Was ist das Prognosticon?»

NuNdUuNs unterirdische Augen erloschen. Er fokussierte seinen Blick wieder auf seinen Gesprächspartner. «Du wirst wissen, was du zu tun hast, sobald du erfahren hast, was genau passiert ist.»

«Ich kann kein Italienisch und erst recht keinen sardischen Slang!»

«Du kommst überall mit Englisch durch, mach dir nun darum keine Sorgen. Sorge dich, wenn du unbedingt willst, lieber um das Prognosticon. Es ist ein schönes, es ist wahr, hat Größe. Es taugt dazu, Seelen zu brechen. Und Männer, die ihre Seele dem Teufel verkauft haben, wie du.»

«Ich *habe* meine Seele noch», trotzte Hiob kindisch. «Du hast keine.»

«Ich *bin* Seele», lächelte NuNdUuN. «Oder ist dir schon wieder entfallen, mit wem du dich hier unterhältst? Also, was ist nun? Nimmst du das Prognosticon an?»

«Hab ich denn eine Wahl?»

«Selbstverständlich hast du eine Wahl. Du hast immer eine Wahl. Wenn du ein Prognosticon ablehnst, bekommst du eben ein anderes, und dasjenige, das du abgelehnt hast, findet vielleicht niemals statt. Im Grunde genommen ist es also immer nur deine Einverständniserklärung, die das Böse in die Welt bringt. Ein Spieler ist ein ziemlich skrupelloser Hund.»

«Ja. Und du wäschst deine Hände in Unschuld. In der Unschuld kleiner Mädchen.»

«Jeder tut, was er kann. Also akzeptierst du?»

«Den Tag, an dem ich kneife, wirst du nicht erleben.»

«Gut. Sehr gut.» NuNdUuN erhob sich. «Vergiß nie, daß ich dir eine Wahl ließ. Jetzt lasse ich dich allein. Du hast Planungen zu tätigen, Besorgungen zu leisten. Fühle dich frei, mich jederzeit zu kontaktieren, wenn alles dir zu viel geworden ist.» Er winkte lässig und schlenderte davon. Keine eitlen Kunststückchen, wie zum Beispiel die Wasserfontänen höher zu treiben, wenn er an ihnen vorbeiging. Nichts dergleichen. Der Teufel ging einfach so davon, und die alten Frauen steckten ihre ondulierten Köpfe wieder zusammen und tuschelten über ihn wie über irgendeinen, der vom Aussehen her sicher das Zeug dazu hatte, als Prominenter in ihren Boulevardgazetten eine Hauptrolle zu spielen, bislang dort aber noch nicht aufgetaucht war.

Hiob war ganz übel. Er hatte den Geschmack von verdorbenem Schinken im Mund und das Gefühl, gerade eben sechs Menschen beim Ertrinken zugesehen zu haben. Er war so abgelenkt und fasziniert gewesen, daß er ganz vergessen hatte, irgend etwas zu unternehmen, um sie zu retten.

Hiob stellte die Elemente auf die Probe, um nach Sardinien zu gelangen. Luft, Wasser und das Land.

Zuerst flog er nach Rom, was kaum zwei Stunden dauerte. Von dort aus hatte er die Wahl, mit einer klapprigen Charter direkt rüber nach Sardinien, nach Cagliari, zu fliegen, oder mit einer noch klapprigeren Charter nach Napoli runterzustürzen und von dort aus eine Fähre zu nehmen. Er entschied sich für letzteres, weil die Menschen, deretwegen er reiste, ja ertrunken waren, und es deshalb nicht schaden konnte, sich mit dem Tyrrhenischen Meer vertraut zu machen.

Die Ewige Stadt war beeindruckend, trotzdem das Wetter naßforsch und für fortgeschrittenen Frühling unverhältnismäßig kühl war. Hiob, der nicht viel eingepackt hatte, in seinem verschlissenen Greenpeace-Seesack nur ein paar Ersatzkleidungsstücke spazierentrug, schlenderte zwei Stunden omnibushoppend über antik-wuchtige Plazas und durch von Satelliten-Empfangsanlagen überwucherte Hügelgassen, um Zeit bis zum weiterführenden Charterflug totzukriegen. Mit ihrem sich türmenden Unrat, dem gnadenlosen Abblättern altehrwürdiger Schönheit und der unglaublich schlechten, abgasverfärbten Luft übte Rom eine morbide Faszination aus, die den Spieler sofort in ihren Bann zog. Rom war wie eine siebzigjährige Domina, die ihre schlechtsitzende und faltenwerfende Lederkorsage mit so etwas wie hochaufgerichtetem Stolz trug. Von hier aus war einst die bekannte Welt beherrscht, geknechtet und zwangsvergrößert worden, und dieses ‹einst› war kosmologisch gesehen – in NuNdUuN-Maßstäben also – noch gar nicht so lange her. Es war nicht schwer hochzurechnen, daß das einzige noch verbliebene Weltreich der Gegenwart, die USA, in den kommenden Jahrzehnten einen entsprechenden Verfall durchleben würde. Einen ganz kurzen Blick durch eine gewundene Gasse konnte Hiob erhaschen auf das großartige Colosseum. Hier, nur hier, *war* auf dieser Welt der angemessene Schauplatz für ein entscheidendes Duell mit NuNdUuN. Hier sah Hiob sich streiten und bluten und triumphieren, und der Jubel Zehntausender galt ungeteilt ihm.

Während des Fluges nach Neapel fing es an zu regnen und hörte danach nicht mehr auf. Neapel, im Schatten des heute Regenwolken speienden Vesuv, war weniger wuchtig, martialisch als Rom, wirkte eher wie eine halb von einem Erdbeben aufgeworfene Plattenbautenkolonie. Hiob erfuhr hier, daß er großes Glück hatte, daß die *Sardinia Ferries* sich ausnahmsweise mal nicht im Streik befanden. Er buchte sich radebrechend durch und fand sich schon bald unter Deck einer schlingernden Fernfähre wieder. Das Tyrrhenische Meer schien zu kochen, von oben und unten fielen die Wasser zusammen, Hiob lächelte über den Gedanken, daß er wegen unbekannter Ersoffener ersaufen würde, wenn der Seelenverkäufer hier umschlug. Kurz darauf übergab er sich laut röhrend in ein krustiges Zinnwaschbecken.

Lange genug dauerte die Überfahrt, daß Hiob sich an seine Seekrankheit gewöhnen, sich dann mit ihr anfreunden und schließlich sogar auf sie gestützt und an sie gelehnt mit ihr auf Deck herumpromenieren konnte, nachdem der Wellengang wieder ein paar Grade abgeflaut war. Aus halbgeschlossenen Augen starrte er über die Reling auf die vorbeistrudelnden dunklen Wasser hinab und ließ astrales Senkblei in die Tiefe loten. Das Meer war indifferent, unendlich, unsterblich. Es erwartete ihn nicht, noch versuchte es, ihn zu vertreiben. Es erinnerte sich auch nicht an die, die gestorben waren, an niemanden. Es war das Meer, und es war schon hiergewesen, bevor es ein Land gab, das von Menschen träumte, und dann Menschen, die von NuNdUuN träumten.

Die Fähre legte schließlich an einem sehr, sehr späten Abend im Golf von Cagliari an, und Hiob betrat sardische Erde, den Seesack über der Schulter, das Haar von Salzen verklebt. Wie eine Figur aus einem Abenteuerroman von Joseph Conrad kam er sich vor. Den Einheimischen erschien er eher als teutonischer Tourist.

Nach Portovesme ging es von hier aus in absehbarer Zeit nur noch über Land weiter, mit einem Linienbus, und für den war es heute schon zu spät. Also quartierte sich Hiob für eine Nacht in einer urigen Herberge ein, schlang eine Portion grüner Rigatoni herunter und lag nachts auf dem quietschenden Federbett wach und lauschte dem steten Rauschen des Regens. Er versuchte, sich in die Atmosphäre des Landes einzufühlen, hatte aber Schwierigkeiten. Er war noch nie ein begeisterter Tourist gewesen, hatte eigentlich noch nie so etwas wie Fernweh verspürt. Wahrscheinlich lag das daran, daß sein Alltag aufregend genug war, um ein Gefühl wie den die-Decke-fällt-mir-auf-den-Kopf-Frust nie zuzulassen. Hiob war überzeugt, daß das *Verreisen*, das *Urlaubmachen*, das in den wohlhabenden Ländern der ersten Welt in völliger Verkennung der globalen Gesamtsituation als Selbstverständlichkeit, als Grundrecht betrachtet wurde, im Grunde genommen nur einer niederschmetternden inneren Perspektivlosigkeit entsprang. Immer, wenn die satten Weißen der Erkenntnis allzu nahe kamen, daß sie überhaupt keine Rolle spielten in irgendwas, machten sie entweder eine schöne Reise oder kauften sich ein noch schnelleres Auto. Tapeten wurden gewechselt, wo ein Niederreißen von Fundamenten vonnöten gewesen wäre. Hiob dagegen verreiste nie zum Spaß. Dazu wußte er viel zu genau, wer er war und wohin er wollte, und daß er all dies nur in sich selber finden konnte, nicht auf irgendeinem Fleck der Landkarte. Wenn Hiob reiste, dann, um zu arbeiten. Er war ein Dienst-, ein Handelsreisender des Schreckens.

Die schwarzgekleidete Wirtin weckte ihn, damit er den Omnibus noch rechtzeitig erwischen konnte. Er mußte schließlich doch eingeschlafen sein. Katzenwäsche, Frühstück aus amerikanischen Cornflakes und sardischer Milch. Es regnete noch immer, und Hiob kam klatschnaß an der Bushaltestelle an und bezahlte sein Ticket.

Die Fahrt zog sich hin. Bleigrau und genauso schwer lag der Himmel über dem anonsten recht malerischen Land und schüttete endloses Wasser über die Hügel hin, nicht mit der Gewalt eines Wolkenbruches, eher mit der stumpfen Resignation eines Fließbandarbeiters. Die Hügel sahen merkwürdig aus, als wären sie gerade eben erst aufgestanden und hätten noch Mundgeruch. Einige von ihnen schienen sich an der Peripherie zwischen Himmel und Erde aufzulösen, zersetzt von der geduldigen Marter des Regens, ausgefranst von Seewind und der Härte der Felsen dahinter. Von den berühmten zyklopischen Steintürmen war von der Landstraße aus nichts zu sehen. Zurückgezogen hatten sie sich in die sehr dunkelgrünen Wälder, trollisch-knorrige Lebensformen mit den unwahrnehmbar langsamen Bewegungen der Ewigen.

Schließlich ruckelte Portovesme hangabwärts ins Bild. Im Hintergrund schlug wieder endloses Meer braun brodelnd über längst verstorbenen Korallenwäldern zusammen. Die Küste sah hier so zerklüftet aus, als könnte man sich beim Klettern an den Felsgraten glatt Finger abschneiden. Portovesme selbst war eine mittelgroße, farblose Erscheinung, irgendwie hängengeblieben in der Entwicklung vom Dorf zum Städtchen. Ein paar Werbeschildchen und schüchterne Neons ließen darauf schließen, daß der Tourismus auch diesen Ort zwar flüchtig gesprenkelt, aber niemals wirklich vereinnahmt hatte. Hiob war der einzige, der hier ausstieg. Die Innenstadt wirkte wie ausgestorben, der Regen verwehte im Leeren. Ein Blick auf die früher wohl mal rosarot gewesene Kirchturmuhr gab Hiob Aufschluß darüber, daß der Tod der sechs Menschen noch keine vierundzwanzig Stunden her war. NuNdUuN hatte ein Tagesgespräch prophezeit, das Unglück mußte also bereits bekannt geworden sein. Wahrscheinlich war dies der Grund für die Abwesenheit allen Lebens hier.

Hiob tappte erst mal – so gut es ging die Regendeckung von Balkonen, Steinbögen und Arkaden ausnutzend – in den labyrinthischen Windungen Portovesmes herum und wandte sich dann abwärts Richtung Meer, zum kleinen, beschaulichen Hafen. Auch dieser lag wie ausgestorben da, verschleiert und gleichzeitig aufgewühlt vom monotonen Prasseln der allgegenwärtigen Tropfen. Hiob fing gerade an, sich Sorgen zu machen, ob der Stadt vielleicht noch etwas sehr viel Entsetzlicheres zugestoßen sein könnte als nur das Ertrinken einiger Bürger, ob hier vielleicht eine Art Neutronenbombe hochgegangen sein könnte, die zwar alle Bauwerke unbeschadet stehenließ, aber alles Lebendige verdampfte – als ein paar Leute in dunkler Regenkleidung über ein paar Klippen linkerhand des Hafenbeckens geschlurft kamen. Sie alle sahen müde aus und alt, auch die jungen unter ihnen. Zwei Handvoll Menschen, die so lange im Regen zugebracht hatten, daß ihre Gesichter aussahen, als würden sie durch Kiemen atmen.

Hiob ging ihnen entgegen und erkundigte sich mit englischen Wortfetzen nach dem Verbleib der Stadtbevölkerung, er sei ein Tourist, gerade vorhin mit dem Bus angekommen, und könne hier nicht mal jemanden finden, der ihm ein Zimmer vermieten könne und so weiter. Die Leute erklärten ihm mit erschlaffter Geduld, daß schon noch Leute in der Stadt waren, aber die hatten sich wohl alle verbarrikadiert und beteten zur Heiligen Jungfrau und weinten, denn großes Unglück sei dem Ort widerfahren, das größte denkbare Unglück von allen, und er – der Reisende – hätte sich den schlechtestmöglichen Zeitpunkt ausgesucht, um gerade hier Urlaub machen zu wollen, aber das sei natürlich nicht seine Schuld. Seltsamerweise gelang es Hiob nicht, aus den im Vorüberwanken begriffenen Einheimischen herauszukriegen, was denn nun *genau* passiert sei, aber sie bezeichneten ihm mit schweren Gesten einen ganz bestimmten Weg in die Klippen, und dort werde er alles erfahren können, was er wissen wolle. Hiob bedankte sich respektvoll und begab sich auf genau diesen Weg. Die Bezeichnung *Das größte denkbare Unglück von allen* machte ihm zu schaffen, und er begann zu schwitzen, obwohl die Himmelswasser, die ihn wie einen Schwamm vollsogen, alles andere als warm waren. NuNdUuN hatte ihn hämisch gewarnt. Natürlich würde dieses Prognosticon ihm wehtun, dafür hatte der Lichtbringer schon gesorgt. Dunkle Ahnungen umwölkten Hiobs Stirn, und sie bestätigten sich alle.

Der Weg durch die Klippen war rutschig und trügerisch. Mehrmals glitt Hiob mit seinen für solche Wanderungen doch etwas ungeeigneten Basketballsneakers beinahe aus. Über ihm entluden sich meteorologische Friktionen in einem feinen Gespinst von Blitzen, das wie ein Haarnetz oder eine glühende Drahtkrone über den Felsformationen schwebte. Regenbeschwerte Möwen flatterten wie Fledermäuse umher, richtungslos, aufgeschreckt, beschattet von Lichtverhältnissen, die einer späten Abenddämmerung angemessener waren als mittäglichem Zenit. Satt tönender Donner rollte über der See, bassig sich in verschiedenen Varianten verschachtelnd, hier und dort neu aufbrechend, eine Explosion mit vielen Nebenherden. Ein Flächenbrand von unten, ein himmlisches Erdbeben.

Voraus die verschiedenfarbigen Blinklichter verschiedener Einsatzfahrzeuge. Carabiniere waren vor Ort, ein Ambulanzteam, die Feuerwehr ebenfalls, und noch ein grünfarbener Volkswagenbus wahrscheinlich eines Wasserwerks. Das unterschiedlich getaktete Geblinke machte den Eindruck einer ganz besonders häßlichen Provinzdiskothek und spiegelte sich vielgebrochen in all den Tausenden von Wasserlachen ringsum. Hinten auf den ins Meer hineinragenden Klippen und geradezu, dort, wo die Felsen in immer sanfter verlaufendem Abwärtsschwung in einen pechschwarzen kleinen Strand übergingen, verteilte sich eine Menschenmenge aus vielleicht insgesamt vierhundert Personen, bewehrt mit Regenschirmen, Öljacken und dicken durchtränkten Pullovern. Linkerhand wurden die Felsen in mehreren hundert Schritt Entfernung von einer rußigen Fabriksilhouette überragt, die in ihrer trostlosen Trutzigkeit ein wenig an ein unheilkündendes Karpatenschloß erinnerte. Immer noch linkerhand, aber näher am Strand, bohrte sich ein ebenso düsterer Damm nach hinten ins Meer. Dieser Damm wimmelte ebenfalls von Menschen, aber Zivilisten waren nicht darunter. Mit Plastikfahnen und Hindernislaufhürden war der Damm abgesperrt worden und wurde jetzt ausschließlich von Offiziellen bevölkert. Taucher waren unterhalb von notdürftig zusammengeschusterten Metallgerüsten dabei, die brodelnde See abzusuchen. Scheinwerfer scheiterten um sie herum an der Dunkelheit des Wassers. Polizisten, Feuerwehrleute und weißgekleidete Notärzte standen durcheinandergemischt nebeneinander und starrten mit traurigen Augen vom Damm hinab ins Wasser. Sechs Bahren waren bereitgestellt, aber alle sechs waren leer. Der Himmel wetterleuchtete mit zunehmender Wut, und die Menschen auf den Klippen, die weniger wie schaulustige Gaffer als vielmehr wie Anteilnehmende aussahen, die um ein offenes Grab herumgruppiert sind, zuckten in sich zusammen und machten sich kleiner, um der Aufmerksamkeit der Gewalten zu entgehen.

Hiob hatte es längst aufgegeben, sich gegen den Regen schützen zu wollen. Er mischte sich unten am kohleschwarzen Kieselstrand in eine größere Gruppe von Durchnäßten, denen die Haare fransig in die Stirn geklatscht waren. Einigen von ihnen schien es noch nicht mal naß genug zu sein; sie weinten leise vor sich hin. Tatsächlich trug der aufböende Wind nicht nur Meersalz mit sich. Da war noch mehr, noch tiefer Empfundenes. Wie eine Garotte legte es sich langsam um Hiobs Kehle. Der Berliner starrte mit den Portovesmern zusammen auf die Stelle am Damm, wo die Polizeitaucher sich mit resignierter Zeichensprache gegenseitig die Sinnlosigkeit ihres Trachtens bestätigten, wo orangefarbene Seile und auch Pumpschläuche abwärts ins Wasser liefen und Werkzeuge von ratloser Hand zu ratloser Hand gereicht wurden. Da Hiob Teil wurde der Düsternis des Gesamtszenarios, gab es niemanden, dem er als Fremder auffiel. Er verharrte in Trauer und Fassungslosigkeit, genauso wie die Bewohner, und also war er einer von ihnen. Nach und nach fügte sich ihm aus vereinzelten Fragen, die er stellte, und vereinzelten Bemerkungen, deren Sinn er sich übersetzen konnte, das Gesamtbild dessen, was sich hier am kleinen schwarzen Strand von Portovesme ereignet hatte.

Am Vormittag des gestrigen Tages. Während Hiob Montag in einem Märchenpark mit dem Teufel Konversation pflegte.

Der Fabrikarbeiter Luciano Menaghi und seine Frau Spinella sind mit sechs ihrer sieben Kinder an ihren gewohnten Badeort gefahren: Der kleine schwarze Strand von Portovesme, in Sichtweite der Metallfabrikanlagen des staatlichen Konzerns ENSIL, in denen Luciano Menaghi als beaufsichtigender Schweißer arbeitet. Das Wasser hier ist sauber, sauberer jedenfalls als bei den helleren Stränden auf der anderen Seite des Hafens, wo andere Fabriken ihre Einleitungen ins Meer lassen und man sich bösen Ausschlag holen kann oder man beim Tauchen unversehens in die toten Augen deformierter Fische starrt. Hier, am kleinen schwarzen Strand, gibt es keine Einleitungen. Es gibt zwar unter der Wasseroberfläche liegend ein Rohr in der Mitte des dunklen Dammes, aber aus diesem Rohr kommt nichts heraus, durch dieses Rohr saugt der Konzern ENSIL Kühlwasser für seine heißen Metallverarbeitungsgefäße. Offiziell ist das Baden hier verboten. Die Saugwirkung des Rohres ist nicht ungefährlich, deshalb stehen hier auch überall Verbotsschilder. Früher gab es hier sogar einmal eine Korkenschnur, die den gefährlichen Bereich deutlich sichtbar abgrenzte, aber beim letzten Hochwasser vor acht Monaten ist diese Schnur, zerrissen und bislang hat sich noch niemand so richtig zuständig gefühlt, sie wieder zu ersetzen. Wie gesagt: Offiziell ist ohnehin das Baden hier verboten, das kann jeder sehen, der lesen kann. Aber die Kommune toleriert seit Jahren, daß die Arbeiterfamilien hier an warmen Tagen ihr Vergnügen haben. Von der Fabrik aus kann man den schwarzen Strand sehen; besonders an den ganz heißen Sommertagen ist der Gedanke an ihn und sein beinahe klares Wasser das einzige, was die schutzvermummten Arbeiter, die mit glühenden, geschmolzenen Erzen hantieren, überleben läßt. Es wäre unnötig grausam, den Strand ganz zu schließen. Darin sind sich alle einig.

Da das Wasser hier so sauber ist, kann man sogar auf gesunde Fische hoffen. Luciano Menaghi hat also seine Angel mit, eigentlich weniger, um wirklich etwas zu fangen, als vielmehr des Angelns wegen. So ein beruhigender Zeitvertreib, nach all der Hektik von Arbeit, Frau und Kindern.

Während Vater Menaghi also fischt, Mutter Menaghi auf die kleineren Kinder aufpaßt, geht die älteste Tochter Stefania schwimmen. Stefania ist gerade 15 geworden. Sie hat einen Freund, der zwei Jahre älter ist, und wie jedem Mädchen in ihrem Alter ist es ihr sehr ernst mit ihm. Sein Name ist Vittorio, und sie wünscht sich, er wäre jetzt hier und könnte mit ihr schwimmen und sehen, wie fraulich sie in ihrem neuen Bikini schon aussieht. Ihr Vater hat ihr tausendmal erklärt, nicht zu nahe an den Damm heranzuschwimmen, aber das ist jetzt irgendwie wie alles, was einem tausendmal eingeschärft wird. Man hört nicht mehr richtig hin, man achtet nicht mehr darauf, als würden die Ermahnungen schon Schutz genug sein, ein auswendig aufgesagtes Mantra, das alles Übel bannen kann. Oder als würden die Ermahnungen sich gegenseitig aufheben und nichts übriglassen als die vage Empfindung, daß eigentlich nur Selbstverständliches geäußert wurde. Nichts, worüber man sich andauernd – und besonders nicht gerade jetzt – Gedanken machen muß.

Auftritt Taddeo Serrano. Er ist ein junger Mann von 21 Jahren, nicht häßlich, aber er versteht es nicht, sich so anzuziehen oder so zu frisieren, daß er auf Mädchen Eindruck machen könnte. Er ist ein bißchen einfach im Geiste, aber ein gutmütiger Kerl. Er sitzt gerne ganz vorne auf dem Damm und sieht der Sonne beim Tanzen auf den Wellen zu. So auch heute. Er sitzt sicher auf dem Damm, die Füße noch einen guten Schritt hoch über der Wasseroberfläche baumelnd. Rätselhaft zieht das Meer ihn immer wieder an, an diesen am weitesten vorragenden Punkt von ganz Portovesme, aber Taddeo will es immer nur ansehen, es riechen, möglichst niemals es berühren. Taddeo Serrano kann nämlich nicht schwimmen. Seine Mutter hat ihm verboten, auf den Damm zu gehen, aber so ist das halt mit tausendfach wiederholten Ermahnungen. Er liebt diese Stelle hier so sehr, sicher oberhalb des Wassers, das dumpfe Brummen und ab und zu das Zischen der Fabrik ist hier gut zu hören, das rhythmische Schlagen der Wellen gegen den Damm, das Schreien von Seevögeln.

Das Schreien von Seevögeln.

Das Schreien von Seevögeln.

Aber das da – das da jetzt – das ist doch kein Seevogel?! Jemand schreit doch da, ein Kind, ein Mädchen!

Taddeo Serrano springt auf und läuft auf dem Damm nach

hinten, dem Land entgegen, bis er Stefania sehen kann. Sie stirbt, sie hat schon Wasser in den Lungenflügeln und oben in der Stirnhöhle, aber sie kämpft noch. Der Sog des Kühlwasserrohres spielt mit ihren Fesseln, wie eine Katze mit einer Maus spielt. Ein Patschen, ein leichter trügerischer Stoß, dann wieder ein Ziehen. Ein Einschlagen der Krallen, ein Reißen. Stefania gurgelt und blubbert und schlägt um sich und schreit mit der ganz hohen, verwundbaren Stimme eines Seevogels. Und Taddeo Serrano kann nicht schwimmen. Er steht über ihr und sieht ihr beim Sterben zu, und sein Schatten fällt auf sie, doch sie kann ihn nicht greifen. Taddeo weint und fängt nun selber an zu schreien. Er ruft um Hilfe, führt einen verzweifelten Veitstanz auf, den nur die eine, die Sterbende, sehen kann. Stefania und Taddeo. Sie sind sich vorher noch niemals begegnet, aber in diesen kostbaren Momenten sind sie so sehr eins wie die innigst Liebenden auf Erden. Sie zappelt und er winkt.

Hilfe kommt. Man erhört ihrer beider panisches Schreien. Doch was für Hilfe ist das? Was – bei der Heiligen Jungfrau – was für Hilfe soll das sein?

Kinder kommen angerannt! Stefanias kleine Schwester Cinzia (8), ihr kleiner Bruder Aldo (6) und der elfjährige Spielkamerad der Kinder, Curzio Salda – der mit den Menaghis zum Schwimmen mitfahren durfte, weil seine Eltern froh waren, für ein paar wertvolle Stunden mit sich alleine sein zu können – kommen gelaufen und springen ins Wasser. Dann kommen endlich auch die Eltern an, die Eltern Menaghi, Luciano und Spinella, sie winken und rufen, sie geben Anweisungen, auch Taddeo Serrano geben sie Anweisungen, aber der kann da nur stehen und taumeln, denn er kann ja nicht schwimmen. Die Eltern sehen, daß alles nichts nützt, und hechten sich in die Fluten. Ihre eigenen Kinder und der Spielkamerad Curzio sind nicht nur eine wirre Ansammlung zuckender Ärmchen und Beinchen und von Kinderstimmen, die zu erschrocken sind zum Weinen. Stefania wird jetzt endgültig in die Tiefe gerissen. Ihr schönes langes Haar umweht sie wie sehr filigrane Algen. Aus dem Mund entläßt sie eine lange Kette verschieden großer Silberperlen, letzter Seufzer, letzter Gruß. Ihr Vater taucht ihr brüllend nach und beginnt zu kämpfen. Die anderen Kinder hängen sich an der Hals der röchelnden Mutter und ziehen sie mit sich hinab in ihrer aller Grab. Taddeo Serrano starrt aus wie wahnsinnig schmerzenden Augen hinab auf die Wasseroberfläche, die sich über den Haarschöpfen schließt. Sein eigenes Haar wird von seinen mahlenden Fingern durchzerrt. Dort unten, unter Schichten aus flüssigem Glas, kann er das sinnlose Wüten des Vaters erkennen, der ohne jede Chance versucht, seine geliebte Tochter dem maschinellen Sog zu entreißen, und der dabei gar nicht merkt, wie hinter ihm seine Frau in die Tiefe schwebt, behängt wie ein Christbaum mit toten Kindern, gravitätisch und langsam, eine bleiche, erkaltende Ballerina. Schließlich gibt auch der Vater nach. Ruhe kehrt ein dort drunten. Körper drehen sich langsam, in schattiger Schwerelosigkeit, in die Öffnung des Rohres hinein und machen es sich bequem in ihrem neuen Heim. Niemand taucht niemals mehr auf. Taddeo Serrano schreit jetzt, ein lang hingezogenes Heulen, fast wie eine Sirene, das man in der Fabrik hören kann und auch unten am Hafen. Selbst in der Stadt, auf dem Markt, kann man den schrecklichen Laut vernehmen, denn Taddeo überschreit selbst das Meer, selbst den Wind. Die Seevögel sind schon lange verstummt und verbergen ihre Schnäbel unter ihren angelegten Flügeln.

Taddeo läuft, er rennt. Barfüßig über schmerzhaftes Gestein, ein merkwürdiger Lauf wie über glühende Kohlen. Er erreicht den Hafen und fängt an, wild deutend und zappelnd auf die Leute dort einzureden, um sie zu Hilfe zu holen. Aber er vergißt die Konsonanten. Seine Worte sind langgezogenes Gelalle, wie das eines Babys, das noch keine Sprache kennt. Schließlich zerrt er die ersten Passanten mit. Hektik verbreitet sich wie Fleckfieber. Unheil spricht sich in verschiedenen Tonarten herum. Mehrere erreichen den Damm. Keiner traut sich in die trügerisch ruhigen Wasser, so richtig hat immer noch keiner verstanden, was Taddeo ihnen eigentlich sagen will. Man organisiert ein altes Seil, das nach Muscheln riecht. Einer wird zu Wasser gelassen, auch er von den unsichtbaren, unter der Oberfläche mahlenden Strudeln erfaßt, kann sich festhalten, wird nur mit Mühe geborgen. Abergläubische Furcht entsteht, wächst, deformiert sich zu Gebeten. Dann findet man die drei Waisen. Unten, am schwarzen Strand, nahe dem verlassenen Auto. Sie spielen stumm mit hellbunten Plastikfiguren auf dem dunkel konturierten Untergrund, von ihrer Mutter verlassen, wie nur kurz, um eine wichtige Besorgung zu machen, aber doch für immer. Sie passen aufeinander auf, die einzigen Kinder in einer karstigen Welt. Man erkennt die drei Kleinen. Man begreift, daß andere hier fehlen, weggerissen worden sind vom Unfaßbaren. Man beginnt mit der herzlichen Trauer Sardiniens.

Langsam findet sich eine Gemeinde ein. Taddeo Serrano hat begonnen zu zucken wie ein Epileptiker, einmal bäumt er sich sogar auf und will sich der Meeresoberfläche entgegenstürzen, er, der nie das Schwimmen lernte. Aber man hält ihn, man wiegt ihn. Ein Krankentransport bringt ihn in Sicherheit. Man kümmert sich auch um die Kinder. Zu Hause, von den Großeltern behütet, schläft ja sogar noch das siebte, allerjüngste Kind der Menaghis einen nach Apfelbrei duftenden Schlaf. Bittersalzige Tränen wecken es auf. Die Eltern von Curzio Salda sind verständigt worden, sind sich zuerst in einem Anfall wilder Hoffnung gar nicht sicher, ob ihr kleiner Junge wirklich zusammen mit den Menaghis zum Strand gefahren ist, aber so langsam schiebt sich unaufhaltsam der Schmerz in ihr Leben. Metallstangen, Leitern, Taue und Schläuche werden auf dem Damm zu grotesken Ausdrucksformen der Ratlosigkeit verbunden, um die Bergung von was auch immer zu unterstützen, doch alles ist vergeblich, läuft irgendwie immer ein paar Grade an der Machbarkeit vorbei. Zeit vergeht. Da sind jetzt die Eltern Salda und auch die drei noch lebenden Großeltern der Menaghi-Kinder und starren rotäugig hinab auf kleine, brechende Wellen. Irgendeiner kommt auf die großartige Idee, zur Fabrik zu gehen und die Ansauganlage auszustellen, bevor noch weitere Tauchversuche in Lebensgefahr geraten. Ein alter ölverschmierter Mann wird geweckt, er ist der Spezialist für diese Sachen. Oben, in der Fabrik, dreht er Stellräder herum, aber der alles entscheidende Hebel ist dermaßen durchgerostet, daß er splittrig bricht. Blut tropft auf den fleckigen Boden. Auch andere Versuche, irgendwelche Klappen und Ventile zu schließen, schlagen fehl, denn irgendwas hat sich dort unten in der Saugvorrichtung verklemmt, und jeder ahnt schaudernd, was. So vergehen dann fast vierundzwanzig Stunden, und nichts kann geborgen werden, nichts identifiziert, nichts abgedeckt, beweint und dann beerdigt. Der Himmel oben ist ein Spiegelbild des Meeres geworden und spuckt allen Menschen ins Gesicht. Heute schon, nur einen Tag später, wäre bei diesem Wetter niemand hierher zum Baden rausgefahren, und niemand hätte sterben müssen. Aber zu spät. Einer nach dem anderen von den Helfern und Bergern gibt auf und bringt sich vor dem Gewitter in Sicherheit. Jemand hat laut geäußert, daß mal bloß kein Blitz hier in die Metallstreben der Rettungsgerüste einschlagen soll. Das hat ein übriges bewirkt. Für die Portovesmer ist die Sache hier so wenig erledigt, als hätte sie noch nicht einmal begonnen, aber dem Zürnen der Elemente zu trotzen würde noch mehr Unglück über das Städtchen bringen. Da niemand hier vermag, sich noch mehr Unglück auch nur auszumalen, wagt es niemand, sich dem weiter auszusetzen.

Die Menge begann langsam, sich zu verlaufen. Verwaschene, vom Grauen gebeutelte Gestalten, die farblos ineinander schritten und sich in der Ferne verloren. Der Seehimmel irrlichterte jetzt, kurz tanzte dort ein hundertarmiger Leuchter aus schnellvergänglicher Helligkeit. Der anschließende Donner rollte heran und vorüber wie eine begnadigende Flutwelle. Die Polizeitaucher, die sich, gewichtbeschwert und seil- und- gestängestabilisiert bis zur Mündung des Rohres hinabgetastet hatten, wurden zurückgezogen und begannen, etwas über im Scheinwerferlicht tanzende Schatten, die Leichen sein könnten, zu faseln. Man lud die orientierunglos mit ihren Flossen herumtappenden Froschmänner über eine Rampe wie Rinder in einen Wagen und machte sich fürs erste davon. Unverrichteter Dinge. Das Ritual wurde vertagt, aber das Entsetzen wurde von allen mitgenommen wie ein aus der Tiefe geborgener Fluch.

Am Schluß war Hiob der letzte am Schauplatz. Er hatte sich auf einen der kantig zerrissenen Felsen gekauert und hielt dem immer fadenartiger werdenden Regen geduldig stand. Eine letzte Gruppe von Menschen stand noch auf dem Damm. Es waren die Eltern von Curzio Salda und diejenigen, die es übernommen hatten, sie zu betreuen. Die Eltern wollten bleiben, wollten sich fortspülen lassen von Flut und Wolkenbruch, sich wegblitzen lassen wie die Bewohner Hiroshimas, von denen nur fassungslose Schatten geblieben waren, sich davondonnern lassen ins große taube Nichts, wo solche Schmerzen keine Rolle mehr spielten. Hiob konnte etwas herüberwehen spüren von dieser Gruppe, etwas, das so in etwa besagte, um wieviel besser es gewesen wäre, wenn der arme Curzio von einem Kinderschänder vergewaltigt und geschlachtet worden wäre. Man hätte dann wenigstens einen Schuldigen gehabt, eine Richtung, in die Haß und Rache projiziert werden konnten. Aber das Meer war so indifferent, so unpersönlich, unangreifbar. Es hatte keine Lust, keine Wut, und es verlor niemals die Kontrolle über sich. Es war niemandes Freund und niemandes Feind. Und es hatte sich einfach so dafür entschieden, Curzios Leben und das der anderen wegzunehmen, und es brauchte sich nicht einmal dafür zu rechtfertigen. Hiob merkte, als er über diese verzweifelte Stimmung nachdachte, daß er es verhältnismäßig leicht hatte im Leben, verglichen mit dem Schicksal solcher Eltern. Für ihn hatten das Grauen und alle Ungerechtigkeit ein Gesicht und einen Namen. Er wußte genau, wohin er zu hassen hatte, und sein Feind reagierte sogar auf ihn, sprach mit ihm, bestätigte ihn dadurch. Hiob hatte schon im neunzehnten Jahr seines Lebens jemanden gefunden, dem er alle Schuld der Welt in die Schuhe schieben konnte. Vielleicht war das ja eine Vereinfachung der Wirklichkeit, aber dann wiederum war die Wirklichkeit auch so schon kompliziert genug.

Die Eltern wurden von der Bühne geführt. Sie waren zu schwach, zu dehydriert vom vielen Weinen, um sich noch lange gegen die Beschwichtigungen und das Drängen der Hilflosen wehren zu können. Das Gewitter tobte jetzt fast senkrecht über dem Schauplatz. Einzelne Blitze räkelten sich knatternd fast hinunter bis zur bebenden Meeresoberfläche. Eine Kommunikation fand statt zwischen den Elementen, die den Planeten schon geprägt hatten, als seine Kruste noch weich war wie die Fontanelle eines Neugeborenen. Die Lautstärke der unmittelbar den Leuchtspuren nachfolgenden Donner spottete jeder Beschreibung. Hiob erhob sich langsam und zog sich aus bis auf seine dunkelgrauen Boxershorts. Sorgfältig legte er seine Kleider, Schuhe und seinen Seesack in eine Felsnische, aus der sie wohl nicht fortgespült werden konnten. Naß war alles ohnehin, er wollte nur – mittelmäßiger Schwimmer, der er war – verhindern, daß das Gewicht der vollgesogenen Klamotten ihn manövrierunfähig auf den Grund zog. Schließlich sprang er. Für einen Moment sah es so aus, als würde er durch einen neonfarbenen Birkenwald aus zuckenden Blitzen fliegen, als er kopfüber die drei, vier Meter bis zur Wasseroberfläche hinunterschoß, Stabilität der Körperhaltung einzig durch die eigene Geschwindigkeit gewinnend. Dann schlug er ein ins kalte Dunkel. Augenblicklich wurde es leise, nur dumpfes Blubbern umschäumte ihn hier. Die Meeresstellen um diese Felsen herum waren bereits so tief, daß Hiob selbst beim Eintauchen den Grund nirgends finden konnte. Er tauchte auf in den Lärm, orientierte sich kurz und tauchte dann dicht unter der Oberfläche Richtung Damm. Durch den prasselnden Regen war die Wasseroberfläche irgendwie nicht ganz klar definiert. Oben war dort, wo man beinahe atmen konnte und wo der Körper zu schwer wurde, um noch weiter hochzukommen.

Noch bevor er den Damm ereichte, spürte und erkannte er den Sog. Hier war die Stelle. Hier hatte Stefania Menaghi die Rolle der Ophelia bekommen.

Wie mit Tang-Armen zerrte dunkel das Einatmen des Rohrs an Hiobs Beinen. Er holte tief Luft und stieß sich hinab und versuchte sich hinzugeben. Aber es war tintig hier unten und kalt, und die Donner der platzenden Atmosphäre klangen hier nur wie ein leichtes Beben oder wie das Knurren eines noch unentschlossenen Hundes. Hiob hatte keine Unterwasserlampe mit, deshalb konnte er fast überhaupt nichts sehen, obwohl seine Augen weit aufgerissen waren und die vertraute Salzigkeit des Wassers seine Augäpfel liebkoste. Der Sog schien ihn schmal zu machen, ihn wie einen Flaschengeist durch einen engen Amphorenhals zerren zu wollen. Der Sog faßte mit immer mehr und immer kälter werdenden Armen nach ihm, strich seine Brust herunter bis zum Bauch und die Innen- und Außenseiten seiner Schenkel entlang wie Zugluft. Während Hiob schmaler und schneller wurde und sich drehte, bis seine Füße voranflügelten und seine langen Haare wie ein Helmbusch hinter ihm herwehten, strudelten die sehr dunkelblauen oder äußerst tiefgrünen Gewässer gegenläufig um ihn ihm entgegen, verdoppelten dadurch scheinbar seine Beschleunigung, betonten eine Unausweichlichkeit, die im wahrsten Sinne des Wortes bestürzend war. Und plötzlich fehlte ihm alles: Atemluft, Licht, Bewegungsfreiheit. Lärm und vor allem Mut. Er konnte die dunkle Öffnung der Rohrmündung herannahen spüren wie den Saugmund eines riesigen kalten Aals, vielleicht einer Muräne, noch mit nadelscharfen Zähnen gezackt. Gekrümmt bog und streckte sich sein Leib wie der eines Fisches, dem ein eingeschlagener Angelhaken quer im zerfetzenden Maul reißt, oder der schon zwischen Steinen liegt und dessen Kiemen zuckend nichts mehr fassen können. Allein die Vorstellung, mit sich noch steigernder Geschwindigkeit hineingerissen zu werden in diese enge Röhre, in der fahle, aufgedunsene Kinderleichen im Takt der Ansaugstutzen obszöne Hüftbewegungen zelebrierten, ließ einen Schrei in Hiob aufsteigen, der sich in sauren Blasen aus seiner Nase zwängte. Nein. Er konnte, wollte da nicht rein. Nicht jetzt. Nicht zwischen totem nacktem Fleisch sich wiederfinden, gemeinsam hilflos gegenüber der mechanischen Gewalt des pressenden Zwangs, und dann die Panik, und niemals mehr Luft, nicht mehr rechtzeitig, hysterische Aushol-/Auskeilbewegungen sich versehentlich durch talgig aufgeweichte Haut bohrend, in Raserei Unschuldige verstümmelnd, wie ein Tierversuchstier eingepfercht in Druckkammer samt bereits vorher Krepierten, ihre Gesichter in der Lichtleere wie barocke Engel, die Augen fromm nach oben verdreht, Münder offen, Muschelfleisch bewegt sich unter Zungen, verrenkt abstehende Gliedmaßen überall, eiskalt, knochig, fransig an den Rändern, und dann hindurch durch den viel zu kleinen Pumpentrakt und hinein in die schwammige Fäulnis all dessen, was im Lauf der Jahre sich im Sog dort fing, von Rasternetzen aussortiert, gesiebt, zerschnitten. Das alles ging zu schnell, war zu unvorbereitet, ging jetzt nicht, ging überhaupt nicht so. Es mußte ein Zurück geben, mußte möglich sein, wenn man ein Mann war, der sich um niemand anderen kümmerte und der nicht mit eigenen Kindern belastet war.

Hiob warf sich herum und fing an zu strampeln, wehrte sich gegen die Zudringlichkeit des Rohres. Seine Lungen füllten sich langsam mit hellrot leuchtendem Schmerz, aber das war eher gut so, stachelte ihn an. Seine rechte Fußsohle schürfte über Beton

– die Mündung des Rohres, da war sie schon – stieß sich ab, versuchte, den ganzen Körper an der Dammwand entlang aufwärts zu stoßen, wo der Mahlstrom nicht ganz so viel Macht hatte wie im offenen Wasser. Für ein paar Momente fehlten Hiob Anhaltspunkte für oben und unten, aber geistesgegenwärtig stieß er reines Kohlendioxyd durch seinen Mund und folgte der bunten Kohlensäure.

Seine Waden krampften, wurden zu Stein, zu mafiösem Lächerlichkeitszement an seinen Beinen. Sein Hirn fühlte sich kalt an, als würde ihm das Meer durch die Ohren hineindrängen. Er bildete sich mangelnden Druckausgleich ein, die Problematik zu schnell aufsteigender Tieftaucher, Blasen im hellorangefarbenen Blut, detonierende Zahnplomben, all diese Greuelscherze. Die flechtenrutschige Wand entlang wie eine Klagemauer. Eine der Hände faßt irgendeinen Teil eines der metallischen Bergungsgerüste und zieht zitternd hoch. Prustend und japsend durchstößt Hiobs Kopf die Wasseroberfläche, nasse Haare legen sich wie ein tausendarmiger Seestern in allen Richtungen über seinen Kopf. Das Gewitter hat ihn wieder. Mittlerweile gehen auch Wellen, so hoch, daß es ihn wieder und wieder gegen den Damm schabt, die Brust jetzt in Höhe der vorher noch untersten Gerüststrebe. Blind hängt Hiob sich mit der Armbeuge ein und versucht, beim Verschnaufen nicht von jeder zweiten Welle Salzwasser in den Rachen geschaufelt zu kriegen.

Lange wird er hier nicht hängen bleiben können. Die Blitze sind immer noch bedrohlich nahe, und das Gerüst ist aus poliertem Metall. Die Sache mit dem elektrischen Stuhl damals war definitiv eine der scheußlichsten Empfindungen in Hiobs Laufbahn, und er verspürt überhaupt keinen Drang, sie in Variationen zu wiederholen.

Verdammte Panik. Verfluchter NuNdUuN.

Wie hatte der Teufel es ausgedrückt? *Es ist ein schönes Prognosticon, es ist wahr, hat Größe, es taugt dazu, Seelen zu brechen.* So exakt formuliert. Und die gehässigen Hinweise NuNdUuNs darauf, daß Hiob eine Wahl hatte, daß er sich das hier selbst eingebrockt hatte. Verdammtes Schwein NuNdUuN.

Natürlich war so was hier genau das richtige, um jemanden wie Hiob fertigzumachen. Zwei ertrunkene Mädchen, eines in genau dem Alter, für das Hiobs Beschützerinstinkt am ausgeprägtesten war, das andere erst acht Jahre alt. Dann die beiden Jungs, Hiob hatte zwar nicht allzuviel übrig für Jungs, aber da er sie nicht lebend gekannt hatte, nicht einschätzen konnte, wie frech und laut und dumm sie gewesen waren, war er bereit, ihnen kindliche Unschuld zuzugestehen. Und die Eltern. Sie waren gestorben, weil sie versucht hatten, die Kinder zu retten. Was ein Motiv war, das Hiob respektieren konnte. All dieses Mitgefühl schwächte ihn enorm. Am effektivsten konnte er immer an eine Aufgabe herangehen, wenn ihm die Betroffenen ziemlich am Arsch vorbeigingen. Das amerikanische Gefängnis war so was gewesen. Die Hunde von Berlin. Der serienkillende Samurai. Auch der träumende Türke, den er als Person vorher nie kennengelernt hatte. Schiefzulaufen begannen die Dinge immer dann, wenn jemand involviert war, der Hiobs Distanz erschütterte. Magdaleen zum Beispiel, in Hinterkaifeck. Oder Bernadette und Sonja, die Vampirellas. Oder Lagrima und Diana in Barranquilla. Oder die beiden Kinder mit ihrer Mutter in der Ruprechtsnacht. Man mußte wirklich kein großes Genie sein, um zu erkennen, daß es da einen gemeinsamen Nenner gab. Und NuNdUuN war kein Genie. Nur ein sehr, sehr altes, verschlagenes Tier.

Dabei war in diesem Fall verblüffend einfach, was Hiobs Aufgabe war. Mindestens eine der Leichen hatte sich da unten irgendwie verklemmt und machte ein Abschalten der Saugvorrichtung und damit eine Bergung unmöglich. Die Toten erwehrten sich ihrer Auffindung. Niemand sollte sie so sehen, alle sollten sie so in Erinnerung behalten, wie sie waren, als sie noch lachten.

Hiob brauchte einfach nur runterzugehen, sich zu ihnen zu gesellen und sie zu überzeugen. Wenn es sein mußte, indem er ihnen sämtliche Glieder brach, um sie geschmeidig zu machen.

Das Problem dabei war, daß Hiob das nicht überleben konnte. Beinahe zu spät war ihm das vorhin eingefallen. Die einsetzende Urangst hatte ihm einen Tritt verpaßt, der ihn wachrüttelte.

Zu stark war der Sog, zu tief und zu lang das Rohr. Hiob war ja kein Muscheltaucher und konnte seine Luft nicht minutenlang anhalten. An einem Bartresen vielleicht, um eine gestoppuhrte Wette zu gewinnen, aber nicht unter Wasser und nicht in hektischer Bewegung begriffen und nicht mit der Furcht, die einfach untrennbar mit diesem Rohr verbunden war.

Es gab also nur zwei Möglichkeiten für Hiob, in den Schlund und wieder zurückzukommen. Erstens: Er besorgte sich hier irgendwo vor Ort eine Taucherausrüstung samt Preßluftflaschen, aber das war einfach lächerlich. Hiob konnte mit so was gar nicht umgehen. Wahrscheinlich würde schon das Anlegen von Neopren, Gurten und Mundstück ihn irgendwie verstümmeln. Außerdem hatte er keine Zeit, die Stadt abzuklappern und einen astreinen Klau nicht gerade handlicher Gegenstände durchzuziehen. Er mußte die Chance nutzen, die das Gewitter ihm bot, vom Volk ungestört hier seinem dunklen Handwerk nachzugehen. Wenn erst mal die Gaffer und Traurer und Helfer wieder auftauchten, kam er nirgendwo mehr ran, ohne von Dutzenden von johlenden Händen in dieselbe Irrenanstalt verfrachtet zu werden, in der jetzt wohl auch Taddeo Serrano in eine Zwangsjacke sabberte.

Nein, es blieb nur zweitens. Und zweitens war: Er mußte über sein natürliches Lungenvolumen hinaus dort unten unter Wasser bleiben und den unweigerlich eintretenden Tod mit Hilfe von magischer Energie so lange ablenken und beschäftigen, bis der Job getan war und er lebend wieder die Oberfläche durchstoßen konnte.

Bisher hatte Hiob noch nie bewußt versucht, sein astrales Sicherungsnetz voll auszutesten, bis zum Tod und darüber hinaus. Er war zwar vor relativ kurzer Zeit beinahe draufgegangen, als NuNdUuNs Viruskrankheit ihn körperlich und seelisch zerfressen hatte; da hatte er sogar für Momente den Eindruck gehabt, daß seine Seele sich klebrig vom Körper löste, der Augenblick des Todes also schon hinter ihm gelegen hatte. Aber das war ein Unfall gewesen, ein Schock, nichts, was von ihm willentlich herbeigeführt worden war. Diesmal, jetzt sich dem Sog zu überantworten würde bedeuten, mit geschlossenen Augen von der Brücke zu springen und einem Bungeeseil zu vertrauen, auf dem Made in Wiedenfließ stand. Hiob hatte wenig Anhaltspunkte dafür, ob es ihm überhaupt möglich war, sich selbst vom eigenen Sterben zu distanzieren, oder ob er da unten nicht genauso zappelnd verrecken würde wie die Kinder. Noch allzugut konnte er sich an die Anfangsphasen seines Spiels erinnern, als er bei jeder Gelegenheit auf Knien rutschen mußte, um seinen Gegner um den einen oder anderen astralen Zuschuß anzuflehen. Irgendwann dann hatte er damit aufgehört, weil NuNdUuNs Preise zu unverschämt gewesen waren und jede kleinste Handreichung des Fürsten Hiob tiefer in die Scheiße trieb. Er hatte sich immer mehr auf seinen Instinkt und seine Entschlossenheit verlassen und immer weniger auf seine ihm regeltechnisch zustehenden Zinsen aus dem Fließ. Aber jetzt fiel ihm nichts anderes mehr ein. Der Weg war sonnenklar. Der Weg war furchtbar. Er führte nach unten, in die höhnisch gebreiteten Lederschwingen des Feindes.

Das Gewitter gemahnte ihn daran, daß er hier nicht in einer Hängematte hing und endlos Muße hatte, über das Dasein nachzusinnen. Kleinere verschachtelte Blitze führten eine Art Säbeltanz um die oberen Streben des Metallgerüstes auf, und Hiobs nasser Leib bildete sich schon ein, eine gewisse Ionisation der Stahlstreben prickeln spüren zu können. Also ließ er los, ließ seinen Anker nach oben durch die Armbeuge davongleiten. Rein instinktiv atmete er wieder tief ein, bevor er abtauchte, und ärgerte sich gleich darüber. Schließlich wollte er das Leben ja jetzt hinter sich bringen.

Der Sog hatte ihn diesmal sofort, hatte nur auf ihn gewartet, dicht unter der Oberfläche auf der Lauer liegend wie eine Falltürspinne. Hiob machte sich schmal, aquadynamisch, ließ sich leiten, die Füße voran. Mit dem Kopf voran in irgendeinem unterseeischen Rotor zerhäckselt werden wollte er nun doch nicht.

Die Furcht kam wieder, als das vertrübte Licht der Blitze zum reinen Nachbild auf den Netzhäuten verkam. Hier unten war wieder gar nichts mehr, das einem ein Gefühl der Sicherheit hätte geben können. Ertrinken. Hiob konzentrierte sich auf Mythologien des Ertrinkens. Daß es der schönste Tod von allen sei, erfüllt von einer unbeschreiblichen Ruhe und Gelassenheit und einem vielleicht in den Molekülen verankerten Bewußtsein der Heimkehr, der Rücküberführung in die einstige Heimat jeder Lebensform. Daß Meerjungfrauen kämen oder Delphine, um die Seele des Matrosen ins atlantische Paradies zu leiten. Daß etwas so Kleines sich in etwas so Großem immer vollständig auflöste. Daß dieser flüssigkeitsgefüllte Tunnel hier wirklich das war, wovon Sigmund Freud immer geträumt hatte.

Die Mündung verschluckte ihn, rückprojiziertes Geschoß, das er war. Die kalten, nur von Moosen glitschigen, hintereinanderliegenden Betonringe des Kühlwasserrohres umfingen ihn wie die Körperglieder eines Regenwurms. Hier am Eingang hatten Hiobs schlenkernde Arme Aussparungen gefühlt für ein dort anzubringendes Gitter, aber dann hatte wohl einmal ein sehr, sehr kluger Mensch geäußert, daß es eigentlich gar keinen Unterschied machte, ob man im Inneren des Rohrs ertrank oder vorne gegen das Gitter gezerrt, und so hatte man sich die dementsprechenden Kosten einfach gespart.

Hiob wollte jetzt einatmen, *mußte* jetzt bald einatmen. Er war eigentlich erst wenige Sekunden unter Wasser, aber sein Körper schien jedes Fünkchen Sauerstoff in seiner Lunge und in seinem Blut mit zeitgeraffter Hektik zu verbrennen, denn jetzt kam wieder dieser Ekel. Jeden Moment würde er zwischen das salzlaugige Leichenfleisch geraten, zur weichen Nekrophilie gezwungen durch eine auf seine Lunge gerichtete mittelalterliche Feldkanone. Er versuchte, Arme und Beine abzuspreizen wie ein Astronaut, der in Schwerelosigkeit durch einen Andockgang schwebt. Die fettigen Betonwände taten abstrakt weh, ließen aber keinerlei Bremsung zu. Hiob hatte die Empfindung, daß der Sog hier drinnen nicht mehr gleichmäßig war, sondern pumpte wie ein

Herzmuskel. Sein eigenes Herz begann zu rasen. So unfaßbar viel, völlig unerklärliche Angst breitete sich in ihm aus, daß er bis hinab zum tiefsten Grunde seiner Seele zu frieren und zittern begann. Dies hier war beides. Beides zugleich, in beiden Richtungen. Eindringen und Rausschleudern. Der schleimige Sog und das Spucken von Schlieren. Der Anfang. Das Ende. Kleiner warmer Tod. Großer Tod, kalt. Das Pressen. Und das Grab.

Urangst.

Mutter Furcht.

Der allerälteste Reflex. Der tiefste. Höhlen. Mensch. Instinkt.

Über. Leben. Sicherung.

Raus hier. RAUS HIER.

Haschen nach Glauben.

Straucheln in Leere.

Schrei, Mann, SCHREI.

Schrei unter Wasser. Böse verzerrtes Brüllen. Hiob will sich herumwerfen, will eine Wende in der Enge. Und klatscht mit Wucht tief hinein ins nackte Fleisch der Toten. Plötzlich sind die allerschlimmsten Befürchtungen wahr und übertroffen. Überall sind Zähne und Haare und Fingernägel. Sie fallen über ihn her, gieren nach seiner Wärme, nach allem, was er zu bieten hat. Eine bauchige Pauke dröhnt einen langsamen Rhythmus. Alles hier drin ist in lasziver Bewegung, und hier drin ist noch viel mehr. Blutgeschminkt, Lippen zerbissen offen, zur Fruchtbarkeit noch aufgedunsen, altertümlichen Bildern entsprechende Jugend, abgenabelt, zur Konservierung abgetötet kurz vor dem Höhepunkt, Schweben, Schleifen und Gleiten, Polonaise und Geschunkel, blasig fadenziehendes Gelächter, Schlangenmenschen extra-feucht, Lianenwald, Knochengarten, sich wiegende Schädel im glosenden Tau.

Für einen ganz kurzen Moment sieht Hiob sich selbst, so als wäre eine riesenhafte bulläugige Kamera auf ihn gerichtet und übertrüge sein Bild in alle Wohnzimmer aller auch nur ungefähr bewohnbaren Planeten des Universums. Seht ihn euch an, sagt das Bild. Seht ihn an: Hiob Montag fickt kotzend tote Kinder.

Von hier ab kroch er zurück, ein degradierter Lurch.

Die Finger- und Zehennägel jeweils in die Fugen der Ringsegmente des Betontunnels gekrallt, arbeitete er sich dem Strudelsog entgegen nach draußen, mühsam, an den Algenschleim gepreßt und ungelenk. Es dauerte Minuten, aber er nahm gar nicht wahr, daß hinter seinem Inneren jener Kampf tobte, den er eigentlich mit Spannung erwartet hatte: Sein Leben, wie in einer kubistischen Intensivstation aufgehängt und angeschlossen in und an den merkwürdigsten Aufrechtserhaltungs- und Unterstützungssystemen, die die Niederfrequenzmagie zu bieten hat, während die Zudringlichkeiten von Sterben und Gefolge sich als rasch überbrückte oder ins Abstellgleis geleitete Scherenschnitte und Zuführungsdurchrostungen und sonstige Materialbrüchigkeiten hier und dort darstellten. Alles fließend und abgestimmt ineinandergreifend, weil ja ohnehin aus demselben Stall kommend, ein Freundschaftsspiel eigentlich. Ein ulkiger Krieg, choreographiert von einem Meister des fädenverwirrenden Marionettenspiels.

Unbehelligt vom eigenen Ertrinken erreichte und durchstieß Hiob die Meeresoberfläche und kam so von der Nacht zum Tage. Der Himmel hatte eine merkwürdige, fast schweflige Farbe, aber zum ersten Mal an diesem Tag hatten sich die schweren Regenwolken verzogen und erlaubten der Sonne so, den Dunst da oben wie eine zerkratzte Eisfläche mit Helligkeit aufzuladen. Der Regen hatte aufgehört. Hiob tastete – zittrig jetzt vor Kälte, die Muskeln hartgekrampft – nach dem Metallgestänge. Immer noch saugte das Rohr an seinem Unterleib, streichelte mit Schwimmhäuten an ihm, quengelte und nörgelte herum. Hiob zog sich hoch, ließ Wasser an sich herablaufen, löste sich vom Meer, nahm langsam, entkräftet, Sprosse um Sprosse nach oben und kam dann auf der pfützenübersäten, rauhen Oberfläche des Dammes zu liegen. Es war so still hier oben, kein Donnern mehr, kein wütendes Peitschen von Wellen. Das Meer ringsum plätscherte harmlos in seinem riesigen Bett, ein kühler, aber nach Frühling duftender Wind kam vom Land her und wisperte sanft über den nassen, bleichen, schwer atmenden und nur mit seiner Unterhose bekleideten Hiob hin. Seevögel kreischten in der Ferne, begannen, nach vom Unwetter nach oben gewälzten Fischen zu jagen.

So langsam gewöhnten sich Hiobs Lungenflügel wieder daran, etwas anderes als Salzwasser zu atmen.

Etwas Weiches landete auf seinem Rücken. Ein leichter Stoffballen.

«Schenk ich dir.»

Hiob rappelte sich auf, griff sich den Stoff. Ein Handtuch, Frottee, schön groß, ein Badetuch also. Genau das richtige jetzt. Als Hiob es auseinanderfaltete, sah er, daß große Zahlen hineingestickt waren.

Nicht zu übersehen:

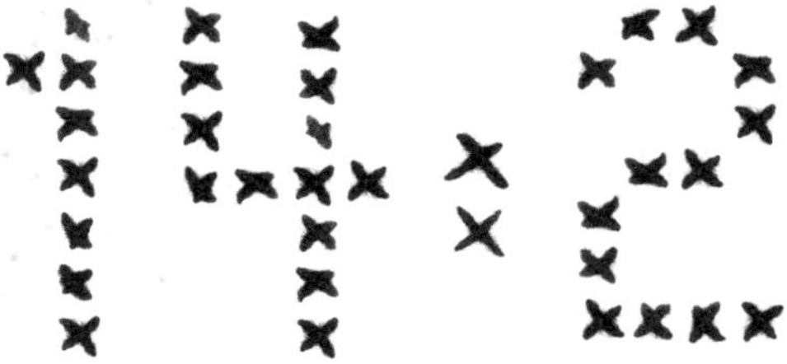

Schöne Handarbeit. Hiob breitete sich das Handtuch über den Kopf wie ein Zelt, um NuNdUuNs gutgelauntes Gesicht nicht sehen zu müssen.

Der Wiedenfürst stand neben ihm und warf Kiesel oder etwas anderes Kleines ins Meer. «Du brauchst dir keine Sorgen zu machen, was nun aus den Kindern wird. Wenn die Helfer wieder anrücken, werde ich den Hebel oben in der Fabrik freigeben und die Leichen können geborgen werden. Ganz einfach eigentlich. Keine große Sache. Außer für jemanden wie dich. Eigentlich ist das sehr amüsant. Je weiter das Spiel fortschreitet, desto mehr juckt es mich in den Fingern, Prognostica zu basteln, die ganz alleine für den Spieler da sind. Das können nette, kleine Konstruktionen sein, die außer dem Spieler gar niemand mitbekommt, aber es könnte durchaus einmal vorkommen, daß ich ein urzeitliches Monster eine Großstadt verwüsten lasse einzig und allein zu dem Zweck, daß der Spieler was zu spielen hat. Natürlich wird es ein- oder zweihundert Tote geben, so wie dieses praktische Rohr hier ja auch ein paar Opfer gefordert hat – aber was tut man nicht alles, um seinen regeltechnischen Verpflichtungen nachzukommen? Ich frage mich nur manchmal, wer von den Menschen – von den *betroffenen* Menschen – eigentlich froh darüber ist, daß es jemanden wie dich gibt, der das Spiel spielt? Wieviel Rückhalt wirst du im Laufe der Jahre erhalten, wieviel Jubel wird dir zuteil? Wie viele werden kommen und dich unterstützen wollen? Glaubst du nicht auch ... es wird enden wie immer? Die Deinigen selbst werden dich kreuzigen, eines Tages, und ich und die Meinen spielen dabei gar keine Rolle mehr.»

Hiob saß reglos unter dem Handtuch. Dementsprechend dumpf klang seine Stimme. «Das Gewitter ... genau zur richtigen Zeit ... kam also auch von dir?»

«Oh nein. Ich *war* das Gewitter. Du kennst die alten Legenden. Zeus als Regen und so weiter. Nicht der Rede wert.»

«Bist du jetzt sehr stolz auf dich?»

«Schon, das gebe ich zu. Ich bin wie ein Künstler. Ein Hobbymaler wie du. Die Welt ist meine Leinwand, meine Farben und mein Pinsel. Mein Motiv ist deine Psyche, deine Seele, manchmal auch dein Leib. Ich kann ein wenig Freude keineswegs verhehlen, wenn ich eines oder mehreres von den dreien ... besonders gut *getroffen* habe.»

Hiob schnaubte. Er rubbelte sich die Haare unter dem Handtuch, zog sich den Stoff vom Kopf und erhob sich langsam. Seine Haare standen wüst und zusammengeklebt in allen möglichen Richtungen vom Kopf ab. «Weißt du was? Ich scheiß' drauf. Ich hab's nicht geschafft, na und ? Es steht Vierzehn zu Zwei, das hast du ganz richtig begriffen. In jedem Spiel dieses Planeten bedeutet Vierzehn zu Zwei eine verdammt sichere Führung für mich. Was erwartest du von mir? Daß ich jetzt das Heulen anfange oder graue Haare kriege? Du hast einen Fehler gemacht, NuNdUuN. Die Kinder waren schon tot, bevor ich hier ankam. Also was soll's, daß ich's nicht geschafft habe, sie zu bergen? Was soll's? Ich hab' ja schließlich nicht gewettet, daß ich's schaffe.»

«Das ist der Geist. Immer nur weiter. Vierzehn zu Drei, Vierzehn zu Vier, Vierzehn zu Sieben, Vierzehn zu Elf. *Ist immer noch eine deutliche Führung für mich. Ich werde es schaffen. Der Sieg ist mir sicher.*»

«So sieht's aus. Schön, daß du mitdenkst.»

«Also wie wäre es dann als nächstes mit einer Manifestation?»

«Schön. Soll mir recht sein. Hab' ja schon 'mal eine weggetreten.»

«Ach ja. Na dann – warum denn bei Halbheiten stehenbleiben? Warum nur wiederholen, was schon einmal erfolgreich war? Warum nicht mit einer ganz neuen Revue auf Tournee gehen? Warum also nicht gleich zwei Manifestationen gleichzeitig? Wenn du so viel auf dem Kasten hast? Hm? Wie wäre das?»

«Das wäre auch kein Problem für mich.»

«Dann schlag drauf ein. Zwei Manifestationen! Das wären sechs Punkte auf einen einzigen Streich.»

«Ja, verdammt noch mal. *Warum denn nicht?* Ich habe keine Angst vor dir!» Sie schlugen ihre Handflächen patschend gegeneinander.

«Guuut», grinste NuNdUuN, «seeehr guuut.» Wie zwei Kampfhähne standen sie sich jetzt gegenüber, taxierten sich, grinsten beide herablassend. Das Outfit des Fürsten war wie geschaffen für diesen Zweck: Er war – wie Hiob – barfuß, darüber einfache, verwaschene Jeans und ein ockerfarbenes Sweatshirt. Sehr lässig, sehr jugendlich, auch sein Gesicht sah noch jünger aus als sonst, hatte etwas straßenbandenhaft Verwegenes, sardisches oder korsisches Blut unter der Haut.

Er forderte es heraus. Hiob war sich sicher, er forderte es heraus.

«Und was willst du dir für großartige ‹Kunstwerke› ausdenken?» schnauzte der Mensch. «Willst du jetzt super-einfallsreich und äußerst tapfer und heroisch jedesmal kleine Mädchen umbringen, damit ich was zu Knabbern habe? Bist du jetzt so glücklich darüber, daß du was gefunden hast, womit ich Schwierigkeiten habe, daß du dir's sofort patentieren läßt und sofort die Fortsetzungen in Serie rausschießt wie irgendein schmieriger, gieriger Filmproduzent?»

Das Ungeheuer lachte. Die Belustigung klang echt. «Nein, da verkennst du mich. Durch Wiederholungen würde mir die Unsterblichkeit doch arg zur Last. Ich habe jetzt ein nettes kleines Bild von dir, wie du dich Kinderleichen sehr unsittlich näherst. Das kann ich immer hervorholen und herumzeigen, wenn mir danach ist, aber das reicht mir jetzt auch in dieser Hinsicht. Schließlich hast du deine Unfähigkeit, etwas für kleine Mädchen zu tun, ja jetzt schon mehrmals unter Beweis gestellt.»

«Schon mehrmals? Wovon redest du? In dem Bus damals? Da war doch nur ein verblödetes Neonazi-Girlie mit an Bord. Für so eine muß ich nichts tun. Für solche muß ich nicht auch noch was tun.»

«Die meine ich doch gar nicht. Ich wundere mich eher, daß du dich an die überhaupt noch erinnerst, ich hatte eher gedacht, all die Menschen in dem Bus sind eine Art dekonturierter Haufen für dich gewesen. Respekt. Nein, ich spreche von Nicole Mellentin, der süßen Nicole. Du erinnerst dich bestimmt noch. Die in der Badewanne.»

Hiobs Kehle fühlte sich plötzlich eng an. «Ja. Und was ist mit ihr? Ich habe ihr doch geholfen! Ihr den Schänder vom Leib geholt. Das ist doch gerade ein prima Beweis dafür, daß ich was bewirken kann.»

«Sie ist tot, du Phantast. Sie hat sich noch am selben Abend das Leben genommen, als du mit Widder den absurden Sieg über ihren Turnlehrer feiertest. Das hast du wirklich ganz außerordentlich exquisit vermasselt.»

«Tot? Das ... das kann doch gar nicht sein. Ich habe doch den Punkt bekommen.»

«Ja, den Punkt. Punkt Nummer sieben, war es nicht so? Ein merkwürdiger kleiner Fleck auf deiner Scorecard. Den Punkt hast du ja nicht dafür bekommen, daß du der armen Nicole das Leben gerettet hast, sondern dafür, daß du dich über deine eigenen Selbstzweifel hinwegretten konntest. Deine eigenen Gespenster waren in diesem Fall das Prognosticon. Das Mädchen war doch nur Mittel zum Zweck. Ihr Leid diente dir dazu, dich selbst aufzuwerten, dir ein großartiges, heldisches Gefühl zu verschaffen. Im Klartext: Du hast sie mißbraucht, genau wie ihr Lehrer. Er hat ihr Möschen befingert und du ihre Seele. Du warst ja auch so ungeheuer sensibel, ins Badezimmer eines sexuell genötigten Mädchens einzudringen, das war wirklich eine Prachtidee. Du würdest einen guten Killer abgeben, einen, der durch Psychoterror tötet. Man könnte stolz werden auf dich, dort, woher ich komme.» Er lachte wieder, seine Laune stieg auf einer nach oben offenen Skala an.

Hiobs Gesicht sah fast so bleich aus wie das Handtuch um seinen Schultern. «*Du* hast sie getötet. Du hast sie getötet, weil ich sie mochte.»

«Nein, wirklich. Das hat sie ganz allein getan. Ganz allein, weil niemand mehr bei ihr war, nachdem du den Punkt kassiert hattest. *Wham Bam Thank You Ma'm*. Der große Hiob Montag als nach Stunden bezahlter Stechuhrbeamter. Oder hast du wirklich Gefühle? Hm? Schlägt da drin denn wirklich ein echtes Herz? In dem Fall müßte ich dir leider sagen, daß die Geister von Punkt Sieben wieder da sind. Was ein juristisches Problem aus dem rechtmäßigen Erwerb dieses Punktes machen würde, findest du nicht auch? Was folgendes interessantes Problem nach sich ziehen würde: Wenn Punkt Sieben schon illegitim zuerkannt wurde – müßten dann eigentlich nicht alle danach erworbenen Punkte, namentlich die Nummern acht bis vierzehn, neuerlich aberkannt werden?»

«Was soll das? Ich verstehe nicht die Bohne.»

«Vielleicht solltest du dir einen Anwalt nehmen. Einen guten Anwalt, der mit dem Regelwerk der *Unparteiischen* hervorragend vertraut ist. Es könnte nämlich durchaus sein ... daß es jetzt im Augenblick nicht Vierzehn zu Zwei steht, sondern nur Sechs zu Null, weil alles Gestrampel seit der Mellentin-Geschichte ganz vergebens war, auch das hier des heutigen Tages. Es sei denn natürlich, das heutige Gestrampel zählt doch, weil ich die Löschung bereits vor dem heutigen Tage beantragt und vor dem heutigen Tage durchgeführt habe, was bedeuten würde, daß es jetzt Sechs zu Eins steht. Und wenn es nun Sechs zu Eins steht, mein Freund, ich hoffe, du kannst mir noch folgen – dann wird es nach den beiden Manifestationen, zu denen du dich gerade eben unvorsichtigerweise hast hinreißen lassen, Sechs zu Sieben stehen. In anderen Worten: Sieben zu Sechs für mich und das Fließ. In wiederum anderen Worten: Ende des Spiels. Und ein letztes Mal umformuliert: Holocaust. Ich habe zu danken.» NuNdUuN deutete tatsächlich eine spöttische Verbeugung an.

Hiob hatte das Gefühl, auf einer sich drehenden Tanzfläche zu stehen.

«Das ist ein … völlig hirnrissiger Bluff. Darauf falle ich nicht einen Augenblick lang rein.»

«Das ist mir völlig gleichgültig», meinte NuNdUuN liebenswürdig. «Für mich zählen nur die Regeln, nicht, ob mein Gegner sie verstanden hat.»

Breitbeinig stand Hiob da, um auf dem nassen Damm nicht abzurutschen, irgendwohin, wo es kalt und dunkel war. «Das ist ein völlig hirnrissiger Bluff», konnte er nur wiederholen. «Du bist wahrscheinlich sauer, weil dir all deine mühsamen Prognostica immer nur 'nen popeligen Einzelpunkt einbringen. Für dich ist das wenig, stimmt's? Du träumst davon, träumst feucht davon, einmal satte Ernte einzufahren. Einmal nur, und sei es auch durch eine Umdeutung der Regeln.» Er kriegte wieder ein höhnisches Gesicht hin. «Mann, ist das eigentlich armselig. Der Fürst des großen Fließes entpuppt sich als kleinkrämerischer Winkeladvokat.»

«Ich bin alles, was du willst, und alles, was du fürchtest. Und ja: Natürlich bin ich in dieser mittelmäßigen Charade, die du ‹das Spiel' nennst, der Böse. Aber darin bin ich immerhin gut. Im Gegensatz zu dir.»

Soviel Wahrheit hing an diesen Worten, daß Hiob hätte schreien können, mehr Wahrheit, als dem Teufel jemals zugestanden worden war. Aber dann wiederum war NuNdUuN ja nicht einfach nur der Teufel – er war auch Gott. Er war alles, was unangreifbar war, und geistig. Und wieder zuckte die schlampig hingekrakelte Notiz durch Hiobs Hirn, diese Eingebung, die aus dem Nichts gekommen war:

Wenn NuNdUuN nicht mehr da wäre –

wäre sein Nachfolger dann schlimmer oder besser für mich?

Wieviel von dem, was Nicole Mellentin, Stefania Menaghi und Hiob Montag erdulden mußten, kam aus dem Fließ, und wieviel davon direkt von NuNdUuN, aus dem Geist eines einzelnen Monsters, welches begabt und groß genug war, schon seit Jahrtausenden den schwerstumkämpften Thron, den es je gab und geben wird, zu halten? Wie viele Spieler hatte dieser Fürst verschlissen? Wie viele im Vergleich dazu seine Vorgänger? Wieder wurde Hiob unangenehm bewußt, daß selbst seine zweijährige Klausur in der Familiengruft ihn nur ungenügend auf die historischen Dimensionen des Spielens vorbereitet hatte. Die verzerrten und mit den unvorstellbarsten Flüssigkeiten geschriebenen Folianten hatten die Wahrheit enthalten, daß es NuNdUuN gab und daß es das Spiel gab, und wie man Kontakt aufnehmen konnte, und wie und warum das Wiedenfließ beschaffen war und die Unparteiischen sich davon losgelöst hatten. Aber wer NuNdUuN eigentlich war, woher er kam, auf welche Weise er zu dem geworden war, das er jetzt repräsentierte – all dies fehlte unverzeihlicherweise völlig. War anfangs auch nicht so wichtig erschienen. Erwies sich zunehmend als Schlüssel zum Gesamtkomplex.

Oder aber – auch dieser Gedanke kam Hiob kurz – er selbst bildete sich das nur ein. Versuchte, dem Grauen *ein* Gesicht und *einen* Namen zu geben, um Bewältigbarkeit *vorzutäuschen*. Einen Sündenbock vorweisen zu können, wenn er selbst versagt hatte.

Es gab eine Möglichkeit, so etwas herauszufinden. Das unüberschaubare Feld empirisch zu erfassen. Es gab eine Möglichkeit zu lernen, indem man *Trial and Error* wagte, wenn man bereit war, die Folgen zu verantworten. Und wann, fragte sich Hiob jetzt, bin ich bereiter dazu als an einem Tag wie diesem, an dem NuNdUuN mich so enorm verscheißert hat, daß der Gestank noch auf Jahre an mir kleben bleiben wird?

Also tat er's.

Er wagte das Undenkbare. Das-Ding-das-nicht-sein-durfte.

Er schlug Gott ins Gesicht.

Es war eigentlich nicht mehr als ein Wischer mit dem Handrücken. Zu sehr fürchtete sich Hiob, sich in der eisenharten Visage des Dämonenherrschers ein paar Finger zu brechen oder sich krustige Reißzähne ins Fleisch zu bohren. Aber so ein Wischer war vollkommen in Ordnung. Eine barocke Ohrfeige. Eine klatschende Maulschelle, zu jeder Zeit, in jedem Jahrhundert als den physischen Schmerz weit übersteigende Geste der Demütigung verständlich. Fehdehandschuh mit bloßer Hand. Dekadente, leicht gezierte Geste der vollkommenen Geringschätzung. Nur daß kein Hofstaat zugegen war, dessen Tuscheln, Rascheln und Herzschlagen durch den lauten Patsch zum Stillstand gebracht werden konnte.

Die Auswirkung des Schlages in NuNdUuNs wohlmodelliertem Gesicht sah merkwürdig aus. Der Bewegungsablauf des ein Stück zur Seite geruckten Kopfes schien sich in mehrere Phasen aufzusplittern, die bestehen blieben, bis der Kopf aussah, als würde er sich in augenüberlastender Schwingung befinden. Dann endete diese Schwingung oder Vervielfältigung. Wie lebendig krochen NuNdUuNs Haare knisternd auf der Kopfhaut wieder in ihre ursprüngliche gepflegte Form zurück. Der Gesichtsausdruck des Fürsten war unbewegt, keinerlei Rötung auf der rechten Wange, wo Hiob ihn getroffen hatte. Vielmehr suchten seine dunklen Augen die von Hiob, die wie Fischlein in trüben Gewässern wegzuschwimmen suchten, denn plötzlich spürte Hiob Montag eine ganz neue Art der Furcht in seiner auch am heutigen Tage bereits um neue Ausstellungsstücke erweiterten Menagerie der Furchten. Es war die yin-yang-förmige und -farbige Furcht von einem, der halb erwartet, daß ihm jetzt die blutende, kreischende Seele aus der Wirbelsäule gerissen wird, halb aber hofft, daß das Regelwerk des Spieles stark genug verankert war, um seine diesbezügliche Immunität auch gegen den rasenden Zorn des ungleich Mächtigeren zu behaupten.

Doch NuNdUuN wurde nicht zehn Meter groß, klappte zwanzig Reihen mannshoher Säurehauer aus oder tunnelte durch einen spritzenden Vorwärtssprung durch Hiobs Körpermolekularstruktur.

Er hob nur leicht die Augenbrauen und fragte mit ruhiger Stimme: «Der springende Punkt für dich und mich ist jetzt: Hat er diesen Schlag kommen sehen oder nicht? Wußte er schon vorher, daß der Spieler ihn schlagen würde? Diente die ganze Phase der Provokation nur diesem einen Zweck? Oder wurde er wirklich überrascht? Warum wehrte er sich dann nicht oder hielt die Hand des Spielers einfach auf? Du siehst, Hiob: Was wirklich von Bedeutung ist, ist immer nur das, was ich tue, oder weshalb ich etwas nicht getan habe, was ich hätte tun können. Was ist das für ein Gefühl, Spieler Hiob? Wenn man egal, was man tut, immer nur die Zweitbesetzung ist?»

Hiob konzentrierte sich aufs Atmen. Nicht denken jetzt. Die Schlaghand tat weh, aber nicht allzu sehr. Atmen nicht vergessen. Nicht denken jetzt. Nur Atmen. Einfach. Leicht hier, über Wasser. Einfach, kein Problem.

«Einen kleinen Hinweis will ich mir erlauben», fuhr NuNdUuN fort, «einen kleinen Einblick dir gestatten in das Themenfeld der *Vorhersagbarkeit*. Oder nein – laß es mich als Frage formulieren, als Quizfrage, wenn du so möchtest, mit einem hohen, zu diesem Zeitpunkt jedoch noch nicht näher spezifizierten Einsatz. Diese Frage lautet ganz einfach: Als du eine Zeitreise machtest, siebzig Jahre zurück, um dort Zeuge des Geschehens von Hinterkaifeck zu werden – welcher NuNdUuN war es dort eigentlich, dem du den Heimkehrer Anton Krantz entgegengeschickt hast und mit dem du dich am Ende so angeregt unterhalten hast? War das dieser NuNdUuN hier, der von heute – oder war es der NuNdUuN von vor siebzig Jahren? Denk doch bei Gelegenheit vielleicht einmal ein kleines bißchen darüber nach. Dann wird dir vielleicht auffallen, welche Bedeutung diese Frage hat.»

Nicht denken jetzt, nur atmen, einfach, leicht, nicht ein kleines bißchen darüber nachdenken jetzt, worüber eigentlich, so ein Tag so wunderschönwie.

NuNdUuN mußte auffallen, wie angestrengt Hiob versuchte, nichtssagend auszusehen. Die Mundwinkel des Wiedenfürsten wiesen jetzt die Nuance eines Lächelns auf. «Bevor ich gehe», sagte er fast freundlich, «um dich mit deinen Ängsten allein zu lassen, nur eines noch. Dir ist natürlich klar, daß ich mich für den Schlag revanchieren muß, durch eine dementsprechende ...Geste. Unter Ehrenmännern ist das selbstverständlich. Ich könnte es mir nie verzeihen, dich in der unangenehmen Situation belassen zu haben, mir gegenüber Schuldgefühle hegen zu müssen.»

Hiob kniff die Augen zusammen und spannte die Bauchmuskeln an. Gleichzeitig konnte er die neue Furcht in alle Körperteile schlüpfen spüren, eine gänzlich hirnlose Ausweitung, ein Selbstschutzprogramm der Zellen, Instinktivität des gänzlich anspruchslosen Überlebens. Im Rollstuhl, mit Entstellungen, blind, impotent, egal wie. Nur am Leben sein. Atmen, einfach. Nicht vergessen.

Aber nichts konnte ihn vorbereiten auf NuNdUuNs Schlag. Ebenfalls ein Wischer nur, eine «Geste», wie der Fürst es selbst genannt hatte. Schnell und nicht zu kontern, aber für Wiedenverhältnisse äußerst stumpf ausgeführt. Hiobs Beckenknochen sprengte sofort in drei ungleiche Teile. Der Körper des Spielers flog rückwärts durch die Luft, schrammte dann sich überschlagend über den rauhen Dammbeton und blieb besinnungslos nahe der Kante liegen. Hochspritzende Gischttropfen berührten Hiobs bleiche, über den Rand ragende Hand.

Niemand sonst war da. Das Unwetter vorüber.

d) Eidry

Die Rücküberführung war ein reines Kostenproblem, und Widder gab den letzten Rest ihrer gemeinsamen Doppelgänger-Beutezüge dafür aus.

Die nach dem Abebben des Gewitters wieder zum Damm zurückflutenden Sarden fanden den leblosen Mann dort liegen und seine klatschnasse Kleidung und seinen Seesack in den

Klippen. Einige von ihnen hatten ihn schon vor dem Unwetter in der Menge herumstehen sehen, einige hatten mit ihm gesprochen, seine Fragen beantwortet. Näher kannte ihn niemand. Aber er hatte Papiere dabei, die ihn als Deutschen aus Berlin identifizierten.

Man transportierte ihn auf einer der eigentlich für die toten Kinder vorgesehenen Bahren im eigentlich für die toten Kinder bereitgestellten Notarztwagen ins Krankenhaus, wo sein Trümmerbruch diagnostiziert und er in ein vorläufiges Korsettgestell eingespannt werden konnte. Nur etwa eine Stunde später trafen auch die Leichen der Ertrunkenen im selben Gebäude ein, nur ein paar Stockwerke tiefer. Der Sog des unterseeischen Rohres war verebbt, die Bergung kein größeres Problem mehr gewesen. Ob der bewußtlose Deutsche etwas mit dem Abstellen der Ansaugvorrichtung zu tun gehabt hatte, konnte nicht geklärt werden. Rational denkende Menschen fanden es aufgrund seiner üblen Verletzungen äußerst unmöglich, denn wie sollte er mit zerschmettertem Unterleib ohne Hilfe wieder das Rettungsgerüst hinaufgeklettert sein? Einige alte Frauen jedoch bekreuzigten sich nur und sagten, das eine geschieht nie ohne das andere, und die Heilige Jungfrau hätte mehr als nur ein Zeichen der Buße und Mahnung geschickt.

Ein Hubschrauber brachte Hiob nach Cagliari, von wo aus er in einer angeforderten Maschine des Deutschen Rettungsdienstes mit zwei Zwischenlandungen in Genua und München nach Berlin und ins dortige Rudolf-Virchow-Krankenhaus verfrachtet wurde. Die Presse bekam natürlich Wind von der Sache.

Deutscher Urlauber auf Todesdamm verunglückt

war den schwarz-roten Boulevarderzeugnissen der Springerpresse allemal ein paar Zeilen wert, zumal das Kindersterben von Portovesme ohnehin genügend *Human Interest*-Potential für ein paar saftige Reißerstories aufwies. Interviews jedoch gab es keine mit dem Heimkehrer. Der Patient stand unter starker Anwendung von schmerzlindernden Mitteln und speichelte so viele Tage in einem Grenzland zwischen chemischem Schlaf und natürlichem Koma dahin, bis nach dem sardischen Horrorunglück hier in B-City kein Hahn mehr krähte. Der erste Besuch, den Hiob wieder einigermaßen zusammenhängend mitbekam, war Widder. Sie sah besorgt aus und strich ihm übers Haar. Obwohl sein Kiefer nicht gebrochen war, nuschelte Hiob so stark, daß Widder ihn schließlich aufschreiben lassen mußte, was er von ihr wollte. Auch seine Schrift war krakelig wie die eines durchschnittlich trainierten Schimpansen, aber sie konnte dem vollgeklierten Zetteln immerhin entnehmen, daß Hiob unbedingt die Beisitzerin Eidry Gevicius sprechen mußte.

Widder mußte sich nicht aufmachen Richtung Müritzseenplatte, um die Beisitzerin aus ihrer Uferkate zu holen. Sie hatte andere Möglichkeiten zur Kontaktaufnahme, und schon am nächsten Tag walzte der fette Leib der immer noch penetrant übelriechenden Rechtsgelehrten durch die neutral gestrichene Krankenzimmertür.

Die Nacht über hatte Hiob Sprechen trainiert und die letzte Dosis der Sedativa vorsorglich aus einem geöffneten Fenster geschnippt, so daß jetzt zwar die Leibschmerzen ziemlich herbe waren, aber immerhin ein verständliches Gespräch möglich.

Im Raum war kein Stuhl, der den Körperausmaßen der Beisitzerin gewachsen war, also blieb sie einfach neben dem Bett stehen und stützte sich auf ihren Gehstock.

Hiob erklärte ihr sein Anliegen. NuNdUuN hatte von der Möglichkeit der Löschung aller Spielpunkte ab Punkt Sieben gesprochen. «Was ist da dran?»

Die ehrwürdige Beisitzerin ließ geräuschvoll einen Hektoliter Abluft fahren. «Er versucht dich weichzukochen, Junge. Der Meister hat weder eine solche Löschung bei den Unparteiischen beantragt, noch wurde einem solchen Antrag stattgegeben. Er wollte dich nur provozieren, dich zu Unbedachtsamkeiten hinreißen, und das ist ihm ja wohl auch gelungen. Die Geschichte deiner Ohrfeige hat schnell die Runde gemacht. Jetzt bist du nicht nur von allen guten, sondern auch von allen bösen Geistern verlassen.»

«Was bedeutet das?»

«Ein Spiel zieht zu jeder Zeit eine gewisse Fraktion von Sympathisanten in seinen Bann, die es durchaus nicht ungern sähen, wenn der Meister verlieren und das Fließ mit einem neuen Herrscher ausgestattet würde. Deine Unverschämtheit und Standesübertretung einem der ältesten Wesen gegenüber kam jedoch dem Schleudern eines Fehdehandschuhs gegenüber der ganzen Fließenheit gleich. Du wirst keine Unterstützung mehr finden, oben wie unten.»

Wäre es nicht so beschissen schmerzhaft gewesen, hätte Hiob jetzt gerne höhnisch abgelacht. «Unterstützung habe ich bislang eh noch nie bekommen, von unten nicht und oben nicht. Nur hinter mir bildet sich 'ne lange Schlange, um mir einen 'reinzustecken.»

Ein langgezogener Furzton säuselte durch den Raum. «Immerhin tanze ich hier an, wenn *Monsieur Montag* nach mir verlangt. Als Beisitzer liebt man zwar schwere und spektakuläre Fälle, weil das gut ist für das Prestige, aber man arbeitet eigentlich doch nicht so gerne mit völlig durchgeknallten Schwachköpfen zusammen.»

«Ah, verdammt, solange Sie nicht in so einem Gipsgerüst hier feststecken wie ich, haben Sie eigentlich noch wenig Anlaß, sich zu beschweren, ehrwürdige Beisitzerin. Bislang habe ich immer ganz alleine die Zeche gezahlt für meine Aktionen.»

«Vergißt du Aries jetzt absichtlich oder aus reiner Nachlässigkeit?»

Hiob bleckte die Zähne. «Also was hat es mit Punkt Sieben auf sich? Ist Nicole Mellentin wirklich tot?»

«Sie ist es und wird es auch bleiben, so lange, bis es dem Meister gefällt, sie zu seinen Vergnügungen heranzuziehen.»

«Scheiße. Und der Punkt?»

«Der gehört dir. Es stimmt zwar, daß du den Punkt nicht dafür bekommen hast, Nicole zu helfen, sondern dafür, die nach der rituellen Verbrennung von Sonja Zimmermann in dir aufgekeimten Selbstzweifel zu tilgen, und es stimmt auch, daß diese Selbstzweifel – vielleicht glücklicherweise – nie vollständig getilgt werden können und gerade jetzt wieder am wuchern sind, aber ein Punkt wird immer für die Lösung eines Problems zu einer bestimmten Zeit vergeben. Das ist immer so. Ruprecht und seine Schergen zum Beispiel werden auch in der kommenden Weihnacht wieder ihr Unwesen treiben und Opfer fordern, aber dennoch behältst du deinen dementsprechenden Punkt, denn den hast du ja nicht dafür bekommen, Ruprecht für alle Zeiten, sondern für diese eine Nacht zu vertreiben. Kein Spieler ist verantwortlich zu machen für das, was in Zukunft geschieht. Nur NuNdUuN ist dafür verantwortlich.»

«Eine endgültige Auslöschung Ruprechts hätte ja wohl auch mehr als einen lausigen Punkt gebracht.»

«Mit Sicherheit mindestens drei.»

«Also bleibt es dabei: Vierzehn zu Zwei.»

«So ist es geschrieben. Der Meister hat nicht die Möglichkeit, das Zählwerk des großen Spieles nach seinem Gutdünken zu manipulieren. Das weiß er übrigens auch ganz genau. Nur deshalb hat er dir dieses Handtuch mit den eingestickten Zahlen überlassen, das bei einem Regelverfahren ja als Beweisstück gegen ihn hätte Verwendung finden können.»

«Okay. So weit komme ich mit. Und jetzt dieser Bullshit mit der Zeit. Ist das ganze Spiel von Anfang an manipuliert gewesen? Werde ich eigentlich die ganze Zeit über nur verscheißert? Wenn der NuNdUuN, dem ich in Hinterkaifeck begegnet bin, der NuNdUuN von vor siebzig Jahren war, dann wußte NuNdUuN ja schon fünfzig Jahre vor meiner Geburt davon, daß ich eines Tages als Spieler auftauchen würde, und hatte fünfzig Jahre mehr Zeit als ich, sich auf all das hier vorzubereiten! Vielleicht hat er mich schon in meiner Kindheit irgendwie beeinflußt, damit ich niemals volles Potential entfalten konnte! Vielleicht bin ich deshalb so schwach und gehe bei jeder sich bietenden Gelegenheit beinahe drauf. Ist es möglich ... ist es verdammt nochmal möglich, daß ich niemals auch nur den Hauch einer Chance hatte, das Spiel zu gewinnen?»

Die Beisitzerin wurde von einem glucksenden Gelächter erfaßt, das ihre Fettmassen in gegenläufige Bewegungen versetzte und abgehackte Gase in unterschiedlichen Tonhöhen entweichen ließ. Es dauerte tatsächlich fast eine halbe Minute, bis sie sich wieder beruhigt hatte. Schwer atmend stützte sie sich vornüber auf ihren Stock, bis ihr häßliches, verquollenes Gesicht fast das von Hiob berührte. «Selbstverständlich hattest du nie den Hauch einer Chance», gurrte sie. «Sonst würde der Meister das Spiel ja nicht spielen. Denkst du denn allen Ernstes, die Herren des Wiedenfließes hätten sich jemals darauf eingelassen, ihre Positionen *verspielen* zu können? Das Spiel war in allen Zeiten nie etwas anderes als ein Knebelvertrag, den die *Unparteiischen* den Wiedenfließern aufdrücken konnten, um eine beruhigende und annehmliche *Illusion* von Chancengleichheit zu erzeugen, die das Miteinander der verschiedenen Sphären auf diesem winzigen, durchs All torkelnden Planeten erträglicher macht. Aber eine *wirkliche* Chancengleichheit? Wie sollte die aussehen, Spieler Montag? Ihr seid Fleisch und wir sind Geist. Ihr seid sterblich, wir sind ewig. Ihr seid Schwäche, wir sind Macht. Ihr seid alle gleich, wir sind ungleich allen anderens. *Das Spiel* ist wie ein Seil, das von unserer hohen Ebene in eure zerklüfteten Tiefen hinabhängt. Das Symbol einer einmaligen Chance für euch, für uns aber tatsächlich nichts anderes als ein Spiel. Wir wetten darauf, wer von euch am höchsten klettern kann. Und insofern machst du dich doch gar nicht schlecht. Noch vier Punkte, und du stellst einen neuen Weltrekord im Trugbildkraxeln auf. Wohlgetan, mehr war nie drin.»

«Wenn das ... alles so niederschmetternd ist, ... wie kommt es dann, daß NuNdUuN sich zurückhalten konnte, mir das alles nicht selbst zu erzählen?»

«Hat er das nicht längst schon, nicht schon tausendmal? Hast du es nicht jedesmal nur vorgezogen, ihm keinen Glauben zu schenken, um stur weitermachen zu können, die Weisheiten eines Ewigwährenden als stupide Provokationen abhakend?»

«Aber es bleibt dabei. Nichts hat sich geändert. Regeltechnisch ist es möglich, daß ich gewinne.»

«Regeltechnisch ist es möglich. Regeltechnisch ist es auch möglich, daß ein menschlicher Weitspringer bei den Olympischen Spielen weiter als hundert Meter springt. In der Realität mangelt es allerdings an dementsprechenden Fähigkeiten. Und so bleibt es eigentlich nur bei einem: Du wirst im Spiel so weit kommen, wie NuNdUuN dich kommen läßt. Sobald ihm das Ganze keinen Spaß und Gewinn mehr zu versprechen verspricht, wird der Herr über Zeiten und Räume dich mit einer Aufgabe konfrontieren, die dich unweigerlich zerschmettern muß. Vielleicht ist es übrigens jetzt schon so weit. Zwei Manifestationen gleichzeitig. Ich glaube, es ist in all den Jahrtausenden nur ein einziger Präzedenzfall bekannt, in dem jemand so etwas überstanden hat.»

Hiobs Gehirn arbeitete mit fiebriger Intensität. «Was passiert eigentlich ... wenn NuNdUuN etwas zustößt? Die Regeln sichern dem Spieler während des Spieles so etwas wie physische Immunität zu, das heißt, NuNdUuN darf mich nicht töten, und ich bin auch mehr als gewöhnlich resistent gegen die unterschiedlichsten Todesarten – mit Ausnahme des Verzehrs von weißer Schokolade. Aber ich kann mich gar nicht daran erinnern, daß in den Regeln irgend etwas über Unverwundbarkeit des Spielleiters erwähnt wurde.»

«Oho. Glaubst du etwa, eine *Berührbarkeit* detektiert zu haben, weil deine Ohrfeige eine physikalische Reaktion auslöste? Das ist lächerlich hoch zehn.»

«Er kann verdammt noch mal nicht unsterblich sein.»

«Das ist er nicht. Nichts ist unsterblich. Aber wenn er stürbe – würde das eine Veränderung seines Daseins bedeuten? Lebt er überhaupt im gebräuchlichen Sinne des Wortes *leben?* Vielleicht ist er ja schon viele Male getötet worden und deshalb meist so übellaunig. Aber schmink dir ab, daß du so etwas bewerkstelligen könntest. Das geht nicht. Du kannst ihn nicht töten, genausowenig wie du Gott in den Köpfen aller Menschen töten könntest. Es sei denn natürlich ...»

«Es sei denn ...?»

«Du gewinnst das Spiel. Dann kannst du tun und lassen, was und wen du willst.»

«Aber das Spiel kann ich nicht gewinnen.»

«Du hast das System verstanden. Wie es in Casinos heißt: Die

Bank gewinnt immer.»

«Wenn man sie nicht sprengt.»

«Ja, geh nur hin und spreng das Wiedenfließ. Bei der abstrakten Struktur des ganzen Kontinuums würde das Fließ wahrscheinlich durch eine Sprengung nur noch stärker werden. Geh hin und tu, was dir beliebt. Es liegt mir fern, der taktische Berater eines Spielers sein zu wollen, meine Aufgabe ist es lediglich, auf die Einhaltung der Regeln zu achten, diesbezügliche Unklarheiten auszuräumen und in Streitfällen zu vermitteln.» Ein langanhaltender Knatterfurz der Beisitzerin färbte die Zimmerwände einen Ton dunkler.

Hiob näselte, weil er versuchte, nur durch den Mund zu atmen. «Also, nur, um es noch einmal klarzustellen: Ein Direktangriff auf den Gegenspieler stellt von meiner Seite aus keine Regelverletzung dar, von seiner Seite aus schon.»

Jetzt mußte sie doch nachdenken und stieß dabei drei- oder viermal bitter auf. «Hmmm. Ich denke, ein Direktangriff auf den Meister würde ihn in die Position versetzen, dich durch eine Abwehr- oder Verteidigungsklausel auslöschen zu können, ohne die Immunitätsregel dabei zu brechen.»

«Ach, so was gibt's auch? Der arme NuNdUuN in Notwehr?»

«Hängt von der Stärke und Gefährlichkeit des Angriffs auf ihn ab. Die Beurteilung und Einordnung von Stärke und Gefährlichkeit des Angriffs würde wiederum uns Beisitzern obliegen.»

«Das heißt: Die kleine Maulschelle geht so durch. Aber wenn ich ihn ernsthaft bedrängen könnte, könnte er zurückschlagen und mich töten, ohne dafür disqualifiziert zu werden.»

«Genau so ist es.»

«Es sei denn, ich bedränge ihn derart ernsthaft, daß er gar nicht mehr dazu kommt zurückzuschlagen.»

Die Gevicius rülpste und flatulierte gleichzeitig und zweistimmig. «Dieses ganze Theoretisieren bringt überhaupt nichts. Außerdem kann niemand von mir verlangen, den *delusions of grandeur* eines ans Krankenbett gefesselten Menschleins zuzuhören. Wenn du keine wirklichen Fragen mehr an mich hast, betrachte ich meine Aufgabe hier als erfüllt und kann endlich in mein bescheidenes Domizil zurückkehren. Diese Krankenhausluft hier macht mir zu schaffen.»

«Ich fand sie ganz okay, bevor Ihr kamt», dachte Hiob. Was er aber tatsächlich sagte, war: «Ich danke Euch für Euer promptes und unbürokratisches Erscheinen, ehrwürdige Beisitzerin. Ich denke mal, für überschaubare Zeit dürfte das erst mal alles an Fragen gewesen sein.»

«Das klingt erfreulich.» Ohne weitere Grußformel drehte sie

sich um und watschelte hinaus, aber nicht ohne vorher noch einen stehen zu lassen, der sicherlich unter die Genfer Giftgaskonvention fiel.

Weinend hechelte Hiob minutenlang durch den Mund, bis eine vor Brechreiz würgende, aber kämpferisch beherzte Krankenschwester mit aufgelöstem Haar sämtliche Fenster und die Tür aufriß und den Festgeschnallten durch einen reinigenden Durchzug rettete.

e) Aries

Der nächste Besuch, den Hiob bekam, zwei Tage später, war eine elegante Frau mit einem schwarzen Witwenschleier vorm Gesicht, wie man ihn sonst eigentlich nur in etwas antiquierten Filmen zu sehen bekommt. Sie schloß die Tür hinter sich, blieb aber in der Nähe der Tür stehen, ohne etwas zu sagen.

«Morgen, Widder», gähnte Hiob. «Jemand gestorben?» «In jeder Sekunde sterben Dutzende von Menschen, aber mehr noch werden geboren.» Ihre Stimme klang fremd, aber Hiob war das gewohnt. Mit ihren Körpern wechselten auch ihre Stimmen, ihre Arten zu gehen, und manchmal auch ihr Wortschatz und ihre Diktion. «Wie geht es dir? Was sagen die Ärzte?»

«Hm. Sie zerbrechen sich natürlich die Eierköpfe über die scheinbar natürlichen Heilfähigkeiten meines Knochenmaterials. Im Augenblick sieht's so aus, als würde mein Becken ganz ohne Metallklammern wieder zusammenwachsen. Wenn ich nicht aufpasse, werde ich als medizinische Sensation Furore machen, das wäre natürlich ziemlich schlecht.»

«Und die Schmerzen?»

«Schmerzen sind das, was das Wiedenfließ mir niemals abnimmt, aber dagegen geben sie mir Drogen. Ich bin dauerbreit, mir geht's also relativ gut hier. Witzig war, wie sie beim Röntgen meinen Herzschuß entdeckt haben. Ich hab' mir ja früher immer Sorgen gemacht, daß das auffliegen könnte und so und ich irgendwie als übernatürliches Wesen geoutet werde, aber komischerweise hat eine Pistolenkugel in der linken Herzkammer die Herren Professoren überhaupt nicht beeindruckt. Die haben mir Geschichten erzählt aus Kriegszeiten, von Typen mit mehreren Projektilen im Hirn, die man nicht rausoperiert hat, weil die Operation viel gefährlicher für den Patienten gewesen wäre als das Herumtragen einer Bleikugel im Stammhirn. Medizin ist schon was Irres, da kommst du aus dem Staunen nicht mehr raus.»

«Genauso schnell werden die dein sich von selbst zusammenfügendes Becken eingeordnet haben. Als Präzedenzfall für dies und das, aber wahrscheinlich hat es auch das schon 'mal gegeben. Du brauchst dir keine Sorgen zu machen.»

«Wahrscheinlich hast du recht. Aber was ist los? Warum stehst du da hinten? Komm her und gib mir 'nen Kuß, verdammt. Und was soll der Schwarze-Witwen-Aufzug?»

«Die einzige Möglichkeit, mein Gesicht auf stilvolle Weise vollständig zu verhüllen.»

«Wieso? Dein Gesicht zu verhüllen ist doch ein Sakrileg. Komm her.»

«Hiob, ich bin *sie*. Ich dachte, das könnte dich aufmuntern, während du hier festsitzt und den ganzen Tag über nichts anderes zu sehen kriegst als Schwestern von gestern und schlurfige Pfleger.»

«Du bist *sie?* Wer *sie?* Ich komm' nicht drauf.»

«Mein Rechercheauftrag, erinnerst du dich denn nicht mehr? Das schönste Mädchen aller Zeiten. Die absolute Frau.»

Ein Ruck lief durch Hiobs Körper, so daß seine Aufhängungen klirrten. Er machte den Hals lang, bis es schmerzte. «Du hast sie gefunden?»

«Das ist nicht so einfach. Dein Geschmack ist wie befürchtet eine relative Sache, bei dir sogar besonders kompliziert, weil du nicht einmal auf eine bestimmte Haarfarbe fixiert bist. Wir können davon ausgehen, daß es in der gesamten Menschheitsgeschichte also mehrere Frauen gab, die deine Kriterien der Allerschönsten erfüllten. Also habe ich mich für eine entschieden, die noch lebt. Meine Verbindungen zum Fließ sind nicht mehr so gut, daß ich die Körperbilder längst verstorbener Frauen anzapfen kann. Es war für mich einfacher, eine lebendige zu finden und sie zurückzurechnen.»

«Zurückzurechnen?»

«Sie lebt noch, aber sie ist 72 Jahre alt. Natürlich habe ich sie jetzt als Fünfundzwanzigjährige an. In diesem Alter blühte sie am strahlendsten.»

«Wer ... war ... ist sie? Eine Prominente?»

«Nein. Du hast recht gehabt mit deiner Vermutung, daß es die ganz exakt deinem Geschmack entsprechenden Schönheitstypen niemals zu öffentlicher Berühmtheit gebracht haben. Faith Sutton war zwar in den dreißiger und vierziger Jahren so etwas wie die Dorfschönheit von Elmsfield in Devon, aber sie war nie interessiert daran, an irgendwelchen Miss-Frühlingsquark-Wahlen teilzunehmen. Sie interessierte sich für Gedichte und schrieb selbst ein paar ganz gute.»

«Oh Mann oh Wow oh Golly, eine Schönheit mit Grips und Poesie und einem eigenen Dickkopf, da werde ich ganz zappelig, da werfen meine Verliebtheitsprogramme schon die Motoren an. Das ist gar nicht gut, gar nicht gut.»

«Wieso gar nicht gut?»

«Weil ich ...weil ich, glaube ich, einen großen Fehler gemacht habe und im Augenblick ein bißchen in der Klemme stecke und ich eine solche gewichtige Ablenkung zur Zeit wohl gar nicht brauchen kann.»

Jetzt kam sie näher an sein Bett heran. «Du hast doch gesagt, du heilst wieder. Oder meinst du etwas anderes?»

Hiob druckste herum. «Deine Verbindungen zum Fließ sind wirklich nicht mehr so gut, hm? Du hast noch nichts gehört?»

«Wovon?» Das schwarze Netzgewebe vor ihrer Nase zitterte.

«Zwei Manifestationen. Gleichzeitig. Ich hab' eingeschlagen. Es ist abgemacht. Wahrscheinlich läuft es schon, während ich hier 'rumhänge wie Schlüssel 12.»

«Zwei Manifestationen? ZWEI MANIFESTATIONEN? Du hast doch damals nicht mal ... »

«Widder, bitte, hör' mit dieser Daily-Soap-Scheiße auf. Mach mir keine Szene. Du bist kein Menschenmädchen, du solltest so was nicht nötig haben. Ich hab' wahrscheinlich 'nen Fehler gemacht, und mir ist das klar und ich gebe es zu, aber es ist nun mal auch durch Geschrei nicht mehr zu ändern.»

Damit war ihr der Wind erst mal völlig aus den Segeln genommen. Sie setzte sich auf die Kante des Bettes, wodurch Hiobs gesamtes Aufhängungs- und Ruhigstellsystem in rasselnde Schwingung geriet. Irgendwie sah ihr falsches Witwenkostüm mit einem Mal passend und echt aus.

«Dann ist es das Ende», meinte sie tonlos. «Jetzt vernichtet er uns.»

«Ach Unsinn. Klar wird es hart werden, wahrscheinlich das Härteste von allem bisher, aber andererseits gibt es mir doch 'ne gute Chance, sechs Punkte auf einmal zu machen. Kein Kleinkram mehr, an dem man sich wundschabt. Endlich 'mal ein großer Wurf.»

«Nein, du verstehst nicht. Sechs Punkte. Wenn du die kriegen würdest, würdest du einen neuen Weltrekord aufstellen. Das wird er nicht zulassen. Ich kenne ihn. Jetzt macht er den Sack zu. Er wird Souldiver Bloodfork einsetzen.»

Souldiver Bloodfork. Hiob hätte diesen Namen selbst schon im Munde geführt, damals zum Beispiel, im Dialog mit dem Dämon des Elektrokutierten. Gelesen hatte er viel in seiner Familiengruft über den legendären Kopfgeldjäger der Hölle, dem nur ein einziges Mal jemand entkommen war, und das nur deshalb, weil dieser jemand von Römern gekreuzigt wurde, bevor der Jäger an ihn rankommen konnte. In manchen Übersetzungen uralter Weisheiten war der Name *Souldiver Bloodfork* ein Synonym für das Ende vom Lied.

Hiob zog seine Mundwinkel auseinander. «Dann bin ich dem Alten endlich wertvoll genug, ein hohes Preisgeld auf mich auszusetzen. Bloodfork ist teuer, hört man.»

«Ja. Und seinen Preis wert. Und er wird nur eine der beiden Manifestationen sein. Gleichzeitig wird der Meister also noch eine andere auf dich loslassen.»

«Was denn? Ein zweiter Bounty Hunter? Konkurrenz belebt das Geschäft?»

«Unwahrscheinlich. Wieso zwei Hanfseilschlingen um den Hals eines Delinquenten legen? Die andere Manifestation wird etwas anderes sein, etwas, das dich beschäftigen und fertigmachen soll, bis Bloodfork da ist.»

«Na super. Wenn ich eine gesicherte Existenz hätte haben wollen, hätte ich ja in den öffentlichen Dienst gehen können. Ahhhh Scheiße, dann wird es eben endlich eine Entscheidung geben. Niemand traut mir hier irgend etwas zu, selbst die Unparteiischen sagen mir schon feixend ins Gesicht, daß ich nie eine Chance hatte. Jetzt wird sich's eben zeigen. Entweder ich werde hinweggetilgt – oder ich trete dem Fließ endlich 'mal so nachhaltig in den Arsch, daß alle Höllenkessel überschwappen. Und stehe endlich als Weltrekordler da, als jemand, den man mit Respekt behandelt, jah!» Die Drähte und Schnüre schwangen und rasselten wieder, diesmal aus Hiobs eigenem Antrieb.

«Ich würde mich gerne aus der Schußlinie begeben», meinte Widder so leise, daß Hiob ihre Worte kaum entziffern konnte. «Eine Reise machen oder so, bis es vorbei ist.»

«Äh? Na ja. Klar. Das geht schon in Ordnung. Ich habe schon genug schlechte Filme gesehen, wo der Held sein Mädchen verliert, weil sie sich zwischen ihn und den Bösewicht geworfen hat, als es gerade hoch herging. Darauf kann ich gut verzichten. Ich verlange nichts von dir.»

«Das ist gut so.»

«Hör mal, hast du denn wirklich so viel Schiß? Meinst du, daß dieser Bloodfork eine nukleare Brandschneise hinterläßt oder so was ähnliches?»

«Ich bin ihm einmal begegnet, das ist schon ein paar Jahrzehnte her. Er hatte gerade einen Papst erledigt und unterhielt sich mit einem Kupferdämon über die Art und Weise, wie man Nonnen zum Platzen bringt. Als er mich sah, grinste er breit und machte ein obszön schlürfendes Geräusch mit seiner hohlen Projektilzunge. Seitdem bin ich ihm aus dem Weg gegangen und möchte das auch weiterhin so halten.»

«Geht schon in Ordnung. Es ist zwar nicht besonders romantisch ...»

«Romantisch?»

«Naja. Ich meine, romantisch wäre es schon, wenn du so was sagen würdest wie ‹Jetzt, wo du mich am meisten brauchst, werde ich bei dir bleiben und dir beistehen, Liebling› ...»

«Spinnst du?»

«Nur so'n Gedanke, hey, entschuldige.»

Ihr verhülltes Gesicht wandte sich ihm direkt zu. «Nur um das mal klarzustellen, *Spieler Montag:*. Nichts liegt mir ferner, als deinetwegen meine Existenz aufs Spiel zu setzen!»

«Schon gut, schon gut, schon gut!»

«Zufällig dauert meine Existenz nämlich schon ein paar Jahrhunderte länger an als deine, und du bist weder der erste, noch der zehnte, noch auch nur der tausendste, und erst recht und überhaupt nicht der beste Mann, mit dem ich's je getrieben habe. Daß du dich in mich verliebt hast und jetzt romantische Vorstellungen zu hegen beginnst, das ist die Essenz meines Daseins, meine mir zugedachte Aufgabe, und die beherrsche ich nun einmal. Aber bilde dir bloß nicht ein, daß ich ganz dumm und verwirrt werde, wenn ich mit dir zusammen bin, und an gar nichts anderes mehr denken kann als an deine Zärtlichkeiten, du starker Held. Das ist völlig absurd. Ich bin dir zugeteilt worden kraft eines sachlichen Vertrages, und deshalb hat es mir gefallen, daß du ein exzentrischer und interessanter Spieler warst, der Erfolge vorweisen konnte, deren Glanz auch mich beleuchtete. Aber wenn du dich nun immer mehr als Vollidiot entpuppst, der vor lauter hohler Angeberei seine Trumpfkarten nicht mehr zusammenhalten kann, dann kann kein Vertrag zwischen den Welten von mir verlangen, den Gestank deiner verspritzten Innereien mit abzubekommen.» Sie erhob sich mit einem für Hiob extrem schmerzhaften Ruck und tackerte auf ihren hohen Absätzen zur Tür. «Moment mal», rief Hiob ihr hinterher, und sein Gesicht war ganz verzerrt. «Wir haben diesen Vertrag, vergiß das nicht! Du bist für mich, für all meine Zeiten, und wenn ich dich brauche, kann ich dich rufen!»

«Ah ja? Dann versuch mal, mich zu zwingen.»

Die Tür knallte zu und Widder war weg. Das schönste Gesicht aller Zeiten blieb verhüllt, nebensächlich, vergessen.

Was war denn das jetzt gerade gewesen? Die Heftigkeit von Widders Emotion war für Hiob völlig überraschend. Irgendwie erinnerte ihn der gerade gelaufene Streit wirklich an eine von diesen Filmszenen, die er schon als Kind immer gehaßt hatte: Der Held macht sich auf in seinen letzten und entscheidenden Kampf, und die Frau stellt ihn vor die völlig bescheuerte Wahl, entweder sie oder der Kampf, und selbst wenn er gewinnt, wird sie nicht mehr da sein und der ganze Sermon, mit dem sie dem Helden ganz unnötige zusätzliche Kopf- und Bauchschmerzen bereitet, als ob er nicht schon genug Probleme hätte, und überhaupt ist der wirklichkeitsfremde Nesttrieb der Frau völlig kontraproduktiv für den Helden, so daß Zuschauer JungHiob ein Faible für Filme entwickelte, in denen erst überhaupt keine Weiber vorkamen, oder wenn doch, dann wenigstens nicht so dumme, einfühlungsunfähige Schnatterliesen, die noch dazu den Showdown nur unnötig hinauszögern, denn am Ende wird ja doch alles gut, also wozu der ganze Mist?

Hier war aber natürlich alles ganz anders, denn Widder hatte keinen Nesttrieb und hatte es als erfahrener Sukkubus auch nicht nötig, sich selbst zu bestätigen oder sich von ihrem augenblicklichen Stecher bestätigen zu lassen. Hier steckte etwas anderes dahinter. Sie war zu ihm gekommen, um ihm eine Freude zu machen, ihre Antriebe waren Sorge, Mitgefühl und Vorfreude über ihre gelungene Überraschung gewesen. Dann hatte er sie mit seiner Eröffnung schockiert, und sie war in Enttäuschung, Panik und letztendlich Wut verfallen. Ahnte sie vielleicht mehr, als sie Hiob hatte verraten wollen, über die Natur der zweiten Manifestation? War es vielleicht möglich, daß sie selbst das Ziel war – daß NuNdUuN diesmal sie anstelle von Myriem töten wollte, um Hiob zu verletzen? Daß sie sich deshalb so vehement zurückziehen wollte, weil sie sich von Hiob verraten fühlte, der wie ein leidenschaftlicherer Judas mit Küssen über sie herfiel, während er geheime Verabredungen mit dem großen Unheilsbringer traf? Daß sie ahnte, daß sie sterben würde, nur weil Hiob dumm war und unbeherrscht?

Oder war das viel zu weit hergeholte Schwarzseherei, bedingt durch seine im Augenblick nicht gerade besonders beglückende Lage, und Widder war einfach nur sauer, weil er ihre aufwendige Überraschung mit rückhaltloser Egozentrik kaputtgepiekst hatte?

Hiob hing verankert in den komplizierten meditechnischen Arretierungen, die ihn gegen unbedachte Bewegungen schützen sollten, und versuchte sich das phantastische Gesicht unter dem schwarzen Schleier vorzustellen und wie es sich zu Zorn entstellte – aber noch vergeblicher waren seine Bemühungen, sich an den genauen Moment zu erinnern, an dem alles angefangen hatte schiefzulaufen. Denn das war nicht nur ein einzelner Moment in jüngster Vergangenheit. Das ließ sich endlos zurückverfolgen, springend von Dominostein zu Dominostein, bis zurück zum Moment seiner Geburt und wahrscheinlich sogar noch darüber hinaus.

1
17
18
19
20
21
22
23
24
25
26
27
28
29
30
31
32
33
34

Eröffnung

Versuch einer ~~Bestandsaufnahme~~.

Erklärung

360 Hiobs Spiel – Traumtänzer

Versuch einer ~~Bestandsaufnahme. Erklärung.~~ Entschuldigung? Nein. Wofür? Je ne regrette rien, außer den Schmerzen und ab und zu den beschissenen Skrupeln, die eine Art Gemütsschwuchtel aus mir machen.

Ich habe zur Zeit nichts Besseres zu tun, als den Beginn der ganzen Sache in Worte zu fassen. Worte für mich selbst. Versuch eines Fassens in Worte.

Der Beginn von allem *interessiert* mich am meisten. Ich denke oft an ihn, stehe auf ihm wie auf einer rotierenden Zielscheibe, jetzt, wo mir eine Doppelmanifestation bevorsteht, die mir den Arsch bis zum Nordpol aufreißen wird. Vielleicht wird dies hier ja mein Testament. Vielleicht deshalb dieser Drang zum Papier. Kotztüte und Wischweg. Bevor Tinte und Blut alle sind.

Der Anfang.

High Hopes. Great Expectations.

Jung-Hiob und der Drache.

Blutbad die erste.

Und Action.

361 Eröffnung

ICH HÄNGE IMMER noch in diesem verdammten Krankenhaus fest, wo alle Schwestern bis auf eine, die ich immer seltener zu Gesicht bekomme, eine Häßlichkeits- und Widerlichkeitsprüfung als Eignungstest ablegen mußten und mit Auszeichnung bestanden haben. Mein Bauch und meine Hüften sind immer noch einzementiert, Schwanz und Arschloch haben sie mir gnädigerweise freigehalten, so daß ich würdevoll im Liegen wie ein seniler Krüppel Pfanne und Flasche vollmachen kann und dann darauf warten, bis man sie mir dann endlich unterm Arsch wegzieht. Das Essen hier ist glücklicherweise so dermaßen übel, daß ich kaum was zum Ausscheiden in mich aufnehmen kann. Allein der Geruch der wie Kotze aussehenden Kartoffelbrei- und Erbschen-und-Möhrchen-Zerkochtheiten bringt mich schon zum Würgen, und ich bin nun wirklich nichts Großartiges gewohnt. Warum kümmert sich Amnesty International nicht um die Hospitäler sozialabbauender Industrieländer? Und der Witz daran ist: Wenn [redacted] mein alter Kumpel – dessen Namen ich hier nicht niederschreiben werde, weil das mein Testament werden soll, nicht seins – mir nicht wie früher immer aus der Patsche hilft, weil er jetzt ja eigene Pläne hat, weiß ich noch nicht mal, wie ich diese Wundliegekur hier eigentlich bezahlen soll. Widder ist abgehauen, läßt sich nicht mehr blicken. Was vom Geld noch da war, hat sie wahrscheinlich für Fetischwäsche oder so nen Scheiß ausgegeben. Jetzt macht sie wohl nen andren armen Teufel glücklich.

Das habe ich alles dem Teufel zu verdanken. Asmodis Adonai. Asmonai. Dankeschön für alles. Die zerborstenen Knochen. Die aufgeweichten toten Kids. Das war ganz einfach – wunderbar. Zuuuuuuuuga-be. Wird gewißlich gewährt. Wiederaufnahme wegen des großen Erfolgs, folks.

Ich bin müde und nicht besonders originell. Sie geben mir Scheiße gegen die Scheiße gegen die Schmerzen. Ich schlucke mittlerweile alles, an so was hab ich immer Spaß. Ich bin halt anders, gebt mir ne Überdosis, und ich tanz euch nen Cancan. Manchmal krieg ich nen Ständer, der stundenlang nicht umfällt. Dann wünsch ich mir sogar eine der häßlichen Schwestern her, egal was, irgendwas, das sich triefend heiß und haarig drüberstülpt und mir diesen wahnsinnig machenden Überdruck wegmelkt. Vielleicht die Wurzel allen Übels: die verdammte Geilheit. Geht niemals wirklich weg. Ist nicht totzukriegen. Und ich: Vertraglich verpflichtet, nur mit einem Sukkubus zu bumsen, und dieser hat mich jetzt verlassen. Traufe im Regen. Arschkarte gezogen. Shit.

Träume von dem Gesicht unter dem Witwenschleier. Sieht aus wie Louise. Oder wie Bernadette, manchmal.
Die Arschbacken jucken wie irre, jedes Härchen dort ziept und zwinkert und ich kann sie unter dem ganzen Beton nicht kratzen.
Vergiß das nie, Hiob, Baby. Wie übel man dran sein kann. Wie nah man rangebracht werden kann an alles, was man schon immer verabscheute. Zur Untätigkeit verdammt. Verdammt verdammt verdammt.
Bißchen gedöst. Das Papier und den Füller immer unterm Kopfkissen versteckt, das tut gut weh beim Umdrehen und Halb-Hochwuchten und erinnert mich dran, daß ich noch lebe, noch nicht fertig bin. Ich hab noch viel zu sagen. Bald werd ich Weltrekordler, dann wird es immer schwerer werden, den verrückten Montag aus B-City zu ignorieren. Muß nur die Doppelesche überstehen. Hab das Gefühl, dös schon wieder weg. Seh ~~alles~~ [redacted]

363 Eröffnung

WARUM ICH DAS hier aufschreibe, ist wichtig.
Habe mich bislang nicht damit aufgehalten, das Buch Montag zu verfassen. Wird sich früher oder später sowieso jemand finden, der das macht, obwohl wir nicht mehr in den Jahrhunderten leben, wo Metaphysikern noch große Aufmerksamkeit zuteil wird, es sei denn, sie reden von UFOs. Habe auch keine Zeit gehabt, Worte für das zu finden, was ich tu. Aber Worte werden ~~gefunden worden sein müssen~~ eines Tages, um der Welt zu erklären, was aus mir geworden ist und warum. Kann sein, daß der Kopfgeldjäger die Handhabe hat, mich zu ernten. Dann wäre Schluß mit meinem Spiel, und mir bleibt jetzt nur noch, einem anderen die Möglichkeit zu geben, von meinen Erfahrungen zu profitieren. Irgendeinem anderen armen Schwein, der das Spiel spielt, das noch nie einer gewonnen hat.

Heutzutage, wo Street Credibility so ein wichtiger Begriff unter jungen Männern ist, kann ich mit Fug und Recht sagen: Ich komm aus dem Ghetto.
Zwar nicht wohnungsmäßig gesehen oder familiär – aber ich komme aus dem Ghetto der Schmerzen. Halb eingeklinkt als Kind schon in eine Metadimension der astralen Empathie, die ich als Junge weder verstehen noch verarbeiten, geschweige denn kontrollieren konnte, hatte ich dauernd Kopfschmerzen, kriegte bei den leichtesten Fressalien Krämpfe wie bei ner Steißgeburt. Schwindlig war mir oft, ich sah doppelt, die materielle Wirklichkeit überlagert von ihrem eigenen spirituellen Echo. Ich war blaß, da im Sommer allergisch gegen alles, was irgendwie nach Leben roch. Ich war mager, da ich beim Sport zu leicht Herzrasen bekam oder manchmal mitten in einem Mannschaftsspiel so eine Art Anfall, wo ich dann stehenblieb und wie blöde vor mich hinstarrte, während mir in dickem Strahl Blut aus der Nase strömte. Ich lernte erst viel später, daß diese Anfälle dadurch ausgelöst wurden, daß gerade irgendwo auf der Welt ein kleines Massaker stattfand oder jemand totgefoltert oder totgefickt wurde oder sich das Fließ sonstwie zur Geltung brachte. Die Ärzte waren ratlos, mein Vater war hilflos, meine Mutter war desinteressiert, nur mein Großvater war für mich da und half mir über vieles weg, meistens, indem er mir kryptische Gleichnisse erzählte von Menschen, die anders waren als andere, und was für eine Gabe so was sein konnte.
Ich war aber nicht dankbar für meine Gabe. Mit zehn hatte ich alle Kinderkrankheiten durch und wahrscheinlich dabei auch noch ein paar neue erfunden, die nur deshalb nicht nach mir benannt wurden, weil die Ärzte nicht an mich erinnert werden wollten. Mit fünf hatte ich Mumps und Meningitis gleichzeitig gehabt und wurde vorüberge-

hend dadurch kurzsichtig und sprachgestört, aber das legte sich wieder, rechtzeitig zu den Einschulungstests. In der Schule war ich unauffällig, einigermaßen klug, von der Klassengemeinschaft nie richtig akzeptiert, weil meine An- und Ausfälle so unheimlich waren. Beim Tipp-Topp-Abzählen von Mannschaften war ich immer der, der übrig war. Keiner wollte den Spasti haben. Meine krankheitsbedingten Fehltage waren stets in neuen Rekordhöhen auf den Zeugnissen vermerkt. *Sollte sich mehr bemühen, dem Unterricht zu folgen*, stand da auch mal, und einmal sogar das bezeichnende *Lenkt andere, langsamer arbeitende Mitschüler oft durch ungeduldiges Verhalten ab*. Meine Handschrift übrigens wurde immer mit 4 benotet. Großvater sagte, das deutet auf einen eigenwilligen Charakter hin. Meine Hand will überall hin, nur nicht dorthin, wo der nächste Buchstabe hin soll.
Ich war – mit einem Wort – ein häßliches Kind, und meine hellen türkisfarbenen Augen müssen den Leuten unangenehm in den Blick gestochen haben.

Zu Hause war alles relativ in Ordnung.
Mein Vater war ein weichlicher, zum Bauchansatz neigender, freundlicher Mann, der Depressionen kultivierte, in denen er buchstäblich das Heulen anfing. Ich habe meinen armen Vater oft flennen gesehen, heute bewundere ich ihn manchmal fast dafür, als Kind war mir das natürlich stockpeinlich. Dabei war es zwangsläufig, daß mein Vater depressiv war. Er war der Sohn eines seinerzeit berühmten Magiers, des großen Terach Montag aus der großen Ahnenreihe der *Per Aspera Ad Astra*-Montags, die immer dort gedient oder bekämpft hatten, wo der Brennpunkt war. Er war der Sohn eines deutschsprachigen Merlin, und er war ein kompletter Versager. Seine magischen Fähigkeiten waren gleich Null, seine montagsche Kampfeslust und Entschlossenheit waren irgendwie im Mutterleib mit musischer Begabung und Harmoniebedürfnis vertauscht worden. Vater verdiente ein anständiges Brot als leitender Angestellter bei den städtischen Wasserwerken, den alle gut leiden konnten. Nach Feierabend engagierte er sich zweimal die Woche in einer Laientheatergruppe namens *The Ater*. Ich kann mich noch gut daran erinnern, daß ich meinen Dad so manches Mal verkleidet auf einer kleinen Bühne rumspringen sah, wenn er den Zettel gab oder den Famulus Wagner oder irgendeine Nebenfigur bei Molière. Als Kind fand ich das immer lustig und hatte niemals Schwierigkeiten, meinen Vater unter den ganzen maskierten Schauspielern herauszufinden, weil er selbst mit schwarzem Gesicht, Pluderhosen und Turban immer noch wie Papa aussah und sich bewegte. Ich selbst wollte aber

nie mitspielen, im Gegensatz zu den anderen Söhnen und Töchtern von Mitwirkenden. Ich war nie gut darin, vorgegebene Texte auswendigzulernen. Mein Gehirn funktioniert nicht auf diese Weise. Außerdem hatte ich immer Angst, beim Auftritt eine Schmerzattacke oder einen Kreislaufkollaps zu erleiden oder einer Märchenprinzessin brodelnde Kotze übers Dekolleté zu speien, wenn ich mich gerade als einer der sieben Zwerge besorgt über sie beuge. Nein, die Öffentlichkeit war schon immer zu heikel für mich. Einer wie ich ist dazu verdammt, im Dunkeln zu wirken.

Jedenfalls: mein Vater. Ein lieber Kerl, der unter seinem gebrechlichen und dauernd Sorgen bereitenden Sohn litt und unter seinem Vater, der mit uns in der geräumigen 5-Zimmer-Miet-Altbauwohnung lebte und eigentlich keine Gelegenheit ausließ, seinen Sohn spüren zu lassen, wie sehr dieser ihn enttäuschte.

Und dann war da natürlich noch meine Mutter. Ein – und das ist noch gelinde ausgedrückt – erotisches Erdbeben mit dunkelroten langen Haaren und dunkelgrünen großen Augen, eben genau die Art Frau, unter der sich Klein Fritzchen gut eine Hexe vorstellen kann, die sich nachts in eine Katze verwandelt, um es lautstark mit den streunenden Katern zu treiben. Die Seitensprünge meiner Mutter kann man schon gar nicht mehr als Seiten*sprünge* bezeichnen. Eigentlich ging sie die ganzen Jahre eher seitlich neben uns her. Sie war handverlesen worden im zarten Alter von sechzehn Jahren, handverlesen von dem alten Magier Terach, um aus den rezessiv gebliebenen Genen seines Sohnes und ihren eigenen, dem elsässischen Naturbrauchtum entstammenden Weibskräften einen Messias hervorzubringen: mich, das häßliche Kind. Nur sechzehn Jahre älter als ich, würde sie wahrscheinlich auch heute noch eher als meine große Schwester durchgehen als als meine Mutter, und dementsprechend unmütterlich waren auch stets ihre Gefühle für den kleinen, kränkelnden Balg, den ihr Schoß hervorgebracht hatte. Ehrlich gesagt habe ich nie erfahren, weshalb sie sich eigentlich auf diesen Deal eingelassen hatte. Ob sie in einer Notsituation gewesen war und Terach sie dort herausrettete, oder ob er ihr Einweihung in sein Wissen versprach (auch sie entstammte einer altehrwürdigen, magisch tendierten Ahnenreihe, ihr Familienname ist *Izambleau*) – sie hat's mir nie erzählt, und ich hab sie auch nie danach gefragt. Jedenfalls: Wenn sie mal hingegangen wäre, wäre sie wahrscheinlich auf jeder Elternversammlung die Ballkönigin geworden. Aber sie ging da nie hin. Sie hatte ihre «außerehelichen Intimkontakte». Und für mich war mein Vater zuständig. Mit rührender Hilflosigkeit versuchte er, den Problematiken seines heranwachsenden Freak-Sohnes zu begegnen.

Als ich dreizehn Jahre alt war, sprang mein Vater aus dem Fenster. Unsere Altbauwohnung lag hoch genug. Er machte sich einfach davon. Wie ein Vogel, der vom Fensterbrett abhebt. Schwupp, und weg war er. Ich habe damals die Plötzlichkeit dieses Jetzt-ist-er-weg-und-wird-nie-wiederkommen gar nicht richtig verarbeiten können. Die traurigen Gesichter seiner Freunde und Kollegen, die bei uns aufkreuzten, um ihr echtes Beileid auszudrücken, deprimierten mich zwar, aber ansonsten ging alles weiter, mit – wie es mir schien – erhöhter Geschwindigkeit. Mutter nahm die Zügel in die Hand. Das hieß erstens: Umzug von ihr und mir in eine grünere und politisch schwärzere Vorstadtgegend, und zweitens: Abschiebung des alten Nörgelgreises Terach in ein Altersheim am genau anderen Ende der Stadt. Wenn ich mir die Sachlage so im Nachhinein durch den Kopf gehen lasse, wundere ich mich eigentlich darüber, daß der alte Magier sich so wenig dagegen gewehrt hat. Wahrscheinlich war es ihm ganz recht, sich nicht mehr alltäglich mit dem grünäugigen Teufelsweib messen zu müssen. Der Verkauf der Altbauwohnung brachte was ein, und darüber hinaus verdiente meine Ma ein recht erstaunliches Salär mit Handlesen, Prophezeiungen und was weiß ich für Diensten am Kunden noch, über die ich gar nicht nachdenken will.

Ich ging zum Gymnasium, hielt weiterhin Kontakt zu meinem besten Freund und seiner Familie, die ich im alten Wohnviertel zurückgelassen hatte. Zweimal die Woche erhielt ich arkanischen Unterricht von meinem Großvater, ein- oder zweimal im Monat brachte meine Mutter mir was über Kräuterverarbeitung und Drogenherstellung bei. Dann lernte ich das Gothic-Mädchen ~~[illegible]~~ kennen und – wie man eben so sagt – lieben und über sie ihren Vater, den Druiden, so daß ich während meiner Pubertät gleich drei übernatürliche Lehrmeister hatte und meinen derart angereicherten Samen in ein dafür empfängliches Gefäß gießen konnte. Eine merkwürdige Zeit. Ein Sturm und Drang, verzeitlupt in schwarze Spitze gehüllt. Hiob der Leidende wird langsam Wirkender. Morbide Romantizismen im Mondlicht. Tagsüber, vormittags, das angewiderte und desinteressierte Absitzen einer Leistungsgesellschaft-Schülerkarriere mit mehr als durchwachsenen Noten und etlichen persönlichen Reibereien mit pathetischen und pathologischen Lehrkräften. Meine Loslösung vom bundesrepublikanischen Sozialgefüge war nicht mehr aufzuhalten, gewann immer mehr an Eigendynamik. In den fünfziger Jahren hätten die Amis über so einen wie mich ein Juvenile-Delinquent-Movie gedreht. Vic Morrow hätte mich gespielt, oder – um die verlogene Tragik zu betonen – Sal Mineo. Auch wenn ich dem gleichgeschalteten Motorrad-und-Auto-Fetischismus anderer Jungmänner nie etwas abgewinnen konnte; am Ende wäre ich wahrscheinlich erschossen worden.

367 Eröffnung

In dieser Zeit lehrte mich mein Großvater die Theorien vom Wiedenfließ, und sie wurden ein Auffangbecken für all meine Verwirrungen.

DIE GRUNDLEGENDE DARSTELLUNG des Wiedenfließes ist von bestürzender Einfachheit: Es gibt eine materielle Welt, und es gibt eine immaterielle Welt, auch als spirituell, spiritistisch oder magisch bezeichenbar. Wir leben in der materiellen Welt und reichen nur mit unseren Gedanken, mit unseren Träumen und Ideen und unserem Unterbewußtsein in jenes andere Reich hinüber. Das andere Reich jedoch existiert und arbeitet und versucht von sich aus, sich auf unsere Ebene zurückzukoppeln. Auch dort gibt es, genauso wie hier, Machtspiele, Kriege und Könige. Und der König der Könige heißt NuNdUuN.
Die berühmte christliche Dichotomie war ein Irrtum – genauer: eine bewußt aus didaktischen Gründen in Umlauf gebrachte Fehlinformation. Es gibt kein Gut und Böse, kein Himmel und Hölle, kein Gott und Teufel, keine Belohnung und keine Bestrafung in keinem Leben nach dem Tode. Es gibt nur das Fleisch und den Geist. Leib und Seele. Beides ist wahr, beides ist kein Traum, aber im Geist, im Wiedenfließ, ballt sich letzten Endes mehr Macht als hier drüben, im schwerkraftgebundenen Blut-Sperma-Eisen-Land.

Am Anfang, als die Erde noch jung war und es noch keine Hominiden gab, die sich aufrichteten, um einander größer und ehrfurchtgebietender zu erscheinen, war das Fließ noch unbestimmt, war wie ein Urmeer oder wie eine Sphäre, in dem sich formloses Leben tummelte. Aber als dann die Menschen anfingen, sich zu Unmenschen zu evolutionieren, als Furcht spürbar wurde und Haß, und Lust und Gier und Eifersucht und Geiz, und all das immer konkreter wurde, wurde auch das Fließ immer konkreter und nahm Formen an, und zwar die Formen, die die Menschen ihm verliehen. So wurde das Fließ – wie man in der magischen Lehre so schön sagt – *malevolent*. Aus den ungeformten Geistern wurden Dämonen und Satyrn, aus den immateriellen Nebeln und Schleiern bildeten sich Schründe und Höllen heraus, und dann kamen die Feldherren und Usurpatoren, entwickelten ein Eigenleben und begannen damit, die Menschen auf ihrem eigenen Feld zu schlagen.
Ganz am Anfang dieser Entwicklung, die auf ein Gegeneinander von Menschheit und Fließ hinauslief, spaltete sich eine Gruppe von Fließwesen von den anderen ab und nannte sich *die Unparteiischen*. Die Unparteiischen formulierten die Notwendigkeit eines Miteinanders von materieller und spiritueller Welt, predigten eine Einheit – oder Wiedervereinigung, so sah es ja damals schon aus – und behaupteten, daß eine Abspaltung des Wiedenfließes vom konkreten Erdgeschehen in einen letzendlichen Untergang beider Systeme münden würde. Am Anfang erhielten die Unparteiischen noch regen Zulauf, denn sowohl den Wiedenfließern als auch den kontaktbegabten

Schamanen von unserer Ebene wurde das kumulative Machtgebaren der obersten Wiedenfließfeldherren zunehmend unheimlich, zu Recht fühlten sie sich bedroht und an den Rand gedrängt. Es kam zu taktischen Konflikten und regelrechten Scharmützeln. Die Unparteiischen gegen die Wiedenfließer, die jetzt voll und ganz Wiedenfließer waren und für die Menschheit nichts weiter als Haß und Verachtung empfanden. Aus diesen Anfangszeiten der Gründerkriege, aus Äonen also, in denen die Unparteiischen tatsächlich noch mächtig genug waren, den Parteiischen Niederlagen zuzufügen und ihnen Bedingungen diktieren zu können, rühren die wenigen Regeln her, die es auch heute noch im Wiedenfließ gibt. Eine dieser Regeln besagt, daß die Nachfahren der damaligen Unparteiischen auch heute noch in Ansehen und Respekt stehen und auch heute noch in Streit- und Regelfragen als autoritäre Instanz von allen Seiten akzeptiert werden müssen. Eine andere Regel ist *das Spiel.*

Die Unparteiischen gingen dabei von dem Gedanken aus, daß es so etwas wie eine Gleichberechtigung zwischen zwei Machtblöcken nur dann geben kann, wenn es eine zumindest theoretische Möglichkeit gibt, daß der eine Machtblock von einem Vertreter des anderen Machtblockes regiert werden kann. Diese Idee mutet uns heute ein bißchen seltsam an. Schließlich haben die Amis während des Kalten Krieges auch nie daran gedacht, vielleicht mal von einem Russen regiert zu werden und vice versa genausowenig. Aber die Unparteiischen waren ziemlich clever, und sie hatten es schließlich auch mit einer anderen Situation zu tun. Es gab nämlich kein Gleichgewicht der Kräfte, wie bei uns im Kalten Krieg. Sondern das Wiedenfließ hatte aufgrund seiner magischen Potentiale und seines Einflusses auf unsere Träume schon immer größere Möglichkeiten, auf unsere Ebene einzuwirken, als wir haben, auf das Fließ einzuwirken. Die Anzahl der weltlichen Schamanen und Magier, die tatsächlich die Fähigkeit haben, Wiedenemissionen nicht nur empfangen, sondern auch bestimmen und lenken zu können, ist seit Anbeginn der Menschheit immer weiter rückläufig. Man kann das Ganze auch metaphorischer ausdrücken: Wir Menschen werden immer materialistischer und brechen immer mehr spirituelle Brücken zum Wiedenfließ ab. Selbst der jetzt in den neunziger Jahren gerade aufflackernde neue Esoterik-Boom ist in erster Linie durch Produkte, Vermarktungstechniken und egoistische Wie-finde-ich-Erfüllung?s-Tendenzen dominiert und hat mit tatsächlicher geistiger Bewußtseinserweiterung etwa soviel zu tun wie eine aufgeprallte Silikontitte mit einer milchspendenden Mutterbrust. Die Unparteiischen konnten diese Entwicklung vom Zeitenanfang her voraussehen, weil diese Entwicklung zur Genese der Menschheit mit dazugehört. Deshalb: Da es einem Wiedenherrscher wie NuNdUuN jederzeit möglich ist, auf unsere weltlichen Präsidenten und Diktatoren Einfluß zu nehmen und sie in seinem Sinne zu Höchstleistungen anzuspornen, wollten die Unparteiischen auch uns Menschen die Chance einräumen, den Thron des Wiedenfließes zu erklimmen. Dies ist der Sinn und Zweck des Spieles, das seit den Urzeiten der Unparteiischen immer wieder von Menschen gespielt wird, die bereit sind, den Preis zu zahlen, den das Spiel fordert. Aber halt.

Halt, halt, halt, halt, halt, halt.

Ich greife vor, bin chronologisch nicht korrekt, gerate auf die schiefe Bahn, denn eigentlich – natürlich – erzählte mir mein Großvater NICHTS vom Spiel. Mittlerweile habe ich herausgefunden, daß es meine Bestimmung war zu spielen, daß ich regelrecht dafür gezüchtet wurde, aber nicht so schnell, so früh, so jung an Jahren. Mein Großvater und seine Alliierten hätten viel lieber gesehen, daß ich vierzig oder sogar fuffzig Lenze alt bin, wenn ich die große Eröffnung mache. Ein Aufschub alter Männer. Nicht mit mir. Viele vor mir waren alt und klapprig, als sie's angingen, und weil sie alt und klapprig waren, sind sie auch gescheitert. Die bisherige Weltrekordhalterin dagegen war noch keine dreißig, als es sie endgültig erwischte. Die hatte sehr früh begriffen, worauf es im Leben ankommt, und deshalb Erfolg gehabt. Relativen Erfolg zumindest.

Nein, mein Großvater erzählte mir noch nichts vom Spiel. Aber vom Wiedenfließ und seinem Herrscher – NuNdUuN –, von Magie und den damit verbundenen Möglichkeiten. Und er half mir damit sehr, denn er gab mir die Möglichkeit, meine dauernden Krankheiten und medizinisch rätselhaften Breakdowns in ein sinnstiftendes System zu integrieren. Ich begann, mir erklären zu können, was eigentlich mit mir los war. Das war keine gottverdammte Pubertät, wenn einem beim Wichsen grünliche Soße aus dem Schwanz spritzte, die nach Kochzwiebeln roch. Das war Magie. Ich war ein Empath, deshalb litt ich so. Und ich hatte die theoretischen Fähigkeiten, mich in die Wiedenebene einzuklinken und von dort aus Energie abzuzapfen und diese dann auf wunderbare Weisen zu nutzen. Wohlgemerkt: die *theoretische* Fähigkeit. Zumindest zuerst.

371 Eröffnung

EIN KLEINER EXKURS = wieder eine schiefe Bahn: Ich habe nie eine befriedigende Erklärung dafür erhalten, warum meine Empathie eigentlich rein negativ ist, das heißt, warum ich nur Schwingungen von Katastrophen, Todesfällen, Schrecknissen und Zerstörungen empfangen kann. Ich stelle mir das ziemlich genial vor, ein Empath zu sein, der *good vibrations* aufnimmt. Die Gefühle jedes Liebespaares, das vorbeigeht, jeder Mutter zu ihrem im Kinderwagen nuckelnden Säugling, das Kommen des Frühlings, die sporadisch auftretenden kleinen Akte spontaner Nächstenliebe und Hilfsbereitschaft, die in ihrer Gesamtzahl vielleicht doch ein kleines konstantes rosa Rauschen bilden. Man würde wohl wie ein lächelnder Idiot durch die Welt gehen. Oder zu dauerejakulierender Gelatine reduziert werden. Wahrscheinlich ist das der Grund. Aktionismus ist aus andauerndem Wohlbefinden heraus nicht zu erwarten. Wahrscheinlich mußte ich deshalb ein «Negativer» werden. Weil ich eben fürs Spiel bestimmt war. Und als Spieler muß man den Wahnsinn und die Destruktionen empfinden können, gegen die man vorgeht, und für die man auch – zwangsläufig – verantwortlich zeichnet.

Wie gesagt – Exkurs Ende –, mein Großvater triggerte meine arkanische Vertiefung. Er wollte wohl auch meinem eingeschlagenen Grundkurs entgegensteuern, fleißiger Stecher einer Schickse zu werden und sonst weiter nichts.

Nun, man kann wohl sagen, er hatte Erfolg. Und das so radikal, daß es ihn selbst am meisten erschreckte. Denn ich beschloß, kaum, daß ich meinen wertlosen Abiturfetzen in der Tasche hatte, mich auf eine zweijährige Klausur in der Montagschen Familiengruft einzulassen, um zu lernen, zu fasten, und mich selbst zu initiieren. Per Aspera ad Astra. Also steht es dort geschrieben.

«Zu früh, zu früh», jammerte mein ehrwürdiger Magus-Großvater. «WAS willst du? Geh nicht! Und wenn du doch gehst: Erwarte nicht von mir, auf dich zu warten!» gab mein Girlfriend wohlfeile Klischees von sich, die mich, genau wie die Mahnungen Terachs, nur in meinem Vorsatz bestärkten. Der ~~Druide Byhn~~ zeigte sich erfreut vom mönchisch-asketischen Potential eines so rotzigen Slackers. Und meine Mutter sagte: «Geh nur», und nutzte die Gelegenheit meines Hinabsteigens, um sich ein für allemal aus meinem Leben davonzumachen, zurück Richtung Heimat, den unmöglichen Sohn bis in die Volljährigkeit gebracht habend und damit jegliche Schuldigkeit getan.

372 Hiobs Spiel – Traumtänzer

ICH PLANTE MEINE zwei Jahre in der Gruft so sorgfältig, wie andere frischgebackene Abiturienten ihre Belohnungs-Rucksack-Weltreise planen.

Dann ging ich in die Tiefe und lernte und fastete und initiierte mich selbst. Die zwei Jahre in der Iso-Haft machten mir verblüffend wenig aus, denn ich hatte Hunderte von wertvollen Büchern und einen Radio-Walkman als Spielkameraden und begann dort unten auch mit ersten magischen Experimentchen, und ich kann dazu nur sagen: Es gibt wohl nichts Spannenderes auf der ganzen Welt, als wenn man herausfindet, daß die Gesetze von Physik, Chemie und Biologie sich genauso leicht brechen lassen wie die Gesetze der Justiz. Ich war ein Forscher dort unten, betrat an jedem der 730 Tage Neuland, konnte mich manchmal nur mit Mühe zum Schlafen zwingen. Das waren alles Kinkerlitzchen, was ich dort unten veranstaltete, aber – bei allen jemals geträumten Göttern: Ich machte Licht in meiner Hand! Rötliches, diesiges und flackerndes Licht zwar, das übel roch und nach einer Weile mächtig wehtat zwischen den Fingern, aber es war ein Leuchten. Und ich brachte es hervor! Lauter solche Sachen halt. Kinderkram. Eben das, was man zu leisten imstande ist, wenn man jung ist und unerfahren und seine Seele noch nicht dem Wiedenfließ verkauft hat. Ja, das Fließ. Ich erhielt erste Einblicke in dieses Höllenparadies. Theoretische Einblicke aus Folianten und ledernen Karten, und fast so etwas wie praktische Einblicke in Visionen und Gesichten nach dem Trinken reinsten Wassers, mit dem mein widerstrebender Großvater mich einmal im Monat versorgte. Keine Drogen. Reinigung lautete das oberste Gebot. Aszension und Deszension, denn das Oben ist das Unten, der Makrokosmos entspricht dem Mikrokosmos und umgekehrt. Ich lernte die Grundbegriffe der magischen Genesis, daß Nichts und Alles eins sind, weil Alles aus dem Nichts entsteht und Nichts bedeutender ist als Gott, der der Urknall ist, und das Licht, und die Ideensphäre, die uns unsichtbar umgibt, das Wiedenfließ. NuNdUuN.

Ich studierte die vielen Weltbilder, die Irrwege waren. Geozentrik, Solarzentrik – alles Quatsch, weil im Materiellen kein Zentrum sein kann. Und ich staunte über die vielen Ansätze und Ahnungen der Tatsächlichkeiten schon in altertümlichster Zeit. Bilder der inneren Sonne. Eine beseelte Natur, mit Göttern in jedem Tier. Visionen von mehreren Erden. Alchemie als metaphorische Maskerade eines geistigen Vervollkommnungsprozesses, einer angestrebten Gottwerdung. Das sich in vielfältigen Sprachen und Systemen ausdrückende unbestimmbare Sehnen des Fleisches nach Ewigkeit und Erkenntnis. Die Wahrheit ist nicht irgendwo da draußen, Agent Mulder, weil es nicht eine Wahrheit gibt, und weil da draußen gleich hier drinnen ist.

373 Eröffnung

Ich sah Karten des Wiedenfließes, die einander ähnelten, obwohl sie in unterschiedlichen Jahrtausenden auf unterschiedlichen Kontinenten entstanden waren und auch unterschiedliche Namen und Bedeutungen trugen. Ich las Berichte und sah Illustrationen eines ewigen Herrschers, den einige den Vielen nannten, und viele den Einen. Ich sah Religionen und Kulturen aufflackern, flächenbrennen und verschmoren, die nichts weiteres waren als verzweifelte Versuche, einen einzigen Schritt voranzukommen.
Eins fiel mir besonders auf: Immer wieder auftauchende Zeugnisse von Männern und Frauen, die einen Kampf kämpften, für den es keine irdische Belohnung zu geben schien. Ein Drachentöter hier, ein Exorzismus dort, die Verbrennung eines Dorfes, ein ritueller Mord, Predigten mit mysteriösem Inhalt, Prüfungen und Aufgaben, vermeintlich ohne Sinn, und dennoch mit eisernem Willen vorangetrieben. Diese einzelnen, die in allen Jahrhunderten auftauchten, wurden mal als Wahnsinnige, dann wieder als Erleuchtete bezeichnet, und sie alle starben irgendwann vor ihrer Zeit eines gewaltsamen und rätselhaften Todes. Und jedesmal war im Geschichtsbuch der Menschheit eine bedeutende Katastrophe verzeichnet, kaum daß so ein Verrückter gestorben war.
Ich erkannte ein System.
Ich war *dem Spiel* auf der Spur.
Wenn man erst einmal weiß, wonach man zu suchen hat, lernt man, Hinweise und Querverbindungen neu und diesmal richtig zu deuten. Indem ich mehrere mittelalterliche Handschriften nebeneinanderlegte und die großverzierten Initialbuchstaben hintereinander abschrieb, erhielt ich die einfachen Spielregeln:

**Habest du genygendt erlerneth zu reden mit
dem Beherrscher
So werde darselbst der Beherrscher
Achtundsiebenzig seyen das Ziel
Eynen giebt das Prognostico
Dreye giebt die Manifestatio
Siebene giebt die Inundatio
Scheyterst du seyen die Annzahl des Thodess**

Ähnliche Formulierungen kehren immer wieder, wenn man danach zu suchen gelernt hat, meistens verkleidet als Anleitungen für bestimmte Spielarten des Tarot, denn achtundsiebzig Karten gibt es im Tarot, aber eben genau deshalb. *Das Spiel* definierte das Tarot, nicht umgekehrt. Die Karten wollen Spiegelbilder sein der vielfältigen Geschehnisse im größten Spiel auf Erden und im Kosmos, und oft genug sind sie es anscheinend auch.

Ich erfuhr mehr, denn ich lernte intuitiv, Hinweise und Winke zu verstehen.

Ein *Prognosticon* ist ein Vorbotenereignis, ein düstermagisches Geschehen, das eher den Charakter eines Wetterleuchtens in weiter Ferne als den eines wirklichen Unwetters hat – obwohl ich mittlerweile aus eigener Erfahrung weiß, daß selbst das Auftreten eines höherstufigen Dämonen wie Ruprecht noch unter den offensichtlich weit dehnbaren Prognosticonsbegriff gefaßt werden kann. Eine *Manifestation* ist eine tatsächliche Entladung, meist in Form eines in massive Aktion tretenden höheren Wesens aus dem Fließ. Die einzige Manifestation, die ich bislang miterlebt habe, war ein Sterblicher, der durch unfaßbare Erfahrungen im Ersten Weltkrieg in eine magische, malevolente Entität verwandelt wurde, die dermaßen machtgebündelt war, daß ich nicht einmal hoffen konnte, sie auch nur ankratzen zu können. Ich schickte sie damals gegen NuNdUuN selbst und somit in den Tod. Einer meiner besten Tricks bislang.

Eine *Inundation* habe ich bisher noch nicht initiiert gesehen und möchte mich vorerst auch sehr davor hüten. Wörtlich übersetzt bedeutet der Begriff *Überflutung*. Man munkelt, der Feuersturm von Dresden 1945 sei eine Inundation durch tanzende Flammenreiter gewesen. Kein Bedarf an so was. Noch nicht.

Der letzte Satz des mittelalterlichen Siebenzeilers – «Scheiterst du seien die Anzahl des Todes» – ist in verschiedenen Versionen verschiedentlich interpretiert worden. Einige schrieben, ein Spieler, der bei sechs Punkten scheitert, zieht sechs unschuldige Opfer mit sich. Einige schrieben, die Opfer seien immer die Menschen, die dem Spieler im Leben am nächsten gestanden haben. Einige schrieben, mit «die Anzahl» sei ein Vielfaches der erreichten Punktsumme gemeint, das Hundertfache, vielleicht sogar das Tausendfache. Letzteres erschien mir am glaubwürdigsten, denn es erklärte die Katastrophen, die mit dem Scheitern von Spielern zusammenhängen. Jedenfalls war klar: Je weiter ein Spieler es gebracht hat im Spiel, desto verhängnisvoller für die Restwelt wird sein Stürzen sein. Geniales System. Das Fließ kommt so immer auf seine Kosten.

Mich faszinierte dieser Preis, den man bereit sein mußte zu zahlen. Das ganze Spiel war ein Abstraktum. Man spielte nicht um sich selbst, sondern um die Seelen anderer. Im Sieg profitierte die Welt, in der Niederlage wurde sie geprügelt. Der Spieler selbst schien es relativ einfach zu haben: Er ging durch die Hölle und wußte damit immerhin, woran er war.

Dies war die größte Geschichte aller Zeiten, die größte Möglichkeit, die einzige Chance, die ein einzelnes menschliches Individuum hatte, das

Rad des Schicksals tatsächlich in eine bessere Richtung zu drehen. Beherrscher des Wiedenfließes zu werden bedeutet, die ungeheure Machtfülle aller spirituellen Essenzen kreativ und nützlich verwalten und verwenden zu können. Die Tradition des dumpfen NuNdUuNschen «Im Vergleich zu mir war Hitler nur ein Lämmchen» kann durchbrochen werden. Die üblen Energien können dem Guten zugeführt werden, dem Schützenswerten. Den brennenden Regenwäldern, der Ozonschicht, den brachliegenden Gehirnen der Politiker und Wichtigen, den aussterbenden und gefolterten Tieren, den Kindern, den Behinderten, den Armen. Alles ist möglich. Jeder Traum wird wahr. Jeder, der den Preis zu zahlen bereit ist, kann das schaffen. Ich lernte plötzlich wieder, an etwas zu glauben, ein Ziel zu haben. Das größte, ehrgeizigste, wahnwitzigste Ziel von allen, das, worüber man sonst nur Witze macht: die Rettung der ganzen Welt. Und – schlag nach bei Dante: *den steilen Weg der Dornen schlug ich ein …*

AM ANFANG WAR …

> … das mühselige Durchexerzieren
> von schwierigen Beschwörungsformeln.

Im zweiten Jahr meiner Kasteiungsklausur durfte ich bei Vollmond raus, also nutzte ich die Chance, die Geister der umliegenden Friedhofsleichname zu beschwören. Meistens kam trübes Gesäusel bei raus, aber zweimal gelang mir ein nackerter, spinnerter Reigen mit ätherischen Wesenheiten aus elektromagnetischen Rest-Emissionen zwischen kühlen Grabsteinen und unter alten Bäumen.

Unten, in meiner guten Gruft, begann ich so langsam, Kontakt mit dem Fließ aufzunehmen. Man kann sich kaum vorstellen, wieviel ungerichtete Astralenergie in der Welt ist. Jeder Baum – besonders die Wurzeln – strahlt so eine Art Elmsfeuer aus, nur daß es das Gegenteil von Feuer ist, es macht dunkler, ist kühl und kann genutzt werden, Dinge zu rekonstruieren. Der ganze Globus ist ein andauerndes Brummen, ein planetarer Walgesang, ein millionenfaches Orchesterstimmen. Je hellhöriger man für diese Emanationen wird – und «Hören» ist nicht der Sinn, der gemeint ist – desto wahnwitziger wird diese Fülle, dieser Überfluß, diese Entropie, dieser Luxus eigentlich, Energien wie diese ungenutzt umherschwirren zu lassen. Es gibt zu wenig Magier heutzutage, aber umso mehr Potential bekommt jeder von ihnen an die Hand. Rohmaterial im Überfluß, wo gibt's das sonst schon?

Der Trick ist, daß all dieses ungerichtete Rauschen in Wirklichkeit Teil des Wiedenfließes ist, denn das Wiedenfließ ist *alles,* was nicht materiell ist. Also muß man sich konzentrieren und ritualisieren, sich selbst umpolen und neu ausrichten, um den pulsierenden Äther zu seiner bildhaften Ursprungsform zurückzuverfolgen. Oder nicht zurück-, sondern voranzuverfolgen. Oder wie auch immer. Schwer zu erklären. Das Wiedenfließ ist alles, aber die konkrete bildliche Form des Wiedenfließes als Landschaft, als benutz-, da betretbare Lokalität, ist nur eine der unendlichen Erscheinungsformen des Fließes, und deshalb muß ein Magier das ganze förmlich basteln – obwohl es natürlich längst da ist und ihm Grunde genommen den Magier gebastelt hat, und nicht umgekehrt. Magie ergibt keinen echten Sinn, wenn man versucht, sie in Worte zu fassen, dieses Problem hatten schon viele weise Männer vor mir, und so mancher ist deshalb in einer Zwangsjacke gelandet. Magie ist wie Musik, die man selbst machen muß, um sie zu erfahren. Free-Jazz zum Beispiel. Keiner, der nur zuhört, der nicht selbst spielt, kann jemals erfahren, was da abgeht.

Egal. Jedenfalls tastete ich mich voran. Ein verdammt mühseliger Prozeß, aber lohnend wegen der vielen Eindrücke schon unterwegs. Und wenn man allein in einer Gruft hockt und es ist arschkalt, weil oben Schnee liegt, und man weiß genau, man hat noch zweihundert Tage vor sich hier drunten, dann ist man richtig froh, wenn man eine dermaßen komplexe Beschäftigung gefunden hat. Besser als immer nur lesen und fasten und Notizen schmieren und die dauernden Juckreize wundkratzen und Mantras summen und abwärts beten und überlieferte Bewegungen vollführen und ab und zu masturbieren. Die Suche nach der Eingangspforte *Fließ* ist wie ein hyperkomplexes Computerspiel mit achtzig oder mehr Leveln voller Rätsel und Geschicklichkeitsprüfungen. Der gute Dante hatte es hier leichter: Die Göttin der Tugend höchstpersönlich schickte ihm einen Führer, um den Eingang zu finden und ihn sicher durch die mystischen Landschaften zu geleiten. Nach mir jedoch verlangte niemand dort drinnen. Ich war einer von denen, die ungebeten klopfen und auf Einlaß drängen, und die rumpöbeln, wenn nicht gleich aufgemacht wird.

Mein erster Kontakt mit einer echten Wiedenentität war eine tiefe Stimme, die wie Klebstoff schmatzte, und die mir die Frage aller Fragen stellte:

Was willst du?

Ich hatte sofort Nasenbluten und konnte auch meine Pisse nicht mehr halten. Das hat nichts mit Furcht zu tun. Da war vielmehr plötzlich so ein Überdruck in mir, der alles rauspreßte, wovon zuviel da war.
Ja, was wollte ich? Tausend Sachen stürmten auf mich ein. Macht. Geld. Sex. Frühling. Alan Moore's erstes Swamp Thing-Heft. Schweinebraten. NuNdUuN sprechen. Das Spiel spielen. Das Spiel spielen. Das Spiel spielen.
«Das Spiel spielen!»

Du

mußt

jemand

sein!

Wenn ich die Worte jetzt so aufschreibe, fällt mir auf, wie mißverständlich sie als *Worte* sind. ‹Du mußt jemand sein› könnte theoretisch sogar bedeuten ‹Du mußt wahrlich etwas Besonderes sein, weil du überhaupt so weit gekommen bist.› Als Worte halt. Sprache ist immer Schein. Aber das hier war keine Sprache. Meine Zellkerne würgten die Bedeutung nach draußen, bis meine Haut sie schlürfen konnte. Es war als Beleidigung gemeint. Ich hatte keine goldene AmEx. Ich war nicht eingeladen.
«Ich muß jemand sein? Ich bin jemand! Ich bin Hiob Montag, der Enkel

des großen Magiers Terach Montag! Seit fast anderthalb Jahren meditiere ich in dieser Gruft und bereite mich auf diesen Augenblick hier vor! Ich habe den Weg zu euch aus eigener Kraft gefunden! Ich bin verdammt nochmal wer!» Ich hätte ihn fragen sollen, wer zum Teufel denn *er* ist, daß er Rechenschaft von mir verlangt, aber manchmal fallen einem die besten Entgegnungen erst hinterher ein. Wenn man sich Schritt für Schritt herantastet in der Beschwörung magischer Wesenheiten, dann kommt einem jede neue Begegnung natürlich als etwas bisher noch nicht dagewesen Wichtiges vor. Ich konnte damals auch nicht ahnen, daß es nur sozusagen die Aushilfskraft der Vorzimmerdame des Türwächtergehilfen war, mit der ich da redete.
Irgendwie schien mein angerissener Stammbaum die Stimme zumindest zum Blättern in Unterlagen zu bewegen. ‹Montag, Montag›, summte wahrscheinlich sein lippenloser Mund, ‹da war doch irgendwas mit Montag, wenn ich nur wüßte, wo ... ›
Schließlich, nach einer Pause, die mir wie zwei Stunden vorkam, träufelte der Geist mir wieder Worte ein:

Du
mußt
Wert
beweisen!

Die goldene AmEx, tatsächlich. Aber irgendwie leuchtete mir das sogar ein. Die konnten schlecht jeden dahergelaufenen Zausel, dem zufällig das richtige Buch in die Hände gefallen war, zum Chef durchlassen. Also machte ich brav meinen Kotau und fragte, wie ich meinen Wert beweisen sollte.

Entzünde
Wasser!

Und da war sie: die erste der vieltausend Fallen, aus denen mein Leben seither besteht. *Entzünde Wasser!* Mein Tester mußte mich für einen Idioten halten, für total unbeleckt in arkaner Theorie. Als ob ich nicht gewußt hätte, daß der Versuch, Wasser magisch zu entzünden, aussieht, als hätte man einhundert Kegel und genau eine einzige Kegelkugel, um ein Resultat zu erzielen: Trifft man einen der Kegel 1 bis 89, passiert überhaupt nichts, bei Kegel 90 fängt die Wasseroberfläche an zu brennen, und bei den Kegeln 91 bis 100 spaltet man den Kern eines Wasserstoffatoms und – hiiiiiiii-ro-shiiii-ma. Und je nachdem, was für Wasser man verwendet, stehen die Kegel entweder brav nebeneinander oder im Kreis oder hintereinander oder im Zickzack oder völlig chaotisch im vierdimensionalen Raum verteilt. Viel Spaß dabei – ein klassischer Chestburster für triefnasige Novizen.
Aber ich habe nicht umsonst drei magische Lehrmeister gehabt in ei-

nem Alter, in dem andere Jungs ohne Clearasil nicht mehr aus dem Haus gehen. Ich ließ mich auf den Spaß ein, opferte etwas von meiner streng rationierten Trinkwasserration, zog mir ein paar Tropfen davon wie Kokain durch die Nase, um einen vogelperspektivischen Eindruck von den einhundert Kegeln zu erhalten, ließ die Nummer 90 hellrot aufblinken, kippte sie mit einem transparenten Weberknechtbein um et voilà: Die kleine Tiegelpfütze flambierte sich selbst und duftete dabei nach Messingschnee.
Die Stimme schwieg. Ich hoffe noch heute, sie mit der Promptheit meines ‹Beweises› düpiert zu haben. Dann ‹sprach› sie wieder.

Du wirst
einen
Fürsprecher
brauchen.

Das Wort *Fürsprecher* ist meine eigene Übersetzung. ‹Führer› klingt mir zu vorbelastet, ‹Anwalt› zu steif, ‹Scout› zu pferdeoperig, ‹Verbündeter› zu rührselig, ‹Gefährte› zu lauwarm, ‹Genosse› zu ossig, ‹Dolmetscher› zu offiziös, und ‹Anstandswauwau› ist ein Begriff, dessen Existenz ich sowieso noch nie begriffen habe. Aber das, was die Stimme meinte, umfaßte all dies, und ‹Fürsprecher› ist meine Annäherung daran. Das Fließ verlangte, daß ich mir eine Art Geleitschutz wählte, wenn ich weiter voranschreiten wollte – einen Geleitschutz sowohl zu meiner als auch zur Sicherheit des Fließes selbst. Es hat wohl schon so mancher Halbbegabter so manche Unersetzlichkeit kaputtgeschlagen, und keine Entschuldigung macht hinterher wett, was

Verdammte Tranquilizer. Bin während des Schreibens weggepennt und habe meine Notizen offen auf meiner Bettdecke liegen lassen. Natürlich ist prompt eine fette Schwester drauf gestoßen und hat mich gefragt, ob ich Schriftsteller bin. Seh ich etwa aus wie einer, der drauf angewiesen ist, sich sein Leben zu erfinden? Ich häng nicht immer hier so rum, Schwester. Antisakrale Energie läßt mein zersprengtes Becken sich klackend wieder zusammenfügen und dann tret ich euch allen in den Arsch, daß euch die Scheiße aus dem Maul fliegt.
Verdammte Wichser. Verreckt doch alle.
~~Hol mir wenigstens einen runter, du alte, fette, häßliche Sau.~~

Hab noch Glück gehabt, daß ich nicht gerade eine wirklich verfängliche Stelle zu Papier gebracht habe.

Aufschreiben ist gefährlich. Aber was soll ich sonst hier tun? Wenn ich *gar nichts* tue, werde ich wahnsinnig.

381 Eröffnung

EIN FÜRSPRECHER ALSO. Ich brauchte einen verdammten Fürsprecher.

Ich hatte keinen, also gab die Stimme mir Gelegenheit, mir einen auszuwählen. Falle Nummer zwei.

Drei mögliche Fürsprecher wurden mir vorgestellt. Das esoterische Äquivalent eines Partnervermittlungsvideos, komplett samt unfreiwilliger Komik.

Kandidat eins war ein merkwürdiger, blauer, DNS-förmiger Nebel, der langsam um seine Längsachse rotierte und dabei mit der Stimme von Peter Matic tschechische Poesie zu rezitieren schien. Das Ding hätte jedem Deadhead ein begeistertes «Far out, Man» abgerungen, war mir aber irgendwie zu abstrakt, um ein Vertrauensverhältnis etablieren zu können.

Kandidat zwei war der Zonk, da bin ich heute noch sicher. Dasselbe Profil. Nee, den nich.

Kandidat drei war die klassische Venusfalle. Üppig, langhaarig, naß, obszön, und dabei eine Kaskade femininer Pheromone verströmend, die mich augenblicklich in einen eifrigen Aufzieh-Hoppelpenis verwandelten.

Natürlich war das Ganze nicht fair, war niemals fair geplant gewesen. Einen jungen Mann im ausklingenden Teenageralter, der die letzten anderthalb Jahre in Einzelhaft verbracht hat, mit einer nackten Sexgöttin zu konfrontieren, die – sich lasziv windend – «Komm, ich will dich» schnurrt, kann nichts anderes als vorhersagbare Resultate produzieren. Im Grunde genommen war das ganze so subtil wie die grauenerregenden 0190-Werbespots, mit denen wir Freunde der Mitternachtsmovies in einem fort bombadiert werden. Es war dumm und plump und die reinste frauenfeindliche Pornographie, und es funktionierte ganz wunderbar. Ihr Name war Aries oder Widder – wie eines von den Sternzeichen –, sie war ein Sukkubus, und ich wollte sie. Sie sollte mein Kontaktwesen zum Wiedenfließ sein. Nachdem ich mich in ihr leergespritzt hatte, versteht sich. Falle Nummer drei schloß sich an Falle Nummer zwei ganz übergangslos an. Mein Freund Harvey – die unsichtbare Stimme aus dem Fließ – gab mir zu verstehen, daß ich Widder haben konnte, jetzt gleich und hier, aber daß ich dazu einen Ausschließlichkeitskontrakt unterzeichnen mußte. Von jetzt an bis ans Ende meines Daseins mußte ich mich verpflichten, mit keiner anderen Frau und keinem anderen Wesen als Aries/Widder jemals Geschlechtsverkehr zu haben. Sollte ich diesen Kontrakt brechen, würden alle meine weiteren Geschäftsverbindungen mit dem Fließ – zum Beispiel das Spiel – automatisch zu meinen Ungunsten entschieden. Als

Gegenleistung würde ich Widder nicht nur für jetzt, sondern ein Anrecht auf ihre sexuellen Dienstleistungen bis an besagtes Ende meines Daseins erhalten. Ich müßte also nie darben, nur eben treu sein. Und mit der Treue könne das ja wohl kein Problem sein – flüsterte Harvey – wenn das Objekt meiner Treue eine Gestaltwandlerin sei, die nicht nur den Körper, sondern auch die spezifischen Paarungseigenschaften einer unbegrenzten Anzahl von Frauen annehmen könnte. Ich würde also sozusagen mit allen Frauen schlafen können, die ich mir nur vorzustellen in der Lage wäre, nur daß all diese Frauen gegenüber ihren Originalen einen Vorzug hätten: unbedingte Willigkeit und Hingabe von Natur aus.

Ein Angebot, daß Mann nicht ablehnen kann. Ich bin kein zen-buddhistischer Mönch. Ich kann nicht wochenlang mit gekreuzten Beinen dasitzen, ohne daß mich der Sack juckt. Das Fließ hatte diese Charaktereigenschaft von mir offensichtlich schon längst ausbaldowert.

Also unterzeichnete ich meinen ersten Kontrakt mit der Unter- oder Oberwelt, je nachdem, wo man sich selbst gerade befindet. Ich unterzeichnete diesen Kontrakt nicht mit altmodisch wohlfeilem Blut, sondern mit vielen Millionen wimmelnder Spermien, denn der Kontrakt wurde vollzogen, wie man eine Ehe vollzieht. Ich trieb es wild und leidenschaftlich mit der Widder-Wunderbraut, und die Familiengruft unter dem Dreifaltigkeitskirchhof wurde zum schweißtriefenden Red-Light-District. Nachdem bei mir endlich eine entspannte Erschöpfung eingetreten war, verwandelte sich Widder in das abscheulichste lovecraftsche Ding-das-nicht-sein-durfte, das ich jemals gesehen habe, und rülpste mir stinkend ins Gesicht, daß sie «maal seehn» wolle, «wassich machn läss, umm 'nen Terrmiin beim Bossu kriegn». Ich kotzte wie ein Schulbub beim ersten Vollrausch und kriegte das Monster danach zwei Monate nicht mehr zu sehen.

Natürlich war ich auch zu stolz, um auf die Einhaltung ihrer vertraglichen Pflichten zu bestehen. Ich wollte mir so schnell, so früh, nicht noch mehr Blöße geben vor dem Dunklen Land.

Ich las viele verschiedene Interpretationen von Satan und Gott in vielen verschiedenen Kulturen in verschiedenen Zeitaltern und versuchte mich so auf die Audienz mit dem Absoluten vorzubereiten.

383 Eröffnung

WENN ICH MIR die letzten anderthalb Seiten noch mal so durchsehe, fällt mir auf, daß Widder darin ziemlich mies wegkommt. Vor allem im Verhältnis zu dem, was ich mittlerweile für sie empfinde.
Das liegt wahrscheinlich daran, daß Widder tatsächlich im ersten Jahr unserer Beziehung nichts weiter war als ein widerliches Monstrum, das man hervorragend ficken konnte. Wann immer wir gerade mal nicht am Poppen waren, schleimte sie als entstellte, lallende Bestie durch meine Räumlichkeiten und ließ keinerlei andere Gefühle zu als das, was für ein grundverdorben perverser Bastard ich doch sein muß. Aber das änderte sich im Laufe der Zeit. Sie entwickelte die Angewohnheit, auch zwischen den Vollbefriedigungs-Shows als menschliche Frau herumzulaufen, und zwar als immer wieder verschiedene menschliche Frauen in all den unzählbaren Spielformen femininer Attraktivität, die die Natur gezaubert hat, um uns behaarten, dumpfen Schwanzschwingern die fünf Sinne zu scramblen. Dadurch ermöglichte sie mir – wahrscheinlich auf Geheiß von oben, ich bin mir dessen durchaus bewußt – einen emotionalen Zugang zu ihr, der heftiger kaum sein konnte, da er ja auch noch durch unaussprechlichen Sex gewürzt wurde. Die unheilige Dreifaltigkeit meines Mannseins – die Faszination für Schönheit, die peinigende Geilheit und die Unfähigkeit, auf einer Wiese voller Blumen immer nur an einer einzigen zu schnuppern – wurde so in einem einzigen Geschöpf vereinigt. Ein Werkzeug des Bösen, fürwahr.

Jetzt, wo Widder mich – ich hoffe, vorübergehend – verlassen hat, weil sie sich fürchtet vor dem, das/der da jetzt kommen wird, ertappe ich mich immer öfter dabei, wie ich das Phantasieren anfange.
Könnte ich nicht leben wie der Highlander, nur daß ich mein Mädchen nicht verwelken sehen muß, sondern daß sie mit mir ewig jung bleibt? Solange *das Spiel* läuft, kann mir keine herkömmliche Todesart etwas anhaben. Auch das Alter nicht. Diese Klausel haben die *Unparteiischen* ins Regelwerk integriert, um zu verhindern, daß NuNdUuN jedes Spiel gewinnen kann, indem er einfach sagt: «Okay, Junge, dein erstes Prognosticon hast du ja prima unter Kontrolle gehabt. Das nächste schicke ich dir dann in – sagen wir mal – sechzig Jahren vorbei. Mal sehen, wie gut du *dich* dann noch unter Kontrolle hast.»
Wie der Highlander bin zwar auch ich nicht unsterblich – weiße Schokolade kann mich killen, und jedes Prognosticon, Manifestation, Inundation oder was auch immer aus dem Fließ kann es auch, und ich vermute nach neuesten Andeutungen meines Großvaters, daß auch auf Erden noch ein paar Magier und Nachlaßverwalter herumlaufen, die die Macht hätten, es zu tun – aber im Gegensatz zum Highlander muß

ich mir wenigstens meine Zeugungsfähigkeit nicht erst erkämpfen. Ich könnte NuNdUuN hinhalten, sagen: «Ist ja gut, Alter, aber jetzt sei brav und laß uns für die nächsten zweihundert, dreihundert Jahre mal in Ruhe, okay?», und mir in der Zeit mit Widder als Mami irgendwo an einer wildromantischen irischen Küste meine eigene Addams-Family-Armee heranzüchten.

Aber immer, wenn ich lächle bei solchen Gedanken, regt sie sich wieder, diese empathische Empfänglichkeit für alles Üble, die mir meine Kindheit verschissen hat, die aus mir das Wrack gemacht hat, das es in muffigen Gruften mit tentakelbewehrten Dämonen treibt, und die von feinsinnigeren Geistern, als ich einer bin, vielleicht auch einfach nur als *Gewissen* bezeichnet wird, und mir wird dann wieder klar, daß *das Spiel* nicht erfunden wurde, um mir persönlich einen angenehmen Lebensstandard zu ermöglichen, sondern daß ich es auf mich genommen habe, der Messias zu sein, Diener aller Völker, und daß ich Krieg führe und kämpfe *mit* der Hölle, *in* der Hölle, und *als* Hölle. Und alle Illusionen von Glück zerplatzen als stinkende Sumpfgasblase, und ich weiß wieder, wo und wer ich bin.

385 Eröffnung

EIN KURZER EXKURS über Paranoia.

Wenn das Wiedenfließ nicht stofflich ist
also alles ist, was nicht stofflich ist
also Gedanken ist
kann ich dann jemals mit einer List Erfolg haben?
Wenn eine List, ein Plan, ein Hinterhalt, ein gescheiter Gedanke, eine Idee, eine Inspiration automatisch Wiedenfließ ist, da nicht stofflich – erfährt dann nicht das Wiedenfließ alle meine Pläne als Teil von sich in dem Moment, wo ich sie denke?

Oder – noch paranoider:

Wenn alle Gedanken nicht stofflich sind, sind sie dann nicht ohnehin schon Wiedenfließ, das heißt: kommen sie nicht alle von dort? Sind meine Gedanken also gar nicht meine Gedanken, sondern in Wirklichkeit die Essenz meines Feindes, die durch mich – meine Umsetzung dieser Gedanken-Essenz – in die Welt kommt, die Materie-Welt ?

Bin ich, sind wir alle, die Bestätiger des Wiedenfließes? Wie Madame Oradour mir gegenüber einmal andeutete und wie alle Philosophen meinen, die behaupten, die Götter hörten auf zu existieren, wenn niemand mehr an sie glaubt.

Und jetzt, Mesdames et Messieurs: Paranoia im Quadrat.

Muß ich, um den Teufel jemals schlagen zu können, aufhören zu denken?

Ein Tier werden, ganz Reiz-Reaktions-Instinkt, und dann aber doch wieder anders, um nicht zu berechenbar zu sein, ein zufallsgeneriertes Tier, ein Cyborg-Mr.-Hyde mit Fuzzy-Logic, ein über allem Intellekt stehendes multidimensionales mathematisches Paradoxon?

Nicht unmöglich in der Magie, möchte man sagen.

Aber da ich diese Idee gerade eben gedacht habe, kennt mein Gegner sie jetzt schon und kann schon jetzt die Gegenmittel entwickeln für den fernen Tag, an dem ich so weit bin.

386 Hiobs Spiel – Traumtänzer

ALS ICH DEM Teufel das erste Mal begegnete, hatte er Ähnlichkeit mit Jesus Christus.
Die langen Haare, der Bart, die markanten Gesichtszüge und die ausdrucksvollen Augen – all dies entsprach der Jesus-Ikonenküche, die Christentum und Hollywood uns seit Kindesbeinen verabreichen. Allerdings war NuNdUuN nicht ganz der ‹Lasset die Kinderlein zu mir kommen›-Heiland des Lukasevangeliums, eher der bis an die Zähne bewaffnete Armageddon-Heerführer-Gottessohn der Johannesoffenbarung. Er trug eine absurde Rüstung aus flüssigem Perlmutt und lebenden Käfern, die bis hoch zum Gürtel mit Blut bespritzt war, weil er wohl gerade eine Schlacht oder ein Übungsimperium oder etwas ähnliches unterbrochen hatte, um hier mit mir Wurm zusammentreffen zu können. Vom ersten Augenblick an haßte ich die Arroganz, die wie Schaum von jeder seiner Bewegungen und Worte troff.
Er wies mich darauf hin, daß ich nicht wert sei, die Scheiße seines Reittiers zu lecken. Ich entgegnete, daß es einfacher sei, ihn persönlich zu beschwören, als den Chef einer beliebigen McDonalds-Filiale zu sprechen. Spätestens ab jetzt war der Haß gegenseitig.

Mein ganzes Leben lang habe ich mich immer gewundert über Bücher – egal, ob Romane oder Autobiographien – in denen Leute Gespräche Wort für Wort wiedergeben, die Jahre zuvor stattgefunden haben. Ich könnte das nie, und ich denke, es ist auch immer nur ein Fake. Ich kann mich nicht mal an den genauen Wortlaut all dessen erinnern, *was der Teufel a.k.a. Gott* zu mir gesagt hat. Ich kann hier nur den ungefähren Inhalt wiedergeben und auch den womöglich nicht mal in korrekter Chronologie. Vielleicht liegt das andererseits auch an den merkwürdigen Speech Patterns, die NuNdUuN in der Anfangszeit unserer Gegnerschaft vorwiegend benutzte. Er sprach in Reimen oder in bestimmten Rhythmen, er ließ unterschiedliche lebendige oder langverweste Sprachen miteinfließen, und manchmal erfand er vielleicht sogar eine neue, während er sie benutzte. Ab und zu verstand ich überhaupt nicht, was er da gerade sagte, und hatte den Eindruck, ich müßte vielleicht nur jedes dritte Wort beachten und die dann hintereinanderlesen, um den Sinn decodieren zu können. Er tat all dies natürlich, um anzugeben, um mich auf die Plätze zu verweisen, um die Überlegenheit eines jahrtausendealten Intellekts zu demonstrieren. Je länger wir uns dann kannten und kennen – im Verlauf des eigentlichen *Spiels* – desto mehr gab er diese Angewohnheit auf. Wie Widder bewegte er sich mit der Zeit auf meine profane Ebene zu. Das mag ein Zeichen der Vertrautheit sein oder einfach eine einlullende Falle, mir ist das ziemlich wurscht, beides funktioniert nicht bei mir, wenn es um NuNdUuN geht.

387 Eröffnung

Jedenfalls kam ich mir bei den ersten Unterredungen schon wieder vor wie bei einem Bewerbungsgspräch. Er fragte mich über magische Grundfertigkeiten und -kenntnisse aus und ließ nie erkennen, ob er mit meinen Antworten zufrieden war. Ich sollte ihm demonstrieren, daß ich in der Lage war, mit dem Geist eines Verstorbenen Kontakt aufzunehmen. Ich versuchte, meine vollmondnächtlichen Reigenpartner wiederzufinden, aber sie wichen mir aus, sträubten sich, hatten womöglich Angst vor meinem dunklen Gast. Also sagte ich ihm, daß ich für derlei Kaffeekränzchenokkultismus keine Zeit hätte. Er lachte und versprach mir in Zukunft Zugang zu astralen Energien des Fließes zu einem besonders freundlichen Vorzugspreis, falls ich in kommender Zeit wieder mal arkanische Potenzprobleme haben sollte. Auf dieses Angebot von ihm bin ich übrigens während meiner ersten *Spiel*punkte mehrmals zurückgekommen, bis ich dann irgendwann kapierte, daß sein «besonders freundlicher Vorzugspreis» den Tod vieler Unschuldiger bedeutete. Seitdem versuche ich, ohne Fließenergie auszukommen. Aber ich schweife schon wieder ab.
Er fragte mich, was ich über *das Spiel* wisse, und ich versuchte, ihm das bißchen, was ich wußte, möglichst aufzubauschen. Er fragte mich, ob mir klar sei, daß ich das Spiel nicht spielen könne, wenn es gerade jemand anderen gab, der es spielte, denn es konnte immer nur einen Spieler gleichzeitig geben, erst, wenn dieser scheiterte, durfte ein Nachfolger sich versuchen. Ich erschrak damals, denn ich hatte keine Ahnung, ob das Spiel gerade von jemandem gespielt wurde, oder ob es brachlag. Er fragte mich, ob ich mir sicher sei, daß ich es wirklich wagen wolle. Ich sagte: Klar. Er zählte ein paar der Katastrophen auf, die die Menschheitsgeschichte nur deshalb bereichert hatten, weil gerade wieder einmal ein Spieler das große Spiel verloren hatte: allein in diesem Jahrhundert waren da die *Titanic*, das große Erdbeben von Tokio, der Hiroshima-Irrsinn – weshalb eine bewohnte Stadt bombardieren, wenn zur Abschreckung eine Zündung über dem offenen Meer auch gereicht hätte? –, die Napalm-Parties von Vietnam, die große Dürre in Äthiopien und der Warnschuß namens Tschernobyl – ein Spieler, der schon beim ersten Punkt zermahlen worden war – zu nennen. Ich sagte: Scheiß drauf, wird mir nicht passieren. Geschichte ist Geschichte. *Bist du wirklich sicher?* Klar, Mann, klar. *BIST DU WIRKLICH SICHER?* Ja, ja, ja, ja, ja. Dann fragte er mich, ob ich entschlossen genug sei, um einen anderen Spieler – falls gerade ein anderer am Spielen war und somit meinen Platz belegte – umzubringen. Ich sagte: Nein. Denn ich kann warten, bis der andere verloren hat, wie all die anderen Loser vor ihm. Ich kann warten, denn ich bin jung, und meine Zeit wird kommen. Der Teufel lachte und verschwand.

Beim nächsten Treffen – ein paar Tage später – berichtete er mir, was für ein glücklicher Zufall sich gerade ereignet hätte: Der Spieler der Gegenwart – eine Frau, die ich später bei meinem ersten Prognosticon sogar kennenlernte – sei gestern gescheitert, und die Stelle sei jetzt vakant. Ich staunte wie ein Kind im Freizeitpark über diesen glücklichen Zufall. War natürlich kein Zufall. Der Bastard log, das ist seine Natur, er kann halt Lüge nur und sonst gar nichts. War – davon bin ich mittlerweile mehr denn je überzeugt – schon seit Generationen prädeterminiert, daß ich Spieler werde, daß ich hier und jetzt und jung an Jahren Spieler werde und mir den verfluchten Weltrekord hole und ihn mir übers Bett hänge wie irgend einen verfickten Meisterbrief. Aber Luziferus ließ es wie glückliche Fügung aussehen. Und wieder: Bist du sicher? Und wieder: Frag nicht immer denselben Scheiß, du klingst wie 'ne gesprungene Platte. Ja, ich bin sicher. Und endlich – dann – rückte er mit dem Konkreten raus. Es gab einen Test. Die sogenannte *Eröffnung*. Dieser Test bestand aus zwei Teilen. Wenn ich durch Bestehen dieses Tests beweisen würde, daß ich das Zeug dazu hätte, es mit dem Herrn aller Ringe persönlich aufzunehmen, dann würde meinem Spielerstatus und all meinen damit einhergehenden Privilegien nichts mehr im Wege stehen.
Durstig verlangte ich mehr.
NuNdUuN kam ganz nahe an mich heran, und hauchte mir mit seinem Fenchelatem ins Ohr: «Eröffnung, Aufgabe eins von zwei: Töte den Arzt, der dir auf die Welt half.»

389 Eröffnung

ICH HATTE VORHER noch nie jemanden umgebracht.
Kommt mir heute richtig lächerlich vor, wie *jungfräulich* man sein kann.
Mittlerweile kommt mir das Töten schon nicht mehr als irgendwas wirklich Besonderes vor. Das ist eine von den Seiten, die ich den Schwestern unbedingt zeigen sollte.
Mir fällt da ein Film ein, den ich vor einiger Zeit mal auf Video gesehen habe. Den Titel weiß ich nicht mehr, aber jedenfalls spielt Anthony LaPaglia mit wunderbar traurigem Clownsgesicht einen Killer, der die depressive Mimi Rogers töten soll und's nicht fertigbringt, weil sie so sinnlich ist. Da gibt es eine Szene, in der LaPaglia sagt: «Nachdem ich das erste Mal getötet hatte, fühlte ich mich hundsmiserabel. Ich dachte, jetzt hab ich irgendein wichtiges Gleichgewicht gestört oder ein riesiges Loch ins Universum gerissen. Aber dann kam ich in ein vollbesetztes Restaurant und lauschte dem Stimmgewirr dort. Und was soll ich sagen? *Es fehlte niemand.*» Sinngemäß. Die coolste Aussage über das Ableben von Großstadtmenschen, die ich in letzter Zeit gehört habe.

Jedenfalls, nach der Nennung der *Eröffnung Aufgabe eins von zwei* hatte ich immer noch zwei volle Monate in meiner behaglichen Wichsgruft rumzubringen. Also bereitete ich mich aufs Killen vor.
Nicht auf das Killen an sich, das ist viel einfacher, als einen Apfel so zu schälen, daß eine lange Schalenspirale entsteht, und das kriege ich ja auch hin. Nein, das Problem war, an das Opfer heranzukommen. Die Identität des Opfers festzustellen und dann den jetzigen Aufenthaltsort. Dies war kein *Hit,* bei dem Big N. mir in einem Diner ein Kuvert mit Foto und Daten des Opfers rüberschiebt und mir dann unterm Tisch die heiße Waffe in die Finger fummelt. Hier bestand die eigentliche Aufgabe darin, überhaupt rauszufinden, um wen es geht. Der eigentliche Tötungsakt sollte gar nicht das Problem sein.
Der eigentliche Tötungsakt.
Natürlich war mir auch – das nur der Vollständigkeit halber – der Gedanke gekommen, daß es sich bei dieser *Eröffnung* um einen rein symbolischen Akt handeln konnte, üblichen niederrangigen magischen Initiationsritusquatsch wie «Verbrenne ein Kinderfoto von dir, um dich von deiner Unschuld freizumachen» oder «Zerschlage den Spiegel, in dem deine untreue Geliebte sich betrachtet, um ihre Schönheit von ihr zu trennen». Aber ich hatte die Begleitumstände des *Spiels* kapiert. Es ging ums Töten. Und wenn ich versagte, würden viele Menschen sterben müssen. Also war das tatsächliche Abtöten von Menschenfleisch integraler Bestandteil der Gesamtinszenierung. Also war es das beste,

die Eröffnung auf die Harte durchzuziehen. Falls ich – unwahrscheinlicherweise – damit übers Ziel hinausschoß, konnte das Fließ das dann ja immer noch als eindrucksvolle Demonstration meiner Entschlossenheit werten.
Also wieder zurück. Rausfinden, um wen es ging. Das war das Problem.
Meine Geburt war neunzehn Jahre her, was die Sache nicht gerade vereinfachte. Außerdem wußte ich, daß meine Mutter, die mir hätte sagen können, in welchem Krankenhaus das Ganze stattfand, mittlerweile abgehauen war, durchgebrannt mit irgendwelchen tätowierten Bierbauchrockern, kaum daß ich das mütterliche Nest gegen die Familiengruft eingetauscht hatte. Also konnte ich sie nicht fragen. Großvater lebte zwar in Berlin und besuchte mich regelmäßig hier unten und brachte mir das Wasser und Orangen, aber den konnte ich auch nicht fragen, obwohl der wahrscheinlich wußte, wer mich zur Welt gebracht hatte. Ich mußte vorsichtig sein. Da mir klar war, daß der alte Magier was dagegen hatte, daß ich in so jungen Jahren mit dem *Spiel* anfing, durfte er keinen Verdacht schöpfen. Wahrscheinlich war die *Eröffnung* für jeden gleich oder beruhte zumindest auf tradierten Grundmustern, so daß er von dem *Töte den Arzt, der dir auf die Welt half* schon gehört hatte.
Eine Geburtsurkunde von mir gab es auch nicht. Die war irgendwann mal verlorengegangen, hatte man mir erzählt, als ich mich für eine Schulhausaufgabe danach erkundigt hatte. In Wirklichkeit hatte wahrscheinlich – wie ich mittlerweile annehme – der alte Terach Montag dafür gesorgt, daß die schriftlichen Zeugnisse seines komplizierten Zuchtexperiments nicht in falsche Hände gelangen konnten.
Die herkömmlichen Wege versagten. Der Materie voll angemessen, mußte ich mich also der Unherkömmlichkeit bedienen. Daß ich noch zwei Monate hier unten abzusitzen hatte, erwies sich dabei als praktisch. So konnte ich in aller Ruhe die Mittel und Wege studieren, mein vollständiges Gedächtnis zu reaktivieren.

391 Eröffnung

ICH KANN ES gar nicht glauben.

Daß ich das noch erleben darf: Heute hab ich endlich dieses Scheiß-Granitkorsett abgenommen bekommen! Endlich darf ich mich wieder kratzen, wenn die Arschhaare jucken. Und das Abkacken wird auch leichter.

Natürlich darf ich noch nicht rumturnen. Die phänomenale Regenerationsfähigkeit meines Knochengewebes schwafelschwafelschwatzschwatz führt dazu, daß ich letztendlich wieder ohne Gehhilfen werde laufen können dankeohdankelieberhalloonkeldoc doch gut Ding will Weile haben salbadersalbader – mein gut Ding will lieber Muschi haben – und über Gehgestell und Doppelkrücken werde ich so langsam wieder ans Gehen rangeführt werden wie motherfuckin' Tom Cruise in *Born on 4th of July*. Dabei bin ich nicht mal querschnittsgelähmt. Ich bin nur vom Herrn berührt worden wie dieser Clown aus der Bibel, war es Isaak oder Jakob?, der mit Gott rang und dafür die Hüfte zerschmettert bekam. Same Procedure as every Millennium. Jedenfalls ist ein Licht am Ende des Tunnels zu sehen. Wenn ich wieder frei bin, muß ich nicht mehr fürchten, daß Souldiver Bloodfork als Krankenbesucher hier grinsend reinspaziert kommt und mich hilflos in der Aufhängung Schwingenden mit Weintrauben totwirft.

Wo war ich? Ach ja: die totale Erinnerung.

Das alles basiert auf der Hoffnung, daß ich mit offenen Augen geboren wurde. Das gibt's. Ist zwar eher selten bei Babies, aber astrale Prädisposition ist ja auch eher selten. Ich konnte die begründete Annahme hegen, daß der schrumpelige kleine Izambleau-Montag-Bastard den Dschungel mit neugierig geöffneten Blauäuglein betrat. Falls das so war, mußte ich mich nur daran erinnern, was er gesehen hatte. Kinderleicht.

Zwei Testversuche in den Wochen drei und fünf meiner letzten acht Wochen schlugen fehl, beim zweiten dieser Versuche langte ich an meinen verschütt gegangenen Gehirn-ROMs vorbei, griff beidhändig irgendwo ins subatomare Genealogiebewußtsein, erinnerte mich daran, rotierende Urknall-Urmasse gewesen zu sein, und erstickte fast an meiner eigenen Kotze. Unerfahrenheit plus Dämlichkeit mit H geschrieben, und die Erinnerung war wahrscheinlich nicht mal echt, sondern ein gestreutes Astral-Echo des kollektiven Homo-Sapiens-Scheinbewußtseins. Egal. Woche sieben: Hiob, der Unbeirrbare, stößt sich vom Sprungbrett ab, um neunzehn Jahre tiefer von innen durch die Vulva seiner Mami zu gleiten.

Was für eine Sauerei. Splatterpunk ist Rosamunde Pilcher dagegen. Selbstverständlich keine quasireligiöse Erhabenheitsexperience, allerdings auch kein würgendes, pressendes Urtrauma, wie so mancher verklemmte Psychologe uns weismachen will. Das Empfindungsbewußtsein eines Babys ist erstaunlich leer. Warum auch nicht? Bisher ging doch alles in Ordnung, und der kleine Wurm kann ja nicht ahnen, daß es da draußen Winter, Hunger und die Christlich-Demokratische Union gibt. Nein, es fließt 'ne Menge Blut und Schleim, und meine arme Mutter schreit vor Schmerzen, ihre weißen Beine sind schweißnaß und verkrampft, und die Nabelschnur bamselt eklig wie Eingeweide aus meinem Bauch und es ist kalt und rauhe Hände zerren und schrauben an meinen weichen Gliedern, die fast reißen möchten, und das hier ist er, der Hauptarzt, die unmoderne Frisur von vor neunzehn Jahren quillt ihm unter der Haube hervor, ich werde gewendet, gedreht, hänge kopfunter, die Nabelschnur verläßt mich wie eine abgesprengte Raketenstufe, und dann kann ich es sehen, für einen langen Moment, in der Erinnerung, mein sich rüpelhaft nach vorne drängender heutiger Bewußtseinsinhalt übernimmt vollends die Kontrolle über die Erinnerung und kann die schwarz auf silbernes Metall geprägten Buchstaben auf dem Namensschild an der Brusttasche des Arztes *lesen:* DR. WOTHE, die Babyaugen gleiten hoch, treffen die mit Lachfältchen konturierten Augen des Arztes und sagen: *Sei dir dieses Augenblicks bewußt, du Halbgott in rotbesudeltem Weiß. In neunzehn Jahren von heute an wird dieses Baby, das ein Junge ist, zurückkehren, um dich einer Sache zu opfern, die größer ist als wir* – doch wie alle Babyblicke, Babygesten, Babylaute wird auch dieser nicht verstanden, und Hiob Montag, Magier, Spieler, Kunstmaler, Serienkiller, Zeitreisender und real praktizierender Exorzist, ist nur ein weiterer niedlicher Kerl mit rundem Kopf und winzigen Zehen und Fingern.

Man hat natürlich einen Kater nach so was.
Aber wie alles andere geht auch der wieder vorbei.
Hibbelig wie ein Mädchen, dessen Periode ausbleibt, brachte ich die letzten Tage in meiner Klausur zu, bis endlich das heilige Datum erreicht war, an dem ich wieder auf die Menschheit losgelassen werden durfte. Mein Großvater kam runter und wusch und salbte mich mit ätherischen Ölen und schrieb mir hebräische Schriftzeichen auf die Fußsohlen – als wäre ich ein Golem oder so was – und häufte Betverse und mantrische Gesänge über mich und brachte mir was Neues, Einfaches zum Anziehen mit und hatte die ganze Zeit über keine Ahnung, wozu ich jetzt fähig war, zu welchem Behuf ich mich aufmachte.

Die Sonne war grausam zu mir. Wie ein Vampir kam ich mir vor, krümmte mich unter dem unbarmherzigen Licht. Meine Haut war fahl wie Papier, mit meiner Ausgezehrtheit und den lang gewachsenen Haaren und dem unregelmäßig gewachsenen Fransen-Vollbart eines Neunzehnjährigen muß ich den Leuten draußen wie ein Rasputin im letzten AIDS-Stadium vorgekommen sein. Großvater hatte mir ein paar Zehnmarkscheine in die langnägeligen Klauen gedrückt, davon kaufte ich mir als erstes eine billige Straßenhändler-Sonnenbrille ohne Strahlenschutzfaktor. Meine zweite koordinierte Handlung führte mich in eine Telefonzelle mit eingeschlagenen und verkokelten Fenstern. Im Telefonbuch suchte ich den Namen «Wothe», und da fand ich ihn, da stand er einfach so, «Wothe, A., Dr. med.» und dann seine Adresse und Telefonnummer. Es war so einfach, ich hätte laut loslachen können.

Ich wußte jetzt, *wen* und *wo* und *wann* – so schnell wie möglich. Das *Wie* war mir noch nicht klar.

Irgend etwas Rituelles mußte es schon sein. Mein erster Mord – sicherlich nicht mein letzter, soviel war mir damals schon klar – sollte schon irgend etwas mit mir zu tun haben und etwas mit der Erhabenheit des *Spiels.*

Ich dachte über Waffen nach. Mein Großvater hat einen guten alten Freund, der einen Antiquitätenladen besitzt, bei dem hätte ich sicherlich einen kultigen Sikh-Krummdolch oder eine echte afrikanische Lanze oder sowas in der Art bekommen können. Das hätte dem Mord eine gewisse Größe verliehen, aber mir kam das zu unpersönlich vor, wie ein Weihnachts- oder Geburtstagsgeschenk, das man nicht selber bastelt, sondern nur kauft.

Mein Großvater hatte sich als letzte Amtshandlung, bevor er sich der zweifelhaften Obhut der kassenärztlichen Altenpflege übergab, darum gekümmert, daß ich eine Bleibe hatte, eine verwanzte Ein-Zimmer-Klitsche oben im Wedding. Das bißchen Zeug, das meine Kindheit und meine Pubertät überstanden hatte, war in Kartons dorthin geschafft worden und wartete darauf, von mir ausgepackt zu werden. Und dabei fiel sie mir in die Hand: die absurdeste Waffe aller Zeiten. Ein Messer mit einer neun Zentimeter langen, leicht seitlich gekrümmten Klinge, mit einem Hirschhorn imitierenden Plastikgriff, in einer echten Lederscheide, auf der vorne maschinell die Worte *MONT ST. MICHEL* eingestanzt waren, und hinten drauf mit Kugelschreiber und in der feinen, gleichmäßigen Handschrift meiner Mutter geschrieben stand: *Hiob Montag, Kl. 6a,* weil ich dieses Messer in Ermangelung eines richtigen Taschenmesser mal als Sechstkläßler auf eine Klassenfahrt mitgenommen hatte und damit einen Ast beschnitzt hatte, um darauf Marshmallows zu spießen und sie über einem blakenden Lagerfeuer irgendwo im Westerwald schmelzen zu lassen, bis sie überhaupt nicht mehr schmeckten. Mein Papa hatte mir dieses Messer gekauft, auf einem dieser typisch deutschen Familienurlaube in der Bretagne, da war ich vielleicht neun oder zehn Jahre alt. Ich kann mich noch heute gut erinnern an den Mont St. Michel, diese beeindruckende Abtei-Festung, die bei Flut zur Granitinsel wird und die innen aus steilen, touristenvollen Wandelgäßchen besteht. Außerdem gefiel mir der Gedanke, ein von Benediktinern zur reinen kapitalistischen Verramschung erzeugtes, geschmackloses Souvenirprodukt – ein Messer von Mönchen – wieder einem spirituellen Zweck zuzuführen. Echtes Blut statt Geld. Na ja, und der Name *Mont St. Michel* ließ sich doch auch witzig ausdeuten: *Mont* steht für Montag, *St.* ist der Heilige, und *Michel* ist zweifellos Deutscher. Montag, Geheiligter unter den Deutschländern, wird neuester Anwärter im ältesten Spiel. Das war es. Dieses ulkige Messer, bretannischen Ursprungs, doch Begleiter meiner Kindheit, würde es sein. Dann konnte ich ja immer noch wie ein guter amerikanischer Drehbuchserienmörder irgend etwas Kryptisches mit dem Blut von Doktor Wothe klieren, um Symbolismen auf die Spitze zu treiben.

Ich wollte keine Zeit verlieren. Nicht tagelang Pläne und eventuelle Reuetentakel mit mir herumschleppen wie Dostojewskis Raskolnikov. Ich wollte es durchziehen, eröffnen, das Spiel endlich beginnen. Vorhang auf, das Spiel beginnt.

395 Eröffnung

YAY, JETZT KOMMEN die Seiten, die die ungeliebten Schwestern *überhaupt nicht* finden dürfen. Nicht um meinetwillen, natürlich. Wegen ihres Seelenheils.

Ich hatte die Adresse von Doktor Wothe aus dem Telefonbuch. Ich hatte eine ziemlich frische Erinnerung an seine Augen vor neunzehn Jahren, was mich in die Lage versetzte, ihn unter anderen Leuten herauszuerkennen. Ich hatte ein Messer in der Jackentasche. Mehr Mord braucht kein Mensch.

Ich observierte das Häuschen im lieblichen Grünen, denn natürlich war es ein solches, der Mann hatte schließlich nicht für nichts und wieder nichts Medizin studiert. Ich wollte rauskriegen, ob er Familie hatte und wo ich am besten an ihn alleine rankommen konnte, möglichst ohne dabei gesehen zu werden. Schon am ersten Tag meiner Wacht konnte ich aufschnappen, wie er sich mit einem Nachbarn darüber unterhielt, daß seine Frau für eine Woche verreist sei, auf einer Tagung, offensichtlich war sie auch von gesellschaftlichem Status. Mir egal und umso besser. Er war allein, ich hatte eine ganze Woche Zeit. Ich ging schon am ersten Abend rein, durch eine Terrassentür, die er nicht abgeschlossen hatte. Dies schien eine sichere Gegend zu sein. Oder aber Einbrecher brechen sowieso nicht ein, wenn sie am Licht in den oberen Fenstern erkennen können, daß jemand zu Hause ist. Nun, ich war ja nicht gekommen, um einzubrechen.

Lautlos bewegte ich mich in meinen Basketballschuhen durch das gediegene Interieur des Erdgeschosses. Fand die gewundene Treppe nach oben. Nahm Stufe um Stufe und war überhaupt nicht aufgeregt. Mein erster Mord zwar, auch mein erstes widerrechtliches Eindringen in ein gutsituiertes Anwesen, aber ich hatte gerade zwei Jahre in einer Friedhofsgruft hinter mir und hatte dabei unter anderem mit dem Teufel geplaudert – ich war in ziemlich abgeklärter Verfassung.

Der Mann, der mir aus meiner Ma geholfen hatte, saß oben an einem gutbeleuchteten Schreibtisch und verglich gerade Artikel aus mehreren medizinischen Fachmagazinen miteinander. Er wandte mir den vornübergebeugten Rücken zu.

Ich überlegte, ob ich ihn ansprechen sollte, ihm eine Chance geben sollte, seinem Schicksal ins Gesicht zu sehen. Aber verdammt, ich würde ohnehin keine Haltungsnoten für das hier bekommen. Außerdem war es nichts Persönliches, ich mußte ihn nicht konfrontieren wie einen Erzfeind oder so was. Was hätte ich sagen sollen? «Doktor Wothe, Sie werden sich sicher nicht mehr an mich erinnern, aber wir sind uns schon einmal begegnet»? Nein. Ich trat ganz dicht hinter ihn, packte dann seinen Haarschopf mit der Linken und schnitt ihm mit dem Messer in der Rechten die Kehle durch. Ich hatte die Cleverness besessen, es zu Hause an einem Wetzstein zu schärfen.

Wothe ejakulierte sein Blut über die Papiere, gurgelte und pfiff wie ein Asthmatiker, zuckte vor und zurück und fiel seitlich vom Stuhl. Seine großen Augen starrten mich an. Bis auf die behämmerten Koteletten und eine jetzt leichte Graudurchwirktheit seiner Haare hatte er sich seit vor neunzehn Jahren kaum verändert. Soweit ich das als Hetero überhaupt beurteilen kann, war er ein gutaussehender Mann und brachte sicher so manche Hilfsschwester zum Seufzen. Irgendwie fühlte ich mich jetzt doch bemüßigt, etwas zu sagen. Ich ging neben ihm in die Hocke und beugte mich zu ihm herab. «Wenn es Ihnen irgendwie hilft, Doktor Wothe: dies ist kein gewöhnlicher Mord. Ich werde auch nichts stehlen oder sonstwie irgendwas verwüsten. Sie sind jetzt, in diesen Augenblicken, eine Schlüsselfigur in einer der bedeutsamsten Unternehmungen der Menschheitsgeschichte. Historisch gesehen ist dies jetzt der Zenit ihres Daseins.» Er starrte mich weiter an, versuchte vergeblich, mit beiden Händen seinen weit aufklaffenden Hals zusammenzuhalten, verlor schließlich durch den immensen Blutverlust das Bewußtsein und starb. Ich wischte die Klinge an seiner Weste ab und steckte das Messer wieder ein. Erst jetzt fiel mir auf, daß ich nicht mal Handschuhe angezogen hatte, aber außer Wothes Haaren hatte ich ja nichts berührt, und Haare gaben fingerabdrucktechnisch sicher nicht viel her.

Ich stand noch eine Weile am Tatort herum. Der dickflüssige Blutsee, der sich auf dem Parkettboden immer noch ausbreitete, faszinierte mich. Mit so viel roter Farbe konnte man ganz sicher ungeheure Muster auf den Boden schmieren, bedeutsame noch dazu. Gut möglich, daß diese Momente, diese Überlegungen, das viele ungenutzte Blut die Initialzündung für meine spätere ‹Karriere› als Kunstmaler waren. Vor meiner Gruftzeit hatte ich außer widerwillig im schulischen Kunstunterricht noch nie gemalt. Während meiner Klausur lernte ich die Gemälde schätzen und lieben, die die Buchstaben-Eintönigkeit der allgegenwärtigen Bücher durchbrachen. Aber erst in Wothes Totenhaus erhielt ich einen Einblick in die Intensität von Farbe. Ich weiß auch noch, daß ich, als ich so herumstand, einen Blick auf die medizinischen Fachjournale warf, die Wothes Blut als erste zu kosten bekommen hatten. Die hervorstechendste Überschrift lautete: ‹Blutdruckabfall im Rahmen der Behandlung einer hypertensiven Notsituation›, obwohl ich heute noch nicht weiß, was ‹hypertensiv› bedeutet. Es waren eigenartige Momente, durchtränkt von dem Bewußtsein der Wichtigkeit des Augenblicks, ohne aber daß der Augenblick selbst irgendeine Bedeutung vermittelte. Schwer zu beschreiben. Sollte vielleicht jeder mal selbst machen, diese Erfahrung.

397 Eröffnung

Ich stellte nichts an mit der Leiche oder dem Blut. NuNdUuN hatte keinerlei Fetischisierung gefordert, und jede zusätzliche Aktion würde nur Spuren verursachen. Als ich die Treppe nach unten ging, ärgerte ich mich, daß ich Wothe gesagt hatte, ich würde nichts stehlen. Erstens hätte ich etwas zum Verticken oder sogar Bares finanziell verflucht gut brauchen können, und zweitens würde Raub die Bullen mit einem nachvollziehbaren Motiv versorgen und verhindern, daß sie ihre Ermittlungskreise allzuweit ausdehnten. Aber jetzt hatte ich's versprochen, und meinem ersten Turmopfer gegenüber wollte ich nun doch nicht wortbrüchig werden. Außerdem – wer weiß, wozu der Verzicht gut war. Vielleicht wäre man mir auf die Schliche gekommen, wenn ich Diebesgut aus dem Mordfall Wothe irgendwo verscheuert hätte. Unwahrscheinlich, aber wer weiß? Die Scheiße mit Bernadettes Tagebuch hat mir deutlich zu verstehen gegeben, daß es in meiner Branche schon ein übler Fehler sein kann, das nebensächlichste Detail zu übersehen.

Ich ging zu Fuß nach Hause.

Ein ungeheurer Weg zwar, der mich fast durch die halbe Stadt führte, fünf oder sechs Stunden Fußmarsch, aber ich wollte keine BVG-Gesichter sehen. Ich hatte etwas Ungeheuerliches getan, ein Dimensionentor weit aufgestoßen, und ich würde niemals belangt werden, weil weder Motiv noch Verbindung zum Opfer vorhanden waren. Mir war danach, etwas Antikes zu tun, die Weltstadt zu Fuß zu durchmessen, zu spüren, wie jeder einzelne Schritt aus eigenem Antrieb mich weiter von meiner Tat entfernte und näher an meine glorreiche Zukunft als Magier-Krieger heranführte. Verspürte ich Reue? Nein, ich kenne keine Reue, darf keine Reue kennen, wenn ich nicht zerschellen will. Ich verspürte Stolz und Vorfreude und kam müde und selbstzufrieden in meiner kleinen Wohnung an.

Hieronymus Boschs Fieberträume erwarteten mich. In meiner kleinen Sechsundzwanzigquadratmetrigen war ein wilder bacchantischer Rave im Gange, zerdehnte Schleimkreaturen baumelten sich selbst verzehrend von der Decke, absurde Halbmenschen fickten sich gegenseitig brandwund, Fledermausengel mit zerfetzten Schwingen wurden jauchzend zu Tode gefoltert, armlange Insekten legten glitschige Eierbatterien zwischen frische Kackhaufen, Mißgeburten tanzten ungelenk um ein verhungerndes Kind herum, Kannibalen vergingen sich an einer Hundertzwanzigjährigen, Flammen rußten und explodierten buntfarben, es war vor lauter Perversion kaum Platz zum Stehen, und den Gestank nach Essigsäure, Fürzen und Tiersperma würde ich für Monate nicht wieder aus der Bude kriegen. Das ganze Szenario war eine dermaßen knallige Zurschaustellung von ‹Christliche Hölle›, daß es

schon fast etwas Schmierentheaterhaftes hatte. Fehlten eigentlich nur noch ein paar herum ‹heil!›ende Nazis. Stattdessen aber bahnte sich NuNdUuN durchs Grand Guignol und umarmte mich wie einen verlorenen Sohn. Er sah fetter und wohlhabender aus als damals als Jesus Christ Superstar, diesmal gab er eher Heinrich VIII.
«Beeindruckend», stellte ich fest, «der Swingerclub Lehrte/Hämelerwald in voller Aktion.»
«Nicht halb so beeindruckend wie das, was du geleistet hast», lachte NuNdUuN enthusiastisch. «*Die Spieler* der Menschheitsgeschichte waren immer so versessen darauf, gegen den Teufel anzutreten, daß sie alles mögliche versucht haben, um unangenehme Notwendigkeiten in ihrem ethischen Sinne umzubiegen. Aber du, du bist wirklich ein Novum. Ich sage dir ‹Gehe hin und töte!› und du gehst hin und tötest, einfach so, und es scheint dir weder Mühe noch Gewissen abzufordern. Du bist ein lupenreiner Psychopath, Hiob Montag, ist dir dies bereits gesagt worden? Fürwahr ein würdiger Anwärter auf den Thron der Hölle. Bravo und vivat!»
«Du wirst noch der erste sein, der aufhört zu jubeln», prophezeite ich cool.
Er aber ließ sich überhaupt nicht beirren und erzählte mir im Stand-up-Comedian-Stil von einem Spiel-Anwärter vor dreihundert Jahren, der die Geburtsmord-Aufgabe derart interpretiert hatte, daß er sich selber tötete und dadurch leider für das weitere *Spiel* nicht mehr zur Verfügung stand. NuNdUun konnte sich offensichtlich auch nach dreihundert Jahren noch schlapplachen über die Dämlichkeit mancher Adepten. Plötzlich zwinkerte er mir verschwörerisch zu und sagte: «Dir ist natürlich völlig klar, daß ich vor deiner Tat eine Videokamera in Wothes Wohnung habe anbringen lassen und ich den gesamten Mordakt jetzt mit ein paar astreinen Porträt-Großaufnahmen eines gewissen Hiob Montag auf VHS habe, so daß du von jetzt an völlig in meiner Hand bist?» Ich machte jetzt wahrscheinlich ein ziemlich dummes Gesicht. An so etwas hatte ich nicht ein Sekunde lang gedacht. Ich Trottel. Der Teufel hatte mich auflaufen lassen wie einen ABC-Schützen. Was für ein bescheuerter Fehler von mir, nicht von Anfang an eine Falle hinter dieser ganzen Eröffnungsscheiße zu vermuten.
Nachdem sich NuNdUuN lange genug an meiner dämlichen Visage ergötzt hatte, brach er plötzlich in schallendes Gelächter aus und hieb mir wie einem alten Drinking Buddy auf die Schulter. «Nun schau nicht so bedremmelt drein – das war ein *Scherz,* alter Junge, im wahrsten Sinne des Wortes ein Heiden-Spaß. Ich bin nicht der Teufel aus den Märchen, der mit einem Landwirt um ein paar mickrige Kartoffeln feilscht. Wenn ich dich ficken will, mein Sohn, dann brauche ich dazu

keine geheime Videoüberwachung, sondern dann bringe ich dich ganz einfach durch ein Fingerschnippen dazu, mitten durch die Stadt zu latschen und auf einem belebten Platz unvermittelt ein kleines Kind totzutreten. Es macht viel mehr Spaß zu sehen, wie sich ein überforderter Delinquent aus so was wieder rausreden will, was meinst du, wie oft ich das schon abgezogen habe. Der langen Rede ganzer Sinn ist:» – er kam mit seinem mächtigen Schädel so nah an mich heran, daß ich seine Reißzähne zählen konnte – «Du hast keine Chance, gegen jemanden wie mich auch nur den Bruchteil einer Nanosekunde zu bestehen, es sei denn ...»

«Es sei denn ... ?»

«Es sei denn, du begibst dich so schnell wie möglich unter das schützende Dach des Regelwerks der *Unparteiischen,* und das wiederum bedeutet, du solltest so schnell wie möglich den zweiten Teil der Eröffnung bewältigen, damit du fortan *Spieler* genannt werden kannst und die diesbezüglichen diplomatischen Immunitäten in Anspruch nehmen kannst.»

«Was wiederum bedeutet, daß du mir den zweiten Teil der Eröffnung so lange wie möglich verwehren wirst, um mich in der Zwischenzeit auf mehr oder weniger originelle Weise loszuwerden.»

«Reduzier mich doch nicht schon wieder auf Landwirt-Kartoffel-Niveau. Mich gibt es seit Jahrtausenden eurer Zeitrechnung. Ich habe Herausforderer, Kriegsgegner und *Spieler* kommen und gehen sehen, die mächtiger waren als der Sohn des Zimmermanns und Merlin der Magier zusammen. Warum sollte ich eine Staubmilbe wie dich so unbedingt loswerden wollen? Im Gegenteil: Der einzige Nutzen, den deine mickrige Existenz mir bringen kann, ist doch der, mir ein wenig Spannung und Zerstreuung zu liefern, bevor ich dich zermahle. Also nein – laß mich dein Coach sein. Laß mich dich unterstützen, damit du's zu was bringen kannst, bevor du im Abtritt der Zeiten versinkst. Laß mich dir magische Energie zuschießen, wann immer du das Gefühl hast, welche nötig zu haben, und laß mich dir den zweiten Teil der Eröffnung für heute nacht schon arrangieren, falls dir das beliebt.»

«Ich bin müde. Fühle mich ein bißchen schlapp.»

«Oh, kein Wunder. Du hast ja heute schon gearbeitet, während wir uns nur der Völlerei hingegeben haben. Ganz wie du möchtest, dann also ein andermal.»

«Nein, halt, warte mal, so habe ich das nicht gemeint. Du meinst, ich könnte den zweiten Eröffnungsteil heute noch abschließen und wäre ab morgen dann schon vollwertiger Spieler?»

«Hm-hm.»

«Also gut. Dann los.»

«Ganz wie du möchtest.» Er schloß die Augen und legte in der theatralischen Geste nachdenklicher Konzentration zwei Finger zwischen die Augenbrauen. Schließlich seufzte er: «Eröffnung, Aufgabe zwei von zwei: Irgendwo auf deinem heutigen Nachhausespaziergang bist du an einem Baum vorbeigekommen, auf dem ein Kätzchen sitzt, das nicht mehr herunterkann. Rette es.»

«Rette das Kätzchen?»

«Hm-hm.»

«Ich soll ein Kätzchen retten, nachdem ich vorhin einen Arzt ermordet habe? Ist das dein Ernst?»

«Du hast deine Bereitschaft und Befähigung bewiesen, Leben zu nehmen. Nun beweise deine Bereitschaft und Befähigung, Leben zu retten. Das *Spiel* besteht nicht darin, sich auf einer Seite der simplen Dualität zwischen Gut und Böse auszutoben. Das *Spiel* besteht darin, die beiden auseinanderstrebenden Zweige der menschlichen Natur zu einem vollendeten Kreis zu verknüpfen.»

«Irgendwo auf meinem Nachhauseweg? Ist dir klar, daß ich gerade fünf Stunden lang marschiert bin?»

«Also entschuldige bitte, daß die Aufgabe ein kleines bißchen schwer ist. Worüber jammerst du eigentlich? Du hast Magie benutzt, um den Namen deines Geburtshelfers durch neunzehn Jahre Zeitgeschichte zurückzuverfolgen, dann wirst du ja wohl auch noch ein kleines bißchen Magie übrig haben, um hier in diesem Kaff eine felinde Schönheit in Not zu orten.»

«Schon gut, schon gut, schon gut. Ich bin schon unterwegs.»

Ich ließ einen letzten Blick über die Pech-und-Schwefel-Bizarrshow schweifen und wurde Zeuge, wie ein kleiner, glatzköpfiger Mann eine große Frau sodomisierte, indem er seinen ganzen Oberkörper in sie rein- und wieder zurück wand. Der Frau schien dies zu gefallen, sie streckte gierig ihre Zunge in den Strahl eines vor ihr auf den Boden pissenden Satyrs, den seinerseits eine in Leder geschlagene Nonne fistete, welche wiederum von zwei Werwölfen gesandwicht wurde.

«Wenn ich zurück bin, will ich, daß diese Meute aus meiner Wohnung verschwunden ist. Und daß mir keine verdammten Flecken zurückbleiben!»

«Wenn du zurück bist», schnurrte NuNdUuN, «wirst du der einzige *Spieler* der Gegenwart sein, und alle meine Heerscharen werden dich und dein Eigentum mit dem gebührenden Respekt behandeln.»

Natürlich reimte er die ganze Zeit.

401 Eröffnung

LAUFTRAINING. ES GEHT voran. Es muß gehen. Ich muß gehen. Ich gehe, du gehst, er sie es fährt Auto. In ein paar Tagen bin ich raus hier. Kugel im Herzen beim ‹Rönchen› ein Mirakel. Tja, scheiße, sage ich, bin halt ein Veteran des Kalten Krieges.
Ich will die Eröffnungsstory noch zu Ende schreiben. Ich mag keine halben Sachen, spiele ja auch das Spiel nicht, um mittendrin irgendwo steckenzubleiben.
Also der Eröffnung zweiter Teil. Das abgefuckte Kätzchen.
Wenn ich jetzt so drüber nachdenke, habe ich doch keine Lust, das ganze beschissene Malheur noch mal in Worte zu fassen. Die gesamte Katzenrettungsperformance war im Grunde nichts anderes als eine Pleiten, Pech & Pannen-Parade, die selbst einem eingefleischten Sozialdarwinisten wie Max Schautzer die Mitleidstränen über die Wangen treiben würde. Ich krieg das gar nicht mehr alles zusammen. Es war jedenfalls saublöde und dabei vollkommen sinnlos, denn die Moral von der Geschicht war von Anfang an so eindeutig, als wäre sie mir direkt in die Stirn gemeißelt und mit Bleisatz ausgegossen worden: *Böse Sachen machen ist leicht, etwas Gutes tun jedoch sehr, sehr schwer.* Crime does pay. Ich hoffe nur, NuNdUuN hat nie ernsthaft damit gerechnet, mich durch solche Binsenweisheiten aus dem Gleichgewicht bringen oder von meinem gewundenen Rotkäppchenpfad abbringen zu können. Nein, ich denke, er lehnte sich einfach in seinen aus Märtyrersehnen geflochtenen Korbstuhl zurück und hatte ein paar Stunden Spaß.
Ich will es kurz machen. Stichpunkte werden wahrscheinlich schon lang genug.

Problem Numero uno:
Das verdammte Katzenvieh überhaupt erst mal finden.

Mein Nachhauseweg war extrem lang gewesen, und erst, wenn man im Auftrag des Anti-Herrn in einer derart besemmelten Mission unterwegs ist, fällt einem auf, wie viele Bäume es tatsächlich an Berlins Straßenrändern gibt. Und das ganze nachts! Keine Chance, den kleinen Kacker in irgendwelchen Zweigen auszuspähen. Also mußte mal wieder die gute alte Magie ran. Astralärmel hochgekrempelt, jeden Baum betatscht und nach Katzenemanationen abgescannt. Nichts, nichts, nichts. Tausendmal nichts, bis endlich, Stunden später, als die Morgendämmerung schon fast hochkam und mir die Füße schmerzten vom Latschen und die Handflächen vom Rindereiben, der phallische Schlüssel ins glänzende Loch glitt und meine innere 3D-Bild-Definition von ‹Katze› durch etwas gedeckelt wurde, das näher rankam als die

paar schlafenden Amseln, die ich bisher erschreckt hatte. Natürlich befand sich der besagte Baum auf der hinteren Hälfte der Gesamtstrecke, natürlich hätte ich NuNdUuNs Tücke vorherahnen müssen und von hinten anfangen, aber hätte ich das getan, hätte er die Katze schwupps! ganz nach vorne versetzt und – hatten wir das nicht schon, das Thema Paranoia?
Jedenfalls – da war sie. Tiger Lily, Gunsmith Cat, Omaha the Cat Dancer, Cat Ballou, Cat Stevens oder wer weiß ich.

Problem Numero z w o *:*
Runterlocken is nich.

Koooooomm, Pussy, Pussy, Pussy, jaaaaa, komm, komm! (Kein Wunder, daß man Katzen was Menschenmädchenhaftes nachsagt.)
Irgendwo da oben sitzt der kleine Fellball ganz verschüchtert auf einem Ast, weil er sich bei der triebgesteuerten Jagd auf einen lecker fetten Vogel im wahrsten Sinne des Wortes verstiegen hat, und ich kann ihn nicht mal sehen, weil das Blätterdach zu dicht ist und außerdem – erwähnte ich das schon? – Nacht.
Ich gurre, ich zirpe, ich zwitschere, ich drohe. Curiosity doesn't kill this cat.
I will.

Problem Numero d r e i *:*
Magie alle. Bitte passende Münze nachwerfen.

Mein tausendfaches Baumgerubbel hat seinen Tribut gefordert: Ich fühle mich, als hätte ich gerade den para-energetischen Ärmelkanal ohne Arme durchschwommen. Ich kann keinen Pitbull hinter dem Katerchen simulieren, um Katerchen ganz schnell in meine Umarmung zu treiben. Ich kann auch nicht riechen wie ein Vogel oder wie ein paarungsbereiter Partner oder wie – wieder um zu drohen – ein freundlicher Tierarzt mit Sterilisationsbesteck. Ich rieche nur nach Schweiß. Und damit kriege ich andere höchstens auf Bäume rauf, nicht runter.

Problem Numero v i e r *:*
das leidige Klettern.

Schon JungHiob war – alles andere als ein rotbackiger Naturbursche – nicht gerade ein leidenschaftlicher Auf-Bäume-Kletterer. Aber was tut man nicht alles, um mit dem Teufel in Kontakt zu bleiben. Nur wie zum Henker komme ich da hoch? Berliner Straßenbäume laden nicht unbedingt zum munteren In-den-Ästen-Herumtollen ein, der tiefste

Ast ist etwa vier Meter hoch. Hüpf, Hiob, hüpf. Krall dich brotdumm in die Rinde und versuch schnaufend und abrutschend hochzuentern. Mach dich ruhig langsam, aber sicher vollends zum Trottel. Einer lacht immer, und diesmal kenn ich sogar seinen Namen.

Problem Numero f ü n f:
das Automobil.

Nun verstehe ich mich nicht gerade gut mit den blechernen Getriebesärgen. Die Autobahn wird für mich ewig Hitlers vollauf in seinem Sinne funktionierendes Vermächtnis bleiben. Aber zum drauf Stehen kann ein Auto doch taugen, oder? Vor allem, wenn gerade ausnahmsweise mal keine Leiter zur Hand ist.

Da hinten – natürlich nicht direkt unter dem besagten Baum, das wäre ja auch wirklich zu einfach, aber immerhin nicht allzuweit weg – steht ein einigermaßen hohes Fahrzeug, das nicht allzu elektronikgesichert aussieht. Erst mal fast eine ganze halbe Stunde lang mitten in der Stadt einen Stein gesucht, mit dem ich die Seitenscheibe einschlagen kann. Dann fünf Minuten wie ein Besengter aufs Verbundglas eingehämmert, bis da endlich Spinnennetzrisse wachsen. Durchgelangt, die Handbremse gelöst, und dann bayrischen Kraftmenschen, die bei ‹Wetten, daß ...› auftreten, Konkurrenz gemacht. Jetzt weiß ich wenigstens, was ein Autoschieber ist. Dann aufgestiegen, auf dem Autodach herumgehopst und Dellen verursacht, schließlich – enttäuscht über die mangelhafte Trampolinwirkung eines Autodaches – erkannt, daß ich immer noch zu klein bin, und müde ins Scheinwerferlicht der Polizei geblinzelt, die selbstverständlich schon längst, während meines minutenlangen Fenstereinschlagens, von einem eigentumsbewußten Bürger informiert und angefordert worden war.

Problem Numero s e c h s:
unser aller Freund und Helfer.

Verfolgungsjagd zu Fuß, ich wetzend und dabei dauernd «Ich habe nichts gestohlen! Ich habe nichts verbrochen!» brüllend – was ja auch nicht gelogen ist; daß ich ein paar Stunden früher jemanden ermordet habe, scheint hier sowieso niemanden zu interessieren. Zwei Cops, zwei – wahrscheinlich entsicherte – Wummen wedelnd, hinter mir her. Fast so ein anheimelndes Szenario wie später bei dem Prognosticon mit den Hunden. Man könnte auf den Gedanken kommen, wo Tiere involviert sind, ist die Polizei nicht fern.

Jedenfalls häng ich sie ab. Denk dabei noch: Wenn sie wenigstens dar-

über nachgrübeln würden, warum mitten in der Nacht ein Typ auf einem Autodach rumspringt, wenn sie hochkucken, vielleicht mit Taschenlampen, und vielleicht das Kätzchen entdecken und dann selbst aktiv werden, dann habe ich ja meine Aufgabe erfüllt und immerhin indirekt das gute Tierlein gerettet. Aber nichts da. Niemand grübelt hier außer mir. Mit ihren walnußgroßen Beamtengehirnen verbuchen die beiden Bullen meine Aktion wahrscheinlich unter Vandalismus oder unmotivierte Sachbeschädigung mit Verfahrensnummer Nullachtfünfzehn. Schließlich ein Langhaariger, wozu sollte so einer ein Motiv brauchen.
Aus sicherer Entfernung um eine Häuserecke schmulend beobachte ich ihren vorschriftsmäßigen Aktionismus. Der Halter des beschädigten Wagens wird ermittelt, ein Abschleppdienst verständigt. Der Wagen kommt erst mal weg, in Sicherheit, und wird wohl in Sicherheit neu verglast. Die Katze sitzt immer noch im Baum. Mittlerweile wird es hell, Straßen- und Fußgängerverkehr nehmen zu, meine Hoffnung ab. Mittlerweile ohnehin auf den Gedanken der indirekten Rettung gebracht, erwäge ich, einfach anonym die Feuerwehr zu verständigen, ich glaube, die ist mit ihren Leiterwagen für Katzenbergungen zuständig. Aber irgendwie will diese Option mir nicht schmecken. Gut, wenn es gar nicht anders geht, muß indirekte Taktik ran. Aber geht es hier denn nicht noch anders? Habe ich wirklich schon alles versucht?

Problem Numero sieben:
der Einfall-Ausfall-Durchbruch.

Sturmklingeln im Haus, vor dessen Fassade der Baum steht. Irgendeiner betätigt den Haustürsummer. Sturmklingeln bei einer Vorderhauswohnung im dritten Stock. Verschlafener Arbeitsloser. «Watt'n los, ey?» Entschuldigen Sie bitte vielmals, meine Katze sitzt im Baum fest, ich muß nur einmal kurz Ihr Fenster benutzen, dann bin ich weg und werde Sie nicht weiter behelligen. Verfolgt vom mißtrauischen, aber immer noch nicht ganz wachen Sozifall durch die gute Stube. Fenster, Fenster auf, und durchgehechtet. Bislang meine überzeugendste Annäherung an klassischen Selbstmord.
Ich fliege wie Tarzan in sechs oder sieben Metern Höhe durch die Luft und kralle mich rummsend an einem Ast fest. Weiter geht der Spaß. Kraxeln, hangeln, klimmziehen, balancieren. Der Fensterbesitzer hat mittlerweile die Katze erspäht und gibt mir Richtungsanweisungen, als wenn ich blind wäre oder Alzheimer hätte. Na ja, er meint es gut. Ich erreiche das Tier fast, das sich fauchend vor mir auf einen immer weiter sich verjüngenden Astausleger zurückzieht. Mir ist jetzt alles egal.

Als der Ast unter uns beiden wegbricht, habe ich nur noch einen Gedanken: Wenn die Katze überlebt, werde ich vielleicht im selben Moment als Spieler inthronisiert, und wenn ich erstmal Spielerstatus habe, kann auch ein gebrochenes Genick mich nicht mehr stoppen. Beinahe euphorisch schlage ich auf den Asphalt auf.

Problem Numero acht:
in the middle of the road bist du auf der Stelle tot.

Ich erwähnte schon, daß der frühmorgendliche Berufsverkehr mittlerweile in Gang gekommen war? Gut. Ein großer orangener Müllcontainertransporter hielt nämlich genau auf das Kätzchen zu, das zwar sicher auf allen vieren gelandet war, aber im Augenblick etwas dümmlich mitten auf der Straße herumstand. Ich selbst war weniger glücklich gelandet, aber was sind schon ein paar geborstene Rippenbögen, die sich durch Herzmuskel und Lungenflügel bohren, und eine JFK-mäßige Platzwunde am Schädel, wenn das Leben eines niedlichen Schmusetiers auf dem Spiel steht? Ich warf mich quer vor der heranpreschenden Stoßstange des Bulldozers über die Fahrbahn und kaschte den Kater weg. Allein der Luftsog des vorbeidonnernden Müllabfuhrvehikels ließ uns beide schier funkensprühend über den Straßenbelag schliefern. Ein PKW auf der Fahrbahn, auf der wir jetzt lagen, machte eine menschen- und tierfreundliche Vollbremsung und wurde aus Dank dafür vom hinter ihm fahrenden Verkehrsteilnehmer so hart gerammt, daß beiden Fahrern die Nackenwirbel aus den Mündern sprühten. Der von mir vom Baum geholte Ast tat ein Übriges, auch die Gegenfahrbahn zu wilden Ausweich-Lenkmanövern mit Richtungstendenz Bürgersteig und Hausfassade zu zwingen. Hier war ein massenkarambolageartiger Auffahrunfall im Sich-Anbahnen, da wollte ich nicht unbedingt Teil von sein.

Problem Numero neun:
Coming Home

Das verstabberte Littul Kittun in beiden Armen vor die Brust gedrückt, machte ich mich in all dem Chaos unbeachtet vom Acker. Ich ließ das Kätzchen auch nicht mehr los. Nach all dem, was ich erduldet hatte, um es zu retten, wollte ich es nicht auf irgendeinen blöden Trick von NuNdUuN ankommen lassen wie: Kaum lasse ich es los, schon kommt ein Mastino angewetzt und macht sich sein Chappi selber. Oder ein Horror-Alligator bricht aus dem Gulli. Oder ein Komet stürzt vom Himmel. Nein, ich faßt' es sicher, ich hielt es warm und achtete darauf, daß es mir nicht wegstarb. Dabei blutete ich wie ein Schwein und

verreckte fast an meinen inneren Verletzungen, aber die Berliner auf dem morgendlichen Weg zur Maloche betrachteten mich nicht mit Anteilnahme, sondern nur mit Mißbilligung. Wieder so ein Asozialer, der sich im Dschumm den Schädel aufgehauen hat und gar nicht mitkriegt, wie sehr er uns die ganzen Bürgersteige vollblutet und uns alle anwidert mit seinem Hiersein. Und wahrscheinlich ist er *positiv,* komm mir bloß nicht zu nahe mit deinem Blut, du Penner. Und ach ja, vielleicht: das arme Kätzchen. Bei so einem mußt du leben.
Wenn ich mich richtig erinnere, verlor ich mehrmals fast das Bewußtsein auf dem Nachhauseweg und hatte verschrobene Visionen von harten Lakritzschnecken und einem Fußballfeld voller Seerosen. Aber wenn ich ehrlich bin, kann ich mich daran nicht mehr richtig erinnern, und es könnte auch sein, daß ich die Lakritzschnecken und die Seerosen gerade eben geträumt habe, als ich mein nachmittägliches Heilnikkerchen gemacht habe. An den damaligen Nachhauseweg habe ich eigentlich so gut wie gar keine Erinnerungen mehr. Wahrscheinlich war alles, was mich speiste und vorantrieb, mein übermenschlicher Wille zum *Spiel.*

Vor meiner Wohnungstür wappnete ich mich wieder für Bosch'sche Höllenvisionen de Sade'scher Gangart, aber der alte Entertainer ließ sich nicht lumpen. Diesmal empfingen mich in meiner winzigen Einzimmerkammer wildromantische endlose Landschaften, Wasserfälle, Regenbögen, Gärten und Haine und dazwischen immer wieder alabasterschöne keusche Frauen mit prachtvollen Schmetterlingsflügeln von zehn Metern Spannweite. Das gute alte Eden. Milch und Honig ohne Ende. Allein schon von der Simulation kriegte ich Heuschnupfen.
NuNdUuN empfing mich als weißbärtiger Patriarch mit den ungefähren Gesichtszügen Charlton Hestons. Sein Mangel an Ernsthaftigkeit machte mich langsam sauer.
«Wunderbar, ganz fabelhaft, welch Einsatz, so viel Güte gepaart mit Geschick.» Er brachte es tatsächlich fertig, Charlton Heston ein tuntiges Flair zu geben. «Du hast dir die Selbstheilung redlich verdient, deine stille Duldsamkeit ist deines traditionsreichen Vornamens zutiefst würdig.» Er strich mir mit einer Hand über den Kopf, Wärme und Wohligkeit durchströmten mich, meine Rippen heilten im Zeitraffer, meine Kopfhaut schloß sich, Herz und Lunge entfalteten und regenerierten sich wieder in jugendlicher Pracht, maunzend entschlüpfte das Kätzchen meinen warm kribbelnden Armen, und schon im nächsten Moment zertrat Gott das kleine Katzenköpfchen unter seiner Goldsandale und rieb den zermalmten Schädel mit drehender Fußbewegung richtig fest ins Paradiesgras ein.

407 Eröffnung

Einen der längsten Momente meines Lebens fühlte ich mich wie in einem Spinnennetz klebend, das so gewaltig war, daß außer mir noch die Planeten des Sonnensystems darin festhingen.

«Ein eigenartiger Moment, nicht wahr?» brachte NuNdUuN lächelnd die Lage auf den Punkt. «Und das Interessante an diesem Moment ist: Du empfindest nicht das kleinste Mitleid mit dem Kätzchen. Du bist lediglich erschrocken und fragst dich: War's das jetzt? Habe ich verloren? Hat er mich ganz am Ende noch übel überlistet und mir die Eröffnung zerstört? Soviel, Hiob Montag, zu deinen ehrlich empfundenen Gefühlen gegenüber der gemarterten Kreatur. Es ist alles nur Mittel zum Zweck für dich, es ist alles nur ein Spiel. Darin sind wir uns ähnlich, und in dieser Eigenschaft muß mir jeder Spieler ähneln, sonst macht die ganze Spielerei mir keinen Spaß. Sorge dich nicht, Hiob. Deine Heilung eben war schon Bestandteil deines neu gewonnenen Spielerstatus, du erinnerst dich doch noch an deine Vergünstigungen? Wir heißen dich willkommen auf dem neuen Feld der Ehre. Möge deine Ein-Personen-Mannschaft den Legionen des Wiedenfließes ein unterhaltsamer Gegner werden. Wir hören voneinander.»

NuNdUuN zerstob, das Paradies verging, der grauenhaft anzusehende Katzenkadaver blieb, schön fett auf meiner Auslegware. Und noch jemand war geblieben. Meine einzige Belohnung, die beste meiner Vergünstigungen. Sie war nackt und klaffend, und ich konnte keinen klaren Gedanken mehr fassen, und wir begossen das Gelingen der Eröffnung mit meinem heißen Samen.

Mehr brauche ich dazu nicht zu schreiben. Ich will an diese speziellen Stunden und Tage auch gar nicht denken, denn ich bin jetzt schon wieder viel zu lange ohne sie, meine süße, warme Droge, ich will sie zurückhaben, verdammte Scheiße, der Gedanke an sie schmerzt wie Tränen in meinen Augen. ~~Die feige Schl~~[redacted]~~at mich im Stich gelassen, und ich werde sie finden und dann werd~~ [redacted] ~~ihr besorgen bis sie~~ [redacted].

Eins kann ich ja noch erwähnen: In den Zeitungen und Berliner Fernsehnachrichten der folgenden Tage seitenweise Bildersturm über den gigantischen Blechschaden in der Innenstadt. Der Tod von Doktor Wothe wurde überhaupt erst fünf Tage später entdeckt, fand dann spaltenbreit auf Seite 18 statt und wurde nie geklärt.

408 Hiobs Spiel – Traumtänzer

MORGEN. MORGEN WERDE ich entlassen.

Gut so. Habe nämlich keinen Bock mehr, was zu schreiben. Hat mich gut beinandergehalten geistig in dieser Zeit der absoluten Ödnis, aber jetzt ist gut. Morgen werde ich diese ganzen Seiten hier verbrennen. Kein Zeugnis soll bleiben außer der Zukunft.

Einen Gehstock werde ich brauchen, für ein oder zwei Monate, bis meine beiden Beine in ihren Bewegungen wieder so weit koordiniert sind, daß ich meinen Beckenknochen voll belasten kann. Ansonsten behalte ich nichts zurück, keine Metallklammern in mir drin, keine Ersatzteile aus Kunststoff.

Ein Bild will ich malen. Es erstaunt mich fast selber, daß ich nicht nur unter der Sex-Abstinenz leide, sondern daß auch die Malerei offenbar ein immer wichtigerer Teil von mir wird. Wichtiger jedenfalls als etwas aufschreiben, was wirklich nur ertragbar ist, wenn man nicht laufen und nicht ficken kann. Ich will etwas Mürbes nehmen, vielleicht eine große skandinavische Scheibe Milch-Knäckebrot. Dann stanze ich da die Form eines Beckenknochens heraus. Dann zerbreche ich diese Form in viele kleine Teile und klebe die Splitter auf einer Leinwand fest. Dann sprühe ich rote Farbe drüber und lasse sie trocknen. Und die Stellen, die dann noch frei geblieben sind, wo noch die Leinwand durchscheint, die kokele ich mit einem Feuerzeug weg. Das Ganze nenne ich *Israel*.

Ich habe noch eine Idee, aber die ist noch nicht ganz ausgereift. Eine Supernova will ich malen, vor vollendeter Nacht, so daß sie fast wie ein ruhiger Mond aussieht. Darin sieht man mich, kopfunter trudelnd mit geborstener Hüfte, eine Figurine des Schmerzes. Unten Blumen in der Farbe von Blut, wahrscheinlich Mohn, ich brauche Opium und Schmerz. Ich will mich brechen und so bannen. Stellvertretend wie das Bildnis des Dorian Gray soll dieser Hiob für mich leiden. Diese Idee hat noch keinen Namen, noch kein Gesicht.

Aber morgen läßt man mich hier raus.

Fuck you. Dies ist niemals ein Testament.

Dies ist ein ‹Ring frei zur nächsten Runde›.

in the next world war
in a jackknifed juggernaut
i am born again
in the neon sign scrolling up and down
i am born again

!! in an intastella burst i am back to save the universe !!

(radiohead)

NACHSPIEL

«Vierzehn zu Zwei», wiederholt das Mädchen sinnend, während seine Füße im Sande fremde Zeichen malen. Sie sitzt auf einer Schaukel auf einem Kinderspielplatz. Ringsum nur Beton. Längst reichen ihre Beine bis zum Boden.

«Vierzehn zu Zwei, und jetzt zwei Manifestationen. Das könnte Zwanzig zu Zwei bedeuten und somit einen neuen Weltrekord. Oder Vierzehn zu Acht und somit ein Schmelzen des sicheren Vorsprungs. Ihr werdet das sehen. Ihr werdet auch noch mehr soziale Kälte und Wahrheit spüren im dritten Buch Hiob. Das neue Jahrtausend wird kommen, und das Klima in

NACH**SPIEL**

Deutschland wird eigentümlich und rauh. Hiob muß einen Aufsatz schreiben über ein einsames Ungeheuer. Immer noch werde ich nicht an ihn herangelangen können, den nun von allen guten Geistern verlassenen Spieler. Ich bin, ihr werdet es längst ahnen, Coriscal.» Sie lächelt, steht dann auf und geht. Die Schaukel schlingert, dreht sich, kommt zur Ruhe, wartet auf einen neuen Anstoß.
Der Kinderspielplatz steht verlassen.

Denn dieses Land, so heißt es oft, stirbt aus.